MEL ODOM

Das Schicksal der Halblinge

Buch

Vor vielen Jahren entdeckte Edeltocht Lampenzünder, einer der größten Helden aus dem Volk der Halblinge, drei seit langer Zeit verschollene magische Waffen, von denen er glaubte, dass sie die Völker der Elfen, Menschen und Zwerge einen könnten. Denn mit diesen Waffen war die Allianz der freien Völker vor langer, langer Zeit schon einmal einem uralten Bösen in Gestalt des mächtigen Lord Khadaver entgegengetreten. Nach einem schrecklichen Verrat blieben die drei mächtigen Waffen tausend Jahre lang unauffindbar, die Gefahr durch Lord Khadaver war jedoch gebannt. So glaubte man zumindest. Doch etwas hat überlebt, und nun ist es an Edeltochts Schüler Kruk, die Aufgabe seines ehemaligen Lehrers zu Ende zu führen. Gemeinsam mit seinen Gefährten bricht Kruk auf und folgt der Spur seines verschollenen Meisters, um den immer noch nachwirkenden Verrat aufzudecken. Sollte Kruk allerdings versagen, werden die Mächte der Finsternis die Welt beherrschen ...

Autor

Mel Odom wurde 1957 geboren und hat bereits etliche Romane veröffentlicht, darunter Cyberpunk-SF und Romane zu Fernsehserien wie »Buffy the Vampire Slayer« oder »Angel«. Im Jahre 2001 veröffentlichte er den ersten Roman mit den Abenteuern des tapferen Halblings Edeltocht Lampenzünder, auf den bisher zwei weitere gefolgt sind.

Buch eins

Knochenschnitter

Lufthansa

Bildungszentrum
Seeheim
Tel: 0 62 57/80-0 Fax: 0 62 57/8 54 48
www.lh-seeheim.de

Prolog

»Bildung wird überbewertet, Großmagister Kruk!«

»Hast du es dir noch einmal anders überlegt, Großmagister?«, fragte eine tiefe Stimme hinter Kruk.

Erschrocken fuhr Kruk herum und fand sich dem Sprecher gegenüber. Er hatte nicht einmal gehört, wie er näher gekommen war. Für diesen Mann war das aber nichts Ungewöhnliches. Kray hatte den Großteil der letzten tausend Jahre damit zugebracht, sich in den Schatten herumzudrücken.

Er stand auf den losen Pflastersteinen der Straße. In seiner verstaubten rotbraunen, schlichten Kleidung sah er gar nicht wie ein Zauberer aus. Vielmehr wirkte er mit seiner Größe von sechseinhalb Fuß und weil er dürr war wie ein Rechen wie ein müder Wanderer, dessen letzte Mahlzeit schon Tage zurücklag.

Ein spitzer Hut mit breiter Krempe spendete seinem Gesicht in der Mittagssonne Schatten, aber es reichte nicht ganz aus, um die Furchen zu verbergen, die die Jahre an ihm hinterlassen hatten. Auch Narben gab es zuhauf, von Messern, Schwertern und Pfeilen. Dennoch ließen seine Adlernase und die leuchtend grünen Augen auf Macht und ein unnachgiebiges Wesen schließen. Er beugte sich über den Stab, den er bei sich trug; eine Hand lag lässig auf dem gekrümmten oberen Ende. Mit der anderen fuhr er sich durch das wirre Dickicht seines langen grauen Bartes.

In all den Jahren, die Kruk den Zauberer kannte, hatte Kray ihn niemals bei einem anderen Namen als »Lehrling« gerufen, als ob er der einzige Bibliothekarsnovize gewesen wäre, den Großmagister Lampenzünder jemals aufgenommen hatte, um ihn im Gewölbe Allen Bekannten Wissens auszubilden. Nun, da der Großmagister fortgegangen und Kruk selbst in den Rang des Großmagisters berufen worden war, sprach Kray ihn mit seinem Titel an. Zumindest in den meisten Fällen.

(Manchmal bezeichnete der Zauberer Kruk immer noch als *Narr* oder *Kasper*, und das war keineswegs als Kosename zu verstehen. Jeder von ihnen hatte seine Gründe, Edeltocht Lampenzünder zu vermissen, aber das hieß nicht, dass sie sich darüber einig waren, wie sie ohne ihren Freund weitermachen sollten.)

»Noch einmal anders überlegen – das habe ich längst hinter mir«, murmelte Kruk. Er richtete sich zu seiner vollen Größe auf – trotzdem wurden nicht viel mehr als dreieinhalb Fuß daraus. Er war ein Halbling, viel dünner und drahtiger als der Durchschnitt. Halblinge neigten dazu, klein und stämmig zu sein und in späteren Jahren dick, wenn sie es sich erlauben konnten, ihrer angeborenen Selbstsucht nachzugeben. Im Augenblick war Kruk blass, mit hellem Haar und einem jugendlichen Aussehen. Heute trug er anstelle der Bibliothekarsroben eine Kleidung, in der er sich unwohl fühlte.

»Hä?«, fragte Kray und hielt sich eine Hand ans Ohr.

Kruk seufzte. Er hasste es, wenn der Zauberer vorgab, ihn nicht zu hören, weil er nicht *hoch* genug sprechen konnte.

»Ich habe es längst hinter mir, mir alles noch einmal anders zu überlegen«, wiederholte Kruk lauter und schluckte mindestens drei – nein, *vier* – scharfe Entgegnungen herunter, die sich ihm aufdrängten und in denen Krays Gehör und ebenso sein fortgeschrittenes Alter eine Rolle gespielt hätten.

Allerdings wollte er im Augenblick weder Krays Unterstützung verlieren noch seine Freundschaft – auch wenn man womöglich die Definition derselben gehörig ausweiten musste, um sie als solche zu bezeichnen. Dass er als neuer Großmagister mit den wichtigen Anführern der Zwerge, Menschen und Elfen entlang der Zerschmetterten Küste verhandeln musste, hatte dazu geführt, dass Kruk sich in den letzten Tagen unbeholfen und sehr, sehr einsam vorgekommen war.

»Gut«, sagte Kray und lächelte grimmig. »Du solltest eine unverdrossenere Stimmung an den Tag legen.«

»Ich habe es mir ungefähr zum sechsundvierzigsten oder siebenundvierzigsten Mal anders überlegt«, gab Kruk zu. »Und dabei spreche ich nur vom heutigen Tag. Nach dem Mittagessen.« Er fühlte sich schrecklich. Trotzdem verspürte er den Antrieb, zumindest das Ziel zu erreichen, das er sich selbst gesetzt hatte. »Ich will es einfach nicht verderben …«

»Hör auf damit.« Kray ließ seinen Blick zur Versammlungshalle der Stadt hinaufschweifen. »Du wirst es großartig machen.«

Kruk zwang sich zum Ausatmen, damit er nicht zu hyperventilieren begann, und überprüfte sein Tagebuch, um sicherzugehen, dass es das richtige war und er seine Aufzeichnungen nicht vergessen hatte. »Ich befürchte, dass sie mich nicht ausstehen können.«

»Unsinn«, sagte Kray, was Kruk ein wenig erleichterte. »Sie kennen dich gar nicht gut genug, um dich nicht ausstehen zu können«, fuhr Kray fort. »Es sind deine Ideen, die ihnen nicht gefallen.«

Genau solche zuversichtlichen Worte wollte ich hören – wie inspirierend. Aber Krays Einschätzung der Lage, so wahr sie auch sein mochte, verletzte Kruks Stolz. Er richtete sich etwas gerader auf und blickte in die unverschämten Züge des Zauberers.

»Sie kennen doch meine Ideen gar nicht gut genug, um sie nicht leiden zu können«, beharrte Kruk. »Ich habe noch kaum etwas gesagt.«

»Vielleicht sollten wir dann«, erwiderte Kray, »hineingehen und zu Ende bringen, was du begonnen hast.« Ohne ein weiteres Wort schritt er zur Versammlungshalle.

Mit einem neuerlichen Seufzer und einem letzten Blick auf das Schiff im Hafen folgte Kruk dem Zauberer. *Kray wird dich noch ins Verhängnis führen,* warnte er sich selbst. *Wie oft hat Großmagister Lampenzünder dir von den Abenteuern berichtet, die er wegen Kray erlebt hat? Ein Dutzend Mal! Mindestens. Und wie oft ist er während dieser Abenteuer dem Tode nahe gewesen? Beinahe jedes Mal.*

In der Eingangshalle bewachten zwergische und menschliche Wachleute in schweren Lederrüstungen die Tür zum Versammlungsraum. Sie hielten blankgezogene Äxte und Schwerter in den Händen. Alle hatten sie geschworen, für die Sicherheit jener wichtigen Leute zu sorgen, die für sie sprachen. Auf dem Gebäude standen Elfenhüter bereit, deren Falken hoch am Himmel schwebten, um ein Auge auf das Land und das Meer zu haben.

Einer der menschlichen Wächter zweifelte an Kray und schwang den langen Stiel seiner Axt herum, um ihm den Weg zu versperren. Der Wächter war jünger, größer und breiter gebaut und hielt offenbar große Stücke auf seine kämpferischen Fähigkeiten.

»Wer seid Ihr?«, verlangte der Wächter zu wissen.

Zu seiner vollen Größe aufgerichtet, starrte Kray den Mann eindringlich an. Unmut und Zorn verdunkelten das Gesicht des Zauberers. Züngelnde grüne Funken wirbelten um das Ende seines Stabs.

»Ich bin Kray«, erklärte er, und seine Stimme füllte den Raum vor der Tür aus, als wäre ein Hieb mit einer Waffe geführt worden.

Sofort wurde der Wächter blass und trat einen Schritt zurück, womit er den Weg freigab. Er hielt dem Blick des Zauberers nicht stand, und seine Hand an der Axt zitterte. »Vergebt mir. Bitte verwandelt mich nicht in eine Kröte.«

Der Ruf, dass der Zauberer Leute, die ihn verärgerten, in Kröten verwandelte, eilte ihm landauf, landab voraus. Es wurde sogar gemunkelt, dass er die Krötenpopulation in einigen Gegenden um ganze Gemeinwesen erweitert hatte.

Kray ging ohne ein weiteres Wort vorbei.

Kruk setzte sich ebenfalls in Bewegung, doch er wurde sofort von der Axt des Wächters aufgehalten. Ungläubig blinzelnd, blickte er zu dem Wachmann auf, der ihn schon an den beiden Vortagen gesehen hatte, als er die Versammlungshalle betreten hatte.

»Wer seid Ihr?«, verlangte der Wächter zu wissen, jetzt noch grimmiger als zuvor. Augenscheinlich hatte er das Gefühl, die eigene Stellung bei seinen Kameraden aufwerten zu müssen.

»Ihr kennt mich doch«, entgegnete Kruk außer sich.

»Zeigt mir Euren Armreif«, befahl der Wachmann. Kupferne Armreifen, in die Bäume, Schiffe und Berge eingeprägt waren, waren an all jene ausgegeben worden, die zu der Versammlung zugelassen waren.

»Ich bin der Großmagister«, sagte Kruk und setzte an,

seinen Ärmel zurückzustreifen, um den Armreif zu enthüllen. Doch um sein Handgelenk lag gar nichts. Da erinnerte er sich daran, dass er den Armreif in seiner Unterkunft auf dem Schiff gelassen hatte, und er kam sich sehr dumm vor.

»Nun?«, fragte die Wache gehässig.

»Ich bin der *Großmagister*«, wiederholte Kruk. »Heute sehe ich kein bisschen anders aus als gestern oder vorgestern.«

Der Wachmann beugte sich näher heran – offenbar wollte er Kruk mit seinem größeren Körperbau einschüchtern. Kruk, der als Sklave in einer Mine der Kobolde aufgewachsen war – der die linken Beine seiner toten Mitsklaven zu den strengen Aufsehern zurückgetragen hatte, um zu beweisen, dass die Unglücklichen tatsächlich gestorben waren – ließ sich nicht einschüchtern. Er hatte gegen Zauberer gekämpft (jedoch nicht, weil das sein Wunsch gewesen wäre) und unglaublichen Ungeheuern gegenübergestanden (ein verflixtes Glück hatte er manchmal, wenn er so darüber nachdachte). Kruk ließ sich nicht beeindrucken.

Obwohl Großmagister Lampenzünder Kruk aus dem Sklavendasein bei den Kobolden befreit und ihn während eines seiner Abenteuer nach Graudämmermoor mitgenommen hatte, hatte der Großmagister es niemals geschafft, sich ganz und gar vom Zorn über die Versklavung zu befreien. Die beiden Tage, in denen er nun im Großen und Ganzen missachtet und manches Mal lächerlich gemacht worden war, hatten sich nicht besonders gut auf seine Stimmung ausgewirkt.

Ehe Kruk sich zurückhalten konnte, packte er die große Nase des Menschen in einem trollischen Nervenklemmer aus Torellia und drückte zu. Torellische Trolle waren einst für ihre Foltertechniken berühmt gewesen. Während des Kataklysmus hatte Lord Khadaver oft von ihnen Gebrauch gemacht.

Der Wachmann jaulte auf, von Schmerz und Erschrecken überrascht. Der Griff, mit dem ihn der Großmagister beim Rüssel hielt, lähmte ihn, daher fiel der stämmige Mensch auf Hände und Knie und bettelte rasch um Gnade.

Schockiert von seiner Tat, und weil die Kameraden des Wächters sich ihm mit scharfem Stahl näherten, lockerte Kruk seinen Griff und trat zurück. »Ich bin der Großmagister«, wiederholte er.

»Mir ist es gleich, wer du bist, Bürschchen«, knurrte einer der anderen menschlichen Wächter, »denn niemand geht auf jemanden aus Lord Zagobars persönlicher –«

Kray hob seinen Stab und ließ ihn hart auf den Boden knallen. Grüne Blitze lösten sich vom unteren Ende des Stabs und schossen auf dem Boden des Ganges umher. Etliche der Wächter schrien auf oder fluchten. Viele hüpften und schüttelten ihre Rüstungen aus. Und ein paar fielen geräuschvoll auf den Hintern.

»Er begleitet mich«, erklärte Kray und funkelte die Wächter an. »Hat damit jemand Schwierigkeiten?«

»Natürlich nicht«, erwiderten die Wachen mit bebenden Stimmen. »Geht nur hinein. Entschuldigt, wenn wir Euch Ärger bereitet haben.«

Kruk stieß einen angewiderten Seufzer aus, als er im Kielwasser des Zauberers weiterging. Selbst ein Zauberer sollte nicht mit größerem Respekt behandelt werden als ein Bibliothekar. Aber so war es schon immer gewesen. Immerhin konnten Bibliothekare Unruhestifter nicht in Kröten verwandeln.

Hinter ihm nahm einer der Zwergenwächter seinen

Helm ab und zog ihn mit Wonne dem zu Boden gefallenen menschlichen Wächter über den Schädel. »Du dummer Taugenichts! Du hättest uns alle in Kröten verwandeln können!«

Kruk musste sich beeilen, um mit dem Zauberer Schritt zu halten. Sie gingen durch die Sitzreihen, die fast zur Gänze gefüllt waren. Immer noch glotzten die Leute Kruk mit einer Mischung aus Ehrfurcht, Unglauben und Abscheu an. Einige trugen ihre Feindschaft offen zur Schau. Immerhin hatten die meisten während des Jahrtausends, das auf den Kataklysmus gefolgt war, geglaubt, alle Bücher seien zerstört worden.

Lord Khadavers Feldzug hatte neben der Weltherrschaft auch das Ziel gehabt, jedes Buch zu vernichten, das jemals geschrieben worden war. Während des Krieges mit den Kobolden hatte keiner von den Elfen, Zwergen oder Menschen gewusst, dass Lord Khadaver eigentlich nach dem verschollenen *Buch der Zeit* gesucht hatte. Das *Buch der Zeit* war unzerstörbar.

Die Tatsache, dass Khadaver auch Krays einziger Sohn gewesen war, war keinem außer Kruk bekannt.

Kray hielt so plötzlich inne, dass Kruk beinahe über die eigenen Füße fiel, während er versuchte, stehen zu bleiben. Der Zauberer wandte sich um und winkte Kruk nach vorne, vor die Versammlung in der großen Halle.

Kruk blieb einen Moment lang stehen. »Ich habe mir gedacht«, sprach er leise, »dass Ihr vielleicht ein paar Worte sagen möchtet.«

»Nein«, erwiderte Kray.

»Aber Ihr seid von so weit her gekommen.«

»Um dich zu hören.«

Nachdem er zwei Tage lang verhandelt und versucht hatte, seine Anwesenheit zu rechtfertigen, fühlte Kruk sich ausgehöhlt. *Ich hätte auf das Schiff fliehen sollen*, sagte er sich.

Ungeduldig winkte ihn Kray erneut vor die Zuschauer. Dort erhellten Lampen die Bühne, in denen Lumminsaft verbrannt wurde – hergestellt von den Glimmerwürmern aus Graudämmermoor und viel sauberer und ergiebiger als Walöl oder Talg. Dieser Brennstoff hatte das Interesse mehrerer Händler aus der Menge geweckt und einen Beweis für Kruks Behauptung geliefert, dass er von einem anderen Ort kam.

Aber aus einer *Bibliothek*? Als Kruk ihnen zum ersten Mal davon berichtet hatte, hatten sie mit Hohn auf ihn herabgeblickt, obwohl den meisten von ihnen die Gerüchte zu Ohren gekommen waren, die sich verbreitet hatten, seit vor acht Jahren das Gewölbe Allen Bekannten Wissens beinahe zerstört worden wäre.

Er war ein Halbling. Nach ihrer Auffassung konnte er daher wohl kaum für eine solch großartige Sache wie das Gewölbe Allen Bekannten Wissens verantwortlich sein, wo doch Halblinge nicht kämpfen wollten oder konnten, außerdem überhaupt nichts Wertvolles herstellten und im Großen und Ganzen für ihr gieriges und selbstsüchtiges Wesen bekannt waren. Tatsächlich war Großmagister Lampenzünder der Erste in diesem Amt gewesen, der kein Mensch war.

»Geh«, mahnte Kray und scheuchte Kruk weiter, als wäre dieser ein kleines Kind.

Zögerlich trat Kruk vor die Versammlung. Er spürte, wie die grausam starrenden Blicke sich in seinen Rücken bohrten. Seine Füße fühlten sich bleiern an, und alles in ihm schrie: *Lauf!* Aber er tat es nicht. Er trat in Edeltocht Lampenzünders Fußstapfen und schuf sich selbst einen Weg.

Gemurre und Flüche erhoben sich überall um ihn, klangen so unversöhnlich und harsch wie der Verlorene See, der in einer unterirdischen Höhle in den Urwäldern von Krelmayn eingeschlossen gewesen war. Obwohl es in diesem See und dem umgebenden Höhlensystem von wilden Raubtieren gewimmelt hatte, die keine Augen hatten und mit Hilfe von Erschütterungen jagten, dachte Kruk, dass er lieber noch einmal dort an der Seite von Großmagister Lampenzünder in dem sinkenden Nachen wäre, als es mit der feindlich gesinnten Menge aufzunehmen.

Kruk stieg die Stufen hinauf und ging dann zum Rednerpult, das nicht für die Anforderungen eines Halblings getischlert worden war. Er musste auf zwei Holzkisten steigen, um eine angemessene Höhe zu erreichen.

Die Zuhörer lachten *über* Kruk, nicht *mit* ihm. Ein paar geringschätzige Bemerkungen über kleine Leute und Halblinge drangen an seine empfindlichen Ohren. Sein Gesicht errötete leicht, aber das war ebenso sehr dem Ärger geschuldet wie der Scham.

»Ich grüße euch«, sagte Kruk mutig. Und er lächelte genau auf die Art und Weise, die Barndal Kruk in seinem Buch *Redekunst jener, denen man auch zuhört* vorschlug. Es klappte nicht, und er kam sich dumm vor, wie er so dastand und wie ein Schwachsinniger grinste. Er versuchte auch, sich vorzustellen, die Zuhörer säßen in ihrer Unterwäsche hier, doch auch das klappte nicht. Er war ziemlich sicher, dass einige der armen Seeleute des nahe gelegenen Krummaalflusses nicht einmal Unterwäsche besaßen. Und sich die Zwerge von der Klingenwerkschmiede in ihrer Unterwäsche vorzustellen war einfach zu schrecklich, als dass er es in Erwägung gezogen hätte.

Nun senkte sich zum ersten Mal völlige Stille über die große Halle.

Kruk versuchte Kray in der Menge auszumachen, in der Hoffnung, ein freundliches Gesicht zu sehen, auf das er sich konzentrieren konnte. *Wenn das das freundlichste Gesicht ist, auf das du hoffen kannst*, sagte er sich, *dann kannst du dich gleich auf dieser Bühne erhängen.*

»Wie viele von euch in diesen letzten beiden Tagen schon mitbekommen haben«, fuhr Kruk in dem Wissen fort, dass es in der Versammlung einige gab, die eben erst angekommen waren, »bin ich der Großmagister des Gewölbes Allen Bekannten Wissens, der Großen Bibliothek, die gegen Ende des Kataklysmus errichtet wurde, um die Bücher vor Lord Khadavers Koboldhorden zu schützen.«

»Halblinge sind wertlos!«, brüllte jemand aus dem hinteren Bereich. Ein Chor von Buh-Rufen folgte.

Geduldig wartete Kruk darauf, dass die Proteste erstarben. Er umfasste die Kanten des Rednerpults. »Ich habe Herolde ausgesandt, um euch alle hier zu versammeln«, fuhr er fort, »in der Hoffnung, euch meine Vision von Schulen entlang der Zerschmetterten Küste vorzustellen.«

»Schulen!«, brüllte jemand. »Fische haben Schulen! Wir sind keine Fische!«

»Eure Kinder und Kindeskinder brauchen Bildung«, sagte Kruk. »Da Lord Khadaver geschlagen ist und seine Koboldhorden abwarten –«

»Sie warten gar nichts ab!«, rief jemand. »Sie sind unten im Süden! Wo sie immer gewesen sind! Wir müssen runtergehen und sie vernichten, statt auf unserem Hintern rumzusitzen und einem Halbling zuzuhören, der uns einreden will, dass er wichtig ist!«

Sofort wurde Beifall geklatscht.

Gedanken an den Krieg bringen Leute zusammen, aber der Frieden trennt sie. Kruk konnte es kaum glauben.

»Wir sollten uns unten in Kielholers Taverne ein Bier gönnen und uns auf den Weg machen.«

Und viele Kriege haben mit Krügen voll schaumigem Bier ihren Anfang genommen. Kruk erhob seine Stimme. »Ihr werdet früh genug die Gelegenheit bekommen, es mit den Kobolden aufzunehmen. Aber wenn ihr nicht auf sie vorbereitet seid, werden sie *euch* vernichten.«

Diese Erklärung führte zu einer weiteren Welle von Anfeindungen.

Weit vorne erhob sich ein Elf. Seine zwei großen Wölfe standen mit ihm auf und knurrten wild, während sie sich mit den Vorderbeinen auf die Armlehnen seines Stuhls stellten und ihrem Herrn beinahe bis zu den Schultern reichten.

Er war ein Elfenhüter, erkenntlich an seiner grünen Lederkleidung, seinem Bogen und an den spitzen Ohren ebenso wie an den tierischen Begleitern, die er bei sich hatte. Sein langes Haar hatte die Farbe von Pappelrinde und hob sich gegen seine goldene Haut ab. Amethystaugen glitzerten wie Steine. Dünn, schön und hochmütig stützte sich der Elf auf seinen ungespannten Bogen und ließ seinen Blick über die Versammlung schweifen.

»Ruhe«, sagte er. »Ich wünsche zu hören, was der Halbling zu sagen hat.«

Eine Gruppe von grobschlächtigen Seeleuten erhob sich im hinteren Bereich. »Wir nehmen nur Befehle von unserem Käpt'n entgegen, *Elf*«, sagte einer von ihnen. Er ließ das Wort wie einen Fluch klingen.

Der Elf lächelte träge. »Du wirst gut daran tun, von mir Befehle entgegenzunehmen, Mensch. Oder dich zumindest in meiner Anwesenheit nicht gar so mutig zu fühlen. Dein weiteres Überleben könnte davon abhängen.«

Nur ein paar Fuß von dem Elfen entfernt stand ein Zwerg auf. In der knorrigen Hand hielt er eine Kriegsaxt, die größer war als er selbst. Narben überzogen sein Gesicht und seine Arme und legten Zeugnis eines Lebens als Krieger, nicht als Bergmann, ab. Sein wilder Bart sah aus, als wäre er ein abgerissenes Bärenfell, war aber von Grau durchzogen. »Das sind jetzt genug Drohungen, Oryn.«

Mit einem nach wie vor beiläufigen Lächeln wandte sich der Elf um, um den Zwerg anzusehen. »Wirklich, Faldraak? Du solltest mich gut genug kennen, um zu wissen, dass ich keine Drohungen ausspreche. Ich mache Versprechen.«

»Und du hast nicht einmal genug Hirn, um dich bei Regen unterzustellen«, warf ihm Faldraak vor. »Bist du bereit, gegen eine Horde Menschen zu kämpfen?«

»Das bin ich«, antwortete Oryn. »Die einzige Frage ist, ob ich auch noch einen Zwerg bekämpfen muss.«

Etliche weitere Elfen erhoben sich. »Oryn wird nicht allein kämpfen«, versprach einer von ihnen.

Mit scheppernden Rüstungen gesellte sich ein Dutzend Zwerge zu Faldraak.

»Ein Kampf!«, schrie jemand weiter hinten. »Es gibt einen Kampf zwischen Elfen und Zwergen!«

Weil er es nicht mehr länger aushielt, ließ Kruk seinem Zorn freien Lauf: *»Halt!«* Durch die Bühnenkonstruktion verstärkt, schallte seine Stimme mit verblüffender Lautstärke über die ganze Versammlung. Ehe er sich's versah, hatte er das Rednerpult verlassen und stand am Rand der Bühne.

Die Menge wandte sich sofort Kruk zu, als ob ihnen plötzlich in den Sinn kam, dass ihre Anwesenheit und die Missstimmung zwischen ihnen allein seine Schuld sei.

Zu spät ging Kruk auf, dass er hinter dem Rednerpult

hätte bleiben sollen. Es hätte zumindest ein wenig Schutz vor Pfeilen und Wurfdolchen geboten. Doch immer noch hatte er nicht genug Angst, um den Zorn zu stillen, der in ihm rumorte.

»Seht euch nur an!«, schimpfte er. »Kurz davor, wegen ein paar rauer Worte zu kämpfen!« Er stand auf zittrigen Beinen, konnte sich aber trotzdem nicht aus seinem eigenen Kampf mit ihnen zurückziehen. »Ist das also die Welt, die ihr euch gegenseitig schenken wollt? Eine Welt, in der ihr einander bekämpft, anstatt gegen die Kobolde vorzugehen?«

Niemand sagte etwas. Alle Augen ruhten auf ihm.

»Denn genau so war es, bevor Lord Khadaver die Koboldstämme vereinte, wie ihr wisst«, sagte Kruk. »Bevor er sich zu ihnen begab, waren sie übervorsichtig und vertrauten einander nicht. Sie raubten sich gegenseitig aus und töteten einander, weil sie nicht gegen Menschen, Zwerge oder Elfen kämpfen wollten. Aber Khadaver lehrte sie zusammenzuarbeiten. Und sie haben beinahe die Welt vernichtet.«

Die Zuhörer standen still da und hörten Kruk zum ersten Mal seit drei Tagen zu.

»Nun, da die Kobolde nicht mehr so bedrohlich sind wie früher«, sagte Kruk, »könntet ihr ja womöglich wieder darauf verfallen, euch gegenseitig wegen Ländereien zu töten, die niemand will oder braucht. Oder um euch sicher zu fühlen. Oder wegen rauer Worte. Oder aus irgendeinem anderen der Gründe, die Leute gefunden haben, um in den Krieg zu ziehen, seit sich zum ersten Mal Gruppen gebildet haben.«

»Komm zur Sache, Halbling«, sagte ein Menschenkaufmann. Er war schön herausgeputzt und wurde von einem Dutzend bewaffneter Wächter begleitet. Alter und Erfolg hatten ihn rund und weich werden lassen. Sein Haar war schwarz, allerdings sah die Farbe unecht aus. Juwelenbesetzte Ringe glitzerten an seinen Fingern. »Zwei Tage lang hast du dort oben gestanden und hast palavert und vom Vorhandensein der Bibliothek geschwärmt, die jedoch« – er wandte sich an die Menge hinter ihm – »meiner Meinung nach niemanden recht interessiert.«

Einige der Zuschauer stimmten ihm zu.

»Ich habe erst vor kurzem erfahren, dass es die Bibliothek gibt«, fuhr der Mensch fort. »Man hörte von einer Schlacht gegen einen Mann namens Aldhran Khempus. Offenbar gibt es in Wirklichkeit *zwei* Bibliotheken.«

»Ja«, sagte Kruk. »Das ist wahr.« Er hatte die zweite entdeckt, als er Großmagister Lampenzünder gerettet und nach dem *Buch der Zeit* gesucht hatte.

»In der Vergangenheit«, sagte der Kaufmann, »war schon der Besitz eines Buches dafür ausreichend, dass man nicht nur von den Kobolden, sondern von beinahe jedem getötet wurde, der es bei einem gefunden hat.«

»Die Zeiten ändern sich«, sagte Kruk.

»Du bist doch nur hier«, fuhr der Kaufmann fort, »weil du willst, dass diese Leute dir bei der Verteidigung gegen die Kobolde helfen. Ich habe gehört, dass sie Überfälle auf deine kleine Insel veranstaltet haben.«

»Das haben sie«, gab Kruk zu. »Diese Stoßtrupps der Kobolde sind nicht bis Graudämmermoor vorgedrungen. Das werden sie niemals. Die Verteidiger der Insel werden das nicht zulassen.«

»Wie viele Halblinge befinden sich denn unter diesen Verteidigern?«, höhnte der Mensch.

»Halblinge«, sagte Kruk, »sind keine Krieger. Wir sind von den Alten damit betraut worden, die Hüter der Großen Bibliothek zu werden.«

»Das ist eure Aufgabe?«

»Ja.«

Der Mensch warf seine Hände in einer flehentlichen Geste in die Luft. »Weshalb hast du uns dann hergerufen und sagst uns, dass das Schicksal der Welt in unseren Händen liegt?«

»Weil das der Fall ist«, erwiderte Kruk.

»Wie das?«

Kruk sprang von der Bühne und öffnete seinen Rucksack, nahm einige Bücher heraus, ging zu dem Elfenhüter und musterte ihn. »Ihr seid ein Feuerlilienelf von den Jokdamm-Altwässern.«

Oryn war wenig beeindruckt. »Etliche der Anwesenden wissen, wer ich bin.«

Nachdem er das Buch geöffnet hatte, blätterte Kruk zu einer der Zeichnungen vor, die den breiten Fluss zeigte, wie er sich durch die Gegend wand, die einst Teldanes Fülle gewesen, nun aber als die Zerschmetterte Küste bekannt war. »Doch ich kenne die Geschichte Eures Volkes. Ich weiß, wie die Jokdamm-Altwässer aussahen, als sie noch vollkommen waren, als sie ein Ort der Schönheit gewesen sind und kein Ort toter Bäume und Städte.«

Das Bild war farbig, gekonnt genug gezeichnet, um den Blick auf sich zu ziehen. Es zeigte einen Elfenhüter in einem Blätterboot, der durch die Gewässer ruderte und einen Seetroll bekämpfte, der dreimal so groß war wie er.

Ehrfürchtig nahm Oryn das Buch an sich. »Kaez der Flinke«, sagte er bewundernd. Die anderen Elfenhüter drängten sich um ihn, um ihm über die Schulter zu blicken.

»Ja.« Kruk hatte mit Absicht eine Abschrift der Geschichte von Kaez dem Flinken anfertigen lassen. »Dies ist seine Geschichte, Oryn. Seine *wahre* Geschichte. Ehe Lord Khadaver über die Feuerlilienelfen herfiel und sie vernichtete.« Er wechselte in die Sprache der Elfen. »Und sie ist in der Sprache Eures Volkes geschrieben.«

Behutsam blätterte Oryn durch das Buch, hielt bei einigen anderen Bildern inne. Alle waren farbig, was Kruk etliche Beschwerden von seinem überarbeiteten Mitarbeiterstab in der Bibliothek eingebracht hatte, aber er hatte einen guten Eindruck hinterlassen wollen.

»Kennt Ihr seine Geschichte?«, fragte Oryn.

»Ich habe sie gelesen«, sagte Kruk.

»Es hat nicht viele wie ihn gegeben.«

»Das weiß ich.«

Oryn blickte Kruk mit neuer Anerkennung an. »Ihr habt dies gelesen?«

»Ja.«

»Könntet Ihr« – er zögerte, denn Elfen waren hochnäsige Geschöpfe und mochten es nicht, sich anderen gegenüber verpflichtet zu fühlen – »mir das vorlesen?«

»Das werde ich.«

Oryns Hände schlossen sich fest um das Buch. »Was wollt Ihr für solch ein Buch haben?«

»Das Buch gehört Euch«, sagte Kruk. »Es ist das Geschenk der Bibliothek an Euch.«

»Ein solches Geschenk kann ich nicht einfach so annehmen.« Aber Oryn wirkte auch nicht sonderlich begierig darauf, das Buch zurückzugeben. »Es muss etwas geben, das ich Euch im Gegenzug anbieten kann.«

»Das gibt es«, erwiderte Kruk.

Argwohn trat in die amethystfarbenen Augen.

»Versprecht mir, dass Ihr Euch von mir beibringen lassen werdet, dieses Buch zu lesen«, sagte Kruk. »Und andere ebenfalls. Ob im Gewölbe Allen Bekannten Wissens, in Eurer Heimat oder an einem anderen Ort, an dem Ihr

Euch mit mir treffen wollt. Und versprecht mir, dass Ihr mindestens zwei weiteren beibringen werdet, dieses Buch zu lesen, und dass sich dieser Unterricht fortsetzen wird.«

»Ich habe zwei Söhne und eine Tochter«, sagte Oryn. »Ich gebe Euch mein Wort, dass ich tun werde, was Ihr verlangt.«

»Danke«, erwiderte Kruk. Er wandte sich an Faldraak und zog ein anderes Buch hervor. »Ihr seid von den Zwergen des Klingenden Amboss.«

»Das bin ich«, erklärte Faldraak stolz. »Es gibt keinen Stahl, der dem vom Klingenden Amboss gleichkommt. Wir sind dafür berühmt.«

»Euer Volk hat einst Rüstungen für Könige gefertigt«, sagte Kruk. »Und Ihr habt eiserne Gallionsfiguren und Rammsporne für Schiffe ersonnen, die mit Hilfe von Magie geschaffen wurden, so dass sie nicht rosteten.«

Faldraak schüttelte seinen zottigen Kopf. »Ein Mythos, nicht mehr.«

Zwerge und Magie passten nicht so recht zusammen. Jeder wusste das. Menschen und Elfen waren offener dafür, obwohl die Elfen eher der Natur zugetan waren, wohingegen Menschen eher zum Zerstörerischen neigten.

Kruk öffnete das Buch. »Das Geheimnis des magiegetränkten Eisens gehörte allein dem Clan vom Klingenden Amboss. Sie haben das Verfahren einem Drachen namens Kallenmarsdak abgerungen, der vor langer Zeit hoch oben im Bärenschnauzengebirge lebte.«

Die Augen des Zwergs weiteten sich. »Diese Geschichte kennen nicht viele.«

»Ich kenne mehr als nur die Geschichte«, sagte Kruk leise. »Ich kenne das Geheimnis, wie die Magie in das Eisen eingebracht wurde.«

»Nein«, flüsterte Faldraak heiser.

Kruk öffnete das Buch beim Bild eines Zwergs, der sich an der Klaue eines Drachen festhielt und daran über einen Berggipfel schoss, hinter dem die Sonne unterging. »Drathnon der Kühne. Der Zwerg vom Klingenden Amboss, der Kallenmarsdak in seinem Hort getrotzt hat.«

Faldraak riss Kruk das Buch aus den Händen. »Das Geheimnis des magischen Eisens befindet sich hier drin?«

»Das tut es.«

»Und Ihr würdet es mir geben?«

»Es gehört Euch.«

»Werdet Ihr es mir vorlesen?«

»Das werde ich. Aber nur zum selben Preis, den auch Oryn bezahlt.«

Ohne Vorwarnung ließ Faldraak einen Freudenschrei hören, warf seine Kriegsaxt einem seiner Begleiter zu, schlang die Arme um Kruk und hob den Halbling wie einen Hundewelpen von den Füßen. »Ach, Ihr seid wahrhaft eine Überraschung, wahrhaft! Habt das Herz dieses alten Zwergs mit Freude erfüllt! Ich habe gedacht, dieses Geheimnis wäre für immer fort und verloren!«

Kruk bekam kaum noch Luft. Er war sich sicher, dass seine Rippen tagelang geprellt sein würden. Einen Augenblick später stellte Faldraak ihn zurück auf die Füße.

Während der nächsten paar Minuten teilte Kruk siebenundzwanzig weitere Bücher an die Leute aus, die zu der Versammlung erschienen waren. Nur fünf Geschichten hatten keine Vertreter, denen man sie geben konnte, und einige andere waren enttäuscht, dass es über sie keine Geschichten gab. Kruk ließ sich ihre Namen nennen und versprach, ihnen allen Bücher zu besorgen, sobald er ins Gewölbe Allen Bekannten Wissens zurückgekehrt war. Er konnte sich die Proteste seiner armen Mitarbeiter bereits ausmalen, die ihre Zeit damit verbrachten, die Bibliothek wiederherzustellen, Novizen zu unterrichten und ihre eigenen Arbeiten und Forschungen weiterzuführen.

Am Ende kehrte er zur Bühne zurück, obwohl er sich nicht der Lächerlichkeit preisgab, indem er abermals zum Rednerpult emporkletterte. Er sprach vom Rand der Bühne aus.

»Diese Bücher stehen für die Welten, die vor dem Kataklysmus existierten«, sagte Kruk.

Überraschenderweise waren die Zuhörer nun still und hingen an seinen Lippen. Er konnte kaum glauben, wie sehr er sie dadurch beeindruckt hatte, dass er ihnen die Bücher geschenkt hatte.

»Sie stehen auch für die Welten, in die eure Kinder und Kindeskinder zurückkehren können«, fuhr Kruk fort. »Wenn die Kobolde erst einmal zurückgetrieben sind, und daran glaube ich fest, wird die Welt kleiner werden, nicht größer. Unser Leben wird größer werden. Wir werden nicht mehr in kleinen Gemeinschaften leben. Aber wenn wir uns ausbreiten, werden wir uns den gleichen Schwierigkeiten gegenübersehen, die Lord Khadaver in den Anfängen des Kataklysmus ausnutzen konnte.«

»Worüber sprecht Ihr da?«, fragte der Menschenkaufmann.

»Setz dich hin, Duhly!«, brüllte jemand. »Ich will den Halbling hören!«

»Weißt du denn nicht, wovon er spricht?«, fragte Duhly. »Wirklich nicht?« Er fuhr rasch fort, bevor jemand antworten konnte. »Dieser Halbling will euch die Taschen ausleeren! Was glaubt ihr denn, wer für diese Schulen bezahlen soll, die er bauen will?«

Sofort ging eine neue Welle von Spekulationen durch die

Menge. Offenbar konnte dieser Kaufmann einen Spendenaufruf meilenweit gegen den Wind riechen.

»Sagt es ihnen«, forderte Duhly Kruk auf. »Sagt ihnen, weshalb Ihr sie zusammengebracht habt. Um sie zu schröpfen.«

Ehrlichkeit ist die beste Vorgehensweise, sagte sich Kruk. Er versuchte verzweifelt, nicht daran zu denken, wie oft er schon gehört hatte, dass solch ein Verfahren dem Anwender den Tod gebracht hatte.

»Die Einrichtung von Schulen wird Hilfe erfordern«, sagte Kruk.

Sogleich löste sich ein Teil des durch die Buchgeschenke geschaffenen guten Willens in Luft auf. Niemandem gefiel der Gedanke, Gold abzugeben.

»Ein Teil dieser Hilfe«, sagte Kruk über den Lärm hinweg, »wird notwendigerweise finanzieller Art sein müssen. Die Schüler und Lehrer müssen während des ersten Jahres ihrer Ausbildung verpflegt und eingekleidet werden. Dann können sie Gärten pflegen, jagen und fischen, um ihren Bedarf zu decken oder einzutauschen, was sie brauchen. Aber die größte Hilfe, die benötigt wird, ist die Arbeitskraft, um die Schulen zu errichten.«

»Wozu denn?«, fragte Duhly. »Um Bauern ihre Hilfsarbeiter abspenstig zu machen? Damit Handwerker keine Gesellen mehr haben? Damit jeder Mann und jede Frau zwei- oder dreimal so viel arbeiten müssen, während ihre Söhne und Töchter in irgendeinem Schulhaus sitzen und nichts tun?«

»Damit sie eine Bildung erhalten«, entgegnete Kruk und versuchte, den Schaden einzudämmen, den die Worte des Kaufmanns anrichteten. »Damit sie lernen, Dinge zu vollbringen und andere auszubilden. Damit sie besser miteinander leben können. Eines Tages werden wir wieder in einer Welt leben. Wir sollten in einer besseren Welt leben als in der Vergangenheit. Um das zu tun, brauchen die Kinder Bildung.«

»Bildung wird überbewertet, Großmagister«, schimpfte Duhly. »Ihr bietet uns Eure Geschenke und Versprechungen an, und dabei wollt Ihr nur unser Leben verschlechtern. Ich habe jetzt genug von Eurer Torheit und Euren leeren Worten.«

Ein einzelner grüner Funken tanzte im Hintergrund der Halle und zog die Aufmerksamkeit etlicher Teilnehmer auf sich. Während Duhly weiterhin auf Kruk einredete, segelte der Funken herbei und ließ sich auf dem Hinterkopf des Kaufmanns nieder. Als Duhly weitersprach, wurde seine Zunge immer länger, sein Gesicht wurde breiter und kürzer, bis er nicht viel später ein ungeschlachtes Krötengesicht auf menschlichen Schultern zur Schau stellte. Seine Haare wurden zu Beulen und Warzen.

Etliche Leute um Duhly herum fingen zu lachen an. Selbst Kruk konnte ein Grinsen nicht unterdrücken.

Urplötzlich hielt Duhly im Satz inne und starrte die Leute um sich herum an. »Was denn?«, fragte er. Seine Zunge schnellte wie eine Peitsche hervor. Offenbar sah er die Bewegung nun zum ersten Mal. Versuchsweise ließ er seine Zunge einige Male herausschnellen. Dann hob er die Hände und betastete seinen Kopf.

»Oh nein!«, schrie er. »Oh nein! Oh – *quak*!« Mit der Hand auf dem Kopf floh er aus der Halle. Noch ehe er die Tür erreichte, wurden aus seinen eiligen Schritten weite Sprünge. Die Tür schloss sich nach seinem Rückzug.

»Vielleicht«, schlug eine tiefe Stimme im Hintergrund der Halle vor, »könnten wir so höflich sein, uns die Pläne des Großmagisters anzuhören.«

»Ist auf jeden Fall besser, als eine Kröte zu sein«, brummte jemand verärgert.

»Fahrt fort, Großmagister«, sagte Oryn.

Und das tat Kruk.

»Nötigung war kein Teil meiner Darbietung«, sagte Kruk.

»Nein, das nehme ich auf meine Kappe«, entgegnete Kray. »Nachdem ich davon Gebrauch gemacht hatte, schienen die Dinge viel glatter zu laufen.«

Kruk sah sich in Kielholers Taverne um, einer Spelunke im Hafenviertel nicht weit entfernt von der *Mondenträumer*, dem Schiff, das ihn aus Graudämmermoor hergebracht hatte. Das bedeutete auch, dass das Schiff nur ein kurzes Stück weg war, sollten die Dinge hier vor Ort unerfreulich werden und sie dort in Deckung gehen müssen.

Über die Jahre hatten die Besitzer der Taverne das Gebäude drei- oder sogar viermal erweitert, indem sie einfach andere Bauwerke herbeigeschleppt, angefügt und anschließend Böden und Decken eingezogen hatten. Daher waren nun die Stockwerke von unterschiedlicher Höhe und nicht immer ganz eben. Die Einrichtung war ein Mischmasch aus allem, was man vor der Tür vorgefunden hatte.

Obwohl die Taverne beinahe zum Bersten voll war mit all den zusätzlichen Leuten, die wegen der Versammlung hier waren, saß niemand in der Nähe von Kray und Kruk. Das war unter den »krötigen« Umständen nachvollziehbar.

»Sie haben Angst vor Euch«, sagte Kruk.

Kray strahlte förmlich vor Selbstzufriedenheit. »So soll es sein.«

Kruk seufzte. »Es ist nicht leicht, jemanden dazu zu bringen, etwas Wohltätiges zu tun, wenn er sich bedroht fühlt.«

»Da bin ich anderer Ansicht. Nachdem die Möglichkeit

im Raum stand, in eine Kröte verwandelt zu werden, haben sie sich hingesetzt und zugehört, während du deine Leier von Schulen und Bildung weiter ausgeführt hast.«

»Das war keine Leier.«

Kray runzelte die Stirn. »Deine Redekunst lässt zu wünschen übrig. ›Wir müssen für die Zukunft vorsorgen. Wir müssen sicherstellen, dass unsere Kinder über die Vergangenheit Bescheid wissen, ehe sie in die Zukunft gehen.‹« Der Zauberer schüttelte den Kopf. »Die Krötendrohung? Die war beredt. Kurz, treffend, Aufmerksamkeit erregend.« Er nahm sich ein weiteres mit Sahne gefülltes Blaubeertörtchen von dem vollen Teller, den er bestellt hatte und an dem er sich seither gütlich tat. »Man *bittet* Leute nicht um ihre Hilfe. Man *fordert* sie *auf*, einem zu helfen.«

»Oder man verwandelt sie in Kröten.«

Kray zuckte mit den Schultern. »Wenn ich damit gedroht habe, ja, dann verwandle ich sie in Kröten. Drohungen haben kaum Gewicht, wenn man sie nicht hin und wieder in die Tat umsetzt.«

Die Verzweiflung lastete schwer auf Kruk. »Kröten können keine Schulen bauen.«

»In der Tat können Kröten kaum etwas anstellen. Außer Fliegen fressen.« Kray wischte sich Kuchenkrümel aus dem Bart. »Ich denke, das war genau der springende Punkt.«

»Wir brauchen das Wohlwollen dieser Leute.«

»Über die Jahre habe ich herausgefunden, Großmagister, dass die Leute einen umfassenden Mangel an begeistertem Wohlwollen erkennen lassen, wenn man sie nicht ordentlich dazu anregt. Besonders, wenn es um öffentliche Vorhaben geht. Ich habe nur die Anregung geliefert. Wenn ich vor zwei Tagen schon da gewesen wäre, wärst du zweifellos bereits mit allem fertig.«

Im Stillen stimmte Kruk ihm zu.

»Wenn nun Tocht heute zu diesen Leuten gesprochen hätte …« Kray besann sich und schüttelte den Kopf. »Das kann leider nicht sein, nicht wahr?« Er lächelte ein wenig, aber Traurigkeit trat in seine grünen Augen.

»Es tut mir leid, dass ich nicht Großmagister Lampenzünder bin«, sagte Kruk und spürte, wie der alte Schmerz sich auch in ihm regte. Obwohl er Großmagister Lampenzünders Entscheidung verstehen konnte, die Welten zu erkunden, die sich ihm mit dem *Buch der Zeit* geöffnet hatten, hatte Kruk seinem Mentor noch nicht ganz vergeben, dass er ihn verlassen hatte.

»Nein«, sagte Kray energisch. »Das sollte dir niemals leidtun. Du bist du, Großmagister Kruk, und wenn du nicht wärst, wäre es wohl niemals zu der Gelegenheit gekommen, den Völkern der Welt das ganze verlorene Wissen zurückzugeben.«

Der Schmerz ließ Kruks Kehle eng werden. Trotz all der Streitigkeiten und Unstimmigkeiten zwischen Kray und ihm teilten sie die Liebe und den tiefen Respekt für Edeltocht Lampenzünder. Sie waren die Einzigen, denen ein Großteil des Lebens des Großmagisters bekannt war. Sie hatten sich an seinen Abenteuern außerhalb Graudämmermoors beteiligt und ihn bei der Arbeit beobachten können. Keiner der Bekannten des Großmagisters von der Zerschmetterten Küste war jemals nach Graudämmermoor gekommen.

»Danke«, flüsterte Kruk.

»In diesen Tagen bedeutet mir deine Freundschaft sehr viel«, sagte der Zauberer.

Dieses Zugeständnis von Kray war sowohl überraschend als auch berührend. Kruk wusste nicht, was er sagen sollte.

Die Stille breitete sich zwischen ihnen aus, wurde von den Unterhaltungen in der Taverne überlagert.

»Ihr seid heute nicht wegen der Veranstaltung hergekommen, oder?«, fragte Kruk. Er hatte schon vorher gefragt, aber Kray hatte ihm keine Antwort gegeben. Der Zauberer beantwortete niemals Fragen, wenn er nicht dazu bereit war. Aber das bedeutete nicht, dass man nicht ein weiteres Mal fragen konnte.

»Nein, das bin ich nicht.« Kray nahm sich noch ein Törtchen und knabberte daran. »Etwas anderes hat mich zu dir geführt.«

Still wartete Kruk. Nur Schwierigkeiten würden Kray zu ihm bringen. Er wollte gar nicht fragen, worum es sich handelte. Also tat er es nicht.

»Sag mal«, meinte Kray beinahe lässig, als ob nicht möglicherweise das Schicksal der Welt von seinen Worten abhängen würde, »hast du jemals von Lord Khadavers Grimm gehört?«

Kruk dachte einen Moment lang nach. »Nein. Nicht wirklich. Er wurde kurz in Troffins *Vermächtnis des Kataklysmus* erwähnt.«

»Damit bin ich nicht vertraut.«

»Das sind die meisten Leute nicht. Der Großmagister ließ es mich einmal lesen, aber er hat mir nie erklärt, weshalb.«

»Aha. Und was stand in dem Buch über Lord Khadavers Grimm?«

»Nur dass es eine Waffe war, an der der Herr der Kobolde gegen Ende des Kataklysmus gearbeitet hat. Ich denke, die Legende wurde irgendwann als eine reine Erfindung abgetan.«

Kray holte seine Pfeife hervor und stopfte sie. Er schnippte mit den Fingern, und eine grüne Flamme erschien auf seinem Daumen. Kurz darauf brannte die Pfeife fröhlich, und eine Rauchwolke wand sich um seinen Hut.

»Was wäre«, fragte der Zauberer, »wenn ich dir erzähle, dass die Geschichte von Lord Khadavers Grimm der Wahrheit entspricht?«

Kruk dachte darüber nach. »Dann würde ich sagen, dass wir über tausend Jahre zu spät kommen.«

»Vielleicht nicht.«

Verstörende Bilder nahmen in Krays Pfeifenrauch Gestalt an. In diesen kleinen Wolken wurden Kriege ausgetragen. Kruk wusste nicht, ob der Rauch Dinge offenbarte, die erst kamen, oder ob sie aus den Erinnerungen des Zauberers stammten.

»Tocht war einmal Lord Khadavers Grimm auf der Spur«, sagte Kray. »Allerdings nur durch Zufall. Nach einem Streit zwischen Hallekk und der Mannschaft eines anderen Schiffes im Allerortshafen ist er auf den Aschwolkeninseln gelandet.«

»Der Großmagister hätte sich nicht in einen Streit hineinziehen lassen«, sagte Kruk automatisch. »Außerdem würde es in seiner Anwesenheit nichts geben, worüber man streiten müsste. Der Großmagister würde die Antwort kennen.«

»Niemand hat ihm geglaubt.«

»Und er ist gegangen, um ihnen das Gegenteil zu beweisen?« Kruk schüttelte den Kopf. »Das klingt trotzdem nicht nach dem Großmagister.«

Kray hüstelte. »Eigentlich hatte Tocht keine Wahl.«

Kruk zog zweifelnd eine Augenbraue hoch.

»Wir haben gewartet, bis Tocht gut angetrunken war, und dann haben wir ihn auf das Schiff zurückgebracht.«

»Ihr habt ihn schanghait? Noch einmal?«

»Eigentlich war es Hallekks Einfall.«

Zu diesem Zeitpunkt war Hallekk vermutlich der Erste Maat der *Einäugigen Peggie* gewesen, Graudämmermoors einzigem zwergischen Piratenschiff. Die Mannschaft hatte Großmagister Lampenzünder im Allerortshafen vor all den Jahren schanghait, um die Mannschaft aufzufüllen, und sie waren so betrunken gewesen, dass sie nicht gemerkt hatten, dass er ein Bibliothekar war.

Kruk fragte sich, weshalb der Großmagister noch einmal auf Abenteuerfahrt gegangen war, nur um Hallekks Wunsch zu befriedigen, eine Wette zu gewinnen.

»Hat der Großmagister an Lord Khadavers Grimm geglaubt?«, fragte Kruk.

»Das hat er. Er hat ihn gesehen.«

Diese Verkündigung überraschte Kruk. »Das hat er mir gegenüber nie erwähnt.«

»Tocht hat ein sehr ... abenteuerliches Leben geführt. Ganz im Gegensatz zu den Wünschen eines gewöhnlichen Halblings.« Kray zog an seiner Pfeife, und ein schrecklicher Drache segelte im Angriffsflug durch die Wolken, die sich an der Decke der Taverne ausbreiteten. Etliche Gäste in der Nähe saßen wie gelähmt vor Erstaunen da, dann erhoben sie sich vorsichtig – und leise – und gingen. »Ich bin mir sicher, dass er dir nicht alles erzählt hat.«

»Ich habe alles gelesen, was er geschrieben hat.«

»Vielleicht hat er nicht über alles geschrieben, was er gesehen hat.«

Kruk schüttelte sofort seinen Kopf. »Das war nicht seine Art. Er hat mir beigebracht, wie wichtig es ist, ein Tagebuch zu führen.« Indem er in seine Robe griff, holte er das Tagebuch hervor, das er selbst angefertigt hatte.

Nachdem er das Tagebuch auf den Tisch gelegt hatte, blätterte er durch die Seiten und zeigte die Bilder und Worte, die er in den letzten paar Tagen geschaffen hatte. Bilder von der Haimaulbucht, von der Versammlungshalle, den wichtigen Teilnehmern, mit denen er sich getroffen hatte, und ebenso von den Pflanzen, Bauwerken und Tieren, die sein neugieriger Blick eingefangen hatte, füllten die Seiten zwischen den Notizen.

»Das ist aber bloß der Anfang dieses Buches«, sagte Kruk. »Ich habe an Bord der *Mondenträumer* an einem gearbeitet, das schon näher an der Vollendung ist.« Er schloss das Buch und steckte es ein. »Der Großmagister hat *alles* festgehalten.«

»Das hat er. Was uns zu dem Schluss führt, dass du *nicht* alles gelesen hast, was Tocht geschrieben hat.«

»Unmöglich.«

Wortlos griff der Zauberer in seinen Reiseumhang, zog ein dickes Buch heraus und ließ es mit einem dumpfen Schlag auf den Tisch fallen. »Hast du das gelesen?«

Sogleich erkannte Kruk Großmagister Lampenzünders Handarbeit. Der Großmagister war immer sehr genau vorgegangen, wenn er ein Tagebuch zur Aufzeichnung seiner Abenteuerfahrten erstellt hatte. Dieses hatte einen Lackanstrich auf Ahorn, der tiefrot eingefärbt war, so dass es gegen Druck und Wasser beständig sein würde.

Als er das Buch öffnete, fand Kruk die Handschrift des Großmagisters auf den Seiten. Kruk erkannte die Schrift seines Mentors sofort an den Qs. Großmagister Lampenzünder hatte das schönste Q von allen Bibliothekaren.

Einige der Seiten waren jedoch angesengt. Auf anderen hatten sich winzige Löcher durchgebrannt.

Die Vorderseite zierte eine hervorragende Zeichnung der

Einäugigen Peggie, die im Allerortshafen vor Anker lag. Zwerge, einer davon Hallekk mit seiner fassartigen Brust, standen auf Deck und verrichteten ihre Aufgaben.

»Woher habt Ihr das?«, fragte Kruk erstaunt.

»Aus dem Gewölbe. Ich bin gerade von dort gekommen.«

»Unmöglich.«

»Du hast nicht alle von Tochts Verstecken gekannt«, sagte Kray.

»Er hätte es mir erzählt.«

»Dieses Buch, das du in der Hand hältst, beweist, dass er das nicht getan hat.«

»Weshalb hätte er es mir nicht erzählen sollen?«, fragte Kruk.

»Vielleicht ist er einfach nicht dazu gekommen«, schlug der Zauberer sanft vor.

Bei einem Blick auf die Anfangsseiten stellte Kruk fest, dass er sie nicht lesen konnte. »Es ist verschlüsselt.«

»Tocht war äußerst vorsichtig.«

Wollen wir hoffen, dass es der Großmagister immer noch ist, wünschte sich Kruk innig. *Wo immer* Das Buch der Zeit *ihn auch hingebracht hat.*

»Kannst du es lesen?«, fragte Kray.

Rasch nahm Kruk sein eigenes Tagebuch zur Hand und probierte einige der verschiedenen Verschlüsselungen aus, die er und der Großmagister im Laufe ihrer Abenteuerfahrten ersonnen hatten. In rascher Folge wurden aus den seltsamen Zeichen vollkommen verständliche Wörter.

»Ja. Es ist in einer der ersten verschlüsselten Schriften geschrieben, die der Großmagister mir beigebracht hat.« Aufregung erfüllte Kruk bei dieser Entdeckung.

»Gut. Das beweist, dass er vorhatte, dich eines Tages über dieses Buch in Kenntnis zu setzen«, sagte Kray.

Erleichterung überkam Kruk. »Weshalb habt Ihr mir dieses Buch gebracht?«

Kray schwieg einen Moment lang und überdachte seine Antwort. »Weil ich es nicht lesen kann. Ich brauche eine Übersetzung.«

»Ihr wollt, dass ich das übersetze?«

»Kannst du mir einen anderen nennen, der dafür geeignet ist?«

»Nein«, erwiderte Kruk.

»Ich auch nicht.«

»Wisst Ihr nicht bereits, was in diesem Buch steht?«

Zögernd schüttelte Kray den Kopf. »Ich weiß es nicht. Obwohl Tocht und ich uns gegenseitig vertraut haben und unser Leben für den jeweils anderen gegeben hätten – und auch hie und da beinahe die Gelegenheit dazu gehabt hätten –, haben wir in einigen Bereichen trotzdem Dinge für uns behalten.« Er seufzte, und ein Gewitter nahm im Rauch über seinem Hut Gestalt an. Grüne Funken tanzten im Sturm. »Ich denke, es hat damit zu tun, dass Tocht wusste – *weiß* –, dass ich meine eigenen Geheimnisse vor ihm bewahre.«

Darunter fielen Krays eigene frühere Bösartigkeit und seine Suche nach Macht durch *Das Buch der Zeit*. Und die Tatsache, dass Kray Lord Khadaver gezeugt hatte. Nur Kruk wusste das, und es war das erste Geheimnis gewesen, das er vor Großmagister Lampenzünder bewahrt hatte.

»Aber ich habe Tocht begleitet, als er Lord Khadavers Grimm gefunden hat«, sagte Kray.

»Dann *ist* es eine Waffe?«

»Ja.«

»Was für eine Waffe?«

»Lies das Buch«, sagte Kray. »Ich will nicht, dass die Übersetzung oder deine Auslegungen dessen, was du darin findest, beeinflusst werden. Wenn du das Buch entschlüsselt hast, werden wir vergleichen, was wir wissen.«

Plötzlich erklang ein dumpfer Schlag auf dem Dach der Taverne. Darauf folgten weitere Schläge, als ob ein Riese über die Schindeln aus gespaltenem Holz stapfte. Noch mehr Schläge drangen von anderen Orten heran und legten nahe, dass mehr als ein Ding auf dem Gebäude umherging.

Kray stand sofort auf und nahm seinen Stab. Seine Augen wurden vor Bestürzung schmal. »Rasch, Großmagister. Es sieht so aus, als wäre meine Ankunft hier nicht unbemerkt geblieben.«

»Unbemerkt?« Kruk kam auf die Beine. »Ihr habt versucht, unbemerkt herzugelangen?« Das konnte nur allergrößte Schwierigkeiten bedeuten.

Kray ging zur Mitte des großen Raums und starrte zur Decke empor.

»Unbemerkt von wem?«, fragte Kruk und setzte sich wieder. Er spähte aus dem Fenster. Draußen war es Nacht über der Haimaulbucht geworden. Laternen erleuchteten die krummen Bretterstege, die durch das sumpfige Marschland zu den Anlegern und den verfallenen Lagerhäusern führten.

»Natürlich von denjenigen, die mich davon abhalten wollen, mehr über Lord Khadavers Grimm herauszufinden.« Kray nahm seinen Stab in beide Hände. Grüne Funken wirbelten um die Enden.

Die Magie im Raum war so stark, dass Kruk spürte, wie sich die Härchen auf seinen Armen aufrichteten. Er griff nach dem langen Kampfmesser, das ihm sein Freund Raisho vor Jahren gegeben hatte, als sie zu Handelspartnern geworden waren. Damals hatte Kruk versucht, das Gewölbe Allen Bekannten Wissens zu verlassen, da er und Großmagister Lampenzünder unterschiedlicher Ansicht darüber gewesen waren, wie man mit der Bibliothek fürderhin verfahren sollte.

Kruk sagte: »Wer –«

Dann zersplitterte das Dach und brach ein, Schindeln flogen in alle Richtungen. Drei unglaubliche Gestalten ließen sich auf den Boden der Taverne fallen und standen auf klauenbewehrten Füßen mit Zehen, die die Größe von Baumwurzeln hatten.

Ihre Umrisse waren entfernt menschlich, sie hatten zwei Arme und zwei Beine und so etwas wie menschliche Züge: kantige Schädel mit untertassengroßen, flachen braunen Augen. Eine Nase fehlte, und anstelle eines Mundes fand sich ein gezackter Schlitz. Schiefe Ohren, die wie eine Schneckenmuschel gedreht waren, standen an den Seiten ihrer Köpfe ab. Sie hatten vier Finger und vier Zehen an ihren Gliedmaßen, aber von denen war jede so dick wie ein menschliches Handgelenk. Ihre Haut sah aus wie Zypressenrinde, die mit Moos verschmiert war. Als sie sich aufrichteten, wurde Kruk klar, dass sie beinahe bis zu den Deckenbalken hinaufreichten, mindestens dreizehn oder vierzehn Fuß groß. Der stechende Gestank eines faulenden Moors haftete ihnen an.

Wie ein Wesen wandten sie ihren Blick auf Kray.

»Sieh zu, dass du hinter mich kommst«, befahl der Zauberer.

Kruk tat, worum er gebeten wurde, aber er dachte dabei, dass dies womöglich der letzte Ort war, an dem er sich befinden wollte, wo doch die Geschöpfe an Kray interessiert zu sein schienen. Dennoch konnte er nicht zulassen, dass der Zauberer seinen Feinden allein entgegentrat. Er schob Großmagister Lampenzünders verschlüsseltes Buch in seinen Rucksack, packte sein Kampfmesser noch einmal fester und spähte um Krays Bein herum.

»Dunkle Magie!«, stieß jemand einen Warnruf aus.

»Sumpfbestien!«, rief ein anderer.

Kielholers Taverne leerte sich rasch. Einige der Gäste warfen einfach mit Stühlen die Fenster ein und folgten ihnen hinaus. Nur einige wenige elfische, zwergische und menschliche Krieger blieben zurück. Die meisten von denen, die die Flucht ergriffen hatten, waren Seeleute und Händler, die in den Kampfkünsten nicht geübt waren.

»Zauberer«, knurrte eine der Sumpfbestien mit einer tiefen Stimme, die aus ihrem Inneren hervorzubrechen schien. Sie ließ eine Hand nach vorne schnellen, und eine Schlingpflanze wuchs daraus hervor wie eine Angelschnur. Die dicke, zähe Ranke eilte direkt auf Kray zu.

Ohne sich groß zu bewegen, versuchte der Zauberer, die Ranke mit seinem Stab abzuwehren. Sie verhielt sich wie etwas Lebendiges, wand sich immer fester um den Stab. Die Sumpfbestie wickelte sich die Ranke um die Faust und riss daran.

Unglaublicherweise hielt Kray trotz der Stärke des Geschöpfs stand und zeigte damit ein weiteres Mal, dass er mehr als ein Mensch war. Er sprach ein Wort in einer rauen Sprache. Mit einem Zischen breiteten sich grüne Funken entlang des Stabes aus. Die Ranke knisterte und verbrannte in der Dauer eines Herzschlags zu Asche.

Die Sumpfbestie schrie auf und zog ihre Hand zurück.

»Zurück, stinkendes Moorgezücht!«, befahl Kray.

Die Sumpfbestien stürmten vorwärts. Ihr Füße hämmerten auf den Holzboden und zertrümmerten dicke Planken, die dem Zahn der Zeit bis zu dieser Nacht widerstanden hatten.

»Äxte!«, brüllte einer der Zwerge. »Lasst nicht zu, dass

diese schwarzherzigen Ungetüme unsere Taverne verschandeln!«

Sofort teilten sich die Zwerge in drei Gruppen zu vier Mann auf, jeweils zwei hintereinander und einer an jeder Seite der Gruppen. Je nach Bedarf wechselten sie den Anführer aus, falls er von den Angriffen auf die Feinde müde oder verwundet wurde, und begaben sich in die verteidigende Ambossstellung – zwei neben zwei, mit erhobenen Schilden –, um den Angriff des Gegners zu überstehen und dann wieder in die Axtstellung zu gehen.

Die Elfenhüter hatten ihre Bogen gespannt. Pfeile flogen über die kurze Entfernung durch den Raum und spickten die Sumpfbestien mit Federn. Die Geschöpfe brüllten vor Wut und Schmerz, zeigten aber keinerlei Anzeichen, dass sie von Kray ablassen würden.

Brüllend entfesselte Kray Wörter der Macht, erhob seinen brennenden Stab und ließ ihn auf den Boden krachen. Daraufhin meinte Kruk, die Erde hätte sich aus ihrer Verankerung gelöst. Er geriet ins Taumeln, stürzte und kämpfte verzweifelt darum, wieder auf die Füße zu kommen.

Jeder in der Taverne taumelte, auch die Elfen, Zwerge und Menschen. Sogar die Sumpfbestien fielen um. Was vom Dach noch übrig war, stürzte dann ebenso ein und krachte um Kruk herum zu Boden. Er wurde nicht getroffen. Als er ängstlich unter seinem angewinkelten Arm hervorblickte, sah er, dass Kray und er von einer grünen Blase umgeben waren. Funken schimmerten auf der Oberfläche der Blase. Dann verschwand sie.

Kruk erhob sich. Immer noch bebte der Untergrund, und er war sich sicher, dass die Erde sich jeden Augenblick auftun und sie verschlingen würde.

Mit zornigem Gebrüll drängten die Sumpfbestien unter

dem Schutt hervor, der auf sie gefallen war. Eine von ihnen warf eine Ranke nach Kray, die den Zauberer am rechten Unterschenkel zu fassen bekam. Offenbar von dem Spruch erschöpft, den er gewirkt hatte, war Krays Gegenmaßnahme zu langsam. Die Sumpfbestie zog und riss den Zauberer von den Füßen.

Kruk bewegte sich instinktiv und krabbelte hinter Kray her, sprang auf einen zerbrochenen Tisch und schlug mit dem Messer nach der Ranke. Die fasrige Masse bot nur wenig Widerstand und ließ sich der Länge nach aufschlitzen. Eine weitere Sumpfbestie warf ihre Angel aus, aber Kruk trat auf ein fallen gelassenes Tablett und ließ es dadurch in die Luft springen. Die Ranke durchdrang das Tablett und wurde dadurch weit genug von ihrem Ziel abgelenkt, um es zu verfehlen, obwohl es sich nur um wenige Zoll handelte.

Kray kam wieder auf die Füße und setzte sich seinen Hut auf. Er packte seinen Stab fester.

»Kritzler!«, rief eine vertraute Stimme.

Als er sich umwandte, sah Kruk Raisho im schiefen Eingang stehen. Der junge Seemann war in den letzten Jahren zu Kruks bestem Freund geworden. Sie waren Handelspartner, seit Kruk vor acht Jahren beschlossen hatte, das Gewölbe Allen Bekannten Wissens zu verlassen; Raisho war damals erst zwanzig gewesen.

(Acht Jahre bedeuteten für einen Menschen eine lange Zeit. Inzwischen hatte Raisho seine echte Familie gefunden, eine Meerfrau geheiratet und hatte ein Kind – ein weiteres war bereits unterwegs. Er war Kapitän der *Mondenträumer*, des Schiffes, das er nach seiner Tochter benannt hatte. Über die Jahre war er beleibter und stärker geworden, doch rasierte er sich immer noch glatt, da ihn seine Frau so lieber mochte.)

Blaue Tätowierungen schmückten seine ebenholzschwarze Haut, hier und dort von Narben gezeichnet, die ihm Männer und Ungeheuer zugefügt hatten, während er auf der Bluttriefenden See gesegelt war und mit Kruk Abenteuer erlebt hatte. Ein Haarband aus Feueropalen, das seine schöne Frau gefertigt hatte, hielt sein dickes, widerspenstiges Haar aus seinem ebenmäßigen Gesicht zurück. Silberne Reifen baumelten an seinen Ohren. Er trug ein Entermesser, das von Zwergen geschmiedet war, in der rechten Hand und war lediglich in Seemannshosen, weiche Lederstiefel und ein Kettenhemd auf der bloßen Brust gekleidet.

»Kritzler!« Sorge stand in Raishos Gesicht, als seine Augen versuchten, die Dunkelheit in der Taverne zu durchdringen, während er eintrat.

»Ich bin hier«, rief Kruk.

»Dank sei den Alten«, sagte Raisho und schritt herüber, um sich ihm und Kray anzuschließen. »Ich hab gedacht, diesmal hätten sie dir bestimmt die Kehle aufgeschlitzt. Besonders, nachdem ich gehört habe, dass Kray sich hier herumtreibt, und ich den Drachen habe fliegen sehen.«

»Drachen?«, wiederholte Kruk.

Raisho nickte. »Es heißt, dass es der Drache war, der diese Viecher auf die Taverne hat fallen lassen. Wusste nicht, was sie hier wollten. Bis ich gehört habe, dass Kray mit dir hier ist.«

»Drachen?«, fragte Kruk noch einmal, der über die Möglichkeit nachdachte, dass eines dieser Ungeheuer genau jetzt draußen herumschleichen und ihnen auflauern könnte.

»Natürlich ist ein Drache da«, knurrte Kray. »Ich wollte dir das mit dem Drachen sagen.«

»Ihr hättet es schon etwas früher erwähnen können«, grummelte Kruk.

Mit lauten Kriegsschreien griffen die Menschen und Zwerge abermals an, ließen mit unnachgiebigem Eifer Hiebe auf die Rücken der Sumpfbestien niedergehen. Die Elfenhüter schossen mit unglaublicher Geschicklichkeit und spickten ihre Ziele um ihre Mitkämpfer herum mit Pfeilen. Die beiden hinteren Sumpfbestien mussten sich umwenden, um sich ihren Gegnern zu stellen.

Die Sumpfbestie, die Kray gegenüberstand, stürmte vor und ließ beide Hände vorschnellen, so dass Ranken auf ihn zu schossen.

Der Zauberer duckte sich, wischte sich mit einer Bewegung den Hut vom Kopf und sprach ein Machtwort. Damit sandte er seinen wirbelnden Hut auf die Sumpfbestie zu. Wenige Zoll vor dem Geschöpf verwandelte sich der Hut in einen Flammen speienden Feuerball, der mit einem ohrenbetäubenden Krachen auf der Brust der Sumpfbestie aufschlug.

Das Wesen taumelte auf seinen Baumwurzelzehen zurück. Trockene Risse breiteten sich auf seiner Brust aus, wo der Feuerball es getroffen hatte. Kray nutzte seinen Vorteil aus, beugte sich nach vorn und trieb die Spitze seines Stabes in die Brust seines Gegners. Überrascht blickte die Sumpfbestie nach unten und begann, ihre Hand um Krays Stab zu schließen, dann breitete sich die Trockenheit durch das Wesen aus, und es zerfiel in einzelne Teile.

Einer der Zwerge schnappte sich eine Laterne aus einer der Wandnischen. Der Docht im Glas brannte noch. Mit einem Warnschrei an seine Mitkämpfer schwang der Zwerg die Laterne nach einer Sumpfbestie. Die Laterne zerbrach an dem Geschöpf und verteilte Öl über sie, das schnell Feuer fing. Trockene Flecken zeigten sich auf der Sumpfbestie, und sie versuchte, sich zu bewegen. Einen Augenblick später zerfiel auch diese Kreatur und ließ überall in den Trümmern der Schenke Feuer ausbrechen.

Als sie bemerkten, was sich ereignete, tauchten die Elfenhüter ihre Pfeile in Öl und schossen Brandpfeile auf die verbleibende Sumpfbestie ab, wodurch von ihr bald nicht mehr als Klumpen trockener Erde blieben, die über den zerbrochenen Boden kullerten. Die Kämpfer jubelten.

»Fort von hier«, sagte Kray. »Schnell. Wir könnten durchaus noch auf mehr Widerstand treffen.« Er winkte mit den Armen, um Kruk und Raisho anzutreiben.

»Vielleicht ist es besser, wenn wir uns aufteilen«, schlug Raisho dem Zauberer vor. »Ihr geht in die eine Richtung, Kruk und ich in die andere.«

»Nein«, erwiderte Kray.

Raisho runzelte enttäuscht die Stirn. »Das habe ich mir gedacht. Aber ich sage Euch jetzt was: Wenn wegen Euch mein Schiff zu Bruch geht, dann seid Ihr dafür verantwortlich, dass es ersetzt wird.«

Zusammen rannten sie aus dem Gebäude, während die Flammen höher schlugen.

»Tut mir leid wegen Eures Hutes«, sagte Kruk zu Kray.

»Hä?«, fragte der Zauberer. Dann nickte er. »Ah ja. Mein Hut.« Er schnippte mit den Fingern, und plötzlich segelte der Hut durch die Luft auf sie zu. Mühelos fing Kray den Hut und drückte ihn sich auf den Kopf. Er lächelte und wackelte mit den Augenbrauen. »Dieser Hut hat mir im Laufe der Jahre aus vielen brenzligen Situationen herausgeholfen. Eines Tages erzähle ich dir vielleicht die Geschichte, wie ich ihn bekommen habe.«

Sosehr ihn die Geschichte vom Hut des Zauberers auch faszinierte, Kruk blickte doch immer wieder nach oben und sah die beiden Monde, die die Welt umkreisten. Leuchtend rot und schnell auf der ersten seiner Reisen über den Nachthimmel unterwegs, lag Jhurjan der Schnelle und Kühne groß und nahe vor ihm und nahm ein volles Zehntel des Himmels ein. Weiter im Süden, in einem zurückhaltenden Blassblau, ging Gesa die Helle ihren Weg ruhiger an, mit Anmut und Selbstbeherrschung.

Zum Glück waren keine Drachen in Sicht.

Sie rannten weiter, rasten den Hügel zum Hafen hinab, dann über die steilen, gewundenen Treppen und – endlich – über die schwankenden Brücken, die die baufälligen Anleger miteinander verbanden. Als sie die *Mondenträumer* erreichten, begrüßte Raisho seine Mannschaft, die sich bereits mit Waffen in der Hand an der Reling versammelt hatte.

Nach wenigen Minuten legten sie ab, und die Segel der *Mondenträumer* waren auf die Masten aufgezogen und blähten sich an den Rahen. Kruk stand am Bug. Ehe er sich's versah, hatte er sein Tagebuch und ein Stück Kohle in der Hand. In Jhurjans Licht skizzierte er rasch die Umrisse der Sumpfbestien. Trotz all der Gefahren war es das, wozu ihn Großmagister Lampenzünder ausgebildet hatte. Er schrieb seine Fragen an Kray an den Rand, während Raisho sein Schiff in aller Eile in den Wind manövrierte.

Leider hatte Kray nicht vor, viele Fragen zu beantworten.

Mit einer heißen Tasse gewürztem Choma auf dem Tisch vor sich saß Kruk in der Messe und sah den Zauberer an. »Wer hat die Sumpfbestien geschickt?«

Kray blickte finster drein. »Ich habe dir gesagt, dass ich keinen Einfluss darauf nehmen will, wie du Tochts Buch liest. Das habe ich ernst gemeint.«

»Das waren Sumpfbestien«, sagte Kruk. »Ich habe noch nie Wesen wie sie gesehen.«

»Siehst du? Umso mehr Grund habe ich, deine müßige Neugier nicht zu beachten.«

Da er nicht glauben konnte, was er da hörte, sagte Kruk: »Sie haben versucht, uns zu töten. Ich würde meinen, dass ich von mehr als müßiger Neugier getrieben werde.«

»Trotzdem«, sagte Kray, »ist deine Neutralität beim Entschlüsseln des Buches sehr wichtig, Großmagister. Du hast die Pflicht, dein Bestes dabei zu geben.«

So wie Kray den Titel gebrauchte, wusste Kruk, dass er versuchte, ihn anzustacheln. Doch da ihm bewusst war, dass der Zauberer Leute manipulierte, war der Schachzug zum Scheitern verurteilt. Leider sah Kruk aber auch die Wahrheit hinter Krays Worten, also konnte es genauso gut sein, dass die Erklärung keine Manipulation darstellte. Solche Gedanken bereiteten Kruk Kopfschmerzen.

Letzten Endes wusste er, was Großmagister Lampenzünder getan hätte: Er hätte die Geheimnisse des Buches ergründet, das er in der Hand hielt.

»Na gut, na gut«, seufzte Kruk. »Das verstehe ich alles, und vielleicht bin ich sogar Eurer Meinung, was die Einschätzung angeht, wie die Dinge ausgeführt werden sollten.«

»Dank sei den Alten«, erwiderte Kray mit einem kleinen Lächeln, das er nicht ganz ernst meinte.

»Da das nun geklärt ist«, fuhr Kruk fort, »was *könnt* Ihr mir denn verraten?«

Kray zählte die Antworten an den Fingern ab. »Dass wir uns einem mächtigen Feind gegenübersehen. Dass Lord Khadavers Grimm wirklich existiert. Dass ihm Tocht vor all den Jahren auf der Spur war. Dass es Geheimnisse gibt, die vor all den Jahren keiner erfahren sollte und die wir nun ganz gewiss aufdecken müssen.« Er hielt einen Augenblick inne. »Oh, und eine Sache noch: Es steht viel auf dem Spiel.«

Kruk wartete.

»Was du in diesem Buch finden könntest«, sagte Kray, »könnte sehr wohl die Zukunft von drei verschiedenen Gemeinschaften betreffen. Eine oder alle werden für einige der schrecklichsten Schandtaten schuldig befunden werden, die während des Kataklysmus stattgefunden haben. Wenn andere dies herausfinden, werden alte Feindschaften wieder ausbrechen und zu hunderten oder tausenden von Toten führen.« Er betrachtete Kruk. »Ist das genug?«

Mehr als genug, dachte Kruk düster.

»Kritzler.«

Kruk blickte sich um und sah Raisho im Eingang der Treppe stehen, die zum Deck hinaufführte. Das vertraute Rollen des Schiffes über die Wellen ließ ihn leicht schwanken.

»Es gibt keine Hinweise darauf, dass wir verfolgt werden«, sagte Raisho. »Wir sind erst mal davongekommen.«

»Gut.« Kruk verspürte ein wenig Erleichterung. Er nahm Großmagister Lampenzünders Buch an sich und ließ einen Finger über die verkohlten Seiten gleiten. Wie immer nagte die Neugier an ihm.

»Das heißt nicht, dass es keine Verfolgung geben wird«, fuhr Raisho fort, und die Aussage war eher eine Frage.

»Ich habe Zauber auf das Schiff gelegt«, erklärte Kray. »Wir sind besser geschützt als die meisten anderen.«

Raisho nickte. »Ich werde trotzdem vorsichtshalber die Wache verdoppeln. Aber wohin soll es denn gehen?«

»Habt ihr Vorräte geladen?«

»Aye.«

»Dann bleib auf See.«

Raisho runzelte die Stirn. »Ich habe verderbliche Güter an Bord.«

»Mach mit der Handelsroute weiter, die wir geplant haben«, sagte Kruk. »Wir wollen nicht mehr Aufmerksamkeit auf uns lenken als nötig. Ein Handelsschiff, das nicht handelt, wird das Interesse von Schnüfflern auf sich ziehen.«

»Es könnte sein, dass wir rasch aufbrechen müssen, wenn du das Buch entschlüsselt hast«, erklärte Kray. »Es wäre besser, wenn wir wüssten, von wo.«

»Wir werden uns damit befassen, wenn – und falls – es so weit kommt«, antwortete Kruk. Er blickte den Zauberer an und erwartete ein Streitgespräch.

Stattdessen stimmte Kray stumm zu.

Das bewies Kruk, wie ernst die Lage war. Und wie gefährlich. Er nippte am Choma und wandte seine Aufmerksamkeit dem Buch zu, das eines von Großmagister Lampenzünders Abenteuern enthielt, von dem er noch nie etwas gehört hatte. Bald wurden die verschlüsselten Einträge in seinem Kopf zu Wörtern, die er in einem neuen Buch niederschrieb.

Kapitel 1

Die Schlägerei in der Schenke

»Tocht.«

Bevor er seufzend zu demjenigen aufblickte, der ihn angesprochen hatte, legte der Bibliothekar zweiten Ranges Edeltocht Lampenzünder einen Finger in sein Buch, um sich die Stelle zu merken. Er versuchte, seine Verdrossenheit darüber, dass man ihn beim Lesen gestört hatte, nicht zu zeigen – aber es fiel ihm schwer.

»Was ist?«, fragte Tocht.

»Eure Freunde«, flüsterte Paunsel. Er war ein Halbling wie Tocht, nur furchtbar dick und mit ölig zurückgekämmtem Haar und einem dünnen Schnauzbart. Er wischte sich die Hände nervös an einem Geschirrtuch ab.

»Welche Freunde?« Tocht war gleich viel neugieriger, denn als Bibliothekar hatte er nur wenige Freunde unter den Seeleuten und Händlern, die sich im Allerortshafen herumtrieben.

Paunsel wies zögerlich mit dem Daumen über die Schulter.

Jetzt erst fielen Tocht das raue Gelächter und die derben Lieder auf, die aus dem Hauptraum der Schenke drangen. Da er lieber mit seinem Buch alleine war (und nur Leute, die gar nicht lasen, würden es als Alleinsein bezeichnen, weil diese armen Unglücklichen die Magie nicht entfesseln konnten, die in den Seiten eines Buches gefangen war!), hatte sich Tocht in einen der kleinen Seitenräume zurückgezogen und sich geweigert, die unheilvollen Blicke zur Kenntnis zu nehmen, die ihm die Putzmannschaft zugeworfen hatte.

Vorsichtig spähte Tocht um den Tavernenbesitzer herum, in dem sicheren Wissen, dass einer der Hinterausgänge der Schenke keinen Katzensprung entfernt lag – ganz, wie es seine Absicht gewesen war –, und starrte in den Hauptraum. In der Schenke zum Brückendeck wurden alle bedient, die bezahlen konnten, und deshalb war sie auch mit Zwergen gefüllt, die herkamen, um ihren ungeheuren Durst zu löschen.

»Die Zwergen…*piraten*«, flüsterte Paunsel.

Tochts Herz machte vor Freude einen Satz. Nur auf einem einzigen Schiff, das im Allerortshafen vor Anker ging, gab es *Zwergen*piraten. Viele Monate waren verstrichen, seit er die Mannschaft der *Einäugigen Peggie* zum letzten Mal gesehen hatte. Er freute sich darauf, Käpt'n Farok wiederzutreffen, und auch auf Hallekk, Zeddar, Naght, Jurral, den Koch und sogar Kritter, den stets übel gelaunten Rodor, der das Maskottchen des Schiffes war.

Aber Tocht wusste, wie sich die Mannschaft des Schiffes benahm, wenn sie ordentlich betrunken war. Er blickte Paunsel an. »Haben sie mit jemandem Streit?«

»Noch nicht.«

»Aber es sieht danach aus?«

Paunsel machte ein bedrücktes Gesicht. »Ja. Sonst hätte ich Euch nicht bei Euren Studien gestört, Bibliothekar.« Der Wirt war einer der wenigen in Graudämmermoor, der Bibliothekare mit Respekt ansprach.

Über die Jahre war es dazu gekommen, dass die meisten Stadtbewohner den Großmagister und die Bibliothekare verabscheuten, weil sie darauf pochten, dass die Speisen, die sie zum Gewölbe Allen Bekannten Wissens schickten, eine Bürde seien, die die übrige Bevölkerung nicht zu tragen haben sollte. Natürlich waren es vor allem die Halblinge, die so sprachen. Die Elfenhüter, die sich um die Wälder und Berge der Insel kümmerten, die Menschen, die vorgaben, draußen auf der Bluttriefenden See als Piraten zu arbeiten, und die Zwergenwächter und -handwerker waren viel großzügiger.

Hmmm, dachte Tocht, denn seine Fahrten entlang der Zerschmetterten Küste und darüber hinaus hatten ihn gelehrt, seine Möglichkeiten immer sorgfältig abzuwägen. *Es ist nicht allzu verlockend, alte Bekanntschaften wieder aufzufrischen, wenn man dabei Gefahr läuft, in einen Kampf verwickelt zu werden. Erst recht nicht mit einem vollen Magen.*

Trotz Hallekks und Kobners Versuchen, ihn in einen Piraten oder Krieger zu verwandeln, war Tocht sehr zufrieden damit, ein Bibliothekar zu sein. Er erlebte seine Abenteuer lieber mit Stapeln von Romanen aus dem Hralbommsflügel, während er dem Zorn von Großmagister Frollo zu entgehen suchte. Der Großmagister war der Ansicht, dass Tocht seine private Lesezeit klüger nutzen sollte.

»Nun?«, bedrängte ihn Paunsel.

»Ich denke nach«, erwiderte Tocht. Er versuchte, mit den Fingern auf den Tisch zu trommeln, wie es Großmagister Frollo machte, aber offenbar war das nicht so einfach, wie er gedacht hatte. Noch dazu war ihm der Rhythmus von Taurak Bleiyz' mutigem Kriegsgesang aus dem Buch im Kopf geblieben, und seine Finger fielen immer wieder in diesen Takt zurück.

»Sie werden meine Schenke auseinandernehmen«, klagte Paunsel.

Die wütenden Stimmen im angrenzenden Raum erhoben sich auf eine noch bedrohlichere Stufe. Tocht spitzte die Ohren und lauschte mit mehr Erfahrungswerten, als er sich jemals erträumt hätte, nach dem Zischen von Schwertern, die vom Leder befreit wurden.

»Mit wem streiten sie denn?«, fragte Tocht. *Vielleicht ist es ja jemand, den Hallekk und die anderen leicht einschüchtern können, dann kann ich hingehen und mich zu ihnen gesellen. Immerhin werden ihre Geldbörsen weit offen sein, wenn sie den Kampf gewinnen, und der Wein wird fließen.* Das war eine angenehme Aussicht. Aber er sehnte sich auch danach, Taurak Bleiyz über das Spinnennetz zu begleiten und vor seinen Feinden in Sicherheit zu wissen.

»Mit Menschen«, sagte Paunsel mit einem spöttischen Lächeln. »Mit der Mannschaft der *Sturmreiter*.«

Das Schiff und seine Mannschaft waren Tocht bekannt. Wenn es jemals Krieger gegeben hatte, die Zwergenkriegern das Wasser reichen konnten, dann waren es die aus der Mannschaft der *Sturmreiter*.

»Und worüber streiten sie?«

Paunsel seufzte, offenbar kurz davor, sein Gesuch um Hilfe aufzugeben. »Über etwas, das vor langer Zeit geschehen ist. Irgendeine Art von Bündnis, das sich in der Bunten Schlucht gegen Lord Khadavers Koboldhorden gestellt hat.«

»Aha.« Obwohl Tocht die Geschichte dieser Schlacht nicht sonderlich gut kannte, war er doch ein Bibliothekar. Und noch dazu kürzlich in den *zweiten* Rang erhoben worden. Er nahm an, dass er den Streit zwischen den beiden Mannschaften schlichten und womöglich noch ein paar Becher Funkelbeerenwein für seine Bemühungen dazugewinnen könnte. »Darum kann ich mich kümmern.«

»Dank sei den Alten«, sagte Paunsel, jedoch mit viel mehr Sarkasmus, als Tocht recht war. Der Wirt winkte ihn in den Hauptraum.

Tocht legte sein Lesezeichen in die Abenteuergeschichte und blickte rasch auf die Seitenzahl, um sie sich für alle Fälle einzuprägen, bevor er das Buch in seine Büchertasche steckte. Das Einprägen war eine Übung, die er sich zur Gewohnheit gemacht hatte, seit er zum ersten Mal als Novize in die Große Bibliothek gekommen war. Dann schlüpfte er aus dem Nebenraum, strich seine Bibliothekarsrobe glatt – die nun grau mit einer dunkelblauen Einfassung war, anders als das frühere Weiß, um seine Beförderung anzuzeigen –, schnappte sich die Riemen seiner Büchertasche und machte sich auf den Weg in den Hauptraum.

Das Zimmer war vollgestopft mit Seeleuten und Großhändlern. Laternen, die mit Glimmerwurmsaft gefüllt waren, glühten in Wandleuchtern in einem sanften Blau. Einige weitere baumelten an Schiffssteuerrädern, die an der Decke aufgehängt waren. Etliche Gäste hatten sich um den Kamin am anderen Ende des Zimmers versammelt. Menschen und Zwerge vermischten sich manchmal, aber die fünf Elfenhüter, die zum Eintauschen von Gütern, die sie nicht selbst in der Wildnis herstellen konnten, aus den Wäldern gekommen waren, blieben unter sich.

»Oskarr war's, der die Allianz in der Bunten Schlucht verraten hat«, erklärte ein Mensch an einem der Tische. Er war bestimmt sechseinhalb Fuß groß, beinahe ein Riese. Sein zottiges blondes Haar reichte über seine Schultern hinab und war genauso lang wie der Bart, den er stolz zur Schau stellte.

»Nein!«, brüllte Hallekk, der mit seinen Piratengefährten von der *Einäugigen Peggie* am Schanktresen stand. Er war groß für einen Zwerg, und kaum ein Axtstiel konnte es an Länge mit seiner Schulterbreite aufnehmen. In seinen dunkelbraunen Bart waren gelbe Knochen in Fischform eingeflochten. Ein buntes Tuch lag um seinen Kopf, und goldene Reifen baumelten von seinen Ohren. Er trug Seemannshosen und ein Hemd, und seine große Streitaxt hielt er beiläufig an der Seite.

Nach Tochts Ansicht machte der Erste Maat der *Einäugigen Peggie* nicht den Eindruck eines Zwerges, mit dem man Ärger bekommen wollte. *Außer natürlich*, räumte er im Stillen ein, *man war ein Riese von einem Menschen und hatte zu viel getrunken.* Tocht wurde sofort klar, dass die Lage allzu leicht außer Kontrolle geraten könnte.

»Die ganze Zeit habe ich mich am Riemen gerissen und bin nicht unhöflich geworden, während du immer weiter darüber geschwätzt hast, wie's damals gewesen ist«, grölte Hallekk so laut, dass er jedermanns Aufmerksamkeit erlangte, »aber ich höre mir nicht an, wie du Oskarrs Namen besudelst.«

»So kannst du ihn nicht mit dir reden lassen, Verdin«, meldete sich einer der anderen Menschenseeleute zu Wort. »Sieh dir den dummen Zwerg doch an: Überall ist er dick und plump, da wird er wohl auch einen plumpen Kopf haben.«

Bei dieser Beleidigung schnaubte Hallekk vor Wut.

Verdins Augen zogen sich zusammen, als er versuchte, noch wilder und bedrohlicher auszusehen.

»Glotz mich lieber nicht so finster an«, knurrte Hallekk warnend. »Solche Einschüchterungsversuche kommen bei mir nicht gut an.«

»Mach schon, Hallekk!«, rief eine schrille Stimme. »Stich ihm die Augen aus! Zwick ihn in die Nase! Reiß an seinen Haaren! Verhau ihn, bis ihm Hören und Sehen vergeht!«

Die Stimme lenkte alle Aufmerksamkeit zu den Dachsparren über dem Tresen und beendete für den Augenblick den Schlagabtausch zwischen Verdin und Hallekk. Auf dem Balken stand ein Rodor, dessen grelles Federkleid mit einer Explosion aus Rot auf der Brust und den Flügeln begann, auf denen sich einige gelbe Flecken fanden. Die Enden der Flügel und die Schwanzfedern wurden grün, so dunkel, dass sie beinahe schwarz und blau wirkten. Der Vogel flatterte mit den Schwingen, kämpfte auf dem Sparren unsicher mit Schatten und atmete in kurzen Stößen durch seinen geschwungenen Schnabel.

Er war kaum zwei Fuß groß, mit zwei rosafarbenen Hörnern, die über seinem axtähnlichen Gesicht aufragten. Mit seinem einen smaragdfarbenen Auge blickte der Vogel herab; eine lederne Augenklappe mit einem aus Nieten gefertigten Totenkopf verdeckte das andere Auge. Ein goldener Ohrring baumelte von einem Ohrfederbüschel.

Der Rodor war intelligent, konnte die Gemeinsprache sprechen und ebenso jede andere, die er erlernt hatte. Heutzutage gab es nicht mehr viele von diesen Wesen. Dieser hier hieß Kritter und gehörte zur Mannschaft der *Einäugigen Peggie*.

»Wo glotzt du hin, du dummer Narr?«, rief Kritter, als er sich von seinem Kräftemessen mit dem unsichtbaren Gegner erholt hatte. »Hast wohl noch nie einen sprechenden Vogel gesehen?«

Es war offensichtlich, dass Verdin so etwas noch niemals erlebt hatte.

»Bist ein rechtes Weichei, was?«, krächzte der Rodor wild. Er ging auf dem Balken entlang, und aufgrund seiner stolpernden Schritte nahm Tocht an, dass der Vogel viel zu viel getrunken hatte. »Ich könnte es noch mit dir aufnehmen, wenn man mir einen Flügel auf den Rücken bindet und mein Schwanz in Flammen steht.« Der Vogel hielt einen Flügel hinter den Rücken und flatterte mit dem anderen, wobei er sich beinahe selbst vom Balken beförderte. »Ich zeig's dir. Jemand soll mir ein Seil holen und meinen Flügel hinterm Rücken fesseln.«

»Hol mir lieber jemand einen Schmortopf«, erwiderte Verdin, und einige der Gäste – auch Mannschaftsmitglieder der *Einäugigen Peggie* – lachten brüllend.

»Dich werde ich kielholen!«, fluchte Kritter. »Ich werde dein Inneres nach außen kehren und dich an deinen eigenen Innereien aufhängen!« Der Rodor stieß sich von dem Balken ab und breitete seine bunten Flügel zur vollen Spannweite von drei Fuß aus, so dass er plötzlich riesig erschien. Er flog geradewegs auf Verdin zu, und seine Klauen fuhren durch die Luft.

Der Menschenseemann duckte sich unter den Klauen, und seine Augen weiteten sich vor Überraschung.

Kritter segelte über die Köpfe der anderen Gäste hinweg, betrunken torkelnd wie ein schwankendes Schiff, und schaffte es, für einen weiteren Angriff zu wenden. Er kreischte, so laut er konnte.

Verdin erhob sich plötzlich, schnappte sich ein Tablett von einem Tisch in der Nähe und hielt es wie einen Schild hoch.

Als er das Hindernis erblickte, versuchte Kritter seinen Angriff abzubremsen. Doch stattdessen brachte er lediglich ein unbeholfenes, panisches Flattern zustande. Er traf mit einem lauten Krachen auf das Holztablett, und Federn stoben in alle Richtungen.

Die Menge stöhnte vor Mitleid im Chor: »Auuuu!«

Obwohl er den Rodor nicht besonders gut leiden konnte, zuckte selbst Tocht ein wenig zusammen. Der Vogel würde von Glück sagen können, wenn bei dem Aufprall nichts gebrochen war.

Völlig aus dem Gleichgewicht, segelte Kritter weiter, flatterte schwach mit den Flügeln und glitt irgendwie zu Hallekk und der zwergischen Piratenmannschaft zurück. Die erste Reihe der Menschenseeleute musste sich ducken, um den Rodor vorbeizulassen. Er landete auf dem Rücken, die Flügel auf dem mit Sägemehl bestreuten Boden ausgebreitet, und blieb vor Hallekks Stiefeln liegen.

»Aaaaahrrrrggg!«, rief Kritter. Der Rodor hob unsicher den Kopf, der am Ende seines langen Halses pendelte, und richtete sein Knopfauge auf Hallekk. »Er hat mich übertölpelt, Hallekk! Hat mich geschlagen, als ich nicht hingesehen hab!« Sein Kopf pendelte noch einmal, dann knallte er auf den Boden. Der Rodor lag bewegungslos da.

Tocht war wie erstarrt. Obwohl er Kritter nicht mochte, hatte er dem Rodor niemals Übles gewünscht. Nun, vielleicht entsprach das nicht ganz der Wahrheit. Er hatte Kritter tatsächlich Übles gewünscht; er hatte nur nicht dabei sein wollen, wenn es geschah.

Die Stille hielt einen Moment lang an, als alle den gefallenen Rodor anstarrten.

Schließlich fragte jemand: »Ist er tot?«

»Das wäre ein Glück«, fügte jemand anders (und Tocht glaubte wirklich, dass es jemand aus der Mannschaft der *Einäugigen Peggie* war) unfreundlich hinzu.

Hallekk kniete sich hin und hob den Rodor an den Füßen auf. Der Vogel baumelte schlaff, ein dürrer Schatten seiner selbst. Der Zwerg kniff die Augen zusammen, roch an seinem Schnabel und schüttelte dann das zottige Haupt. »Er atmet noch.«

»Gib acht auf ihn!« Schmodder bahnte sich mit den Schultern einen Weg durch die Zwergenpiraten. Er war alt und hatte harte Augen, und er war der Schiffskoch. Als Tocht schanghait worden war, war ihm Schmodder während seiner ersten Tage in der Mannschaft der *Einäugigen Peggie* ein grausamer Herr in der Kombüse gewesen.

Indem er sich ein wenig drehte und das Handgelenk schwenkte, warf Hallekk Schmodder den ohnmächtigen Rodor zu. Der Koch fing Kritter sanft auf und hielt den Vogel wie ein neugeborenes Kind in den Armen.

»Du lässt das Großmaul damit davonkommen, dass er unser Schiffsmaskottchen verletzt hat?«, wollte Schmodder wissen. »Wenn man mich fragt: Falls du das tust, bist du kein großartiger –«

Hallekk fuhr mit seinem großen Kopf zum Koch herum und brachte damit Schmodders Tirade sofort zum Schweigen.

Kleinlaut trat Schmodder zurück. Trotz all seines Gepolters und seiner lauten Stimme wusste der Koch des Schiffes, dass der Erste Maat ihn zu einer lantessianischen Brezel zusammenstauchen würde. »Ich bringe Kritter nur zurück aufs Schiff. Kümmere mich ein bisschen um ihn.«

»Gut«, sagte Hallekk, »denn ich habe für heute genug von ihm.« Dann wandte er seine Aufmerksamkeit wieder Verdin zu, der immer noch das Tablett hielt. »Und du, du wirst jetzt alles zurücknehmen, was du über den Meisterschmied Oskarr gesagt hast.«

»Nur über meine Leiche«, entgegnete Verdin. »Oder lässt du all deine Kämpfe von deinem Maskottchen für dich austragen?«

Mit grimmigem Gesicht setzte sich Hallekk in Bewegung, seine Streitaxt mit einer Hand erhoben. Die Mannschaft der *Einäugigen Peggie* scharte sich hinter ihm.

Verdin und seine Mannschaft erhoben sich ebenfalls und kamen in einer Reihe nach vorn.

Das war der Zeitpunkt, zu dem Tocht entschied, dass Besonnenheit der bessere Teil des Heldenmuts war. Er fing an, zurück zum Ausgang des Raums zu gehen. Im selben Augenblick tat Paunsel jedoch das Einzige, von dem er wusste, dass er damit Schaden von seiner Schenke abwenden konnte. Er schubste Tocht zwischen die beiden Gruppen.

Stolpernd wurde Tocht klar, dass er vermutlich wie eine gute Imitation von Kritter aussah, als dieser durch die Luft geflogen war, nachdem ihn das Tablett getroffen hatte – deshalb fing sich Tocht an einem Tisch ab und schaffte es, aufrecht zu bleiben. Leider befand er sich dabei zwischen den beiden Gruppen, die sich mit jeweils gezogenen Waffen gegen den unerwarteten »Angriff« gerüstet hatten.

Tocht kauerte sich hin, schloss die Augen, fiel auf die Knie und schützte seinen Kopf mit den Armen. Er erwartete, aufgespießt und zermatscht zu werden.

»Tocht«, knurrte Hallekk.

Vorsichtig öffnete Tocht ein Auge und wunderte sich, dass er überlebt hatte. Die Menschen und die Zwerge standen sich noch immer angriffsbereit gegenüber. *Ich bin nicht tot.* Dann blickte er auf die Waffen, die ihn umringten, einige nur ein paar Zoll entfernt, und kam zu dem Schluss, dass seine gegenwärtige Lage nicht wirklich besser war. Er schluckte hart, und sein Adamsapfel glitt in beiden Richtungen an einem Entermesser vorbei, obwohl er beim Weg nach oben ein wenig hängen blieb.

»Was machst du da, kleiner Mann?«, fragte Hallekk. In

seinen Augen lag aufrichtige Wärme. Es fand sich sogar die Spur eines Lächelns.

»Ich versuche, euch davon abzuhalten, diese Seeleute zu töten«, sagte Tocht, der immer noch auf den Knien war und beide Hände um den Kopf geschlungen hatte, obwohl er es inzwischen geschafft hatte, beide Augen zu öffnen.

Die Menschen schnaubten und stießen Drohungen aus, brüsteten sich mit ihren Fertigkeiten und stellten seine Annahme in Frage, wer wohl den Kampf verlieren würde.

Da er spürte, wie sich die Flut der Abneigung im Raum langsam gegen ihn wandte, fügte Tocht rasch hinzu: »Diese mutigen, mutigen Seeleute, ohne die Graudämmermoor niemals genug Handelsgüter hätte.« *Das wird sie bestimmt milder stimmen*, hoffte der kleine Bibliothekar. Er hielt sich davon ab, noch einmal zu schlucken, weil er nicht glaubte, dass sein Adamsapfel eine weitere Reise überstehen würde.

»Finger weg von ihm«, befahl Hallekk. »Er ist ein Bibliothekar. Der wird euch nicht verletzen.« Er vergrub eine dicke Faust in Tochts Robe und zerrte ihn in eine wilde Umarmung empor, bei der Tochts Füße über dem Boden baumelten. »Ich habe dich schrecklich vermisst, kleiner Mann. Niemand erzählt Geschichten so gut wie du.«

»Hallekk?«, keuchte Tocht, überzeugt davon, dass sein Brustkorb im nächsten Moment zerquetscht werden würde.

»Aye«, sagte der große Zwerg, sein hässliches Gesicht nur wenige Zoll von Tochts entfernt.

»Könntest du mich absetzen?«

»Aber natürlich.« Hallekk tat es mit überraschender Sanftheit.

Tocht richtete sich mit so viel Selbstbewusstsein auf, wie er zusammenraffen konnte, obwohl seine Knie vor Furcht schlotterten, und nickte dem Zwerg zu. »Es ist schön, dich wiederzusehen, Hallekk.«

»Ich wünschte, die Umstände wären besser«, erwiderte Hallekk. »Und wenn du mal eben kurz beiseitetrittst, wird es auch bald besser sein. Wir haben hier noch etwas zu erledigen – eine Schenke, die vom Gesindel befreit werden muss.«

»Ha!«, rief Verdin. »Du bist doch nicht Zwergs genug, um das zu erledigen!«

»Was diese Sache angeht«, begann Tocht und versuchte sie aufzuhalten, bevor sie mit ihm in der Mitte aufeinandertrafen, »darüber sollten wir einmal reden, glaube ich.«

»Keine Zeit für Geschwätz.« Hallekk starrte wild über Tochts Kopf hinweg. »Ich muss diesen Bilgenratten die Knochen brechen.«

»Dir die Knochen brechen lassen, meinst du«, entgegnete Verdin.

»Vielleicht kann ich helfen«, wandte Tocht ein.

Der Mensch und der Zwerg blickten ihn an.

Und vielleicht werde ich hier und jetzt sterben, dachte Tocht und schrumpfte innerlich zusammen wie frischer Schnee unter sanftem Regen.

»Wie kannst du helfen?«, fragte Verdin.

In der Hoffnung, dass ihn seine schwachen Knie nicht völlig im Stich lassen würden, stand Tocht aufrecht, wie Großmagister Frollo es ihm immer befahl, wenn er vor Versammlungen im Gewölbe Allen Bekannten Wissens sprach. »Ich bin ein Bibliothekar zweiten Ranges in der Großen Bibliothek«, sagte er. »Und ihr befindet euch offenbar in einem geistigen Wettstreit.«

»Und *sie* sind ohne Waffen angetreten«, ergänzte Hallekk.

Verdin funkelte den großen Zwerg an. »Vielleicht ist er gekommen, um deine letzten Worte zu hören.« Er wandte sich an Tocht. »Das wird wohl etwas in der Richtung ›Au! Autsch! Bei den Alten, er war zu schnell und stark für mich!‹ sein.«

»Wart nur, du …«, setzte Hallekk an und bewegte sich.

Tocht stemmte sich mit der Hand gegen die Brust des Zwergs, aber er hätte genauso gut versuchen können, ein voll aufgetakeltes Kriegsschiff, das gut im Wind lag, aufzuhalten. Innerhalb weniger Sekunden würde er zwischen den Körpern der beiden Streithähne zermalmt werden.

»Es reicht!« Tocht schrie mit einer Stimme, die zu schrill war, um ihm zu gehören. Aber es war das Beste, was er unter den Umständen und mit der Luft, die ihm geblieben war, zustande brachte. »Bringt mich nicht dazu, Großmagister Frollo davon zu erzählen!«

Zu seiner Überraschung hielt das die beiden Mannschaften sogleich auf. Hallekk und Verdin trennten sich, und Tocht fiel zu Boden.

»Das würdest du tun, du kleiner Halbling?«, fragte Verdin, seine Augen vor Überraschung geweitet.

»Wegen einer Kneipenschlägerei?«, fragte Hallekk, ebenso überrascht.

Dann erinnerte sich Tocht an die Macht, die der Großmagister über die Schiffe und ihre Mannschaften besaß. Sie fuhren alle mit einem Freibrief des Gewölbes Allen Bekannten Wissens. Obwohl sich Großmagister Frollo nicht allzu sehr für die Angelegenheiten von Graudämmermoor interessierte, hatte der vorherige Großmagister, Ludaan, viel Zeit mit dem Stadtvolk von Graudämmermoor verbracht, auch mit den Elfenhütern, den zwergischen Wächtern und den menschlichen Seeleuten. Ludaan war sogar mit Kray dem Zauberer befreundet gewesen, was eine sehr unwahrscheinliche und undankbare Sache zu sein schien.

Der Großmagister konnte zu jeder Zeit den Freibrief eines Schiffes zurücknehmen und die Mannschaft an Land festsetzen lassen. Da er so viel Wut und Bestürzung hervorgerufen hatte, war Tocht sicher, dass er Drohungen ausgestoßen hatte, die weit über seine Absichten hinausgegangen waren. Er setzte einen Fuß auf den Boden und fing an, sich wegzuschleichen.

Paunsel verstellte ihm den Weg, verschränkte die Arme und schüttelte den Kopf.

»Nun«, versuchte Tocht in einem weniger bedrohlichen Tonfall zu sagen, »vielleicht muss es gar nicht zu etwas so Schrecklichem kommen.«

»Bitte, kleiner Mann«, sagte Hallekk. »Ein guter Kampf sorgt für saubere Luft und bringt das Blut in Wallung. Ich werde ihn nur ein wenig verhauen. Ihm zeigen, wie falsch seine hochnäsige Einstellung ist. Das ist eine Lehre, die er schon von seinem Pa hätte bekommen sollen.«

»Dich verhauen lassen, meinst du«, erwiderte Verdin.

Mit dem Gefühl, dass ihm schon wieder alles zu entgleiten drohte, sagte Tocht: »Vielleicht kann ich helfen.«

»Wer?«, wollten Hallekk und Verdin sofort wissen und wandten ihm ihre Gesichter zu.

»Iieeep!«, schrie Tocht, schon wieder vor Schreck. Mit verlegen geröteten Wangen schlug er die Hand vor den Mund.

Verdin wandte sich an Hallekk. »Wirkt ein wenig ängstlich.«

Hallekk zuckte mit den Schultern. »Der alte Tocht wird ein besserer Abenteurer, wenn die Dinge ins Unmögliche abgleiten.«

»Hmpf!«, schnaubte der Seemann. »Klingt in etwa so bedrohlich wie ein kardalvianischer Mistkäfer!«

»Trotzdem«, seufzte Hallekk, »hört der Großmagister auf ihn. Vielleicht wäre es besser, wenn wir uns anhören, was er zu sagen hat. Dann können wir immer noch auf das Verhauen zurückkommen.«

Tocht stand mit schlotternden Knien da. *Ich habe dem Drachen Shengharck in seinem Hort in den Bruchschmiedenbergen gegenübergestanden. Dort habe ich ihn erschlagen. Nun ja, es war wohl eher ein Unfall, aber ich habe es getan.* Er zwang sich, Luft zu holen, weil ihm plötzlich auffiel, dass er nicht mehr atmete – und blau anzulaufen, während man versuchte, etwas zu erklären, schien ihm nicht sehr vertrauenerweckend zu sein.

»Ihr streitet über die Ereignisse in der Bunten Schlucht«, sagte Tocht mit einer Stimme, von der er hoffte, dass sie vernünftig und nicht ängstlich klang.

»Aye«, antworteten die beiden Möchtegernkämpfer.

»Jeder weiß, dass sie dort verraten worden sind«, sagte Hallekk. »In dieser Schlacht wurden tausende getötet.«

»Von Oskarr, dem Anführer der Zwerge«, sagte Verdin. »Er war derjenige, der die Menschen und die Elfenkrieger verkauft hat, die sich gegen die Heere von Lord Khadaver versammelt hatten.«

Sofort wurde die Menge still. Niemand sprach den Namen des Herrn der Kobolde laut aus, denn man fürchtete, es würde Unglück bringen. Erst vor ein paar Jahren, in der Nacht, als Tocht von der Mannschaft der *Einäugigen Peggie* schanghait worden war, waren Beinbrander über Graudämmermoor hergefallen und hätten ihm beinahe ein Ende bereitet. Aber sie waren hinter dem Buch her gewesen, das der Hüter Kestin zu Kray gebracht hatte.

»Meisterschmied Oskarr von den Aschwolkeninseln war ein guter und anständiger Zwerg«, beharrte Hallekk.

»Niemand weiß«, sagte Tocht, bevor er sich Zeit nahm, richtig darüber nachzudenken, was er da sagte, oder sich daran zu erinnern, dass er lieber den Mund halten sollte, »wer diese Krieger verraten hat. Ich habe die Schlacht an der Todesfestung studiert – so nennt man diesen Kampf des Kataklysmus.«

Verdin starrte Tocht mit einem wütenden Blick an. »Du kennst dich mit dieser Schlacht aus?«

»So ist es«, sagte Tocht. Sie war in einem der Bücher erwähnt worden, die er gelesen hatte. Er vergaß niemals etwas, das er gelesen hatte, was zum Teil auf seine Ausbildung und zum Teil darauf zurückzuführen war, dass er so war, wie er nun einmal war.

»Wer war dann der Verräter?«, fragte Hallekk.

Und die ganze Schenke beugte sich näher heran, um die Geschichte zu hören.

Kapitel 2

Die Geschichte eines Verrats

»Die Schlacht an der Todesfestung fand gegen Ende des Kataklysmus statt«, sagte Tocht mit jener angenehmen, starken Stimme, die er benutzte, wenn er Novizen im Gewölbe Allen Bekannten Wissens ausbildete. Er saß auf dem Tresen weit vorne in der Schenke, was Paunsel nicht sonderlich gefiel, aber zumindest schien das Geschirr nicht in Gefahr zu sein. »Und zu dieser Zeit war der Herr der Kobolde, wie ihr euch vielleicht erinnert, dabei –«

»Köpfe einzuschlagen und Leute umzubringen«, knurrte Hallekk. »Ja, das wissen wir alles. Es war eine harte Zeit für die Allianz.«

»Die Koboldstämme hatten ihre alten Streitigkeiten beigelegt«, sagte Tocht, »und sich unter dem Banner des Herrn der Kobolde vereint. Wo ein rechtschaffener Zwerg, Mensch oder Elf dieser Tage auch hinblickte, sah er das Banner mit der blutroten gepanzerten Faust, die sich vor einem himmelblauen Feld ballte. Dies waren die Tage der Finsternis.«

Durch die Aufmerksamkeit gefesselt, die er von der ehemals lärmenden Menge erhielt – und vielleicht vom Funkelbeerenwein und der Geschichte von Taurak Bleiyz, in der er geschwelgt hatte, ein wenig ermutigt –, stemmte sich Tocht auf die Füße. Obwohl er oft innerhalb der Mauern des Gewölbes Allen Bekannten Wissens vor Versammlungen sprach, verblassten diese Gelegenheiten im Vergleich dazu, wie er sich fühlte, wenn er vor der Mannschaft der *Einäugigen Peggie* oder Brants Diebesschar redete. Dies waren Zuhörer gewesen, die seine Fähigkeiten als Erzähler geschätzt hatten. Damals war etwas in ihm zum Leben erwacht, von dem er wusste, dass es Großmagister Frollo niemals gutheißen würde.

»Teldanes Fülle war zu jener Zeit schon gefallen«, fuhr Tocht fort. »Lord Khadavers finsterer Bann hatte Verwüstungen über das Festland hereinbrechen lassen. Er hatte eine Heuschreckenplage gesandt, auf die eine tödliche Fäule folgte, die die Obstgärten und Bauernhöfe vernichtete, die sich dort befanden. Schiffe waren mit tausenden Männern, Frauen und Kindern an Bord in nasse Gräber gesunken, viele von ihnen in den winterlichen Gewässern der Sanftwindsee eingefroren, nachdem Lord Khadaver Berge aus dem Meer beschworen hatte, die das Land auseinanderbrachen.«

Eine traurige Stille hatte sich über die Gäste der Schenke gesenkt. Tocht wusste, dass Paunsel ihn dafür verantwortlich machen würde, wenn der Fluss von Wein und Bier versiegte. Aber Tocht war ganz in der Geschichte aufgegangen, ebenso wie seine Zuhörer.

»Diese Leute sind nicht vergebens gestorben«, sagte Tocht. »Zum ersten Mal seit dem Anfang des Kataklysmus legten Zwerge, Menschen und Elfen ihre Unstimmigkeiten bei und kamen zu einem gemeinsamen Zweck zusammen. Obwohl man schon vorher darüber gesprochen hatte, zusammenzuarbeiten und so die Welt zu einem besseren Ort zu machen, hatten diese Pläne niemals Wurzeln geschlagen. Aber sie konnten sich darauf einigen, die Welt zu retten. Und sie machten sich an die Arbeit.«

»Aber es war beinahe zu spät«, warf jemand ein.

»Der Silberblattwald fiel im Jahr darauf«, sagte Tocht und erinnerte sich an das arme, verfluchte Geschöpf, das er während seiner ersten Reise auf der *Einäugigen Peggie* getroffen hatte. »Lord Khadaver vernichtete die Baumstadt der Elfen, Wolkenhöhen, und tötete König Amalryn und seine schöne Königin N'riya.«

Die Elfenhüter weiter hinten im Raum senkten ihre stolzen Köpfe. Alle Elfen kannten die Geschichte des Silberblattwaldes.

»Außerdem«, sagte Tocht, »hat der Herr der Kobolde die drei Prinzen getötet. Aber den neun Prinzessinnen hat er ein viel grausameres Schicksal zugedacht – er hat sie gebrochen und zu Wesen verfremdet, die er sich zunutze machen konnte. Sie wurden zu Loheleyen, Geschöpfen der Flammen, die nur lebten, um zu zerstören, und die keine Erinnerung daran hatten, was sie gewesen waren und was sie getan hatten.«

»Ja«, sagte eine Menschenseemann, »ich habe von ihnen gehört. Sie sind immer noch dort draußen, töten und zerstören noch immer. Ganz aus Feuer sind sie und schrecklich rachsüchtig. Wenn sie auf See ein Schiff finden, ist es recht wahrscheinlich, dass sie es aus reiner Bösartigkeit niederbrennen.«

Die Mannschaft der *Einäugigen Peggie* sagte nichts. Sie hatten eine Loheley aus der Nähe gesehen und waren unter jenen Glücklichen, die solch eine Begegnung überlebt hatten. Tocht hatte es geschafft, sie alle zu retten, indem er – wenn auch nur kurz – das zornige Herz der Loheley gerührt hatte.

Tocht stolzierte auf dem Tresen entlang, in dem Wissen, dass er jeden Blick im Raum auf sich zog. »Die Kobolde kamen aus dem Westlichen Reich heraufgestürmt und vernichteten alles, was sich ihnen in den Weg stellte. Lord Khadaver hatte eine Zangenbewegung ersonnen, mit der er jene, die sich auf dem Landweg aus dem Süden zurückziehen wollten, in den engen Begrenzungen der Bunten Schlucht festsetzen würde, wo sie sich durch die Gnadenlosen Scherben zieht – jenem Bereich der Nebelberge, in dem die Drachen brüten.«

Hallekk reichte Tocht einen Krug mit Funkelbeerenwein, und er kippte ihn hinunter, während er sich immer mehr für die Geschichte erwärmte.

»Für jene von Euch, die es nicht wissen: Die Kobolde nahmen als Erstes den Süden ein«, fuhr Tocht fort. »Sie kamen aus Gaherals Ödlanden herauf, von denen es heißt, dass dort üble Dinge frei herumlaufen, nachdem der Zauberer Gaheral unwissentlich blutdürstige Geschöpfe aus anderen Welten losgelassen hat.« Er zuckte die Achseln. »Vielleicht wurden sie auch geschaffen, als Gaherals Wilde Magie sich schließlich gegen ihn selbst richtete, wie es auch alle erwartet hatten.«

»Im Lauf der Jahre hatten sie das Koboldgezücht dorthin getrieben«, sagte Hallekk. »Sie zurückgeschlagen, bis sie keinen Ort mehr hatten, an den sie gehen konnten – nur noch die Ödlande.«

»Ehe Lord Khadaver unter ihnen auftauchte, ja«, stimmte Tocht zu. »Aber die Ödlande stellten sich als ein Segen für die Kobolde heraus. Die raue Umgebung tötete die Schwächeren unter ihnen und ließ nur diejenigen übrig, die stark genug waren, das unversöhnliche Klima und die blutdürstigen Raubtiere zu überleben. Als der Herr der Kobolde sie um sich scharte, waren sie bereit, alles zu töten, was ihnen Widerstand bot.«

»Und das haben sie auch«, sagte Verdin.

»Ja«, erwiderte Tocht, während er zusah, wie Hallekk ihm einen weiteren Krug Wein einschenkte. Er trank ihn dankbar aus, überrascht, dass sich sein Kopf anfühlte, als würde er schweben. »Das haben sie. Nachdem Teldanes Fülle zerstört war und die Schiffe auf dem Grund der Sanftwindsee lagen, nachdem Wolkenhöhen zerfetzt und aus den Bäumen des Silberblattwaldes gerissen worden war, fingen Menschen, Zwerge und Elfen an, in Massen aus dem Süden zu fliehen, und sie wurden ohne Gnade von der vereinten Macht der Koboldstämme vorangetrieben.«

Trotz der Zeit, die sie in den Ödlanden verbracht hatten, war die Anzahl der Kobolde nicht zurückgegangen. Niemand hatte je die Zahl ihrer Nachkommen erreicht. Selbst die Menschen folgten erst in einigem Abstand auf dem zweiten Platz, danach die Zwerge und Elfen – aber die Kobolde lebten viel länger als Menschen.

Wenn man sie nicht tötet, erinnerte sich Tocht. Und das war über lange Zeit hinweg die anerkannte Lösung für die Schwierigkeiten mit den Kobolden gewesen.

Mit flinken Bewegungen reihte Tocht etliche Krüge auf dem Tresen auf und erschuf daraus eine Nachbildung der Bunten Schlucht, um seine Geschichte besser untermalen zu können. Er stieg auf Zehenspitzen über die Krüge, während er fortfuhr.

»Die Flüchtlinge aus dem Süden waren verzweifelt«, sagte Tocht. »Die Anzahl der Krieger unter ihnen war nicht groß – viele waren bei dem Versuch, Teldanes Fülle zu halten, unter den Waffen der Kobolde gefallen. Sie brauchten einen Fluchtweg. Aber der Herr der Kobolde hatte anderes im Sinn.«

»Er wartete in der Bunten Schlucht auf sie«, sagte jemand.

»Das tat er«, stimmte Tocht zu. »Mit einem Heer bedrängte er die Flüchtlinge von hinten, während er mit einem weiteren ihre Flanken umging. Er hatte vor, sie dort in den Gnadenlosen Scherben in die Falle zu locken.«

»Wie ist Lord Khadaver an den Drachen vorbeigekommen?«, fragte jemand.

Tocht tigerte auf dem Tresen entlang. »Ein übles Wesen wie der Herr der Kobolde konnte eine Vereinbarung mit den Drachen treffen, indem er mit dem Drachenkönig Shengharck verhandelte. Etliche von denen, die die Kobolde gefangen nahmen, lieferte man an die schlüpfenden Drachen in den Gnadenlosen Scherben aus. Und an anderen Orten. Die Drachen brauchten nicht mehr zu jagen, und sie brauchten sich keine Sorgen mehr darum zu machen, vernichtet zu werden. Die einzige Gegenleistung, die sie erbringen mussten, war, die Kobolde nicht anzugreifen.«

Der Schrecken, der in diesen Worten lag, wogte über die Menge hinweg. Tocht bezweifelte, dass einer von ihnen schon einmal gesehen hatte, wie ein großer Drache sich an gefesselten Gefangenen gütlich tat – bis auf ihn selbst, damals in Shengharcks Hort in den Bruchschmiedenbergen. Es war ein schrecklicher Anblick gewesen, und ein Geräusch, das er niemals vergessen würde.

»Zum Glück hat die Allianz Lord Khadavers Hinterhalt entdeckt«, sagte Tocht. »Sie konnten drei kleinere Heere ausheben und sie in die Bunte Schlucht verlegen. Diese Heere standen jeweils für die Menschen, die Zwerge und die Elfen, die gegen Lord Khadaver zu den Waffen gegriffen hatten.«

»Aber es gab keine Halblinge in diesem Heer, oder doch?«, fragte jemand abfällig.

»Neeeeein. Die Halblinge versteckten sich hier in Graudämmermoor und haben ihre kleine Bibliothek zusammengestellt und die Bücher beschützt.«

»Ruhe!«, donnerte eine Stimme.

Alle Köpfe in der Schenke wandten sich zu dieser Stimme um. Hände griffen nach Schwertern und Äxten. Dann, als sie Kray erkannten, der im Eingang stand, blickten die Zwerge und Menschen schnell zur Seite und wurden still.

Der Zauberer betrat den Raum, und eine bedrohliche Kälte schien ihm zu folgen. »Fahre mit deiner Geschichte fort, Bibliothekar zweiten Ranges Lampenzünder.« Er hielt inne und sah sich im Raum um. »Und nur, um das klarzustellen: Heute Abend wird es hier keine Prügelei geben.«

»Dank sei den Alten.« Paunsel seufzte.

Tocht war sehr dankbar dafür zu sehen, dass Kray die Bühne betreten hatte, aber er war ebenso besorgt. Seit dem allerersten Mal, als er mit dem Zauberer auf eine Reise zum Festland gegangen war, war sein Leben ununterbrochen in Gefahr gewesen. Er glaubte nicht, dass Kray wegen des Funkelbeerenweins bei Paunsel aufgetaucht war.

»Nun denn«, sagte Tocht. Aber ein Teil der Dramatik war aus der Vorstellung gewichen. Kray war die einzige Person, die er kannte, die tatsächlich den Kataklysmus erlebt hatte und viele der Schlüsselereignisse aus erster Hand berichten konnte. »Wo war ich?«

»Die Allianz hat drei Heere in die Bunte Schlucht geschickt, um Lord Khadavers Streitkräften entgegenzutreten.« Kray setzte sich an einen Tisch weit vorne, dessen vorherige Inhaber sich rasch verdrückt hatten, als er näher gekommen war. Er legte seinen Stab quer über den Tisch und streckte seine langen Beine darunter aus. »Eines von den Zwergen, eines von den Menschen und eines von den Elfen. Fahre fort.«

»Gut.« Tocht versuchte, seine Gedanken zu ordnen, doch der Funkelbeerenwein kam ihm dabei beinahe genauso in die Quere wie seine Nerven. »Und da waren sie. Drei Heere unterwegs zur Bunten Schlucht und den Koboldhorden. Der Meisterschmied Oskarr von den Aschwolkeninseln führte die Zwerge an. Die Elfen wurden von König Faeyn vom Schlingenbaumwald geleitet. Und General Crisstun vom Kai der Verheißung war der Befehlshaber der Menschen. Sie erreichten den Pass über die Gnadenlosen Scherben in der Deckung der Nacht vor den Flüchtlingen und konnten Verteidigungsstellungen in der Todesfestung errichten, einem alten Handelsposten der Menschen, der verlassen worden war, nachdem die Drachen angefangen hatten, sich dort einzunisten.«

Die Menge in der Schenke hing an seinen Lippen. Obwohl keiner von ihnen Erfahrungen mit einem Krieg hatte, der auch nur annähernd an die Ereignisse während des Kataklysmus heranreichte, hatten vermutlich alle schon einmal gegen andere Männer oder Ungeheuer gekämpft. Sie wussten, was diese Heere erwartet hatte.

»Die Verteidiger führten die Flüchtlinge an der Festung vorbei«, sagte Tocht, »und bereiteten sich auf den Kampf vor. Dann kamen die Kobolde, sie marschierten im Eilschritt, und ihre Reihen waren durch Ungeheuer und schreckliche Geschöpfe angewachsen, die Lord Khadaver für seine dunklen Pläne angeworben hatte. Da sie sich so vielen Kobolden gegenüberfanden, wussten die drei Heere, dass ihr Schicksal der Tod sein würde. Wenn sie versuchten zurückzuweichen, würde ihr Widerstand zerbrechen, und sie würden die Nachhut der Flüchtlinge einem Angriff aussetzen.«

Stille lag über der Schenke.

»Sie hatten schon in Teldanes Fülle so viel verloren«,

sagte Tocht, »dass niemand den Gedanken ertragen konnte, abermals Frauen und Kinder zu verlieren. Also entschieden die Krieger dieser drei Heere, dass sie ihr Leben so teuer wie möglich verkaufen würden – in der Hoffnung, die eindringenden Koboldhorden so weit zu verlangsamen, dass den Flüchtlingen die Flucht gelingen konnte.«

»Das war sehr mutig und selbstlos von ihnen«, bemerkte Hallekk.

»Das war es«, pflichtete Verdin ihm bei. »Schlimm, dass sie den Verrat erleiden mussten, zu dem es gekommen ist. Vielleicht hätten sonst mehr überlebt.«

»Neun Tage lang«, fuhr Tocht eilig fort, damit der Streit nicht von neuem losbrechen konnte, »haben die Verteidiger der Todesfestung die Kobolde aufgehalten. Sie kämpften, bis die Bunte Schlucht voll von Blut war. Nachts, wenn die Kobolde Lager aufschlugen und schliefen, gingen Elfenhüter in aller Stille unter ihnen um, stahlen Vorräte und Pfeile und töteten Kobolde, wo sie auf sie stießen – sie knüpften ihre Leichen an den Klippenwänden auf, schleuderten ihre hässlichen Köpfe in die Lagerfeuer und warfen Pferdemist in die Suppe, die die Kobolde aus den gefallenen Feinden zubereiteten.«

Die Menge lauschte geradezu andächtig.

»Die Kobolde wissen von der Schlacht an der Todesfestung«, erklärte Tocht. »Geschichten aus jenen Tagen werden immer noch an den Feuern der Kobolde erzählt, und die Jungen flüstern sie einander zu, um sich Angst zu machen.« Er wusste davon, weil er ein- oder zweimal als Gefangener an ebenjenen Feuern gesessen hatte.

»Wer hat sie verraten?«, fragte jemand.

»Das weiß niemand«, sagte Tocht. »Obwohl viele versucht haben, es später herauszufinden.« Er setzte sich schwer hin, nicht mehr so sicher auf den Beinen wie zuvor. Er wusste nicht, ob es an der Traurigkeit der Geschichte lag oder an dem starken Funkelbeerenwein, dass er sich so schwach fühlte. »Am Morgen des zehnten Tages wurden beinahe alle im Heer der Allianz krank und konnten sich nicht einmal erheben, um sich selbst zu verteidigen. Die Kobolde kamen über sie wie Fleischer im Schlachthaus. Niemand wurde verschont.«

»Es war der Anführer der Zwerge«, beharrte Verdin. »Er hat die Krankheit unter den überlebenden Truppen verbreitet, damit sein eigenes Leben verschont würde.«

»Hüte deine lästerliche Zunge, du Nichtsnutz«, knurrte Hallekk.

»Dann erklär mir, wie es kam, dass Oskarr es schaffte, die Krankheit zu überstehen und zurück auf die Aschwolkeninseln zu gelangen.«

»Er war ein Krieger!«, brüllte Hallekk. »Er hat es geschafft, der Krankheit zu entgehen, und er hat seine Truppen, so gut er konnte, aus der Bunten Schlucht gebracht und sich zurückgezogen.«

»Nachdem sie einen Pakt geschlossen hatten, dort zu bleiben und gemeinsam zu sterben.«

»Es ist nicht sehr sinnvoll zu sterben, wenn keinem damit geholfen ist. Sie wussten, dass die meisten von ihnen sterben würden, wenn sie aus der Todesfestung flohen. Die Krankheit hatte ihnen bereits zugesetzt. Das Einzige, was Oskarr tun konnte, war, diejenigen von ihnen anzuführen, die noch gesund genug waren, und sie aus dieser Todesfalle herauszubringen. Das hat er getan.«

»Er ist zurück nach Hause gegangen und hat sich aus den Kämpfen herausgehalten.«

»Aber Oskarr hat den Krieg nicht hinter sich gelassen«,

sagte Tocht. »Oskarr kehrte auf die Aschwolkeninseln zurück und arbeitete auf Seiten der Allianz, bis Lord Khadaver endlich getötet wurde.«

»Hat in der Sicherheit seiner Schmiede auf Schwertern und Rüstungen herumgehämmert«, klagte Verdin.

»Es ist ziemlich schwierig für ein Heer zu kämpfen, wenn die Gerätschaften fehlen, die man braucht, um die Sache zu Ende zu bringen«, sagte Hallekk. »Wenn es um das Bauen dieser Gerätschaften ging, hat es keinen Besseren gegeben als den Meisterschmied Oskarr. Er hat auf einer Menge Rüstungen und Waffen herumgehämmert, die die Allianz über die Jahre benötigt hat.«

»Pfui!«, sagte Verdin. »Kampfgeist – das hätten wir benötigt. Und danach hat Oskarr ein fettes und glückliches Leben gelebt.«

»Nein«, erwiderte Tocht. »Oskarr ist dort auf den Aschwolkeninseln gestorben. Sechs Jahre lang haben Meisterschmied Oskarr und seine Hauptleute unter den Waffenschmieden die Heere der Allianz versorgt. Die Schmieden sind niemals kalt geworden, und die Zwerge haben zu jeder Stunde des Tages in Schichten gearbeitet, haben Schwerter, Rüstungen und Pfeilspitzen geschmiedet. Während dieser Zeit, so sagt man, ist es auf den Aschwolkeninseln niemals still geworden, und das Klingen der Hämmer hat alle Schmieden erfüllt. Es dauerte nicht lange, dann hat die Arbeit dort den Zorn des Herrn der Kobolde auf sich gezogen, weil die Gerätschaften, die Meisterschmied Oskarr und seine Leute herstellten, die Geschicke des Krieges zu wenden begannen.«

»Lord Khadaver hat die Aschwolkeninseln angegriffen«, sagte ein Zwerg.

»Das hat er«, stimmte Tocht zu. »Die Späher des Herrn

der Kobolde fanden heraus, dass Oskarr eine weitere große Schiffsladung mit Ausrüstungsgegenständen vorbereitete, die in einem Monat auf den Weg gebracht werden sollte. Lord Khadaver ließ Koboldschiffe zu Wasser und ging zum Angriff über. Er belagerte Oskarrs Stadt und hatte vor, sie auszuhungern. Wie jeder weiß, gab es auf den Aschwolkeninseln nicht viel mehr als die Adern mit Eisenerz. Selbst damals ist es ein armseliger Ort gewesen. Nur Eidechsen und Gestrüpp gab es dort. Oskarr und seine Leute waren vom Handel abhängig, um ihre Teller mit Nahrung zu füllen.«

»Fisch hat es gegeben«, schlug jemand vor.

»Das Wasser war von den Schmieden verunreinigt«, sagte Kray. »Die Zwerge der Aschwolkeninseln benutzten Schmieden, die unmittelbar jene Vulkane anzapften, die der Archipel ausgespien hatte. Schwefel, Schlacke und Asche verfinsterten die Gewässer rund um die Insel und trieben alles, was lebte, weiter ins Meer hinaus. Es ist beeindruckend, dass die Zwerge stark genug waren, um dort zu überleben. Vulkane sind nicht einfach zu zähmen.«

Tocht war sich sicher, dass der Zauberer aus Erfahrung sprach.

»Es gibt keine ursprünglichere Hitze als die aus einem Vulkan«, erklärte ein Zwerg. »Damit kann man Metall leicht bearbeiten, und es bleibt dann so hart, wie es nur sein kann. Die Zwerge der Aschwolkeninseln waren nicht die Einzigen, die diesen Kniff beherrschten.«

»Und sie hätten nur aus dem Meer fischen können, wenn sie Zugang zum Hafen gehabt hätten«, sagte Tocht. »Da Lord Khadavers Streitkräfte in der Rostsee lagen, konnte das nicht geschehen. Aber der Herr der Kobolde war zu ungeduldig, um einfach länger auszuharren. Stattdessen wirkte er seine finstere Magie und wandte die Vulkane der

Aschwolkeninseln, die die Zwerge angezapft hatten, gegen sie.« Er machte eine Pause, um die Spannung zu erhöhen. »Der Bann des Herrn der Kobolde traf tief ins Herz der Vulkane und verwüstete die Schmieden. Innerhalb weniger Sekunden versanken einige der Inseln – auch jene, auf der Oskarr und seine ausgewählten Schmiede arbeiteten – unter den Wogen der Rostsee.«

»Oskarr ist gestorben?«, fragte Verdin.

Tocht nickte. »Ja. Und nahezu jeder Mann, jede Frau und jedes Kind aus seiner Stadt starben mit ihm.« Bei dieser Erinnerung schüttelte es ihn, und er versuchte, die Berichte zu vergessen, die er über diesen erschreckenden Vorfall gelesen hatte. Aber es half nichts. Seine Vorstellungskraft war nicht nur wild und lebhaft, sondern kannte auch keine Ruhe. »Während des weiteren Krieges gegen Lord Khadaver kamen keine Waffen und Rüstungen mehr aus den Schmieden der Aschwolkeninseln.«

»Wie dumm, dass er nicht gestorben ist, bevor er die anderen in der Bunten Schlucht verraten hat«, sagte Verdin.

»Weshalb glaubst du, dass Oskarr die Streitkräfte verraten hat?«, wollte Hallekk wissen.

»Er war der einzige Anführer, der nicht der Seuche anheimgefallen ist«, antwortete Verdin.

»Das liegt daran, dass er ein Zwerg gewesen ist!«, brach es aus Hallekk heraus. »Zwerge werden nicht richtig krank!«

»Viele andere Zwerge sind zu jener Zeit krank geworden.« Verdin reckte trotzig das Kinn.

»Stimmt das?«, fragte einer der anderen Menschen Tocht.

Der kleine Bibliothekar zögerte, aber er wusste, dass er die versammelte Menge nicht anlügen konnte. »Viele der Zwerge wurden damals krank«, antwortete er.

»Aber Oskarr nicht?«

»Oskarr nicht.«

»Weshalb nicht?«

»Das weiß keiner.« Tocht lauschte ängstlich in die Stille, die den Raum einhüllte. *Vielleicht hat dieser Erzählung irgendetwas gefehlt*, sagte er sich. Nun, zumindest drohten sie sich nicht mehr gegenseitig mit dem Tod.

Später, als die Schenke sich geleert hatte und die meisten Gäste auf ihre Schiffe zurückgekehrt waren, saß Tocht still am Tisch und trank mit Kray und Hallekk. Paunsel wagte es nicht, den Zauberer fortzuscheuchen, weil er nicht vorhatte, eine Kröte zu werden.

Es wurde nicht viel gesprochen; sie tauschten nur ein paar Anekdoten über Dinge aus, die sie gesehen und getan hatten, Bruchstücke von dem, was Tocht zuletzt gelesen hatte, und ein paar ausgesuchte Anmerkungen zu dem Schachspiel, das der Bibliothekar und der Zauberer durch eine Reihe von Briefen über Schiffspost austrugen.

Tocht konnte sehen, dass Hallekk durch den Streit, der im Verlauf des Abends aufgekommen war, äußerst verstört war. Er verabscheute es, seinen Freund so betrübt zu sehen.

»Wenn du mich fragst«, sagte Tocht, »dann glaube ich nicht, dass Oskarr diese Männer an der Todesfestung verraten hat.«

Hallekk seufzte, und die Kerzenflamme auf dem Tisch zwischen ihnen tanzte am Rande des Vergehens und stand schließlich abermals hoch aufgerichtet. »Ich weiß, kleiner Mann.«

»Ich habe mein Bestes gegeben, um die Lage zu erklären.«

»Das habe ich gesehen.« Hallekk legte die Stirn in Falten. »Das Problem ist, dass über diese Schlacht noch immer gesprochen wird, selbst nach tausend Jahren.« Er machte eine Geste, die die ganze Schenke einschloss. »Nicht nur hier. Auch auf dem Festland. Überall, wo du hingehst, wird sich früher oder später das Gespräch der Schlacht an der Todesfestung zuwenden.«

Tocht wusste, dass das stimmte. Er war in Schankhäusern entlang der Zerschmetterten Küste gewesen, die sich selbst in große Schlachtfelder zwischen Menschen, Zwergen und Elfen verwandelt hatten – beim Kampf darum, was sich in der Bunten Schlucht am Ende dieser zehntägigen Belagerung zugetragen hatte.

»Was dort geschehen ist«, sagte Hallekk, »ist ein wunder Punkt, von dem die meisten nicht ablassen können. Hier in Graudämmermoor kommt es nicht so häufig zur Sprache, aber draußen in der übrigen Welt?« Er schüttelte seinen großen Kopf.

»Es ist ein ernstes Problem«, sagte Kray. »Eines, mit dem man sich früher oder später befassen muss.«

Tocht musterte den Zauberer, der noch nicht gesagt hatte, was ihn nach Graudämmermoor führte. Kray war ziemlich verwahrlost eingetreten, mit halb verheilten Schnitten an den Händen und im Gesicht. Offenbar war er an einem gefährlichen Ort gewesen, an dem er etwas Gefährliches gegen jemanden unternommen hatte der … gefährlich gewesen war.

Tocht war nicht glücklich über seine begrenzte Wortwahl. Aber neue Wörter zu finden, ging über seine Kräfte hinaus. *Du solltest nicht so viel Funkelbeerenwein trinken*, sagte er sich. *Dein Kopf wird davon so pappig wie Schmodders Kartoffelbrei. Und aus dem hätte man Mörtel machen können.*

Den Schlamassel wieder sauber zu machen, den diese

Kartoffeln auf den Tellern hinterließen, wenn sie kalt geworden waren, war eine von Tochts größten Herausforderungen gewesen, während er als Tellerwäscher auf der *Einäugigen Peggie* gearbeitet hatte. Er wusste nicht, wie die Zwerge das Zeug durch ihre Eingeweide geschleust hatten. Es musste sich dabei um ein kulinarisches Kunststück handeln.

Aber er sagte kein Wort, als Hallekk seinen Krug abermals füllte. Einem Zwerg beim Trinken das Wasser reichen zu wollen war für gewöhnlich ein Vorhaben, dem schmerzhaftes Scheitern und ernste Reue vorbestimmt war, aber Tocht dachte, dass er in dieser Nacht der Aufgabe gewachsen sein könnte. Wenn nur der Raum aufhören würde, sich um ihn zu drehen.

»Obwohl Lord Khadaver aus dem Weg geräumt ist«, sagte Kray, »haben die Kobolde den Süden immer noch unter ihrer Kontrolle, und es sieht so aus, als würden sie mit gierigen Augen gen Norden blicken. Ihre Anzahl wächst wieder, und sie werden bald abermals eine Bedrohung darstellen.«

Hallekk blickte den Zauberer an. »Denkt Ihr, sie werden noch einen Versuch unternehmen? Die anderen Völker zu vernichten, meine ich?«

Daran hatte Tocht nicht gedacht. Er war einige Male auf dem Festland gewesen, und er hatte gesehen, wie sich das Reich der Kobolde aufgesplittert hatte, doch im Süden waren sie übermäßig stark geblieben. Der Gedanke, dass sie sich eines Tages vereinen und abermals einen mörderischen Krieg beginnen könnten, war beängstigend. Selbst der magische Nebel und die verzauberten Seeungeheuer in der Bluttriefenden See konnten das Gewölbe Allen Bekannten Wissens nicht ewig schützen.

»Wenn das der Fall sein sollte, müssen Menschen, Zwerge und Elfen noch einmal die Kraft finden zusammenzustehen«, sagte Kray. »Wenn sie das nicht tun, werden sie untergehen.« Er nippte an seinem Wein. »Es wäre wohl besser, wenn sie die Schlacht an der Todesfestung hinter sich lassen könnten.«

»Sie sind immer noch unterschiedliche Völker«, erklärte Tocht. »Unter ihnen gab es stets natürliche Disharmonien.«

»Ja, aber nach meiner Erfahrung kann man an diesen Abneigungen arbeiten. Vorurteile sind etwas Hässliches, das sich von seinen eigenen Kräften nährt. Sie bringen gar nichts ein; der Hass, der aus ihnen hervorgeht – auf alle, die anders sind –, laugt uns aus und engt uns ein.« Kray zupfte an seinem Bart. »Aber es wäre besser, wenn die Fragen zur Schlacht an der Todesfestung gelöst würden.«

»Irgendwo muss es eine Antwort geben.« Hallekk starrte Tocht mit einem neugierigen Blick an. »Vielleicht in diesen Büchern, die du hast.«

»Das sind nicht meine.« Tocht musste sich immer mehr anstrengen, um die Worte herauszubekommen.

»Hast du nicht irgendetwas, wo du die Schlacht nachschlagen kannst?«

Tocht schüttelte den Kopf und spürte, wie dieser Übelkeit erregend schwankte. Einen Moment lang dachte er, dass er sich irgendwie von seinen Schultern gelöst haben musste. »Wir ordnen noch immer all die Tagebücher, Erinnerungen und Geschichtstexte. Wenn von irgendjemandem, der dort war, etwas aufgeschrieben worden ist, dann ist es noch nicht aufgetaucht.«

»Vielleicht«, sinnierte Kray, »haben diese Handschriften niemals ihren Weg ins Gewölbe Allen Bekannten Wissens gefunden.«

»Aber weshalb?«, fragte Tocht.

»Vielleicht«, sagte Kray langsam, als würde er sich selbst für die Möglichkeit erwärmen, »waren diese Erinnerungen zu der Zeit noch nicht geschrieben, als die Städte und Ortschaften ihre Bibliotheken aufgaben.« Er holte seine Pfeife hervor und zündete sie an. »Darüber sollte man nachdenken.«

Für sich überlegte Tocht, dass es das Beste wäre, wenn er darüber am Morgen nachdachte. Im Augenblick war er müder, als er es jemals zuvor gewesen war.

Als er das Schwanken spürte, glaubte Tocht als Erstes, er würde noch schlafen. Während der Nacht hatte er geträumt, er wäre Taurak Bleiyz, der die schöne Prinzessin Lissamae aus den Klauen des tückischen Wolfskopfes, Mamjor Dornzan, in den Schluchten des Feurigen Verderbens rettete. Er dachte, das Schwanken gäbe es nur in seiner Vorstellung, in der er über das Spinnennetz balancierte, das sich über den Eilenden Fluss spannte.

Der Traum war eine erquickliche Zeit des Schlummerns gewesen. Er dachte eigentlich schon daran, wie gerne er eine zweite, frischere Version der Geschichte mit Farbzeichnungen zu Papier bringen würde.

Als er die Augen öffnete – etwas, das er im Bann seines Traumes nicht immer hatte tun können –, starrte Tocht auf die niedrige Decke über sich und das Ende der Hängematte, in der er lag.

»Nein!«, krächzte er.

Panisch versuchte er, die Hängematte zu wenden, um den kleinen Raum ganz zu sehen, und fiel sofort auf den Hartholzboden darunter. Sein Kopf traf auf die feste Oberfläche. Sterne drehten sich hinter seinen Augen. Das war ein weiterer Beweis dafür, dass er nicht träumte: Wenn er in seinen Träumen fiel, traf er niemals auf dem Boden auf.

Der Aufprall entflammte einen Kopfschmerz, der kurz davor war, ihm den Schädel zu sprengen. Ein widerlicher, bitterer Geschmack füllte seinen Mund, und ein düsterer Verdacht stieg in ihm auf.

Als Tocht sich aufrichtete und zum Bullauge stolperte, stöhnte er vor Anstrengung. Er blickte hinaus auf die gekräuselten Wellen des pflaumenfarbenen Meeres.

Ich bin auf der Bluttriefenden See!, dachte er ungläubig. *Man hat mich schanghait! Schon wieder!*

Kapitel 3

»Wir haben einen Auftrag für dich, Bibliothekar Lampenzünder«

Zornig und unter Schmerzen machte sich Tocht auf den Weg zur Tür. Dann fiel ihm die kleine Hängematte auf, die über jener hing, aus der er herausgefallen war. Darin schlief Kritter, die Flügel zu den Seiten hin ausgebreitet.

Da er sich gut daran erinnern konnte, wie gnadenlos Kritter ihn damals aufgeweckt hatte, als er zum ersten Mal an Bord der *Einäugigen Peggie* verschleppt worden war, brüllte Tocht: »Auf mit dir, du schmarotzender Federwisch!«, und ließ die Hängematte wirbeln, so dass sie sich an ihren Seilen mehrmals überschlug.

Der Rodor drehte sich mit der Hängematte, dann fiel er heraus und taumelte nach unten. Kritter flatterte und landete auf seinem Hinterteil und mit gespreizten Beinen auf dem Boden. Einen Moment lang wippte sein Kopf wie ein Jo-Jo an der Schnur. Rasch zwinkerte sein Auge, dann starrte er Tocht mit einem finsteren, hasserfüllten Blick an.

»Ach, du abgesägter trauriger Ersatz für einen Piraten!«, explodierte Kritter. Er schlug mit den Klauen und kam auf die Beine. »Du schleimnuckelnde Bilgenratte! Das wirst du bezahlen, dafür sorge ich!« Er ging auf Tocht los, kam aber kaum vorwärts, obwohl seine zweigdünnen Beine sich heftig bewegten.

Trotzdem sah Tocht zu, dass er fortkam, und eilte durch die Tür. Er schloss sie gerade rechtzeitig hinter sich, um ein befriedigendes Krachen zu hören, bei dem es ihm warm ums Herz wurde und das Elend, das er verspürte, ein wenig Linderung erfuhr.

Hinter der Tür verfluchte Kritter Tocht auf derbe Weise und trat gegen das Holz.

Tocht schenkte dem Rodor keine Beachtung, da er wusste, dass der Vogel die Tür nicht allein zu öffnen vermochte, und vertraute darauf, dass es noch eine Weile dauern würde, bis er durch das Bullauge fliegen konnte. Stattdessen richtete er seine Aufmerksamkeit auf das Schiffsdeck. Wenn es nicht Beweis genug gewesen war, in einer Hängematte im selben Raum wie Kritter aufzuwachen, so sagten ihm all die vertrauten Gesichter der Mannschaft sogleich, dass er sich auf der *Einäugigen Peggie* befand.

Sie riefen ihm alle einen Gruß zu, aber die meisten bewegten sich nach dem Landgang langsam. Die Rahen standen unter vollen Segeln, die im starken Wind knatterten. Die Sonne hing hoch am östlichen Himmel, und Tocht fiel auf, dass sie auch in diese Richtung unterwegs waren. Dort lag das Festland, aber er schätzte, dass sie sich zu weit im Süden befanden, um die Zerschmetterte Küste anzusteuern. Irgendwohin südlich davon also, doch in dieser Richtung war er noch niemals gewesen.

Weshalb?, fragte sich Tocht. Aber er wusste, dass es ihm nicht weiterhelfen würde, diese Fragen an sich selbst zu richten. Also ging er los, um nach Hallekk zu suchen, stieg die Stufen zum Achterkastell hinauf.

Der große Erste Maat befand sich auf dem Achterdeck, genau wie Tocht angenommen hatte. Zu seiner Überraschung war auch Käpt'n Farok anwesend. Selbst Kray stand dort bei ihnen, und sein breitkrempiger Hut warf Schatten auf seine Augen, während er aufs Meer hinausblickte.

Das kann nichts Gutes bedeuten, dachte Tocht, aber der Zorn in seinem Innern wuchs. Er spazierte zu ihnen hinüber, und sie alle blickten ihn an.

»Einen wunderschönen Morgen wünsche ich dir, Bibliothekar«, grüßte Käpt'n Farok mit seiner krächzenden Stimme.

Käpt'n Farok war der älteste Zwerg, den Tocht jemals zu Gesicht bekommen hatte, abgesehen von einer Zeichnung in einem der Bücher aus dem Hralbommsflügel. Er war beinahe einen Kopf kürzer als Hallekk und hatte silbergraues Haar, das vom Alter dermaßen gebleicht war, dass es die Farbe von Alabaster annahm. Die Jahre hatten seinem Gesicht die Entschlossenheit geraubt, ihn so faltig werden lassen, dass seine Züge wirkten, als wären sie unterhöhlt worden und würden in sich zusammenfallen. Er trug eine Uniform und einen geschmückten Hut, die ihn von seiner Mannschaft abhoben.

Ein Teil von Tochts Zorn verflüchtigte sich, als er den alten Kapitän des Schiffes erblickte. Um Faroks Gesundheit war es in den letzten Jahren nicht gut bestellt gewesen – für eine Weile war er sogar bettlägerig gewesen. Manchmal sprach er davon, seinen Posten aufzugeben und Hallekk Kapitän werden zu lassen, aber seine Mannschaft hatte das abgelehnt. Alle wussten, dass sich die einzige Familie, die Farok besaß, an Bord der *Einäugigen Peggie* befand. Wenn er nach Graudämmermoor zurückkehrte, oder auch an irgendeinen anderen Ort, würde er nur unter Fremden sterben.

»Einen wunderschönen Morgen auch Euch, Käpt'n«, sagte Tocht respektvoll. »Ich –«

»Ich nehme an, du hast Fragen«, unterbrach ihn Farok.

»Ja, die habe ich. Außerdem muss ich Euch darum bitten, umzukehren und mich nach Graudämmermoor zurückzubringen. Ich habe Arbeit im Gewölbe Allen Bekannten Wissens zu verrichten. Ich weiß nicht, wer die glorreiche Idee gehabt hat, mich zu entführen« – er starrte Kray und Hallekk an, die er beide gut genug kannte, um darauf zu vertrauen, dass sie ihn weder in eine Kröte verwandeln noch zu Brei zerstampfen würden – »aber irgendjemand hier verdient schleunigst eine –«

Farok hob eine zitternde Hand. »Das ist mein Einfall gewesen, Bibliothekar.«

Hinter Faroks Schulter grinsten Hallekk und Kray Tocht an und hoben die Augenbrauen, um zu sehen, wie er die Drohung, die er begonnen hatte, zu Ende bringen wollte.

»– Gelegenheit, mich wissen zu lassen, was ... vor sich geht«, stammelte Tocht. Er konnte nicht glauben, dass Farok den Befehl gegeben hatte, ihn aus Graudämmermoor mitzunehmen. Sie waren an Bord des Schiffes immer gut miteinander ausgekommen, während Tocht entlang des Festlandes Büchern nachgespürt hatte; sie hatten oft Schach gespielt und Seemannsgeschichten ausgetauscht – die für Tocht einen wahren Schatz dargestellt hatten, weil er sich Aufzeichnungen davon in seinen Tagebüchern gemacht hatte –, aber sie wussten beide, dass in ihm nicht gerade das Rohmaterial für einen Piraten steckte.

»Während wir frühstücken«, versprach Farok. »Ich nehme an, du hast Hunger?«

Tochts Magen knurrte, so dass alle es hören konnten.

»Nun denn«, sagte Farok lachend, »das reicht mir als Antwort.« Er wandte sich an seinen Ersten Maat. »Hallekk, den Tisch bitte. Wir nehmen unsere Mahlzeit hier auf dem Achterdeck ein.«

Hallekk ging zur Reling und brüllte Befehle.

»Und wenn wir das Frühstück beendet haben«, fuhr Farok fort, »dann reden wir darüber, weshalb wir hier sind.«

Kurze Zeit später brachte die Mannschaft des Schiffes den Tisch des Kapitäns heraus und trug die Mahlzeit auf. Das Meer war ruhig genug zum Essen, und draußen im Freien zu sein war besser, als in der vollgestopften Kajüte des Kapitäns förmlich aufeinanderzusitzen oder sich mit der Mannschaft die Kombüse zu teilen.

»Greif zu, Bibliothekar, greif zu«, ermunterte Farok den Halbling. »Wir kommen gerade vom Landgang, und die guten Leute von Graudämmermoor waren wirklich großzügig.«

Hallekk reichte Teller herum.

Sie waren aus feinem Steingut, blau wie Rotkehlcheneier und mit einem Rand aus Blattgold, der schön ausgearbeitete fantastische Waldkreaturen zeigte. Die Teller glänzten so stark, dass Tocht sich darin spiegeln konnte.

»Du liebe Güte«, keuchte er. »Habt ihr das gesehen?«

Farok beugte sich herüber und spähte auf den Teller. »Was denn? Hat Schmodder die Teller wieder nicht richtig sauber bekommen? Darüber habe ich doch schon mit ihm gesprochen.«

»Nein. Die Teller sind gut so. Aber es geht mir um das Geschirr selbst.« Tocht drehte den Teller herum, so dass er dem Zwergenkapitän zugewandt war. »Wisst Ihr, worum es sich dabei handelt?«

»Nun ja, es sind Teller«, sagte Farok.

»Ich glaube, Tocht meint die Tatsache, dass es sich hier um delothische Hüterteller handelt.« Kray säbelte mit seinem Messer ein dickes Würstchen durch, dann spießte er ein Stück auf und steckte es sich in den Mund.

Tocht starrte den Zauberer ungläubig an. »Das habt Ihr gewusst?«

»Ja. Ich bin nicht ungebildet.«

»Aber Ihr esst von ihnen!«

»Dafür wurden sie ja auch gemacht.« Kray zerteilte eine Feuerbirne und spießte auch davon ein Stück auf. »Damit man von ihnen isst.«

»Aber doch nicht für eine Schar von Zwergenpiraten!« Tocht wurde plötzlich bewusst, wie still es auf dem Achterdeck geworden war. Hatte der Wind aufgehört zu wehen? Er versuchte zurückzurudern. »Für Zwergenpiraten, die eigentlich Helden in Verkleidung sind.« *Da. Das klingt schon besser, oder?*

Hallekk blickte missmutig auf seinen Teller, dann wurde er ein wenig verlegen. »Ich bin nicht gut genug, um von diesem Teller zu essen, meinst du es so?«

»Nein«, erwiderte Tocht, der sich schlecht fühlte und wünschte, er würde einen Weg aus der Grube finden, die er sich gegraben hatte. »Ich sage nur, dass diese Teller eine einzigartige Geschichte haben.« Er wendete den Teller in den Händen und fand den Anfang der Geschichte in den Bildern dargestellt. »Diese Geschichte handelt von Nusif, dem Biber, der den Hüter Riantap begleitete, einen großen Krieger, der sich um den Fluss Cealoch von den Funkelfällen bis hin zu den Ländern im Delta kümmerte, die von den Monden geküsst worden waren und den Holzfällern von Haidon als Siedlungsgebiet dienten.«

Indem er sich tief über seinen Teller beugte und ein Stück Ei vom Rand kratzte, sagte Hallekk: »Und der da handelt von einem Adler.«

»Das ist wahrscheinlich eine Eule«, sagte Tocht automatisch. »Der Bund von Fell, Feder und Flosse schloss keinen Adler ein. Es gab insgesamt zwölf Tiere, die Tiere der delothischen Hüter – Menschen, keine Elfen –, die im zenoffranischen Trollkrieg gegen die verrückte Kaiserin Bosartia gekämpft haben.«

»Ich habe nicht gewusst, dass es in Zenoffra Trolle gegeben hat«, sagte Hallekk.

»Gab es auch nicht mehr«, stimmte Tocht zu, »nachdem die delothischen Hüter mit ihnen fertig waren. Bis dahin hatte die verrückte Kaiserin sie bezahlt, um Zerstörungsmaschinen für den Himmelsbaumwald zu bauen. Daraufhin konnten die Holzfäller von Haidon hingehen und anfangen, Bäume für die Schiffe zu fällen, die unten in Koggenthal hergestellt wurden. Dieser Krieg war für die Menschenseeleute wichtig, denn dadurch konnten sie Vorräte anlegen, um Handelsflotten und Kriegsschiffe zu bauen.« Er zuckte mit den Schultern. »Natürlich begannen sie sogleich ein Wettrennen um die Handelsgüter, und viele dieser Schiffe sanken dabei.«

»Wirst du auch etwas essen, Bibliothekar?«, fragte Farok. »So lange es noch heiß ist? Hättest du lieber einen anderen Teller, wenn dir der hier nicht passt?«

Tocht seufzte. Keiner von ihnen konnte es verstehen. »Diese Teller hat man für die delothischen Hüter gemacht, um an ihren Sieg über die verrückte Kaiserin zu erinnern. Die meisten von ihnen sind gestorben oder haben ihre tierischen Begleiter verloren. Das waren Kunstwerke.«

Kray nahm sich einen großen Löffel mit Kartoffelwürfeln, die mit süßen Zwiebeln angebraten worden waren, und kippte ihn mitten auf den Teller, den Tocht in der Hand hielt. »Und heute liegt darauf Essen, das von großzügigen Gastgebern zur Verfügung gestellt wird.« Seine Brauen wölbten sich zu einem sanften Tadel über den grünen Augen.

Tocht gab es auf und füllte seinen Teller flink mit Würstchen, frisch gebackenen Brötchen, Feuerbirnen, Maispfannkuchen, die er mit süßem Funkelbeerensirup bestrich, und herben Zitrusmelonenscheiben.

»Also«, sagte Hallekk, der Tochts überquellenden Teller betrachtete, »was man von diesen Töpfern, die die Teller gemacht haben, auf jeden Fall behaupten kann: Sie haben wirklich große Teller gemacht. Dafür solltest du ihnen dankbar sein.«

Und das war Tocht auch, aber er aß vorsichtig und fuhr nicht mit der Gabel über seinen Teller.

Nachdem der Tisch und die Überbleibsel sicher verstaut waren, stopften Farok und Kray ihre Pfeifen und lehnten sich auf den Stühlen zurück, um zu rauchen. Hallekk ging auf eine seiner Runden.

Die *Einäugige Peggie* fuhr weiterhin durch die Bluttriefende See. Der endlose Nebel, der durch die Zauber, die Graudämmermoor schützten, an Ort und Stelle gehalten wurde, geisterte über das Deck und begrenzte in allen Richtungen die Sicht. Doch die Sonne fühlte sich warm an.

»Aaaaarrrrgggg!«, stöhnte Kritter weiter unten. Der Rodor klang, als läge er im Sterben.

Einen Moment lang tat Tocht der Vogel leid. Aber nicht allzu sehr. Kritter würde es überleben; er würde nur für eine Weile nicht viel Vergnügen haben.

»Aaaaarrrrgggg!«, schrie Kritter abermals. Einen Augenblick später stolperte er über das Deck. Sein rosarot behörntes Gesicht sah entschieden grün aus. Seine glänzenden Schwanzfedern, die nun verheddert und teilweise sogar abgebrochen waren, schleifte er auf dem Deck hinter sich her.

Unter großen Mühen kletterte der Rodor an der Seite

empor, hakte seine Klauen an der oberen Reling ein und hängte den Kopf darüber. Er benutzte seine Flügel, um sich im Gleichgewicht zu halten, dann erbrach er sich immer wieder und klang, als würde er ersticken.

Gnadenlos glotzte die Mannschaft und warf dem armen Vogel Beleidigungen an den Kopf, amüsiert über seinen Zustand. »Das wird dich lehren, nicht mehr diesen Fusel zu trinken, du knochenköpfiger Vogel!«, brüllte jemand.

»Lass es nur weiter raus«, sagte jemand anders. »Wenn du deine Krallen und deine Schwanzfedern kommen siehst, weißt du, dass du es beinahe hinter dir hast.«

Kritter versuchte, eine Beleidigung zurückzugeben, aber im nächsten Moment hing er schon wieder über der Reling. Da er ohne eine Möglichkeit zur Antwort hier festsaß, hatte der Vogel keine Wahl, als jede scharfe Beleidigung hinzunehmen, die den Leuten einfiel. Und ihnen fiel eine Menge ein, denn sie verbrachten viel Zeit auf See und hatten nichts zu tun.

Tocht kicherte trotz seiner schlechten Laune über die üble Lage des Rodors. Niemand an Bord würde zulassen, dass dem Rodor ernsthafter Schaden zugefügt wurde, aber keiner mochte den Vogel wirklich.

»Ich bin wegen einer anderen Sache nach Graudämmermoor gekommen«, sagte Kray, »als ich dich bei deinem Vortrag bei Paunsel entdeckt habe.«

»Ich habe keinen Vortrag gehalten«, erwiderte Tocht. »Ich habe versucht, eine Schlägerei zu verhindern. Wenn ich vernünftig gewesen wäre, wäre ich durch den Hintereingang verschwunden.«

»Es ist wahrscheinlich gut, dass du das nicht getan hast. Die Gemüter sind gestern Abend ganz schön erhitzt gewesen.« Kray zog an seiner Pfeife.

»Was hat Euch denn nun nach Graudämmermoor geführt?« Unfähig, einfach nur dazusitzen und zuzuhören, da er es gewohnt war, die Hände den ganzen Tag lang beschäftigt zu halten, griff Tocht tief in seinen Rucksack und holte eines der Schreibbücher heraus, die er stets bereithielt. Ein prüfender Blick ins Innere versicherte ihm, dass es leer war.

Er hatte es sich zur Angewohnheit gemacht, verschiedenste Notizbücher mit sich herumzutragen, weil seine Aufmerksamkeit ständig von einer Sache zur nächsten sprang. Großmagister Frollo nörgelte deswegen regelmäßig an ihm herum. Tocht fiel es einfach schwer, sich ruhig zu halten – wenn er nicht gerade ein wirklich gutes Buch in der Hand hatte. Dankenswerterweise befand sich auch das Buch über Taurak Bleiyz im Rucksack, obwohl er nicht wusste, wann er den Helden der Halblinge endlich über das Spinnennetz schicken würde.

»Der Gruftwärter von Houngar«, sagte Kray.

Tocht warf dem Zauberer einen scharfen Blick zu. »Ich habe gedacht, der Gruftwärter wäre ein Mythos.«

Kray zog feierlich an seiner Pfeife. »Das hatte ich gehofft.« Etwas Dunkles und Furchtbares flackerte in seinen Augen. »Aber ich denke, ich habe ihn getroffen.«

»Wo?« Unwillkürlich nahmen Tochts Hände ein Stück Kohle aus dem Beutel aus gerolltem Leder, in dem er seine Schreibutensilien aufbewahrte. Rasch skizzierte er den hochgewachsenen, hageren Umriss des Gruftwärters und verbarg den Krokodilschädel, den er den Gerüchten nach trug, in der Kapuze eines zerfledderten Umhangs.

»In der Nähe von Moiturl«, antwortete Kray. »Dort gibt es Ruinen –«

»Die Verfallene Stadt«, sagte Tocht nickend und beobachtete mit wachsendem Interesse, wie der Gruftwärter auf der leeren Seite Gestalt annahm. »Sie hat nicht immer die Verfallene Stadt geheißen. Aus den geografischen Angaben zu schließen, die ich zusammentragen konnte, ist die Verfallene Stadt einst eine Menschensiedlung namens Arrod gewesen. Es war ein Versammlungsort für die Menschen des nördlichen Javisham.«

»Richtig.« Kray war beeindruckt. »Wirklich, Bibliothekar zweiten Ranges Tocht, dein Wissen über die Welt vor dem Kataklysmus erstaunt mich jedes Mal.«

»Ihr müsst bedenken, dass all die Bücher, die ich lese, vor dem Kataklysmus geschrieben wurden«, sagte Tocht. »Aber ich lausche den Geschichten der Reisenden im Allerortshafen, und manchmal kann ich Orte von heute mit dem zusammenbringen, was sie vor all den Jahren gewesen sind. Während dieser Zeit ist Arrod eine große Stadt gewesen – zumindest für eine Menschensiedlung – und der Mittelpunkt dreier wichtiger Handelsstraßen.« Er fing an, sie beim Namen zu nennen, aber Kray hob verärgert die Hand.

Ich denke, im Augenblick ist er nicht dazu bereit, abermals erstaunt zu werden, dachte Tocht.

»Wir müssen uns darüber unterhalten, weshalb du an Bord der *Einäugigen Peggie* bist«, sagte Kray.

»Was ist mit dem Gruftwärter von Houngar geschehen?«, fragte Tocht. Er hasste Geheimnisse. Nun, in Wahrheit genoss er sie sogar. Aber nicht, wenn sie nicht richtig zu Ende gebracht wurden.

»Vor all den Jahren, oder als ich ihm begegnet bin?«

»Beides.«

»Vor all den Jahren war er ein Bediensteter auf dem Friedhof, der die Toten bestahl. Daraufhin wurde er verflucht, auf ewig die Toten zu bewachen, und er konnte den Friedhof nicht mehr verlassen.«

»Und wenn er es doch getan hat?«

»Dann hat er sich in Staub verwandelt.«

»Oh. Dann habt Ihr ihn also vom Friedhof fortgelockt.«

»Nein«, sagte Kray und runzelte die Stirn. »Ich habe ihn in eine Kröte verwandelt. Als ich gegangen bin, ist er in der Gruft herumgehüpft. Wenn er nicht vom Friedhof fortgehüpft ist, dann ist er noch dort.« Er lächelte ein wenig. »Es ist eigentlich ein recht faszinierendes Experiment, zu sehen, ob mein Bann oder der Fluch als Erstes ein Ende findet.«

»Ihr habt ihn in eine Kröte verwandelt. Habt Ihr jemals daran gedacht, jene, die Euch verärgern, in … ich weiß nicht, in *irgendetwas* anderes zu verwandeln?«

»Nein«, sagte Kray energisch. »Es funktioniert. Weshalb sollte man es verändern?«

»Es ist nicht sehr erfindungsreich.«

Kray rutschte verärgert in seinem Stuhl herum und starrte Tocht beinahe zornig an. »Hast du gedacht, ich habe dich aus Graudämmermoor entführt, damit du meine Wahl der Verwandlungsform kritisieren kannst?«

Tocht wurde plötzlich bewusst, dass er sich auf sehr dünnem Eis bewegte. »Äh … neeeeein?«

»Das habe ich nicht.«

Dann, ehe er sich zurückhalten konnte, sagte Tocht: »Ich habe gedacht, Käpt'n Farok hat die Entscheidung getroffen, mich zu schanghaien.«

Krays Gesicht wurde vor Wut tiefrot.

»Das habe ich«, sagte Farok. »Nachdem Kray das Schlafpulver in dein Getränk gekippt und Hallekk dich zum Schiff zurückgetragen hat.«

»Ihr?«, stieß Tocht hervor. »Ihr habt Schlafpulver in meinen Wein getan?«

»Du hättest dich geweigert mitzukommen, wenn ich dich darum gebeten hätte«, sagte Kray.

»Natürlich!« Tocht konnte es nicht glauben. Der Zauberer hatte ihn schon früher betrogen, aber nicht auf eine solche – Tocht hielt inne. *Eigentlich ist es genau so wie damals in Cormorthal gewesen.* Er stöhnte. Er konnte nicht glauben, dass man ihn zum Narren gehalten hatte. Schon wieder.

»Ich habe die Entscheidung für dich getroffen«, sagte Farok. »Wenn du also darauf aus bist, jemandem die Schuld zu geben, dann nimm mich.«

Tocht blickte in die entzündeten alten Augen des Kapitäns. Obwohl er hart darum kämpfte, seinen Ärger aufrechtzuerhalten, konnte er es nicht. Farok hatte ihn noch nie betrogen, ihn noch nie zurückgelassen, so dass er in einer Sackgasse den rasiermesserscharfen Hauern von Melanothen gegenüberstand, hatte ihn noch nie aufgegeben, so dass er den Diebstahl eines verzauberten Schädels im Tempel von Thurdamon dem Verfluchten erklären musste, hatte ihn nie – nun, wenn man alles bedachte, gab es viel, wofür Kray sich über die Jahre zu verantworten hatte.

Seufzend sagte Tocht: »Ich werde Euch keinen Vorwurf machen, Käpt'n Farok.«

»Gut«, sagte Kray. »Dann können wir uns ein wenig ums Geschäftliche kümmern.«

»Ich werde es *Euch* zum Vorwurf machen«, erklärte Tocht heftig.

Mit bedrohlicher Miene beugte sich Kray nach vorn und glotzte Tocht an. »Bewirbst du dich darum, eine Kröte zu werden, Bibliothekar?«, fragte der Zauberer mit einer kalten, harten Stimme.

Tocht kämpfte darum, die Herrschaft über seine Blase zu

behalten, und hoffte, dass seine Stimme nicht quietschte, wenn er sprach – er wusste gut, dass es ein erster Hinweis sein würde, wenn der Stuhl ihm plötzlich zu groß vorkam. Er wich vor dem Zauberer zurück. »Ich weiß nicht. Kann eine K-k-kröte tun, was immer I-i-ihr von mir e-e-erledigt haben w-w-wollt?«

Noch einen langen Moment starrte Kray ihn an. Dann begann er zu lachen. »Bei den Alten! Weißt du, wann es das letzte Mal vorgekommen ist, dass sich jemand mit mir angelegt hat?«

Nein, dachte Tocht.

»Nun, wie auch immer«, sagte Kray. Er blickte weg und ließ seinen Stab durch die Luft wirbeln, wodurch er grüne Funken in den Wind streute. »Wir haben einen Auftrag für dich, Bibliothekar Lampenzünder. Kapitän Farok und ich.«

»Dafür habe ich mich nicht freiwillig gemeldet«, erwiderte Tocht.

»Es gibt keinen, der besser für die Aufgabe geeignet wäre«, sagte Käpt'n Farok. »Das habe ich gewusst, nachdem Kray es mir erklärt hat.« Er blickte Tocht an. »Du musst es für uns tun, Junge. Du musst es für mich tun.«

Wenn es irgendjemand anders gewesen wäre, der mich gebeten oder mich bedroht hätte, dachte Tocht, *würde ich es nicht machen*. Aber während seiner Reisen zum Festland hatte er über die Jahre hinweg eine starke Zuneigung zu dem mürrischen alten Zwergenkapitän entwickelt. Er holte tief Luft und atmete aus.

»Worum geht es?«, fragte Tocht.

»Wir müssen uns unter die Zwerge von den Aschwolkeninseln begeben und die magische Kriegsaxt von Meisterschmied Oskarr finden: Knochenschnitter.«

»Aber die Aschwolkeninseln sind versunken!«

»Vielleicht nicht«, sagte Käpt'n Farok. »Es stimmt schon, dass diese Inseln ordentlich durchgerüttelt worden sind, aber ein paar davon gibt's noch.«

»Wenn die Streitaxt noch da wäre, hätte sie doch schon jemand gefunden.«

»Nicht unbedingt«, sagte Kray. »Viele Dinge gingen während des Kataklysmus verloren.« Ein tiefes Stirnrunzeln verdüsterte sein Gesicht. »Das Problem mit verschollenen Dingen ist, dass sie nicht immer auf ewig verschollen bleiben.«

Tocht stimmte stumm zu. Verfluchte Gegenstände hatten die Angewohnheit, immer wieder aufzutauchen und neuerliche Schwierigkeiten zu verursachen. »Na gut, nehmen wir an, sie ist noch da. Wunder über Wunder, nehmen wir an, dass wir sie sogar finden. Was wird es uns nutzen?« Obwohl er es nicht zugeben wollte, wurde er neugierig.

»Magische Gegenstände, besonders jene, die für ihren Träger geschmiedet worden sind, wie Knochenschnitter für Meisterschmied Oskarr, neigen dazu, etwas von ihrem früheren Besitzer in sich aufzunehmen«, sagte Kray.

»Was wird uns das nutzen?«

»Eines Tages, Bibliothekar«, sagte Käpt'n Farok, »nicht zu meinen Lebzeiten natürlich, aber vielleicht zu deinen, wird die Welt enger zusammenwachsen. Zwerge, Menschen und Elfen werden wissen müssen, wie sie wieder miteinander leben können. Und wenn es zwischen ihnen überhaupt je Frieden geben soll, dann müssen die Fragen zur Schlacht an der Todesfestung beantwortet werden. Vielleicht, so die Alten wollen, können wir einige der Antworten finden.«

»Indem wir auf die Aschwolkeninseln gehen und Meisterschmied Oskarrs Kriegsaxt finden?«, fragte Tocht.

»Aye.« Der alte Kapitän nickte.

Tocht seufzte. »Wie werden wir es anstellen?«

»›Wir‹?« Kray schüttelte den Kopf. »Da gibt es kein ›Wir‹, Bibliothekar Lampenzünder. Es gibt nur dich.«

»Mich?« Tocht konnte es nicht glauben. »Ihr werdet mich auf einer Insel aussetzen und von mir erwarten, dass ich dort überlebe? Und eine mystische Streitaxt finde, die seit tausend Jahren niemand mehr gesehen hat, auf einer Insel, die von Vulkanen weggesprengt worden ist?«

Kray blickte ihn an. »Niemand hat gesagt, dass es leicht werden würde.« Er schwieg einen Moment lang und fügte dann hinzu: »Aber es gibt einen zusätzlichen Anreiz.«

Von den Kobolden getötet und gefressen zu werden? Von misstrauischen Zwergen umgebracht zu werden, die keine Fremden mögen? Zu einer Ascheflocke verbrannt zu werden, weil plötzlich ein Vulkan ausbricht? Tocht konnte es kaum erwarten zu hören, wie der Zauberer versuchen würde, ihm die Sache schmackhaft zu machen. Wenn er nicht sicher gewesen wäre, dass sie ihn ohnehin an Land aussetzen würden, hätte er gestritten und Forderungen gestellt, vielleicht sogar gebettelt und –

»Meisterschmied Oskarr hat an die Macht der Bücher geglaubt«, sagte Kray. »Den Gerüchten nach hat er ein paar persönliche Lieblingsbücher besessen – und seine Tagebücher – und diese bei sich gehabt, nachdem er alles andere auf Allianzschiffen fortgeschickt hatte.«

Da wusste Tocht, dass sie ihn hatten. Niemand anders an Bord der *Einäugigen Peggie* würde sein Leben für Bücher riskieren. Nicht so, wie er es tun würde.

Er seufzte. »Na gut. Aber es wird mir nicht gefallen.«

Kapitel 4

Ausgesetzt auf den Aschwolkeninseln

Die *Einäugige Peggie* segelte langsam durch die Inselwelt, der Großteil ihrer Segel war eingeholt, und die Mannschaft stand an der Reling aufgereiht und hielt mit Gewichten versehene Leinen, um die Tiefe auszuloten, während sie weiterfuhren. Über die Rostsee lagen hunderte von Inseln verstreut, und ihr Name rührte – wie Tocht feststellte – von den kleinen Sprengseln aus rostigem Eisen, die in den Tiefen trudelten. Das führte dazu, dass das Meer einen dunklen, schlammigen Orangeton bekam. Er bezweifelte, dass in diesen Gewässern etwas überleben konnte, doch hin und wieder sah er etwas Riesiges und Ungeheures durch das Meer gleiten.

Vielleicht war es aber auch das Wasser selbst, von den unterseeischen Vulkanschloten aufgewühlt.

Die Inseln waren von verschiedenster Größe. Einige maßen nicht mehr als ein oder zwei Fuß im Durchmesser und sahen aus wie ein Gehweg aus Steinfliesen, der sich über das Meer erstreckte. Aber sie gehörten zu Felstürmen, die fest im Ozeanboden verwachsen waren und die den Rumpf eines unachtsamen Schiffes zerfetzen konnten. Ein paar andere Inseln waren kaum groß genug für eine Hütte.

»Was sind das für Blüten?« Gewissenhaft hielt Tocht die Umrisse und die ungefähre Größe der Blüten in seinem Tagebuch fest. Er rührte die Farben aus den Pigmenten an, die er mitgebracht hatte, gab aber nur einen Klecks Farbe auf die Seite, um seinen Vorrat zu strecken. Da es jedoch so aussah, als gäbe es genug Erz auf den Inseln, war es möglich, dass er weitere Farben herstellen konnte, wenn er Erzpulver mit Tierfett vermischte. Er hatte rasch gearbeitet und dabei die ersten Eindrücke verdrängt, die die Aschwolkeninseln hinterließen.

Hallekk stand nur ein kleines Stück entfernt. Er sah aufmerksam aus, als wäre er auf alles vorbereitet, doch er war nervös, weil er in Gewässern segelte, die ihm nicht vertraut waren. Ganz besonders in diesem Gewässer, das für Schiffsmannschaften, die neu in der Gegend waren, solche Gefahren bot.

»Das sind Goldgiergräser«, antwortete der große Zwerg. »Du hältst dich besser von ihnen fern.«

»Weshalb?«

»Weil sie beißen.«

»›Beißen‹? Etwa mit Zähnen?« Tocht hatte schon früher fleischfressende Pflanzen gesehen, aber diese konnten nicht beißen. Sie neigten für gewöhnlich dazu, ihre Beute ganz zu verschlingen, sie zu ersticken oder zu vergiften und sie dann in aller Ruhe zu verdauen. Brant hatte ihn einst aus einem Kronenherzigen Schlinger geschnitten, den sie auf der Suche nach einem Schatz im magischen Gewächshaus eines Zauberers in den Donnernden Hügeln aufgestöbert hatten.

»Sie beißen«, sagte Hallekk. »Aber nicht mit Zähnen. Ich weiß nicht, wie sie's machen, und ich will es auch gar nicht herausfinden. Sie arbeiten mit einem besonders verabscheuenswerten Stechkäfer zusammen, der sich von Menschenfleisch ernährt.«

»Du meinst, sie gehen eine Symbiose ein?«

Hallekk warf ihm einen raschen Blick zu. »Natürlich meine ich das. Wie sollte ich etwas anderes meinen? Wenn dich ein Goldgiergras beißt, setzt es einen Käfer frei, der seine Eier –«

»Du meinst, einen trächtigen Käfer«, sagte Tocht automatisch.

»Wenn du es sagst. Auf jeden Fall gräbt sich der Käfer tief unter deine Haut. Ein paar Tage später legt er seine Eier in dich und stirbt dann. Es dauert nicht lange, dann schlüpfen die kleinen Käfer und fressen dich von innen heraus auf.«

»Das ist ekelhaft«, sagte Tocht. Er fand den ganzen Vorgang unnatürlich und unnötig morbid.

»Ja. Die Kobolde in diesen Breiten nutzen das Goldgiergras manchmal zur Folter. Sie pflocken einen Gefangenen an und wetten dann darauf, wie viel von ihm aufgefressen wird, bevor er krepiert.« Hallekk blickte Tocht sorgenvoll in die Augen. »Ich habe gehört, dass die frisch geschlüpften Käfer einen Mann in ein paar Wochen bis auf die Knochen abnagen können. Für gewöhnlich stirbt er irgendwann während dieser Zeit, aber das ist kein leichtes Ende.«

»Nein«, pflichtete Tocht bei, und sein Hals wurde eng und trocken. *Und sie werden mich inmitten all dessen aussetzen?* »Also … wenn ich gebissen werde, was soll ich dann tun?«

»Es ausbrennen, wenn du kannst. Es mit einem Messer ausschaben.« Hallekk zuckte die Achseln. »Wenn du aber glaubst, dass du immer noch infiziert bist und auch ohne diesen Körperteil leben kannst, wenn es nur ein Finger oder eine Zehe ist – oder auch eine Hand oder ein Fuß –, hacke es ab.«

»Oh.«

»Am besten lässt du dich nicht beißen.«

»Das werde ich im Kopf behalten.«

»Oh, und leg dich nicht so nahe am Goldgiergras nieder, dass es zu dir herübertreiben kann. Manchmal sind die verflixten Dinger so verzweifelt, dass sie versuchen, aus der Pflanze zu springen, und hoffen, auf etwas in der Nähe zu landen. Wenn sie dir ins Ohr klettern können, werden sie es tun. Dann hast du einen Käfer im Kopf.« Hallekk zeigte ihm ein kaltes Grinsen.

Schlafe niemals mit offenen Ohren. Tocht schrieb das in sein Tagebuch und unterstrich es. Falls er es vergessen sollte. Aber er konnte sich nicht vorstellen, wie es dazu kommen sollte.

»Hast du Angst, Tocht?«

Erschrocken blickte Tocht von seinem Tagebuch auf. Eigentlich hatte er während der Arbeit gar kein Gefühl zugelassen. Aber nun war der Gedanke an den Tod plötzlich wieder in seinen Verstand eingedrungen, und er hatte schreckliche Angst.

Kray stand bei ihm und blickte aufs Meer hinaus. Da die Sonne im Westen hinter ihm unterging, konnte Tocht kaum mehr als die Silhouette des Zauberers sehen. Deswegen wirkte Kray beinahe körperlos und zur selben Zeit von Dunkelheit durchdrungen.

»Mehr als je zuvor«, sagte Tocht in der Hoffnung, Kray möge sich einsichtig zeigen. Er wusste, wenn er den Zauberer dazu überreden konnte, es sich anders zu überlegen, würde auch Käpt'n Farok einlenken.

»Nun«, sagte Kray, ohne den Blick von der Rostsee abzuwenden, »es ist immer gut, ein wenig Angst zu haben, aber lass nicht zu, dass die Angst deine Gedanken beherrscht. Benutze sie dazu, dich am Leben zu erhalten.«

»Weshalb geht nicht Ihr?«, fragte Tocht. »Und ich bleibe auf dem Schiff und gebe *Euch* Ratschläge?«

»Glaubst du, die Zwerge von den Aschwolkeninseln würden mit einem Zauberer sprechen?«

Nein. Niemand will mit einem Zauberer sprechen. Aber das sagte Tocht nicht. Stattdessen erklärte er: »Ihr müsst ihnen nicht verraten, dass Ihr ein Zauberer seid.«

Kray blickte Tocht an und runzelte die Stirn. »Habe ich jemals jemandem verraten müssen, dass ich ein Zauberer bin?«

Darüber dachte Tocht lange und angestrengt nach, auf der Suche nach einem Ausweg. Egal wohin sie gingen, niemand machte jemals den Fehler, Kray für einen einfachen Menschen zu halten. Wenn man ihn ansah, wirkte er einfach … *zauberisch*.

»Nein«, erwiderte Tocht. Dann murmelte er mit leiserer Stimme: »Aber viele glauben, dass Ihr ein *böser* Zauberer seid.«

»Das habe ich gehört.«

»So war es auch beabsichtigt.«

»Ich weiß, dass du über all dies nicht glücklich bist, Tocht«, sagte Kray, »aber es ist notwendig.« Er deutete mit der Hand.

Tocht folgte seinem knochigen Finger und erblickte eine Möwe, die tief über dem Wasser auf der Backbordseite der *Einäugigen Peggie* flog. Der Vogel segelte gemächlich, nicht mehr als zehn Fuß über der ruhigen, orangefarbenen Wasseroberfläche.

»Sagen wir, diese Möwe stellt die Gegenwart dar«, erläuterte Kray. »Sie segelt vergnügt durch das Leben, aber eines Tages wird die Vergangenheit ihre hässliche Schnauze erheben …«

Aus dem Wasser unter der Möwe brach mit einem Mal eine mit Warzen bedeckte, rote Schnauze, der der Körper eines Reptils aus dem Meer folgte. Riesige Kiefer öffneten und schlossen sich flink mit einem Schnappen von Zähnen, das klang, als würde ein Baumstamm gespalten werden. Im nächsten Augenblick war die Möwe fort, und nur noch ein paar weiße Federn trieben durch die Luft.

»… und die Gegenwart wird fortgerissen werden«, beendete Kray seinen Satz.

Während er dem Zauberer lauschte, entdeckte Tocht eine tiefere Bedeutungsebene in Krays Worten. Die Warnung rührte an etwas, das dem Zauberer sehr nahe ging.

»Du musst die Vergangenheit im Auge behalten, Tocht«, sagte Kray leise. »Du liest Bücher und suchst nach alter Wissenschaft und Geschichte, die verschollen und vergessen ist. Aber du musst verstehen, dass die Leute – Menschen, Zwerge, Elfen und sogar Halblinge – diese Wissenschaft und Geschichte gelebt haben. Sie hatten ein Leben, das über Entdeckungen und Erkundungen hinausging, und einige waren nicht ganz so heldenhaft, wie die Verfasser dieser Bücher die Leser glauben lassen wollen. Leute« – der Zauberer holte tief Luft – »nun, sie neigen dazu, zu scheitern und Enttäuschungen zu verursachen. Ganz besonders, wenn man in ihnen starke Persönlichkeiten sieht.«

Der Zorn und die Angst wichen von Tocht, als er den Zauberer anblickte. Zum ersten Mal nach all den Abenteuern, die sie gemeinsam überstanden hatten, dachte Tocht, dass Kray ein wenig verletzlich und verloren wirkte.

Wie kann man tausend Lebensjahre ertragen?, fragte er sich. *Wie viele Freunde, wie viele Familienmitglieder habt Ihr über die Jahrhunderte verloren, Kray?*

Aber er wusste, dass er diese Frage nicht zu stellen wagte.

»Diese Krieger, die in der Schlacht an der Todesfestung gestorben sind – ihrer muss gedacht werden«, sagte Kray. »Aber man muss sie als Gesamtheit ehren, nicht als einzelne Gruppen.« Er blickte zu den Inseln vor ihnen. »Wenn wir Oskarrs Streitaxt finden –«

»Knochenschnitter«, warf Tocht ein.

»Ganz genau«, sagte der Zauberer. »Wenn du Knochenschnitter gefunden hast, können wir anfangen, diese alte Wunde zu heilen.«

Tocht war bewusst, dass das alles gut klang, aber er behielt im Gedächtnis, wie leicht das langschnäuzige Ungetüm – *ein Riesenkrokodil?* – aus dem Wasser gesprungen war und die nichtsahnende Möwe geschnappt hatte. Wie konnten Kray und Käpt'n Farok nur glauben, dass er bei dieser verrückten Aufgabe Erfolg haben würde?

In der Abenddämmerung ging die *Einäugige Peggie* weniger als hundert Fuß von einer der Inseln entfernt vor Anker. Der Ausguck hatte gut achtgegeben und hielt es nicht für wahrscheinlich, dass es in der Gegend Kobolde gab, aber sie hatten das Klingen von Zwergenhämmern gehört und wussten, dass sie sich in der Nähe eines Zwergendorfes befinden mussten.

In einen einfachen Reiseumhang gekleidet, sein Tagebuch unter dem Hemd in wasserdichtem Wachstuch verborgen, zusammen mit Feder und Tintenfass und ein paar Stücken Kohle, war Tocht zum Aufbruch bereit.

Neben dem Langboot, das die Mannschaft zum Herablassen fertig gemacht hatte, gesellte sich Käpt'n Farok vor Anstrengung keuchend zu Tocht. Die schwefelhaltige Luft war dem Zwergenkapitän schon den ganzen Tag lang nicht gut bekommen. Er sah inzwischen blass und fahl aus.

»Gib auf deinen Kopf acht, während du da draußen bist«, sagte Käpt'n Farok in ernstem Ton. »Ich mag es nicht, wenn ich Mannschaftsmitglieder verliere, und ich werde nicht dafür geradestehen, wenn es aus reiner Dummheit geschieht.«

»Aye, Käpt'n.« Unwillkürlich richtete sich Tocht etwas höher auf und warf sich in die Brust. Den alten Kapitän umgab eine eigene vornehme Aura, etwas, das Tocht an Großmagister Ludaan erinnerte, der ihn als Novizen angenommen und ihm die Geheimnisse des Gewölbes Allen Bekannten Wissens gezeigt hatte.

»Du kommst zu uns zurück, wenn du deine Aufgabe beendet hast, Bibliothekar Lampenzünder«, sagte Käpt'n Farok. »Wir werden dich durch das Auge des Ungeheuers beobachten und dich abholen, wenn du Oskarrs Kriegsaxt hast.«

Das Auge des Ungeheuers, von dem Käpt'n Farok sprach, befand sich in einer großen Flasche, die unter dem Bett des Kapitäns aufbewahrt wurde. Der Kapitän des Schiffes konnte den Augapfel (der in der Flasche immer noch lebte) benutzen, um jedes frühere oder gegenwärtige Mannschaftsmitglied, das noch am Leben war, zu sehen, ganz gleich, wo es sich befand.

Leider konnte das Meeresungeheuer auch das Schiff im Auge behalten und es – immer wieder – aufspüren. Die *Einäugige Peggie* war schon des Öfteren angegriffen worden.

»Das werde ich, Käpt'n Farok«, versprach Tocht. »Wir müssen doch noch Eure Erinnerungen niederschreiben.«

»Alles zu seiner Zeit«, sagte der alte Kapitän. »Alles zu seiner Zeit.« Damit bückte er sich zu einer raschen, heftigen Umarmung herab, die Tocht zu Herzen ging. »Schönwetter und Rückenwind wünsche ich dir, Bibliothekar.«

»Und ich Euch, Käpt'n.«

Tocht kletterte in das Langboot, wo sich auch Hallekk und Kray niederließen. Die Entscheidung des Zauberers, es auf sich zu nehmen, mit an Land zu gehen, überraschte Tocht, aber er sagte nichts. Drei weitere Mannschaftsmitglieder schlossen sich ihnen an und vervollständigten die Mannschaft des Bootes.

Zum Glück war das Meer ruhig. Tocht nahm eines der Ruder und zog mit geübtem Schlag, der sich rasch in den leisen Rhythmus einfügte, den Hallekk und die Zwerge vorgaben. Sie mussten sich anpassen, weil Kray nicht mitruderte, aber der Zauberer hielt wachsam Ausschau.

Tocht wusste, dass er von allen Bibliothekaren die rauesten Hände hatte. Sie waren sogar noch rauer als die jener Bibliothekare, die den Großteil des Papiers im Gewölbe Allen Bekannten Wissens herstellten. Bei diesem Vorgang wurden scharfe Chemikalien benutzt.

Großmagister Frollo hatte ihm seine Arbeiterhände bei etlichen Gelegenheiten vorgeworfen, aber Tocht war seltsamerweise stolz darauf. Zusätzlich zu den Schwielen hatte er auch ein paar Narben, von Messern, Seilen und Feuer, und sie anzusehen war beinahe so, als würde man die Inhaltsangabe eines Buches betrachten. Jede dieser Narben erzählte eine Geschichte.

Kurze Zeit später, als das Licht der Monde vom dicken Rauch gedämpft wurde, der die Inseln einhüllte, lief das Langboot auf Grund. Hallekk und die anderen stiegen aus, holten die Ruder ein und zogen das Boot auf den Strand, so dass die wiederkehrende Flut es nicht hinaus aufs Meer tragen würde.

Nach einer kurzen Suche entlang der Küste fanden sie eine Höhle, in der Tocht die Nacht über bleiben konnte. Da die Gegend von der Vulkantätigkeit aufgeheizt war, war es warm genug, dass er sich keine Sorgen darüber machen musste zu frieren.

Neben seinem verborgenen Tagebuch und den Schreibutensilien hatte er nur zerlumpte Kleidung und einen geflickten Reiseumhang bei sich. Das alles waren Kleider, die ein Sklave auf der Flucht – wenn er Glück hatte – stehlen konnte.

»Nun gut, kleiner Mann«, sagte Hallekk ein wenig nervös, »wir haben dich ausgestattet, so gut es möglich war.«

»Ich weiß«, erwiderte Tocht.

»Ich werde die Alten darum bitten, ein Auge auf dich zu haben.«

»Kümmere dich nur darum, dass der Käpt'n das Gleiche tut«, sagte Tocht. »Wenn er mich sieht, wie ich vor einer Koboldhorde wegrenne oder wie die Zwerge versuchen, mich in Stücke zu hauen, ist es vermutlich an der Zeit, herzukommen und mich abzuholen.«

Trotz seiner Nervosität grinste Hallekk. »Wir werden sofort kommen und dich retten. Darauf hast du mein Wort.« Er hielt dem Halbling seine riesige Pranke hin, und als Tocht sie nahm, zog er den kleinen Bibliothekar an sich und hielt ihn einen Moment lang fest. »Pass einfach gut auf dich auf. Ich will all deine Geschichten hören, wenn du wieder an Bord kommst. Und gib acht, dass dein Schädel bleibt, wo er hingehört.«

»Das werde ich.«

Hallekk wandte sich ab und ließ Kray stehen, damit auch er Abschied nehmen konnte.

»Das ist jetzt unangenehm«, sagte der Zauberer einen Augenblick später.

Tocht stimmte ihm stumm zu. Obwohl er und Kray schon vorher zusammen gereist waren und Mahlzeiten,

Geschichten und Unannehmlichkeiten während ihrer Abenteuer geteilt hatten, waren sie nicht eng befreundet.

»Du machst es mir nicht leichter zu gehen«, knurrte Kray.

»Wenn Ihr mich fragt, gibt es nichts Leichteres, als zurück zum Langboot zu gehen und auf das Schiff zurückzukehren. Im Gegensatz zum Hierbleiben«, sagte Tocht.

Kray grinste. »Ich nehme an, da hast du recht. Nun, wir haben schon schlimmere Zeiten erlebt. Du hast dich auch früher nicht umbringen lassen, also bleib einfach dabei.« Ohne ein weiteres Wort wandte Kray sich um und ging davon.

Ein Gefühl der Leere entstand in Tochts Mitte und breitete sich rasch aus.

»Oh.« Kray drehte sich um. »Da ist noch etwas.«

»Noch eine Warnung?«, fragte Tocht.

»Nein. Ich sehe keinen Grund anzunehmen, dass du davon nicht schon genug erhalten hast.« Kray griff in seinen Reiseumhang. »Du wirst eine Art Führer brauchen, solange du hier bist.«

»Ich dachte, es bleibt niemand hier.«

»Das tut auch niemand. Dieser Führer wird mit der Umgebung verschmelzen, aber er ist auch nicht sehr auffällig.« Kray streckte die Hand aus und hielt einen Skink, der einen Fuß lang war, am Schwanz. Er öffnete die Finger und ließ die Echse mit einem Ploppen zu Boden fallen.

»Ihr lasst mir eine Eidechse als Führer da?«, fragte Tocht ungläubig. *Vielleicht kann ich sie als Köder beim Angeln verwenden.*

»Ja. Ich nehme an, du wirst ihn noch nützlich finden. Sein Name ist Rohoh. An ihm ist mehr, als man auf den ersten Blick erkennt.«

Gut, dachte Tocht, *denn was man auf den ersten Blick sieht, ist es nicht einmal wert, in einen Kessel geworfen zu werden und als Suppengrundlage zu dienen.* »Klar«, sagte er.

Leise, mit ein paar letzten guten Wünschen, kehrte die Schiffsbesatzung – zusammen mit Kray – zum Langboot zurück und ruderte zum Schiff. Die *Einäugige Peggie* lag vor Anker und schaukelte auf der sanften Dünung des Meeres. Einige Laternen, die als Begrenzungsleuchten dienten, machten sie für Tocht sichtbar.

Er stand dort an der Küste, lauschte dem Plätschern der Wellen und sah zu, wie das Piratenschiff einen Teil seiner Segel aufzog und wieder Fahrt aufnahm. Von einem ankommenden Schiff oder von Zwergen gesehen zu werden, die nach neuen Erzen suchten, wäre eine schlechte Vorgehensweise gewesen. Allzu leicht hätte man dann erraten können, dass Tocht womöglich gar kein entlaufender Sklave war.

Nach einer Weile verschwand die *Einäugige Peggie* hinter dem Horizont.

»Heh«, sagte der Skink.

Tocht blickte die Eidechse überrascht an. »Du sprichst ja.«

»Natürlich spreche ich.« Der Skink ließ seinen Schwanz herumpeitschen, als wäre er stolz auf seine Errungenschaft, oder vielleicht tat er es auch, um seine Verachtung auszudrücken.

»Das ist ja herrlich. Sag mir nicht, dass du hier bist, um mir zu verraten, was Kray tun würde, wann immer sich eine Schwierigkeit ergibt.«

»Eigentlich«, sagte der Skink und stellte sich auf die Hinterfüße, »bin ich über all das nicht glücklicher als du.«

»Auf diesem Felshaufen inmitten der Rostsee gestrandet zu sein?«

Der Skink blickte sich um. Das Licht der Monde glitzerte auf seinen kleinen Schuppen. »Eigentlich ist das ein recht hübscher Ort. Warm und gemütlich.« Er schnüffelte herzhaft. »Und er hat ein gewisses ... Aroma, das sehr reizvoll erscheint.« Er blickte zu Tocht zurück. »Kray hat mich angelogen.«

»Kray lügt jeden an. Das ist eines der Dinge im Leben, auf die man sich verlassen kann.«

»Er hat mir gesagt, dass du ein richtiger Held wärst.«

»Ich bin ein Bibliothekar«, erwiderte Tocht, weil er müde war und wegen all der Sorgen und Ängste, die in seinem Kopf umherwirbelten, nicht richtig denken konnte.

»Oh«, sagte Rohoh verächtlich. »Ein Bücherliebhaber.«

»Was weißt du denn von Bücherleuten?«

»Schimmel, Moder und Staub. Das sind schreckliche Gerüche. Ja, ich kenne Bücher.« Er atmete abermals ein. »Nicht wie das hier.«

»Woher kennst du Bücher?«

»Ich bin mit Kray an verschiedene Orte gereist. Ich bin im Gewölbe Allen Bekannten Wissens gewesen. Dort war ein Mensch. Großmagister Ludaan. Mit dem habe ich Schach gespielt.«

Tocht war überrascht. »Du kennst Großmagister Ludaan?«

»Ja. Ein faszinierender Mann. Für einen Menschen ohne zauberische Fähigkeiten.« Der Skink rieb sich den hellgrünen Bauch. »Er war immer sehr großzügig mit seinen Speisen.«

Ein Verdacht verdüsterte Tochts Gedanken. »Warst du etwas anderes, ehe du Kray getroffen hast?«

Der Skink blinzelte. »Ja, das war ich. Ich war viel sicherer. Und ich war glücklich.«

»Du bist aber kein Mensch gewesen? Oder ein Elf? Oder ein Zwerg? Oder ein Halbling? Oder etwas anderes?«

»Bitte.« Rohoh verschränkte die dünnen Arme vor der hageren Brust. »Weshalb sollte ich etwas anderes sein wollen, als ich jetzt bin? Ein Skink zu sein ist genau das Richtige für mich.«

»Weshalb bist du dann hier?«

»Ich habe Kray einen Gefallen geschuldet. Er hat mir erzählt, ich würde mit einem Helden zusammenarbeiten, der zu Schwachköpfigkeit neigt.«

»›Zu Schwachköpfigkeit neigt‹?«

»Ja. Aber das würde ich nicht persönlich nehmen. Kray hat von niemandem eine hohe Meinung.« Der Skink benutzte seinen dünnen, spitzen Schwanz, um in seinem Maul zu stochern. »Außer von Großmagister Ludaan natürlich. Ich nehme an, dass auch Kray gerne isst.«

Seufzend marschierte Tocht zurück zu der kleinen Höhle, die sie für seine Übernachtung ausgesucht hatten.

»Das erinnert mich daran, dass ich hungrig bin«, sagte die Echse. Sie eilte ihm nach – ihre blitzschnellen Bewegungen hielten leicht mit Tochts längeren Schritten mit.

»Und?« Tocht nahm seinen Reiseumhang ab, faltete ihn zu einem groben Kissen zusammen und legte sich hin. »Fang dir einen Käfer.«

»Hast du jemals versucht, deine Zähne von Käferbeinen zu säubern?«

»Du hast keine Zähne.« Tocht wälzte sich in seinem Bett auf dem harten Fels und schaffte es, eine beinahe gemütliche Position zu finden.

»Ich habe versucht, es für dich anschaulich zu erklären.

Und wenn du sie im Ganzen verschluckst, musst du sie am Ende immer wieder verschlucken, die ganze Nacht lang. Das ist den Ärger nicht wert, das kann ich dir sagen.«

Tocht wandte sich von dem Skink ab und schenkte ihm keine Beachtung mehr. *Wo bin ich da nur hineingeraten?* Etwas huschte über die Decke über ihm. Als er aufblickte, hing die Echse an ihren Hinterfüßen herab und blickte ihn aus lidlosen Augen an.

»Hast du nichts zu essen?«, fragte Rohoh.

»Nein«, sagte Tocht. »Kray und die anderen haben es mir weggenommen. Ich soll ein Sklave auf der Flucht sein.«

»Du hast *gar* nichts?«

»Nein.«

»Kann ich in deinen Taschen nach Krümeln suchen?«

»Nein.«

»Du hast vielleicht etwas übersehen.«

»Wenn du in meine Kleider kriechst«, versprach Tocht, »dann werde ich dich an den ersten Kobold verfüttern, den ich finde.«

In diesem Moment glühte ein Licht im Tunnel auf und vertrieb die Dunkelheit. Der Skink hing einen Augenblick wie angefroren da, das Maul vor Überraschung weit geöffnet. Dann huschte er in die dunklen Spalten der Höhle.

»Und warum sollte ich eine dürre alte Echse essen wollen, die wahrscheinlich so hart wie Leder ist, wenn ich einen hübschen dicken Halbling für meinen Eintopf kriegen kann?«, fragte eine raue Stimme. »Sieh mal einer an. Ich habe dir doch gesagt, dass ich einen Halbling gerochen habe.«

Tocht hob die Hand, um die Augen vor dem Fackellicht abzuschirmen, und erblickte drei schreckliche Umrisse im Eingang der Höhle. Kobolde! Das Verhängnis war über ihn gekommen, bevor sein Auftrag überhaupt angefangen hatte.

Kapitel 5

Auf der Speisekarte

Tocht kam auf die Beine und schickte sich an, um sein Leben zu laufen. Dem Skink war die Flucht bereits geglückt. Doch die Decke der Höhle war zu niedrig. Tocht sah den Vorsprung nicht kommen, der ihn an der Stirn traf und von den Füßen riss. Beinahe besinnungslos landete er auf dem Rücken und konnte sich nicht mehr bewegen.

Ich bin gelähmt!, dachte er. Panik durchströmte ihn.

Das Licht von der Fackel der Kobolde rückte weiter in die Höhle vor, begleitet vom rauen Gelächter der näher kommenden Geschöpfe.

»Dummer Halbling«, knurrte einer der Kobolde. »Rennst einfach so durch eine dunkle Höhle, wenn du nichts sehen kannst. Hast keinen Verstand.«

»Na ja«, sagte ein anderer. »Wir wollen ihn ja nicht essen, weil er so schlau ist. Wir essen ihn, weil er gut schmeckt. Zumindest wird er gut schmecken, wenn wir ihn fertig geschmort haben.«

»Vielleicht sind sie dir ja gleich«, warf ein dritter ein, »aber ich mag die Gehirne von Halblingen. Sie sind weich. Ich kann sie sogar schlucken, ohne zu kauen.«

Tocht stellte fest, dass er nicht vollständig gelähmt war, denn bei dieser Eröffnung wurde ihm flau im Magen. Er hatte noch niemals darüber geforscht, wovon sich Kobolde ernährten. Das Wissen, das er in diesem Bereich besaß, hatte er einzig als Folge etlicher Pechsträhnen erworben. Und ganz gewiss wollte er nicht aus erster Hand etwas über die kulinarischen Vorlieben der Kobolde erfahren.

Fledermäuse flatterten an der Decke, wo sie wie getrocknete Feigen mit dem Kopf nach unten hingen. Einige von ihnen lockerten ihren Haltegriff und fielen herab, dann breiteten sie ihre winzigen Flügel aus und flogen zum Ausgang der Höhle.

»Achtung!«, rief einer der Kobolde.

Das Fackellicht tanzte wie verrückt, als sich die Kobolde unter den Fledermäusen wegduckten. Dann waren die Fledermäuse aus der Höhle verschwunden.

Tocht stellte plötzlich fest, dass er überhaupt nicht mehr gelähmt war. Er versuchte aufzustehen. Doch in dem Moment krachte ein klauenbewehrter Koboldfuß auf seine Brust und nahm ihm den Atem, als er ihn auf den Boden der Höhle drückte.

»Wie gut, dass du ihn nicht laufen lassen hast«, sagte einer der Kobolde. »Ein Halbling kann richtig schnell sein. Ich hasse schnelles Essen.«

»Wo willst du denn hin?« Der Kobold beugte sich herab, sein hässliches Gesicht dicht vor Tocht.

»N-n-nirgends«, stotterte Tocht und wünschte, er möge nicht so viel Angst haben. Aber selbst nach jahrelangen Ausflügen auf das Festland – auf der Jagd nach Büchern und Legenden –, während deren er schon häufig Kobolde gesehen hatte, hatte er sich immer noch nicht an sie gewöhnt.

Kobolde waren ausgesprochen hässlich. Neugeborene Kobolde sogar noch mehr, was der Grund dafür war, dass sie ihren Weg durch die Welt sogar von ihresgleichen ungeliebt und auf sich selbst gestellt begannen.

Das Gesicht des Kobolds war dreieckig, und das Kinn war die schmalste Stelle. Indem sie all den verfügbaren Platz für die Gesichtszüge auch gut genutzt hatte, hatte die Natur die Schweinsäuglein mit großem Abstand versehen, so dass viel Platz für die knollenförmige Nase blieb, die sich über dem schmalen Mund und damit einer Reihe von gebogenen, gelben Reißzähnen befand. Das Haar war zu einem Pferdeschwanz zurückgebunden und mit Steinen, Juwelen und Knochen geschmückt, die vom Stamm und den Errungenschaften des Kobolds berichteten.

Einige spärliche Sprengsel von buschigem, schwarzem Haar ergaben so etwas wie einen Bart. Die Ohren waren Segel, so groß wie die Fledermäuse, die aus der Höhle geflohen waren, und sie waren beide an mehreren Stellen von Ohrringen aus den Knochen von Opfern durchstochen. In gewöhnlichem Tageslicht war die Haut von einem fleckigen Graugrün, das eine ungesunde Blässe beibehielt.

»Das stimmt«, verhöhnte ihn der Kobold. »Du gehst nirgends hin.«

»Ähm, Sebbel«, sagte der kleinste Kobold zögerlich.

»Was ist, Druhs?«, knurrte Sebbel.

»Der Halbling.« Druhs wies auf Tocht. »Er wird schon wohin gehen.«

»Nein, wird er nicht«, entgegnete Sebbel, »weil ich gesagt habe, dass er nirgends hingehen wird. Und ich bin der Anführer auf dieser Patrouille hier.«

»Na gut«, sagte der jüngere Kobold und sah sich um. »Wir können ihn hier essen, nehme ich an. Aber er wird kalt und zäh sein, wenn wir ihn nicht anständig kochen.«

»Oh.« Sebbel kratzte sich mit einer schwarzen Kralle am Kopf. »Wir müssen ihn kochen, oder?«

»Wir könnten ihn roh essen«, schlug der dritte Kobold vor. »Ihn einfach aufschneiden wie eine Melone – dann haben wir sogar schon eine Schale. Nachdem wir ihn ausgehöhlt haben, können wir die Rinde essen. Das haben wir doch schon mal gemacht.« Er trat mit dem großen Zeh nach Tocht. »Dann müssen wir ihn auch nicht teilen. Hat sowieso nicht genug Fleisch auf den Knochen, um ihn mit den anderen zu teilen.«

»Du willst ihn doch nicht roh essen«, rief eine Stimme aus dem hinteren Teil der Höhle. Tocht erkannte die Stimme des Skinks, aber die Kobolde offenbar nicht.

»Genau«, sagte Sebbel. »Wir wollen ihn nicht roh essen, Kuuch.«

»Weshalb nicht?«, fragte Kuuch.

»Nun ja«, sagte Sebbel und ließ sich das Ganze anscheinend noch einmal durch den Kopf gehen.

Was für ein Anführer, dachte Tocht.

»Wenn man ihn roh isst, bekommt man Bauchschmerzen und … und … erkrankt an Dünnpfiff von verdorbenem Fleisch«, rief Rohoh aus dem hinteren Teil der Höhle.

Sebbel schlug mit der offenen Hand nach Kuuch. »Wir mögen den Halbling nicht roh essen, du Dummian. Davon kriegen wir Dünnpfiff, so sieht es aus.«

»Nehmt ihn mit ins Lager und steckt ihn in einen Suppentopf«, schlug Rohoh vor.

Dieser kleine Verräter, dachte Tocht.

»Daheim im Lager haben wir einen Suppentopf«, sagte Druhs.

»Ja.« Sebbel nickte. »Dort werden wir ihn kochen. Gehen wir. Wir müssen ein paar Kartoffeln finden.«

»Und Karotten«, sagte Druhs. »Ich mag Karotten. Aber wir sollten sie nicht zu lange kochen. Ich mag sie knackig.«

»Das kommt daher, weil du noch all deine Zähne hast«, fauchte Kuuch und schlug dem jüngeren Kobold auf den Hinterkopf. »Ich mag meine Karotten weich.«

»Kann doch ich nichts dafür, dass du deine Zähne verloren hast«, schniefte Druhs, der ein Stück von den anderen abrückte. »Hab dir doch gesagt, dass es dir nicht guttut, so viele Aasratten auf einmal zu essen. Davon hast du nur gefurzt und deine Zähne sind verfault. Du hättest sie besser mit den Schleimgrünlingen vermischen sollen.«

»Ich hasse Schleimgrünlinge«, nuschelte Kuuch.

»Salz und Pfeffer werdet ihr auch brauchen«, rief Rohoh aus dem hinteren Teil der Höhle.

»Und Salz«, sagte Sebbel.

»Und Pfeffer«, fügte Kuuch hinzu.

Sebbel glotzte den anderen Kobold an. »Das wollte ich gerade sagen.«

»Und Zwiebeln«, sagte Rohoh.

Sebbel wandte sich an Druhs. »Kannst du dir das alles merken?«

Druhs schrumpfte zusammen. »Viiiieleiiicht.«

Sebbel schlug den jüngeren Kobold und brachte Druhs zum Wimmern. »Vergiss es nicht, du wertloser Mitesser. Kartoffeln und Karotten und –«

»Salz und Pfeffer«, sagte Kuuch.

»Dazu komme ich noch«, heulte Sebbel. »Ich habe Salz und Pfeffer nicht vergessen.«

»Ich denke, dass wir unseren Pfeffer vielleicht aufgebraucht haben«, sagte Druhs.

»Wir haben Pfeffer«, erwiderte Kuuch. »Banna hat noch welchen versteckt, und ich weiß, wo.«

»Da war doch noch etwas«, sagte Sebbel. Er hatte die Zutaten an den Fingern abgezählt.

»Zwiebeln«, sagte Rohoh.

»Ah ja«, sagte Sebbel. »Zwiebeln. Es gibt da wilde Zwiebeln auf dem Hügel.«

»Ich mag die wilden Zwiebeln nicht«, verkündete Kuuch. »Davon kriege ich Blähungen.«

»Von allem, was du isst, bekommst du Blähungen«, erwiderte Druhs. »Ich sag's dir ja, du hättest keinen Hang zu den Aasratten entwickeln sollen.«

»Also, ich mag wilde Zwiebeln«, sagte Sebbel. »Aber du schläfst nicht in unserer Windrichtung, wenn wir gegessen haben.«

Tocht lag ruhig unter dem Fuß des Kobolds. Er konnte nicht glauben, dass es ihm bestimmt war, als eine Verdauungsstörung zu enden, nachdem er jahrelang als Novize und Bibliothekar dritten Ranges gedient hatte. Er war sozusagen gerade erst in den zweiten Rang befördert worden. Vielleicht würde er nicht in allzu naher Zukunft Bibliothekar ersten Ranges werden, aber es war eine Möglichkeit, auf die er sich freute. Alles geschah zu seiner Zeit.

Aber nicht, wenn er als eine Mahlzeit für Kobolde endete.

»Feuerbirnen wären gut«, sagte Rohoh.

Sebbel nickte. »Das stimmt. Ich mag Feuerbirnen.« Er suchte nach einem weiteren Finger an seiner Hand und stellte dann fest, dass er keinen mehr hatte. Er hob einen Finger der anderen Hand, als hätte er ihn noch nie zuvor gesehen.

»Kommt schon«, sagte Sebbel. »Wir haben nicht die ganze Nacht, wenn der Halbling morgen früh geschmort sein soll.«

Tocht wusste, dass es ihm nicht helfen würde, um sein Leben zu betteln. Aber er verspürte dennoch den Drang dazu.

Gemeinsam wandten sich die drei Kobolde um und gingen davon, in einen Streit vertieft, wie man am besten einen Eintopf aus Halblingen zubereitete. Tocht lag unbemerkt auf dem Boden. Sie waren so damit beschäftigt, ihre Mahlzeit zu planen, dass sie die Hauptzutat vergessen hatten. Vorsichtig, mit Kopfschmerzen von dem Aufprall, kam Tocht auf die Beine.

»Wartet«, sagte Druhs vor der Höhle. »Wir haben den Halbling vergessen.«

Als er die Fackel sah, die wieder auf ihn zu eilte, wandte sich Tocht abermals um, um loszurennen. Vielleicht konnte er im hinteren Teil der Höhle verschwinden. Alles, was er benötigte, war –

»Vorsicht!«, brüllte Rohoh.

Der bereits bekannte Vorsprung erwischte Tocht abermals an der Stirn. Er lag auf dem Boden und sah Sterne, als Sebbel zu ihm zurückkam.

Grinsend packte der Kobold Tochts Kleider und hob ihn vom Boden auf. »Du bist wirklich dumm, Halbling. Ich hoffe, es ist nicht ansteckend, wenn ich dich esse.«

Ein wenig später trottete Tocht in der Dunkelheit den Berg hinauf. Das Seil um seinen Hals scheuerte gemein. Seine hinter dem Rücken zusammengebundenen Hände waren taub geworden. Immer wieder stürzte er, holte sich blaue Flecken im Gesicht und schürfte sich Lippen und Kinn auf.

Immer dann, wenn er nicht schnell genug hinfiel, um Sebbel zu befriedigen, der das Seil um Tochts Hals festhielt, zerrte der Kobold an der Schnur und sorgte dafür, dass er strauchelte. Sebbel und Kuuch johlten vor Lachen bei diesem Spaß.

»Vielleicht könnten wir näher bei ihm gehen, damit er etwas vom Fackellicht sieht«, schlug Druhs vor. Für einen Kobold schien er ein weicheres Herz zu haben.

»Nein«, erwiderte Sebbel. »Von der ganzen Fallerei wird er doch nur zarter.«

»Nun, wenn ihr mit unserem Essen weiterhin so herumspielt«, sagte Druhs, »werdet ihr ihn wohl noch verlieren, weil er über den Rand in eine der Feuergruben fällt.«

So viel zu der Sache mit dem weichen Herzen, dachte Tocht. Und dann: *Feuergruben!* Er spähte über den Rand des Pfades und bemerkte, dass er tatsächlich hin und wieder Hitze aus dieser Richtung heraufteiben spürte. Offenbar gab es auf der Insel nach wie vor Schlote, die zum Herzen des schwelenden Vulkans führten.

Immer weiter hinauf ging Tocht, folgte dem schmalen Pfad, der sich in den Fels hineingefressen hatte. Da es auf der Insel seines Wissens kein Wild gab, war sich Tocht sicher, dass Kobolde oder Zwerge den Pfad angelegt hatten.

Ohne Vorwarnung rannte etwas an Tochts Bein hinauf. Winzige Klauen piekten seine Haut. Erinnerungen an Hallekks Beschreibung des Goldgiergrases jagten durch seinen Verstand, und er konnte es nicht verhindern, dass er annahm, im Dunkeln über eine der Pflanzen gestolpert und nun mit fleischfressenden Insekten verseucht zu sein. Er hielt mitten auf dem Pfad an und heulte hilflos auf, wobei er auf und ab sprang. Die Klauen drangen nur noch tiefer ein.

Von den Possen ihres Gefangenen beunruhigt, hielten die Kobolde inne. Sebbel hob die Fackel und blickte Tocht an. »Was ist los, Halbling?«

»Etwas ist auf mir!«, schrie Tocht, hüpfte und ruderte mit den Ellbogen – mehr als das war ihm nicht möglich, da seine Hände hinter ihm gefesselt waren. »Ich glaube, ich bin vom Goldgiergras gebissen worden!«

Ängstlich wichen die Kobolde zurück. Das half allerdings gar nicht, weil Sebbel das Seil festhielt und Tocht damit aus dem Gleichgewicht brachte. Er hüpfte und hoppelte ein kleines Stück auf dem Pfad hinab. Sofort zogen sich die Kobolde weiter zurück und begannen Drohungen zu brüllen, aber diese Taktik führte zu nichts, da Sebbel das Seil noch immer festhielt und Tocht weiterhin nachschleifte. Immer weiter hinab hüpften sie, bis der kleine Bibliothekar schließlich sein Gleichgewicht verlor und mit einem dumpfen Schlag hinfiel.

Wie ein Wahnsinniger rollte sich Tocht herum und purzelte unabsichtlich in einen der Krater. Plötzlich war das Einzige, was ihn davon abhielt, in einen der Vulkanschlote zu fallen, das verhasste Seil um seinen Hals. Zum Glück hatte der Kobold es festgeknotet, und es war ein gutes Seil.

Aber es erwürgte ihn beinahe.

»Schnell!«, rief einer der Kobolde. »Zieht ihn hoch, bevor wir unser Abendessen verlieren!«

»Vielleicht sollten wir ihn fallen lassen«, schlug ein anderer vor. »Ich will keins von diesen Käfereiern essen.«

»Oder wir könnten ihn einfach eine Weile hängen lassen, bis er ordentlich gedämpft ist. Wahrscheinlich würde das Fleisch sich nach einer Weile ganz leicht von den Knochen lösen.«

Tocht fühlte sich, als würden ihm die Augen gleich aus dem Schädel platzen. Er konnte nicht atmen, und die heiße Luft aus dem Schlot versengte ihm beinahe die Beine. Es brauchte nicht viel, um sich die glühend rote Lava vorzustellen, die nur ein kurzes Stück unter ihm wartete.

Was immer Tocht den Rücken hochlief und seine Krallen in sein Hemd grub, hing im nächsten Moment neben seinem rechten Ohr in den Haaren. »Scht!«, zischte Rohoh. »Ich bin's. Ich will dir helfen.«

Helfen?, dachte Tocht. *Wie soll ein Skink mir helfen? Vor allem, da es derselbe Skink ist, der den Kobolden das Rezept für den Eintopf gegeben hat?*

Rohoh krabbelte über Tochts Schulter und versteckte sich hinter seinen Haaren. »Halt dich einfach ruhig«, flüsterte der Skink. »Ich werde dich schon bald aus dem Schlamassel befreien, in den du dich gebracht hast.«

Der Schlamassel, in den ich mich gebracht habe! Tocht versuchte zu sprechen, konnte es aber nicht. Er trat mit dem Fuß nach der Wand des Kraters, versuchte vergebens, irgendwo Halt zu finden. Zur gleichen Zeit fürchtete er, seine Anstrengungen würden den Kobolden das Seil aus den Händen reißen.

»Wenn er Eier in sich hat«, sagte Kuuch, als hätte er die Sache gründlich durchdacht, »können wir diesen Körperteil einfach abhacken. Das heißt, dass wir dann weniger zu verteilen haben, aber ich will mein Abendessen trotzdem. Es hat mir schon Appetit gemacht, ihn bis hierher zu bringen.«

»Gggggghhhh!«, würgte Tocht. Obwohl er nicht wusste, was er hatte sagen wollen, war es gewiss etwas, das gesagt werden musste.

»Ich wurde nicht gebissen«, rief Rohoh hinauf. »Es war eine Mücke.«

»Der ganze Aufstand wegen einer Mücke?« Sebbels hässliches Gesicht tauchte über dem Rand des Kraters auf, und er spähte mit der Fackel in der Hand hinab. »Du hast eine ziemlich empfindliche Haut, Halbling.«

»Ja«, sagte Rohoh. »Das heißt nur, dass ich besonders zart bin.«

»Zart ist gut.«

Alle Kraft wich aus Tocht, und er dachte, dass dies das

Ende war. An der Huk des Gehängten Elfen war er vom Sklavenmarkt geflohen (mit Hilfe natürlich, aber das tat nichts zur Sache), und hier auf den Aschwolkeninseln schaffte er es nicht einmal bis in den Suppentopf der Kobolde.

»Zieht mich hoch«, rief Rohoh.

»Gut«, sagte Sebbel zu seinen Gefährten. »Hau ruck!«

Tocht dachte, sein Kopf würde von seinen Schultern gerissen, als sie anfingen, ihn hochzuziehen, aber das geschah nicht. Als er das obere Ende des Kraters erreichte und sich wieder auf festem Boden befand, hing ihm die Zunge aus dem Mund.

Die Kobolde lockerten das Seil um seinen Hals und blickten auf ihn herab.

»Ist er tot?«, fragte Kuuch. »Wenn er tot ist, könnten wir ihn vielleicht einfach hier essen. Es ergibt nicht viel Sinn, ihn zu kochen, wenn er tot ist. Ansonsten kann ich mir Appetit machen, wenn ich ihm dabei zusehe, wie er im Suppentopf herumrudert, sobald das Wasser heiß wird.«

»Er hat geredet«, warf Sebbel ein. Er trat nach Tochts Kopf. »Lebst du noch, Halbling?«

»Ja«, krächzte Tocht, obwohl er es selbst kaum glauben konnte. »Ich … lebe.«

»Gut. Dann steh auf und geh. Ein Suppentopf wartet auf dich.«

Kapitel 6

Der Koch der Kobolde

Schwach und unter Schmerzen stolperte Tocht schließlich in das Versteck der Kobolde in einer Höhle, die sich in einem breiten Krater ganz oben auf der Insel befand. Zehn weitere Kobolde saßen um ein großes Feuer, das aus Holzstücken aufgeschichtet war, die den Eindruck machten, als hätten sie einst zu einem Schiff gehört.

»Was habt ihr denn da, Sebbel?«, fragte einer der anderen Kobolde. Das stinkende Geschöpf stand auf und zog den Gürtel über seinen gewölbten Bauch nach oben, um die zerlumpte Hose an Ort und Stelle zu halten.

»Abendessen«, sagte Sebbel. »Ich habe mir gedacht, dass ich einen Halbling gerochen hab, und so ist es auch gewesen.«

»Bring ihn her.«

Kaum fähig, aufrecht zu stehen, ging Tocht zum Feuer hinüber und stand da, während der Kobold ihn mit schwieligen Fingern betatschte und an ihm herumstocherte.

»Da habt ihr aber ein dürres kleines Ding mitgebracht«, sagte einer der Kobolde. »Hättet ihr nicht einen Besseren nehmen können?«

»Das war der Einzige, der da war.« Sebbel zog Tocht nach hinten, dann stellte er sich vor ihn. Die Hand des Kobolds wanderte zu seinem Knüppel. »Er gehört uns, Hesst. Wir haben ihn gefunden und gefangen.«

»Werdet ihr ihn braten?«, fragte ein anderer Kobold.

»Ich dachte, wir machen einen Eintopf«, antwortete Kuuch.

»Nun denn«, sagte ein besonders fetter Kobold und grinste, »wenn ihr einen Eintopf machen wollt, werdet ihr meinen Suppentopf brauchen.« Er tippte träge mit dem Fuß gegen einen eisernen Kessel, der schief an der Wand lehnte.

»Den brauchen wir«, bestätigte Sebbel.

»Ich kann euch den Suppentopf überlassen«, bot der Kobold an, »aber das kostet euch etwas.«

»Was soll es kosten?«

»Ein paar Schalen Eintopf natürlich.«

Ärgerlich zwickte Sebbel in einen von Tochts Armen. »Du siehst doch selbst, dass da nicht viel dran ist, Ukul. Wir können von Glück reden, wenn es für uns reicht.«

»Wenn ihr ihn grillt, wird eine Menge Fett im Feuer verloren gehen«, führte Ukul aus. »Das Fett hat aber mit am meisten Geschmack. Deshalb ist es ein wunderbarer Einfall, ihn zu Eintopf zu verarbeiten.«

Tocht konnte nicht glauben, dass er dastand und zuhörte, wie die Kobolde erörterten, wie er am besten zuzubereiten wäre. Und wo waren Käpt'n Farok und die Mannschaft der *Einäugigen Peggie*? Sollten sie nicht langsam ihren Auftritt haben?

»Ich mag leckeren Eintopf wirklich gern«, erklärte Druhs. »Ich habe mich sozusagen schon darauf eingestellt.«

Sebbel seufzte, als würde man ihn ausnutzen. »Na gut. Wir machen Eintopf. Ukul, wir nehmen deinen Suppentopf, und du kannst ein oder zwei Schalen haben. Wir brauchen auch ein wenig Gemüse. Ein paar Kartoffeln und Karotten …«

»Salz und Pfeffer«, fügte Druhs hinzu.

»Und Zwiebeln und Feuerbirnen«, warf Kuuch ein.

Sebbel band Tocht an den Kessel und ging, um die Zutaten zu suchen. Andere Kobolde begannen, zwischen den zahlreichen Lumpen zu wühlen. Es gab auch eine Reihe von Bierfässern – ein Beweis dafür, dass sie sich an der Ladung von Schiffen vergriffen hatten.

Während sie das Gemüse aussuchten, fiel Tochts Blick auf die zersplitterten Knochen, die an einer der Höhlenwände aufgeschichtet waren. Offenbar hatten sich die Kobolde an Fisch, Schildkröten, Halblingen und Zwergen gütlich getan.

»Reiß dich zusammen«, sagte der Skink von seinem Versteck unter Tochts Haaren aus. »Ich habe einen Plan.«

»Wenn sie mich in diesen Suppenkessel stecken«, versprach Tocht, »dann nehme ich dich mit mir.«

Daraufhin schnaubte Rohoh verächtlich.

»Was ist dein Plan?«, fragte Tocht.

»Sie werden dich nicht mit dem Seil um deinen Hals und deine Handgelenke kochen«, sagte Rohoh. »Wenn sie es abnehmen – *lauf*!«

Tocht schüttelte den Kopf. Die Kobolde waren bei ihrer Suche nach Beilagen erfolgreicher, als er angenommen hatte. Das Gemüse stapelte sich vor dem Suppentopf, den Ukul mit frischem Wasser aus einem ihrer Fässer füllte.

»Wie bitte?«, fragte Tocht angewidert. »*Das* ist dein großer Plan? *Wegrennen?*«

»Wenn dir etwas Besseres einfällt«, sagte der Skink pikiert, »solltest du es mich vielleicht wissen lassen.«

Während er zusah, wie die Kobolde Gemüse heranbrachten, fiel Tocht plötzlich eine Geschichte ein, die er im Hralbommsflügel gelesen hatte. Eine Geschichte, die durch einige unterschiedliche Kulturen weitergereicht worden war, ehe sie aufgeschrieben wurde.

Mit rasendem Herzen klammerte sich Tocht an eine verzweifelte Idee. Er versuchte, ruhig und vernünftig zu sein, aber das war schwer, wenn er an die Gefräßigkeit der Kobolde dachte.

»Wartet!«, schrie Tocht.

Die Kobolde blickten ihn alle finster an.

»Ich hasse Essen, das redet«, grummelte Ukul.

Einige der anderen Kobolde pflichteten ihm bei.

»Habt ihr schon jemals *Halbling Surprise* gegessen?« Sobald die Worte seine Lippen verlassen hatten, wünschte sich Tocht, ihm wäre ein anderer Name für das Gericht eingefallen. Er brauchte etwas Exotischeres, wenn er ihre Aufmerksamkeit erlangen wollte. Aber *Geräucherter Halbling, Halbling al fresco* und – ganz besonders – *Geschnetzelter Halbling* oder *Geschwärzter Halbling* klangen noch schlimmer.

Die Kobolde blickten sich gegenseitig an.

»Habt ihr schon mal *Halbling Surprise* gehabt?«, fragte einer.

»Nein, ich nicht. Aber ich habe schon gelegentlich eine Überraschung erlebt.«

»Ich kann *Halbling Surprise* zubereiten!«, rief Tocht.

»Das kannst du?«, fragte ein Kobold. Er wandte sich um und stieß den Gefährten neben sich an. »Ha, der Halbling sagt, dass er *Halbling Surprise* zubereiten kann.«

Ein großer Kobold mit einem dicken Bauch schob sich zwischen den anderen hindurch, bis er vor Tocht stand. Wenn man den Finger und die Zehe auf seinem Halstuch betrachtete, lag der Schluss nahe, dass er wohl der Häuptling des Koboldstammes war. »Du kannst *Halbling Surprise* zubereiten?«

Tocht schluckte schwer. Seine Beine zitterten. »Das kann ich. Ich habe es schon gekocht.«

»So?«, flüsterte ihm Rohoh ins Ohr. »Also, das ist nun wirklich ekelhaft. Kray hat mich wahrhaft im Dunkeln tappen lassen in dieser Sache. Ich nehme an, du bist der Lieblingsgast auf allen Koboldfesten.«

Tocht schüttelte den Kopf und versuchte vergebens, den Skink loszuwerden.

»Nun«, sagte der Häuptling und kratzte in dem Haarbüschel, das auf seinem knochigen Kinn wuchs.

»Komm schon«, sagte Druhs und rieb sich vor Vorfreude den Bauch. »Lass ihn den *Halbling Surprise* zubereiten. Du kannst die erste Portion haben.«

Der Häuptling schlug nach Druhs, so dass dieser quietschte. »Ich bekomme sowieso die erste Portion«, schnaubte der Häuptling.

Aber die anderen Kobolde stimmten mit ein, riefen alle nach *Halbling Surprise*.

»Na gut«, gab der Häuptling grummelnd nach. »Du kannst dein *Halbling Surprise* kochen, aber wenn du es vermasselst …« Er fuhr sich mit einem vernarbten Zeigefinger über den Hals.

»Bist du nicht sowieso tot, wenn du den *Halbling Surprise* zubereitet hast?«, fragte Rohoh.

Nicht, wenn ich es verhindern kann, dachte Tocht.

Ein paar Minuten später, nachdem etwas Gefühl in seine Hände zurückgekehrt war, stand Tocht auf einem leeren Bierfass vor dem Kessel. Das Fass stand nicht besonders gerade auf dem unebenen Höhlenboden, und jedes Mal, wenn er sich bewegte, war er kurz davor, in den Kessel zu fallen. Unter dem geschwärzten Eisenboden leckten Flammenzungen hervor. Hitze wallte über ihn hinweg. Die Kobolde hatten sogar eine Kochmütze in den Bergen aus Kleidung gefunden, in denen sie schliefen. Häuptling Zubi hatte sie Tocht aufgesetzt. Alles in allem war Tocht nicht glücklich über seine gegenwärtige Lage.

»Pass auf, du kleiner Kannibale«, zischte der Skink.

»Ich bin kein Kannibale«, flüsterte Tocht verärgert zurück.

»Warum? Kochst du *Halbling Surprise* etwa nur, isst es aber nicht?«

»Sprich nicht mit mir.«

Zubi glotzte Tocht an. »Hast du mich gemeint, Halbling?«

»Neeeein«, antwortete Tocht und lächelte milde. »Ich führe Selbstgespräche.«

»Wenn ich du wäre, würde ich mir das nicht angewöhnen.«

Wenn man kurz davor steht, als Halbling Surprise *in einen Koboldkessel zu wandern, muss man sich keine Sorgen um schlechte Angewohnheiten machen.* Aber Tocht behielt diese Feststellung für sich. Stattdessen räusperte er sich. »Ich brauche jetzt die Kartoffeln.«

Während er darauf gewartet hatte, dass wieder Leben in seine Hände kam, hatten die Kobolde sich damit beschäftigt, unter seiner Anweisung das Gemüse vorzubereiten. Sie reichten Eimer voller Kartoffeln herüber, und Tocht zögerte nicht; er schüttete sie in den blubbernden Kessel, dann rührte er den Eintopf mit einem Schiffsruder um, das gerade groß genug für dieses Vorhaben war. Der Kessel war so geräumig, dass er spielend darin hätte schwimmen können.

»Und ein wenig Bier«, sagte Tocht.

»Bier?«, fragte Zubi.

»Bier.« Tocht nickte. »Es wird dem Fleisch Würze geben.«

Nachdem die Kobolde ein wenig gemurrt hatten, wurde eines der Bierfässer angezapft. Tocht schüttete einen Eimer voll in den Kessel. Danach kamen die Kobolde hinzu und bedienten sich rasch am übrigen Bier, wie Tocht es gehofft hatte. Er rührte im Kessel herum, während sie das Fass leerten.

»Karotten«, rief er.

Die Kobolde brachten eimerweise Karotten herbei.

»Mehr Bier«, sagte Tocht.

»Mehr Bier?«, fragte der Häupling.

»Durchaus, wenn ihr einen richtigen *Halbling Surprise* wollt und nicht nur eine fade Nachahmung«, sagte Tocht.

Ein weiteres Fass wurde geöffnet. Noch ein Eimer wurde an Tocht weitergereicht, der ihn in den Kessel schüttete und wieder zu rühren anfing.

Während die Kobolde auf ihren Eintopf warteten, bedienten sie sich am geöffneten Fass.

Tocht fing an zu singen, während er rührte, und behielt die Kobolde im Auge.

Halbling Surprise!
Halbling Surprise!
Was für ein Genuss
auf unserem Tisch.
Halbling Surprise!
Halbling Surprise!
Warm und mit Schuss,
lecker und frisch.

Die versammelten Kobolde starrten ihn einfach nur an.

»Zwiebeln«, rief Tocht. »Und noch einen Eimer Bier.«

Sie reichten eimerweise Zwiebeln nach vorn, dann öffneten sie ein weiteres Bierfass. Tocht wiederholte das Ganze mit Salz und Pfeffer und bat jedes Mal um einen Eimer Bier. Der Kessel schwappte an den Rändern hin und wieder über. Dampf wallte auf, als die Flüssigkeit auf die brennenden Bretter unter dem Kessel traf. Er rührte sehr lange, in der Hoffnung, das Bier, das die Kobolde tranken, würde eine Wirkung auf sie zeigen, und sang dabei sein Lied immer wieder.

»Dein Gesang ist richtig widerwärtig«, murmelte Rohoh.

»Das denken sie nicht«, flüsterte Tocht zurück.

Einige der Kobolde fingen an, das »Halbling-Surprise-Lied« mit schrägen Stimmen mitzusingen. Es klang, als würden etliche Katzen zur gleichen Zeit erwürgt werden. Aber sie sangen.

»Feuerbirnen«, rief Tocht in dem Wissen, dass dies die letzte Zutat war, ehe sie ihn hineinwerfen würden.

»Feuerbirnen!«, brüllten die Kobolde freudig. Als sie sich diesmal in einer Reihe aufstellten, um die Feuerbirnen durchzureichen, schwankten sie unsicher. Einige Feuerbirnen fielen aus den Eimern.

Tocht stimmte das Lied noch einmal an, und diesmal fielen die Kobolde sofort mit ein. Nachdem er die letzten Feuerbirnen hineingeschüttet hatte, rief er nach mehr Bier.

Diese Zutat verursachte eine Freudenfeier kleineren Ausmaßes. Die Kobolde sangen noch lauter.

Tocht hatte ein weiteres Lied, das sie singen konnten.

Bier trink ich!
Bier trinkst du!
Trinkt ihr denn nicht
Bier aus 'nem Schuh?

Die Kobolde lernten das Lied beinahe sofort und stimmten mit ein, so dass ihre rauen Stimmen die Luft erfüllten.

»Du hast sie betrunken gemacht«, sagte Rohoh.

»Ja«, pflichtete Tocht bei.

»Also, das nenne ich töricht. Kobolde sind gemein, wenn sie betrunken sind.«

»Im Augenblick singen sie.«

»Wenn du es so nennen willst. Es ist trotzdem töricht.«

»Soll ich ihnen sagen, dass die letzte Zutat aus Skink besteht?«

»Nein.«

»Dann sei still und lass mich uns hier herausbringen.« Tocht stand auf dem Fass und wandte sich zu den Kobolden um. »He.«

»Ist der Eintopf schon fertig?«, fragte einer der Kobolde.

»Werft den Halbling rein«, schlug ein anderer vor.

»Nein«, sagte Tocht und hob die Hände. »Es muss eine Weile köcheln. Ich brauche mehr Holz und noch einen Eimer Bier.«

Die Kobolde torkelten davon, um seine Aufträge zu erfüllen. Einige von ihnen schüttelten ihm die Hand und dankten ihm, dass er sich die Zeit für sie nahm. Andere teilten ihm mit, dass das Gebräu im Kessel das Beste war, was sie je gerochen hatten. Dann machte das nächste Bierfass die Runde.

Tocht rührte noch ein wenig, während er den trunkenen Varianten der Lieder lauschte, die er erfunden hatte, und er fasste Hoffnung für seinen Plan. Dann wandte er sich an die Kobolde und klatschte in einem einfachen Rhythmus in die Hände.

»Es ist an der Zeit, ein wenig zu tanzen!«, rief Tocht laut.

Mit aufgeregten Schreien rasten die Kobolde in ihrem Unterschlupf umher. Drei schnappten sich lederbezogene Trommeln und fingen an, einen schnellen Rhythmus zu schlagen.

»Weißt du denn, wie man tanzt, Halbling?«, fragte Zubi und grinste wild.

»Ja«, antwortete Tocht.

»Dann zeig uns einen Tanzschritt, während wir darauf warten, dass der *Halbling Surprise* fertig kocht.«

Verblüfft und einen Moment lang zu überrascht, um richtig zu denken, lauschte Tocht dem schnellen Rhythmus. Dann begann er einen swalianischen Clantanz der Graswurzelelfen, dessen Choreografie er kürzlich in einem Buch festgehalten hatte.

»Was machst du denn da?«, zischte Rohoh.

Tocht wirbelte mit den Armen. »Mein Leben retten«, flüsterte er dem Skink zu.

»Du machst das auf eine recht seltsame Art.«

Unter Missachtung dieser Bemerkung versuchte Tocht, sich auf seinen zitternden Knien aufrecht zu halten. Er hatte alle Zutaten zusammengemischt. Alles, was noch fehlte, um den *Halbling Surprise* zu vollenden, war, den Halbling hinzuzufügen.

Die Kobolde hatten Schwierigkeiten damit, den verworrenen Tanzschritten zu folgen, und gaben es auf, wobei sie sich lauthals beschwerten. Als er es sich durch den Kopf gehen ließ, musste Tocht zugeben, dass er womöglich den falschen Tanz ausgewählt hatte. Die swalianischen Graswurzelelfen neigten zu umständlichen Bewegungen.

»Du verlierst sie«, sagte Rohoh. »Sie werden bald Lust auf Eintopf haben.« Der Skink gab seine Stellung hinter Tochts Kopf auf und lief an seinem Körper hinab, um sich auf das Fass zu stellen. Er stand auf den Hinterbeinen und blickte zu Tocht auf. »Runter von dem Fass. Du hast einfach keinen Rhythmus.«

Zögerlich gab Tocht seinen Posten auf. Er sprang hinab, verlor beinahe die Kochmütze und rückte sie auf seinem Kopf wieder gerade. Bis jetzt war sie das Einzige, was anzeigte, dass er etwas mehr als eine Zutat für den Eintopf war.

»Alle herhören!«, brüllte der Skink mit einer Stimme,

die irgendwie den ganzen Koboldbau durchdrang. »Jetzt ist es Zeit, richtig zu feiern!«

Die Kobolde starrten Rohoh einfach nur an.

Er, dachte Tocht, *soll mir also helfen? Wenn ich zur* Einäugigen Peggie *zurückkomme, müssen Kray und ich uns ernsthaft unterhalten.*

»Ist das eine Echse?«, fragte einer der Kobolde. Er kämpfte darum, die Augen offenzuhalten. Die Wirkung des Biers zeigte sich überall in den Reihen der Kobolde.

»Ja«, lallte ein anderer Kobold, »das ist eine Echse.«

»Habt ihr schon mal Echse gegessen?«

»Hab ich. War ein knuspriges kleines Ding.«

»Aber hat sie geschmeckt?«

»Hat ganz gut geschmeckt.«

»Könnte sich doch gut im Eintopf machen, denke ich.«

»Rein in den Eintopf mit der Echse«, befahl Zubi.

Drei Kobolde stolperten vorwärts. Einen Moment lang tat Tocht der Skink leid. Dann erinnerte er sich an all die schrecklichen Dinge, die die Echse zu ihm gesagt hatte. Trotzdem wollte er nicht dabei zusehen, wie sie in den blubbernden Topf geworfen wurde.

Tocht spähte zum Eingang des Baus und fragte sich, ob er Rohoh packen und weglaufen könnte. Immerhin könnte sich das gemeine kleine Geschöpf später noch als nützlich erweisen. *Der Skink läuft viel schneller als ich*, wurde ihm plötzlich klar.

Dann schob er seinen rechten Fuß in Richtung des Eingangs. Keiner der Kobolde bemerkte etwas davon. Ermutigt streckte er den anderen Fuß aus und machte noch einen Schritt.

»Wartet!«, rief Rohoh und hob seine kleinen Hände und Arme.

Die Kobolde blieben stehen und sahen einander verblüfft an.

»Es spricht«, sagte einer von ihnen. »Hat schon mal jemand einen sprechenden Skink gesehen?«

»Du stehst nicht da vorn, um dich mit ihm zu unterhalten, Uluk. Schmeiß ihn einfach in den Kessel.«

»Ich bin ein magischer Skink«, rief Rohoh.

Das ließ die Kobolde innehalten. Da er sprechen konnte und das für einen Skink eher ungewöhnlich war, war er unübersehbar etwas Besonderes.

»Magisch, sagst du?« Zubi pflügte durch die Koboldreihen nach vorn.

»Ja«, antwortete Rohoh.

»Was kannst du tun?« Der Anführer der Kobolde kniff die Augen zusammen.

»Nun«, sagte Rohoh und nahm sich einen Augenblick zum Nachdenken, »ich kann sprechen … und ich kann tanzen.«

»Wollen wir lieber sehen, wie er schmeckt«, schrie ein weiterer Kobold. »Ich will den Kopf haben.«

Rohoh trat an den Rand des schwankenden Fasses und ruderte mit den Armen, um das Gleichgewicht zu halten. Verzweifelt brüllte er: »Und ich kenne auch den Weg zu einem sagenhaften Schatz!«

Tocht stöhnte. *Wie oft war* das *schon in den Märchen des Hralbommsflügels vorgekommen? Sprechende Fische. Sprechende Schlangen. Wenn er wenigstens ein Bär wäre, dann wäre er groß genug, um sich zu verteidigen.*

Aber die Kobolde hatten die Märchen im Hralbommsflügel nicht gelesen.

»Ein Schatz, sagst du?«, fragte Zubi.

Rohoh breitete seine winzigen Arme so weit aus, wie er nur

konnte. »Ein *riesiger* Schatz. Werft mich in den Topf, dann verliert ihr die Gelegenheit, diesen Schatz zu bekommen.«

»Also«, sagte der Anführer der Kobolde, »ich könnte schon einen Schatz gebrauchen. Darüber sollte man nachdenken.«

»Großartig«, erwiderte der Skink und klatschte in die Hände. »Während du denkst, können wir ja tanzen.« Er wandte sich an die Trommler. »Gebt mir einen Rhythmus vor. Etwas mit viel Gefühl. Vergesst nicht, wir werden uns einen Schatz holen!«

Voller Begeisterung und noch dazu richtig betrunken, schlugen die Trommler auf ihre Instrumente ein. Der Skink fing an zu tanzen, wirbelte mit den Armen und warf den Kopf im Takt herum.

Tocht war von dem Anblick so gebannt, dass er vergaß, dass er sich eigentlich auf der Flucht befand. Dann fiel ihm auf, dass die Hand- und Kopfbewegung der Echse immer intensiver wurden. Ebenso die der Kobolde.

Gekränkt hörte die Echse so lange auf zu tanzen, dass sie mit dem Fuß aufstampfen und zum Ausgang des Baus zeigen konnte. »Geh!«, rief sie.

Sofort machten es ihm die Kobolde nach, stampften mit den Füßen auf und deuteten zum Ausgang des Baus. Dann schrien sie, mehr oder weniger gemeinsam: »Geh!«

Da verstand Tocht, wandte sich um und floh.

»He!«, schrie jemand. »Der Halbling entwischt uns!«

Na gut, es wäre vielleicht besser gewesen, wenn ich das alleine herausgefunden hätte! Aber jetzt war es zu spät. Tocht rannte so schnell er konnte. Als er um die Ecke bog, um sich nach draußen durchzuschlagen, rannte er geradewegs in einen Bären hinein.

Kapitel 7

Die Schmiedestadt der Zwerge

Tatsächlich stieß Tocht nicht mit einem Bären zusammen. Er hatte nur gedacht, es wäre ein Bär gewesen. Aber das war, bevor er an der riesigen Masse abprallte, auf dem Hintern landete und einen besseren Blick auf das erhaschen konnte, womit er zusammengestoßen war.

Ein Zwerg in voller Rüstung starrte wild auf Tocht hinab. Stämmig und kräftig, mit blondem Haar und Bart, blickte er Tocht aus ernsten grauen Augen an. Er trug sein Haar in einem langen Zopf, der über seine riesige Schulter drapiert war und von silbernen Ketten gehalten wurde.

Der Zwerg hatte seine Streitaxt über den behelmten Kopf erhoben und war bereit zuzuschlagen. Das Licht der Monde glitzerte auf der scharfen Doppelklinge.

Tocht schützte seinen Kopf mit den Händen, wobei er sich die Kochmütze über die Augen schob. »Nicht!«, schrie er auf, in dem Wissen, dass er gleich in zwei Hälften zerteilt werden würde.

Die Axt fiel nicht.

Da er die Spannung nicht mehr aushielt, spähte Tocht unter dem Rand der Kochmütze und zwischen seinen zitternden Fingern hervor. *Ich bin nicht entzweigehackt worden!* Er berührte die Mitte seines Körpers, weil er dem, was er sah, keinen Glauben schenken konnte.

»Ein Halbling«, knurrte der Zwerg.

Tocht sah, dass der Zwerg nicht allein war. Natürlich, es

wäre töricht gewesen, wenn er einen Koboldbau ganz allein angegriffen hätte. Als er hinter den ersten Zwergenkrieger blickte, sah Tocht, dass ihm mindestens ein Dutzend weitere auf dem schmalen Pfad folgten, der zum Unterschlupf der Kobolde führte.

»Was macht denn ein Halbling hier, Bulokk?«, fragte ein anderer Zwerg.

»Sieht so aus, als hätte er für die Kobolde gekocht«, antwortete Bulokk.

»Nein«, widersprach Tocht. »Das ist ein Missverständnis. Ich wollte nur –«

Das Eintreffen der stolpernden Kobolde unterbrach seine Erklärung. »Zwerge!«, brüllte einer von ihnen. »Die Zwerge greifen an!«

»Äxte!«, schrie Bullok. Er nahm seine Streitaxt in die Hand und bezog Stellung. Zwei Zwerge nahmen Plätze an seinen Seiten ein, einen Schritt hinter ihm, um ihm genug Raum zum Ausholen zu lassen.

Die Kobolde reagierten so flink sie konnten, aber das Bier, das sie sich einverleibt hatten, machte sie langsamer als gewöhnlich. Mit einem ohrenbetäubenden Kriegsruf auf den Lippen, der von den Hügelflanken widerhallte, schwang Bulokk seine Axt. Kobolde fielen wie Weizen unter der Erntesichel. Tocht, der von einer Woge grüner Koboldkörperflüssigkeiten überschwemmt wurde, rollte sich herum und versuchte verzweifelt, nicht zertrampelt zu werden. Als er auf die Beine kam, wurde er vom Kampf mitgerissen, zwischen den vorrückenden Reihen der Zwerge und den Kobolden eingeschlossen.

»Ambosse!«, brüllte Bulokk.

Sofort wechselten die Zwerge ihre Stellung, bis sie den Kobolden in Zweierformation gegenüberstanden. Indem sie ihre Schilde hoben, drängten sie die Kobolde in die Höhle zurück.

»Äxte!«, schrie Bulokk, sobald sie in der Höhle waren, die den Koboldon als Unterschlupf diente. Beleuchtet von den Flammen unter dem dampfenden Kessel und den Fackeln, die überall in den Boden gerammt waren, ging die Schlacht weiter.

Kobolde und Stücke von Kobolden regneten auf Tocht herab. Er duckte sich mit Hilfe der den Halblingen eigenen Flinkheit und schaffte es dennoch kaum, den Äxten, Knüppeln und Keulen immer einen Schritt voraus zu sein. Einmal gelang es ihm, sich aus dem Kampf zu entfernen und sich an eine Wand zu klammern. Er keuchte, atmete schwer und hoffte, dass die Schlacht an ihm vorüberziehen möge, damit er sich auf die Flucht begeben konnte.

Dann erspähte ihn der Zwerg mit dem Zopf und dem wilden Gesicht. »Hier bist du also, Koch.«

»›Koch‹?« Tocht legte sich eine Hand auf die Brust und schüttelte den Kopf. »Ich bin kein Koch. Ich bin ein –« Er schaffte es, den Mund zu halten, ehe er *Bibliothekar* sagen konnte. Dann fiel die Kochmütze, die irgendwie bis jetzt auf seinem Kopf geblieben war, langsam in sich zusammen und rutschte über sein Gesicht. Er wischte sie zur Seite. »Sie haben mir die Mütze aufgesetzt.«

Dieser Satz schien höchstens eine schwache Verteidigung zu sein. Besonders beim Klang von Stahl auf Stahl, der sie von allen Seiten umgab. Schatten tanzten über die Wand, während die Schlacht tobte. An ihrem Ausgang bestand keinerlei Zweifel. Einer der Zwerge griff sich einen Kobold und warf ihn in den kochenden Topf.

»Du kommst mit mir, Halbling«, sagte der Zwerg grimmig. »Ich bin mir sicher, Meisterschmied Taloston kann sich eine angemessene Bestrafung für jemanden ausdenken, der seine Gefährten kocht und sie Gestalten wie diesen Koboldenhier vorsetzt.«

»Aber ich habe den Kobolden gar nichts vorgesetzt!«, rief Tocht. »Das schwöre ich. Ihr müsst –«

»Halt den Mund, bevor ich ihn dir zumache!«

Tocht gehorchte. Gewiss befand sich die *Einäugige Peggie* inzwischen auf dem Weg zurück.

Die wenigen Kobolde, die den Überraschungsangriff der Zwerge überlebt hatten, rannten schreiend über die Hügelflanke hinab, um zwischen den Bäumen zu verschwinden. Ihre längeren Beine leisteten ihnen unter diesem Blickwinkel gute Dienste.

Als es vorüber war, nahm sich Bulokk die Zeit, sich um die Verwundeten zu kümmern. Drei seiner Krieger mussten auf Tragen hinausgebracht werden. Trotz seiner geringen Größe wurde Tocht aufgetragen, eine Ecke von einer der Tragen zu übernehmen.

»Wir sollten ihm einfach hier die Kehle durchschneiden«, murrte einer der Zwerge.

»Nein«, erwiderte Bulokk und starrte Tocht dabei scharf an. »Wir werden sein Schicksal Meisterschmied Taloston überlassen. Vielleicht denkt er sich etwas aus, das gemein genug ist für einen Halbling, der seine Landsleute zu Koboldeintopf verarbeiten würde.«

»Es war kein Eintopf«, sagte Tocht, ehe er genauer darüber nachdachte, was er da von sich gab. »Es war *Halbling Surprise.*« Er schlug sich mit der Hand auf den Mund.

Im Gewölbe Allen Bekannten Wissens hatte er sich daran gewöhnt, seine Gedanken offen auszusprechen, wenn jemand die Tatsachen verdrehte. Für gewöhnlich ersparte das einem Bibliothekar viel Zeit und Mühen. Obwohl Tochts Beiträge nicht allgemein anerkannt oder geschätzt wurden, konnte er nicht davon ablassen. Sein Geschäft bestand immerhin darin, Tatsachen richtigzustellen.

Bulokk warf ihm einen finsteren Blick zu. »Langsam ermüdest du mich, Koch.«

Tocht schüttelte den Kopf. Er öffnete den Mund, um zu widersprechen.

Mit zwei Fingern unmittelbar vor Tochts Gesicht sagte der Zwerg: »Wenn du lange genug am Leben bleiben willst, um herauszufinden, was Meisterschmied Taloston für dich ersinnen wird, nimmst du besser diese Trage und setzt dich in Bewegung.«

Da er beide Hände brauchte, um die Ecke der Trage anzuheben, hatte Tocht keine Hand mehr übrig, um sie über seinen Mund zu halten und sich daran zu erinnern, dass er lieber still sein sollte. Er biss sich stattdessen auf die Unterlippe.

Dann machten sie sich auf den Weg.

Der Marsch den Hügel hinab dauerte lange, da sie die Verwundeten dabeihatten. Dass er nicht geschlafen hatte, nachdem er tagelang auf der *Einäugigen Peggie* neben sich gestanden und sich Sorgen gemacht hatte, und dann ein unfreiwilliger Gast der Kobolde gewesen war, die ihn hatten auffressen wollen, hatte Tochts Nerven nicht gutgetan. Er hatte kaum genug Kraft, die Reise zu überstehen. Er stritt sich nicht einmal mit Rohoh, als dieser die Kolonne einholte und an seinem Bein hinaufkletterte, unentdeckt von den Zwergen.

Nach dem langen, gewundenen Pfad den Hügel hinab war es noch ein weiterer langer Marsch zu den Höhlen, in denen die Zwerge lebten. Nachdem er bei den Zwergen von

Graudämmermoor gewesen war, die zum Großteil draußen wohnten, war es für Tocht immer ein kleiner Schock, auf Zwergendörfer im Innern der Erde zu stoßen.

Über der Erde gab es nur ein paar Befestigungen. Die Höhlen waren Schlote des Vulkans in der Tiefe. Als sie ihr Ziel erreichten, spürte Tocht die erhitzte Luft und den Gestank nach Schwefel, der von ihnen heranwehte.

Der Eingang zur Zwergensiedlung war kaum mehr als hundert Schritt von der Küste entfernt, woraus Tocht schloss, dass sie unterhalb des Meeresspiegels wohnten. Das schien ihm schrecklich gewagt. Teile des Gewölbes Allen Bekannten Wissens erstreckten sich in das Muttergestein der Fingerknöchelberge hinab. An manchen Orten führten sogar Brücken zu den tieferen Ebenen über den unterirdischen Fluss, der durch das Gebiet strömte. Doch das Gewölbe Allen Bekannten Wissens schien so … unverwundbar, dass Tocht sich niemals Sorgen machte, darin zu ertrinken.

Jenseits der Befestigungen der Zwerge wogte die Rostsee und verschmolz weit draußen mit dem Himmel. Die Sonne stieg gerade erst im Osten empor, kam hinter der Hügelflanke hervor, die sie verlassen hatten. Das Licht fing den schimmernden, orangefarbenen Ton des Meeres auf.

Am Ende einer kurzen Landzunge lag ein Schiff vor Anker. Tocht betrachtete das Gefährt in der Hoffnung, es wäre die *Einäugige Peggie*. Selbst wenn Kray nicht hergekommen war, um zuzugeben, dass er Tocht zu einer Aufgabe gedrängt hatte, die viel zu schwierig und zu gefährlich für ihn war, sondern nur, um Tocht zu tadeln, weil er den achtsam ausgetüftelten Plan, den er ersonnen hatte – wie auch immer dieser aussehen mochte –, zunichtegemacht hatte, so nahm Tocht doch zumindest an, dass er dann unter Freunden sein würde.

Nicht unter Zwergen, die sich dem Glauben hingaben, er wäre ein Koch der Kobolde.

Aber es war nicht die *Einäugige Peggie*, die in dem Naturhafen vor Anker lag. Es war ein Menschenschiff, das nur zum Handeln hier war. Eine Reihe von Karren bewegte sich auf der Landzunge und wurde beladen, um die Fracht wegzubringen. Netze an Auslegern schwangen über die Seiten des Schiffes, um die Überführung zu erleichtern.

Tocht dachte darüber nach, was die Zwerge wohl für Handelsgüter herstellten. Eingesperrt, wie sie auf dieser Insel waren, konnte man leicht erahnen, dass die Zwerge von den Aschwolkeninseln etliche Dinge benötigten. Dann fiel ihm die schäbige Qualität der Kleidung unter der Rüstung der Zwerge auf. *Vielleicht sind sie es gewohnt, von der Hand in den Mund zu leben.*

Sobald die Karren geleert und wieder aufgefüllt worden waren, brachten sie die Fahrer zurück hinter die Befestigungen. Ein großes Steintor an Scharnieren schwang auf, um ihnen Einlass zu gewähren.

»Geh weiter, Halbling«, sagte Bulokks raue Stimme. »Du hast jetzt genug gegafft.«

Tocht verstärkte seinen Griff an der Trage, bei deren Beförderung er half, und trottete vorwärts. Er freute sich darauf, sich hinsetzen zu können, aber er hatte Angst, dass es das Letzte sein würde, was er jemals tun würde.

»Wer ist da?« Der Ruf klang stark und verwegen aus der steinernen Festung.

Tocht stand an der großen Steinplatte, die als Tor diente. Er war schläfrig, und alles tat ihm weh.

»›Wer ist da?‹«, wiederholte Rohoh. »Als ob er keine Augen im Kopf hätte.«

»Leise«, riet Tocht dem Skink. »Du wirst uns noch beide umbringen.«

»Bulokk«, rief der Zwerg hinauf. »Macht auf. Hier warten verletzte Krieger, und wir sind müde.«

Der Zwerg, der das Tor am Turm bemannte, grinste von oben herab. »Habt ihr es ihnen richtig gegeben, Bulokk?«

»Ja«, rief Bulokk nach oben. »Das haben wir. Haben das Nest ausgemerzt, aber es sind noch welche von ihnen da draußen.«

»So wird es immer sein«, erwiderte der andere. »Bis wir einen Weg finden, die Inseln wieder selbst zu übernehmen. Zumindest werden diese Biester eine Weile nicht mehr versuchen, sich unsere Fischermannschaften zu schnappen.« Er wandte sich um und rief über die Schulter: »Öffnet das Tor!«

Der Ruf wurde wiederholt. Dann, ein wenig später, wurde die mechanische Kurbel einer Winde stetig lauter. Kettenglieder klirrten, während sie sich um die Trommel legten. Langsam, mit einem geschmeidigen Gleiten, wurde die riesige Felsplatte in den vorgesehenen Führungsrillen über einen ausgeklügelten Mechanismus hochgezogen. Als sie sich auf ihre volle Höhe von fünf Fuß erhoben hatte (mehr als genug Platz für einen Zwerg, um darunter hindurchzugehen), ließen weitere Torhüter die steinernen Bremskeile einrasten.

»Alles in Ordnung«, rief ein Zwerg von oben herab. »Kommt weiter.«

Abermals stolperte Tocht vorwärts und ging durch das Tor.

»Das ist ein großer Stein«, sagte Rohoh. »Wenn er runterfällt, werden wir platt gedrückt.«

Das, dachte Tocht, *ist kein angenehmer Gedanke.*

»Aber es wäre ziemlich schmerzlos«, fuhr der Skink fort.

Tocht entschied sich, seinen ungewollten Passagier nicht zu beachten. Ein Teil der Müdigkeit fiel von ihm ab, als Tochts Interesse sich wieder entzündete. Er war schon früher in Zwergenfestungen gewesen, allein oder zusammen mit Kray, und die Architektur erstaunte ihn stets aufs Neue. Jede unterirdische Siedlung nutzte die Beschaffenheit des Landes aus, deswegen war eine jede von ihnen eine einzigartige Erfahrung.

Innerhalb der Befestigung gab es in der Mitte drei Erhebungen. Alle drei führten, wie Tocht wusste, zu verschiedenen und abgetrennten Bereichen der Zwergensiedlung. Eine würde zum Schmiedeviertel führen. Eine weitere zum Wohnviertel. Und die dritte war für Lagerräume und Brunnen vorgesehen, die unmittelbar das Grundwasser anzapften oder einen Filtervorgang gebrauchten, bei dem auch eine mit Kalkstein ausgekleidete Zisterne eine Rolle spielte.

Die Karren wurden vor einem der Hügel ausgeladen. Bulokks Krieger hielten auf einen anderen zu, und Tocht ging mit ihnen. Sie übergaben die verwundeten Krieger an Zwergenfrauen, die ihre Männer abholten und sie in die Gänge hinabtrugen.

Dann griff Bulokk nach Tochts Schulter und drehte ihn zum dritten Eingang.

Nachdem er den Tunnel betreten hatte, zirkulierte heiße Luft um Tocht, woraus er schließen konnte, dass dieser Gang vermutlich zur Schmiede führen würde. Bulokk und einige der Krieger nahmen sich Fackeln, um den Weg auszuleuchten. Nach mehreren Biegungen, die alle Teil des Weges hinab in die Erde waren, kamen sie in der Hauptschmiedekammer an.

Starke Hitze schlug Tocht entgegen und drang bis in sein Innerstes. Er konnte sich nicht vorstellen, es lange in dieser Kammer auszuhalten. Nur Zwerge mit ihrem natürlichen Widerstand gegen Hitze konnten hoffen, einen längeren Aufenthalt zu überstehen. Der Gestank nach Schwefel war beinahe unerträglich. Metallisches Pochen und Klirren von Zwergenhämmern, die auf hocherhitztes Metall trafen, hallte durch die Höhle.

Am anderen Ende der Kammer warf eine offene Lavagrube einen gelben und orangefarbenen Schein an die Wand und die Decke darüber. Wenn man die Wand betrachtete, die die Lavagrube von der Kammer abtrennte, ahnte man, dass die Bauweise so beabsichtigt war und den Zwergenschmieden ein wenig Ruhe vor der sengenden Hitze gönnte.

Ein Dutzend Ambosse stand auf robusten Steintischen. Alle davon hatten die gleichen Umrisse, aber Tocht wusste aus seinen Forschungen, dass ein jeder vom Schmied aus geschmolzenem Erz gegossen, in die richtige Form gehämmert und gehärtet worden war. Wenn ein Zwergenschmied mit einem Amboss arbeitete, musste er ihn so gut kennen wie seinen Handrücken. Jeder Makel und jede Fehlstelle zeigten sich in seiner Arbeit, und ein Schmied musste wissen, wie er sie zu seinem Vorteil nutzen konnte.

Die Zwerge hatten Zangen mit langen Griffen, in denen sich das Metall befand, mit dem sie arbeiteten, und hielten inne, kurz bevor es in die zähe Lava eintauchte. Rasch glühte das Metall rötlich, und sie zogen es wieder hoch. Zurück auf dem Ambos hielten sie das Stück mit weiteren Zangen fest und nahmen ihre Hämmer, um ihm die gewünschte Form zu verleihen.

Die meisten von ihnen arbeiteten, wie Tocht bemerkte,

an langweiligen Stücken wie Bändern für Räder oder Fässer. Andere fertigten Bratpfannen und Töpfe. Wieder andere arbeiteten an Ketten oder Manschetten. Landwirtschaftliche Gebrauchsgegenstände, Pflüge und Sattelzeug waren ebenfalls zu sehen. Und ein paar der jüngeren Zwerge – was man am Fehlen der Bärte erkannte – stellten Nägel her.

Tocht konnte nicht glauben, dass die Zwerge von den Aschwolkeninseln, die einst mit die besten Waffen- und Rüstungsschmiede gewesen waren, nur noch Gegenstände herstellten, die man vom Karren eines Hausierers herab verkaufen konnte. Während er die Arbeit begutachtete, die sie leisteten, taten sie ihm unglaublich leid. Im Gewölbe Allen Bekannten Wissens hatte er ein paar Bücher gelesen, die den Meisterschmied Oskarr und die Zwerge seiner Schmiede für ihre Arbeit gepriesen hatten.

Bulokk schob Tocht so grob voran, dass er beinahe strauchelte. Stolpernd kam er vor einem Zwerg zum Stehen, dessen Hammer einen rhythmischen Klang erzeugte. Sie standen da und warteten, bis der Zwerg fürs Erste mit dem Stück fertig war. Als er zurücktrat, glitzerte sein ausgesprochen muskulöser Körper vor Schweiß, glühte regelrecht vor Hitze und Anstrengung. Er nickte einem anderen Zwerg zu.

Dieser hob das Stück mit einer Zange mit langen Griffen auf. In diesem Augenblick sah Tocht, dass es sich bei dem Stück um einen beinahe fertigen Schild handelte.

»Meisterschmied Taloston«, rief Bulokk.

»Aye«, sagte der Zwerg und beobachtete, wie der Schild vorsichtig über die Lavagrube zurückgehängt wurde. »Bist du das, Bulokk?«

»Ich bin's«, erwiderte Bulokk.

»Hast du diesem Koboldnest, auf das die Kundschafter gestoßen sind, ein Ende gemacht?«

»Das haben wir. Aber wir sind auf eine Überraschung gestoßen.«

Noch immer mit dem riesigen Hammer in der Hand, wandte sich Meisterschmied Taloston um, um Tocht zu begutachten. Das Gesicht des Zwergs war breit und von Schlachten und Feuer vernarbt. Funken glühten in seinem braunen Haar und seinem Bart. Seine Arme zeigten Narben von der Schmiedearbeit.

»Ich mag keine Überraschungen«, erwiderte der Meisterschmied und warf Tocht einen prüfenden Blick zu. »Ein Halbling?«

»Ja«, sagte Bulokk.

»Weshalb hast du ihn hergebracht?«

»Wusste nicht, was ich mit ihm anstellen soll.«

Der Meisterschmied schöpfte mit einer Kelle Wasser aus einem Eimer und nahm einen großen Schluck. Dann goss er sich eine weitere Kelle über den Kopf. »Du hättest ihn gehen lassen sollen. Auf diesen Inseln gibt es noch andere Halblinge. Vielleicht kann er in Freiheit bleiben und auf einem Schiff fortkommen wie einige von den anderen. Ansonsten wird er wieder Sklave in den Minen der Kobolde sein. Wie auch immer, es ist nicht unsere Angelegenheit.«

»Er ist ein Koch bei den Kobolden«, warf Bulokk Tocht vor und hielt die zerknitterte Kochmütze als Beweis hoch. »Als wir auf dieses Koboldlager gestoßen sind, hat der hier den Kobolden eine Mahlzeit zubereitet und sie zum Tanz angeführt.«

»Zum Tanz?« Die buschigen Augenbrauen des Meisterschmieds zogen sich zusammen.

»Aye.«

»Ich habe sie nicht zum Tanz angeführt«, sagte Tocht. »Ein Skink hat den Tanz geleitet.«

»Skink?«

Mit einer raschen Bewegung pflückte Tocht den Skink aus dem Versteck auf seiner Schulter. »Dieser Skink.« Er hielt Rohoh am Schwanz hoch, so dass er für alle sichtbar dort baumelte.

Die Echse versuchte sich zu befreien, aber sie öffnete nicht das Maul, um sich zu beschweren.

»Du hast einen tanzenden Skink?«

»Ja.«

Ehe Tocht weitersprechen konnte, blickte Taloston Bulokk an. »Ist dieser Halbling von diesen Dingern befallen?«

Zwei Zwergenkrieger suchten Tocht schnell ab. Sie fanden keine weiteren Eidechsen.

»Nein«, antwortete einer von ihnen. »Es scheint nur diese eine zu geben.«

»Gut«, sagte Taloston. »Ich kann diese Echsen nicht ausstehen. Ich habe schon zu viele von ihnen gegessen. Zwerge sind nicht dazu bestimmt, sich von solchen Geschöpfen zu ernähren. Die Kobolde können sie alle haben.«

Rohoh hörte auf, sich zu winden. Einen Moment lang dachte Tocht, der Skink würde Widerspruch gegen die Bemerkung einlegen. Das wäre auch gut gewesen, weil es seine Behauptungen ein wenig untermauert hätte.

»Er hat also für die Kobolde gekocht, was?« Taloston rieb sich mit der Hand über den angekokelten Bart.

»Aye.«

Der Meisterschmied nickte und sagte: »Bringt ihn nach ganz oben, schneidet ihm die Kehle durch und werft ihn in die Bucht.« Dann begab er sich wieder an die Arbeit.

Kapitel 8

Verbannt

»Was!« Der Ausruf brach laut aus Tocht hervor. Der Klang seiner ungläubigen Stimme lag über der Schmiede und bereitete aller Arbeit ein Ende. Er ließ Rohoh beinahe auf den Höhlenboden fallen. »Ihr befehlt, mir einfach die Kehle durchzuschneiden und mich in die Bucht zu werfen?«

Da hatte Bulokk schon seine Hand auf Tochts Schulter gelegt und zerrte ihn vom Meisterschmied zurück.

»Ich werde gnädig sein«, sagte Bulokk leise.

»Ich will keine Gnade!«, brüllte Tocht.

»Nicht?«

Als ihm klar wurde, was er gesagt hatte, hob Tocht die Hände – in einer davon befand sich immer noch der Skink. »Was ich meine, ist, dass ich nicht sterben will.«

»Daran hättest du denken sollen, bevor du angefangen hast, den *Halbling Surprise* anzurühren«, sagte Rohoh gerade laut genug, dass nur Tocht es hören konnte.

»Du hättest nicht für die Kobolde kochen sollen«, sagte Taloston.

»Ich bin kein Koch.« Tocht fühlte sich ganz und gar hilflos.

Das Gesicht des Zwergs rückte nah an das von Tocht heran, was den kleinen Bibliothekar zusammenzucken ließ, und Taloston fragte: »Und kennst du auch irgendwelche Rezepte, um Zwerge zu kochen?«

Endlich!, dachte Tocht glücklich. *Eine Frage, die ich beantworten kann.* »Natürlich! Natürlich!«

Er legte seine freie Hand an den Kopf und dachte an die Seiten von Prendergorfs *Eine kurze Abfolge von Zwergengerichten: Ein erschreckender Bericht über berühmte Zwerge, die von Kobolden gefressen wurden.* »Es gibt Zwergenpastete mit Würzäpfeln. Zwerge mit Sahne. Zwergengelee. Zwerge am Spieß. Zwergenkuchen, obwohl der im Allgemeinen nur an Feiertagen aufgetragen und aus getrockneten Zwergenstücken zubereitet wird, die mit der Zeit besonders ledrig geworden sind, und …« Plötzlich wurde ihm klar, dass jedes Zwergenauge in der Schmiede auf ihn gerichtet war.

»Und wie viele Zwerge hast du schon gekocht?«, fragte Taloston.

»Keinen«, antwortete Tocht sogleich. »Das schwöre ich. Die Alten sollen mich sofort erschlagen, wenn ich lüge.«

In diesem Augenblick blubberte es in der Lavagrube fürchterlich, und eine riesige Lavafontäne stieg mit einem gewaltigen Krach auf, der durch die ganze Schmiede hallte. In dem Glauben, dass der Vulkan darunter gleich ausbrechen und brennende Lava überall herumschleudern würde, fiel Tocht auf die Knie und bedeckte seinen Kopf mit den Armen. Zusammengekauert wartete er auf das Ende.

Der Skink, den er fallen gelassen hatte, rannte an seinem Arm hinauf und verbarg sich einmal mehr hinter seinem Kopf. »Steh auf«, sagte Rohoh. »Du machst mir Schande. Wenn du schon stirbst, dann bring es zumindest mit etwas Würde hinter dich.«

Vorsichtig öffnete Tocht ein Auge. Er sah sich um. Zwerge starrten ihn voller Hohn und Abneigung an. Aber das war in Ordnung. Wenn er sich auf dem Festland befand, blickten ihn die meisten Leute auf diese Weise an.

»Die Lavagrube ist nicht ausgebrochen?«, fragte er.

»Nein«, sagte Taloston. »Schafft mir diesen Koch aus den Augen.«

Starke Hände packten Tocht. Er versuchte, dagegen anzukämpfen, aber es hatte keinen Sinn.

»Sie wollten mich kochen und aufessen!«, wimmerte Tocht.

»Oh ja, damit erweichst du sicher ihre Herzen«, sagte Rohoh.

Taloston wandte sich ab und sah nach dem Klumpen Metall, der über der Lavagrube hing. Es fing gerade an, kirschrot zu glühen.

»Ich bin nicht aus den Minen der Kobolde geflohen!«, rief Tocht, als er fortgeschleift wurde. »Ein Zauberer hat mich hergeschickt, um nach der magischen Streitaxt von Meisterschmied Oskarr zu suchen!«

Bulokk hörte sofort auf, ihn weiterzuzerren, und ließ seine Männer anhalten. Der Zwergenkrieger blickte Tocht an. »Sagst du die Wahrheit, Halbling? Dass du wegen Oskarrs magischer Axt hergekommen bist?«

Zu verängstigt, um zu antworten, starrte Tocht den Zwerg einfach an und fragte sich, welche Antwort ihm das Leben lassen und welche ihn sofort zum Tode verurteilen würde. Denn er war sich sicher, dass es darauf hinauslaufen musste.

»Ja«, quietschte Tocht und blickte Bulokk fest in die Augen. »Es ist wahr.« Er wartete auf das Ende.

Nachdem er Tocht einen Moment lang angestarrt hatte, wandte sich Bulokk zu Taloston um. »Habt Ihr gehört, was der Halbling behauptet? Dass er wegen Meisterschmied Oskarrs Axt gekommen ist?«

Langsam drehte sich Taloston zu Bulokk. »Ja«, sagte der Meisterschmied. »Ich habe ihn gehört.« Er schüttelte den Kopf. »Das heißt nicht, dass es stimmt. Meister Oskarrs

Axt ist seit tausend Jahren verschollen. Vielleicht wurde sie zerstört.«

Tocht dachte, dass Bulokk einen Streit beginnen würde, aber der Zwerg blieb still.

»Erhoffe dir nicht zu viel, Bulokk«, sagte Taloston.

»Diese Axt … bedeutet sehr viel für meine Familie«, erwiderte Bulokk.

Seufzend nahm Taloston seinen Hammer auf und ging zu Tocht hinüber. »Überall gibt es Geschichten über Meister Oskarrs verzauberte Streitaxt und wie sie verloren ging, als Lord Khadaver die Vulkane ausbrechen ließ, damit sie die Inseln im Meer versenkten und neue ausspien. Hast du darauf gesetzt, Halbling? Dass irgendeine Geschichte über Meister Oskarr deinen Hals retten wird?«

»Jetzt hast du es«, flüsterte ihm Rohoh ins Ohr.

»Es stimmt«, beharrte Tocht. »Man hat mich wegen der Axt hergeschickt.«

»Warum?«, fragte Taloston.

»Der Zauberer – er glaubt, dass er sie benutzen kann, um herauszufinden, was wirklich während der Schlacht an der Todesfestung geschehen ist. Er glaubt nicht, dass Meister Oskarr die anderen Krieger verraten hat, die die Bunte Schlucht hielten, während der Süden vor den Kobolden floh.« Tocht hielt Talostons anklagendem Blick stand.

»Was weißt du über all das?«

Anfangs erzählte er langsam, tauchte aber immer tiefer in die Geschichte ein, genau wie in Graudämmermoor in Paunsels Taverne, bis er den Zwergen die Geschichte der Schlacht an der Todesfestung erzählt hatte.

Später, als Tocht zusammenfasste, was er von den Schlachten wusste, die sich auf den Aschwolkeninseln zugetragen hatten – wobei er die Erzählung sowohl anhand aller Fertigkeiten, die er erlernt hatte, als auch mit dem Sinn für Dramatik ausschmückte, den er sich beim Lesen der Geschichten des Hralbommsflügels erworben hatte –, saßen die Zwerge wie Kinder während einer Erzählstunde um ihn herum.

Das Klingen der Hämmer, die auf Metall trafen, war verstummt. Nur das Blubbern der Lavagrube dauerte an. Wassereimer wurden herumgereicht, und einen hatte man dem kleinen Bibliothekar hingestellt. Als er die traurige Wirkung seiner Geschichte auf die Zwerge wahrnahm, taten sie Tocht selbst ein wenig leid – obwohl sie vor ein paar Stunden kurz davor gewesen waren, ihm die Kehle durchzuschneiden und ihn in der Bucht zu entsorgen.

»Weißt du, wo Meister Oskarrs Axt ist?«, fragte Bulokk.

»Nein«, antwortete Tocht wahrheitsgemäß.

Taloston warf ihm einen finsteren Blick zu. »Wie wolltest du sie dann finden?«

»Ich habe einen Blick auf eine …« Tocht hielt sich davon ab, »Karte« zu sagen, denn niemand außerhalb des Gewölbes Allen Bekannten Wissens hatte jemals eine gesehen. »Ich habe schon eine ganze Reihe von Geschichten darüber gehört, wie die Inseln gewesen sind, ehe Lord Khadaver sie versenkt hat. Ich glaube, wenn ich auf einigen von ihnen herumgekommen bin, werde ich vielleicht in der Lage sein herauszufinden, wo sich Meister Oskarrs Schmiede befunden hat.«

»Wahrscheinlich ist sie auf dem Grund der Rostsee«, knurrte Taloston.

»Es gibt Tunnel«, erklärte Bulokk. »Die Kobolde haben bei ihrer ganzen Bergbauarbeit mehrere der Schlote freigelegt, die aus den Vulkanen führen. Einige der Halblinge, die wir befreit und auf Schiffe gebracht haben …«

Oho!, dachte Tocht. *Anderen Halblingen haben sie geholfen, aus den Klauen der Kobolde zu entkommen! Aber mir nicht!*

»... haben gesagt, dass die Kobolde die Überreste von Zwergenstädten ausgegraben haben«, beendete Bulokk seinen Satz.

»Es ist eine aussichtslose Hoffnung, der du dich da hingibst«, sagte Taloston.

»Ich will mit Gewissheit wissen, dass Meister Oskarr nicht der Verräter war, den die Menschen und die Elfen in ihm sehen«, verkündete Bulokk.

»Was die Menschen und Elfen von uns oder Meister Oskarr halten, spielt keine Rolle«, sagte Taloston.

»Für mich schon«, entgegnete Bulokk.

»Und für mich«, fügte ein weitere Zwerg hinzu.

»Und für mich«, wiederholte noch einer.

»Es ist Vergangenheit«, sagte Taloston. »Wir können die Vergangenheit nicht ändern.«

»›Die Vergangenheit ist der Grundstock der Zukunft‹«, zitierte Tocht. »›Wenn Ihr die Zukunft ändern wollt, findet einen Weg, Eure Sichtweise auf die Vergangenheit in Eurer Gegenwart zu verändern.‹«

»Wovon redest du da?«, fragte Rohoh.

»Was meinst du damit, Halbling?«, knurrte Taloston.

Bulokk blickte Tocht interessiert an. »Was er sagt, ist, dass es die Aussicht gibt zu wissen, was wirklich während der Schlacht an der Todesfestung geschehen ist, wenn wir Meister Oskarrs verschollene Streitaxt finden. Und wenn wir das wissen, wird das einen Einfluss darauf haben, wie wir uns heute selbst sehen.«

Taloston schüttelte den Kopf. »Du siehst viel mehr in diesem Geplapper des Halblings, als ich es tue.«

»Vielleicht«, sagte Bulokk, »weil ich gewillt bin, ihm zuzuhören.«

Taloston wischte die Bemerkung beiseite und erhob sich. »Wir verschwenden hier unsere Zeit.« Er blickte zu den anderen Zwergen. »Auf die Beine. Wir müssen Dinge anfertigen. Bald wird ein weiteres Schiff ankommen.«

Bulokk richtete sich ebenfalls auf. »Was ist mit der Geschichte des Halblings?«

»Es ist eine Geschichte, Bulokk«, sagte Taloston. »Genau wie die Geschichten, die die Alten an den Gemeinschaftsfeuern in den Aufenthaltshallen erzählen, wenn es dunkel wird. Es ist eine Unterhaltung für die Jungen, nicht mehr. Lass dich nicht ganz und gar in diese Geschichte hineinziehen. Es ist schwer, aus einem weichen Herzen die Enttäuschung wieder zurückzudrängen.«

Schweigend musterte Bulokk seinen Anführer.

»Welcher Zauberer bei klarem Verstand würde einen Halbling schicken, um etwas Wichtiges auszuführen?«, fragte Taloston.

Bulokk behielt seine Meinung für sich und presste die Zähne stur aufeinander.

Etwas tut sich hier, dachte Tocht. Aber er wusste nicht, was. Er wagte es nicht, ein Wort zu äußern.

»Arbeite nicht mit diesem Erz«, sagte Taloston mit weicherer Stimme. »Es ist zu hart für dich, und wenn du es heiß genug machst, wirst du es bloß zertrümmern.«

Einen Moment später brach Bulokk den Augenkontakt mit dem Meisterschmied ab und nickte.

»Nun bring ihn hier raus«, sagte Taloston. »Vielleicht willst du ihn nicht töten, falls du ihm glaubst, aber stelle sicher, dass dieser Halbling unsere Insel verlässt. Bring ihn an Bord eines der Handelsschiffe, die draußen im Hafen liegen, und schick ihn weg. Er ist aus unserer Heimstatt verbannt.«

»In Ordnung«, erwiderte Bulokk und stieß Tocht von hinten an, damit er sich in Bewegung setzte.

Lange Minuten später befand sich Tocht wieder über der Erde. Die Luft draußen war kühler, beinahe kalt, nachdem er sich an die Schmiedekammer gewöhnt hatte. Ein wenig zitternd zog er seinen leichten Umhang enger um sich. Rohoh flitzte unter seinem Haar hinauf, um sich entlang seines Kragens hinzulegen. Tocht griff zweimal nach dem Skink, doch das Geschöpf entkam seinen Bemühungen mit Leichtigkeit und versteckte sich im Innern des Umhangs.

Bulokk und ein Dutzend Zwerge begleiteten Tocht zu dem riesigen Tor. Die Abenddämmerung war über der Rostsee angebrochen und malte schwarze Wolken an einen grüngelben Himmel. In dieser Richtung gab es Land, das wusste Tocht, denn über dem Wasser wäre der Sonnenuntergang so gut wie farblos gewesen. Damit der Himmel farbig sein konnte, musste er Staub vom Wind über dem Land aufnehmen, nicht über dem Meer.

Nachdem sie durch das Tor gegangen waren, wobei Tocht abermals ein unbehagliches Gefühl hatte, während er unter dem gewaltigen Stein hindurchschritt, wurde der Wind noch kühler, doch er gab freimütig zu, dass dies auch von der Angst in ihm herrühren konnte. Auf der anderen Seite wurde er von Bulokk angewiesen, den Karrenrillen zu folgen, die hinunter zum Hafen führten.

Tocht blickte zu den Monden auf und fragte sich, ob Kray ihn sehen konnte. Und falls ja, ob Kray unzufrieden damit war, wie sich die Dinge entwickelt hatten.

Natürlich gab es immer die Möglichkeit, dass Kray Tocht

einfach als Köder vorausgeschickt hatte und dass er gerade Oskarrs sagenhafte Axt ganz allein fand. Das schien seine liebste Vorgehensweise zu sein.

»Halbling«, sagte Bulokk.

»Ja.« Tocht versuchte, den Mut aufzubringen, um etwas zu essen zu bitten. Er war sicher, dass er an Bord eines Handelsschiffes nichts bekommen würde, wenn er nicht für die Überfahrt bezahlte. Und als ihm dies klar wurde, kamen ihm noch weitere Bedenken. Wo würde ihn das Handelsschiff absetzen? Er hatte kein Gold dabei. Es war möglich, dass sie ihn einfach über Bord werfen und sich seiner auf diese Weise entledigen würden.

»Glaubst du wirklich, dass du Meister Oskarrs Schmiede finden kannst und vielleicht sogar seine Axt?« Bulokk ging neben ihm, blickte ihn aber nicht an.

Tocht wog seine Worte sorgsam ab, in dem Wissen, dass in ihnen die Möglichkeit lag, seinen Kurs zu ändern. Er versuchte herauszufinden, ob es nicht sicherer wäre, auf das Handelsschiff zu gehen und zu hoffen, ein weiteres Schiff zu finden, das nach Graudämmermoor reiste, und darauf eine Überfahrt zu wagen.

Dennoch forderte die Frage seine Fertigkeiten als Bibliothekar förmlich heraus.

»Ja«, sagte Tocht. »Ich glaube, das kann ich.«

»Weshalb?«

»Weil die Aschwolkeninseln auf eine gewisse Weise angeordnet sind, in der Form eines Halbmondes, die unverwechselbar ist.« Tocht blickte aufs Meer hinaus und sah, wie die aufgerollten Segel an den Rahen des Schiffes in der Brise Falten warfen. »Ich habe mir einige der Landmarken eingeprägt. Es hat Leuchttürme, Klippen und Riffe gegeben, die ich benutzen kann, um herauszubekommen, wo wir uns in Bezug auf Meister Oskarrs Schmiede befinden.« Er warf dem Zwerg einen Blick von der Seite zu. »Eure Vertrautheit mit den Inseln würde uns bei der Suche helfen.«

Sie gingen schweigend ein Stück weiter.

»Glaubst du, dass sie noch da ist?«, fragte Bulokk.

»Was glaube ich, dass noch da ist?«

»Die Axt. Meister Oskarrs Axt.«

Tocht überdachte seine Antwort, damit die andauernde Stille seiner Spekulation Gewicht verleihen konnte. »Das glaube ich. Magische Waffen haben die Neigung, alle Versuche, sie zu zerstören, zu überdauern.«

»Und durch sie könnten wir erfahren, was sich vor all den Jahren während der Schlacht an der Todesfestung ereignet hat?«

»Der Zauberer, der mich hergeschickt hat, besitzt solche Kräfte«, sagte Tocht. »Wenn es jemand kann, dann er.«

Bulokk blickte ihn an. »Glaubst du das auch tief in deinen Knochen? Denn die sind das Muttergestein eines Mannes.«

»Das tue ich«, sagte Tocht. Obwohl er sich Krays Kräften alles andere als sicher war, hatte er im Lauf der Jahre gesehen, welche erstaunlichen Dinge der Zauberer vollbringen konnte.

»Nun gut. Warte hier.« Bulokk wandte sich zurück zu seinen Gefährten.

Tocht stand allein neben dem Karrenpfad und wünschte sich, er wäre wieder zu Hause im Gewölbe Allen Bekannten Wissens. Oder zumindest sicher auf der *Einäugigen Peggie*, wo er die Geschichte über Taurak Bleiyz zu Ende lesen könnte.

Er starrte die Laternen auf der Reling des Menschenschiffes an, das draußen im Hafen vor Anker lag. Mit der Sonne, die hinter dem Gefährt unterging und die die Menschen ganz in den Schatten an Bord aufgehen ließ, war der Anblick wundervoll. Es juckte ihn in den Fingern, sein Tagebuch und seine Schreibutensilien herauszuholen und diese Erinnerung mit Tinte festzuhalten. Noch viel mehr wollte er seine jüngsten Abenteuer aufschreiben, all die Dinge, die er gesehen hatte.

»Hör auf mit der Tagträumerei«, mahnte ihn Rohoh. »Wir müssen diese Schmiede finden.«

»Ich weiß nicht einmal, ob das möglich ist«, gab Tocht mit leiser Stimme zu bedenken. Er blickte über die zertrümmerte Ansammlung von Inseln hinaus, die über der Rostsee verteilt lagen.

»Kray hat dich hergeschickt.«

»Wie ich mich erinnere, hat er auch dich hergeschickt. Weshalb?«

»Um dir zu helfen.«

»Wie das?«

Der Skink war einen Moment lang still. »Das weiß ich nicht. Kray hat nur gesagt, dass ich dir aus der Patsche helfen soll, wenn du Ärger hast.«

»Nun«, erwiderte Tocht, »das hat bisher nicht geklappt.«

In diesem Augenblick löste sich der Zwergenhaufen nach einem wilden, endgültigen Streit auf. Bulokk kam zu Tocht zurück.

»Wir begleiten dich«, erklärte der Zwergenkrieger.

Tocht blinzelte ihn an. »Weshalb?«

»Weshalb? Weil wir Meister Oskarrs verschollene Axt finden und seinen guten Namen reinwaschen wollen, deshalb!«

»Oh«, sagte Tocht.

»Deine Aufgabe, Halbling, ob sie nun deine eigene ist

oder ob du für oder mit jemandem arbeitest, der sich um Meister Oskarrs Verwandtschaft kümmert, ist eine edle Tat.«

»Deshalb wollt ihr mich begleiten? Um des Ruhmes willen?«

»Nein«, sagte Bulokk feierlich. »Ich bin Teil von Meisterschmied Oskarrs Verwandtschaft, Halbling. Wir reden hier auch über meine eigene Familie.« Er seufzte. »Meisterschmied Taloston ist ein guter Anführer. Er betreibt seine Schmiede so gut, wie er nur kann, aber wir sind ziemlich weit im Gefüge der Welt gesunken.«

Die Traurigkeit hinter den Worten des Kriegers rührte Tocht.

»Es gab eine Zeit«, sprach Bulokk sanft, »als Rüstungen, die in der Schmiede der Aschwolkeninseln mit Meister Oskarrs Siegel darauf hergestellt worden sind, etwas bedeutet haben. Es hat bedeutet, dass ein Krieger – sei er nun Mensch, Zwerg oder Elf – sich in einer Schlacht erheben konnte und wusste, dass er geschützt war. Aber seit diesen Anschuldigungen nach der Schlacht an der Todesfestung will niemand mehr etwas von uns kaufen. Außer vielleicht einen Bruchteil dessen, was wir früher gemacht haben.« Er raufte sich den Bart. »Bei den Alten! Wir machen Nägel, Hufeisen und Pflüge, wo wir doch Rüstungen und Waffen herstellen sollten, die von Königen und Helden in die Schlacht getragen werden!«

Einige der anderen Zwerge rückten näher an Tocht und Bulokk heran, als würden sie sich nun endgültig entschließen, ihr Schicksal in seine Hände zu legen. Sie stimmten murmelnd zu.

»Du bist der Erste, der jemals auf diese Inseln gekommen ist und sagt, er kann Meister Oskarrs Axt finden«, erklärte

Bulokk. »Wenn du uns also haben willst, wären wir stolz, mit dir reisen zu dürfen.«

»Wenn ich euch haben will?« Tocht stand sprachlos da.

Rohoh bewegte sich, so dass er dem kleinen Bibliothekar ins Ohr flüstern konnte. »Das ist der Teil, wo du sagst: ›Ja, ich danke euch.‹ Und dann schwört ihr einander Treue bis in den Tod.«

Bulokk wirkte, als fühle er sich unbehaglich. »Wir wissen, dass wir einige unschöne Dinge über dich gesagt haben – und auch *zu* dir –, aber wir hoffen, dass du in diesem winzig kleinen Herzen genug Platz hast, um darüber hinwegzusehen. Zumindest für eine Weile. Dort draußen, wo du auf die Suche gehen wirst, ist es wirklich gefährlich. Kobolde wandeln uneingeschränkt auf einigen dieser Inseln. Wenn du nach dieser Axt suchen willst, wirst du Hilfe nötig haben.«

Tocht nahm sich zusammen und sagte: »Natürlich. Natürlich will ich Hilfe.«

Der Zwergenkrieger streckte seine große Hand aus. Ohne recht zu überlegen, nahm Tocht sie und fand seine eigene Hand von Bulokks umschlossen.

»Aber wird Meister Taloston nicht verärgert sein?«, fragte Tocht.

Bulokk drehte ihn um und setzte ihn wieder in Richtung Hafen in Bewegung. »Ja, das wird er, weil er es nicht mag, wenn man seine Autorität anzweifelt. Aber es ist nicht sein Ahne, über den hier geredet wird. Es ist meiner. Und was auch immer bei unserer kleinen Suche herauskommt, ich habe es satt, Nägel und Hufeisen zu machen. Mein Wunsch ist es, die wahre Arbeit eines Zwergenschmieds zu tun.« Er legte eine schwere Hand auf Tochts Schulter, wobei er beinahe den Skink zerdrückte.

Sie gingen zum Hafen hinunter, wandten sich aber von dem Schiff ab. Etliche Zwerge und Menschen riefen nach Bulokk, denn er war vielen von ihnen bekannt.

Sie suchten sich eines der einmastigen Langboote aus, die am Ufer festgemacht waren. Aufgrund der Beschaffenheit des Bootes nahm Tocht an, dass es benutzt wurde, um Güter zwischen den Inseln zu verschiffen, vermutlich, um andere Außenposten der Zwerge zu versorgen, die nicht so groß waren. Bulokk trug rasch drei Zwergen auf, Nahrungs- und Wasservorräte herzubringen, die sie auf ihrer Reise brauchen würden. Nach einer kurzen Weile kehrten sie mit einem Karren zurück, der mit etlichen Wasserschläuchen und Beuteln mit Nahrung beladen war.

Tocht kletterte mit Bulokk und dem Großteil der anderen zwölf Zwerge in das Langboot. Vier von ihnen blieben am Ufer, um das Boot in die abebbende Flut zu schieben. Die Wellen schlugen gegen die Seitenwände des Bootes, und kalte Gischt regnete auf Tocht herab.

»Gute Arbeit«, flüsterte Rohoh dem kleinen Bibliothekar ins Ohr. »Nun pass einfach auf, dass deine Zunge auf der höflichen Seite bleibt, dann werden sie sie vielleicht auch nicht herausschneiden.«

Kapitel 9

Zusammenstoß!

Sobald sie das Boot der unsanften Fürsorge des Meeres überlassen hatten, stemmten sich die vier Zwerge mit Hilfe der anderen, die sie an den Rüstungen packten und zogen, in das Boot. Sie drängten sich in dem kleinen Gefährt aneinander, und Tochts Magen rebellierte, da er glaubte, sie würden aufgrund ihres Gewichts sinken. Einen Moment lang saß er wie versteinert zwischen den Zwergenkriegern, von ihren gewaltigen Schultern eingeengt.

Nach einer Weile stellten die Zwerge den einzelnen Mast auf und zogen ein Segel auf, das sich sogleich im Wind blähte und sie vorantrieb. Der Wind war nicht genau hinter ihnen, deshalb neigten sie sich nach Backbord. Bulokk saß im Heck und bediente die Ruderpinne mit sicherer Hand.

Dann, als ihn der würzige Geruch von Pfefferkäse daran erinnerte, wie hungrig er war, knurrte Tochts Magen.

Das löste die Spannung auf dem Boot, und einige der Zwerge lachten. Hunger war etwas, das sie alle nachvollziehen konnten und miteinander teilten.

»Dann bist du also hungrig, Halbling?«, fragte einer der Zwerge.

»Ja«, antwortete Tocht ängstlich, weil er nicht wusste, ob man ihn nicht einfach nur verspotten würde, weil er diese Schwäche zugegeben hatte.

»Hast deinen Anteil am Koboldeintopf nicht gekriegt, was?«

Tocht wusste nicht, was er antworten sollte.

»*Halbling Surprise* war es, glaube ich, Hodnes«, sagte einer anderer Zwerg kichernd. »Ich denke, die hässlichen Kobolde waren auch ziemlich überrascht!«

Alle lachten sie einen Moment lang ausgelassen, und das Geräusch drängte die Dunkelheit der Nacht zurück, die von überall auf sie eindrang. Tocht lachte sogar selbst ein wenig.

Dann öffnete Hodnes einen der Beutel mit Nahrungsmitteln und grub ein Käserad aus, das er herumreichte, während ein anderer Zwerg Küchlein austeilte.

»Was sind das für Landmarken, die du finden musst?«, fragte Bulokk, nachdem das Mahl bereits weit fortgeschritten und die Zwergenfestung in ihrem Kielwasser zurückgeblieben war.

»Es hat einen Leuchtturm gegeben«, sagte Tocht. »Er war wie ein Hammer gebaut.« Er legte seine Arme zur Veranschaulichung übereinander. »Während jener Tage wurde er ›Zubecks Hammer‹ genannt, nach dem Zwergengott der Sterne. Er soll über hundert Fuß hoch gewesen sein. Rote und grüne Laternen hingen an jedem Ende, um den Schiffskapitänen zu zeigen, ob sie auf der zum Meer gewandten oder der windgeschützten Seite der Insel waren.«

»So etwas habe ich noch nie gesehen«, erwiderte Bulokk.

»Ich vielleicht schon«, sagte ein Zwerg.

»Wo hast du so etwas gesehen, Drinnick?«

»Nördlich von hier war's.« Drinnick blickte nach oben zum Himmel, schien eine Minute lang die Sterne zu studieren, dann zeigte er mehr oder weniger in die Richtung, in der sie unterwegs waren. »Es liegt nicht mehr über dem Wasser, aber wenn man weiß, wo man nachschauen muss, findet man es.«

»Gibt es noch weitere Landmarken?«, fragte Bulokk.

»Ein Amphitheater mit einer Kuppel«, antwortete Tocht. »Es wurde ›Halle der Händler‹ genannt. Vor dem Kataklysmus hat es einige solcher Bauwerke gegeben. Gildenleute und Handwerker haben sich dort zweimal im Jahr getroffen, im Sommer und im Winter, um ihre Waren vorzuführen und Handel zu treiben. Die Halle der Händler auf den Aschwolkeninseln war einzigartig. Sie war nicht nur in Form einer Kuppel errichtet, sondern die Baumeister hatten auch noch blaue Metallfolie überall daraufhämmern lassen, wodurch sie unverwechselbar wurde. Nach allem, was ich gele... ge*hört* habe, konnte man die Kuppel meilenweit sehen.«

Offenbar hatte keiner der Zwergenkrieger jemals das Amphitheater auf seinen Reisen oder bei den Kämpfen mit den Kobolden erblickt.

»Noch etwas?«, fragte Hodnes.

Rasch beschrieb Tocht die Rumpfbrecherriffe (zwei von ihnen glaubten, dass sie wussten, wo diese sein könnten), den Drachenhorst (so genannt, weil er einst einen Drachen beherbergt hatte), Delids Kreis (einen Halbkreis aus Unterwasserbergen, deren Gipfel man über der Meeresoberfläche sehen konnte) und Jerrigans Anleger (einen natürlichen Hafen, der zu klein war, als dass man ihn für Handelszwecke hätte nutzen können, der aber wegen einer Felsbank aus senkrechtem Granit bekannt war, die ihn vom Rest der Insel abhob).

Die Zwergenkrieger verglichen die Merkmale mit dem, was sie bei ihren jahrelangen Reisen auf der Rostsee gesehen hatten, und beschrieben in allen Einzelheiten die Dinge, die sie beobachtet oder von denen sie gehört hatten. Tocht aß weiter, bis er satt war, dann wurde er müde. Das leise Rascheln des Skinks, der sich auf der Suche nach frischen Krümeln durch seine Kleider grub, brachte den kleinen Bibliothekar nicht einmal mehr dazu, das Geschöpf einzufangen. Er wollte seine Pfeife, und er wollte sein Bett, anstatt zwischen Zwergen eingeklemmt zu sein, aber er legte sich trotzdem schlafen.

Nur ein wenig später – Tocht war sich dessen sicher, weil er an der Art, wie er sich fühlte, erkannte, dass er nicht sehr lange geschlafen hatte – weckten ihn Zwergenflüche auf.

»Achtung!«, sagte jemand. »Es kommt genau auf uns zu!«

Tocht versuchte, in den Boden des Bootes zu hechten – nicht dass dort Platz gewesen wäre, doch schien es sicherer zu sein, als aufrecht dazusitzen, wenn sie angegriffen wurden. Ohne jede Deckung erwischt zu werden, war mit das Schlimmste, was einem bei einem Angriff passieren konnte. Er saß jedoch zu dicht an die Zwerge gequetscht, als dass er sich hätte bewegen können.

»Zeigt ihnen die Laterne«, befahl Bulokk.

Einer der Zwerge holte eine kleine Kohlenpfanne hervor, die sie versteckt gehalten hatten. Bisher hatte Bulokk ungesehen reisen wollen. Als der Zwerg den Deckel öffnete, wurde das Glühen zu einem durchscheinenden Ball in der von den Monden beleuchteten Finsternis.

Tocht war neugierig darauf, was die Meinung des Zwergenanführers geändert hatte, dass sie sich verborgen halten sollten. Müde und ein wenig verängstigt wandte er sich um und blickte in die Richtung, auf die sich die Zwerge zu konzentrieren schienen. Dort raste ein Schiff auf sie zu, das allein auf Geschwindigkeit ausgelegt war; es schnitt durch die Dampfwolken, die wegen der vulkanischen Aktivität über dem Meer lagen. Wenn es das kleine Boot mit seinem schmalen Bug traf, würde das Schiff nichts als Splitter in seinem Kielwasser zurücklassen.

»Schiff!«, brüllte Tocht und schaffte es, einen Arm freizuhebeln und auf das näher kommende Gefährt zu deuten. *»Schiff!«*

»Schiff!«, quiekte Rohoh in Tochts Ohr. Die Zwerge schienen den Warnruf des Skinks nicht gehört zu haben, doch der schrille Schrei hallte in Tochts Ohr und ließ ihn beinahe taub werden.

»Ja, wir haben es schon gesehen«, sagte Bulokk, der die Pinne gut festhielt, so dass das Boot zurück zum Land ausscherte. Aber das kleinere Gefährt drehte sich zu langsam, als dass es dem heranrasenden Schiff hätte ausweichen können.

Als er in die Finsternis starrte, bemerkte Tocht, dass das Schiff ohne Beleuchtung fuhr, ganz wie ein Schmuggler. *Wie wir auch*, dachte er.

Seine Segel waren schwarzgrau, beinahe unsichtbar vor dem Himmel und nur zu bemerken, weil sie leere Felder waren, auf denen es kein Licht gab. Es war voll aufgetakelt, sogar das Vorsegel war gehisst, und bewegte sich ohne jegliches Zaudern vorwärts, offenbar mit diesen Gewässern vertraut.

Der Docht der Laterne fing Feuer, angefacht von einem Span, der an den Kohlen entzündet worden war. Der Zwerg reichte die Kohlenpfanne weiter, setzte das Glas der Sturmlampe wieder an seinen Platz und stellte den Docht höher. Helles, freundliches Licht erfüllte die Laterne.

»Achtung!«, rief der Zwerg, als er aufstand und mit der Laterne winkte. »Achtung! Hier draußen ist ein Boot!«

Gestalten bewegten sich auf dem schwarzen Schiff, allesamt nur schmale Schatten. Das Licht der Monde glitzerte auf Stahl. Dann erblickte Tocht in einem nur kurz sichtbaren Spalt zwischen den Segeln, der das Licht durchdringen ließ, einen Schützen, der seinen Bogen spannte.

»Passt auf«, rief Tocht, »Bogenschützen!«, noch während er sich fragte, wer einfach so auf sie schießen würde.

Ehe seine Stimme verklungen war, traf ein Pfeil die Laterne des Zwergs und zerbrach das Glas. Ein weiterer Pfeil bohrte sich dem Zwerg in die Brust. Öl spritzte über das Boot, dann fiel der Docht herab, und das Öl setzte den Zwerg, der die Laterne hielt, und das Boot in Flammen. Alles wurde von bedrohlichen Lohen eingehüllt.

Der brennende Zwerg schrie verängstigt auf und schlug mit den Händen nach den Flammen. Er schleuderte die Reste der Laterne ins Meer.

Die Angst durchdrang Tocht, und seine Instinkte schrien ihm zu, sich so tief in das Getümmel der Zwerge zu graben, wie er nur konnte. Stattdessen kämpfte er sich frei, um zu versuchen, den brennenden Zwerg zu erreichen, doch er schaffte es nicht.

»Adranis!«, bellte Bulokk. »Schaff ihn ins Meer!«

Sofort drückte sich einer der Zwerge nach oben, packte den brennenden Zwerg und warf sich mit ihm aus dem Boot ins Wasser.

Ein weiterer Pfeil traf einen zweiten Zwerg. Zwei Pfeile bohrten sich in das Dollbord. Acht oder neun Schäfte (zu diesem Zeitpunkt wurden die Dinge verwirrend) hatten das Segel des Bootes durchschlagen. Und ein halbes Dutzend Pfeile fielen ins Wasser rund um das Boot, als es sich neigte.

»Ich bin am Bein getroffen!«, jaulte der verwundete Zwerg. Seine großen Hände schlossen sich um seinen Oberschenkel. Flammen vom verschütteten Öl leckten an seinen Stiefeln.

Tocht starrte ungläubig, während er seine eigenen Füße an sich zog. *Wo sind sie hergekommen? Weshalb haben sie uns angegriffen?*

»Zum Hafen!«, brüllte Bulokk. »Wendet das Boot! Wir retten es, wenn wir können!«

Die Zwerge handelten sofort nach den Befehlen ihres Anführers, standen an der Backbordseite und packten das Dollbord. Drei von ihnen klammerten sich sogar an den Mast und den Ausleger und zogen auch sie nach Backbord.

Völlig aus dem Gleichgewicht, drehte sich das Boot auf die Seite, als das Schiff auf gleicher Höhe mit ihnen war. Tocht hielt sich auf seinem Platz fest, da er nicht den Wunsch verspürte, in das tiefe, dunkle Wasser zu fallen. Das Schiff stieß mit dem Boot zusammen, hämmerte ohne Gnade in sie hinein. Dann war es vorüber. Das Boot kenterte, und Tocht tauchte unter. Das dunkle Wasser zog ihn hinab, doch er hielt sich an der Ruderbank fest.

Ein langes, lautes Krachen erfüllte das Wasser rund um Tocht. Als er sich am Sitz festhielt, spürte er, wie das Langboot erschauerte und geschüttelt wurde, während das schwarze Schiff auf der ganzen Länge dagegenkrachte. Mehrere dumpfe Einschläge kündeten von weiteren abgeschossenen Pfeilen. Einer von ihnen traf den kleinen Bibliothekar an der Hand und ließ eine Furche auf dem Handrücken zurück. Sogleich sorgte er sich noch mehr, denn Blut im Wasser würde die Räuber des Meeres anlocken.

Sobald das Boot aufhörte, zu bocken und sich seinem Griff zu entwinden, packte er es fester und zog sich hinauf in die Finsternis des gekenterten Bootes. Er spürte mindestens drei weitere Pfeile, die sich durch den Rumpf gebohrt hatten.

Dann dachte er an die Zwerge und fragte sich, wie viele von ihnen das Schwimmen gelernt hatten.

Nachdem er tief Luft geholt hatte, tauchte Tocht unter der Seite des gekenterten Bootes hindurch, schwamm davon weg und durchbrach wieder die Wasseroberfläche. Als er sich die nassen Haare aus den Augen geschüttelt hatte, blickte er sich um, dankbar für den Vollmond.

»Was wolltest du denn tun?«, brüllte Rohoh. »Mich ertränken?«

»Du kannst gerne jederzeit gehen«, schlug Tocht vor. Er wusste nicht, wohin sich der Skink verzogen hatte, doch er war sicher, dass es auch dort nicht trocken sein konnte.

Adranis kam in der Nähe von Tocht an die Oberfläche. Der Zwergenkrieger kämpfte darum, seinen Kopf über Wasser zu halten, und scheiterte kläglich wegen des Gewichts seiner Rüstung.

Tocht zog sein Messer aus dem mit Wasser gefüllten Stiefel und packte die beiden Halteriemen von Andranis' Rüstung. Im fahlen Mondlicht sah der kleine Bibliothekar das Gesicht des Zwergenkriegers.

Bleib von ihm weg, sagte sich Tocht. *Wenn er sich an dir festhält, wird er euch beide ertränken.*

Als Tocht anfing, mit dem Messer an den Halteriemen zu säbeln, ging auch Adranis auf, was er vorhatte.

Ein wildes »Nein!« entwich aus Adranis' Mund, dann war die Luft in seiner Lunge aufgebraucht. Sein unhörbares Gebrüll glitt nur noch in der Gestalt von Luftblasen durchs Wasser. Aber die Tat war rasch vollbracht, denn Tocht hatte gelernt, sein Messer scharf zu halten. Die Rüstung des Zwergs schälte sich von dessen Körper und glitt ins Meer davon.

Zornig schloss sich Adranis' Hand um Tochts Arm, wodurch er den kleinen Bibliothekar unter Wasser zog. Schon im Sinken begriffen, versuchte Tocht sich zu befreien, konnte es aber nicht allein durch Stärke vollbringen. Mit brennender Lunge packte er das Messer mit der freien Hand und versuchte, sich nicht vollkommen von der Furcht überwältigen zu lassen. Ertrinken war ein schrecklicher Tod.

Aber auch Adranis konnte nicht mehr länger unter Wasser bleiben. Er ließ Tocht los und strampelte nach oben.

Tocht schwamm ebenfalls empor, auf das andere Ende des gekenterten Langboots zu.

Obwohl es zum Teil im Meer versunken war, besaß das Boot noch immer ein wenig Auftrieb. Tocht packte das Heck und klammerte sich daran fest, während er in tiefen Zügen einatmete. *Ganz gleich, wie oft ich das Festland bereise, ich werde mich nie daran gewöhnen, dass der Tod mir auf dem Fuße folgt!*

Tocht blickte um das Boot herum, während er Adranis' Flüchen lauschte, und sah, dass das geheimnisvolle Schiff seinen Weg fortgesetzt hatte. Erleichterung durchströmte Tocht. Das Gefährt hätte auch dableiben und sie entweder alle töten oder die Überlebenden als Sklaven nehmen können.

»Du dummer Halbling!«, knurrte Adranis. Der Zwerg schlug mit der Faust auf den Rumpf des Bootes. »Das war die Rüstung meiner Familie, die du gerade auf den Meeresgrund geschickt hast!«

»Da unten hättest du bestimmt sehr gut darin ausgesehen«, höhnte Rohoh.

Ehe Tocht dem Zwerg versichern konnte, dass nicht er diese Worte gesprochen hatte, brach ein Strom von Flüchen aus Adranis hervor, der den kleinen Bibliothekar um sein Leben fürchten ließ. Wenn er den Skink hätte finden können, hätte er ihn ins Meer geworfen.

»Diese Rüstung ist unersetzlich!« Adranis arbeitete sich entlang des Rettungsbootes vor und wollte Tocht offenbar ans Leder. »Dafür werde ich dir den Schädel einschlagen, sei dir sicher!«

Einen Moment lang machte auch Tocht die Runde um das Boot, um dem ärgerlichen Zwerg zu entgehen. Dann packte er die Kante des Bootes und warf sich auf den Rumpf, der ein paar Zoll über dem Wasser schwankte. Sein Gewicht (sehr wenig für einen Halbling) verminderte den Auftrieb des gekenterten Bootes nicht.

Adranis, der sich nicht selbst aus dem Wasser ziehen konnte, musste sich damit zufriedengeben, Tocht ordentlich zu verfluchen.

Ein paar Fuß entfernt kam Bulokk an die Oberfläche, spuckte und rang nach Luft. Auch er hatte seine Rüstung geopfert. Weitere Zwerge tauchten auf.

Als Bulokk eine rasche Zählung durchführte, fanden sie heraus, dass drei Zwerge verloren waren. Der Krieger, der die Laterne gehalten hatte, hatte einen Pfeil abbekommen und noch dazu gebrannt, und er war in die Tiefe gesunken, ohne jemals wieder aufzutauchen. Die Pfeile hatten noch ein weiteres Opfer gefunden, das durch einen Treffer im Hals gestorben war, ehe das Boot gekentert war. Der dritte war vermutlich zu rasch gesunken. Mehrfache Tauchgänge brachten keine neuen Erkenntnisse.

Nachdem er sich ihr Überleben zur Aufgabe gemacht hatte, erteilte Bulokk den Befehl an jene, die schwimmen konnten (was nur auf die Hälfte von ihnen zutraf), das Langboot zur Küste zu schieben, während die anderen sich festhielten.

Tocht glitt vom Boot und beteiligte sich an den Bemühungen. Sein Verstand raste, als er sich alle Einzelheiten an dem schwarzen Schiff zu merken versuchte. Dann besann er sich aufs Schwimmen, denn da gerade die Ebbe einsetzte, war es fast unmöglich, den Strand zu erreichen.

Beinahe eine Stunde später, außer Atem und völlig erschöpft, kam die Zwergengesellschaft samt Tocht an Land. Der Strand war unwirtlich, zerklüftet und felsig, aber zumindest würden sie hier nicht ertrinken. Sie zogen das Boot ans Ufer. Bulokk und zwei weitere Zwerge lösten Pfeile aus dem Rumpf und untersuchten, wie groß der Schaden war.

Tocht saß allein da, so weit von Adranis entfernt wie möglich. Selbst im Licht der Monde konnte er die Abneigung sehen, mit der die Zwerge ihn musterte.

Sie glauben, dass es meine Schuld ist, dachte er. *Wenn ich nicht angekommen wäre und Bulokks Interesse an der Suche nach Meister Oskarrs verschollener Axt geweckt hätte, würden sie jetzt nicht hier sein.* Er hätte dies gerne mit ihnen erörtert und ihnen erklärt, dass er mit dem Angriff nichts zu tun hatte.

»Der Schaden kann repariert werden«, teilte Bulokk seinen Gefährten mit, nachdem er vom Langboot zurückgekehrt war. Er stellte die Laterne, die er trug, auf dem felsigen Untergrund ab. Sie hatten die Lampe gefunden, wie sie in der Nähe der Küste im Wasser trieb, erstaunlicherweise unbeschädigt. Das Licht tanzte auf dem Halbkreis von mürrischen Gesichtern. »Mit den Werkzeugen, die wir zur Hand haben.«

Tocht wusste, dass die Zwerge für die Möglichkeit vorgesorgt hatten, dass sie am Boot arbeiten mussten. Oder vielleicht an einem anderen, wenn sie dieses nicht reparieren konnten.

»Auch das Essen und das Trinkwasser sind an Bord geblieben«, sagte Bulokk. Es war in wasserdichten Behältern unter den Sitzbänken befestigt gewesen. »Also können wir uns aussuchen, was wir tun wollen.«

Der Drang, den Zwergen von der *Einäugigen Peggie* zu berichten, wallte in Tocht auf. Wenn die *Einäugige Peggie* hier ankam, würden sie alle sicher sein. Aber letztendlich entschied er sich, ihnen nichts von dem Piratenschiff aus der Bluttriefenden See zu erzählen. *Für den Fall, dass Kray sie allzu lange von uns fernhält.*

»Wir können zurückkehren«, sagte Bulokk, »und hoffen, dass noch niemand unsere Abwesenheit bemerkt hat.«

»Aber wenn es aufgefallen ist, und wenn jemand Taloston berichtet hat, dass der Halbling nicht auf diesem Schiff gewesen ist, wird er nicht sehr zufrieden mit uns sein«, sagte Adranis.

»Das weiß ich.« Bulokk zog ein finsteres Gesicht und ging auf dem Felsen umher, auf dem sie gelandet waren.

»Wenn Taloston wütend auf uns ist, dann werden wir ununterbrochen auf Patrouille gehen und Kobolde suchen müssen. In diesem Fall werden wir nicht lange am Leben bleiben.«

»Ich fürchte mich nicht vor Talostons Zorn«, sagte Bulokk, »aber ich bin aufgebrochen, um Meister Oskarrs Axt zu finden.« Er sah seine Männer der Reihe nach an. »Das ist noch nicht erledigt, und ich will es zu Ende bringen.«

Langsam, doch dann mit wachsendem Eifer, stimmten die Zwerge dieser Meinung zu.

»Dann werden wir morgen«, sagte Bulokk, »das Langboot so gut wie möglich flicken und mit der Aufgabe weitermachen, an der wir gerade arbeiten.«

Mürrisch nickten die Zwerge. Ihr Anführer entschied sich, diesen Mangel an Begeisterung nicht zu beachten.

»Bis dahin«, fuhr Bulokk fort, »schlaft, so viel ihr könnt. Nichts von alledem wird einfach werden.«

»Wartet«, sagte Tocht, ohne zu wissen, dass er laut gesprochen hatte, bis ihn alle Zwerge anblickten.

»Was denn?«, knurrte Adranis.

Einen Moment lang dachte Tocht daran, ihnen zu erzählen, dass sie es vergessen sollten. Aber er wusste, dass er in dieser Nacht vor Neugier niemals einschlafen würde, wenn er keine Antwort bekam. »Hat jemand dieses Schiff gekannt?«, fragte er. »Das schwarze Schiff, das uns gerammt hat?«

»Ist ja nicht so, als ob mehr als ein Schiff dort draußen gewesen wäre«, sagte Adranis unfreundlich.

»Spielt das eine Rolle, wenn es schon mal jemand gesehen hat?«, entgegnete Bulokk.

Tocht zögerte. »Das weiß ich nicht. Aber im Allgemeinen, nach Dreizelf Mochanarter, kann man eine Aufgabe umso besser bewältigen, je mehr man darüber weiß.«

»Also«, sagte Drinnick, während er sich mit den Fingern durch den dichten Bart fuhr, »wird sich dieses Wissen vielleicht als wichtig erweisen?«

»Ja.«

»Ich selbst habe das Schiff nie gesehen«, erklärte Drinnick, »aber ich habe gehört, dass es in diesen Gewässern regelmäßig verkehrt und handelt.«

»Womit handelt?«

»Es hat ein Bündnis mit den Kobolden.«

»Was für ein Bündnis?«

»Der Kapitän des Schiffes hat Interesse an den Dingen, die die Kobolde in den Minen finden.«

»Was für Dinge?« Bulokk trat näher und stellte jetzt die Fragen selbst. »Das Erz?«

In diesem Augenblick wurde Tocht klar, dass die Kobolde tatsächlich eine Konkurrenz für die Zwerge von den Aschwolkeninseln darstellten, da sie beide das Eisenerz aus den Gedärmen der Erde rissen. Das hatte er vorher nicht einmal in Betracht gezogen, sondern einfach angenommen, dass die Kobolde hofften, Gold oder Silber in den Bergwerken zu finden. Aber da die Inseln von den Vulkanen am Meeresboden aufgeworfen worden waren, war es sehr unwahrscheinlich, hier derartige Adern zu entdecken. Die Kobolde versorgten andere Schmieden, jene, die sie selbst mit Zwergensklaven unterhielten oder mit denen sie Handelsabkommen hatten.

»Nicht nur das Erz«, sagte Drinnick. »Ich habe gehört, dass diese Menschen –«

»Es sind Menschen?«, fragte Tocht und ließ das Bild der hageren Bogenschützen entlang der Reling des Schiffes noch einmal vor seinem inneren Auge entstehen. Diese schlanken Gestalten hätten Menschen oder Elfen sein können. Sie waren zu schmal und zu groß gewesen, als dass es sich um Zwerge oder Halblinge hätte handeln können.

Natürlich bestand auch die Möglichkeit, dass sie ganz andere Lebewesen waren. Menschen, Zwerge, Elfen, Halblinge und Kobolde machten den Großteil der Bevölkerung aus, aber es gab noch andere …

»Ja«, sagte Drinnick. »Es sind Menschen.«

»Woher weißt du das?«, fragte Bulokk.

»Ich habe sie ein- oder zweimal beobachtet, während ich auf Patrouille war.«

»Dann warst du bestimmt nicht der Einzige von euch, der sie gesehen hat«, sagte Tocht.

Niemand antwortete.

Drinnick kratzte sich am Bart. »Ich gehe manchmal ein bisschen näher ran als diese sogenannten Krieger hier.«

Bulokk holte tief Luft, offenbar nicht erfreut über diese Eröffnung. »Ich habe dir gesagt, du sollst von den Kobolden wegbleiben.«

Drinnicks Augen zogen sich zusammen, und er nickte. »Das werde ich. Sobald ich mir noch vier Köpfe vom Nathull-Stamm geholt habe. Ich habe dir gesagt, dass ich zehn Köpfe für mich beanspruche, weil sie Brur auf diese Weise getötet haben. Ich habe einen Racheeid geschworen. Und den werde ich auch halten.«

Bulokk fluchte und sagte Drinnick, dass er ein Narr sei, aber Tocht erkannte an der ruhigen Art, mit der Drinnick seinem Anführer zuhörte, dass diese Einschätzung auf taube Ohren traf. Ein zwergischer Racheeid war etwas Furchteinflößendes.

»Wo haben sie ihren Handel abgehalten?«, fragte Tocht.

»Westlich von uns.« Drinnick zeigte in die ungefähre Richtung, in der sie unterwegs gewesen waren. »Nicht weit von hier.«

Bulokk blickte zu Tocht. »Glaubst du, dass das wichtig ist?«

Tocht dachte über die Frage nach, und über all die Fragen, die seinem umtriebigen Verstand außerdem entsprungen waren. »Wie oft habt ihr schon von Menschen gehört, die mit Kobolden Handel treiben?«

Bulokk schüttelte seinen zottigen Kopf und sagte: »Noch nie. Zumindest noch nie zuvor. Es sind immer die Kobolde, die versuchen, mit den Menschen zu handeln. Kein Zwerg oder Elf würde mit ihnen zusammenarbeiten. Aber die Menschen, die haben ein kurzes Gedächtnis.«

»Dann kann es nicht verkehrt sein, die Augen nach diesem Schiff offen zu halten, während wir auf der Suche sind«, sagte Tocht.

Mit der Erfahrung aus langen Jahren teilten die Zwerge Wachablösungen ein und machten es sich auf dem harten Fels so bequem wie möglich. Tocht legte sich neben einer hohen Felssäule zur Ruhe und sagte sich, dass es etwas ganz anderes war, sich neben einem großen Stein hinzulegen, als in offenem Gelände zu schlafen. Er gaukelte sich allerdings nicht wirklich etwas vor, sondern war nur so müde, dass er schnell einschlief.

Kapitel 10

»Siehst du etwas, Halbling?«

Jemand hatte seinen Fuß mitten auf Tochts Rücken gestellt und trat hart genug nach dem kleinen Bibliothekar, um sich seine Aufmerksamkeit zu sichern, aber nicht hart genug, um ihn zu verletzen. Trotzdem machte diese ungewöhnliche Gewalttätigkeit – zumindest im Gewölbe Allen Bekannten Wissens war sie ungewöhnlich – Tocht Angst, und er schlang sich den freien Arm um den Kopf, um sich zu schützen. Sein anderer Arm war taub geworden, weil er seinem Gesicht anstelle des harten Felsens eine Art Kissen hatte bieten wollen, und der Arm baumelte nun ziemlich unnütz herum.

»Wach auf, Halbling«, murmelte ein Zwerg. »Wir haben keine Zeit für Schönheitsschlaf. Und der wird dir sowieso nicht helfen.«

Zwerge! Tocht verzog das Gesicht und entspannte sich ein wenig. Wackelig setzte er sich auf, weil er nicht noch einmal getreten werden wollte. Zwerge waren nicht fürs Herumlümmeln geschaffen. Sie waren immer bereit, etwas zu tun.

Im Osten lugte die Sonne gerade über den Horizont. Möwen schrien im Tiefflug am Himmel und hofften offenbar auf irgendwelche übrig gebliebenen Bissen. Gesa die Helle sah am westlichen Himmel wie ein leerer Silberring aus.

Bulokk versammelte die Zwerge rasch und teilte sie in zwei Gruppen ein. Eine war dafür verantwortlich, das Langboot zu reparieren, und die andere, ein Frühstück zu angeln. Adranis und Tocht wurde aufgetragen, Kohle zu sammeln.

Kurz darauf wateten drei Zwerge mit Angelschnüren hinaus ins Wasser, und Bulokk führte die fünf verbleibenden zum Langboot, welches sie sogleich ganz an Land zogen und umdrehten, so dass sie anfangen konnten, an den Löchern zu arbeiten, die von den Pfeilen der vorangegangenen Nacht stammten.

Adranis ging zu Tocht hinüber und lockerte seine Beine »Komm schon, Halbling. Diese Kohlen werden sich nicht von selbst finden.«

Zögerlich stand Tocht auf.

Kohle zu finden war gar nicht so einfach, stellte Tocht fest. Obwohl all die vergangenen Umbrüche durch die Vulkane viel vom Muttergestein und von den mineralischen Schichten des Landes freigelegt hatten, aus dem die Inseln und der Meeresboden bestanden, wartete die Kohle nicht gerade darauf, von ihnen abgebaut zu werden. Die meisten Inseln waren aus auskühlender Lava entstanden, aber hier und dort waren auch Stücke des Meeersbodens aufgeworfen worden.

Tocht trottete dicht hinter Adranis her, entlang der Hügel und Täler der Insel. Er hatte natürlich schon vorher Kohle gesehen. Einige Gemeinschaften außerhalb Graudämmermoors benutzten Kohle als hauptsächliches Brennmittel. Die meisten nahmen allerdings lieber Holzscheite, doch wenn sie diese nicht bekommen konnten, verbrannten sie Kohle.

Kurze Zeit später forderte Adranis ihn zum Anhalten auf und ließ sich in eine kleine Spalte fallen.

Obwohl er wegen all der Gefahren um sie herum wachsam war, stellte Tocht fest, dass er trotzdem neugierig wurde. Mehr als alles andere juckte es ihn in den Fingern, nach seinem Tagebuch zu greifen. Es gab so viel, was er aufzeichnen musste. Letzte Nacht hatte er sein Tagebuch kurzzeitig hervorholen und heimlich ein paar schnelle Notizen schreiben können, nur um sicherzugehen, dass er nichts vergaß, wenn er einmal eine richtige Gelegenheit erhalten würde, seine Überlegungen und Erfahrungen aufzuarbeiten.

Adranis fuhr mit der Hand über die zerklüftete Oberfläche der Spalte. Ein ungleichmäßiger schwarzer Streifen zeigte sich auf beiden Seiten. Als der Zwerg daran kratzte, rieselten Stückchen von schwarzem Stein herab.

Er blickte zu Tocht auf. »Was machst du da?«

»Dir zuschauen«, antwortete Tocht.

»Hmpf. Hast du noch nie gesehen, wie Kohle abgebaut wird?«

»Doch, schon. Aber es ist trotzdem interessant.« Tocht fühlte sich ein wenig verlegen wegen seiner Neugier, aber nicht so sehr, als dass er die Beobachtung eingestellt hätte.

Adranis zog eine Grimasse. »Das ist nicht annähernd so interessant, wie Edelsteine oder Eisenerz abzubauen. Und ich bin sowieso nicht wirklich für den Bergbau geschaffen. Ich wäre lieber an meinem Amboss, bei der Arbeit an Rüstungen.« Er griff in den Beutel, den er trug, und zog eine Spitzhacke hervor. Allerdings hielt er die Streitaxt weiterhin bereit. Er holte aus und schwang die Spitzhacke. Die Spitze bohrte sich in die schwarze Ader und brach Stücke davon los. »Komm hier runter, und mach dich nützlich.«

Tocht glitt über den Rand und sauste hinab.

Wie eine Maschine grub sich Adranis in die Seite der Spalte. Kohlenstücke flogen herum und stapelten sich zu seinen Füßen. »Heb die Stücke auf, und mach diesen Beutel voll.«

Tocht kniete sich hin und tat wie geheißen. »Wusstest du, dass du dich in die Geschichte gräbst?«

»Was soll das denn heißen?«

»Weißt du, woher Kohle kommt?«

Adranis warf Tocht einen finsteren Blick zu, als ob er ein Narr wäre. »Aus der Erde natürlich. Siehst du nicht, wie ich sie ausgrabe?«

»Ja, aber weißt du, wie die Kohle in die Erde gekommen ist?«

»Darüber habe ich nie nachgedacht.« Adranis machte sich weiter ans Abbauen.

Tocht sortierte die Kohlestücke aus und packte vorrangig die kleineren ein, nicht die größeren. Die großen Stücke hätten im Beutel zu viel Platz verbraucht und ihn zu schnell gefüllt, und ein Feuer brannte mit den kleineren Stücken, wenn sie dicht beisammenlagen, besser.

»Wenn man hier Kohle findet, dann heißt das, dass dieses Land einst über dem Meer gewesen ist«, sagte Tocht.

»Ist es doch jetzt auch.«

»Das weiß ich, aber wenn ich mir all die metamorphen Felsen ansehe, die hier herumliegen, meine ich, dass dieser Bereich einst ein Teil des Meeresbodens gewesen ist, der aufgeworfen wurde und wieder an die Oberfläche gekommen ist.«

»Und?«

»Vor tausenden von Jahren, obwohl manche sagen, dass es Millionen sein müssen, sind hier Wälder gewachsen«, sagte Tocht. »Bäume sind bis zur Reife gewachsen und umgefallen, worauf sie wieder von Bäumen und anderen Pflanzen bedeckt wurden. Irgendwann sind sie vermodert und wurden von immer mehr Bäumen bedeckt, die auf den alten weitergewachsen sind. Dann, wenn genug Zeit vergangen ist, wirkten Hitze und Druck auf die verwesten Pflanzenteile, und daraus wurde Kohle.«

Adranis hielt inne und blickte Tocht an. »Dann war Kohle früher ein Baum?«

»Ja«, antwortete Tocht. »Bäume und Pflanzen. Alles, was im Wald gewachsen ist.«

»Und das stimmt wirklich?«

Tocht nickte.

»Ich muss zugeben, Halbling, dass das ziemlich interessant ist. Aber für mich spielt es keine Rolle. Es ändert nichts an der Art, wie ich die Dinge anpacke.« Adranis schüttelte den Kopf. »Ich weiß nicht, wie du dazu kommst, deinen Schädel mit all dem unnützen Wissen zu füllen. Zumindest ist das nicht ganz so übel, wie das Wissen darüber, wie man Zwerge kocht.«

Nein, gab Tocht zu. *Zumindest ist dieses bisschen Wissen über Kohle nur Verschwendung, jedoch keine Beleidigung.*

Adranis steckte seine Spitzhacke ein, dann schnappte er sich seine Streitaxt und legte sich die Waffe über die breiten Schultern. »Ich muss dich auch noch vor etwas anderem warnen, Halbling.«

Ein kalter Schauer lief Tochts Wirbelsäule hinab. Er ließ das Kohlestück fallen, mit dem er herumgespielt hatte, und blickte in die harten Züge des Zwergs auf.

»Bulokk scheint von dir angetan zu sein«, erklärte Adranis. »Schon als wir dich bei den Kobolden gefunden haben, war es seine Hand, die dich verschont hat, obwohl jeder andere Krieger dort deine Innereien verteilt hätte – schon aus Prinzip, weil du mit den Kobolden gemeinsame Sache gemacht hast.«

Tocht hoffte, dass das nicht stimmte, denn eine solche Erklärung war alles andere als beruhigend, doch er nahm an, dass die Worte genau das waren, was den Zwergenkriegern durch den Kopf ging.

»Bulokk ist einer, der nach der Wahrheit in den Dingen sucht«, sagte Adranis. »Ich und die anderen, wir haben zum Großteil ein hartes Leben geführt und wollen einfach so weiterleben.«

»Aber Bulokk wünscht sich mehr«, sagte Tocht.

Mit zusammengekniffenen Augen starrte Adranis Tocht an. »Das hast du in ihm gesehen, nicht wahr?«, wollte er wissen. »Und du hast vor, daraus deinen Vorteil zu ziehen, stimmt's?«

»Nein. Das hat er in der letzten Nacht gesagt, ehe wir den Hafen verlassen haben. Dass er es leid ist, die Dinge zu schmieden, die ihr hier draußen herstellt.«

»Es ist Arbeit mit einem Hammer und einem Amboss«, entgegnete Adranis. »Gute Arbeit für einen Zwerg. Ich schäme mich nicht dafür. Und es ist das, was die Alten uns zu tun gegeben haben. Für den Augenblick.« Er holte tief Luft. »Was ich hier tue, Halbling, ist Folgendes: Ich gebe dir eine anständige Vorwarnung. Und nicht einmal die schulde ich dir. Aber ich tue das, um Bulokk zu retten, wenn ich es kann.«

»Retten wovor?«

»Davor, sich große Hoffnungen zu machen, nur damit du sie wieder zerschmettern kannst, genau davor!« Die Stimme des Zwergs donnerte in der Stille.

»Wie könnte ich so etwas tun?«

»Indem du ihn auf eine fruchtlose Fahrt um diese Inseln herum schickst. Vielleicht ist es für uns noch nicht zu spät, zur Festung zurückzukehren. Taloston ist womöglich ein wenig gereizt, aber er wird uns nicht verbannen. Nicht, wenn wir früh genug heimkehren.«

Tocht dachte über die Drohung nach, wusste aber nicht, was er sagen sollte. Plötzlich schien alles, was er über die Gegend und den Meisterschmied Oskarr wusste, in seinem Verstand durcheinanderzupurzeln. Und selbst wenn es anders gewesen wäre, so war doch zumindest das Land, auf dem sich all diese Ereignisse abgespielt hatten, inzwischen gehörig durcheinandergepurzelt. Durch Lord Khadavers finstere Magie, durch die Vulkanausbrüche und durch die Zeit.

Es ist nicht gerecht, mich für all das verantwortlich zu machen, dachte Tocht verzweifelt. Er hatte Schwierigkeiten, Adranis' hartem Blick standzuhalten. »Ich kann nicht versprechen, dass wir Meister Oskarrs Axt finden. Noch nicht einmal, dass wir seine Schmiede finden. Nach allem, was ich weiß, könnte sie noch unter Wasser sein. Ich kann einfach nicht –«

Knurrend hob Adranis seine Streitaxt, als wäre er kurz davor, sie zu schwingen.

Mit hoch erhobenen Armen, um sich zu verteidigen, schloss Tocht die Augen und zog den Kopf ein, sicher, dass er nun getötet werden würde. *Das ist alles Krays Schuld! Er sollte derjenige sein, dem der Kopf abgeschlagen wird! Nicht ich!*

Er wartete. Dann atmete er noch einmal ein. Und wartete länger. Schließlich öffnete er ein Auge und sah, dass Adranis ihn anstarrte.

»Dann gib gefälligst dein Bestes«, sagte Adranis. »Und brauch nicht zu lange dafür.«

Brauch nicht zu lange? Brauch nicht zu lange. Tocht konnte es nicht glauben. Seit er auf der Insel angekommen war, hatte jeder seinen Tod gewünscht. Dann, als er einfach nur versucht hatte, die unmögliche Aufgabe zu lösen, die Käpt'n Farok und Kray ihm überlassen hatten, wollten die

Zwergenkrieger sie übernehmen. Aber nicht für die Aufgabe verantwortlich sein. *Oh nein, nimm niemals die Verantwortung auf dich. Finde einfach heraus, wem du sie in die Schuhe schieben kannst.*

Und wen du dafür umbringen kannst. Das war ein sehr wichtiger Teil, den man zu bedenken hatte.

Adranis kletterte zur Spitze der Spalte und starrte herunter. »Wirst du diesen Beutel da füllen oder wartest du darauf, dass die Stücke von selbst hineinspringen?«

»Ich werde ihn füllen«, murrte Tocht.

»Dann mach schon.«

Tocht spürte etwas über seine rechte Schulter gleiten. »Wenn ich du wäre«, flüsterte der Skink ihm zu, »würde ich diese Kohlentasche vollmachen. Adranis sieht ganz so aus, als würde er dich über den Rand einer Klippe stoßen und Bulokk sagen, dass du ausgerutscht bist.«

Stumm stimmte Tocht zu. »Weißt du«, sagte er, »du könntest die Zwerge wissen lassen, dass du sprechen kannst.«

»Weshalb?«

»Weil wir sie davon überzeugen könnten, dass ich magische Kräfte habe. Vielleicht würden sie mich dann nicht mehr so grob behandeln.«

»Weshalb musst du magische Kräfte haben?«, fragte Rohoh. »Weshalb kann nicht ich magische Kräfte haben?«

»Weil«, sagte Tocht und dachte wie wild nach.

»Warum weil?«

»Ich muss der Wichtige von uns beiden sein. Es wird mir mehr Macht verleihen.«

Der Skink glitt auf Tochts Schulter heraus und sonnte sich, während der kleine Bibliothekar arbeitete. »Du hast schon Macht.«

»Wie das?«

»Sie finden Meister Oskarrs Schmiede ohne dich nicht.«

Das war, wie Tocht wusste, richtig. *Ich weiß allerdings nicht, ob* ich *Meister Oskarrs Schmiede finden kann.*

Der Skink schlüpfte zurück unter den Umhang und lag ruhig da. Tocht konzentrierte sich darauf, die herumliegende Kohle einzusammeln.

Als der Beutel voll war, reichte ihn Tocht dem Zwerg hinauf, dann kletterte er hoch. Oben angelangt, gab Adranis den Beutel an Tocht zurück und behauptete, er müsse die Hände frei haben, sollte er sie verteidigen müssen. Tocht seufzte und schulterte den Beutel, dann folgte er dem Zwergenkrieger zurück zum Lagerplatz.

»Ich sage, wir lassen den Halbling kochen«, schlug einer der Zwerge vor. »Immerhin hat er für die Kobolde gekocht, als wir ihn gefunden haben.«

Tocht saß da und blickte aufs Meer hinaus – er entschied sich, sich nicht einmal dazu herabzulassen, die Beleidigungen zur Kenntnis zu nehmen, die die Männer ihm zuwarfen. Die Zwerge stimmten rasch über den Vorschlag ab. Der kleine Bibliothekar war nicht im Geringsten davon überrascht, dass er plötzlich die Verantwortung in der behelfsmäßigen Küche innehatte.

Als er dort am Strand ein ordentliches Feuer errichtet hatte, baute er – mit Adranis' Hilfe – ein Gestell aus Metallstäben auf, das zu ihrem Bratspieß wurde. Die Zwerge, die in den Gewässern vor dem Ufer gefischt hatten, hatten Glück gehabt und einige essbare Fische mitgebracht, und weitere Zwerge hatten Muscheln im Schlick ausgegraben.

Wenig später brutzelte auf dem Spieß ein Fisch über dem Feuer, und mit Zutaten aus ihren Vorräten köchelte ein Topf mit dicker Muschelsuppe auf den Kohlen. Tocht machte auch Pfannenbrot in einem großen eisernen Tiegel, von dem Drinnick stolz zugab, dass er ihn gefertigt hatte. Tocht briet das Brot zum Teil, weil er Lust darauf hatte, und zum Teil, weil er den Zwergen beweisen wollte, dass er kochen konnte. Wenn er kochen konnte, so war das zumindest ein Wert, den er ihnen weiterhin zu bieten hatte, sollten seine Tage als Führer vorübergehen.

Wenn wir nicht getötet werden, während wir nach der Axt suchen, sagte er sich.

Die herablassenden Bemerkungen der Zwerge verwandelten sich rasch in Interesse, als die Bedürfnisse ihrer leeren Mägen größer wurden als ihr Wunsch, Tocht zu beleidigen. Das Pfannenbrot kannten sie noch nicht, und es war etwas, das Tocht auf seinen Reisen gelernt hatte. Er hatte das Rezept sogar dem Buch mit Lieblingsrezepten hinzugefügt, an dem er gerade schrieb.

Die Zwerge beschäftigten sich mit Reparaturen am Langboot und mit Wachgängen. Sie lösten sich in regelmäßigen Abständen ab. Das Mittagessen wurde früher als das Boot fertig, aber nur knapp.

Sobald Tocht alles für bereit erklärte, trafen die Zwerge ihre Wahl und stellten Wachen ab, dann kauerten sie sich zusammen und fingen an zu essen.

Während er das Mahl auftrug, machte Tocht weiter und entkernte einige Äpfel, füllte sie mit Zimt, Butter und Zucker und tränkte sie in dem Saft von Feuerbirnen, um die Würze noch etwas schärfer zu machen. Währenddessen krabbelte Rohoh immer wieder an seinem Arm herab und schnappte sich Leckerbissen. Obwohl die Zwerge Einspruch erhoben und sagten, sie brächten keinen Bissen mehr hinunter, sah Tocht, dass die Äpfel ohne weiteres verschwanden.

Danach erklärte Bulokk das Langboot wieder für seetauglich. Er versammelte seine Männer und sprach ein paar Worte für die Gefährten, die sie verloren hatten. Die Sonne ging im Westen unter, und der Himmel blutete orangefarben, von violetten Adern durchzogen.

Die Art, wie die Zwerge ihre Kappen und Tücher abnahmen und in der Hand hielten, berührte Tochts weiches Herz, während sie Bulokk lauschten. Tocht hatte an Bord der *Einäugigen Peggie* schon Ähnliches erlebt, während er mit dem Schiff unterwegs gewesen war. Menschen neigten dazu, zwischen verschiedenen Familien zu treiben, und sie nahmen sich, was sie brauchten, wo immer sie sich zu jener Zeit aufhielten. Elfen wurden von Arroganz zusammengehalten, und Gier und Angst erfüllten im Allgemeinen diesen Zweck bei Halblingen.

Aber Liebe und ein langes Gedächtnis für die Geschichte verbanden die Zwerge untereinander. Ihre Welt war die Erde, die ihnen durch die Macht der Alten zu den Zeiten des Anfangs gegeben worden war, als die Dinge erschaffen wurden.

»Nun gut«, sagte Bulokk und setzte seine Kappe wieder auf. Er deutete auf die untergehende Sonne. »Wie ihr genauso gut erkennen könnt wie die Nasen in euren Gesichtern, fahren wir heute Nacht nirgends mehr hin. Wir ruhen uns noch einmal aus und legen am Morgen einen frischen Start hin.«

Die Zwerge murrten, unglücklich darüber, noch eine Nacht draußen unter den Sternen verbringen zu müssen, wo sie doch daran gewöhnt waren, sich einzugraben, wann immer es ihnen gefiel.

Tocht war auch nicht glücklich darüber. Besonders, als ihm bewusst wurde, dass er noch einmal eine große Mahlzeit zubereiten musste. Diesmal stellte Bulokk allerdings

Wachen auf und wies zwei Zwerge an, dem kleinen Bibliothekar zur Hand zu gehen.

»Die Mahlzeit, die du aufgetragen hast, hat geholfen«, sagte Bulokk, als er Tocht zur Seite nahm. »Hat die Männer davon abgehalten, sich leer zu fühlen. Also werde ich mich darum kümmern, dass du Hilfe bekommst.«

»Danke«, sagte Tocht. »Ich werde Euch nicht enttäuschen.«

Bulokk blickte ihn an und lächelte ein wenig. »Ich glaube nicht, dass du das wirst, Halbling. Bring mich einfach dorthin, wo ich Meister Oskarrs verschollene Axt finden kann, und ich werde dir den Rest meines Lebens dankbar sein.«

Schwach, ganz und gar nicht sicher, dass er das Versprechen wahrmachen konnte, das von ihm verlangt worden war, hatte Tocht genickt. Dann, als seine Gehilfen auftauchten, setzte er sein Vorhaben in die Tat um, das Abendessen vorzubereiten.

Später, als Fischstückchen in einer Suppe aus Seetang schwammen, die durch das Feuerbirnenmus, das er vorher beim Entsaften aufgehoben hatte, einen etwas exotischeren Geschmack bekam, wischte sich Tocht mit dem Unterarm Schweiß von der Stirn und fragte sich, wo Kray und die Mannschaft der *Einäugigen Peggie* blieben. Der Boden des Kochtopfes glühte kirschrot, und die Suppe blubberte.

Einige Zwerge beobachteten ihn mit unbändiger Vorfreude. Bulokk hatte sich um die Wachablösungen gekümmert und war gerade selbst auf Posten.

»Diese Geschichten, die du damals in der Höhle erzählt hast«, sagte Drinnick. »Die über Meister Oskarr, das waren richtig echte Geschichten, oder?«

»Richtig echt … äh, wahr, ja«, stimmte Tocht zu.

Drinnick kratzte sich mit einem großen Zeigefinger am Hals. »Macht es dir, hm, was aus, uns noch ein paar zu erzählen? Wir haben so was noch nie gehört. Und so, wie du sie erzählst, na ja, Leute würden dafür bezahlen, um dir zuzuhören.«

Also erzählte Tocht den Zwergen, während er kochte und briet (und voller Angst versuchte, nicht daran zu denken, dass sein Leben am seidenen Faden hing), Geschichten von den Zwergen der Aschwolkeninseln. Er fügte Geschichten über Meisterschmied Oskarr ebenso ein wie die seiner würdigen Vorfahren.

Während der Erzählung von Varshuks Blockade, als ein Menschenpirat sich zum König über die Gegend ausgerufen und versuchte hatte, seine Gesetze durchzusetzen, sagte keiner der Zwerge ein Wort. Tocht benutzte alle Kniffe, die er im Hralbommsflügel gelernt hatte, um die Geschichte spannend zu erzählen. Er fuhr mit der Erzählung fort, während er die Metallteller der Zwerge füllte und ihnen einschenkte, dann gab er vor, abgelenkt zu sein, bis sie das Geschirr im Meer wuschen, damit er frei war, um weiterzusprechen. Es war ein klein wenig Schikane dabei, die er sich angeeignet hatte, als er auf dem Festland nach verschollenen Büchern gesucht hatte.

Später, als die Kohlen heruntergebrannt waren und in tiefem Orange glühten, beendete Bulokk das Geschichtenerzählen. Einige der Zwerge dankten Tocht für das Mahl und die Geschichten. In dieser Nacht schlief der kleine Bibliothekar, ohne sich zu fragen, ob er mit aufgeschlitzter Kehle wieder erwachen würde.

Aber er fragte sich immer noch, wo sich die *Einäugige Peggie* und Kray befanden und weshalb sie ihn aufgegeben hatten.

»*Ruhig*. Lasst es ruhig angehen, ihr großohrigen Trottel«, knurrte Bulokk vom Heck des Langbootes aus. »Wir haben dieses Boot so gut repariert, wie wir konnten, aber allzu heftige Schläge wird es nicht aushalten.«

Den Bemühungen der Zwerge zum Trotz schabte das Langboot über die hervorstehenden Zähne der Felsen, durch die sie fuhren. Das raue Geräusch trug weit über das Wasser.

Tocht schluckte schwer und sagte sich, dass das Wasser vermutlich nicht sehr tief war, wenn die Felsen über die Oberfläche hinausragten. Aber er wusste, dass das nicht unbedingt stimmen musste. Schlanke Felsnadeln erhoben sich manchmal hundert Fuß und weiter vom Meeresboden. Die Kräfte, die in der Erde gebunden waren, schwärten mit gewaltiger Macht.

Überall um sie schloss sich grauer Nebel in wirbelnden Wogen. Dieses Phänomen trat immer auf, wenn kühle Luft aus dem Norden kam und auf den glühenden Schmelzofen der Aschwolkeninseln traf.

Tocht saß im Bug des Langbootes und hielt Ausschau. Die Zwerge hatten inzwischen zugegeben, dass Tocht von ihnen allen die besten Augen hatte. Der Nebel glitt wie feuchte Seide über Tochts Haut, und er widerstand dem Drang, ihn von seinem Gesicht zu kratzen.

Obwohl es erst Mitte des Vormittags war, hatte sich Dunkelheit über die Rostsee gelegt, und die Sonne war nirgends zu sehen. Möwenschreie hallten über dem Wasser so stark wider, dass Tocht nicht sagen konnte, in welcher Richtung sich die Vögel wirklich befanden.

Steif und wund, weil er zum zweiten Mal in Folge auf dem harten Boden geschlafen hatte, gefiel es Tocht gar nicht, dass er nun als Ausguck herhalten musste. Dabei musste man sich allzu viel bewegen.

»Siehst du etwas, Halbling?«, fragte Drinnick.

Tocht seufzte. Er wollte ärgerlich sein, aber davor hatte er Angst. Obwohl er ihnen letzte Nacht Geschichten erzählt und für sie gekocht hatte, vertraute er nicht darauf, dass die Zwerge ihm so dankbar waren, dass sie ihn nicht über Bord werfen würden, wenn sie ihrem eigenen Zorn Genüge taten. Tocht hatte schon zwei echsenartige Wesen durch das trübe Wasser gleiten sehen.

Trotzdem war dieses ewige ›*Siehst du etwas, Halbling?*‹, das die Zwerge äußerten, inzwischen genauso schrecklich monoton wie dieses ›*Seid Ihr sicher, dass dieser Pinselstrich von den dalothakischen Kronbaldachinelfen stammt, Bibliothekar zweiten Ranges?*‹, das die Novizen und Bibliothekare dritten Ranges so gerne anbrachten. (Und tatsächlich fragten sogar noch einige Bibliothekare zweiten und ersten Ranges danach! Das hielt Tocht für beschämend.)

Die Frage kam ein weiteres Mal, und Tochts Seufzer folgte ihr auf dem Fuße. »Siehst du etwas, Halbling?«

»Diese Zwerge«, flüsterte Rohoh gereizt, »sind schrecklich kurzsichtig.« Dann lachte der Skink über seinen Versuch, witzig zu sein.

Tocht wandte sich um, beherrschte seinen Zorn aber wegen seiner übermäßigen Angst und sagte (so höflich, wie er konnte, während er zugleich versuchte, tüchtig zu klingen): »Nein. Wenn ich etwas gesehen hätte, hätte ich schon gesagt, dass ich –«

Natürlich lief in diesem Augenblick das Langboot auf Grund.

Kapitel 11

Landmarken

Lautes Schaben drang an Tochts Ohren. Nach dem rauen Geräusch zu urteilen und der Art, wie das Langboot immer weiter gleichmäßig über die Oberfläche des verborgenen Gegenstands glitt, nahm Tocht an, dass sie auf Stein getroffen waren. Dann rasten seine Gedanken sofort zu den Löchern, die erst kürzlich im Rumpf des Langbootes geflickt worden waren.

»Gute Arbeit«, merkte Rohoh an. »Vielleicht hättest du tatsächlich Ausschau halten sollen, anstatt so empfindlich zu reagieren.«

»Zurück!«, befahl Bulokk, hielt aber seine Stimme gesenkt, weil sie über das Wasser weit trug und er nicht wollte, dass irgendjemand, der in der Gegend sein mochte, auf sie aufmerksam wurde. *»Zurück!«*

Sofort wühlten die Zwerge das Wasser mit ihren Rudern in der entgegengesetzten Richtung auf, ruderten von dem weg, was immer sie getroffen hatten. Ihre Bemühungen rissen das Langboot zurück.

Da er darauf nicht vorbereitet war, kugelte Tocht beinahe ins Wasser. Er ruderte einen Moment lang mit den Armen und war sich sicher, dass er im Meer landen und dort nicht mehr als einen kleinen Happen für ein vorbeikommendes Ungetüm darstellen würde. Dann streckte Adranis träge die Hand aus, fing ihn auf und hielt ihn im Boot.

»Man möchte meinen, das hättest du voraussehen können, Halbling«, maulte Adranis.

Verdrossen setzte sich Tocht in den Bug und besann sich darauf, an Bord und am Leben zu bleiben.

Adranis starrte nach vorn. »Ich sehe gar nix.«

»Wir sind gegen etwas gestoßen«, sagte Bulokk.

»Ja, das weiß ich. Aber zum Donnerwetter, wenn wir es nicht finden können …«

Neugierig, obwohl er sicher war, dass er am besten versuchen sollte, allen aus dem Weg zu bleiben, drehte sich Tocht um und blickte ins Wasser. Ein kleiner Fisch stieß nur ein paar Fuß entfernt durch die Oberfläche. Tocht griff in die kleine Tasche zu seinen Füßen, nahm sich eine Handvoll Krümel vom Pfannenbrot und verstreute sie über der Wasseroberfläche.

»Was machst du denn da?«, knurrte Drinnick. »Willst du, dass uns eines dieser Ungeheuer von Angesicht zu Angesicht gegenübersteht?«

»Dass es dir von Angesicht zu Angesicht gegenübersteht, Drinnick?«, fragte ein anderer Zwerg. »Ich glaube nicht, dass es in diesen Gewässern ein Ungetüm gibt, das so viel Mut aufbringt.«

Einige andere Zwerge kicherten darüber.

»Ruhe!«, befahl Bulokk.

Sie wurden alle still.

Während Tocht zusah, stießen mehrere kleine Fische durch die Wasseroberfläche und fraßen die Krümel, die er ausgeworfen hatte. »Dort unten ist etwas«, verkündete er.

»Weshalb?«, fragte Bulokk.

»Das ist eine Schule von kleinen Fischen. Die findet man draußen auf offener See nicht, weil sie von größeren Fischen gefressen werden.« Vom selben mächtigen Sog der Neugier gezogen, die ihn über die Jahre schon oft in Schwierigkeiten gebracht hatte, packte Tocht die Seiten des Langboots und starrte ins Wasser hinab. Er konnte noch immer nichts sehen.

»Sind wir auf Land gestoßen?«, fragte Bulokk.

»Ich sehe keine Küste«, sagte Adranis.

»Es ist ein Bauwerk unter Wasser.« Tocht war sich dessen sicher. Er dachte daran, wie das Langboot über die überflutete Oberfläche geglitten war. »Ein ziemlich großes.«

»Wie kommst du darauf?«, wollte Drinnick wissen.

»Weil wir uns gleichmäßig darüberbewegt haben. Wenn es eine Untiefe wäre, wäre das nicht der Fall gewesen. Und es muss Löcher haben oder irgendwie porös sein, damit sich kleine Fisch darin verstecken können.« Tocht suchte auf dem Boden des Bootes und fand die Schnur mit dem Gewicht, die sie benutzten, um die Tiefe zu bestimmen.

»Glaubst du, dass es Zubecks Hammer ist?«, fragte Bulokk.

»Danach haben wir doch gesucht.« Tocht dachte überhaupt nicht an die Zwerge oder daran, wie sie ihn befragten. Er war zu aufgeregt darüber, dass sie womöglich den Zwergenleuchtturm gefunden hatten.

Tocht stellte sich in den Bug des Langboots und warf die Schnur aus. Aber das Seil war schwieriger zu handhaben, als er angenommen hatte. Als er es losließ, nachdem er es herumgewirbelt hatte, segelte das Gewicht zu ihm zurück.

Die Zwerge fluchten und schützten ihre Köpfe.

»Gib mir das!«, fauchte Adranis. »Bevor du jemandem den Schädel einschlägst!«

Kleinlaut händigte Tocht ihm die Schnur aus und kniete sich wieder in den Bug.

Nach ein paar Würfen fand Adranis die Fläche unter dem

Wasser, etwa zwanzig Fuß vor ihnen auf der Backbordseite. Das Gewicht landete zuverlässig darauf.

»Langsam«, sagte Bulokk. »Langsam und ruhig weiter.«

Die Zwerge bewegten die Ruder kaum und schoben das Langboot durchs Wasser. Einen Augenblick später stießen sie wieder dagegen.

»Alles klar«, sagte Bulokk. »Gehen wir vor Anker und sehen nach, was wir gefunden haben.«

Das Wasser reichte, obwohl es flach war, immer noch bis unter Tochts Kinn. Obgleich er es nicht wollte, neigte er dazu, mit den Wellen zu schaukeln und zu treiben, und Bulokk hatte schließlich Adranis die Aufgabe zugewiesen, den kleinen Bibliothekar fest zu verankern. Das war keine Aufgabe, die Adranis besonders begeisterte, und hin und wieder wartete er, bis Tocht über den Rand getrieben war und zu schwimmen begann. Dann riss der Zwerg Tocht wie ein umherstreifendes Kleinkind zurück. Der Skink klammerte sich an den Hinterkopf des kleinen Bibliothekars, in seinem Haar versteckt.

Zum Glück war die Rostsee warm. Allerdings schien sie leider tief genug für ein Meeresungeheuer zu sein, um vorbeizukommen und einen schnellen Fang zu erhaschen. Tochts Verstand war zwischen dem Rätsel, was sie hier wohl entdeckt hatten, und dem Überlebensdrang hin und her gerissen. Am Ende jedoch verdrängte die Entdeckerlust seine Vorsicht.

Als er über die Unterwasserfläche ging, stellte Tocht fest, dass sie dreißig Fuß lang und acht Fuß breit war. Tocht und zwei der Zwerge waren entlang dem versunkenen Bauwerk hinabgetaucht, aber nicht tiefer als vierzig oder fünfzig Fuß gekommen.

Den Ausmaßen nach war Tocht allerdings sicher, dass sie Zubecks Hammer gefunden hatten. Der Leuchtturm war in erstaunlich guter Verfassung. Nichts sah zerbrochen aus, obwohl es einige zerfressene Stellen unter der Oberfläche gab.

Leider waren im Meer zu viele Schwebstoffe, als dass Tocht den Leuchtturm hätte sehen können. Die einzige Möglichkeit, wie Tocht Zubecks Hammer jemals erblicken würde, wäre der unwahrscheinliche Fall, dass das Bauwerk wieder an die Oberfläche gestoßen würde. Da berichtet wurde, dass der Hammer hundertvierzig Fuß hoch war, konnte er sich nicht vorstellen, wie das jemals geschehen sollte.

Und außerdem, dachte er düster, während er einmal mehr mit bloßen Füßen über die versunkene Fläche lief, *ist es ein Wunder, dass der Leuchtturm nicht zerstört worden ist, als er versunken ist.*

»Ist er es nun?«, fragte Bulokk.

»Er muss es sein«, sagte Tocht.

»Wo sollen wir uns dann als Nächstes hinwenden?«

Tocht seufzte, was ihm einen Mund voll salzigem, metallisch schmeckendem Wasser einbrachte. Er atmete auch einiges davon durch die Nase ein, und es brannte so sehr, dass ihm Tränen in die Augen schossen.

»Versteht ihr, wie wichtig das hier ist?«, fragte Tocht. »Wir stehen auf einem Stück Geschichte.«

Bulokk runzelte die Stirn. »Es gibt jede Menge Geschichte. Überall, wo man hingeht, gibt es alte Dinge.«

»Aber siehst du nicht, wie viel diese alten Dinge uns erzählen können?«

»Worüber denn?«

»Über die Vergangenheit«, stöhnte Tocht. Er deutete

auf den Leuchtturm – ein Kunststück, das kaum zu vollbringen war, weil er auf eine Lücke zwischen den Wellen der anbrechenden Flut warten musste und das Wasser ihm selbst dann noch bis zu den Achselhöhlen ging. »Könnt ihr euch überhaupt vorstellen, wie es wäre, wenn wir diesen Ort betreten könnten?«

»Wir würden ertrinken«, sagte Adranis. »Dieser Ort liegt unter Wasser.« Er schüttelte den Kopf. »Weißt du, so schlau, wie du manchmal auch bist, hast du doch ziemlich dumme Eigenarten.«

»Da sagt er etwas Wahres«, murmelte Rohoh Tocht ins Ohr.

»Nicht, während es unter Wasser ist«, wandte Tocht ein. »Wenn wir es irgendwie herausheben und hineingehen könnten.«

»Alles dort drin ist ruiniert«, sagte Bulokk. »Das Einzige, was das Meer überdauert, ist Gold. Sogar Silber verrottet.«

»Auch einige verzauberte Dinge bleiben erhalten«, sagte Tocht.

Bulokk runzelte die Stirn. »Ich habe es nicht mit der Magie. Wüsste nicht, wozu wir sie brauchen.«

»Aber ihr wollt Meister Oskarrs Kriegsaxt.«

»Meister Oskarrs Axt hat noch niemanden verhext«, erwiderte Bulokk. »Sie ist einfach … Meister Oskarrs Axt. Etwas, das all die vergangenen Zeiten berührt.«

Tocht dachte an all die Bücher, die es überstanden haben könnten. Einige Bücher waren von magischer Art und konnten nicht einfach von den Launen des Wetters zerstört werden. Aber andere Bücher, besonders jene, die in der Nähe von Wasser oder unter der dauernden Gefährdung durch Feuer aufbewahrt wurden, wurden oft in schützenden Einbänden verwahrt. Geradeso, wie sein eigenes Tagebuch sicher unter seinen Kleidern in Wachstuch geschlagen war.

Es muss dort drinnen Bücher geben, dachte er verzweifelt. *Die Rostsee kann sie nicht alle genommen haben.*

»Wo geht's lang?«, wollte Bulokk wissen.

Tocht hatte Schwierigkeiten, seine Gedanken von den Büchern, Karten und Tagebüchern loszureißen, die sich vielleicht noch in Zubecks Hammer verbargen. Der Leuchtturm war sicher naturgemäß ein Versammlungsort für Seeleute, Geschichtenerzähler und jene gewesen, die ihr Glück in alten Legenden und Karten suchten.

»Wo befindet sich die Sonne?«, fragte Tocht.

Bulokk deutete.

Während er in das Licht hinaufblinzelte, das ein wenig heller geworden war, gab Tocht stumm zu, dass sich die Sonne wahrscheinlich wirklich in dieser Richtung befand. Er dachte einen Augenblick darüber nach, dann wandte er sich zurück an Bulokk. »Ist es Morgen oder Nachmittag?« Er hatte jegliches Zeitgefühl verloren. Als er zuletzt nachgesehen hatte, war es Morgen gewesen.

»Nachtmittag«, antwortete Bulokk.

»Dann liegt Westen dort?« Tocht deutete auf den sonnigsten Punkt im Nebel.

»Aye.«

»Wir müssen noch weiter nach Westen fahren, aber mit nördlichem Einschlag.«

»Dann gehen wir es an.« Bulokk wandte sich um und begab sich zu dem Langboot, das vor Anker lag.

Tocht konnte sich nicht aufraffen, sich zu bewegen. Er verabscheute es, den Leuchtturm und jedwede Schätze zurückzulassen, die sich darin befinden mochten.

»Vielleicht können wir hineingelangen«, sagte er und

dachte an Luttells *Führer zu unterseeischen Gefährten in Fakt und Fiktion: Ihr Aufbau, ihre Technik und Anwendungen*. Aber beinahe alle Gefährte darin benutzten die eine oder andere Art von Magie. Trotzdem hatte es ein paar ausführbare Bauweisen gegeben, und Zwerge waren sicher am allerfähigsten, wenn man Dinge bauen sollte, die –

»Wir gehen jetzt«, erklärte Adranis. Er zerrte an Tocht, und die Füße des kleinen Bibliothekars lösten sich vom Leuchtturm, als er durch die Wogen pflügte wie eine dickbäuchige Handelskogge. Tocht schloss die Augen wegen der Gischt und legte eine Hand über Mund und Nase, um sich davor zu schützen, noch einmal den Ozean einzuatmen.

Stunden später saß Tocht mürrisch im Bug des Langboots. Kurz darauf fanden sie durch die Hinweise, an die er sich erinnerte, das Rumpfbrecherriff und schafften es, sich davon gehörig fernzuhalten, und anschließend Delids Kreis. Beide Landmarken hatten sich über der Meeresoberfläche befunden.

Wenn alles richtig gewesen war, nahm Tocht an, dass sie nun langsam näher an –

»Da!«, sagte Drinnick, stand dabei auf und gestikulierte, was dazu führte, dass das Langboot sich gefährlich neigte und etwas Wasser hereinschwappte.

Die anderen Zwerge schickten sich an, Drinnicks gedankenlose Tat zu verfluchen, aber er entgegnete ihnen, dass er nie behauptet hatte, ein Seemann zu sein. Die Verwünschungen und seine Verteidigungsrede hielten nicht lange an. Der Anblick inmitten des Ozeans bannte all ihre Aufmerksamkeit.

Denn dort, nur ein paar Fuß über den Schaumkronen,

die von der offenen See auf die Aschwolkeninseln zu rollten, konnte man die Spitze einer blauen Kuppel erkennen. Tochts Herz machte einen Satz. Er wusste aus Brojors *Physikalische Gesetze der natürlichen Welt*, dass in einer Kuppel oftmals der Luftdruck erhalten blieb, genau wie in einem leeren Krug, den man auf den Boden eines wassergefüllten Beckens drückte. Tatsächlich war dieser Gedanke durch Tochts Verstand geschwirrt, weil er darüber nachgedacht hatte, dass eines der Mittel, mit denen er in Zubecks Hammer gelangen könnte, nach ähnlichen Prinzipien funktionieren müsste.

Aber die Halle der Händler hatte Fenster. Nur die obere Hälfte der Kuppel hätte eine Luftblase enthalten können. Gewiss war dort oben nichts aufbewahrt worden.

Aber etwas könnte nach oben getrieben sein, dachte Tocht optimistisch. *Tiegel. Koffer. Fässer. Alles, was luftundurchlässig versiegelt war.*

»Niemand weiß, dass sich dies hier befindet?«, fragte Tocht, dem es schwerfiel, das zu glauben.

»Dies hier sind nicht die Haupthandelswege«, sagte Bulokk. »Wir sind jetzt weit von ihnen entfernt. Nur wenige kommen hier vorbei, und auch die nicht besonders oft.« Er sah die blaue Kuppel an. »Außerdem, was sollte man mit so einem Ding anfangen, das hier aus dem Wasser ragt, außer sichergehen, dass man nicht dagegenstößt?«

Tocht musste zugeben, dass der Zwerg damit recht hatte. Als sie näher kamen, brach es dem kleinen Bibliothekar dennoch das Herz. Im Laufe der Jahre war jemand durch die Kuppel gebrochen, hatte ein großes Loch in die Spitze geschlagen. Von seinem Ausguck sah er genau, wie im Innern das Meer auf und ab schwappte.

Er hörte kaum, wie Bulokk ihn fragte, in welcher Richtung sie nun weiterfahren sollten. Von der schrecklichen Tatsache entmutigt, dass vermutlich nichts innerhalb der Halle der Händler mehr übrig war, nahm sich Tocht einen Augenblick, um seine Fassung wiederzufinden, dann zeigte er nach Norden.

Die Zwerge schlugen sofort den neuen Kurs ein und ruderten noch schneller, als würden sie dem Sonnenuntergang ein Wettrennen gen Westen liefern.

Die Dämmerung legte sich über die Rostsee, als sie wieder in Sichtweite der Inseln gelangten. Das Wasser wurde dabei schlammig schwarz, und die weißen Schaumkronen strahlten ein Leuchten aus wie Glimmerwürmer.

Tocht war im Laufe des Tages müde geworden. Er war nicht daran gewöhnt, ganze Tage ohne etwas zu verbringen, das seine Gedanken zerstreute. Er hasste es, stundenlang mit sich selbst beschäftigt zu sein und nichts zu tun zu haben, als nachzudenken. Wenn sie auf sich allein gestellt waren, fingen seine Gedanken oft an, ununterbrochen zu kreisen, wie Wasser, das durch einen Abfluss gurgelte. Nur war es ihm nicht möglich, diese Gedanken abzuschütteln, weil er fürchtete, dass sie ihm dann nie wieder einfallen würden. Damit verhielt es sich anders, wenn er Feder und Papier zur Hand hatte, denn dann konnte er einfach festhalten, was immer ihm durch den Kopf ging, und darauf vertrauen, dass nichts dem Vergessen anheimfallen würde.

Es war schrecklich, sich Gedanken zu machen, ohne einen anständigen Ort zu haben, an dem man sie ablegen konnte. Sein Verstand und seine Finger schrien nach dem Genuss, die Feder aufs Papier zu setzen, all diese Gedanken auf eine dauerhaftere Oberfläche zu übertragen, sie dann durchzugehen und so dazu zu bringen, einen Sinn zu ergeben.

»Ist das hier richtig, Halbling?«, fragte Bulokk mit leiser, ehrfürchtiger Stimme.

Tocht betrachtete die Küste, hielt nach Landmarken Ausschau, die er wiedererkennen konnte, weil er Karten von den Aschwolkeninseln gesehen hatte. Obwohl es den meisten Bibliothekaren möglich war, riesige Mengen von Informationen im Gedächtnis zu behalten, war er auf diesem Gebiet fähiger als die meisten seiner Kollegen.

»Segelt nach Osten«, sagte Tocht. »Wir müssen ein Stück weit die östliche Küste hinauf.«

Bulokk erteilte die Befehle. »Aber ist das die Insel, auf der sich Meister Oskarrs Schmiede befunden hat?«

Tocht zuckte die Achseln. »Ich weiß nicht. Könnte schon sein. Wir müssen näher herankommen.«

Der Skink glitt auf seine Schulter. »Das ist es«, flüsterte Rohoh. »Und das ist der Zeitpunkt, an dem es anfängt, richtig gefährlich zu werden.«

»Ganz nah an die Küste«, befahl Bulokk seinen Kriegern. »Und habt ein Auge auf das Wetter.«

Später, als die vollständige Finsternis der Nacht sich auf die Rostsee und die Insel gelegt hatte, erspähte Tocht Lagerfeuer, die sich in eine kleine Bucht schmiegten, die aussah wie eine alte Narbe von einem Schlag mit der Axt. Steile Klippen, etwa vierzig und fünfzig Fuß hoch, schwebten über den Ruinen einer Stadt. Alabasterfarbener Fels zeigte an, dass hier Meister des Steinbruchs am Werk gewesen waren. Da seit tausend Jahren niemand mehr auf diese Weise auf den Aschwolkeninseln gebaut hatte, nahm Tocht an, dass die Siedlung mindestens so alt war.

Dünne Nebelfetzen trieben durch die kühle Brise, die immerfort aus dem Norden kam. Die Lagerfeuer erfüllten die Ruinen mit orangefarbenem Licht. Die Geschöpfe, die über das Meer hinaus Ausschau hielten, waren unverwechselbar.

»Kobolde«, flüsterte Adranis voller Hass. »Und ganz schön viele.«

Tocht stimmte leise zu. Das Lager der Kobolde verteilte sich über die gesamte Ruinenlandschaft. Es war leicht zu erkennen, dass sie schon eine Weile hier waren. Ein steinerner Anleger, der aus Felsbruchstücken angefertigt war, ragte ein Stück weit in die Rostsee hinaus. Zwei Schiffe, beide heruntergekommen und schäbig, drängten sich in den Wogen aneinander.

Am interessantesten war allerdings das Schiff, das dem Anleger am nächsten vor Anker lag. Laternen beleuchteten das Deck, und dunkle Gestalten, die Menschen sein mochten, bewegten sich an Bord. Die Segel waren aufgerollt, und die Takelage klirrte im Wind gegen die Masten und Rahen.

Wenn das nicht das schwarze Schiff ist, das uns über den Haufen gefahren hat, dachte Tocht, *dann ist es seine Schwester.* Er glaubte nicht an einen Zufall.

»Sklavenhändler«, knurrte Drinnick. »Sie haben dort Halblinge.«

Als er seine Aufmerksamkeit von den Gebäuden löste, die er sehen konnte, entdeckte Tocht den Sklavenpferch, der auf der Rückseite der Schlucht verborgen lag. Drahtnetze umgaben die Einfriedung. Schädel – die meisten von Halblingen, aber auch welche von Menschen, Zwergen und Elfen – hingen auf den Drahtnetzen und wurden von den Lagerfeuern in einem warmen Licht ausgeleuchtet. Beinahe hundert Sklaven lagen dicht an dicht auf dem Steinboden. Koboldwachen lungerten um den Sklavenpferch herum.

»Verkaufen sie sie?«, fragte ein anderer Zwerg.

Tocht musterte die restliche Siedlung. Dann erblickte er einen schmalen Pfad, der sich in die Klippenwand einschnitt. Der Pfad verlief im Zickzack die Wand empor. Eine Fackel brannte am Eingang einer Höhle.

»Sie graben dort«, sagte Tocht.

»Wonach?«, fragte Adranis.

»Das weiß ich nicht.« Weiter oben auf der Klippe sah Tocht ein Gebilde wie einen Flaschenzug, von dem er annahm, dass er benutzt wurde, um die ausgegrabenen Steine zu den Erzkarren auf dem Boden hinabzulassen. Ein ausgetretener Pfad führte von den Erzkarren zum steinernen Anleger.

»Graben sie nach Edelsteinen?«, fragte Bulokk. »Oder nach Gold?«

»Vielleicht auch nach Eisenerz«, erwiderte Tocht. »Du hast doch gesagt, dass die Kobolde Eisen abbauen und es aufs Festland verschiffen.«

»Das ist keine Eisenmine«, sagte Bulokk.

»Nein«, stimmte Adranis zu.

»Woher wisst ihr das?«, fragte Tocht.

»Ich rieche kein Eisen«, antwortete Bulokk. Er berührte seine Nase.

Adranis und die anderen Zwerge pflichteten ihm bei.

»Einst hat es hier Eisen gegeben«, sagte Adranis und schnüffelte noch einmal. »Aber das ist lange her.«

»Vielleicht sogar tausend Jahre oder länger«, erklärte Bulokk. »Meister Oskarr und die Arbeiter in seiner Schmiede mussten sogar zu ihrer Zeit das Eisen schon einführen.« Er hielt inne. »Wie dem auch sei, wir müssen herausfinden, was sie hier tun. Und das ist der Ort, von dem du gesagt hast, dass er Meister Oskarrs Schmiede beherbergt.«

Tocht hatte befürchtet, dass die Zwerge zu diesem Schluss kommen mussten. Obwohl er Angst hatte, war ein Teil von ihm wie hypnotisiert von den Möglichkeiten, die die Anwesenheit der Kobolde nahelegte. Die Kobolde wären nicht hier, wenn sie keinen Grund dafür hätten.

Genauso wenig wie das geheimnisvolle schwarze Schiff.

»Es ist an der Zeit loszulegen, Halbling«, sagte Rohoh. »Dafür bist du den ganzen Weg hergekommen.«

»Woher weißt du das?«, flüsterte Tocht zurück, in dem Wissen, dass das Meer die Geräusche forttragen würde, ehe sie an die Ohren der Zwerge gelangten.

»Weil es das ist«, sagte Rohoh, »weswegen mich Kray mitgeschickt hat – damit ich dir beim Aufspüren eine Hilfe bin. Nun musst du einfach lange genug am Leben bleiben, um es zu finden.«

Und was ist, nachdem ich es gefunden habe?, fragte sich Tocht. *Was dann?* Aber er hatte Angst vor dieser Frage.

Kapitel 12

Ein verwegener Plan wird gefasst

»Ich glaube, der Halbling sollte hierbleiben«, sagte Adranis. »Er wird uns nur unter die Füße geraten.«

»Ganz meine Meinung«, meldete sich Tocht zu Wort. »Ich glaube auch, dass der Halbling hierbleiben sollte.«

Alle Zwerge schenkten dem kleinen Bibliothekar einen verärgerten Blick.

»Oder nicht«, flüsterte Tocht.

»Du kannst nicht hierbleiben«, sagte der Skink zu ihm. »Dein Platz ist dort unten. Entweder kannst du sie begleiten, oder du musst allein gehen.«

Tocht wollte nicht allein gehen. »Natürlich«, fügte er rasch hinzu, »wenn ihr glaubt, dass ich eine Hilfe bin ...«

Bulokk hatte den Befehl erteilt, ein Lager auf der anderen Seite der Insel zu errichten. Eine halbe Meile mit schiefen Felsen und Graten trennte ihr Lager von den Ruinen der Stadt, in denen die Kobolde ihren Stützpunkt errichtet hatten. Ein verborgenes Riff lag nur einen Fuß unter der Meeresoberfläche, wo sie das Boot festgemacht hatten. Das Langboot hatte den Bereich nur unter Schwierigkeiten bewältigt, daher wussten sie, dass das schwarze Schiff sich ihnen nicht nähern könnte, ohne Beschädigungen am Rumpf in Kauf zu nehmen.

Hauptsächlich würden sie sich allerdings darum bemühen, sich bei ihren Beobachtungen erst gar nicht erwischen zu lassen.

»Er kommt mit uns«, erklärte Bulokk, »und das war's.«

»Weshalb?«, fragte Adranis.

Damit ich der Langsamste von allen sein kann, wenn man uns erwischt, dessen war Tocht sich gewiss. *Das Opferlamm. Während die Kobolde sich daranmachen, mich in Einzelstücke zu zerlegen, werdet ihr alle eure Flucht bewerkstelligen.*

»Kennst du jemand anderen, der sich in diesen Ruinen auskennen könnte?«, wollte Bulokk wissen. »Wenn wir unten in den Ruinen um unser Leben rennen müssen, können wir einen Führer vielleicht gut gebrauchen.«

»Hmmm«, brummte Adranis. »Daran habe ich nicht gedacht.«

Oh, dachte Tocht, und ihm fiel auf, dass auch er nicht daran gedacht hatte. Wenn er es sich genau durch den Kopf gehen ließ, dann war Bulokks Folgerung durchaus nachvollziehbar. Tochts Gefühle waren jedoch zwiespältig. Er mochte den Gedanken nicht, womöglich in Sklavenketten zu enden (oder gar tot!), aber er wusste, dass Bulokk und seine Männer ein Buch nicht als solches erkennen würden, wenn sie eines sahen.

Wenn sich dort unten eines der Bücher befand, das Meister Oskarr benutzt oder – und die Hoffnung ließ Tocht zappelig vor Vorfreude werden – sogar selbst geschrieben hatte, würde das Wissen in diesen Seiten jedes Wagnis wert sein, das er auf sich nahm.

Solange ich nicht sterbe, sagte sich Tocht.

Tochts Rücken und Füße schmerzten, als sie bei den Ruinen ankamen. Die Zwerge benahmen sich, als seien felsige Kletterpartien und Reisen über zerklüftetes Gelände etwas, das sie jeden Tag machten. Angesichts der Tatsache, dass sie auf einer Insel ganz ähnlich wie dieser lebten, musste Tocht allerdings zugeben, dass das vielleicht sogar der Wahrheit entsprach.

Sie hielten auf der Seite der Schlucht gegenüber dem Flaschenzug an. Kein Kobold bewachte den Hebelarm oder den Eingang zur Mine. Da die Küste offen vor ihnen lag, gingen sie auf die andere Seite und drängten sich bald unter dem Flaschenzug zusammen.

Bulokk teilte die Zwerge rasch in zwei Gruppen ein. Eine hatte den Auftrag, beim Hebel stehen zu bleiben und einen Rückzug zu organisieren. Die andere würde in das Lager der Kobolde hinabsteigen, um die Möglichkeit abzuschätzen, die Sklaven zu befreien.

Tocht musste nicht einmal nachfragen, mit welcher Gruppe er gehen würde. Das Herz schlug ihm bis zum Hals, als er Bulokk und den anderen Zwergen hinterherkroch, die sich zum Lager hinabschlichen.

Die Steinstufen, die die Klippe emporführten, waren so schmal, dass Bulokk beinahe seitwärts gewandt hinuntergehen musste. Natürlich war das Unterfangen umso schwieriger, da er die Streitaxt mit beiden Händen hielt. Aber er schaffte es. Die Stufen war ungleichmäßig und manchmal ungünstig angeordnet. Diese Treppen waren nicht von Zwergen erbaut worden, und Tocht hatte das Gefühl, dass es menschliche Sklaven oder Halblinge gewesen waren.

Aber weshalb? Trotz der Panik, die niemals aufhörte, in ihm zu vibrieren, konnte Tocht sich nicht von dieser Frage lösen. Wenn Bulokk und die anderen behaupteten, dass aus der Mine kein Eisenerz kam, so glaubte er ihnen. *Weshalb also sollten die Kobolde an einer Mine interessiert sein, die nicht die Aussicht auf Gold oder Edelsteine oder einen anderen Reichtum bot? Und in welcher Beziehung stand das Schiff zu den Kobolden?*

Schließlich, nach einer Zeit, die Tocht wie eine Ewigkeit erschienen war, kam er am Boden an. Aber das bedeutete, dass er, obwohl er nun keine Angst mehr hatte, über den Rand der schmalen Stufen zu fallen, jetzt einen weiten Weg von der Sicherheit dort oben entfernt war. Er hätte sich besser gefühlt, wenn sich zwischen den Zwergen ein paar Elfenhüter mit Langbogen aufgehalten hätten.

Kray, dachte er kläglich. Bestimmt konnte die Mannschaft des Piratenschiffs sehen, wo er war und in welche Schwierigkeiten er womöglich geraten könnte.

»Sie ist hier.«

Tocht schlug automatisch die Hand vor den Mund. Bulokk blickte über die Schulter zurück und starrte ihn an.

Das war ich nicht, dachte Tocht verzweifelt. Natürlich hatte er am Anfang auch gedacht, dass er selbst gesprochen hatte. Dann war ihm aufgefallen, dass die Stimme einfach so leise war, kein Flüstern oder unabsichtliches Geplapper.

»Oskarrs Axt ist hier«, sagte die leise Stimme.

Der Skink, ging Tocht auf. Indem er die Hand über dem Mund hielt, um Bulokk zu zeigen, dass er nicht sprach, suchte Tocht wie ein Verrückter mit der anderen Hand nach Rohoh. Dann fiel ihm auf, dass er vermutlich aussah, als würde er sich selbst auf den Rücken klopfen.

»Wir hätten ihm die Kehle durchschneiden sollen, als wir ihn gefunden haben, wie er für die Kobolde gekocht hat«, knurrte Hodnes.

»Es ist noch nicht zu spät dafür«, flüsterte Drinnick.

»Wenn ihr zwei noch länger redet, werdet ihr am Ende die Kobolde aufwecken, und dann jagen sie uns«, sagte Rohoh. Der Skink krabbelte aus seinem Versteck und stellte sich auf Tochts Schulter, wo er den Zwergen mit einer Klaue zornig drohte.

»Du hast eine sprechende Echse?«, fragte Drinnick.

Jetzt entschließt er sich also zu sprechen. Ängstlich spähte Tocht zum Koboldlager inmitten der Ruinen. Bis jetzt hatte sie offenbar keiner der Kobolde gehört.

»Sie kann auch tanzen«, rief ihnen Hodnes ins Gedächtnis. »Wir haben sie tanzen sehen, als wir den Halbling beim Kochen für die Kobolde gefunden haben.« Er lächelte. »Eine tanzende Echse, die sprechen kann. Das könnte ja einen ordentlichen Preis einbringen.«

Rohoh verschränkte seine Vorderbeine und stellte sich auf die Hinterfüße. »Ihr beide seid Narren.«

»Natürlich«, sagte Drinnick, »könnte sie bessere Laune haben.«

»Glaubt ihr nicht, dass es das Wichtigste wäre herauszubekommen, weshalb er gerade jetzt spricht?«, fragte Tocht.

»Ruhe!«, verlangte Bulokk.

Alle wurden still.

»Echse!« Bulokk zeigte auf den Skink.

»Ja«, sagte Rohoh.

»Weshalb sprichst du?«

»Weil ich etwas zu sagen habe, du Trottel.«

»Wichtig genug, dass man uns allen die Kehle durchschneidet?«, wollte Bulokk wissen.

»Schaut«, sagte der Skink, »ich wurde von einem mächtigen Zauberer hierher entsandt, um sicherzugehen, dass dieser Schwachkopf …«

Schwachkopf!, dachte Tocht entrüstet.

»… es schafft, Oskarrs Kriegsaxt zu finden«, fuhr Rohoh fort.

»Warum?«

»Weil der Zauberer die Wahrheit darüber herausfinden will, was während der Schlacht an der Todesfestung in der Bunten Schlucht geschehen ist.«

»Weshalb will er das wissen?«, fragte Bulokk.

»Es ist an der Zeit, dass alle erfahren, was in jenen Tagen geschehen ist«, erklärte Rohoh.

Mit finster funkelndem Blick beugte sich Bulokk näher heran. »Glaubt er, dass Meister Oskarr die Krieger verraten hat?«

»Das weiß ich nicht. Über solche Dinge spricht er nicht mit mir.«

Mit mir auch nicht, dachte Tocht mürrisch.

Bulokk fuhr sich nachdenklich mit den Fingern durch den Bart. Er war offensichtlich nicht glücklich über die Wendung der Ereignisse. »Weshalb hat also dieser Zauberer –«

»Kray«, sagte Rohoh.

Das war's, dachte Tocht und bereitete sich darauf vor, um sein Leben zu laufen. Krays Ruf eilte ihm voraus, aber jene, die von ihm gehört hatten, mochten ihn entweder oder sie hassten ihn. Der Zauberer neigte dazu, Leute sogleich in zwei Lager zu spalten. Im Allgemeinen hatten diejenigen, die sich nichts aus ihm machten, einen Verwandten, der in eine Kröte verwandelt worden war.

»Aye«, sagte Bulokk. »Ich habe von Kray gehört.«

Tochts Beine bebten. Er nahm an, dass er, während Bulokk seinen Zorn an dem Skink ausließ, einen kleinen Vorsprung vor den gewiss kommenden Verfolgern herausschlagen könnte. Natürlich würde er dabei den Kobolden oder den geheimnisvollen Menschen genau in die Arme laufen.

Gewiss bestand auch die Möglichkeit, dass Bulokk sich

entschließen würde, Tocht den Kopf abzuschlagen und den Skink entzweizuhauen, und das alles mit einem einzigen tödlichen Streich.

»Kray ist schon sehr lange da«, murmelte Bulokk. »Manche sagen sogar, dass er bereits während des Kataklysmus da gewesen ist und gegen Lord Khadaver gekämpft hat.«

Tocht wusste, dass dem so war. Er hatte Tagebücher und Bücher über den Kataklysmus gelesen, und Kray spielte in ihnen eine herausragende Rolle.

»Weshalb hat Kray an dieser Sache ein Interesse?«, fragte Bulokk.

»Er will die Wahrheit wissen«, sagte Rohoh.

»Weshalb?«

Tocht konnte sich nicht länger ruhig halten. Er trat mit zitternden Knien vor. »Bulokk.«

Der Zwerg wandte seinen harten Blick dem kleinen Bibliothekar zu.

»Ich glaube wirklich nicht, dass dies die richtige Zeit und der richtige Ort sind, um das in aller Länge zu besprechen«, sagte Tocht. »Wir sind schon länger hier, als wir sollten. Worauf es ankommt, ist, dass wir alle hier sind, um Meister Oskarrs Axt zu finden.«

Bulokk hatte Einwände, das konnte man an jedem angespannten Muskel seines Körpers sehen. Schließlich seufzte er. »Du hast recht. Aber wir sind nicht einmal sicher, ob die Axt alles überstanden hat –«

»Das hat sie«, verkündete Rohoh. »Tatsächlich sind wir nicht weit von ihr entfernt.«

»Woher weißt du das?«

»Weil es eines meiner Talente ist, Dinge zu finden«, antwortete der Skink. »Deshalb hat mich Kray mit diesem plumpen Halbling zusammengesteckt.«

Plump? Tocht wusste nicht, ob er verletzt oder zornig sein sollte. Er nahm an, dass er beides zugleich war.

»Du findest Dinge?«, fragte Bulokk. »Wie?«

»Durch Magie«, sagte Rohoh.

»Bist du ein Zauberer?«

»Nein. Ich habe nur ein Talent für Dinge wie diese. Es ist eher« – der Skink zögerte – »eine *Gabe.*«

»Wie wenn ein Zwerg seine Hand auf ein Stück Eisenerz legt und weiß, dass er darin etwas Besonderes finden wird«, sagte Adranis. »Ein Schwert. Eine Axt. Einen Ring, der dem Träger ein wenig zusätzliches Glück bringt.«

Rohoh nickte. »Genau so.«

Sofort wurde Tocht von Neugier gepackt. Obwohl er von diesen Gaben gehört hatte, hatte er noch nie zuvor jemanden getroffen, der eine besaß. Magie war etwas, das auf zwei verschiedene Arten kam: entweder als ein Lehrfach unter jahrelanger Anleitung oder als ein einfacheres Mittel, um die grundlegenden Kräfte anzuzapfen, die die *Macht* antrieben. Eine Gabe dafür zu haben, magische Dinge zu finden, ergab durchaus einen Sinn.

Wenn man an das Dasein von Gaben grundsätzlich glaubte, dachte Tocht.

Bulokk sah nicht überzeugt aus.

»Worüber er da redet«, sagte Adranis zum Anführer der Zwerge, »habe ich selbst schon gesehen. Es ist wahr. Es kommt nur selten vor, das ist alles.« Er wandte sich um und blickte auf den Skink hinab, der auf Tochts Schulter stand. »Du sagst, du kannst Meister Oskarrs Axt aufspüren?«

»Allerdings.«

»Wie hast du ihren Geruch aufgenommen?«

Tocht wollte auf diese Frage ebenfalls unbedingt eine Antwort hören.

»Kray hat ihn mir gegeben«, antwortete Rohoh. »Er hat Meister Oskarr gekannt und die Axt berührt. Das war genug für mich, um mich auf die Fährte zu setzen.«

»Selbst nach mehr als tausend Jahren?« Bulokk fiel es zweifellos schwer, das zu glauben. »Wo ist die Axt?«, fragte Bulokk.

Der Skink deutete. »Irgendwo im Berg. Sie ist dort vergraben. Aber sie ist ganz nah.«

Bulokk holte tief Luft. »Nun gut.« Sein Blick strich über die Kobolde und das geheimnisvolle Schiff. »Alles zu seiner Zeit. Wir müssen sehen, womit wir es zu tun haben.«

Tocht entschied, dass er den Beigeschmack dieser Worte nicht mochte. Er mochte ihn sogar noch weniger, als Bulokk ihm mitteilte, was er vorhatte.

»Und du«, drohte Bulokk dem Skink, »kein Gequassel. Wenn du noch einmal sprichst, bevor ich dir die Erlaubnis dazu gebe, werden wir auf eigene Faust unser Glück mit Meister Oskarrs Streitaxt versuchen.«

Die Wachen der Kobolde standen auf ihren Posten, wirkten aber nicht besonders aufmerksam. Auf dem geheimnisvollen Schiff gab es mehr Betriebsamkeit.

Natürlich war das der Ort, an den Bulokk gehen wollte. Noch schlimmer war: Er hatte Tocht befohlen, ihm zu folgen.

Vorsichtig krochen sie in den kleinen Hafen hinab, umgingen mit Leichtigkeit die Koboldwachen, von denen die meisten schliefen oder in gelangweilten Gruppen herumstanden und sich über ihr Schicksal beschwerten. Das Schlimmste (wenn man die immerwährende Angst, geschnappt zu werden, nicht zählte!) waren die ungesunden Gerüche, die aus den großen Kesseln drangen, die über den Feuern inmitten des Koboldlagers hingen.

Tocht war sehr darum bemüht, nicht daran zu denken, was in diesen riesigen Metalltöpfen gekocht wurde. Das wurde schwierig, als er den Knochenhaufen sah – meist Menschen-, Halblings- und Zwergenknochen, mit einigen Elfenknochen obendrein –, der am Ufer auf einer Seite des Steinanlegers aufgestapelt lag.

Laternen leuchteten im Heck des Schiffes, heller als das Licht der Monde, die hin und wieder zwischen den Wolken hindurchspähten. In den Schatten verborgen, die sich am Fuße der Klippen sammelten, wo sie auf die Rostsee trafen, duckte sich Tocht neben Bulokk und lauschte.

Aus der Nähe konnte Tocht sehen, dass das Schiff sauber war und deutlich die Anzeichen von einwandfreier Wartung zeigte. Der Kapitän und seine Mannschaft kümmerten sich offenbar darum, wie sich ein Zwergenkrieger um seine Axt kümmerte. In der Dunkelheit konnte Tocht den Namen nicht erkennen, ja nicht einmal sehen, ob es einen hatte. Es lag leicht und locker auf den Wellen und war offensichtlich unbeladen.

Dann hat es etwas in den Hafen gebracht, überlegte Tocht, unfähig, sich davon abzuhalten, über das Rätsel nachzudenken. *Aber was?* Er blickte sich im Lager um und wusste sofort die Antwort. *Es ist ein Sklavenschiff.*

Aber auch das fühlte sich nicht richtig an. Ein so sauberes Schiff, das derart gut gepflegt war, sollte kein Sklavenschiff sein, das wusste Tocht aus Erfahrung. Schiffe, die für dieses Gewerbe genutzt wurden, waren schmutzig und heruntergekommen, gerade gut genug in Schuss gehalten, um schwimmen zu können und Profit einzubringen, aber auf diese Schiffe war man nicht stolz. Ganz gleich, was ein Kapitän und seine Mannschaft taten, den Gestank konnten sie niemals von einem solchen Gefährt abwaschen.

Wer hat aus dir also ein Sklavenschiff gemacht?, fragte sich Tocht. *Und weshalb hast du dem zugestimmt?* Die ganze Mannschaft schien aus Menschen zu bestehen. *Wie kommt ihr dazu, mit den Kobolden Handel zu treiben, wenn ihr so erfolgreich seid, wie ihr ausseht?*

Nach ein paar weiteren Minuten winkte Bulokk sie zurück. Tocht ging gerne.

Einmal mehr am Fuße der Steintreppen, sprach sich Bulokk mit Adranis ab. »Wir haben ein zweifaches Problem«, sagte der Zwergenanführer. »Ich will die Axt finden, und ich gehe hier nicht fort, ohne dass ich zumindest versucht habe, diese Gefangenen zu befreien.«

»Und ich würde nicht zulassen, dass du dich vor einer dieser Aufgaben drückst«, erklärte Adranis.

»So wie ich das sehe«, fuhr Bulokk fort, »müssen wir beide Dinge zur selben Zeit erreichen.«

»Das heißt, dass wir uns aufteilen«, sagte Hodnes.

»Nicht, bis wir die Gefangen auf die Spitze der Klippen gebracht haben.«

»Wenn wir sie befreien«, fragte Adranis, »wie bringen wir sie dann von der Insel herunter?«

»Sobald wir sie befreit haben und oben auf der Klippe stehen, werden die Kobolde auf uns aufmerksam werden –«

»Vorausgesetzt, sie sind bis dahin nicht schon auf uns aufmerksam geworden«, sagte Adranis säuerlich.

Bulokk nickte. »Wenn schon. Solange wir sie herausholen können, wird es nur ein paar Männer brauchen, um die Klippe gegen die Kobolde zu halten. Alles, was wir tun müssen, ist, die Kobolde eine Weile aufzuhalten, lange genug, damit die Gefangenen die Insel umkreisen können. Dann müssen jene, die die Klippe halten, einfach die Kobolde überrennen und zum Langboot gelangen.«

»Einfach, sagt er«, murrte Drinnick.

»Am Langboot werden dann diese Verteidiger einfach ablegen. Wenn wir Glück haben – und die Alten sind bekannt dafür, die Wagemutigen zu begünstigen –, werden die Kobolde glauben, dass die Gefangenen mit anderen Booten geflohen sind und nicht die Insel umkreisen, um ihnen ihre Schiffe abzunehmen.«

»Das ist ein gewagter Plan«, sagte Tocht. »Aber selbst wenn die Kobolde auf den Trick hereinfallen, glaube ich nicht, dass die Mannschaft des schwarzen Schiffs ihr Gefährt ungeschützt liegen lassen wird. Sie werden an Bord sein.«

»Das ist ein Wagnis, das wir auf uns nehmen müssen«, erklärte Bulokk. »Ich sehe nichts, was wir sonst tun könnten.« Er hielt inne. »Wir haben nicht die ganze Nacht Zeit, also legen wir los.«

Kapitel 13

Mauern der Geschichte

Tief in die Schatten geduckt, sah Tocht in hilflosem Schrecken zu, wie Bulokk und seine handverlesenen Krieger über den von Schatten verdunkelten Platz krochen. Sie bewegten sich wie ein Mann, als hätten sie ihr ganzes Leben lang Aktionen wie diese durchgeführt. Flink nahm jeder von ihnen eine Koboldwache ins Visier und rang sie nieder, dann brachten sie es schnell mit ihren Messern zu Ende.

In diesem Augenblick wurde das Wagnis so groß, dass an Umkehren nicht mehr zu denken war. Es reichte eine Wache der Kobolde, die nach den anderen sah, um sie alle in größte Gefahr zu bringen.

»Entspann dich«, sagte Rohoh, der auf Tochts Schulter stand. »Bulokk und seine Krieger wissen, was sie tun. Sie sind gut in diesen Dingen.«

»Du hast sie noch nie zuvor bei der Arbeit gesehen«, flüsterte Tocht zurück.

»Ich habe sie gesehen, als ich vor den Kobolden stand, für die du ein Bankett angerichtet hast.«

»Du bist die Unterhaltung zum Bankett gewesen.«

»Aber nur unter Protest. Und wenn du es geschafft hättest, dich selbst zu retten, hätte ich mich damit nicht abgeben müssen.«

Tocht sagte nichts, da er ganz von dem Drama gefangen war, das sich vor seinen Augen abspielte. Innerhalb weniger Sekunden hatte Bulokk die Aufmerksamkeit der Gefangenen auf sich gelenkt und ließ dann die Schlösser knacken. Adranis kümmerte sich um den ersten Gefangenen und führte ihn durch die Schatten zu den Steinstufen.

Einigen der Gefangenen fiel es schwer, ruhig zu bleiben, als sie sich durch den hinteren Teil des Lagers schlichen. Sie nutzten die großen Steinblöcke, die von der Stadt noch übrig waren, so dass Tocht sich abermals wünschte, er könnte die Ruinen bei Tageslicht sehen (was den Fluchtplan allerdings nachteilig beeinflusst hätte).

Nur ein paar Augenblicke später bewegte sich eine Reihe von Gefangenen nach hinten und die Steinstufen hinauf, die in die Klippe gehauen waren. Menschen, Zwerge und Halblinge halfen sich gegenseitig bei ihrem Ziel, den Kobolden zu entkommen.

Zum ersten Mal fiel Tocht auf, wie sehr der Rettungsversuch der Schlacht an der Todesfestung während des Kataklysmus ähnelte. Er hoffte nur, dass diese gegenwärtigen Bemühungen nicht so schlecht ausgehen würden, wie es damals der Fall gewesen war.

Auf Bulokks Anweisung schloss sich Tocht der Reihe am Ende an, so dass sie sich aufteilen konnten, sobald sie den Mineneingang erreichten. Er ging hinauf, und seine Beine schmerzten vor Anstrengung. Er konnte sich nicht daran erinnern, letzte Nacht geschlafen zu haben, und nun hämmerte die Müdigkeit auf ihn ein. Er wünschte sich wirklich, er wäre wieder zu Hause, sicher im Bett im Gewölbe Allen Bekannten Wissens, und der einzige Raubzug, der auf seinen Gedanken lastete, wäre einer, über den er in einem Buch aus dem Hralbommsflügel gelesen hätte.

Die Flucht schritt im Schneckentempo voran.

Lange Minuten später fiel den Kobolden der Fluchtversuch auf. Es geschah nicht auf die Weise, die Tocht angenommen hatte: etwa ganz zufällig durch einen Kobold, der ging, um sich zu erleichtern, oder der gerade dann aufblickte, als ein verirrter Mondstrahl durch die Wolkendecke drang und die fliehenden Gefangenen ins Licht tauchte.

Stattdessen geschah es, dass einer der Gefangenen zu schwach wurde und in etwa dreißig Fuß Höhe an der Klippenwand ausrutschte. Vor Schreck packte der Mann seinen Nachbarn und pflückte auch ihn von den Stufen. Beide schrien, als sie von den Felsen stürzten.

Keiner von ihnen bewegte sich, nachdem sie auf dem Boden aufschlugen. Ob sie nun bewusstlos oder tot waren, ihnen würde in dieser Nacht die Flucht nicht gelingen. Tocht tat es leid um sie. Aber nur einen Moment lang. Dann brach er in Panik aus.

»Was war das?«, brüllte eine der Koboldwachen.

»Irgendwas dahinten«, rief eine andere.

Tocht, der den Fels umarmte, weil ihm plötzlich bewusst geworden war, wie weit er fallen konnte, blickte hinab und versuchte mit bloßen Füßen die nächste Stufe zu finden.

Am Anfang machten sich nur drei oder vier Kobolde zum hinteren Teil der Schlucht auf. Sie nahmen sich Fackeln von den Vorräten neben den Lagerfeuern.

»Schnell!«, mahnte Adranis von oben.

Aber obwohl sie Angst vor den Kobolden hatten, fürchteten sich die Gefangenen auch davor weiterzuklettern. Zweifellos waren von Zeit zu Zeit welche auf dem Weg in das Bergwerk hinabgefallen.

Die Wachen der Kobolde riefen. Keine Antwort kam. Da sie spürten, dass etwas nicht stimmte, erhoben sich einige weitere Kobolde und nahmen sich ebenfalls Fackeln. Innerhalb kurzer Zeit hatte eine Horde von Kobolden die Verfolgung aufgenommen.

»Die Gefangenen sind geflohen!«, brüllte ein Kobold. »Der Sklavenpferch ist leer!«

»Dort drüben!«, rief jemand. »Sie klettern die Wand zur Mine hinauf!«

Sofort machten sich die Kobolde auf den Weg zu den Stufen. Zum Glück schien keiner von ihnen einen Bogen zu haben. Aber Tocht erinnerte sich daran, dass die Menschenmannschaft des geheimnisvollen Schiffes welche besaß. Und sie wussten bestens damit umzugehen. Sie würden aber vermutlich an Bord bleiben, um das Schiff zu schützen.

Bulokk und zwei seiner Krieger sicherten die Flanke und benutzten Äxte mit kurzen Stielen und Schilde, um abwechselnd anzugreifen und zu verteidigen. Ihre Bemühungen verlangsamten die Kobolde, entfernten sie aber auch weiter von ihren Kameraden.

»Schnell!«, schrie Tocht. »Lauft so schnell ihr könnt! Oben wartet noch mehr Hilfe! Schnell!« Als er sich weiterbewegte, half er einem älteren Menschen hinter ihm, den er rasch packte, bevor dieser das Gleichgewicht verlieren und über den Rand fallen konnte.

Lockere Steine machten, wie Tocht feststellte, den sicheren Tritt sehr schwierig. Aber sie brachten ihn auch auf eine Idee.

Adranis kam als Erster am Eingang der Mine an.

Tocht dachte daran, am Eingang vorüberzugehen und weiter die Stufen emporzusteigen. Das zu tun wäre sicherer gewesen, aber er hätte dann nicht die Gelegenheit bekommen zu sehen, ob Rohoh mit der Axt recht hatte. Allerdings verließ er die Stufen nur unter großem Widerstreben.

Eine Fackel wurde entzündet, und Tocht zuckte ein wenig zusammen.

»Nun, Halbling«, sagte Adranis, »wie ich sehe, hast du's geschafft.«

»Das habe ich«, stimmte Tocht zu. Aber er wusste nicht, wie der Zwergenkrieger darüber dachte oder ob er sich überhaupt etwas dabei dachte.

Hodnes und ein anderer Zwerg standen mit Adranis im Minenschacht. Der Schacht war lang und schmal und wurde jenseits des Lichtkreises von der Dunkelheit verschluckt. Narben von den Eisenrädern der Erzkarren verunstalteten den Steinboden. Vier Karren standen an der Wand aufgereiht.

Tocht lief zu den Karren und spähte hinein. »Hier«, er zeigte auf die ersten beiden. »Schüttet den da in den anderen aus.«

»Was?«, fragte Adranis.

Tocht packte den Karren fest, schaffte es aber kaum, eines der Räder vom Boden zu heben. »Wenn ihr Bulokk und den anderen helfen wollt, dann hört mir zu. *Leert diesen Karren in den anderen hinein.*« Obwohl er so laut gebrüllt hatte, dass er hören konnte, wie seine Stimme im Schacht widerhallte, glaubte Tocht eigentlich nicht daran, dass die Zwerge auf ihn hören würden. Tatsächlich wusste er selbst nicht, wie er darauf kam, ihnen Befehle zu erteilen.

Zu seiner Überraschung legten Adranis und die anderen ihre Fackeln zur Seite und halfen ihm dabei, den Karren zu heben. Vor der Tür kam der letzte der Gefangenen vorbei.

»Zum Eingang!«, brüllte Tocht. »Schnell!« Er schob den Karren und setzte ihn – kaum zu glauben – in Bewegung. Die Räder knarrten.

Mit der Hilfe der Zwerge schaffte Tocht den Karren nach draußen zu den Stufen, aber er stellte sicher, dass genug Platz für Bulokk und die anderen blieb, um daran vorbeizukommen. Sie waren dort unten, in Ambossformation, und ließen die Schläge der Kobolde auf ihre erhobenen Schilde niedergehen. Einer der gefangenen Zwerge stellte den vierten Mann in der Formation.

»Hierher!«, schrie Tocht. Aber er war so entsetzt, dass er sich fühlte, als müsse er sich übergeben. Trotz Hallekks und Kobners Bemühungen, ihm etwas beizubringen, war er kein Krieger. Er war ein Bibliothekar. Zum Glück war als solcher sein Verstand seine größte Waffe. Er beugte sich hinab und verkeilte die Räder des Karrens. »Kommt schon!«

»Äxte!«, brüllte Bulokk.

Die Zwerge gingen zum Angriff über und schlugen nach den Kobolden, wodurch sie sie vorübergehend zurücktrieben. Einige von ihnen stürzten zu Boden, teilweise in Stücke gehackt. Bulokk und seine Krieger waren gnadenlos.

»Zurück!«, befahl Bulokk.

Die Zwerge bewegten sich gemeinsam, donnerten die Treppen herauf. Bulokk blutete aus drei oder vier Wunden, aber keine davon schien ernst zu sein. Unten am Absatz sammelten sich die Kobolde erneut und setzten den Zwergen nach.

Tocht schob den Karren an. »Kippt ihn um!«

Adranis und die anderen halfen Tocht, den Karren anzuheben. Eine Kaskade von kleinen Steinen strömte heraus und kullerte die Stufen hinab. Die erste Salve riss ein paar Kobolde mit sich, aber die losen Steine brachten die anderen zu Fall. Sie schrien, als sie abstürzten.

»Großartiger Einfall«, sagte Rohoh, der sich fest an Tochts Schulter klammerte.

»Danke«, erwiderte Tocht. Er stand da und schaute zu, bis die Kobolde sich wieder gesammelt hatten und anfingen, deutlich langsamer die Stufen hinaufzusteigen.

»Du bist nicht so unnütz, wie du aussiehst.«

Tocht runzelte die Stirn, aber er ließ nicht zu, dass ihm Rohohs unfreundliche Worte den Glanz seines Sieges raubten.

»Vielleicht solltest du in die Mine gehen«, schlug der Skink vor.

Ein Kobold warf einen Knüppel, der ein paar Fuß von Tochts Kopf entfernt gegen die Wand krachte.

»Da hast du vermutlich recht«, sagte Tocht. Er duckte sich zurück hinter den Mineneingang.

Ein rascher Blick die Stufen hinauf zeigte, dass der letzte der fliehenden Gefangenen gerade über dem Kamm des Grates verschwand.

Innerhalb des Schachts nahm Bulokk eine der ablegten Fackeln und wischte sich Blut vom Gesicht. Er hatte sich den Schild zusammen mit seiner Streitaxt auf den Rücken gebunden und trug eine doppelköpfige Axt mit kurzem Heft in der anderen Hand.

»Da hast du ein flinkes Köpfchen bewiesen, Halbling«, sagte Bulokk.

Tocht nickte. »Es wird uns nicht viel Zeit einbringen.«

Bulokk grinste. »Dann sollten wir das Beste daraus machen, nicht wahr?« Er nickte dem anderen Zwerg zu. »Das hier ist Rassun. Er kennt diese Mine und hat eine Ahnung, hinter was die Kobolde her sind und wem dieses Schiff dort unten am Anleger gehört.« Er nickte in Richtung des Minenschachts. »Wir können unterwegs reden.«

Tocht konnte kaum mit den Zwergen mithalten, als sie blindlings durch den Schacht rannten. Die Flammen der Fackeln flackerten und blinkten während des Laufens. Nach einer kurzen Strecke teilte sich der Minenschacht in drei verschiedene Gänge auf.

»Wo geht's lang?«, fragte Bulokk.

Rohoh stand auf Tochts Schulter. Die Zunge der Echse züngelte ein paar Mal in die Luft. »Nach rechts.«

»Du hast eine sprechende Echse?«, fragte Rassun. Er war ziemlich ausgemergelt von seiner langen Gefangenschaft. Narben überzogen sein Gesicht und seine Hände und legten Zeugnis von früheren Schlachten und Entbehrungen ab. Sein langes, verfilztes braunes Haar war von Grau durchzogen.

»Ja«, erwiderte Bulokk. »Und vor allem eine, die weiß, was wir suchen.«

Ein wenig später teilte sich der Schacht erneut, aber diesmal bestand die Wahl zwischen aufwärts und abwärts.

»Hinab«, sagte Rohoh, bevor jemand fragen konnte.

Bulokk stürmte voraus und hielt seine Fackel hoch. Schatten wirbelten und kreisten über die schmalen Wände des Schachts.

An einigen Stellen in den Quadersteinen und Bogen schimmerten die Knochen der alten Zwergenstadt durch, die überirdisch gelegen war, ehe die Insel versunken oder von Lava bedeckt worden war. Bevor Tocht sich dessen bewusst wurde, hatte er schon an einer davon innegehalten und studierte die Inschriften, die er dort fand.

Es waren natürlich nicht viele Worte, denn der Schreiber war ein Zwerg gewesen. Die meisten Zwergensprachen, die es gegeben hatte, bevor der Kataklysmus alle dazu gezwungen hatte, eine Gemeinsprache zu lernen, waren kurz gehalten. Nur nicht, wenn es ums Schmieden und um Waffen ging. In diesen Bereichen schwoll die Zwergensprache zur Eloquenz an.

Die Inschrift war in der Sprache der Zwerge von den Aschwolkeninseln abgefasst.

Willkommen
Dies ist Meisterschmied Oskarrs Schmiede
Hier wird Metallarbeit verrichtet
Eindringlinge werden getötet

»Halbling!«, rief Bulokk. »Worauf wartest du? Dass diese Kobolde uns einholen?«

»Nein.« Tocht fiel es schwer, seine Augen von dem Steinblock zu lösen. Er zeigte darauf. »Dies ist eine Warnung an jeden, der Meister Oskarrs Schmiede betritt. Dieser Stein ist einst Teil des Eingangs zum inneren Kreis des Meisterschmieds gewesen.« Von anderen Steinen mit Gravuren angezogen, ging er langsam auf sie zu, um eine genauere Untersuchung zu beginnen.

»Woher weißt du das?«, fragte Bulokk.

»Nun ja, es ist so deutlich wie die Nase in eurem Gesicht«, sagte Tocht, ohne nachzudenken. Er war so sehr daran gewöhnt, dass er den Novizen unter den Bibliothekaren etwas erklären musste, dass ihm gar nicht auffiel, was er da tat. »Dies ist in der ursprünglichen Sprache der Zwerge von den Aschwolkeninseln geschrieben.« Er deutete auf die Steinblöcke vor ihm.

»Hey!«, flüsterte Rohoh Tocht ins Ohr. »Ixne überne asdne esenlne.«

Tocht brauchte eine Sekunde, um die gebrochene Sprache zu übersetzen, die der Skink benutzte. In all den Jahren hatte Tocht sie nicht öfter als ein paar Mal gehört. *Nix über das Lesen.* Erst da fiel ihm auf, was er gesagt hatte.

»Geschrieben ist das?«, fragte Bulokk. Plötzlich stand er vor Tocht, mit einem grimmigen Ausdruck auf dem Gesicht. »Du kannst lesen, nicht wahr, Halbling?«

Tocht zuckte zurück. »Vielleicht ein wenig.«

»Ein wenig, ja?«

Tocht wartete, sein Herz schlug rasend.

»Na gut«, sagte Rohoh, »der Halbling kann also lesen. Ein wenig. Man kann auch einem Affen beibringen, Kleider zu tragen. Das heißt noch lange nicht, dass sie ihm stehen.«

»Die Kobolde töten jene, die lesen können«, sagte Drinnick. Er starrte ebenso wie Bulokk. »Sie hassen das Lesen und Schreiben.«

»Es ist ja nicht so, dass die Kobolde nicht schon hinter uns her wären, um uns zu töten«, sagte Rohoh.

Tocht warf dem Skink einen Blick zu und wünschte, er würde still sein.

»Hast du so all die Geschichten kennengelernt, die du uns erzählt hast?«, fragte Adranis.

»Ja«, sagte Tocht. »Der Zauberer, der mich hergeschickt hat, hat ein paar Bücher. Er hat mir das Lesen beigebracht.« Die Schuld schmerzte ihn, als er log. Großmagister Ludaan hatte ihm das Geschenk des Lesens gemacht, so wie es der Großmagister hunderten anderen Halblingen hatte zuteilwerden lassen, die im Gewölbe Allen Bekannten Wissens dienten. Aber er wollte nichts über die Bibliothek preisgeben.

Adranis wandte sich an die anderen Zwerge. »Denkt an all die Geschichten, die er bei sich hatte und uns in diesen letzten Tagen erzählt hat. Geschichten, die wir nicht gekannt haben oder nur halb oder falsch im Kopf hatten. Ohne ihn würden wir nicht einmal wissen, wo wir damit anfangen sollten, nach Meister Oskarrs Streitaxt zu suchen.«

»Meister Oskarrs Streitaxt?«, wiederholte Rassun. »Das ist es, was die Kobolde hier suchen.«

Bulokk fuhr zu dem ehemaligen Sklaven herum. »Was?«

»Die Kobolde«, sagte Rassun. »Sie haben auch nach Meister Oskarrs Axt gesucht. Deshalb haben sie uns in diesen Höhlen herumstöbern lassen.«

»Vielleicht könnten wir uns weiterbewegen, während wir sprechen«, schlug Rohoh sarkastisch vor. »Oder findet ihr es sinnvoll, wenn wir hier herumstehen und darauf warten, dass uns die Kobolde einholen?«

Tocht hob seine Fackel und studierte noch einmal die Inschriften auf dem Stein.

»Sagen sie dir irgendetwas?«, fragte Adranis. Seine Stimme war sanfter als gewöhnlich.

Unwillkürlich fegte Tocht Staub und Erde von den Linien der Gravuren. »Diese Inschriften«, erwiderte er, »verraten mir, dass wir uns in der Nähe von Meister Oskarrs Schmiede befinden. Sie verraten mir auch etwas über die Geschichte, die die Stadt erlebt hat, während die Zwerge hier waren. Dies war ein Teil der Geschichtsmauer der Stadt, ein Ort, den Reisende aufsuchen konnten, um viel über das zu erfahren, was hier geschehen ist.«

Adranis deutete auf einen Steinblock, der Kobolde und Schiffe draußen im Hafen zeigte. »War dieser Angriff ein Teil des Kataklysmus?«

Tocht rieb über die Inschrift und übersetzte die Worte mit Leichtigkeit. »Nein. Dies fand ein paar hundert Jahre früher statt. Ein Überfall von den Sklaventreibern der Kobolde, der einem Sturm auf den Fersen folgte.«

»Und hatten die Kobolde Erfolg?«, fragte Adranis.

Mit einem Grinsen schüttelte Tocht den Kopf. Freude erfüllte ihn. »Nein. Ich erkenne diese Geschichte wieder. Das war Farrads Widerstand.«

»Farrad war der Pa von Meister Oskarr«, sagte Adranis.

»Das war er«, stimmte Tocht zu. »Aber er war zu jener Zeit auch Meisterschmied. Die Sklaventreiber der Kobolde kamen in größerer Anzahl als je zuvor. Er ging das Gerücht, dass der Sturm, der die Küste verwüstet hatte, von einem Zauberer herbeigerufen worden war, so dass die Kobolde es leichter hatten.«

Der nächste Quader zeigte Zwergenkrieger, die auf einer Brücke über zwei riesigen Steintoren standen. Da Tocht diese Tore nicht gesehen hatte, als sie herangesegelt waren, nahm er an, dass sie während des Kataklysmus vernichtet worden waren.

»Meister Farrad stand mit seinen Kriegern über den Toren von Hammerbucht.« Tocht deutete auf ein Oval aus Inseln und Riffen, das auch die Zwergenschmiede einschloss. »Hammerbucht wurde vom Vertrag von Vovaln zusammengehalten, der beschlossen worden war, als alle Meisterschmiede Meister Sarant – einen von Meister Oskarrs Ahnen – als den Größten unter ihnen anerkannten. Im Austausch brachte Meister Sarant diesen Schmieden und ihren Söhnen alle Geheimnisse seiner Schmiede bei. Das war die Zeit, als die Zwerge von den Aschwolkeninseln unter Kriegern berühmt wurden.«

»Das habe ich nicht gewusst«, murmelte Adranis.

»Es gibt viel, was du nicht weißt«, sagte Rohoh. »Zum Beispiel, wo Meister Oskarrs Axt ist. Weiter jetzt!« Er marschierte über Tochts Schulter und den Oberarm hinab.

Tocht richtete seine Aufmerksamkeit wieder auf den vorhergehenden Stein. »Meister Farrad und seine Krieger siegten über die Sklaventreiber der Kobolde. Tatsächlich wurden die Kobolde derart vernichtend geschlagen, dass kein Sklaventreiber je wieder sein Glück auf den Aschwolkeninseln versucht hat.«

»Nicht bis zum Kataklysmus«, sagte Adranis mit leiser Stimme.

»Die Kobolde haben damals nicht versucht, Zwerge zu versklaven«, erwiderte Tocht. »Sie kamen, um die Vernichtung der Schmieden zu Ende zu bringen.«

»Seitdem haben sie immer Sklaven genommen. Und jetzt sind sie da, um Meister Oskarrs Axt zu stehlen.«

»Laufen«, sagte Rohoh. »Wir. Holen uns jetzt die Axt. Klingt das vertraut?«

Tocht ignorierte den Skink und wandte sich an Rassun. »Wie lange haben die Kobolde hier schon nach Meister Oskarrs Axt gesucht?«

»Drei, vielleicht vier Jahre«, antwortete Rassun. »Ich bin die letzten fünf Monate über hier gewesen.«

»Weshalb suchen sie die Axt?«

»Diese Diebe haben sie dafür angeworben.«

»Was für Diebe?«, fragte Bulokk.

»Die im schwarzen Schiff.«

»Sie sind Diebe?«, fragte Tocht.

»Ja. Was habt ihr denn gedacht?«

»Dass sie Sklavenhändler sind.«

Rassun spuckte aus und schüttelte den zottigen Kopf. »Diebe sind sie. Gehören zu irgendeiner Gilde oben in Kairattenbau.«

Über Kairattenbau hatte Tocht nur Gerüchte gehört. Weit im Tiefgefrorenen Norden gelegen, stellte diese Hafenstadt einen Zufluchtsort für Mörder und Halsabschneider dar, die mit Raub und Mord Gewinne machten. Voll mit Piraten, Dieben und Attentätern war Kairattenbau ein Ort des Aberglaubens, der Gier und des Betrugs.

»Weshalb sollte sich eine Diebesgilde für Meister Oskarrs Kriegsaxt interessieren?«, fragte Tocht.

Rohoh marschierte wieder Tochts Arm empor. »Weil sie Kray davon abhalten wollen, die Wahrheit über das herauszufinden, was bei der Schlacht an der Todesfestung geschehen ist!«

»Und was würde das nützen?«, fragte Tocht.

»Wenn Kray herausfinden kann, was wirklich während der Schlacht passiert ist«, antwortete der Skink, »dann könnte er einen Friedensvertrag für das ganze Festland schaffen, mit dem man beginnen kann, die Allianz wieder aufzubauen.«

Die Allianz.

Die Worte brachten tief in Tocht eine Saite zum Klingen. War es das, worum es hier wirklich ging? Diese Mission, auf die Kray ihn gesandt hatte? Wenn es das war, was auf dem Spiel stand, weshalb hatte Kray es ihm nicht verraten?

Weil du dich dann gefürchtet hättest, sagte sich Tocht. *Genauso, wie du es jetzt tust*.

Er war ein Bibliothekar, kein Mitglied einer diplomatischen Gesandtschaft. Er war nicht dazu ausgebildet, sich um die Geschicke ganzer Länder zu kümmern. Nun, da inzwischen keine wirklichen Länder mehr übrig waren, nahm er an, dass er sich davor nicht zu fürchten brauchte, aber er konnte auch nicht für das Schicksal kleiner Städte oder Dörfer verantwortlich gemacht werden. Man gebe ihm ein Buch, das er übersetzen oder abschreiben konnte (vorausgesetzt, es war in einer der vielen Sprachen geschrieben, die er verstehen und lesen konnte), oder bitte ihn darum, über eine beliebige Anzahl von Dingen Bericht zu erstatten – das konnte er tun.

»Wenn die Kobolde Meister Oskarrs Axt finden«, sagte Bulokk, »was werden sie dann damit anstellen?«

»Ich weiß es nicht«, erwiderte Rassun. »Aber ich nehme an, sie werden sie zerstören. Sie ein für alle Mal loswerden.«

Die Schreie von Kobolden hallten durch den Minenschacht, einige von ihnen sehr nahe, andere weit entfernt. Es war so verwirrend, dass es schwer war zu sagen, wo sie sich befanden.

»Sie haben sich aufgeteilt, um nach uns zu suchen«, sagte Rassun. »Das wird kleinere Suchtrupps zur Folge haben, aber wenn sie uns einmal haben, werden sie alle angelaufen kommen. Es gibt keinen Weg aus dem Schacht hinaus, nur den Eingang. Ihr könnt darauf wetten, dass sie dort Wachen aufgestellt haben.«

»Die Flucht ist nur eine Frage des richtigen Zeitpunkts«, erwiderte Adranis. »Darüber werden wir uns Sorgen machen, nachdem wir Meister Oskarrs Axt geholt haben.«

»Das wird nicht leicht«, sagte Rassun. »Die Kobolde haben Geschöpfe, die ihnen beim Graben helfen.«

»Was für Geschöpfe?«, fragte Bulokk.

Kapitel 14

Meister Oskarrs Schmiede

»Sie nennen sie Gräber«, sagte Rassun, während sie rannten. »Sie sehen aus wie riesige Würmer. Wenn Würmer Mäuler hätten, die breit genug wären, um Felsbrocken so groß wie Kühe zu verschlingen.«

»Wie helfen sie denn den Kobolden beim Buddeln?«, fragte Bulokk.

Rassun deutete mit der Hand zum Schacht. »Die Gräber haben diesen Minenschacht gegraben.«

Tocht blickte sich im Schacht um, dessen Durchmesser mindestens acht Fuß betrug. Zum ersten Mal fiel ihm auf, wie glatt die Wände waren. Sie waren nicht durch Spitzhacken entstanden. Es gab keinerlei Spuren von Werkzeugen. Tocht dachte an die Bestiarien und Naturkundebücher, die er im Gewölbe Allen Bekannten Wissens gelesen hatte.

Seit er mit den Reisen zum Festland begonnen hatte, hatte Tocht immer mehr über die Flora und Fauna gelesen, auf die er gestoßen war oder die sich voraussichtlich an den Orten befinden würde, die er aufsuchen wollte. Bei einigen Tieren hatte er gehofft, niemals auf sie zu treffen, aber es gab andere, auf deren Anblick er sich freute.

Aber ein Gräber? Er hatte noch nie von einem Gräber gehört. Zumindest nicht als Name für eine Tierart.

»Bald nachdem die Kobolde die Aufgabe angenommen hatten«, sagte Rassun, »waren die Diebe gar nicht zufrieden mit den Fortschritten, die sie erzielten. Sie brachten den ersten Gräber herüber, und dann haben sie noch drei weitere herangeschafft.«

»Und was genau tun sie?«, fragte Bulokk.

»Sie fressen sich durch den Fels«, antwortete Rassun. »Schneller als eine Spitzhacke. Natürlich muss man hinter ihnen aufräumen. Sie verdauen die Mineralien, die sie im Fels suchen, und der Rest wird wieder ausgeschieden.«

»Du meinst, ihr schaufelt Wurm –«

»Jawohl«, sagte Rassun. »Aber es ist nicht so wild, wie ihr glaubt. Sie zerbrechen die großen Felsen zu kleineren Steinen. Die meisten davon sind nicht größer als eine Faust, wenn sie einmal durch sind.«

»Stinkt das?«, fragte Drinnick.

Tocht konnte nicht glauben, dass sie um ihr Leben rannten und dem Zwergenkrieger dabei eine solche Frage in den Sinn kam.

»Nein«, antwortete Rassun. »Da ist gar kein Dreck dran.« Fackellicht tanzte über sein ausgemergeltes Gesicht und zeigte die Grimasse, die sich darin eingegraben hatte. »Zumindest entsteht keinen Dreck, wenn diese Gräber nur Felsen fressen. Wenn sie einen Zwerg oder einen Elfen fressen, dann sieht die Sache ganz anders aus, muss ich euch sagen.«

»Gräber fressen Leute?«, fragte Tocht. *Das* war seiner Meinung nach eine wirklich wichtige Frage.

»Ja«, sagte Rassun. »Die Gräber fressen Leute aus Fleisch und Blut, als wären sie Ingwerröllchen. Ein Happs, und der Körper ist weg, ehe er überhaupt weiß, dass er gefressen wurde.«

Bei all den Wundern, die die Welt bereithielt, fragte sich Tocht mitunter, weshalb so viele der größeren davon nur darauf aus zu sein schienen, alles zu fressen, was frei herumlief.

»Was von den Überresten eines Mannes oder Tieres seinen Weg durch einen Gräber nimmt«, sagte Rassun, »nun, das ist nicht mal genug, um einen Hut zu füllen. Knochensplitter. Und sobald sie einmal Blut gekostet haben, sind die Gräber tagelang eine Gefahr für die Kobolde. Sie müssen sie einpferchen, bis sie vergessen, dass sie jemals Fleisch und Blut geschmeckt haben. Natürlich haben Gräber kein sonderlich langes Gedächtnis.«

»Nach links«, verkündete Rohoh, als sie an eine weitere Kreuzung mit drei Tunneln gelangten.

Bulokk übernahm die Führung, stieß seine Fackel in die Öffnung und folgte dem Licht hinab. Tochts Aufmerksamkeit war hin und her gerissen, als er immer mehr Steine entdeckte, die einst Teil von Meister Oskarrs Stadt gewesen waren. Das Herz des kleinen Bibliothekars schmerzte, da er an all den Schätzen aus der Vergangenheit vorübereilen musste, ohne sich die Zeit nehmen zu können, die Steine sauber zu reiben.

»Wo haben sie die Gräber herbekommen?«, fragte Tocht.

»Ich weiß es nicht genau«, antwortete Rassun. »Es gehen Gerüchte, dass sie irgendein Zauberer für die Diebesgilde herbeigezaubert hat.«

Also sind sie vielleicht nicht einmal natürliche Lebewesen, dachte Tocht. Das verschaffte ihm gleich ein besseres Gefühl wegen seines Mangels an Wissen über die Gräber. Er hatte Freunde unter den Elfenhütern von Graudämmermoor und sprach oft mit ihnen über ihre Tiere und andere, die sie gesehen oder von denen sie durch ihren Beruf erfahren hatten.

»Wie weit noch?«, fragte Bulokk.

Rohoh, der sich an Tochts Schulter und in seinem Haar festhielt, sagte: »Nicht mehr weit. Wir sind beinahe da.«

Die Gefährten rannten weiter durch die Finsternis.

Die ganze Zeit über fragte sich Tocht, ob die anderen Flüchtlinge es über den Grat geschafft hatten und ob die Zwerge, die Bulokk dort abgestellt hatte, gerissen genug waren, um ihre Stellung zu halten. Selbst wenn, würden sie immer noch viel Glück brauchen, um den Kobolden eines ihrer Schiffe abzunehmen, ohne dabei getötet zu werden.

Tocht machte sich Sorgen darum, wie die Dinge am Ende ausgehen würden. Dann fiel ihm auf, dass er vielleicht nicht lange genug leben würde, um das herauszufinden.

Lange Minuten später öffnete sich der Schacht, in den Rohoh sie geführt hatte, zu einer großen Kammer. In Anbetracht der Tatsache, dass sie beinahe die ganze Zeit abwärtsgerannt waren, wusste Tocht genau, dass sie sich weit unter der Meeresoberfläche befinden mussten. Ihm gefiel dieser Gedanke nicht besonders.

Aber seine Ängste lösten sich rasch auf, als Bulokk die Fackel hochhielt und ihre Umgebung deutlich sichtbar wurde. Das Fackellicht reichte nicht weit genug, um die gesamte Höhle auszuleuchten, aber wenn sie auch nur ein wenig wie das aussah, was vor Tocht lag, wäre es ein wahrlich beeindruckender Anblick gewesen.

Vornehm gestaltete Gebäude, Wohnhäuser und auch Läden zeichneten sich vor der Höhlenwand ab. Die Bauwerke der Zwerge waren aus behauenem Stein gemeißelt worden, der bläulich weiß schimmerte und in keiner Weise an den rötlichen Alabaster der hier heimischen Felsen erinnerte.

»Sie haben andere Steine benutzt, um die Stadt zu errichten«, sagte Bulokk voller Ehrfurcht.

»Das haben sie«, stimmte Tocht zu. »Das hatte ich vergessen.« Er hielt seine Fackel hoch und ging zum nächstbesten Gebäude, wo er seine Hand über die glatten Seiten des Steins gleiten ließ. »Damals, als der Eckstein von Hammerbucht gelegt worden ist –«

»Eckstein?«, fragte Rassun.

Tocht blickte den Zwerg ungläubig an. Wie konnte ein Zwerg nicht um seine Wurzeln wissen? Der kleine Bibliothekar erkannte, wie viel während des Kataklysmus tatsächlich verloren gegangen war.

»Ein Eckstein«, sagte Adranis mit einer Stimme, die von Ehrfurcht erfüllt war, »war immer der erste Stein im ersten Bauwerk, das in einer echten Zwergenstadt errichtet wurde. Darüber hat man gründlich nachgedacht – wie man ihn anfertigen musste, weil er die Hoffnungen und Träume der Zwerge tragen sollte, die ihn schufen. Sie meißelten Bilder aus der Geschichte, aus Legenden und aus ihren Hoffnungen auf alle sechs Seiten des Ecksteins und tränkten ihn mit all ihrer Liebe.«

Adranis' Stimme trug weit durch den leeren Raum und gab einen Hinweis darauf, wie groß die Höhle wirklich war.

»Dann«, sagte Bulokk, »wurde der Eckstein als Grundstein des Gebäudes gelegt, und die Stadt war gegründet.«

»Das ist richtig«, bestätigte Tocht. »Wie ich gesagt habe, damals, als der Eckstein von Hammerbucht gelegt wurde, entschieden sich die Baumeister, einen Stein auszuwählen, der in dieser Gegend nicht sonderlich häufig war. Sie wollten einen Stein, der überall, wo es Zwerge gab, gefunden werden konnte. Also wählten sie diesen aus.« Er tippte den Stein an, und ein hohler Klang ertönte. »Kalkstein. Wo immer es eine Zwergenstadt gibt, gibt es normalerweise auch Kalkstein. Selbst hier auf den Aschwolkeninseln.«

»Aber wir finden hier auf den Inseln kaum welchen«, sagte Adranis.

Tocht nickte. »Dennoch förderten sie eine geringe Menge zu Tage. Den Rest haben sie allerdings durch Spenden erhalten. Gemeinsam errichteten sie eine Stadt für alle Zwerge, die lernen wollten, im Herzen eines Vulkans zu schmieden.«

»Vulkan?«, ließ sich Rohoh vernehmen. »Ich nehme an, mir ist deswegen so heiß.«

Zum ersten Mal fiel auch Tocht die Hitze auf. Er war zu sehr von Sorgen und Ängsten überwältigt gewesen, um es früher zu bemerken.

»Wir sitzen auf dem Gipfel eines Vulkans, stimmt's?«, wollte der Skink wissen.

»Aye«, sagte Bulokk. Er wischte sich mit seinem riesigen Arm über die schweißnasse Stirn. »Es wird gerade ein bisschen heiß hier drinnen.«

»Das ist die Schmiede«, sagte Rassun. »Sie ist noch in Betrieb.«

»Die Schmiede von Meister Oskarr?«, flüsterte Bulokk.

»Aye.« Rassun lächelte grimmig. »Ich bin mein ganzes Leben lang Bergmann gewesen. Ich war noch nie sonderlich daran interessiert, Dinge herzustellen. Ich spüre sie lieber in der Erde auf. Gebt mir eine reiche Goldader oder eine Edelsteinmine, und ich bin überglücklich. Aber ich bin kein Schmied. Und ich habe mir auch niemals gewünscht, einer zu sein.«

Die Gruppe von Zwergen und Tocht folgten Rohohs Anweisungen und ging zum Mittelpunkt von Hammerbucht. Die Gebäude waren zwei oder drei Stockwerke hoch, gerade und kantig. An etlichen sah man Risse, die unter Druck entstanden waren und durch den Stein liefen, aber beinahe alle Gebäude standen noch. Allerdings gab es einige Stellen, an denen offensichtlich einst weitere Bauwerke gestanden hatten.

Da es keinen Schutt von Gebäuden auf den Hauptgehwegen oder innerhalb der Häuser gab, nahm Tocht an, dass die Kobolde befohlen hatten, diesen Bereich freizuräumen. Der Gedanke an all die Dinge, die sie weggeworfen hatten, setzte ihm übel zu. Einen großen Teil der Vergangenheit konnte man sich immer aus alltäglichen Gegenständen erschließen, vor allem, wenn es Bücher und Belege dazu gab.

»Ich habe dabei geholfen, diesen Bereich freizuräumen«, sagte Rassun. »Ganz am Anfang, als ich hergebracht wurde. Die Kobolde hatten zu dieser Zeit schon das meiste erledigt. Es hat lange gedauert. Als die Kobolde herausgefunden haben, dass es hier unten Gebäude gibt und dass es sich wahrscheinlich um diejenigen handelt, unter denen sich auch Meister Oskarrs Schmiede befand, wollten sie nicht, dass irgendetwas beschädigt wird. Sie hielten die Gräber dann draußen, denn die Gräber hätten alles gefressen, was ihnen in den Weg kam.«

»Dieser Bereich wurde durch Handarbeit leergeräumt?«, fragte Tocht.

»Soweit ich gehört habe«, sagte Rassun, »wurde dieses Gelände ziemlich gut erhalten. Als hätte sich eine große Blase darum gebildet und den gröbsten Schaden während des Kataklysmus abgehalten, und auch während späterer Zeit, als es unter Wasser lag.«

»Eine Blase?«, fragte Bulokk.

»Ja«, sagte Rassun.

»Sie ist vielleicht von der Hitze der Schmiede verursacht worden«, vermutete Tocht. »Wenn der Vulkan, der die Schmiede versorgt hat, nicht ausgebrochen ist, könnte das die Erklärung sein.«

»Ich habe auch gehört, dass Meister Oskarrs Schmiede

durch Magie geschützt war«, erklärte Bulokk. »Man sagt, dass ein Zauberer einen schützenden Bannspruch über die Schmiede gelegt hat.«

»Darüber weiß ich nichts«, erwiderte Tocht. »Zwerge erwärmen sich doch im Allgemeinen nicht für die Magie.«

»Aber manchmal werden wir vom Glück dazu angeregt«, sagte Bulokk. »Ich könnte mir vorstellen, dass sich ein Zwerg ein wenig Glück für seine Schmiede wünscht, vor allem, wenn das Vermögen und das Wohlergehen seiner Familie daran hängen.«

Nur ein kleines Stück weiter, während Rohoh mit jedem Schritt aufgeregter wurde, fanden sich Tocht und die Zwerge vor einem Torbogen wieder, der zehn Fuß hoch aufragte – eine imposante Höhe für einen Zwerg, wenn auch nicht so sehr für einen Menschen.

An der wunderschönen Steinmetzarbeit waren die Gravuren und Inschriften besonders eindrucksvoll. Die Gravuren zeigten Bilder vom Krieg und von Waffen, von tapferen Kriegern, die in Schlachten eingekesselt waren, in denen sie Feinde und wilde Ungeheuer einfach niedermähten, während sie in wunderbare Rüstungen gekleidet waren und herrliche Waffen trugen.

Die Inschrift über dem Eingang verkündete: *Willkommen in Meister Oskarrs Schmiede. Wenn Ihr ein Freund seid, habt Ihr nichts zu fürchten. Wenn Ihr ein Feind seid, sollt Ihr durch eine unserer hervorragenden Waffen sterben.* Keine besonders gewählte Sprache, aber da stand es.

Von ihrem Glück berauscht, packten die Zwerge ihre Waffen und schritten durch den Eingang zur Schmiede. Sie war kleiner, als Tocht gedacht hatte. Aus den Beschreibungen der Schmiede hatte Tocht geschlossen, dass sie riesig war, eine lange Reihe von Ambossen, einer nach dem anderen. Man sagte, dass Meister Oskarr für jedes Rüstungsstück, das er anfertigte, einen eigenen Amboss besessen hatte. Natürlich hatte Tocht diesem Hinweis misstraut, denn Zwerge lernten, alles, was sie jemals anfertigten, in der Regel auf einem einzigen Amboss zu machen.

Ohne das Klingen von Zwergenhämmern auf Metall schien die Schmiede unwirklich, unfertig zu sein. Risse liefen der Länge nach durch den Boden und legten Zeugnis von den Kräften der Elemente ab, denen die Stadt getrotzt hatte, während sie von Lava bedeckt gewesen war. Trotz der Anweisung der Kobolde, diesen Bereich zu säubern, lag auf den meisten Oberflächen graue Asche.

Auf der gegenüberliegenden Seite des Raums glühte eine Grube mit geschmolzener Lava rotgolden hinter einer gesprungenen Steinwand. Die Hitze wogte über Tocht hinweg und ließ ihn sofort vor Schweiß triefen. Die Lava bewegte sich ruhelos, wie der Brotteig eines Bäckers, und faltete sich immer wieder über sich selbst, wenn die Oberfläche abkühlte und der heißere flüssige Fels darunter heraufblubberte, um ihren Platz einzunehmen.

Ambosse lagen dort auf dem Boden, wo sie von eigens behauenen Steintischen gefallen waren. Ein jeder der Tische war mit Gravuren verziert, die ihn einzigartig machten.

Als ob sie unter einem Bann stünden, bahnten sich die Zwerge langsam ihren Weg durch die Schmiede, berührten jeden Amboss und jeden Steintisch voller Ehrfurcht. Genauso fasziniert folgte Tocht ihnen. Seine flinken Hände glitten über die Gravuren.

Da er sich nicht mehr zurückhalten konnte, nahm er sein Tagebuch heraus und fing an, einige schnelle Skizzen anzufertigen, aber nur von Bildern, die er nicht wiedererkannte oder die er nicht mit einer der Zwergengeschichten verknüpfen konnte, die man ihm erzählt hatte. Keiner der Zwerge nahm ihn auch nur zur Kenntnis.

»Man hat uns hergeschickt, um Meister Oskarrs Streitaxt zu suchen«, sagte Rohoh.

»Ich weiß«, erwiderte Tocht. »Aber … aber … das ist *Geschichte.*« Mit dem Tagebuch in einer Hand und der Zeichenkohle in der anderen deutete er auf die Schmiede. »Kannst du dir die Rüstungen und Waffen überhaupt vorstellen, die von diesem Ort gekommen sind? Die Schmiede, die hier geschuftet haben? Kannst du dir vorstellen, wie ihr tägliches Leben ausgesehen hat? Welche Mühen sie auf sich nehmen mussten?«

»Ein Angriff von Lord Khadaver war vermutlich ziemlich übel«, mutmaßte der Skink. »Vielleicht sogar schlimmer, als wenn die Kobolde und diese Diebe uns alle hier unten in dieser Schmiede erwischen.«

Tocht reckte den Hals, um den Skink anzublicken. Er konzentrierte sich auf das Gesicht der Echse, und dabei kam ihm die Gefahr wieder in den Sinn, in der sie sich befanden. Schließlich gab es nur einen Weg, der aus der Schmiede herausführte.

»Wo ist Meister Oskarrs Axt?«, fragte Tocht.

»Dort.« Rohoh zeigte auf die blubbernde Lava.

»Wo?«

»In der Esse.«

Tocht blickte auf die geschmolzene Masse. »Das kann nicht sein. Wenn die Axt dort drin wäre, dann wäre sie inzwischen zu Schlacke geschmolzen.«

»Das ist sie nicht.«

Obwohl er es nicht glauben wollte, legte Tocht das Tagebuch und die Kohle beiseite. Langsam bahnte er sich einen Weg durch umgefallene Ambosse und musterte die Lavagrube.

»Wo gehst du hin, Halbling?«, knurrte Adranis.

»Ich muss die Axt finden«, antwortete Tocht, während sein Verstand verzweifelt nach einer Möglichkeit suchte, wie die Worte des Skinks wahr sein konnten. Selbst von Zwergen geschmiedetes Eisen konnte die Hitze von Lava nicht überdauern. Ganz besonders nicht tausend Jahre und mehr.

Tochts Ankündigung verschaffte ihm jedermanns Aufmerksamkeit. Sie ließen ab von allem, womit sie sich beschäftigt hatten, und reihten sich hinter ihm ein. Nahe an der wogenden Lava brauchten sie die Fackeln nicht mehr, denn das leuchtende Glühen erhellte die unmittelbare Umgebung.

»Wo ist die Axt?«, wollte Bulokk wissen.

»Er sagt, dass sie in der Esse ist«, antwortete Tocht.

Der Ausdruck auf den Gesichtern der Zwerge ringsum ließ ihn sogleich wissen, dass sie ihm nicht glaubten.

Tocht trat unwillkürlich einen Schritt vor ihnen zurück und zeigte auf den Skink. »Er sagt das. Nicht ich.«

Bulokk fluchte. »Nur ein Narr würde das glauben. Nicht einmal für Meister Oskarrs Axt gibt es eine Möglichkeit, der Lava zu entrinnen – sie wäre zu einer Ascheflocke verbrannt.«

»Sie ist da«, beharrte Rohoh. Er glitt auf das untere Ende von Tochts Arm, dann sprang er auf den niedrigen Vorsprung der Mauer, die die geschmolzene Lava zurückhielt. »Ich rieche sie. Und ich irre mich niemals.«

»Jeder irrt sich«, sagte Adranis.

»Nun«, erwiderte die Echse und kratzte sich nachdenklich am Kinn, »es ist einmal vorgekommen, dass ich in der

Schatzkammer des Zauberers Ekkal nicht ganz … richtig lag. Aber wie hätte ich auch wissen sollen, dass der Kelch von Weligan in eine Person verwandelt worden war? Ich meine, das ist vorher noch nie da gewesen. Am Ende hatte ich allerdings recht und erkannte es nur nicht.«

Gemeinsam spähten Tocht und die Zwerge eingehend in die Lavagrube. Tocht kam ihr so nahe, dass die Hitze auf seinem Gesicht beinahe unerträglich war. Tränen füllten seine Augen und fielen in die Lava. Sie verzischten zu Dampf, ehe sie den geschmolzenen Fels erreichten.

Plötzlich schrie Drinnick auf. Er tänzelte von der Lavagrube weg und schlug mit der freien Hand nach den Flammen in seinem Bart, der sich entzündet hatte, weil er sich zu weit nach vorn gebeugt hatte. Der Geruch nach verbranntem Haar lag in der Luft. Bis er die Flammen erstickt hatte und nur noch einige rauchende Stellen blieben, war sein einst schöner Bart ein verkohltes Durcheinander.

Ärgerlich hob er seine Axt und ging auf Rohoh zu. »Du lästiges kleines Ungeziefer! Ich sollte dich zu Brei schlagen, wirklich! Und vielleicht werde ich das auch tun!«

»Tocht!«, quietschte die Echse und flitzte auf dem breiten Vorsprung der Mauer entlang.

»Du bist auf dich allein gestellt«, sagte Tocht zu dem Skink.

Mit unglaublicher akrobatischer Geschicklichkeit sprang die Echse und fand Halt auf der glatten Wand. Ihre Krallen schafften es, winzige Vorsprünge zu entdecken, und sie flitzte zum Dach hinauf und hielt außerhalb von Drinnicks Reichweite an. Dieser streckte die Zunge heraus, fluchte und schüttelte drohend die geballte Faust.

Tocht schenkte den beiden keine Beachtung und setzte seinen Verstand ein, um das Rätsel zu lösen. Wenn Rohoh recht hatte, und einzig die Vernunft besagte, dass der Skink falsch lag, dann befand sich Meister Oskarrs Axt irgendwo in der Lavagrube.

»Wonach suchst du?«, fragte Bulokk.

»Gibt es hier nicht irgendwo eine Zange?«, fragte Tocht. »Wird Metall nicht erhitzt und weich gemacht, indem man es in die Lava taucht?«

»Aye«, sagte Bulokk. »Das ist eines der Geheimnisse der Lavagrube. Das Metall im Feuer zu härten ist sehr viel einfacher.« Er fing ebenfalls an, sich umzusehen. »Und sie haben Zangen benutzt. Und auch einen Siebkasten, für den Fall, dass etwas hineingefallen ist.« Er erhob seine Stimme und erteilt seinen Männern den Befehl, diese Werkzeuge zu finden.

Sie verteilten sich mit ihren Fackeln. Selbst Drinnick gab es auf, den Skink zu verfolgen, und beteiligte sich an der Suche.

Kapitel 15

Eine unerwünschte Wahrheit

Die Werkzeuge, die Zangen und das Sieb – alle mit langen Metallstangen ausgestattet, die am Ende in hölzerne Handgriffe eingefasst waren – waren rasch gefunden. Bulokk und einige der anderen fingen an, die Lavagrube zu durchsuchen, mussten aber oft eine Rast einlegen, denn selbst mit den Holzgriffen, die die Hitzeübertragung minderten, wurde das Metall zu heiß.

Hodnes schaffte es sogar dadurch, dass er gepolsterte Handschuhe und einen eisernen Willen einsetzte, eine Zange so lange in der Lava zu halten, dass das Metall flüssig wurde und vom Ende herabtropfte. Die anderen Zwerge fluchten und schlugen nach Hodnes, weil er eines ihrer Werkzeuge zerstört hatte.

»Es nützt nichts, Halbling«, sagte Bulokk nach einer Weile. »Wenn die Axt wirklich dort drin ist, dann kommt sie nicht heraus.« Er spuckte aus. »Dies ist ein nutzloses Unterfangen, so ist es. Ich hoffe bloß, die Gefangenen sind ein Stück weit entkommen.«

Und ich hoffe, dass uns das auch gelingen wird, dachte Tocht. »Die Axt muss hier sein.«

»Sie kann nicht hier sein«, erwiderte Rassun und kam zu ihnen herüber. »Ich sage euch, die Kobolde sind hier überall gewesen. Nachdem die Gräber diesen Teil der Stadt hervorgewühlt haben, besonders als sie die Schmiede gefunden haben, haben sie jeden Fußbreit davon untersucht.

Wenn Meister Oskarrs Axt hier gewesen wäre, hätten sie sie gefunden.«

Tochts Verstand arbeitete fieberhaft, um einen Ansatzpunkt zu finden. Er hob seine Fackel und blickte die Ambosse an. »Wo ist Meister Oskarrs Amboss?«

»Da drüben.« Bulokk führte ihn zu einem der Ambosse.

Anstelle des makellosen Stücks, das er erwartet hatte, sah Tocht einen ramponierten, häufig benutzten Amboss auf dem Boden stehen. Aber auf den Seiten war, mit nach wie vor kühnem Schliff, das Schmiedezeichen von Meister Oskarr eingeprägt. Das Bild zeigte einen aufrechten Hammer über einem Amboss, der besagte, dass der Besitzer ein vollständiger Meister nach Titel und Rang war, mit Oskarrs Namen und dem Zeichen der Aschwolkeninseln darunter.

»Wo ist sein Tisch?«, fragte Tocht, als er herausfand, dass der Amboss keine weiteren Inschriften aufwies. Offenbar hatte Meister Oskarr nicht sonderlich viel für Prahlereien übrig gehabt.

Eine rasche Suche folgte, bis Adranis den Tisch fand. »Hier«, rief er.

Der Tisch war umgekippt. Eine Ecke war abgesprungen, aber ansonsten war er unbeschädigt. Ruß und Asche bedeckten den größten Teil der Oberfläche.

Nachdem er einen Ärmel von seinem Hemd abgerissen hatte, machte sich Tocht an die Arbeit, alle Bilder freizulegen.

»Ist da irgendwas über die Schlacht an der Todesfestung?«, wollte Bulokk wissen.

»Nein«, antwortete Tocht. Und er kam nicht umhin zu überlegen, wie seltsam das war. Hatte Meister Oskarr sich absichtlich entschlossen, nichts über diesen Kampf zu enthüllen? Stimmten die Gerüchte also? Der kleine Bibliothekar hoffte fest darauf, dass dem nicht so war.

Dann fand Tocht, in einer kleinen Schrift um den Rand des Tisches, die im Fackellicht kaum zu entziffern war, den neuesten Eintrag, der über tausend Jahre zurücklag.

»Was hast du da entdeckt?« Bulokk kniete sich neben den kleinen Bibliothekar.

»Das ist der letzte Eintrag auf dem Tisch«, erklärte Tocht. »Er ist in einer uralten Zwergensprache geschrieben. In der Sprache des Klingeisenklans von den Eisenhammergipfeln.«

»Meister Oskarrs Ma kam aus dem Klingeisenklan«, sagte Bulokk. »Aber ich habe noch nie von den Eisenhammergipfeln gehört.«

»Jetzt nennt man sie die Bruchschmiedenberge«, sagte Tocht abwesend. Es bereitete ihm nicht wenig Schwierigkeiten, die Inschrift zu übersetzen. Der Klingeisenklan war immer klein gewesen. »Abgesehen davon, dass er Teldanes Fülle zerstört hat – das man nun in die Zerschmetterte Küste umbenannt hat –, hat Lord Khadaver einen Handel mit dem Drachen Shengharck getroffen, damit dieser die Eisenhammergipfel übernahm. Dort hat der Drache gelebt.« Er hielt inne und erinnerte sich an den Schatzhort des Drachen im Herzen eines Vulkans, wo er und Kobner um ihr Leben gekämpft hatten. »Bis vor kurzem.«

»Der Klingeisenklan hat auch Metall in Vulkanen bearbeitet«, sagte Bulokk.

»Ja.« Tocht nickte. »Aber sie sind damit nie so erfolgreich gewesen wie der Klan von den Eisenhammergipfeln. Viele aus dem Klingeisenklan gingen beim Klan von den Eisenhammergipfeln in die Lehre.«

»So kam es, dass Meister Oskarrs Mutter hier draußen

geboren wurde«, sagte Bulokk. »Aber alles, was ich wusste, war, dass ein paar Zwergenschmiede aus der Umgebung von Teldanes Fülle an den Küsten der Aschwolkeninseln gestrandet sind. Ich erinnere mich nicht daran, dass etwas über die Eisenhammergipfel berichtet wurde.« Er beugte sich näher zu Tocht. »Kannst du es denn lesen, Halbling?«

Zufrieden mit seiner Übersetzung, fing Tocht noch einmal von vorne an und las mit seiner besten Stimme vor. »›Lasst es verkündet sein, dass uns das Ende bevorsteht. Lord Khadaver ist gekommen und fordert uns für sich, und wir sind alle bereit, heute zu sterben. Keiner soll sagen, dass unter uns Feiglinge waren, denn wir stehen alle bereit, unser Blut zu vergießen, um gegen den Koboldkönig zu kämpfen. Wir sind nicht nur einfache Schmiede, wir sind auch Krieger.‹«

»Jawohl«, flüsterte Bulokk, »das waren sie. Und was für welche.«

»›Ich habe gegen Lord Khadaver in der Schlacht an der Todesfestung gekämpft.‹« Tochts Herz raste, als die Übersetzung leichter und schneller vonstattenging. »›Dann wurden wir verraten.‹«

»Sie sind verraten worden!«, rief Bulokk. »Das ist doch Beweis genug, damit niemand mehr glaubt, Meister Oskarr habe die Allianz verraten!«

Dieser Einschätzung stimmte Tocht nicht zu, aber er behielt diesen Gedanken klugerweise für sich. Er war nicht so flink auf den Beinen, dass er zur Decke des Raums flitzen konnte wie Rohoh. Er fuhr mit der Übersetzung fort.

»›Meine Axt‹«, las Tocht, »›die ich selbst unter dem wachsamen Blick meines Vaters, des Meisterschmieds Farrad, geschmiedet habe, wurde in dieser Schlacht verflucht.‹«

»*Verflucht!*«, brach es aus Bulokk hervor. Er packte

Tocht grob an der Schulter und schüttelte ihn, wobei seine Füße über dem Boden baumelten. »Was meinst du damit, dass die Axt verflucht worden ist?«

Aus reiner Selbstverteidigung hielt sich Tocht an der großen Hand des Zwergs fest. »Ich weiß es nicht. Ich lese diesen Teil auch gerade zum ersten Mal.« Er blickte in Bulokks Augen und sah dort Angst und Hass, die im orangefarbenen Glühen der Lava aufloderten. »Lass mich zu Ende lesen, Bulokk. Das ist meine Aufgabe. Zum Guten oder Schlechten, aber das ist es, was ich vollbringen kann.«

»Ich will nicht hören, wie Meister Oskarrs guter Name beschmutzt wird«, sagte Bulokk rau. Seine Worte waren in Tochts Ohren eine Drohung.

»Ich weiß«, flüsterte Tocht. »Ich weiß nicht, was diese Inschrift besagt, aber ich könnte dich anlügen.« Er hielt inne. »Wenn das dein Wunsch ist.« Wie er da so über dem Boden hing, musste der kleine Bibliothekar zugeben, dass er dem Zwergenanführer in diesem Augenblick alles erzählt hätte, was dieser hören wollte.

Adranis trat vor und legte einen Arm um Bulokk. Er blickte den jüngeren Zwerg an und sagte ruhig: »Willst du das, Bulokk? Eine Lüge? Selbst wenn es eine gute ist?«

Bulokk löste seinen Blick nicht von Tocht. »Das war ein Fehler«, würgte der Zwerg hervor. »Wir hätten niemals herkommen sollen.«

»Aller Wahrscheinlichkeit nach gibt es dort draußen eine ganze Schar befreiter Sklaven, die überhaupt nicht denken, dass alles, was wir in dieser Nacht getan haben, umsonst gewesen ist«, sagte Adranis. »Wir haben aus der heutigen Nacht auch etwas Gutes geschmiedet. Diese Gefangenen befreit. Ein paar Kobolde getötet. Ganz gleich was passiert, das haben wir getan.« Er holte ruhig Luft. »Jetzt entscheide dich, was du willst: die Wahrheit oder eine Lüge. Und versuche nicht, den kleinen Halbling so sehr zu erschrecken, dass er nicht mehr den Mumm in den Knochen hat, dir die Wahrheit zu sagen, falls sie schlimm ist.«

Tocht hing hilflos an Bulokks Arm. *Wo sind Kray und die* Einäugige Peggie*? Schlimmer kann es nicht mehr kommen!*

Langsam öffnete Bulokk seine Finger und ließ Tocht auf den Steinboden fallen. Die Knie des kleinen Bibliothekars zitterten so sehr, dass er auf den Bauch fiel.

»Dann also die Wahrheit, Halbling«, knurrte Bulokk. »Und ich werde es wissen, wenn du versuchst, mich anzulügen.«

Bebend wandte sich Tocht erneut der Inschrift zu. Er fuhr sie mit dem Finger nach und fand die Stelle wieder, an der er aufgehört hatte. »›Ich habe von dem Fluch erst später erfahren‹«, las Tocht vor. »›Wir waren zu sehr mit der Flucht beschäftigt, sind um unser Leben gerannt, nachdem die Krankheit so viele von uns dahingerafft und so viele andere kampfunfähig gemacht hatte. Dann, zurück auf den Aschwolkeninseln und in dieser Schmiede, bekam ich Albträume von Lord Khadaver. Er und andere, die ich nicht benennen kann, versuchten, mit mir zu sprechen. Jeden Tag wurden ihre Stimmen deutlicher.‹«

Bulokk knurrte.

Tocht hob die Hände, schützte damit seinen Kopf, obwohl er nicht glaubte, dass es wirklich besonders hilfreich wäre, wenn man ihm den Kopf abschlug und seine Hände ihn dabei festhielten. Er schloss die Augen.

Der Schlag kam nicht.

»Weiter«, drängte Adranis leise und trat näher, um sich zwischen Tocht und Bulokk zu stellen.

Tocht wusste nicht, ob Adranis hier war, um ihn zu beruhigen – was er tatsächlich ein Stück weit zu Wege brachte – oder um Bulokk aufzuhalten, sollte er sich nicht mehr beherrschen können – was in gewisser Weise alle Beruhigung zunichtemachte. Er wandte sich wieder der Inschrift zu, von Neugierde ebenso wie vom Überlebensinstinkt getrieben.

»›Aus Angst vor den Albträumen versuchte ich, die Axt zu vernichten‹«, fuhr Tocht fort. »›Ihr werdet nie erfahren, wie schrecklich allein dieser Gedanke war, und dann erst noch die Tat selbst. Die Axt, *meine* Axt, wollte auf meinem Amboss weder brechen noch sich verbiegen lassen, ganz gleich, wie schwer ich daran arbeitete. Die Magie, die sie befallen hatte, war zu sehr ein Teil von ihr geworden.‹«

Stille breitete sich unter den Zwergen aus. Tocht war sicher, dass sich keiner von ihnen vorstellen konnte, etwas zu zerstören, an dessen Herstellung er so hart gearbeitet hatte. Für sie war das das wahre Entsetzen, und der Fluch machte die Geschichte nur noch schrecklicher.

»›Verzweifelt habe ich die Axt im Glutofen der Lava versenkt und gehofft, dass Lord Khadavers Streitkräfte sie niemals dort finden würden. Die Axt‹«, las Tocht vor, »›war einer der Hauptgründe, weshalb die Kobolde auf den Aschwolkeninseln eingefallen sind.‹«

»Sie sind wegen der Axt gekommen«, sagte Hodnes.

»Und auch heute sind sie noch hier und suchen danach«, sagte Drinnick.

Diese Tatsache erstaunte sie alle.

Es gibt bei dieser Aufgabe so viel, was Kray mir nicht erzählt hat, dachte Tocht. Aber er konzentrierte sich auf die Worte und fuhr mit seiner Übersetzung fort. »›Vor Jahren hat mein Vater, Meisterschmied Farrad, diese Schmiede zur

Heimstatt eines Elementarwesens namens Merjul gemacht. Es war ein Feuerelementar, eines dieser wenigen seltsamen Wesen, die noch aus den Düsteren Zeiten vor Lord Khadavers Ankunft übrig geblieben sind – Zeiten, von denen man sagte, dass die Alten sich damals bekriegt und etliche der Welten vernichtet haben, die sie erschaffen hatten.‹«

»Ein Elementar?«, flüsterte einer der Zwerge. »Man kann nie sagen, was eines dieser Dinger anstellen wird. Es kann einen auf der Stelle zerschmelzen, so dass nichts mehr übrig bleibt, wenn es einen nur anblickt.«

Tocht hoffte schwer, dass das nicht der Fall war, denn er wusste, dass Bulokk die Sache nicht auf sich beruhen lassen würde. »›Wenn Merjul nicht bei Lord Khadavers Angriff getötet wurde, wird er noch hier sein. Wenn Ihr meines Blutes seid, wenn Ihr die Namen Eurer Vorfahren kennt, dann dürft Ihr Merjul rufen, und er wird Euch die Axt aus den feurigen Tiefen heraufbringen. Aber gebt acht, denn die Axt ist verflucht. Mein einziger Wunsch ist es, dass Ihr eine Möglichkeit findet, sie vom Fluch zu befreien, denn sie ist die schönste Waffe, die ich je auf meinem Amboss geschaffen habe.‹« Er blickte zu Bulokk auf. »Es ist mit ›Meisterschmied Oskarr‹ unterzeichnet.«

Ohne ein Wort ging Bulokk zum Glutofen der Lava hinüber. »Merjul!«, rief er mit lauter Stimme.

Von seiner Neugier näher gezogen, aber auch mit Angst geschlagen, folgte ihm Tocht. Er stand neben Bulokk und hoffte, der Zwergenanführer würde nicht den Zorn eines Elementars auf sie herabbeschwören. So etwas überlebten nur wenige.

»Merjul!«, rief Bulokk erneut, diesmal ungeduldiger.

Anfangs wogte die Oberfläche der Lavagrube einfach weiter. Dann bewegte sich etwas aus ihrer Mitte heraus. Die

Lava weitete sich zu einer Blase, die dann jäh zersprang und ein furchterregendes Wesen freigab, das auf der Lava stand.

Elementare konnten, wie Tocht wusste, unzählige Formen annehmen. All diese Formen waren flüssig, eher von Macht als von irgendeiner Art von Skelett aufrecht gehalten. Das war nur einer der Gründe, weshalb sie schwer zu vernichten waren.

Merjul war mindestens neun Fuß hoch, hatte feurige Haut, die glatt war wie abgeschliffener Stein und die Farbe von Ocker zeigte. Die Gesichtszüge waren undeutlich, bestanden nur aus zwei Augen und einem Mund, der wie ein Schlitz wirkte. Schimmernde Hitzespiegelungen wirbelten um seine Haut. Er wandte sich an Bulokk.

»Wer bist du?«, fragte der Elementar mit einer tiefen, klangvollen Stimme.

»Ich bin Bulokk, der Nachfahre von Meisterschmied Oskarr, und ich bin bekommen, um seine Axt für mich zu fordern«, erklärte Bulokk.

Tocht trat vorsichtig einen Schritt zurück. Sich von solch einem Anblick bannen zu lassen kam, wie er oft festgestellt hatte, einem Todeswunsch gleich.

Der Elementar schien unbeeindruckt. »Die Axt wurde in meine Obhut gegeben. Dass du meinen Namen kennst, ist eine Sache, aber ich habe mir sagen lassen, ein wahrer Nachfahre würde Meisterschmied Oskarrs Ahnenreihe kennen. Er hat gesagt, sein Nachfahre würde das wissen.«

»Ich kenne die Ahnenreihe«, erklärte Bulokk.

»Dann lass sie hören«, forderte ihn der Elementar heraus. »Und wisse, dass du sterben wirst, wenn du versagst.«

»Ich bin Bulokk, Sohn von Farrad, Sohn von Thumak, Sohn von Azzmod, Sohn von –«

»Du bist ein Betrüger!«, schrie der Elementar. Die feurigen Augen zogen sich zusammen, und der schlitzartige Mund wurde vor Zorn noch schmaler. »Du kennst die Ahnenreihe nicht.« Er beugte sich hinab und griff in die Lava, wo er eine Handvoll geschmolzenen Fels in die Faust nahm. Mit der Geschwindigkeit eines Gedankens schoss die Lava in beiden Richtungen hervor und wurde zu einem schweren Kriegsspeer mit flackernder Spitze. Merjul machte sich bereit, ihn zu werfen, und es gab keinen Zweifel daran, dass sein Ziel Bulokk sein würde.

Bulokk hob den Schild, was – nach Tochts Einschätzung – wie eine ziemlich hilflose Reaktion wirkte. Es war offensichtlich, dass der Elementar den Zwerg töten würde.

Die anderen Zwerge stoben auseinander, alle außer Adranis, der sich entschied, an Bulokks Seite zu bleiben.

»Wartet!«, schrie Tocht. Natürlich bereute er es sofort, gesprochen zu haben. Es war zweifellos so, dass sein Verstand schneller auf das Lösen von Rätseln reagierte als auf den Selbsterhaltungstrieb.

Der Elementar allerdings hielt inne. »Wer bist du?«, verlangte das Geschöpf gebieterisch zu wissen.

»Niemand, aber ich weiß, weshalb Ihr annehmt, dass Bulokk ein Betrüger ist. Was er nicht ist.«

»Er kennt die Ahnenreihe nicht«, beharrte Merjul

»*Ihr*«, sagte Tocht, »kennt die Ahnenreihe nicht.«

»Man hat mich gelehrt –«

»Man hat Euch die Ahnenreihe damals zu Meister Oskarrs Zeit gelehrt«, unterbrach ihn Tocht, der fürchtete, dass der Elementar jeden Augenblick angreifen würde. »Aber tausend Jahre sind vergangen, seit Meister Oskarr sein Schicksal auf diesen Inseln gefunden hat.«

Merjul schien einen Moment lang unentschlossen. Er hielt den Speer lässig gegen seine Schulter gelehnt. »Tausend Jahre«, sinnierte er. »Tatsächlich habe ich nicht mitgezählt, wie lange ich hier bin. Die Zeit hat für jemanden wie mich keine Bedeutung. Obwohl die Sonne anzeigt, wie sie vergeht, achte ich oft nicht darauf. Oskarrs Freundschaft scheint mir, obwohl sie Jahre gedauert hat, nur eine kurze Begebenheit zu sein.«

»Dies«, sagte Tocht, »ist der Nachfahre von Meister Oskarr. Blut von seinem Blut. Und wenn Ihr Meister Oskarr Euer Wort gegeben habt, dann seid Ihr auch an Bulokk durch Eure Ehre gebunden.«

»Vielleicht«, pflichtete Merjul bei. Er verlagerte seine Aufmerksamkeit auf Bulokk. »Sag mir noch einmal die Ahnenreihe.«

Tocht wandte sich an Bulokk. »Noch einmal. Aber beginne diesmal mit Meister Oskarr.«

Bulokk tat, wie geheißen. Trotz seiner Angst klang seine Stimme klar und stark, als er sich durch den Zwergenstammbaum zurückarbeitete. Schließlich war er fertig, und alle standen nachdenklich da und erwarteten das Urteil des Elementars.

»Du bist, was du zu sein behauptest«, sagte Merjul. »Du sollst die Kriegsaxt deines Ahnen haben.« Der dünne Mund verzog sich finster. »Ich muss dir allerdings gestehen, dass ich froh bin, sie loszuwerden. Sie hat mir die ganze Zeit über, während sie bei mir war, Unbehagen bereitet. Der Fluch, der auf ihr liegt, ist sehr mächtig.« Er ließ den Lavaspeer fallen, der seine ursprüngliche Gestalt wieder annahm, und streckte seine leere Hand aus.

Ein Fortsatz aus Lava brach hervor und wuchs weiter wie eine Ranke. In ihren Windungen befand sich eine wunderschöne zwergische Kriegsaxt. Mit müheloser Kraft warf der Elementar die Axt Bulokk zu.

Tocht duckte sich und beobachtete, wie Bulokk die große Axt mit Leichtigkeit auffing. Er erwartete eigentlich, den Zwerg vor Qual aufschreien zu hören, als er das extrem heiße Metall berührte.

Aber das tat Bulokk nicht. Er benahm sich, als wäre die Axt überhaupt nicht heiß. Ehrfurcht erfüllte sein Gesicht, als er das spiegelnde Leuchten der Oberfläche betrachtete. Selbst nach all den Jahren in der Lavagrube war der hölzerne Griff nicht angesengt. »Bei den Alten!«, keuchte er. »Ich habe noch nie eine solche Klinge gesehen!«

Merjul lächelte. »Nun weiß ich sicher, dass du zu Meister Oskarrs Verwandtschaft gehörst. Du teilst seine Liebe für das Handwerk.«

»Mit meinem ganzen Herzen«, bestätigte Bulokk.

Mit einer Verbeugung sagte der Feuerelementar: »Dann bin ich froh, mein Versprechen gehalten zu haben.«

»Danke«, erwiderte Bulokk lächelnd. »Ich weiß, dass meine Worte nicht genügen, aber mehr habe ich nicht. Wenn Ihr irgendetwas braucht oder es etwas gibt, bei dem ich Euch helfen kann, lasst es mich wissen.«

Wenn wir überleben, dachte Tocht und erinnerte sich an die Kobolde, die auch jetzt noch die Schächte nach ihnen absuchten.

»Benutze die Axt mit Vernunft«, sagte Merjul. »Mein Freund hätte sich das so gewünscht.« Sein Gesicht verdüsterte sich. »Aber hüte dich vor dem Fluch. Meister Oskarr wollte niemandem außerhalb seiner eigenen Familie diese Waffe anvertrauen, weil er den Fluch fürchtete.«

»Weshalb seid Ihr nie von hier weggegangen?«, fragte Tocht, dem es nicht möglich war, seine Neugier zu unterdrücken.

»Mein Versprechen an Meister Oskarr hat mich hier gehalten«, antwortete Merjul. »Nun, da ich meine Verpflichtung erfüllt habe, bin ich frei zu gehen.«

»Wie?«, fragte Tocht. »Ihr könnt doch nicht reisen.«

Der Elementar lächelte. »Ich kann reisen. Wenn ich es wünsche. Ich kann durch die Lavaflüsse gehen, die unter das Meer und bis ans Festland reichen, oder ich kann eine Kerzenflamme werden und in einer Lampe reisen. Für den Augenblick werde ich aber erforschen, was es hier auf den Inseln gibt. Viele Dinge haben sich verändert, seit Lord Khadaver seine zerstörerischen Kräfte hergebracht hat.«

»Wartet!«, schrie Tocht. »Ich habe noch mehr Fragen!« *Wie oft kam man schon dazu, von Angesicht zu Angesicht mit einem Elementar zu sprechen?*

»Das ist nicht gerade die richtige Zeit für eine Salonunterhaltung«, sagte Rohoh. Der Skink lief über die Decke und ließ sich zurück auf Tochs Schulter fallen, wo er sogleich eine Klaue in dessen Haar vergrub.

»Ein andermal vielleicht«, erwiderte der Elementar. Dann ließ er sich in die Lava fallen und verschwand. Der geschmolzene Stein glühte weniger stark, als er sich entfernte, und Tocht wusste, dass er fort war.

»Nun denn«, sagte Bulokk. »Ich nehme an, dass es an der Zeit ist herauszufinden, ob der Fluchtplan für die Gefangenen geklappt hat. Mit etwas Glück sollten sie es nun um die Insel herum geschafft haben.« Er packte die Axt seines Vorfahren fester und schwang sie versuchsweise. »Bei den Alten, das ist aber wirklich eine feine Waffe.« Er lächelte voller Zufriedenheit, dann trabte er davon.

Tocht folgte ihm, reihte sich in der Mitte der Zwergengruppe ein und hoffte, dass sie alle in Sicherheit blieben. Diese Hoffnung wurde allerdings schnell zerschlagen. Nur ein paar Tunnel weiter, bestimmt noch nicht einmal auf halbem Weg zum Eingang, wurden sie von einer Patrouille der Kobolde entdeckt.

»Halt!«, befahl ein Kobold.

Als er zwischen den Zwergen hindurchspähte, sah Tocht beinahe zwanzig Kobolde auf einmal genau aus dem Schacht kommen, den sie durchqueren mussten, um aus der Mine zu gelangen.

»Es können nicht mehr als zwanzig sein«, sagte Adranis. »Ich finde, das ist ein ausgeglichenes Verhältnis.«

So sahen es offenbar auch die anderen sechs Zwerge. Sie griffen nach ihren Waffen. Dann nahm eine weitere Patrouille der Kobolde sie von hinten in die Zange. Tocht vergewisserte sich rasch, dass auch diese Gruppe aus beinahe zwanzig bestand.

»Bei den Alten«, sagte Adranis, »sie müssen einen Großteil der Kobolde hinter uns her in die Mine geschickt haben.«

»Dieser ganze Aufwand hier ist betrieben worden, um dafür zu sorgen, dass Meister Oskarrs Axt gefunden wird«, sagte Tocht. »Es klingt vernünftig, dass sie sich als Erstes hier absichern.«

»Nun, das ist dann wohl Pech«, brummte Drinnick. »Mit zwanzig Kobolden könnten wir es aufnehmen. Vierzig sind hart an der Grenze.«

»Dort hinein«, sagte Bulokk und duckte sich in den Schacht zu seiner Rechten.

»Nein!«, schrie Rassun.

Aber es war zu spät. Die Zwerge und Tocht waren bereits in den neuen Schacht gestürmt.

»In diesem Schacht befinden sich die Pferche der Gräber!«

Kapitel 16

Gräber!

»Bei den Alten!«, rief Adranis und kam vor Tocht zum Stehen.

Da er nicht so schnell anhalten konnte, lief Tocht gegen das Hinterteil des Zwergs und taumelte zurück, womit er Hodnes ins Wanken brachte.

»Törichter Wirrfuß von einem Halbling!«, schrie Hodnes. »Gehen ist doch nicht so schwer, dass –«

An der Art, wie sich der Zwerg mitten in der Schimpftirade unterbrach, erkannte Tocht, dass auch Hodnes einen ersten Blick auf die Gräber erhascht hatte.

Die Fackeln leuchteten die riesige Kammer überraschend gut aus. Oder vielleicht schien es auch nur so, weil von den Gräbern genug zu sehen war, dass man sogleich von Albträumen gequält wurde.

Sie waren mindestens dreißig Fuß lang und hatten einen Durchmesser von neun Fuß, und sie lagen als sich windende Masse am Boden einer zwanzig Fuß tiefen Grube. Ein schmaler Sims führte um die Grube herum, aber er verlief in einem unregelmäßigen Oval, so dass nur der eine Eingang zur Kammer übrigblieb.

Ihre fahle, rosa- und cremefarbene Haut wirkte zäh wie Leder, verlieh ihnen aber ein trügerisch harmloses Aussehen. Sie hatten keine Augen, Ohren oder Nüstern, nur ein riesiges, aufklaffendes Maul, das sich so weit öffnen ließ, wie ihre Körper im Durchmesser maßen, so dass sie aussahen, als würden sie sich gerade selbst von innen nach außen stülpen. Reihen von Sägezähnen drängten sich auf den dicken, violetten Zungen, die sich in den riesigen Löchern ihrer Mäuler zeigten.

Die Zungen bewegten sich immer wieder heraus wie Rammböcke. Netze aus Metallgliedern bedeckten allerdings die Gesichter/Mäuler der Gräber, und jedes Mal, wenn die Zungen an das Netz stießen, zogen sie sich sofort zurück. Ketten, die an den Netzen befestigt waren, waren an Pfählen angebracht, die tief in den Steinboden der Kammer getrieben waren.

»Sie können sich nicht durch diese Metallnetze durchbeißen«, sagte Rassun. »Und die Kobolde haben irgendein widerlich schmeckendes Gebräu auf den Maschen verteilt, damit sie es nicht immerzu versuchen.«

»Wie behalten sie die Herrschaft über sie?«, fragte Tocht.

»Sie haben Reiter«, antwortete Rassun. »Menschen mit irgendeinem magischen Talisman, der es ihnen erlaubt, die Gräber zu beherrschen. Ein Stück weit zumindest. Wenn auf diese Bestien nicht die ganze Zeit über jemand aufpasst, befreien sie sich und streifen auf eigene Faust umher. Es ist schwer, sie wieder unter Kontrolle zu bringen.«

Daran zweifelte Tocht kein bisschen. Es bereitete ihm Schwierigkeiten, sich vorzustellen, dass überhaupt jemand zu irgendeiner Zeit auch nur einen Hauch von Kontrolle auf sie ausüben konnte. Er drückte sich so fest gegen die Wand, dass der Stein sich in seinen Rücken grub.

»Es gibt keinen Weg nach vorne«, sagte Bulokk, sein Gesicht grimmig im Fackellicht. Er nickte zum Eingang hin. »Wir müssen zurück, durch die Kobolde.«

Offensichtlich wussten das auch die Kobolde. Sie standen am Eingang, grinsten und warteten voller Vorfreude.

»Es gibt nur einen Weg, wie wir hier lebend rauskommen«, brüllte Rohoh Tocht ins Ohr.

Tocht hatte ganz vergessen, dass der Skink dort oben saß. »Was?«

»Wir müssen einen Gräber befreien«, sagte Rohoh. »Damit er die Kobolde zurücktreibt.«

Tocht spähte über den Rand der Grube. »Ich gehe da nicht hinunter.«

»Weshalb solltest du auch da runtergehen?«, fragte Adranis, der seinen Blick nicht von den Kobolden abwandte.

»Die Echse sagt, wir sollen einen der Gräber befreien, damit er die Kobolde vertreibt«, antwortete Tocht.

Während auch er über den Rand spähte, schüttelte Adranis den Kopf. »Es ist genauso wahrscheinlich, dass er uns jagt und nicht sie.« Die anderen Zwerge stimmten rasch zu.

»Ich habe gesehen, was diese Dinger mit Fleisch und Blut anstellen«, sagte Rassun. »Ich gehe bestimmt nicht hinab.«

»Wir haben nicht die Zeit, um herumzualbern«, verkündete Rohoh.

Ohne Warnung flutete ein glühend heißer Schmerz durch Tochts Ohr. Er brauchte eine Sekunde, bis er begriff, dass ihn die Echse gebissen und es auch noch geschafft hatte, einen der wenigen Nerven im Ohr zu erwischen. Schreiend vor Schmerz versuchte er, den Skink abzuschütteln, aber der biss nur noch fester zu und riss an seinem Ohr. Ehe Tocht sich's versah, war er über den Rand getreten und fiel hinab.

Neeeiiiiin! Dann traf er auf etwas Hartes und Ledriges, schwammartig wie eine verdorbene Melone. Voller Panik, da er ganz genau wusste, wo er war, rollte er sich vom Rücken auf den Bauch. Seine Fackel lag noch weiter unten auf dem Boden, brannte auf den Steinen und trieb die vier Gräber auseinander. Sie mochten die Hitze nicht. Er heftete diese Beobachtung ab, um sich später damit zu beschäftigen, noch während er sein Gesicht dicht an die Haut des Gräbers drückte, auf dem er sich gerade befand.

Dann drang das Licht der anderen Fackeln in die Grube, als die Zwerge und Kobolde zu ihm herabspähten. Tocht blickte sich um, spürte, wie der Gräber unter ihm sich bewegte. Er wusste nicht, ob er sich auf der Oberseite des Wesens befand oder sich an dessen Bauch klammerte. Vielleicht waren solcherlei Unterscheidungen auch vollkommen unerheblich.

Aber einer Sache wurde er sich langsam gewiss: Der Gräber war nicht sehr angetan davon, dass er auf ihm war.

»Was machst du da unten, Halbling?«, wollte Bulokk wissen. »Du wirst dich noch umbringen! Komm wieder hier herauf!«

Zum ersten Mal bemerkte Tocht, dass der Schmerz in seinem Ohr beinahe vergangen war. Der Skink hatte aufgehört, ihn zu beißen, aber er war nicht während des Sturzes verloren gegangen. Rohoh hing fest an seiner Schulter und in seinem Haar, und seine Krallen bohrten sich wieder tief in Tochts Haut.

»Komm schon, Halbling!«, rief der Skink laut. »Mach, dass du da hochkommst und dieses Ding befreist, bevor die Kobolde die Zwerge töten!«

Tocht dachte nicht daran, den Gräber zu befreien oder die Zwerge zu retten. Er wusste nur, dass er von dem gigantischen Geschöpf herunterkommen wollte und dass dessen Kopf vermutlich sicherer war als irgendein anderer Ort.

Indem er seine Fäuste in die ledrige Haut des Gräbers drückte, zog sich der kleine Bibliothekar vorwärts. Wenn er den Kopf erreichte, konnte er bestimmt wieder auf den Vorsprung zurückhüpfen. Wenn er fiel, würde das seinen sofortigen Tod bedeuten, denn er würde unter dem bloßen Gewicht der sich windenden Wesen zerdrückt werden.

Im Fackellicht, das die ängstlichen Zwerge hochhielten, erreichte Tocht das Kettennetz, das den Schlund des Gräbers schützend bedeckte. Das Wesen spürte ihn dort oben und beruhigte sich ein wenig.

Es denkt, dass ich sein Reiter bin! Tocht konnte es nicht fassen, aber er nutzte dieses Glück zu seinem Vorteil. Er packte die Kette und versuchte, auf den Vorsprung zu springen. Leider bewegte sich der Gräber in diesem Augenblick, vielleicht, weil er ungeduldig wurde. Er schüttelte das riesige Ende mit dem Schlund wie ein Hund.

Tocht stürzte herab, suchte verzweifelt nach einem neuen Halt und bekam das Kettennetz abermals zu fassen. Etwas klickte an seinem Handgelenk. Als Tocht aufblickte, bemerkte er, dass er unabsichtlich nach dem Verschluss gegriffen hatte. Noch während er hinsah, löste sich das Netz über dem Schlund.

»Beweg dich!«, brüllte Rohoh. »Deinetwegen werden wir noch beide gefressen!«

Indem er sich mit seinen nackten Zehen festkrallte, kletterte Tocht abermals hinauf auf den Gräber, während das Kettennetz abfiel. Der Gräber richtete sich sofort auf, krümmte sich zu einer stolzen S-Form und röhrte wie ein Elch – ein sehr großer, sehr zorniger Elch. Das Geräusch füllte die Grube und die gesamte Kammer.

Gespannt wie eine Bogensehne warf sich der Gräber aus der Grube, glitt die Wand empor und über den Sims genau auf den Eingang zu, wo die Kobolde sich befanden. Entweder konnte er den Eingang oder die Kobolde spüren, oder er erinnerte sich an diese Richtung. Tocht hatte keine Ahnung. Er klammerte sich fest, drückte sich flach an den Körper des Gräbers – mit der Gewissheit, dass er am Eingang einfach abgeschabt werden und sich alle Knochen brechen würde.

Stattdessen sank Tocht ein Stück weit herab, als der Gräber seinen Körper flach machte und durch den Eingang glitt. Die Kobolde schrien vor Entsetzen, als das riesige Wesen einige von ihnen mit seinem Maul packte und sie vollständig verschlang. Sogleich machten sich die Zähne des Gräbers an die Arbeit, sägten und mahlten, und seine Mägen erwachten bebend zum Leben.

Draußen im Hauptschacht nahm der Gräber die Verfolgung der Kobolde auf, die hinab in die Mine flohen. Tocht verlor den Halt und kämpfte darum, auf dem Wesen zu bleiben, als es unter ihm wackelte und hüpfte. Schließlich gab er auf, legte sich einen Arm um den Kopf und hoffte, dass es ihm nicht das Gehirn aus dem Schädel rütteln oder er – die Alten seien davor! – *unter* dem Gräber landen würde.

Prompt erreichte Tocht das Ende des Gräbers. Er fiel hinter ihm herab und schlug auf dem Boden auf – in einem Haufen der ekligsten, schmierigsten Pampe, die er jemals gespürt oder gerochen hatte. Als er aufzustehen versuchte, ruschten seine Füße immer wieder unter ihm weg.

Die Zwerge kamen aus der Kammer der Gräber, Äxte und Fackeln in den Händen.

»Dort ist er!«, rief Adranis. »Er ist noch am Leben!«

Tocht kam endlich auf die Beine, genau als sie ihn erreichten. Obwohl sie sich durchaus zu freuen schienen, dass er noch am Leben war, wollte ihn keiner von ihnen berühren.

»Das war sehr mutig, was du da getan hast, Halbling«, sagte Bulokk. »Ich denke nicht, dass ich das gekonnt hätte.«

»Nun bist du ein Held«, flüsterte Rohoh in Tochts durchlöchertes Ohr.

Und was für ein Held, dachte Tocht säuerlich. *Ich bin zerschlagen und zerschrammt, und ich habe ein Ohr, das vermutlich nie wieder anständig aussehen wird, und ich bin bedeckt von – von* – Er betrachtete die grüne Paste, die ihn von Kopf bis Fuß beschmutzte. Dann blickte er Rassun an.

»Was ist das?«, fragte Tocht.

»Hinterlassenschaften von Gräbern«, sagte Rassun ernst.

Tocht blickte noch einmal ungläubig an sich hinab.

»Kobolde gehen glatt durch sie hindurch«, erklärte Rassun. »Ich hab dir doch gesagt, dass sie sehr schnell verdauen. Kobolde sind für sie kein gutes Futter, das ernährt sie nicht richtig, aber sie fressen sie furchtbar gern. Wie Leckerbissen.«

»Mist?«, rief Tocht. »Ich bin mit Koboldmist bedeckt?« Von dem widerlichen Gestank wurde ihm beinahe übel.

»Es ist eigentlich kein Koboldmist«, sagte Rassun. »Obwohl auch der ziemlich widerwärtig ist. Nein, das hier ist Gräbermist. Für gewöhnlich besteht er aus Steinen und solchen Dingen. Aber das ist, nun, es ist …«

»Ziemlich abscheulich, das ist es«, half Adranis aus.

Tocht stimmte stumm zu. Er wollte ein heißes Bad mit duftender Seife. Und er wollte die Kleider wechseln. Er wollte ein Buch und eine Pfeife und wollte *niemals* daran erinnert werden, dass er sich in Gräberkacke gewälzt hatte, die aus verdauten Kobolden bestand.

Der Skink kletterte von Tocht herab, wobei er genau

achtgab, wo er hin trat. »Wenn es dir nichts ausmacht«, sagte Rohoh, »werde ich von jetzt an allein klarkommen.« Die Echse war wundersamerweise frei von Schmutz geblieben.

»Kommt«, sagte Bulokk. »Wir haben eine Flucht zu organisieren.« Er trabte zurück den Minenschacht hinauf.

Tocht nahm sich einen Augenblick und strampelte so viel Mist von seinen Füßen, wie er nur konnte. Er wünschte sich, dass er einen Stock hätte, um sich zwischen den Zehen sauber zu machen, aber den hatte er nicht. Als er die Zwerge fliehen sah, gab er es schließlich auf und rannte ihnen nach, wobei er den Spuren des Gräbers auswich, die dieser hinterlassen hatte.

Weiter unten im Schacht kreischten die Kobolde voller Schrecken, aber die Schreie wurden weniger und seltener.

Sie erreichten den Vordereingang ohne weitere Zwischenfälle, aber dort standen zehn Kobolde Wache.

»Äxte!«, brüllte Bulokk.

Sofort formierten sich Adranis, Hodnes und Drinnick um Bulokk. Die Kobolde versuchten ihre Stellung zu halten, aber sie fielen unter den Zwergenäxten wie Weizen unter dem Dreschflegel. Der Kampf war kurz und grausam, ohne Gnade gegenüber den Kobolden. Rassun und die anderen Zwerge nahmen es mit allen auf, die es schafften, dem wirbelnden Tod durch die Zwergenäxte zu entfliehen. Als sie am Eingang ankamen, waren sie alle mit dem Blut ihrer Feinde besudelt.

Tocht stolperte über die Leichen der gefallenen Kobolde und spähte nach draußen. Es dauerte einen Moment, bis sich seine Augen an die nächtliche Dunkelheit angepasst hatten.

»Zum Kai!«, brüllte Bulokk und rannte sogleich los. »Sie sind um die Insel herum bis zum Koboldschiff gekommen!«

Als er einen Blick nach unten warf, sah Tocht die Flüchtlinge und die übrigen Krieger von Bulokk, die tatsächlich um die Insel zum steinernen Anleger gelangt waren. Eine heftige Schlacht fand auf dem Anleger statt. Nicht alle Kobolde hatten ihre Posten aufgegeben, um die fliehenden Sklaven zu verfolgen.

Als er aufblickte, sah Tocht eine Reihe von Koboldleichen, die auf den Steinstufen lagen, die zum Grat hinaufführten. Andere waren auf den festgetretenen Boden hinabgefallen.

Tocht folgte den Zwergen die Stufen hinunter, obwohl das hieß, dass er der Schlacht entgegenstürmte. Er wollte auf keinen Fall allein beim Mineneingang stehen bleiben, falls unter den Kobolden jemand den Angriff des Gräbers überlebt hatte und sich dazu entschloss herauszukommen.

Einige der Steine, die Tocht über die Stufen hinabgekippt hatte, waren liegen geblieben, und er musste vorsichtig sein. Trotzdem rutschte er zweimal aus und schaffte es gerade noch, nicht über die Kante zu fallen.

Als er den Fuß der Treppe erreichte, befand er sich auf gleicher Höhe mit den Zwergen. Er war schneller als sie, und trotz der Stürze sicherer auf den Beinen – und er wurde nicht von einer Rüstung behindert.

Tocht nahm an, dass die meisten Gefangenen das Beste aus ihrer Flucht gemacht hatten, denn der Großteil schien bei Bulokks Kriegern zu sein. Sie benutzten Waffen, die sie unterwegs aufgehoben oder an sich gebracht hatten, als sie den Hafen erreichten. Einige von ihnen warfen Steine auf die wogende Masse der Kobolde, die versuchten, die Zwerge davon abzuhalten, die Schiffe zu erreichen, die vor Anker lagen.

Nach wenigen Schritten sprang der Skink auf Tochts Bein und schlüpfte nach oben. Erst hatte Tocht versucht, den Skink abzustreifen, da er angenommen hatte, einer der toten Kobolde um ihn herum sei doch nicht so tot, wie er aussah. Dann erkannte er die Echse und entspannte sich ein wenig.

»Ich nehme an, dass ich womöglich jetzt nicht mehr so sehr stinke?«, sagte Tocht.

»Ich bin zu klein, um durch dieses behelfsmäßige Schlachtfeld zu waten«, entgegnete Rohoh. »Man könnte mich zermatschen.«

Vielleicht wäre das gar nicht so schlecht, dachte Tocht kurz, dann tadelte er sich für seine Engstirnigkeit. Ohne die Hilfe des Skinks wäre es beinahe unmöglich gewesen, Meister Oskarrs Streitaxt zu finden.

Bulokk und seinen Gefährten aus dem Schacht bot sich ein flüchtiger, doch ausschlaggebender Vorteil, als sie aus der Dunkelheit stürmten und von hinten ohne Vorwarnung in die Koboldkrieger hineinkrachten. Die Kobolde fielen in Stücke zerhackt zu Boden, von den Zwergenäxten ohne Gnade gefällt.

»Tocht!«, brüllte Bulokk, der zum ersten Mal seinen Namen benutzte, anstatt ihn *Halbling* zu nennen. »Bring die Frauen und Kinder auf eines der Schiffe! Adranis, du und Drinnick helft ihm dabei!« Er befand sich mitten in der Schlacht, stand bis zu den Knöcheln in der hereinbrechenden Flut und verteilte Koboldleichen in alle Richtungen. Aber immer noch kamen sie heran. Der Zwerg sah ganz und gar wie ein Krieger aus, der auf dem Schlachtfeld genauso zu Hause war, wie er es an einem Schmiedeamboss gewesen wäre.

Tocht blickte sich um und sah die Frauen und Kinder

zusammengedrängt auf der anderen Seite des Anlegers stehen. Er lief zu ihnen. »Schnell!«, schrie er. »Wir müssen euch auf ein Schiff schaffen! Ihr müsst euch beeilen, wenn ihr eine Aussicht auf Rettung haben wollt!«

»Das ist ein Halbling!«, murrte eine Frau. »Ich werde nicht auf einen Halbling hören!«

»Das wirst du wohl!«, donnerte Adranis. »Sonst lassen wir dich hier, damit dich diese Kobolde wieder einsperren!« Er schnaubte vor Wut. »Jetzt beweg dich dort hinauf, und tu, was er sagt!«

Die Frau kletterte auf den steinernen Anleger. Tocht brüllte über die Verwirrung hinweg und bildete eine Reihe, mittels der man den schwächeren Erwachsenen und den kleineren Kindern auf den Anleger hinaufhalf.

Als er über die Schulter blickte, sah Tocht, dass sich die Kobolde neu aufgestellt hatten und einen Schritt zurückgewichen waren, damit die Zwerge wieder vor ihnen standen. Noch schlimmer aber war, dass die menschlichen Bogenschützen auf dem schwarzen Schiff sich entschlossen hatten, ebenfalls in den Kampf einzugreifen. Ihre Pfeile flogen, aber sie schienen keinen Unterschied zwischen Zwergen und Kobolden zu machen. Beide Seiten wurden von den Salven verwundet und getötet, und Verwirrung brach unter den Kämpfenden aus.

Sobald er die Frauen und Kinder hinter sich wusste, führte Tocht sie zu dem Koboldschiff, das auf der von der Schlacht abgewandten Seite des Anlegers ankerte. Auch auf sie flogen Pfeile zu, die manchmal gegen die Kaimauer krachten und manchmal die Seite des Koboldschiffs trafen, die der Schlacht zugewandt lag. Die Schützen auf dem schwarzen Gefährt waren mittlerweile aufmerksam auf den Fluchtversuch mit dem Schiff geworden.

Worauf warten sie?, fragte sich Tocht, während er den Flüchtlingen an Bord half. »Gibt es unter euch jemanden, der Erfahrung mit der Seefahrt hat?«, rief er.

»Ja«, sagte ein älterer Menschenmann. Er hatte für einen Menschen schon viele Jahre gesehen, sein graues Haar floss ihm über die Schultern hinab. Die Gicht oder eine alte Verletzung hatte ihn stark geschwächt, und Tocht wusste, dass es vermutlich nur noch ein paar Tage gedauert hätte, bis der Mann sich zu Tode gearbeitet hätte oder hingerichtet worden wäre, wenn die Kobolde zu der Ansicht gelangten, dass seine Arbeit nicht ausreichte, um die wohl magere Menge zu rechtfertigen, die sie ihm zum Essen überließen, um ihn gerade so am Leben zu erhalten. »Ich bin schon einmal zur See gefahren.«

»Du bist der Kapitän«, sagte Tocht und sprach den Mann an, wie er es bei einem Novizen oder Bibliothekar dritten Ranges daheim im Gewölbe Allen Bekannten Wissens getan hätte. »Bis man dich deiner Führerrolle enthebt.«

»Aye«, erwiderte der Mann und straffte sogleich die Schultern, als er die Verantwortung auf sich nahm.

»Stellt eine Mannschaft zusammen und dreht uns in den Wind«, rief Tocht laut. »Ich möchte sofort ablegen können, wenn wir fertig sind.«

»Du weißt wahrscheinlich genauso viel übers Segeln wie er«, sagte Rohoh.

»Wahrscheinlich«, gab Tocht zu. »Aber die meisten Menschen, Zwerge und Elfen nehmen lieber Befehle von einem Menschen oder Zwerg entgegen, ehe sie auf einen Elfen oder Halbling hören.« *Ganz besonders, wenn dieser Halbling mit Gräbermist bedeckt ist, der einst aus Kobolden bestanden hat.*

»Ja«, erwiderte der Mensch begeistert. Sofort fing er an,

die Flüchtlinge in Gruppen einzuteilen, in jene mit Segelerfahrung und jene ohne.

Als die letzten Frauen, Kinder und Alten auf das Schiff gebracht worden waren, blickte Tocht zurück zu den Zwergen. Bulokk und seine Krieger waren inzwischen in arger Bedrängnis. Zwei von ihnen lagen im Wasser, ohne sich zu bewegen. Einem weiteren ragte ein Pfeil aus der Brust, aber er fand irgendwie noch die Kraft und den Mut weiterzukämpfen.

»Bulokk!«, brüllte Tocht.

Einige der menschlichen Bogenschützen hatten nun das Schiff verlassen und fuhren in einem Langboot in Richtung Land. Ein großer Mann mit einem mondweißen Gesicht unter einer blutroten Kapuze stand im Heck. Er hielt einen Stab an seiner Seite.

Das, entschied Tocht, *sieht gar nicht gut aus*. Er flitzte zum Ende des Anlegers und rief immer wieder Bulokks Namen. Aber die Zwerge konnten sich nicht aus dem Kampf lösen, ohne den Kobolden ihren ungeschützten Rücken zuzuwenden. Tocht wusste, dass sie es nie bis zum Schiff schaffen würden.

Das Langboot mit den Menschen legte an.

»Zurück!«, brüllte der Mann mit der blutroten Kapuze.

Die meisten Kobolde zogen sich nach diesem Befehl zurück, aber es gab auch einige, die das nicht taten.

Der Mann mit der blutroten Kapuze winkte. Sofort hoben die Menschen ihre Bogen, spannten sie und schossen in einer gleichmäßigen Bewegung. Die Pfeile pflügten sowohl durch Zwerge als auch durch Kobolde. Sieben Kobolde und zwei Zwerge fielen. Bulokk und zwei weitere Zwerge blieben stehen, ihre Körper von Pfeilen durchbohrt.

»Gib mir die Axt«, befahl der Mann mit der blutroten Kapuze.

Bulokk zog von irgendwoher an seinem Körper ein Wurfmesser und schleuderte es nach vorn. Die Klinge fing das Licht der Monde ein, während sie sich um sich selbst drehte.

Der Mann mit der blutroten Kapuze hob eine Hand. Das Wurfmesser hielt mitten in der Luft an, weniger als eine Armlänge von dem Mann entfernt. Beiläufig drehte er das Handgelenk, und das Messer schoss auf dem Weg zurück, den es gekommen war.

Es traf Bulokk weit oben in der Brust, noch während er versuchte, dem unerwarteten Angriff auszuweichen. Bevor er sich erholen konnte, bewegte der Mann mit der blutroten Kapuze abermals die Hand, indem er die Finger schnell abspreizte, als würde er ein lästiges Ungeziefer wegschnippen. Daraufhin wurde Bulokk nach hinten geschleudert.

Nach einer weiteren Geste flog plötzlich Meister Oskarrs Streitaxt nach oben. Bulokk versuchte, sich an die Waffe zu klammern, obwohl Blut aus mehreren seiner Wunden strömte, doch es hatte keinen Sinn. Letztendlich war diese Magie, über die der Kapuzenmann verfügte, stärker als Bulokks Griff.

Die Streitaxt flog dem Kapuzenmann genau in die Hand. Ein Grinsen teilte das Mondgesicht. Ohne ein Wort wandte der Zauberer sich um und ging davon. Die menschlichen Bogenschützen schlossen hinter ihm ihre Reihen und schossen weitere Pfeile auf die Kobolde und die Zwerge ab.

Als er das mit ansah, wurde Tochts Herz schwer, während er sich hinter dem Heck des Koboldschiffes verbarg. Aber sein scharfer Blick hatte ihn auch die Tätowierung unter dem rechten Auge der Bogenschützen erkennen lassen, die bei jedem der Männer gleich war: Es war das schwarze Abbild einer aufgeklappten, geraden Rasierklinge, das von dunkelroten Lippen überlagert wurde.

Keine Diebesgilde trägt ein Erkennungszeichen, dachte Tocht. Dann erinnerte er sich an ein Buch, das er aus dem Hralbommsflügel ausgeliehen hatte: Manche Diebesgilden zeichneten ihre Mitglieder sehr wohl. Das waren dann Mitglieder der höchsten Kreise, der besonderen Diebe, die ihre Opfer niemals zu Gesicht bekamen und die von Königen für Geheimaufträge und Racheakte angeheuert wurden.

Aber weshalb sollte sich eine Diebesgilde für Meister Oskarrs Kriegsaxt interessieren? Woher hatten sie gewusst, wo sie sie finden konnten? Fragen taumelten durch Tochts Verstand, der panisch von hier nach dort sprang.

Die Kobolde duckten sich, während die Mitglieder der Diebesgilde wieder in ihr Langboot stiegen und anfingen, es zum schwarzen Schiff zurückzurudern.

»Komm, Halbling«, sagte Adranis an Tochts Seite. »Wir müssen diejenigen retten, die noch am Leben sind.«

Obwohl er es nicht wollte, begleitete Tocht Adranis und Drinnick. Hodnes bildete die Nachhut. Tocht konnte nicht faul herumsitzen und zusehen, wie die Zwerge getötet wurden, obwohl er sich aus Furcht um sein eigenes Leben verstecken wollte.

Sie rannten zum Ende des Anlegers und zu den Zwergen, Menschen und Elfen, die noch standen und Waffen schwingen konnten. Tocht lief zu Bulokk, der auf dem Rücken lag und aus dem Pfeile und ein Messer herausragten. Der kleine Bibliothekar war sich sicher, dass der Zwergenanführer tot sein würde.

Stattdessen befand sich Bulokk in einem Schockzustand aufgrund seiner Wunden und dieser mystischen Kraft, die gegen ihn eingesetzt worden war. Sein Atem ging keuchend, und Blut sickerte aus ihm hervor.

Selbst wenn wir ihn hier herausbringen können, dachte Tocht, *wird er es nicht überleben.* Aber Tocht konnte Bulokk nicht aufgeben – ebenso wenig, wie der Zwerg aufhören konnte, um seinen nächsten Atemzug zu kämpfen.

Tocht trat neben den Zwerg, packte Bulokks Hemd und versuchte, ihn zum Schiff zu ziehen, als um sie herum Pfeile einschlugen. Da er keine andere Wahl hatte, löste Tocht Bulokks Schild und stellte sich als Schutz über den gefallenen Zwerg, wie es jeder Schildgefährte auf dem Schlachtfeld tun würde.

Aber Tochts Gedanken gingen eigene Wege. *Bitte, ich will mich nicht übergeben müssen*, bettelte er, als sich ihm der Magen umdrehte. *Helden übergeben sich nicht auf andere Helden. Ich weiß, dass ich kein Held bin, aber ich will mich nicht auf Bulokk übergeben. Ich bin schon mit Gräbermist bedeckt – der schlimmsten Art von Gräbermist, um genau zu sein –, und es wäre einfach nicht gerecht, sich derart ungeschickt anzustellen.*

Langsam, unaufhaltsam näherte sich die Reihe der Kobolde. Hinter ihnen hisste das schwarze Schiff seine Segel und lichtete den Anker. Es wendete, drehte sich auf den Wogen in den Wind und hielt auf die Nebelbank zu, die über die Rostsee trieb.

Dann erklangen ohne Vorwarnung zwergische Kriegshörner über die Bucht. Das Geräusch ließ die Krieger innehalten, die am Strand kämpften.

Hinter Bulokks Schild geduckt, wo der Atem des verwundeten Zwergs seine Ohren streifte, blickte Tocht aufs Meer hinaus und sah das schwarze Schiff geradewegs an der *Einäugigen Peggie* vorbeigleiten, als das Piratenschiff unter vollen Segeln in den Hafen einlief. Die Totenkopfflagge flatterte unter dem Bramsegel.

»Piraten!«, schrien die Kobolde.

Nicht einfach nur Piraten, dachte Tocht voller Stolz. *Dies sind die Piraten der Bluttriefenden See. Es gibt keine wilderen!*

Die *Einäugige Peggie* wendete elegant, rollte die Segel auf und ankerte weniger als fünfzig Schritt entfernt, wobei sie ihre Position offensichtlich an den Koboldschiffen ausrichtete, die am Kai lagen. Zwei mit Zwergen gefüllte Langboote klatschten auf das Wasser, während einige Piraten, die versiert im Bogenschießen waren, die Kobolde mit Pfeilen eindeckten.

»Rudert!«, hallte Hallekks kräftige Stimme über das Meer. »Rudert, ihr Hunde, oder, bei den Alten, ich werde eure Leichen von den Rahen baumeln lassen und zusehen, wie die Möwen euch das Fleisch von den Knochen picken!«

Tocht wusste, dass die rauen Worte eher für die Ohren der Zuschauer bestimmt waren als für die Mannschaft. Hallekk und die Piraten würden nicht zögern, alles dafür zu geben, um ihn zu retten.

Oder vielleicht auch Meister Oskarrs Axt, musste Tocht zugeben.

»Piraten?«, flüsterte Bulokk schwach.

»Keine Piraten«, versicherte Tocht dem Zwerg. »Du bist unter Freunden, Bulokk. Hallekk und sein Haufen, nun, sie werden sich hier bald um alles gekümmert haben.«

Bulokks Augen schlossen sich, und einen Moment lang dachte Tocht, er hätte den Zwerg verloren. Dann flüsterte Bulokk: »Dieser Mann hat Meister Oskarrs Axt genommen.«

»Ich weiß«, sagte Tocht und beobachtete, wie die Kobolde unter dem Pfeilhagel fielen und versuchten, sich wieder zu sammeln. »Aber damit sind wir noch nicht fertig, da möchte ich drauf wetten.« *Kray wird das nicht auf sich beruhen lassen.*

Im nächsten Augenblick kamen die beiden Langboote an, auf denen sich Hallekk und die Piraten befanden. Die Zwergenpiraten sprangen sofort aus den Booten, rissen ihre Äxte heraus und wateten mit einer Wildheit unter die Koboldhorden, die noch einmal frischen Mut in jenen entfachte, die Bulokk zur Schlacht gerufen hatte.

Gebannt beobachtete Tocht, wie sich Hallekk ins Zentrum der Schlacht bewegte. Der große Zwerg schrie und brüllte auf ordentlich piratenhafte Art und Weise, während er seine Axt immer wieder herabsausen ließ. Auch die Mannschaft der *Einäugigen Peggie* hasste Sklavenhändler.

Es dauerte nicht lange, da brachen die Reihen der Kobolde ein. Überlebende rannten schreiend zu den Steinstufen. Hallekk und die Piraten verfolgten sie den ganzen Weg zum Grat hinauf, schafften es, ein paar ihrer Gegner einzuholen und sie sogleich zu töten oder zum Fuß der Klippe hinabzustürzen, wo sie mit gebrochenen Gliedern liegen blieben.

»Bleib nur bei mir«, sagte Tocht zu Bulokk. »Alles wird gut werden.« Er nahm die Hand des Zwergs und hielt sie fest, dann hoffte er das Beste, denn sein Griff war stärker als der von Bulokk. »Bleib nur bei mir.«

Epilog

Der Kuss der Rasierklinge

»Tocht.«

Da er sicher war, dass er sich diese Stimme nur einbildete und ihn ganz gewiss niemand würde aufwecken wollen, rollte Tocht sich herum und fiel beinahe aus seiner Hängematte. Er fing sich gerade noch rechtzeitig, obwohl sein Herz drohte, in seiner Brust zu bersten. Ärgerlich und beschämt wandte er sich an denjenigen, der ihn gerufen hatte.

»Was machst du denn da?«, fragte er. »Siehst du denn nicht, dass ich während der letzten Tage ein paar Mal beinahe getötet worden wäre und –« Er riss sich sofort zusammen, als er bemerkte, wer der Missetäter war.

Mit gerunzelter Stirn stand Kray in der kleinen Unterkunft für Mannschaftsmitglieder und blickte Tocht an.

Ich werde eine Kröte sein, dachte Tocht missmutig. Doch er wollte nicht untergehen, ohne wenigstens um sein Leben gebettelt zu haben. »Es tut mir leid. Ich wusste nicht, dass Ihr es seid.«

»Natürlich hast du das nicht gewusst«, erwiderte Kray. »Du hast kaum genug Schlaf bekommen, um von irgendetwas eine Ahnung zu haben.«

Tocht blickte den Zauberer an und wartete darauf, dass die Falle zuschnappte und ihre Zähne sich um zartes Fleisch schlossen. Wie würde es sich anfühlen, wenn man in eine Kröte verwandelt wurde? »Das habe ich nicht. Ich wollte nicht –«

»Raus aus dem Bett«, sagte Kray und winkte ungeduldig. »Wir müssen reden.«

Wartet mal, dachte Tocht zögernd. *Nur weil Ihr mich nicht in eine Kröte verwandelt habt, heißt das nicht … heißt das nicht …* Er seufzte und warf seine Decke beiseite. *Heißt das nicht, dass Ihr es nicht noch tun werdet, wenn ich Euch nur wütend genug mache.*

»Schmodder hat ein Mahl vorbereitet, glaube ich«, sagte Kray. »Zieh dich an, und lass uns essen gehen.«

Während er die Decke eng um sich gewickelt hielt, nahm Tocht frische Kleider aus der Seemannstruhe unter seiner Hängematte. Er blickte zu Kray. »Äh, würde es Euch stören, draußen zu warten?«

»Weshalb?«

»Ich werde mich umziehen.«

Ärgerlich rollte Kray mit den Augen. »Die Alten mögen mir helfen. Er ist nicht nur ein Stümper, er ist auch noch sittsam.« Er ging hinaus und schloss die Tür.

»Ich bin kein Stümper«, rief Tocht dem Zauberer hinterher.

»Wir haben Meister Oskarrs Axt nicht bekommen«, knurrte Kray. »Ich würde sagen, das war ziemlich verpfuscht.«

»Ich habe die Axt aber gefunden.« Tocht zog sich schnell an. »Dazu habt Ihr mich doch losgeschickt.«

»Ich habe dich nicht ausgesandt, sie zu finden, nur damit du sie dem Feind überlassen kannst«, entgegnete Kray.

Das stimmt, dachte Tocht. »Ich habe nicht einmal gewusst, dass es einen Feind gibt. Wenn ich das gewusst hätte, wäre ich die Sache vielleicht anders angegangen.« *Obwohl ich nicht weiß, wie ich das hätte tun sollen.*

»Es gibt einen. Und er ist immer noch dort draußen. Das ist eines der Dinge, über die wir uns unterhalten müssen.«

Tocht öffnete die Tür und schloss sich dem Zauberer an. Zusammen gingen sie nach oben und betraten die Messe. Der Geruch nach frischen, warmen Brötchen und Feuerbirnengelee, süßer Butter, Speck, Würstchen, Pfeffertunke und Wegbrot ließ Tocht das Wasser im Munde zusammenlaufen.

Es war kaum jemand in der Messe, und sie setzten sich an einen der Tische. Tocht schichtete einen hohen Stapel auf seinem Teller auf, aber er musste feststellen, dass seine Fähigkeiten als Baumeister sich nicht mit Krays messen konnten. Sie ließen es sich schmecken und aßen ohne ein Wort einige lange, zufriedenstellende Minuten vor sich hin.

Als sie ihren zweiten Gang beendet hatten und sich ausruhten, fragte Tocht: »Wie geht es Bulokk?«

»Er lebt noch«, sagte Kray. »Das ist vielleicht ein zäher Bursche. Hat eine gute Abstammung. Er ist sehr enttäuscht, dass er die Axt seines Vorfahren verloren hat.«

Tocht nippte an seinem Razalistynbeerenwein. Nach der Schlacht hatten Hallekk und die Piraten die Küste gesichert und die verstreuten Bergwerkssklaven eingesammelt. Anstatt zu versuchen, sie auf einem der Koboldschiffe fortzubringen, hatte Käpt'n Farok befohlen, dass alle an Bord der *Einäugigen Peggie* kamen. Es hatte keinerlei Aussicht bestanden, das geheimnisvolle schwarze Schiff einzuholen. Da er wusste, dass man aus den Sklavenschiffen niemals etwas anderes als das machen konnte, hatte Hallekk befohlen, sie anzuzünden und im Hafen zu versenken.

Sie hatten beinahe einen ganzen Tag lang vor Anker gelegen, hatten sich um die Verletzten gekümmert und den Toten ein anständiges Begräbnis zuteilwerden lassen. Bulokk hatte darum gebeten, dass Meister Oskarrs Amboss gerettet würde, falls das überhaupt möglich war. Käpt'n Farok hatte den Befehl dazu erteilt, und Hallekk und eine Gruppe aus der Mannschaft des Schiffes waren hinab in das Bergwerk gegangen und hatten den Amboss zurück nach oben gebracht.

Es hatte eine kurze Begegnung mit dem Gräber gegeben, aber Tocht hatte Hallekk wissen lassen, dass die Gräber Feuer nicht sonderlich mochten, und er hatte einen großen Bogen um sie gemacht, nachdem sie ihn mit Öl übergossen und angezündet hatten. Letzten Endes hatte sich allerdings Kray um die Gräber gekümmert und sie alle beseitigt. Es wäre nicht vertretbar gewesen, die Geschöpfe hierzulassen, so dass sie sich durch die gesamten Inseln fraßen. Von dem Feuerelementar Merjul hatte es keine Spur gegeben.

»Ich bin kein Stümper«, sagte Tocht, als er die Schuld, die ihm der Zauberer angelastet hatte, nicht mehr ertragen konnte. »Es gab eine ganze Menge, was ich nicht gewusst habe. Vor allem Dinge, die Ihr mir nicht verraten habt – aber hättet verraten sollen.«

»Das ist mir bewusst.« Kray griff in seine Robe und zog Tochts Tagebuch hervor.

Erst da fiel Tocht auf, dass er das Buch nicht aus seinen alten Kleidern in seiner Koje herausgenommen hatte. »Habt Ihr das gelesen?«

»Habe ich.« Kray nickte.

»Das ist nicht mein bestes Werk«, sagte Tocht verteidigend. Wenn er in den letzten Tagen nicht bei den Verletzten ausgeholfen hatte, war Tocht ins Krähennest geklettert und hatte am Tagebuch gearbeitet. Deshalb war sein Bericht über die Geschehnisse, die sich nach seiner Ankunft auf den Aschwolkeninseln ereignet hatten, etwas hastig geraten.

»Ist es tatsächlich nicht«, stimmte Kray zu. »Aber ich weiß, dass es nur ein erster Entwurf ist. Wenn du weiter daran arbeitest, wird es schon noch werden. Ich wollte nur eine Ahnung von dem bekommen, was du durchgemacht hast.«

Tocht blätterte durch die Seiten und vergewisserte sich, dass alles vollständig war. Jedes Mal, wenn er ein neues Tagebuch anfing, nummerierte er die Seiten schon vorab, damit er es wissen würde, falls etwas entfernt worden war.

»Es ist alles da«, murrte Kray. Er warf die schützende Hülle aus Wachstuch und die Schreibutensilien ebenfalls auf den Tisch.

»Zauberer haben die Gewohnheit, Dinge verschwinden zu lassen«, entgegnete Tocht. »Sie legen Dinge nicht immer dorthin zurück, wo sie hingehören.«

»Wir müssen Meister Oskarrs Axt zurückbekommen«, erklärte Kray.

»Wie?«, fragte Tocht. »Wir wissen nicht einmal, wer sie genommen hat.«

Kray schnappte sich das Tagebuch aus Tochts Händen, dann öffnete er es auf der Seite, die das Zeichen der Diebesgilde mit der aufgeklappten Rasierklinge und den Lippen zeigte. »Das wissen wir wohl.« Er tippte auf die Tätowierung, die Tocht gezeichnet hatte, um die Sache zu bezeugen. »Die Diebe waren Mitglieder des Kusses der Rasierklinge, einer Diebesgilde, die von Kairattenbau aus arbeitet.«

Tocht dachte darüber nach. Er war noch nie in Kairattenbau gewesen. Und hatte auch niemals das Verlangen gehabt, dorthin zu reisen. Die Hafenstadt lag im Tiefgefrorenen Norden, und man sagte, sie wäre eine der gesetzlosesten Städte überhaupt. Nur Diebe und Mörder lebten dort, vor dem rachsüchtigen Arm eines jeden sicher, der versuchte, sie für ihre Verbrechen büßen zu lassen.

»Ihr erkennt die Tätowierung?«, fragte Tocht.

»Das tue ich.«

»Wie?«

»Ich bin dort gewesen und habe sie gesehen.«

Tocht widerstand dem Drang zu fragen, was Kray dort oben zu schaffen gehabt hatte. Ohne Zweifel war das nichts Gutes gewesen. Kray war nicht gerade ein guter Mensch. Der Zauberer neigte dazu, seinen Begierden nachzujagen, und kümmerte sich nur selten um die Nöte anderer.

»So wie die Dinge liegen«, fuhr Kray fort, »wirst du gehen und nach der Diebesgilde suchen müssen.« Er nippte an seinem Wein.

Als Erstes konnte Tocht nicht glauben, dass er richtig gehört hatte. »Nein«, sagte er und verschränkte die Arme vor der Brust. »Ich gehe nicht.«

»Bibliothekar zweiten Ranges Lampenzünder«, sagte Kray in einem Ton, der Tocht genauso zuverlässig erbeben ließ, als hätte Großmagister Frollo gesprochen, »du hast die Pflicht, das Gewölbe Allen Bekannten Wissens zu schützen.«

»Ich kann mir nicht vorstellen, wie ich dieser Aufgabe dadurch dienen sollte, dass ich nach Kairattenbau gehe.«

»Nur weil deine Sichtweite beschränkt ist.«

»Mit meiner Sichtweite«, beharrte Tocht, vielleicht vom Razalistynbeerenwein ein wenig ermutigt, »ist alles in Ordnung.«

Kray blickte ihn an.

Einen Moment lang war sich Tocht sicher, dass er gleich mit dem Krötenzauber bedroht werden würde, und wusste nicht recht, wie er darauf reagieren sollte. Aber für den

Augenblick hielt er an seiner frisch erlangten Kampfeslust fest.

»Wir müssen nach wie vor wissen, was in der Schlacht an der Todesfestung geschehen ist«, sagte Kray.

»Wir wissen, dass Meister Oskarr niemanden verraten hat«, entgegnete Tocht.

»Wissen wir das? Sind nicht manche von den Büchern im Gewölbe Allen Bekannten Wissens widersprüchlich, was den Ablauf der Ereignisse angeht?«

Widerwillig musste Tocht zugeben, dass das der Wahrheit entsprach.

»Dann lügt also irgendjemand«, sagte Kray.

»Nicht unbedingt«, erwiderte Tocht. »Es hängt nur davon ab, von wann der Bericht stammt.«

»Die Sieger schreiben stets die Geschichte.«

Als er so dasaß und den Zauberer ansah, fühlte sich Tocht zerrissen. Er wusste nicht recht, ob es besser war, mit jemandem zu streiten, der Bücher oder die Auskünfte in ihnen nicht als Beweis anerkannte, oder mit jemandem, der angemessen gebildet war. *Und rechthaberisch*, fügte er gehässig hinzu.

»Hast du Meister Oskarrs Steintisch, auf dem er niedergeschrieben hat, dass man ihn betrogen hat?«, fragte Kray.

»Nein, Ihr wisst doch, dass wir ihn nicht haben.« Tocht hatte nicht einmal daran gedacht, ihn auf das Schiff zu bringen. »Ich habe aber die Abriebe, die ich von seiner Erklärung angefertigt habe. Sie sind lesbar. Und wenn es sein muss, können wir zurückkehren und Meister Oskarrs Tisch holen.«

»Wie viele Leute können diese Erklärung lesen, Bibliothekar zweiten Ranges Lampenzünder?«

Tocht trommelte verärgert mit den Fingern auf die Tischplatte. *Na gut. Dieser Punkt geht an Euch.* Er seufzte. »Niemand, der nicht im Gewölbe Allen Bekannten Wissens arbeitet. Selbst von jenen, die dort sind, können nur ein paar es lesen.«

»Aha. Kannst du deine Behauptung also beweisen?«

»Nein.«

Kray nickte. »Dann ist da dieser Zauberer mit der roten Kapuze, der auf dem schwarzen Schiff war.«

Tocht blickte überrascht zu Kray auf. »Ihr kennt ihn!«

»Ich kenne Gerüchte über ihn«, verbesserte Kray. »Er ist ein sehr gefährlicher Mann. Ein Zauberer, der sich vom Höchstbietenden anheuern lässt.«

Unwillkürlich kehrte Tocht zu der Seite zurück, auf der er das Gesicht des Zauberers in der roten Kapuze gezeichnet hatte. Tocht hatte den Mann vier Mal gezeichnet, hatte seine Erinnerungen an den Zauberer benutzt, um sich zu entsinnen, wie er ausgesehen und sich bewegt hatte. Selbst mit Zeichenkohle auf Papier festgehalten sah der Mann gefährlich aus.

»Sein Name ist Ryman Bey«, sagte Kray.

Automatisch fragte Tocht nach der Schreibweise und notierte den Namen am Fuß der Seite.

»Er ist ein Albino«, sagte Kray.

Das erklärt die Farbe seiner Haut, dachte Tocht.

»Als solchen findet man ihn nicht oft bei Tageslicht draußen«, fuhr Kray fort.

»Gehört er zum Kuss der Rasierklinge?«

»Meines Wissens nicht.«

»Weshalb sollte er dann bei ihnen sein?«

»Das ist eine der Fragen, auf die wir uns eine Antwort wünschen, nicht wahr?«

Nicht wir, wollte Tocht erwidern. Aber er konnte es

nicht. Nicht nur aus dem einfachen Grund, weil er Kray nicht verärgern wollte, sondern auch, weil er neugierig war.

»Den Kuss der Rasierklinge und ihren Anführer Ryman Bey kann man auch anheuern«, sagte Kray.

»Ihr meint, dass jemand sie bezahlt hat, damit sie nach Knochenschnitter suchen.«

Kray nickte. »So ist es.«

»Weshalb?«

»Weil jemand nicht will, dass die Wahrheit über das herauskommt, was bei der Schlacht an der Todesfestung geschehen ist.«

»Wer?«

Kray lächelte. »Wenn ich die Antwort darauf wüsste, bräuchten wir womöglich nicht nach Kairattenbau zu gehen.«

Tocht blickte in Krays grüne Augen. »Was, wenn ich mich entscheide, nicht dort hinzugehen?«

Kray setzte zu sprechen an, doch dann dröhnte Käpt'n Faroks raue Stimme durch die Kombüse.

»Wenn du nicht gehen willst«, sagte der Zwergenkapitän vom Eingang her, »dann gehst du nicht.«

»Was, wenn ich zurück nach Graudämmermoor will?«, fragte Tocht.

»Dann bringe ich dich hin, Bibliothekar.« Farok funkelte Kray an. »Ich habe Sklavenschiffe satt. Ich werde nicht dabei zusehen, wie man mich zum Teil eines solchen Schiffes macht.«

Kray war einen Moment lang still, dann nickte er knapp. »Nun gut, Bibliothekar zweiten Ranges Lampenzünder. Die Wahl liegt bei dir.« Ohne ein weiteres Wort erhob sich der Zauberer vom Tisch und stolzierte hinaus.

Aus irgendeinem Grund, den er sich nicht erklären konnte, schämte sich Tocht, als hätte er den Zauberer irgendwie im Stich gelassen. *Das ist töricht*, sagte er sich. *Du schuldest ihm gar nichts. Du hast schon öfter dein Leben für ihn aufs Spiel gesetzt.* Aber er konnte das Gefühl nicht abschütteln.

»Geht es dir gut, Bibliothekar?«, fragte Käpt'n Farok.

»Ja«, antwortete Tocht. *Wird schon wieder.*

»Willst du also zurück nach Graudämmermoor?«

»Dort wäre ich sicherer«, sagte Tocht und hoffte, der alte Pirat würde es verstehen.

»Aye.« Farok nickte. »Das wärst du. Und dort passt du besser hin als hier aufs Meer oder auf das Festland.«

Irgendwie, obwohl Farok dies sagte, fühlte sich Tocht immer noch schuldig.

»Ich werde als Erstes diejenigen nach Hause bringen, die wir gerettet haben«, erklärte Farok. »Das liegt näher, und wir können ein paar Vorräte gebrauchen, ehe wir wieder die Bluttriefende See durchqueren. All die zusätzlichen Mäuler, die wir aufgenommen haben und stopfen müssen, tun unseren Vorräten nicht gerade gut.« Er klopfte Tocht auf die Schulter. »Lass mich einfach wissen, was du für Pläne hast.«

»Das werde ich. Vielen Dank.«

Stunden später saß Tocht oben im Krähennest und hatte ein neues Tagebuch, das alte Buch, in dem er sich Notizen gemacht hatte, und seine Schreibutensilien bei sich. Nach all der Zeit, die er auf den Aschwolkeninseln verbracht hatte, genoss er die einfache und vertraute Aufgabe, seine Notizen in einen anständig formulierten Text zu übertragen.

Er benutzte eine der Geheimschriften, die er entwickelt hatte, um seine Abenteuer festzuhalten. Noch während er den Streit in Paunsels Taverne überarbeitete, der damit anfing, dass Paunsel ihn von den Abenteuern von Taurak Bleiyz fortgezerrt hatte, stieg in Tocht eine Welle der Unzufriedenheit auf.

Er hasste unvollendete Dinge.

Seit er zurück auf der *Einäugigen Peggie* war, hatte er versucht, sich auf das Buch zu konzentrieren. Es war ihm nicht einmal gelungen, den unerschrockenen Halblingshelden über das Spinnennetz zu bringen, das den Eilenden Fluss hoch über dem Todesdornenwald überspannte. Gemeinsam mit Taurak Krötenbuckel zu schwingen – das war ihm einfach nicht … richtig vorgekommen.

So viele Dinge im Zusammenhang mit der Schlacht bei der Todesfestung waren unvollendet geblieben.

Es ist nicht deine Aufgabe, sagte sich Tocht. *Du bist ein Bibliothekar, nicht ein überlebensgroßer Halblingsheld aus einem Abenteuer aus den Regalen des Hralbommsflügels*. Er beobachtete, wie die Sonne langsam im Westen versank und den Himmel mit feurigem Orange und Rot über dem silberfarbenen Wasser bemalte. *Du* willst *nicht einmal ein Held sein.*

Trotzdem wusste er, dass es Taurak Bleyiz gelungen wäre, unbemerkt nach Kairattenbau zu schlüpfen und eine Diebesgilde auszuspähen.

Und das war es, was Kray vorschlug. Es war die einzige sinnvolle Vorgehensweise.

Es ist außerdem eine Vorgehensweise, die dich in ein Futter für die Vögel, aufgeknüpft in einem Netz, verwandeln könnte, rief sich Tocht ins Gedächtnis. *Oder du wirst an die Haie verfüttert.*

Er blickte auf die Buchseite hinab, an der er gearbeitet hatte. Es war ein Bild von der Schlacht an der Todesfestung, das aus den wenigen Bildern, die er davon gesehen hatte, abgeleitet war, und aus den Beschreibungen, die er gelesen hatte. Im Mittelpunkt seines Bildes stand Meister Oskarr auf einem Felsen im Herzen der Bunten Schlucht und schwang Knochenschnitter nach Kobolden und Trollen.

Meister Oskarr hat sein Leben gegeben, dachte Tocht traurig, *vielleicht nicht damals, aber letzten Endes doch.* Und dafür wurde er als Verräter gebrandmarkt. Diese Erkenntnis bereitete dem kleinen Bibliothekar Unbehagen. Er hatte bei Bulokk gesehen, dass diese Wunden aus der Vergangenheit immer noch Schmerzen zufügen konnten. *Wie lange werden sie das noch tun?*

Am Ende wusste Tocht, dass er keine Wahl hatte. Was, wenn er zurück nach Graudämmermoor ging, ins Gewölbe Allen Bekannten Wissens, und den Frieden nicht finden konnte, um seine Arbeit zu verrichten oder ein gutes Buch zu genießen?

Das könnte passieren. Es geschah bereits. Er konnte sich Großmagister Frollo vorstellen, wie er ihm für seine Abwesenheit eine Strafpredigt hielt, und ihn dann für seine Unaufmerksamkeit bei den Aufgaben tadelte, die vor ihm lagen. Wenn er es nicht zustande brachte, das Abenteuer von Taurak Bleiyz zu Ende zu lesen, wie konnte er dann jemals nach Hause zurückkehren?

Als es beinahe finster war, packte Tocht seine Tagebücher zusammen. Er war zu unruhig, um weiterzuarbeiten, und es war noch beunruhigender, dass ihm klar geworden war, was er dagegen unternehmen konnte. Er klappte seine Schreibutensilien zusammen und kletterte die Takelage hinab.

Kritter und Rohoh gaben sich in einer der Rahen einem Streit hin. An der unbeholfenen Art, in der die beiden mit dem Kopf nach unten an ihren Klauen baumelten, sah man, dass sie Schmodders Kochbrandy geplündert hatten.

Sobald er auf dem Deck angelangt war, begab sich Tocht zu Krays Kajüte. Noch ehe er an die Tür geklopft hatte, rief der Zauberer: »Herein.«

Seufzend dachte Tocht: *Ich hasse es, wenn er das macht.* Kray hatte die Angewohnheit, einen Schutzzauber auf die Tür zu den Räumlichkeiten zu legen, in denen er schlief.

In der kleinen Kajüte saß Kray mit unterschlagenen Beinen auf einem schmalen Bett.

»Weshalb habt Ihr ein Bett bekommen?«, fragte Tocht und dachte an die Hängematte, in der er geschlafen hatte. Er war noch niemals in Krays Kajüte gewesen.

»Weil ich darum gebeten habe«, antwortete Kray. Er schloss das Buch, in dem er gelesen hatte, und versuchte, es vor Tochts Augen zu verstecken.

Ehe er sich am Riemen reißen konnte, packte Tocht, von Neugier getrieben, das Buch. Kray ließ es allerdings nicht los. Grüne Funken entsprangen dem unheilvollem Blick des Zauberers. Tocht sah den Titel trotzdem. Er ließ das Buch los.

Kray steckte es in seinen Reisesack. »Nun?«

»Das Buch habe ich geschrieben«, sagte Tocht überrascht.

»Du hast es mir gegeben.«

»Ich weiß. Es war ein Geschenk.« Tocht schüttelte den Kopf. »Ich hätte nicht gedacht, dass Ihr es noch habt.«

»Ich habe es gerade in meiner Tasche gefunden«, sagte Kray. »Offenbar habe ich vergessen, es herauszunehmen.«

Tocht wusste, dass das nicht stimmte. Das Buch hatte ausgesehen, als sei behutsam damit umgegangen worden, aber dennoch hatte es zerlesen gewirkt. Ganz so, wie ein Lieblingsbuch aussehen sollte. Tocht hatte es über seine

Abenteuer mit Kray unten in den seltonischen Sümpfen geschrieben, als sie nach Ralkirs verborgener Bibliothek gesucht hatten.

»Willst du etwas Bestimmtes von mir?«, blaffte Kray.

Tocht kniff die Augen zusammen. »An manchen Tagen, Kray, seid Ihr ein elender Ersatz für einen richtigen Menschen.«

Kray funkelte ihn an.

»Wenn da nicht diese ganze Krötensache wäre, die Ihr immer abzieht«, erklärte Tocht, »dann würden Euch das mehr Leute sagen, glaube ich.«

»Hmmmpf«, schnaubte Kray. »Und mehr Leute würden Kröten sein.«

»Ihr wisst, weshalb ich hier bin, nicht wahr?«

Man musste Kray zugutehalten, dass er nicht schadenfroh grinste.

»Ich kann das nicht unvollendet lassen«, sagte Tocht, als ihm klar wurde, dass der Zauberer das Reden ihm überlassen würde.

»Ich weiß«, erwiderte Kray.

»Es gibt so viele Fragen, die beantwortet werden müssen. Und ich habe angefangen, manche von ihnen persönlich zu nehmen. Während der letzten paar Tage habe ich Bulokk näher kennengelernt. Er ist ein guter Zwerg. Er sollte nicht unter der Last der Anschuldigungen gegen Meister Oskarr zu leiden haben.«

»Dem stimme ich zu.«

Tocht betrachtete Kray argwöhnisch. »Aber da ist mehr dran, nicht wahr?«

»Ja.«

Tocht wartete und seufzte dann. »Ihr werdet es mir nicht verraten, oder?«

»Nein.«

»Weshalb?«

»Weil ich zu viel weiß, um so unvorbelastet zu sein, wie es ein guter Ermittler sein sollte. Ich habe von vornherein zu viele Verdachtsmomente.«

»Wisst Ihr, wer den Kuss der Rasierklinge angeheuert hat?«

»Vielleicht.«

»Warum soll ich dann dorthin gehen?«

»Weil wir einen Beweis brauchen, bevor ich mich daranmache, jemanden zu beschuldigen.«

»Ich könnte in Kairattenbau getötet werden.«

»Ich hoffe aufrichtig, dass das nicht geschieht. Aber es ist eine klare Möglichkeit. Ich habe nie gesagt, dass irgendetwas an der Sache einfach werden würde.«

Zumindest das, dachte Tocht, *ist die Wahrheit*.

Eine Mitteilung von Großmagister Edeltocht Lampenzünder

Ich blicke auf dieses Dokument, nachdem so viele Jahre vergangen sind, und trotzdem scheint es erst gestern gewesen zu sein. Die Aufgabe, die Kray und Käpt'n Farok mir auferlegt hatten, war weitaus gefährlicher, als selbst sie geahnt haben.

Nun, ich denke, Kray wusste mehr, als er zugegeben hat. Er weiß immer mehr.

Wie du anhand dieser Mitteilung deutlich erkennen kannst, habe ich alles überlebt. Aber vielen ist es anders ergangen. Und selbst jetzt, wenn all die Wahrheiten hervorquellen, die wir im Verborgenen gelassen haben, werden wieder Leute sterben.

»Geheimnisse sind schwer in Schach zu halten, wenn man nicht der Einzige ist, der sie kennt.« Natürlich ist das, wie jeder Bibliothekar, der seines Lohnes würdig ist, erkennen würde, ein Zitat aus Gart Makmornans Profit schlagen aus Geheimnissen: Eine Geschichte der Erpressung an den Höfen der Hochelfen.

Insgesamt gibt es drei von diesen Büchern – die Tagebücher meiner Reisen während jener schwierigen Zeit. Ich habe sie aufgeteilt, um zu verhindern, dass sie vor ihrer Zeit versehentlich entdeckt werden. Die zeitliche Abstimmung ist, wie man sagt, alles. Und das war niemals zutreffender als jetzt. Die Schwierigkeiten, die ich miterlebt habe, die Entdeckung von Lord Khadavers Grimm so lange nach dem Kataklysmus: Das alles ist noch nicht überstanden. Das war mir bewusst, als ich den Reißzahn-Schattenwald verlassen habe.

Aber für die damalige Zeit hatten wir einen Abschluss gefunden. Die Gefahr war gebannt worden.

Das zweite Buch führt aus, was während meiner Bemühungen in Kairattenbau geschehen ist, wie ich den Kuss der Rasierklinge und Ryman Bey aufgespürt habe und auch denjenigen, der sie angeheuert hat, um nach Meisterschmied Oskarrs Streitaxt zu suchen.

Jenes Tagebuch, genauso wie das dritte, wird nicht zusammen mit diesem hier gefunden werden. Nur eine Person weiß, wo das zweite Tagebuch gefunden werden kann. Und ich werde nur einem anderen Bibliothekar – einem Lehrling, von dem ich weiß, dass ich seinem Herzen und seinem Verstand trauen kann – den Kniff beibringen, wie man die Geheimschrift liest, in der ich diese Erzählung abgefasst habe.

Nur du, mein Lehrling, kennst den Schlüssel zu diesen

Büchern. Und ich werde dich alles gelehrt haben, um sie zu finden. Aber wisse, dass die Geheimnisse, die sie schützen, gefährlich sind. Ich kann dir das nicht nachdrücklich genug versichern.

Um das zweite Buch zu finden, musst du den Barden Ordal aufspüren, der so unvergänglich wie der Wind ist. Wenn du ihn findest, dann frag ihn: »Was reitet auf vier Beinen, steht auf zwei Beinen und humpelt auf drei Beinen fort?«

Ordal weiß nichts über das versteckte Buch, aber seine Antwort wird dir einen Hinweis darauf geben, wo du nach dem zweiten Buch suchen musst.

Möge deine Reise erfolgreich sein, Lehrling, und möge deine Suche von Neugier getrieben werden und nicht von Notwendigkeit.

Ergebenst,
Edeltocht Lampenzünder
Großmagister
Gewölbe Allen Bekannten Wissens
Graudämmermoor

Nachwort

Abgekämpft und mit müden Augen, da er bei Lampenlicht an Bord der *Mondenträumer* gearbeitet hatte, erhob sich Kruk von dem kleinen Tisch in der Kajüte, die Raisho ihm überlassen hatte. Plötzlich wurde er sich des Hungers bewusst, der an ihm nagte, und Kruk taumelte hinaus auf den Gang und begab sich aufs Deck. Er war überrascht zu sehen, dass es Nacht war und dass die *Mondenträumer* in den Fängen eines Sturms zappelte.

Er war dermaßen in Großmagister Lampenzünders Erzählung versunken gewesen, dass er nicht einmal mitbekommen hatte, wie sich der Sturm auf das Schiff gestürzt hatte.

Heftiger Regen prasselte auf das Deck, so schwer, dass kleine Wellen vor- und zurückschwappten, wenn das Schiff sich neigte. Blitze zuckten über den Himmel, brannten sich durch die dunklen Wolkenmassen, die über Kruks Kopf wirbelten. Das hohle Dröhnen war so nahe, dass es die *Mondenträumer* erbeben ließ.

Als er zum Heck zurückblickte, sah Kruk Raisho neben dem Steuermann stehen. Wenn ein Sturm heraufzog, gab es für Raisho keinen anderen Ort, an dem er sein wollte.

»Wann hat das angefangen?«, fragte Kruk seinen Freund, als er sich zu ihm gesellte.

Raisho stand in einen dunklen Umhang gekleidet da, sein Gesicht war im Schatten verborgen, außer wenn es blitzte. »Kurz vor der Abenddämmerung. Wir sind nun schon stundenlang drin.« Er kniff die Augen zusammen und wandte sein Gesicht nach oben in den Regen. »Dachte, er hätte sich jetzt langsam verausgabt, aber es geht einfach immer weiter.« Er schüttelte den Kopf und blickte zu Kruk zurück. »Dieser Sturm gefällt mir gar nicht, das sage ich dir. Er fühlt sich schlecht an. Als wäre er nicht natürlich.«

Kruk erinnerte sich an die Sumpfbestien, die sie in der Haimaulbucht bekämpft hatten. Jemand hatte diese Geschöpfe zu ihnen gesandt. Konnte man auch einen Sturm schicken?

Eine Welle erwischte die *Mondenträumer* mit voller Wucht und wirbelte sie herum. Der Steuermann kämpfte darum, das große Steuerrad festzuhalten. Raisho ging zu dem Mann hinüber und stellte auch seine Stärke in den Dienst dieser Aufgabe.

Stolpernd schaffte es Kruk, die Reling zu packen und auf den Beinen zu bleiben.

»Ich habe mir gedacht, dass wir vielleicht irgendwo auf einen Hafen zusteuern sollten«, rief Raisho. »Aber ich habe nicht gewusst, in welche Richtung wir uns wenden sollen.«

»Nach Flautenzipfel«, sagte Kruk.

Raisho sah ihn an. »Bist du fertig mit der Übersetzung dieses Buches?«

Kruk nickte. »Bin ich.«

»Weiß Kray das?«

»Ich bin gerade erst heraufgekommen«, erwiderte Kruk. »Ich habe angenommen, er würde hier oben sein.«

Mit einem Kopfschütteln sagte Raisho: »Ich habe ihn nicht gesehen, seit der Sturm angefangen hat.«

Kruk dachte sich nichts wegen der Übereinstimmung beider Ereignisse. »Halte auf Flautenzipfel zu.«

»Was werden wir dort vorfinden?«

»In Flautenzipfel nichts«, antwortete Kruk. »Wir werden den Standhaften Fluss bis nach Deldalsmühlen hinaufreisen müssen.«

»Weshalb?«

»Es gibt insgesamt drei Bücher«, sagte Kruk. »Das Buch, das mir Kray gegeben hat, hat mir offenbart, wie man das zweite findet.«

»Wo ist das dritte?«

»Ich weiß es nicht. Vielleicht wird uns das im zweiten verraten.«

Eine weitere Welle krachte gegen die *Mondenträumer*. Raisho kämpfte mit dem Steuerrad, als eine Sintflut von Meerwasser über ihn hereinbrach. Der Steuermann verlor seinen Halt und fing an wegzurutschen. Indem er sich mit überraschender Schnelligkeit bewegte, bekam Raisho den jüngeren Seemann zu fassen und konnte ihn mit einer Hand in Sicherheit hieven.

Dann erhob Raisho seine Stimme und fing an, Befehle zu brüllen, um das Schiff in die richtige Lage zu manövrieren.

Kruk spürte einen Hauch von Entsetzen in sich aufsteigen, vertraute aber den Instinkten seines Freundes, wenn es ums Segeln ging. Er begab sich unter Deck. Die Laternen schaukelten und schlugen gegen die Wände, und die Flammen flackerten heftig.

An Krays Tür klopfte Kruk und wartete. Als keine Antwort kam, klopfte er erneut, diesmal lauter. »Kray!«

Keine Antwort.

Kruk öffnete die Tür und trat ein. Finsternis erfüllte die kleine Kajüte, und ein Geruch nach Kupfer lag in der Luft.

Kruk trat wieder in den Niedergang hinaus und holte eine der Laternen. Er kehrte in die Kajüte zurück.

Kray war nicht da. Aber der Kupfergestank kam von einer Blutpfütze auf dem Boden. Daneben hatte jemand, indem er dasselbe Blut benutzte, *Hütet euch!* geschrieben.

Während er in diesem Zimmer stand und Krays Abwesenheit allzu deutlich spüren konnte, wusste Kruk, dass sie selbst draußen auf der Bluttriefenden See nicht außerhalb der Reichweite des geheimnisvollen Feindes waren, der sie verfolgte.

Buch zwei

Meeresgischt

Prolog

Der Barde Ordal

Der Regen war der *Mondenträumer* nach Flautenzipfel gefolgt, ein weiterer Beweis dafür, dass der Sturm keine natürliche Erscheinung war. Das Schiff befand sich noch sechs Tage auf See, bis es den Hafen erreichte, und sie waren alle nervös.

Niemand wusste, weshalb oder wie Kray verschwunden war. Das Blut des Zauberers – zumindest nahm Kruk an, dass es das seine war – befleckte noch immer die Kajüte, die er während der Reise bewohnt hatte. Die Wirkung seiner Zauber war ebenfalls aufgehoben.

»Dies ist ein gefährlicher Ort, Kritzler«, erklärte Raisho, während sie an Deck standen. In dem Regenumhang, den er anhatte, und mit seiner ebenholzschwarzen Haut, die mit blauen Tätowierungen übersät war, sah er Zoll für Zoll wie ein Krieger aus. Laternenlicht glitzerte auf seinem Stirnreif mit dem roten Feueropal. »Ich bin schon öfter hier gewesen.«

»Ich ebenso«, erwiderte Kruk. »Lange bevor du geboren wurdest.« Er lächelte seinen Freund an. Raisho neigte ab und an dazu – vor allem wegen ihrer unterschiedlichen Größe –, Kruk wie ein Kind zu behandeln. Kruk störte das nicht, denn es bestand ein Unterschied, ob man jemanden beschützte oder ihn bevormundete.

Raihso ließ eine Hand auf das abgegriffene Heft seines Entermessers fallen. »Stimmt, Kritzler, ich vergesse immer wieder, dass es dich schon viel länger gibt als mich.«

Die Küste sah lieblich aus. Ein sorgfältig geplanter Hafen blickte im Süden über die Sanftwindsee hinaus. Im Westen bildete der Habichtwald einen Schutzwall gegen jegliche Art von schlechtem Wetter, das von der Sanftwindsee hereinziehen mochte. Obwohl die örtlichen Schiffsbauer sich jedes Jahr dafür stark machten, mit dem Abholzen des Habichtwaldes zu beginnen, versagten ihnen die Elfenhüter diese Pläne.

Ein Elendsviertel belegte den Bereich gleich hinter den Anlegern, aber im Osten gab es jenseits des Zollhauses und des Hauptquartiers der Hafenwache sehr hübsche Häuser. Weit im Osten standen drei hohe Gebäude, in denen die drei Gilden der Schiffsbauer untergebracht waren. Der mittlere Abschnitt der Stadt war eine Mischung verschiedener Geschäfte, die Dienstleistungen anboten oder Güter verkauften, die in Flautenzipfel hergestellt oder von anderen Orten herbeigeschafft wurden.

Kruk stand an der Reling und dachte an die letzten Male, als er hier gewesen war, stets zusammen mit Großmagister Lampenzünder.

Nun war Kray verschwunden, und Kruk spürte, dass er Raisho auf dieser Suche nach Dingen, die vielleicht besser in Vergessenheit geblieben wären, in Gefahr brachte.

Abgesehen davon, dass die Vergangenheit immer zurückkehren und einen heimsuchen wird, überlegte Kruk. Dann dachte er an die Blutflecken auf dem Boden von Krays Kajüte. *Oder einen sogar töten wird.* Diese Möglichkeit war ernüchternd.

»Glaubst du nicht, dass es vielleicht das Beste wäre, wenn du all das für eine Weile hinter dir lässt?«

Kruk kletterte in das Langboot an der Seite der *Monden-*

träumer und blickte zu Raisho zurück. Sechs Tage lang hatte sein Freund versucht, ihm das auszureden, was er vorhatte.

»Nein«, sagte Kruk.

»Wer immer diese Leute sind, die versuchen, das, was damals in der Schlacht an der Todesfestung geschehen ist, unter Verschluss zu halten – sie meinen es ernst.«

»Ich weiß«, erwiderte Kruk. Seine Erinnerungen an die Sumpfbestien waren ungetrübt.

»Und sie haben Kray geschnappt«, erklärte Raisho. »Unmittelbar unter unseren Nasen weg.«

»Es könnte sich dabei auch um andere Leute gehandelt haben.« Kruk saß im Heck des Langbootes. Es war ihm zuwider, zu Raisho aufzublicken, weil der unaufhörliche Regen ihm die ganze Zeit über ins Gesicht fiel. »Kray hatte …« Er hielt inne, als ihm der Ausrutscher auffiel, der ihm unwillkürlich unterlaufen war. »Kray *hat* eine Menge Feinde. Was auf der *Mondenträumer* geschehen ist, könnte mit einer ganz anderen Sache zu tun haben.«

Raisho schnaubte angewidert. »Und wie wahrscheinlich ist das?«

»Ich weiß es nicht. Aber ich muss tun, was ich tun muss.«

»Nach dem Barden Ordal suchen?«

»Ja.«

Raisho gestikulierte mit einem Arm in Richtung Stadt. »Flautenzipfel ist ein großer Ort. Da kannst du lange suchen.«

»Ich werde ihn hier in Flautenzipfel nicht finden«, erwiderte Kruk. »Er wird in Deldalsmühlen sein.«

Mit gerunzelter Stirn sagte Raisho: »Davon hast du schon gesprochen.«

»Es ist eine Waldarbeiterstadt weiter oben am Standhaften Fluss«, erklärte Kruk. »Die Holzfäller flößen die Stämme lieber nach Deldalsmühlen als den ganzen Weg nach Flautenzipfel hinab. Sie müssen dieser Tage immer weiter den Fluss hinauf, um Holz zu schlagen, und wollen den langen Weg nicht auf sich nehmen, wenn sie in Deldalsmühlen genauso viel verdienen.«

»Wie weit ist die Stadt denn weg?«

»Eine Tagesreise. Der Standhafte Fluss fließt für gewöhnlich träge, da ist es nicht allzu schwer, ihn hinaufzupaddeln. Bei diesem Regen könnten die Dinge allerdings anders liegen.«

»Der Barde Ordal wird an diesem Ort dort oben sein?«

»Ja. In der einen oder anderen Gestalt hat Ordal seit Generationen dort gelebt.«

»Ist er ein Elf?«

»Nein.« Kruk lächelte. Das meinten immer alle. Zwerge wurden selbst in Zwergenschenken nicht für ihre Sangeskünste gerühmt, und Elfenbarden waren eine Seltenheit.

»Dann also ein Mensch?«

»Ja.«

Während er seine Hände auf die Reling legte, schüttelte Raisho den Kopf. »Weißt du, ich bin viel neugieriger, als gut für mich ist.«

Kruk sagte nichts, aber er lächelte.

»Und mir gefällt es immer weniger, dich ganz allein gehen zu lassen, Kritzler, ohne jemanden, der auf dich aufpasst.«

»Bitte um Entschuldigung, Käpt'n«, sagte einer der jungen Seeleute im Langboot, »aber das nehme ich Euch übel. Ihr habt uns selbst darum gebeten, uns um den Bibliothekar zu kümmern, und das werden wir auch tun.«

»Ich wollte dich nicht unhöflich behandeln, Tellan, aber wenn es um diesen speziellen Kritzler geht, habe ich eine recht beschützerische Ader entwickelt.«

»Wir können ihn sicher nach Deldalsmühlen bringen«, sagte Tellan. Er war groß und jung, sein Haar hatte die Farbe von Stroh, und die Augen waren blau wie der Himmel in der Abenddämmerung. Er war in einen Umhang gekleidet und wirkte für alles bereit, was da kommen mochte. Ein Schwertgriff ragte über seine linke Schulter. Die anderen Männer im Langboot waren ähnlich ausgerüstet.

»Raisho«, sagte Kruk, »du solltest nicht mitkommen.«

»Weil es gefährlich ist?« Raisho schüttelte den Kopf. »Wenn es gefährlich ist, sollte ich dich nicht gehen lassen, so sieht es aus.«

»Nicht weil es gefährlich ist«, sagte Kruk. »Weil du der Kapitän dieses Schiffes bist. Du hast hier Verpflichtungen. Und um diese Aufgabe muss ich mich kümmern.«

»Oh nein, das musst du nicht, Kritzler. Diesmal wird es keinen geistigen Wettstreit geben. Weil ich ihn gewinne. Kray ist von meinem Schiff verschwunden, und ich kenne den Grund nicht – noch nicht. Ich werde nicht auch noch mit ansehen, wie du verschwindest.«

»Du hast eine Familie«, wandte Kruk in dem Wissen ein, dass dies sein letzter Angriffspunkt war.

»Ich habe es dir vor all den Jahren gesagt, und ich sage es dir jetzt wieder, Kritzler: Du bist meine Familie. Geradeso wie meine Frau und meine Kinder. Geradeso wie meine Ma und mein Pa, die du für mich aufgespürt hast, als wir nach dem *Buch der Zeit* gesucht haben.« Raisho fing eine Tasche mit Ausrüstung auf, die ihm einer der anderen Seeleute zuwarf, dann ließ er sie ins Langboot fallen und kam gleich selbst hinterdrein. »Bis wir nicht herausgefunden haben, was mit Kray geschehen ist, lasse ich dich nicht aus den Augen. Und das ist mein letztes Wort.«

Ein Teil der Anspannung, die Kruk verspürt hatte, schmolz bei Raishos Worten dahin. Es fühlte sich gut an, nicht allein auf der Welt zu sein, unbekannten Gegnern und Widrigkeiten nicht allein gegenüberzustehen. Er respektierte die Wünsche seines guten Freundes und widersprach nicht länger.

»Danke«, sagte Kruk.

Raisho schnappte sich ein Ruder und legte es an seinen Platz. »Was du da tust, Kritzler, ist zum Wohle vieler Leute, das weiß ich.« Er grinste. »Sorge einfach dafür, dass ich ordentlich Erwähnung finde, wenn du die Geschichte dieser Reise hier aufschreibst.«

Auch Kruk nahm ein Ruder und wartete darauf, dass Raïsho den Takt vorgab. Zusammen ruderte die Mannschaft des Langboots dann zum öffentlichen Kai.

Kruk bezahlte in einem Mietstall für Pferde, nachdem er einen angemessenen Preis ausgehandelt hatte. Der Verkäufer gab ihnen das Zaumzeug umsonst dazu, weil Kruk mit Gold bezahlt hatte, anstatt ein Tauschgut anzubieten.

»Du weißt, dass uns das in Schwierigkeiten bringen kann«, sagte Raisho, als sie ihre neuen Pferde in den Regen hinausführten. »Es spricht sich in der Stadt schnell herum, wenn man ein Außenseiter ist, der mit Gold bezahlt.«

»Ich weiß«, erwiderte Kruk. »Wenn ich nicht das Gefühl hätte, dass die Zeit knapp wird, würden wir zu Fuß nach Deldalsmühlen gehen.«

Bei den Kaufleuten erstand Kruk ein paar Essensvorräte, um aufzustocken, was sie vom Schiff mitgebracht hatten. Sobald er alles zu seiner Zufriedenheit eingepackt hatte, schlug Kruk seinen Umhang hoch und ging zurück in den Regen.

Raisho und die anderen Seeleute teilten die Vorräte untereinander auf und packten sie in Bettrollen und Satteltaschen. Dann brachen sie auf.

Sie ritten am Ufer entlang, auf dem festgetretenen Pfad, der an beiden Seiten des Standhaften Flusses verlief. Unter der Kreuzbrücke, der einzigen in Flautenzipfel, die den Fluss überquerte, vergewisserte sich Kruk, dass sie sich auf der Seite von Deldalsmühlen befanden, auf der die Gewerbe angesiedelt waren, und nicht auf der mit den Webwaren.

Der Fluss führt weiter im Norden viel Wasser, dachte Kruk. *Die Sturmfront erstreckt sich über ein größeres Gebiet als nur die Sanftwindsee.* Er fragte sich, ob er weiter darüber nachdenken, sich mehr Sorgen machen sollte. Aber, wenn er ehrlich war, dann wusste Kruk nicht, wie er sich noch mehr Sorgen machen sollte, seit Kray auf unerklärliche Weise von der *Mondenträumer* verschwunden war. *Großmagister Lampenzünder, ich wünschte, Ihr wärt jetzt hier. Mit dieser Art von Abenteuern habt Ihr weit mehr Erfahrung als ich.*

Das nasse Sattelleder quietschte. Die Hufe der Pferde hämmerten dumpf auf den schlammigen Boden. Immer weiter blieb Flautenzipfel hinter ihnen zurück, als sie tiefer ins Inland ritten. Anstelle des Waldes, der hier einst gewachsen war, als das Land versucht hatte, sich zu heilen, waren nur Buschgestrüpp und Ackerland zu sehen.

Auf der rechten Seite hielt auf einem Maisfeld, das hoch und grün im Saft stand, eine auffällige Vogelscheuche Wache. Als Kruk an dem Strohmann vorbeiritt, hatte er das unangenehme Gefühl, dass er ihm durch seine mit Kohle geschwärzten Augen nachstarrte.

Das ist deine Einbildung, schalt er sich. Er wandte seine Aufmerksamkeit wieder nach Norden und konzentrierte sich auf die Erzählung über Großmagister Lampenzünders Abenteuer auf den Aschwolkeninseln, die er übersetzt hatte. Wie war es dem Großmagister in Kairattenbau ergangen, als er die Diebesgilde gesucht hatte, die als Kuss der Rasierklinge bekannt war?

Kruk wusste, dass sein Mentor überlebt hatte, aber was musste Großmagister Lampenzünder dort alles gesehen haben? Und weshalb hatte der Großmagister es niemals für angebracht gehalten, Kruk davon zu berichten? Natürlich war Kruk allein schon aus der Lektüre von Büchern im Gewölbe Allen Bekannten Wissens bekannt, dass es eine Menge Dinge gab, die Großmagister Lampenzünder ihm nicht erzählt hatte …

Er saß auf dem Pferd, so gut er es vermochte, obwohl das nicht seine bevorzugte Art zu reisen war.

»Ist alles in Ordnung bei dir, Kritzler?«, fragte Raisho neben Kruk.

»Es geht mir gut«, antwortete Kruk.

»Du siehst aus, als wärst du richtig tief ins Grübeln versunken.«

Kruk zögerte einen Moment lang. »Das bin ich.«

»Wir werden Kray zurückholen«, sagte Raisho. »Du musst dir keine Sorgen machen. Den Geschichten nach zu urteilen, die ich über ihn gehört habe, könnte er mit einer Gerte einen Bären auf den Baum jagen.«

»Vielleicht«, sagte Kruk, »aber es war kein Bär, der Kray von einem Schiff auf hoher See heruntergeholt hat.« *Es war etwas viel Schlimmeres.*

»Er ist schwer umzubringen, Kritzler. Daran musst du denken.«

»Es wäre hilfreich, wenn ich wüsste, wer hinter uns her ist.«

»Du hast selbst gesagt, dass es nicht Meister Oskarr war, der die Allianz in der Schlacht an der Todesfestung verraten hat. Nach den Hinweisen, die Großmagister Lampenzünder aufgedeckt hat, war es doch eher so, dass Meister Oskarr selbst einer der Verratenen gewesen ist.«

»Weshalb hat dann Großmagister Lampenzünder die Leute nicht alles wissen lassen, als er es herausgefunden hat?«

»Könnte doch sein, dass es so war, wie Kray ihm vor all den Jahren erklärt hat: Er hatte einfach keinen Beweis.«

»Er hatte die Abriebe von Meister Oskarrs Schmiedetisch.«

»Du redest über tausend Jahre voller heftiger Gefühle. Sie gehen nicht einfach weg wie Zucker im Tee.«

Kruk seufzte. »Ich weiß. Aber ich muss mich fragen, weshalb irgendjemand, der vor all diesen Jahren dabei war, überhaupt Wert darauf legt, es zu wissen.«

»Geheimnisse sind schreckliche Dinge. Sie wachsen schneller, größer und stärker als Unkraut. Wenn etwas vor zehn Jahren einen Mann zu Fall gebracht hat, kann es inzwischen durchaus so groß geworden sein, dass es eine ganze Stadt in die Tiefe reißt.«

»Du bist ein sehr kluger Mann, Raisho.«

Raisho grinste in den Schatten seines Umhangs. »Ich hatte zufällig einen sehr klugen Lehrer.« Er langte herüber und klopfte Kruk auf die Schulter. »Wir schaffen das, Kritzler. Was immer sonst daraus erwächst, du weißt, dass du alles tust, was du tun kannst. Tröste dich ein wenig damit und habe ein wenig mehr Vertrauen.«

Während der Regen auf ihn herabhämmerte, versuchte Kruk, den Rat seines Freundes zu beherzigen. Aber er konnte seine Angst und seine Zweifel nicht unterdrücken.

Sie kamen voran, viel langsamer, als es Kruk lieb gewesen wäre, aber immerhin voran. Und nun versuchte etwas von vor tausend Jahren – *etwas, das mit dem Übel von Lord Khadaver befleckt war!* – wieder nach ihnen zu greifen.

Sie schlugen ihr Lager kurz vor Einbruch der Nacht auf. Zum Glück hatten sie den äußeren Bereich des Waldes von Deldalsmühlen erreicht. Wenn dieser Forst jemals einen anderen Namen besessen hatte, so war er in Vergessenheit geraten.

Raisho wartete, bis es vollständig dunkel war, ehe er ihnen gestattete, ein Lagerfeuer zu entzünden. Dann, nachdem sie lange Zeit nach den Lichtern anderer Feuer Ausschau gehalten und nach anderen Reitern gelauscht hatten, errichtete er das Feuer selbst, gerade groß genug, um den kleinen Kessel darauf zu stellen, den sie benutzten, um Hirteneintopf darin zu machen. Sie nahmen dazu einen Teil des Fleisches, das sie mitgebracht hatten, und fügten etwas von dem wilden Gemüse hinzu, das in der Gegend wuchs.

Sobald der Eintopf angefangen hatte zu köcheln, setzte sich Kruk allein hin und holte seine Schreibutensilien hervor. Er arbeitete an dem Tagebuch, das er dabeihatte, brachte die Einträge auf den neuesten Stand und fügte Bilder des Flusses, des Lagerplatzes und der Männer hinzu, die mit ihm reisten.

Als der Eintopf fertig war, krochen sie alle nahe heran und aßen aus Holzschalen, dankbar für die Hitze. Das Fleisch war nicht schlecht, und das Gemüse fügte zusätzlichen Geschmack hinzu.

Nachdem sie das Mahl beendet hatten, übernahm Kruk die erste Wache, da er es hinter sich haben und versuchen wollte, eine ganze Nacht durchzuschlafen. Er verfütterte Hafer an die Pferde, die mit einem Seil angebunden waren, das sie zwischen zwei Bäumen gespannt hatten.

Raisho löste Kruk nach zwei Stunden ab. Der Regen fiel unentwegt weiter, und der Fluss gluckerte ohne Unterlass.

Kruk richtete sich seine Bettrolle so gemütlich wie möglich her, dankbar, aus dem Regen zu kommen. Für eine Weile lag er da, unfähig einzuschlafen. Dann lösten sich seine Gedanken gnädigerweise voneinander, so dass er zwischen ihnen hindurchfallen konnte.

»Wacht auf, Großmagister Kruk. Wacht auf.«

Am Anfang hielt Kruk den Kindersingsang für eine Erinnerung, die sich ihren Weg in die dunklen Träume gebahnt hatte, die von Großmagister Lampenzünders Besuch auf den Aschwolkeninseln vor all den Jahren und von Krays blutigem Verschwinden handelten. Es war etwas, das nicht dazugehörte, ihn aber auch nicht übermäßig verstörte.

Dann berührte etwas seine Nase, etwas Nasses, Steifes und Stachliges.

Das ist wirklich gewesen!, dachte Kruk. Seine Augen öffneten sich, und er starrte in das grelle Gesicht eines Ungeheuers.

»Wacht auf, Großmagister Kruk«, neckte ihn die dünne, flüsternde Stimme.

Die Kohlen des Lagerfeuers waren heruntergebrannt und tauchten das Gesicht der Vogelscheuche in ein warmes, orangefarbenes Glühen. Kruk wusste nicht, ob es dieselbe Vogelscheuche war, die er vorher am Maisfeld gesehen hatte, oder ob es eine war, die der anderen nur ähnelte.

Sie hatte das gleiche mondförmige Gesicht aus Sackleinen. Die Augen waren Dreiecke in der Farbe von Kohle, saßen über einer roten Knopfnase und einem mit schwarzem Faden aufgenähten Mund. Ein Hut, der an anderer Stelle lustig gewesen wäre, saß auf ihrem Kopf. Ein leuchtend violettes Tuch war um ihren Hals gebunden. Sie trug ein geflicktes und ausgebleichtes Hemd und Hosen – beides war geteert, so dass es Wind und Wetter standhalten würde. Die Kleidung war mit Stroh ausgestopft.

Am Ende des rechten Arms hielt sie eine Handsichel.

Kruk richtete sich auf und setzte zu einem Schrei an.

Die Vogelscheuche bewegte sich flink, legte Kruk die scharfe Klinge der Sichel an den Hals und nagelte damit seinen Kopf gegen den Baum, an dem er seine Bettrolle abgelegt hatte.

»Ruhig, Großmagister Kruk!«, warnte ihn die Vogelscheuche. Sie hielt den linken Arm an den gestickten Mund, der sich niemals bewegte, obwohl Kruk deutlich die Worte hören konnte, die sie sprach. Sie hatte keine Hände, nur Strohbündel, die aus den Enden der Hemdsärmel standen. Doch irgendwie hielt sie die kleine Sichel fest. »Ich will Euch nicht die Kehle durchschneiden, wenn es nicht sein muss.«

Trotz der Angst, die in ihm tobte, richtete Kruk seine Aufmerksamkeit auf die unglaubliche Gestalt, die ihn gefangen hielt. Er wusste, dass die Vogelscheuche eigentlich nicht richtig lebte. Sie war nur ein Scheinbild für einen Zauberer, der sich irgendwo befand. Vermutlich nicht allzu weit entfernt. Dinge wie diese Vogelscheuche hatte er schon gesehen, aber noch niemals so große. Für gewöhnlich waren es Puppen aus Papier oder ausgestopfte Spielsachen. Einem Scheinbild Leben einzuhauchen war schwere Arbeit, die immer schwieriger wurde, je größer der Wirtskörper war.

»Was wollt Ihr?« Kruk spürte, wie sein Adamsapfel über die scharfe Klinge hüpfte. Er meinte, sogar ein kleines Blutrinnsal seinen Hals hinablaufen zu spüren.

Der gestickte Mund zog sich zu einem Lächeln zusammen. »Ich will Euch warnen. Wenn ich der Ansicht bin, dass Ihr Euch meine Worte zu Herzen nehmt, werde ich Euch nicht töten.«

»Wer seid Ihr?«

»Niemand, den Ihr kennt«, versicherte ihm die Vogelscheuche. »Niemand, den Ihr kennenlernen wollt.«

»Habt Ihr Euch Kray geschnappt?«

»Kray«, knirschte die Vogelscheuche, »hat sich gewissermaßen als Ärgernis erwiesen.«

Hat. Nicht hatte. Die Wortwahl war kein Beweis, aber sie war bezeichnend.

Kray ist geflüchtet! Die Erkenntnis wogte durch Kruk, aber er fragte sich sofort, wohin der Zauberer sich gewandt hatte und weshalb er sich nicht mit ihnen in Verbindung gesetzt hatte.

»Erhoffe dir nicht zu viel, Halbling!«, fauchte die Vogelscheuche. »Der Zauberer ist nicht wirklich entkommen. Es gibt andere, die ihn gerade jetzt aufspüren.«

»Was wollt Ihr?«

»Ich will wissen, wonach du suchst.«

»Nach einem Buch.« Kruk hoffte, dass ein Buch entweder unverfänglich oder gleich zwielichtig genug war, dass der Zauberer seine Bemühungen, ihm zu drohen, einstellen würde. Wenn man jedoch sah, wie der Zauberer diese Vogelscheuche belebte, mochte man nicht unbedingt zu dem Schluss kommen, dass dieser Zauberer sich vor einem Buch fürchtete …

»Was für ein Buch?«, fragte die Vogelscheuche.

Kruk fragte sich schweigend, wie viel er sagen konnte, ohne zu viel zu verraten. Stattdessen aber riss er seinen Kopf weg, zu der Seite des Baumes, die von der Sichel abgewandt war, kauerte sich zusammmen und riss sein Knie nach oben. Wenn die Vogelscheuche ein Mensch, Zwerg oder Elf gewesen wäre, wäre es Kruk niemals möglich gewesen, sie aus dem Weg zu räumen. Aber das war sie nicht. Sie war eine Vogelscheuche.

Die verwunschene Kreatur flog hoch und kippte um.

»*Raisho!*«, brüllte Kruk, als er sich herumrollte und auf die Beine kam.

Nur ein paar Schritte von ihm entfernt sprang Raisho sofort in die Höhe. Seine Hand schloss sich um sein von Zwergen geschmiedetes Entermesser, und das orangefarbene Glühen der Kohlen spiegelte sich darauf. Der junge Schiffskapitän war stets ein Mann der Tat gewesen.

»Was ist los?«, wollte Raisho wissen und blickte sich um.

In diesem Moment richtete sich die Vogelscheuche abermals auf und griff Kruk an, wobei sie die Sichel in weiten Bogen schwang. Kruk wich aus und entging den Hieben nur knapp.

Raisho fluchte. Inzwischen war auch das übrige Lager auf den Beinen, und alle griffen zu ihren Waffen. Die beiden Wachen wandten sich um und rannten von ihren Posten herbei. Einen Moment lang verspürte Kruk so etwas wie Erleichterung. Immerhin hatte es die Vogelscheuche nicht für nötig befunden, einen der beiden zu töten.

Stets in Bewegung, blieb Kruk durch einige Drehungen außer Gefahr. Dann trat Raisho vor ihn und führte sein Entermesser mit überragender Geschicklichkeit. Die Sichel klirrte funkensprühend gegen das Entermesser.

»Ich werde euch alle töten!«, drohte die Vogelscheuche.

Kruk wusste, dass Raisho abergläubisch war. Das waren die meisten Seeleute. Aber sein Freund war schlimmer als alle anderen. Viele seiner Tätowierungen waren Schutzzauber gegen das Böse.

Allerdings hielt Raisho die Stellung und wehrte jeden Versuch ab, den die Vogelscheuche unternahm, um nach Kruk zu schlagen. Der Schiffskapitän stieß und stach immer wieder vergebens nach der Vogelscheuche. Die schwere Klinge fuhr durch den Strohkörper des Wesens hindurch, ohne ihm Schaden zuzufügen – sie verstreute nur eine Handvoll Stroh und zerteilte die geteerte Kleidung in kleine Fetzen.

Als er sich abermals duckte, dachte Kruk rasch nach und schnappte sich eine Laterne aus der Ausrüstung, öffnete den Ölbehälter und leerte dessen Inhalt über dem Rücken der Vogelscheuche aus. Raisho trat der Vogelscheuche die Füße weg, wodurch sie auf ihr grässliches Gesicht fiel. Ehe sie sich wieder erheben konnte, griff Raisho nach einem der langen Messer, die er für gewöhnlich in den Stiefeln bei sich trug, und stieß es hart durch den Rücken der Vogelscheuche.

Die Messerklinge drang durch das Wesen und in die Erde darunter. Raisho ließ das Messer dort, nagelte das Geschöpf auf dem Boden fest; dann rollte er sich zurück, um der Sichel auszuweichen.

»Hört mir zu, Großmagister Kruk!«, schrie die Vogelscheuche, wobei sie um sich trat und mit den Armen ruderte wie ein Insekt, das auf einem Brett zur Schau gestellt wurde. »Wenn Ihr weiterhin in diesen Dingen herumstochert, werdet Ihr getötet werden! Und auch Eure Freunde werden getötet werden!«

»Mag schon sein«, knurrte Raisho, »aber damit das geschieht, braucht es Bessere als dich.«

Kruk pflückte mit zwei feuchten Zweigen eine der größeren Kohlen aus dem Lagerfeuer. Mit einem Schwung seines Handgelenks landete die Kohle auf dem Rücken der Vogelscheuche. Es dauerte eine Weile, aber das Lampenöl fing Feuer, und kleine Flammen breiteten sich auf dem Körper der Vogelscheuche aus.

Plötzlich fing sie an zu schreien und schlug mit neuer Kraft um sich. Sie ließ die handlosen Arme und die fußlosen Beine auf den eigenen Körper eindreschen, was aber nur dazu führte, dass auch ihre Gliedmaßen Feuer fingen. Das war die Schattenseite dieses Zaubers: Das Leben des Zauberers war in Gefahr, solange er die Herrschaft über die Vogelscheuche aufrechterhielt.

Nach einem weiteren Augenblick ließ die Vogelscheuche einen letzten Schrei hören und lag dann still da. Niemand bewegte sich, bis das Feuer das Wesen verzehrt hatte und nicht mehr als eine ausgehöhlte Masse aus Asche und verbranntem Stroh übrig blieb.

Raisho blickte Kruk an. »Was war das denn bloß?«

»Du hast es gehört«, erwiderte Kruk und trat dem still liegenden Ding die Sichel aus dem Arm. »Es war eine Warnung.«

»Weshalb hat sie dir nicht einfach die Kehle durchgeschnitten, während du geschlafen hast?«

»Das hätte vielleicht die ganze Sache mit der Warnung ein wenig überflüssig gemacht«, antwortete Kruk.

»Kein Grund, deswegen gleich schnippisch zu werden«, sagte Raisho.

Kruk seufzte. »Das wollte ich nicht. Ich habe einfach … nichts Derartiges erwartet.« Nun, da der Kampf vorüber war, wurde er von Adrenalin überflutet. Er setzte sich hin.

»Aber Kray ist noch am Leben, Raisho. Du hast die Vogelscheuche gehört.«

»Das habe ich. Das heißt aber nicht, dass sie dich nicht angelogen hat und Kray nicht irgendwo tot herumliegt.«

»Vielleicht könnten wir ein wenig positiver denken.«

Raisho trat nach den Resten des Körpers der Vogelscheuche. Verkohltes Stroh verteilte sich auf dem nassen Boden. »Zumindest sind wir nicht tot. Das ist so positiv, wie ich im Augenblick zu sein wage.« Er hob sein Messer auf und steckte es zurück in den Stiefel. Dann sammelte er die Teile ein, die von der Vogelscheuche noch übrig waren, und zerrte sie zum Lagerfeuer hinüber.

Kruk schloss sich seinem Freund am Feuer an, während die Flammen hochsprangen und gierig das Stroh verzehrten. Die neuerliche Hitzewelle ging über Kruk hinweg und nahm einen Teil der Kälte mit sich, die in ihn hineingekrochen war. Er streckte die Hände aus und war überrascht zu sehen, dass sie zitterten.

»Weißt du, wer es gewesen ist?«, fragte Raisho.

Kruk schüttelte den Kopf. »Nein.«

Raisho stocherte mit seinem Entermesser in dem brennenden Stroh herum. Funken erhoben sich in den Nachthimmel. »Nun, das ist nicht gut«, murrte er.

Kruk stimmte im Stillen zu. »Ich werde aufbleiben und Wache halten. Ich glaube nicht, dass ich wieder einschlafen kann.«

Mit einem grimmigen Grinsen blickte sich Raisho nach den Seeleuten um. »Ich glaube, keiner von uns kann das. Und wenn doch, so ist es auch gut. Aber die, die Wache haben, werden auf ihren Posten bleiben. Alle anderen können sich ihren Schlaf holen, wenn sie wollen.« Diese Worte waren zum Wohle seiner Männer gedacht.

Einige der erfahreneren Veteranen gingen zurück zu ihren Bettrollen und deckten sich zu. Kruk wusste nicht, ob sie wirklich schliefen oder nur ihre Knochen nach dem langen, ungewohnten Ritt ausruhten.

Kruk kehrte zu dem Baum zurück, wo er sein Lager aufgeschlagen hatte, und zog seine Schreibutensilien hervor. Er zündete eine einzelne Kerze an, trieb eine Nadel in den Baum über sich und spießte die Kerze an der Nadel auf, so dass sie gleichmäßig abbrennen würde. Dann öffnete er sein Tagebuch, seine Sinne auf die Nacht und die Regentropfen gerichtet, die wie Schritte überall um ihn herum erklangen, und konzentrierte sich so intensiv auf die Arbeit, dass die Angst ihn nicht länger berühren konnte.

Am Morgen standen sie mit der Dämmerung auf und sattelten die Pferde.

»Ich hatte halb erwartet, die Pferde mit aufgeschlitzten Kehlen vorzufinden«, gab Raisho zu, während er sein Reittier sattelte. »So wie wir uns alle dicht um das Feuer gedrängt haben, wären sie im Dunkeln leichte Ziele gewesen. Und nach Deldalsmühlen zu laufen wäre uns viel schwerer gefallen, als zu reiten. Davon, dass wir viel angreifbarer gewesen wären, gar nicht erst zu reden.«

»Das ist dir gerade jetzt eingefallen?«, fragte Kruk, der verärgert über sich selbst war, da er daran nicht gedacht hatte. Ihm war kalt an diesem Morgen, und er fühlte sich überhaupt nicht ausgeruht nach dem kurzen Schlaf auf dem harten Boden oder von den Stunden, in denen er am Tagebuch gearbeitet hatte. Kurz vor der Morgendämmerung hatte er noch ein wenig mehr Schlaf bekommen, aber der war von Albträumen unterbrochen gewesen, in denen Krays Schicksal und das wahnsinnige Gesicht der Vogelscheuche, das seinem so nahe gewesen war, eine Rolle gespielt hatten.

»Das ist mir letzte Nacht eingefallen.« Raisho schwang sich mühelos in den Sattel und zog sich die Kapuze seines Umhangs über den Kopf.

»Und du hast dich entschlossen, nichts deswegen zu unternehmen?«

»Ich wollte niemanden in den Wald aussenden, da ich es für besser hielt, dass wir zusammenbleiben.«

Kruk sprang an der Seite des Pferdes hoch, schaffte es, das Sattelhorn zu packen, und zog sich dann hoch genug hinauf, um einen Fuß in den Steigbügel zu bekommen. Pferde waren nicht für Halblinge und Zwerge geschaffen.

Das Pferd wieherte, stampfte mit den Hufen und schnaubte.

Als Kruk Raisho anblickte, wurde ihm klar, wie sehr sein Freund in den letzten acht Jahren gewachsen war und wie viel er gelernt hatte. Der alte Raisho hätte sich mehr Sorgen darüber gemacht, einmal nicht durchgeschlafen zu haben, oder hätte herausfinden wollen, ob er irgendwie durch die Vogelscheuche an Gold kommen könnte.

Manchmal vermisste Kruk den alten Raisho, und es machte ihn traurig, daran zu denken, dass er ihn eines Tages auch ganz vermissen würde.

Deine Gedanken sind zu düster, sagte er sich. Also zwang er ein Lächeln auf seine Lippen und verkündete: »Ich bin bereit, wenn du es bist.«

»Oh«, sagte Raisho, »ich glaube, dass keiner von uns für das bereit ist, worin Kray uns verwickelt hat.«

Kurz nach Mittag, obwohl der Regen nie nachgelassen hatte und Kruk nie gespürt hatte, wie die Zeit in diesem Wald verging, in dem es wegen des unaufhörlichen Regens immerzu tropfte, erreichten sie Deldalsmühlen.

»Sieht ganz ruhig aus«, bemerkte Raisho, während sie dem ausgetretenen Pfad in die Stadt folgten.

Kruk sagte nichts dazu.

»Natürlich ist ein ruhiger Ort einer, an dem es Räuber und Mörder am leichtesten haben.« Raisho lockerte sein Entermesser in der Scheide, die er auf dem Rücken trug.

Draußen auf dem Standhaften Fluss ruckelte die Fähre, die die beiden Ufer der Stadt miteinander verband, über das wogende Wasser. Maultiergespanne zogen die Fähre in beide Richtungen über den Fluss, beförderten sowohl Passagiere als auch Fracht über das Wasser. Mittags brachten sie jeden Tag eine Lieferung zu den Mühlenarbeitern und versorgten sie mit Essen, das von den Mühlenbesitzern bezahlt worden war, wofür diese wiederum die Arbeiter zur Kasse baten.

»Wo gehen wir hin, wenn wir einmal in der Stadt sind?«, fragte Raisho.

»Zur Schenke am Wegesrand.« Kruk verschob seine Kapuze, so dass sie den leichten Regen vom Gesicht fernhielt.

»Dieser Barde Ordal wird dort sein?«

»Aller Wahrscheinlichkeit nach. Wenn nicht, können wir ihm eine Nachricht schicken oder ihn irgendwo treffen.« Kruks Körper schmerzte wegen der unaufhörlichen Bewegung des Pferdes. Er freute sich darauf, an einem prasselnden Feuer zu sitzen.

»Der Barde Ordal?« Der Besitzer der Schenke blickte über Kruks Kopf hinweg. Kruk musste sich auf die Zehenspitzen stellen, um über den Tresen der Schenke am Wegesrand blicken zu können. »Ich habe sie heute noch nicht gesehen, aber sie sollte mit den abendlichen Gästen hier eintreffen.«

»›Sie‹?«, wiederholte Raisho.

Der Wirt war ein stattlicher Mann mit einem Bart und einem zuckenden Auge. Er hatte sich als Fhiel vorgestellt, aber die meisten anderen Gäste schienen ihn Fidel zu rufen. Kruk nahm an, das lag daran, dass der Wirt über alle Witze lachte, die man ihm erzählte, ganz gleich, wie alt diese Witze auch sein mochten.

Fhiel nickte und sah ein wenig verwirrt aus. »Sie. Das stimmt. Hast du den Barden Ordal noch niemals getroffen?« Argwohn verhärtete seine Züge.

»Nein«, sagte Raisho.

»Ich aber«, verkündete Kruk. »Es ist allerdings ein paar Jahre her. Der letzte Barde Ordal, den ich gesehen habe, war ein Mann.«

Ein breites Lächeln erschien auf Fhiels Gesicht. »Ach, nun dann, guter Herr, steht dir wirklich ein besonderes Vergnügen bevor. Niemand spielt so gut Harfe wie dieser Barde Ordal.«

Kruk bezahlte Bier für Raisho und seine Männer und bestellte dann für sich selbst einen Krug mit heißem, gewürztem Apfelwein. »Wir werden auf den Barden Ordal warten. Sagt ihr doch einfach, dass wir hier sind.« Er legte Münzen auf den Tresen.

Mit einer geübten Bewegung hob Fhiel die Münzen auf. »Vielleicht wollt ihr etwas essen, während ihr wartet?«

»Nein, danke«, antwortete Kruk. »Wir werden essen, wenn wir dem Barden Ordal ein Abendmahl spendieren.«

»Gut, gut.« Fhiel rieb sich vor Vorfreude die Hände. »Ich sorge dann dafür, dass es frisch gebackenes Brot gibt und dass wir von allem reichlich haben.« Er ließ sein gutes Auge mit neuer Wertschätzung über die Gruppe von Seeleuten schweifen. »Ihr seht mir nach einem hungrigen

Haufen aus. Nichts schürt den Appetit so sehr wie kalter Regen.«

Kruk brachte seinen gewürzten Apfelwein an einen der Tische in der Nähe des großen Kamins. Holzscheite loderten in der Feuerstelle, während er seinen Umhang abnahm und ihn an einen Kleiderständer in der Ecke hängte. Als er in einen der großen, gepolsterten Sessel gesunken war, nippte er an seinem Apfelwein, und ihm entfuhr ein zufriedener Seufzer. Einmal mehr in zivilisierten Gefilden, vor einem Feuer und mit einem warmen Getränk in der Hand, schien der Kampf mit der Vogelscheuche weit in der Vergangenheit zu liegen.

Raisho setzte sich ihm gegenüber hin. »Ich dachte, du hast gesagt, dass der Barde Ordal ein Mann ist?«

»Das habe ich«, stimmte Kruk zu. »Meiner Erfahrung nach ist er das in der Vergangenheit immer gewesen. Aber ich nehme an, die Dinge ändern sich.«

»Wie ist der Barde Ordal von einem ›Er‹ zu einer ›Sie‹ geworden?«

»Barde Ordal ist ein erblicher Titel«, erklärte Kruk. »Für gewöhnlich wird er vom Vater auf den Sohn weitergegeben. Ich nehme an, diesmal gab es keinen Sohn, um die Dinge weiterzuführen.« Er saß da und starrte lange Zeit ins Feuer, dann holte er sein Tagebuch hervor und fing an zu arbeiten.

Es dauerte nicht lange, bis sein Tun die Aufmerksamkeit der Gäste in der Schenke erregte.

»Halbling«, schrie ein stämmiger Mann mit einem Stiernacken quer durch den Raum. »Was zum Henker tust du da?«

»Ich schreibe«, antwortete Kruk. *Es fühlt sich so gut an, wenn man das sagen kann!* Aber ein wenig von der alten Angst regte sich in ihm.

»Schreiben?« Der Mann mit dem Stiernacken stand auf. Er sah aus wie ein Holzfäller, seine Arme und sein Rücken waren ausladend und muskulös, und seine Hände waren mit Narben von Äxten und Messern übersät. »Ist das ein Buch?« Er sprach es wie eine Anschuldigung aus.

»Ja.« Kruk blickte hoch. »Das ist ein Buch.« Er war stolz auf diese Tatsache.

»Bist du verrückt?«, brüllte der Mann. »Versuchst du, uns die Kobolde auf den Hals zu hetzen? Wenn sie herausfinden, dass wir hier ein Buch haben, werden sie wahrscheinlich die Stadt rund um uns herum niederbrennen.« Er schickte sich an, den Raum zu durchqueren. »Ich weiß nicht, wo du das her hast, aber du musst es ins Feuer werfen. Wirf es *sofort* ins Feuer!«

»Nein«, entgegnete Kruk.

»Dann mache ich es für dich.« Der Mann ging auf Kruk zu.

Beiläufig, indem er sich geschmeidig und schnell wie eine Katze streckte, stellte Raisho dem Mann einen Fuß und warf ihn um. Als der Mann auf dem Boden auftraf, hatte der Schiffskapitän schon sein Entermesser gezogen, und dessen Spitze lag an der Kehle des großen Mannes.

Der Mann erstarrte sogleich.

Drei seiner Gefährten rückten mit ihren Stühlen und standen langsam auf.

Daraufhin lockerten Raishos Männer die Klingen in ihren Scheiden.

Gespannte Stille erfüllte die Schenke.

»Das würde ich lieber lassen«, sagte Raisho mit ruhiger Stimme. »Wir sind von weither gekommen und haben schwere Zeiten hinter uns, und wir sind nicht gekommen, um wie grobe Gesellen behandelt zu werden.«

Die Männer standen einen Augenblick lang da, offenbar in die Falle ihres eigenen Stolzes getappt. Sie mochten es nicht, wenn ihnen in ihrem Stammlokal die Stirn geboten wurde.

»Das hier ist mein Freund«, erklärte Raisho. »Ein gelehrter Freund, der mehr weiß, als euresgleichen je erfahren wird, wenn ihr nicht den Rest eures Lebens damit zubringt. Ich habe nicht die Angewohnheit, meinen Freunden die Hilfe zu verweigern, und ich werde nicht zulassen, dass man seiner Stellung keinen Respekt zollt. Er ist ein Bibliothekar. Der Großmagister des Gewölbes Allen Bekannten Wissens. Und wenn ihr von ihm noch nichts gehört habt, dann wird es noch dazu kommen.«

Einer der Männer blickte die anderen an. »Was ist ein Bibliothekar?«

Seine beiden Begleiter schüttelten verwirrt den Kopf und nahmen ihre Plätze wieder ein.

»Vor Büchern braucht man sich nicht mehr zu fürchten.« Raisho entfernte das Entermesser vom Hals des Holzfällers. »Sie sind eine gute Sache. Eine Sache, die man respektieren muss. Und ich werde nichts anderes hinnehmen.« Er starrte zu dem Mann auf dem Boden zurück. »Verstehen wir uns jetzt?«

Der Mann blickte Raisho einen Moment lang hasserfüllt an. Dann nickte er widerwillig. »Ja.«

»Dann kannst du aufstehen.« Raisho fing Fhiels Blick vom Tresen her auf. »Wir sind nicht hergekommen, um Ärger zu machen, aber wir hatten auf dem Weg hierher ziemliche Schwierigkeiten.« Er nickte zum Tisch der Waldarbeiter hin. »Spendier ihnen eine Runde von mir.« Er griff in seinen Münzbeutel, nahm eine Silbermünze heraus und warf sie dem Wirt zu. »Gib ihnen so viel aus, wie sie wollen.«

Mit erleichtertem Gesicht zapfte Fhiel Bier vom Fass hinter dem Tresen. »Jawohl, mein Herr.«

Der Holzfäller auf dem Boden stand auf, sah aber weder Raisho noch Kruk an. Er kehrte zu seinem Tisch und dem kostenlosen Bier zurück. Die Männer unterhielten sich mit leisen Stimmen. Kruk hörte drei Mal das Wort »Großmagister« heraus. Er war sich bewusst, dass er zum Ziel einer verdeckten, genauen Untersuchung geworden war.

»Glaubst du, dass das klug gewesen ist?«, fragte Kruk mit einer Stimme, die nur Raisho hören konnte.

»Nein, das war überhaupt nicht klug.« Raisho grinste. »Wir sehen wie raue Gesellen aus, Kritzler. Er hätte sich erst einmal noch zwanzig Männer mehr suchen sollen, bevor er hier herüberkommt und solche Drohungen ausspricht. Das sind Holzfäller, keine geübten Krieger.«

Kruk seufzte. »Das meine ich nicht. Ich habe davon gesprochen, dass du groß verkündet hast, dass ich der Großmagister des Gewölbes Allen Bekannten Wissens bin.«

Raisho lachte. »Ich dachte, du bist in der Haimaulbucht gewesen, um all die Leute davon zu überzeugen, dass sie Schulen bauen sollen.«

»Das stimmt.«

»Und du hast über die Bibliothek gesprochen.«

»Du weißt, dass ich das getan habe.«

Mit einem Grinsen blickte sich Raisho unter den Gästen der Schenke um. Alle sahen rasch zur Seite, anstelle es zu wagen, dem grimmigen Blick des Kapitäns zu begegnen.

»Glaubst du nicht, dass sie über dich reden werden, wenn du wieder von hier verschwunden bist?«

Kruks Wangen brannten.

Raisho lachte gut gelaunt über dieses Unbehagen. »Sie werden über dich reden.«

»Ich hätte es lieber, wenn sie Bildung nicht mit Gewalt gleichsetzen.«

»Wirklich?« Raisho verlagerte sein Gewicht, offenbar sehr zufrieden mit sich. Als sie an Bord der *Windjäger* gewesen waren, hatte Raisho des Öfteren Streitgespräche vom Zaun gebrochen, nur um Kruk dazu zu bringen, sich mit ihm zu unterhalten. Die Tatsache, dass er einen schlauen Verstand und eine rasche Auffassungsgabe besaß, hatten ihn stets zu einem würdigen Gegner gemacht. »Ist es nicht Baomet Sunkar gewesen, der einen Großteil der Bildung einfallenden Armeen zugeschrieben hat, die neue Lehren mit zurückgebracht haben?«

Ungläubig blickte Kruk seinen Freund an. »Du hast gelesen!«

Mit einem Schulterzucken sagte Raisho: »Es ist eine Art, auf die man sich auf langen Reisen die Zeit vertreiben kann.«

Mit einem Lächeln von größter Wertschätzung für seinen Freund wandte Kruk seine Aufmerksamkeit wieder dem Tagebuch zu. Das Feuer wärmte ihn.

»Großmagister Kruk.«

Überrascht hob Kruk den Blick von seinem Tagebuch. Eine junge Frau mit langem rotem Haar und den aufrichtigen braunen Augen ihres Vaters musterte ihn. Ihr Lächeln war offen und freundlich. Sie trug eine gelbe Bluse mit alabasterfarbenen Säumen und braune Hosen. Ein rote Kappe mit Federn saß in einem schneidigen Winkel auf ihrem Kopf. Sie trug eine Tasche über einer Schulter und eine kleine Harfe in der anderen Hand.

Freude erfasste Kruks Herz und nahm für den Augenblick die schweren Zweifel und Ängste von ihm, die seine

Arbeit am Tagebuch kaum hatte im Zaum halten können. Er schloss das Tagebuch, setzte den Deckel auf sein Tintenfass und räumte sie in seine Tasche zurück. Er steckte sich die Feder, die er benutzt hatte, hinters Ohr.

»Yurial!«, rief Kruk aus, während er auf die Füße sprang und seine Arme ausbreitete. Die junge Frau kam ihm bereitwillig entgegen, aber er war abermals überrascht, wie groß sie war. Sie musste sich hinknien, um ihn in die Arme zu nehmen.

»Für dich werde ich Yurial sein«, sagte sie, »aber für alle anderen bin ich der Barde Ordal.«

»Natürlich, natürlich.« Als er sie losgelassen hatte, trat Kruk zurück und musterte sie von oben bis unten. »Du bist gewachsen.«

Yurial lachte vergnügt. »Das bin ich. Es gab keine andere Möglichkeit, fürchte ich.«

»Du bist nur ein Mädchen gewesen, als ich dich zum letzten Mal gesehen habe.« Kruk winkte sie zu einem der gepolsterten Sessel.

»Das ist zwanzig Jahre her, Großmagister.«

Kruk dachte darüber nach. Zeitachsen von Dingen zu führen, die außerhalb seines Lebens standen – Dynastien, Wissenschaft und andere Forschungsfelder –, war einfach, aber seine persönlichen Zeitabläufe verschwammen allzu oft. Ein Jahr schien kopfüber ins nächste zu springen.

»In zwanzig Jahren ändert sich ziemlich viel«, sagte Yurial.

»Das stimmt. Und nenne mich nicht Großmagister. Du bist meine Freundin.«

»Das ist aber dein amtlicher Titel«, erwiderte Yurial. »Den will ich dir nicht durch eine zwanglose Anrede nehmen.«

»Vergebt meinem einfältigen Freund«, sagte Raisho, der nach vorne trat, um sich vorzustellen. »Ich bin sicher, dass ihm früher oder später wieder eingefallen wäre, dass ich hier bin.« Er lüftete seinen Umhang, um seinen Kopf zu entblößen, und lächelte. »Ich bin Kapitän Raisho, der Herr der *Mondenträumer*, im Augenblick vor Anker in –«

»– in Flautenzipfel«, sagte Yurial. »Es ist mir eine Freude, Euch kennenzulernen, Kapitän Raisho.«

»Ihr scheint Dinge recht schnell herauszufinden«, bemerkte Raisho.

Yurial lächelte. »Wenn etwas in Flautenzipfel, Deldalsmühlen oder einem Dutzend anderer Städte hier in der Gegend stattfindet, dann weiß ich im Allgemeinen darüber Bescheid.« Sie setzte sich in den Sessel, zu dem Kruk sie gewunken hatte.

»Wir sind direkt von Flautenzipfel hergekommen«, sagte Raisho.

In diesem Augenblick wurde Kruk klar, weshalb Raisho so neugierig war. »Raisho, Yurial hatte nichts mit dem zu tun, was uns letzte Nacht passiert ist.«

»Wie hat sie dann erfahren, dass die *Mondenträumer* in Flautenzipfel liegt?«

Yurial hob amüsiert eine Augenbraue. »Zum einen, Kapitän, könnt Ihr wohl kaum mit einem hochseetauglichen Schiff den Standhaften Fluss heraufsegeln. Und zum anderen ist eine Gruppe von Mühlenarbeitern nach Deldalsmühlen zurückgereist, als ihr angekommen seid, und sie haben die Kunde von eurer Ankunft mitgebracht. Außerdem sind da draußen Pferde, die von Ganik dem Schmied gezeichnet wurden – ein weiteres Anzeichen dafür, dass ihr euer Schiff nicht den Fluss heraufgebracht habt.« Sie lächelte abermals. »Falls Ihr nicht über irgendeine Magie verfügt, die es Euch erlaubt, Euer Schiff zusammenzufalten und in die Tasche zu stecken.«

»Nein«, knurrte Raisho.

Kruk wusste aus Erfahrung, dass der junge Kapitän verlegen war.

»Ich wollte nicht unhöflich sein«, sagte Raisho, und sein Blick wandte sich dabei sowohl an Yurial als auch an Kruk. »Ich will nur nicht, dass dem Kritzler hier etwas passiert.«

»Das habe ich mir schon gedacht«, sagte Yurial, »als ich die Berichte über die Auseinandersetzung gehört habe, die ihr vorhin hier drinnen beinahe hattet.« Sie lehnte sich ruhig zurück, während ihre Finger unbewusst unhörbare Töne auf der Harfe in ihrem Schoß zupften.

»Wo ist dein Vater?«, fragte Kruk in der Hoffnung, die Unterhaltung in eine andere Richtung zu lenken.

»Er ist tot.« Trauer trat in Yurials braune Augen.

»Dein Verlust tut mir sehr leid«, sagte Kruk.

»Ich danke dir«, erwiderte Yurial. »Vor drei Jahren hat ihn das Torlikfieber dahingerafft. Eines der Holzfällerlager tief im Wald wurde davon befallen. Vater ist zu ihnen gegangen, weil er es nicht ertragen konnte, dass all die Frauen und Kinder dort im Sterben lagen, ohne auch nur ein bisschen vergängliches Glück aus Geschichten und Liedern zu erhalten. Also ist er hingegangen.« Sie hielt inne. »Vater ist dem Torlikfieber schon bei drei anderen Gelegenheiten ausgesetzt gewesen. Hat sich einmal selbst angesteckt und es überlebt. Er hat gedacht, es würde sicher sein. Aber das war es nicht. Wir mussten seine Leiche mit den anderen dort verbrennen. Aber ich habe einen Grabstein auf dem Friedhof für ihn aufgestellt. Dadurch habe ich einen Ort, an dem ich mich mit ihm unterhalten kann.«

»Du hast immer noch seine Lieder«, versicherte ihr

Kruk. »All jene, die er dir beigebracht hat, und auch die, die er selbst geschrieben hat.«

Ein Lächeln hellte ihre Züge auf. »Ich weiß.«

»Ich habe nicht gewusst, dass er von uns gegangen ist«, entschuldigte sich Kruk. »Sonst wäre ich früher vorbeigekommen.«

Yurial spielte süße, traurige Töne, aber sie lächelte. »Ich weiß, dass du gekommen wärst. Du und Großmagister Lampenzünder. Und da Tocht nicht hier ist, muss ich annehmen, dass auch ihm etwas zugestoßen –«

»Nein«, sagte Kruk. »Großmagister Lampenzünder hat seine Stellung aufgegeben, um auf eine ganz bemerkenswerte Reise zu gehen.« Er wusste nicht, wie er das Verschwinden seines Mentors mit dem *Buch der Zeit* anders beschreiben sollte.

»Dann besteht die Hoffnung, dass Tocht bald zu uns zurückkehrt, mitsamt den wunderbaren Geschichten darüber, wo er war und was er gesehen hat«, sagte Yurial. »Es hat niemals einen besseren Geschichtenerzähler gegeben als ihn.«

»Nie«, pflichtete Kruk ihr bei. »Ich wünschte, er wäre jetzt hier, um den Gedanken voranzutreiben, überall Schulen einzurichten, in denen man Lesen lernt, und Bibliotheken aufzubauen.«

»Nach allem, was ich höre«, sagte Yurial, »hast du deine Sache gut gemacht.«

»Es ist schwer und langwierig, Meinungen zu ändern.«

»Du kämpfst gegen tausend Jahre der Angst. Das kann keine leichte Aufgabe sein.«

»Aber wenn die Leute nur verstehen würden, was Bibliotheken ihnen bieten können«, sagte Kruk, »würden sie sich viel schneller für den Gedanken erwärmen.«

»Alles, was sie im Augenblick wissen, ist, dass Bücher die Kobolde zu ihnen bringen könnten. Die Kobolde plündern nach wie vor Städte. Besonders im Süden in der Nähe der Huk des Gehängten Elfen.«

Das wusste Kruk. Einer seiner Bibliothekare war damit beauftragt worden, diese wachsende Bedrohung abzuschätzen. Einige der Anführer, mit denen er gesprochen hatte, hatten Angst vor einem weiteren Krieg, den die Koboldhorden ausbrüteten. Er konnte diese Möglichkeit nicht völlig von der Hand weisen.

»Aber genug davon«, sagte Yurial. »Was hat dich hergebracht, wo du doch so viele andere wichtige Dinge zu tun hast?«

Kruk winkte nach dem Wirt, damit er ihnen allen neue Getränke brachte, und dann fing er an, die Geschichte zu erzählen.

»Kray will den Verrat aufklären, der während der Schlacht an der Todesfestung geschehen ist?« Yurial lehnte sich in ihrem Sessel zurück und schlug zart die Harfe an. Die Musik war gespenstisch vertraut. Kruk war sicher, dass er sie schon gehört hatte, vermutlich von ihrem Vater gespielt, aber sie hatte sie sich zu eigen gemacht.

»Ja.«

»Weshalb?«

»Weil, wie er beharrlich behauptet, die Welt – oder zumindest das Festland – immer kleiner werden wird. Das Vorgehen der Kobolde im Süden hat die nördlichen Länder, Königreiche und Hafenstädte stärker miteinander verbunden. Die Bevölkerung ist größer geworden, deshalb werden Handel und Reisen immer wichtiger. Es ist schwer genug, diese Dinge zu lösen, ohne vor dem Rätsel zu stehen, wer in der Schlacht an der Todesfestung wen betrogen hat. Das steht allem im Weg.«

Yurial nickte. »Aber was bringt dich hierher nach Deldalsmühlen?«

»Großmagister Lampenzünder hat ein Buch im Gewölbe Allen Bekannten Wissens zurückgelassen, in dem er die Suche nach dem Verräter beschreibt. Es ist erst ein paar Tage her, dass ich damit fertig geworden bin, die Geheimschrift zu übertragen. Ans Ende dieses Buches hat er einen Hinweis auf den Fundort des zweiten Bandes gesetzt.«

»Es gibt zwei Bücher?«

»Alles in allem gibt es drei«, sagte Kruk.

»Und befindet sich das dritte beim zweiten?«

»Das weiß ich nicht.«

Yurial dachte einen Moment lang nach. Ihr rascher Geist gab ihr die Antwort auf eine Frage, die sie noch nicht einmal gestellt hatte. »Ihr seid hergekommen, um mich zu treffen, weil ihr glaubt, dass ich den Aufbewahrungsort des zweiten Buches kenne.«

»Weil Großmagister Lampenzünder gesagt hat, dass der Barde Ordal ihn kennt.«

Yurial schüttelte den Kopf. »Er hat mir nie ein Buch gegeben. Auch nicht meinem Vater. Wir haben Tocht dabei geholfen, ein paar Bücher zu finden.«

»Eigentlich«, erklärte Kruk, »hat der Großmagister gesagt, dass der Aufbewahrungsort des Buches enthüllt werden kann, wenn ich dem Barden Ordal eine Frage stelle.«

»Was für eine Frage?«

Eine Welle der Unsicherheit erfasste Kruk. Der Großmagister hatte sich auf Yurials Vater bezogen, einen Mann, der auf einer sehr persönlichen Ebene mit Edeltocht Lampenzünder zu tun gehabt hatte, der mit ihm Geschichten,

Schwänke und Lieder ausgetauscht hatte. Auch wenn ein Barde Ordal all sein Wissen an seinen Lehrling weitergab, bedeutete das nicht, dass *wirklich alles* weitergereicht wurde.

»Die Frage lautet: ›Was reitet auf vier Beinen, steht auf zwei Beinen und humpelt auf drei Beinen fort?‹ Als Erstes habe ich gedacht, dass sich das auf die Lebensalter eines Menschen beziehen könnte. Als Säugling krabbelt er auf vier Beinen, als Erwachsener geht er, und dann benutzt er einen Stab als Hilfsmittel, wenn er vom Alter gebeugt ist.«

Yurial lächelte. »Da hast du gut geraten. Abgesehen davon, dass es nicht den Teil mit dem ›reiten‹ erklärt. Säuglinge reiten nicht unbedingt auf vier Beinen.«

»Kennst du die Antwort?«

»Aber natürlich. Diese Frage kann man leicht beantworten, wenn man Tocht und meinen Vater gekannt hat.«

»Mir ist das entgangen.«

Yurial stand auf und hängte sich abermals ihre Tasche und die Harfe um. »Komm mit mir, und du wirst deine Antwort erhalten. Aber kümmern wir uns zuerst um Ganiks Pferde. Sie sehen traurig aus, wie sie dort draußen angebunden stehen.«

»Brauchen wir sie nicht?«, fragte Raisho.

»Nicht, wenn ihr nicht in dieser Nacht schon aufbrechen wollt.«

Beim Gedanken an die Vogelscheuche, die sie im Wald getroffen hatten, schüttelte Kruk den Kopf. »Wir werden uns heute Nacht hier Zimmer nehmen.«

»Ihr könnt gerne bei mir übernachten.« Yurial blickte auf die Seeleute, die sich ebenfalls erhoben. »Natürlich wird es etwas voll werden.«

»Hier wird es uns bestens gehen.« Trotz ihres Ranges als Barde Ordal und des Respekts, den sie in einer Gemeinschaft wie dieser genoss, hatte sie nur ein kleines Haus und bescheidene Mittel zur Verfügung.

Gemeinsam brachen sie auf, nachdem sie Fhiel versichert hatten, dass sie zum Abendessen zurückkehren würden.

Später, nachdem die Pferde sicher in den Mietstall verfrachtet waren, führte sie Yurial durch Deldalsmühlen, an den Läden und Handelsniederlassungen vorbei. Weiter hinten, nachdem sie einem gewundenen Pfad zwischen einigen der älteren Gebäude der Stadt gefolgt waren, kamen sie zu einem kleinen Haus, an das Kruk sich erinnern konnte.

Es war zwei Stockwerke hoch und schmal, ein Haus, das offenbar mit Schindeln gedeckt war und sowohl als Laden als auch als Wohnhaus diente. Obwohl es alt war, hatte es der Zeit getrotzt und sah solide genug aus, um noch einige Jahre länger zu halten. Im Erdgeschoss brannten Lichter.

Ein leerer Tonkrug, der in der Farbe hellen Sonnenscheins bemalt war (obwohl Kruk das in der Dunkelheit, die sich über Deldalsmühlen gesenkt hatte, nicht sehen konnte), hing an der Kette über der Eingangstür. Es war die einzige Werbemaßnahme, und mehr war auch nicht nötig.

Evarchs Weinkellerei und Destille war entlang der Zerschmetterten Küste eine Legende.

»Ich hätte mich an Evarchs Laden erinnern sollen«, sagte Kruk.

»Du hattest viel im Kopf«, erklärte Yurial, während sie die hohen Holzstufen zum Haus des Winzers hinaufgingen. Sie klopfte an die Tür.

»Wer da?«, fragte von drinnen eine verärgerte Stimme.

»Der Barde Ordal«, antwortete Yurial, »Großmagister Kruk und ein paar Freunde.«

»Geht weg. Es ist schon spät.«

»Ich weiß, dass es spät ist, Evarch. Ich wäre nicht hier, wenn es nicht wichtig wäre. Komm schon. Mach auf.«

»Morgen.«

»Großmagister Kruk ist hier.«

»Das habe ich schon beim ersten Mal verstanden. Er kann –« Evarch hielt inne. »Hast du gesagt, Großmagister *Kruk*?«

»Das habe ich.«

Ein Augenblick verging, während im verhängten Fenster ein Schatten erschien. Schlösser klickten. Dann öffnete sich die Tür. Evarch streckte den Kopf heraus. Mondlicht glitzerte in seinem grauen Haar und Bart. Sein ledriges Gesicht war mit Runzeln übersät.

»Was ist mit Tocht passiert?«, wollte Evarch wissen. »Du hast doch nicht zugelassen, dass ihm etwas Schlimmes zustößt, oder?«

»Nein«, antwortete Kruk. »Großmagister Lampenzünder ist auf Abenteuerfahrt.«

»Noch eine, hä?« Evarch schüttelte seinen zottigen Kopf. »Ich schwör euch, Tocht hat sich nie wie ein normaler Halbling verhalten.« Er kniff die Augen zusammen, als er Kruk anblickte. »Du auch nicht.«

Kruk wusste nicht, wie er antworten sollte, also ließ er es bleiben.

»Ich nehme an, du bist an dieser Unterbrechung meines Feierabends schuld«, schimpfte Evarch.

»Das bin ich«, gab Kruk zu. »Großmagister Lampenzünder hat mir aufgetragen, mich mit Euch zu treffen.«

»Hat er das wirklich?« Plötzlich funkelte Neugierde in den Augen des alten Mannes. »Ehe er aufgebrochen ist?«

»Der Großmagister hat die Bibliothek vor acht Jahren verlassen.«

Evarch kratzte sich am Kinn. »Wie seid ihr dann auf mich gekommen?«

»Der Großmagister hat mich hergeschickt.«

»Ja, das verstehe ich. Aber wie hast du die Nachricht erhalten? Hat er dir einfach gesagt, dass du herkommen und mich treffen sollst? Und du hast acht Jahre lang gewartet, bis du die Zeit dafür gefunden hast?«

»Nein.«

»Denn ich verstehe schon, wie euch Halblingen so etwas passieren kann. Zwergen und Elfen auch. Ihr benehmt euch, als hättet ihr alle Zeit der Welt. Aber es gibt auch jene unter uns, denen ihre Tage teurer sind.«

»Es stand in dem Absatz des Buches«, sagte Kruk.

»Was für ein Buch?«

»Eines von Großmagister Lampenzünders Tagebüchern über die Schlacht an der Todesfestung.«

»Als er sich auf die Suche nach Meisterschmied Oskarrs Streitaxt Knochenschnitter auf den Aschwolkeninseln gemacht hat?«

Kruk nickte.

»Und was stand in dem Absatz?«, fragte Evarch.

»Dass ich den Barden Ordal finden und eine Frage an ihn –«

»Diesmal ist es aber kein *Er*«, sagte Evarch.

»– und ihr die Frage stellen soll: ›Was reitet auf vier Beinen, steht auf zwei Beinen und humpelt auf drei Beinen fort?‹«

»Du hättest die Antwort selbst wissen sollen«, sagte Evarch. »Ohne die Hilfe des Barden Ordal. Aber auf der anderen Seite hast du dich nie so sehr für Razalistynbeerenwein begeistert, wie es dein Lehrer getan hat.«

»Nein.«

»Noch immer nicht begeistert?«

Kruk schüttelte den Kopf. »Tut mir leid.« Er hatte nie Geschmack am Wein oder am Pfeifenkraut gefunden.

»Verschone mich mit diesem unkultivierten Gaumen. Zumindest hat dich der Barde Ordal an meine Tür gebracht. Die Antwort auf die Frage deines Lehrers ist doch offensichtlich: Ein durstiger Mann reitet auf den vier Beinen seines Pferdes zu Evarchs Weinkellerei und Destille, steht auf seinen zwei Beinen, während er ausgiebig trinkt, dann stolpert er zurück und benutzt jeden Laternenpfosten auf dem Weg als drittes Bein.«

Für Kruk ergab das einen Sinn, aber er wusste, dass er die Antwort ohne Yurials Hilfe niemals erhalten hätte. *Nun, vielleicht doch, wenn Yurial nicht hier gewesen wäre*, sagte er sich. *Zu wissen, dass die Antwort in Deldalsmühlen liegt, hätte ein ausreichender Hinweis sein sollen. Sobald ich einmal angefangen hätte, klar zu denken.*

»Wenn dich dieses Rätsel hergeführt hat«, sagte Evarch, »dann bist du wegen des Buches gekommen.«

»Das zweite Buch der Trilogie?«, fragte Kruk.

»Davon weiß ich nichts.« Evarch trat zurück und winkte sie ins Haus. »Vor Jahren hat mir Tocht ein Buch gebracht, damit ich es für ihn aufhebe, und hat mir gesagt, dass eines Tages sein Lehrling deswegen bei mir auftauchen würde. Er hat behauptet, nur sein Schüler könne es lesen.«

Kruk folgte Yurial durch die Tür ins Haus. Nichts an Evarchs Haus hatte den Beigeschmack des Geschäftlichen. Es war vor allem anderen ein Zuhause, und als solches war sein Empfangszimmer groß und geräumig, angefüllt mit Dekantern, Krügen und Gläsern von überall entlang der Zerschmetterten Küste.

Evarch winkte sie zu gemütlichen Sitzmöbeln weiter. Sie

fanden alle Platz, und es war noch immer nicht überfüllt. Evarch bewirtete manchmal eine große Zahl von Gästen.

»Kruk, zünde ein paar von den Laternen an«, befahl Evarch. »Wir werden Beleuchtung brauchen.«

Kruk nutzte die Flammen im Kamin, um die Laternen anzuzünden. Bald war das Zimmer hell erleuchtet. Die Flammen spiegelten sich auf den Behältern aus Glas, Stein und Metall, die auf den Regalen überall im Raum aufgereiht standen. Die Fenster waren mit Buntglasbildern geschmückt, auf denen Rebstöcke zu sehen waren.

Evarch kehrte ein paar Minuten später mit einem großen Buch in der Hand zurück. Der blaue Einband erregte sofort Kruks Aufmerksamkeit. Es war irgendeine Reptilienhaut, und er dachte dabei gleich an Rohoh.

»Ehe ich dir das Buch gebe«, sagte Evarch, »will ich mich, obwohl ich dich kenne, an Tochts Wünsche in dieser Angelegenheit halten.«

»Natürlich«, antwortete Kruk.

»Er sagte, wer immer dieses Buch abholen würde, würde wissen, wie man es liest. Er sagte, dass nicht einmal alle Bibliothekare, die er kannte, das fertig brächten.«

»Weil er dafür eine Geheimschrift entwickelt hat«, sagte Kruk.

»Ja.« Immer noch ein wenig zögerlich, überreichte Evarch ihm das Buch. »Ich werde erfahren, ob du es lesen kannst.«

Kruk öffnete den Einband des Buches mit der Ehrerbietung, die Edeltocht Lampenzünder ihn Büchern gegenüber gelehrt hatte. Die Geheimschrift des Buches war die gleiche, die er auch im letzten benutzt hatte. Nachdem er Tage damit zugebracht hatte, das andere Buch zu übersetzen, konnte Kruk die Schrift sogar einigermaßen schnell lesen.

»›Lies diesen Absatz Evarch dem Winzer vor, um zu be-

weisen, dass du die Geheimschrift lesen kannst.‹ Unterzeichnet, ›Bibliothekar zweiten Grades Lampenzünder.‹«
Kruk holte Luft und entzifferte den nächsten Abschnitt. »›Evarch, offenbar hat sich der Kurs, den ich in Sachen Schlacht an der Todesfestung und Lord Khadavers Grimm eingeschlagen habe, schlimmer gewendet, als ich gedacht habe. Manche alten Geheimnisse verschwinden niemals, und die Angst bleibt stets ein heikles Thema für jene, die Fehler gemacht haben. Bitte sei versichert, dass du deine Fähigkeiten zum Besten angewandt hast bei diesem Gefallen, den ich dir auferlegt habe. Trink nun die Flasche, die wir beiseitegelegt haben, um diese Übereinkunft zu besiegeln, bei guter Gesundheit.‹«

»Dann ist er wirklich fort.« Tränen stiegen in Evarchs Augen. »Ich werden diesen kleinen Halbling vermissen. Ich habe nur wenige Freunde wie Tocht gehabt.«

Die Gefühle des alten Mannes rührten Kruk und zeigten ihm seinen eigenen Verlust umso deutlicher. »Ich weiß nicht, ob er endgültig weg ist, Meister Evarch. Nur, dass er acht Jahre lang fort gewesen ist.«

Evarch saß in einem seiner gut gepolsterten Sessel. »Acht Jahre. Ich habe befürchtet, dass ihm etwas zugestoßen ist. Die ganze Zeit über, in der ich ihn kenne, sind niemals mehr als zwei oder drei Jahre ins Land gegangen, ohne dass ich ihn wiedergesehen habe. Ich habe gewusst, dass diesmal zu viele Jahre verstrichen sind, aber ich habe immer gehofft, dass ich ihn noch einmal treffen würde.«

»Das kannst du noch«, sagte Kruk, obwohl er sich da keineswegs sicher war. Die Macht, die im *Buch der Zeit* lag, war unglaublich, und Kruk konnte nur raten, wie viele Welten es für Großmagister Lampenzünder eröffnet hatte.

»Dieses Buch wird dir weiterhelfen?«, fragte Evarch.

»Ich denke schon«, erwiderte Kruk. »Es gibt noch sehr viel zu erfahren.« Er blätterte durch die Seiten, blickte auf die Bilder, die Großmagister Lampenzünder vor all den Jahren gezeichnet hatte, als er noch Bibliothekar zweiten Ranges gewesen war. »Während Großmagister Lampenzünder auf den Aschwolkeninseln gewesen ist, ist er einer Diebesgilde in den Weg geraten, die man den Kuss der Rasierklinge nennt.«

»Sie haben ihren Stützpunkt in Kairattenbau«, sagte Evarch. »Ich habe von ihnen gehört.«

»Und ich auch«, sagte Yurial. »Sie sind sehr gefährlich.«

Gedanken an die Vogelscheuche, die sie letzte Nacht angegriffen hatte, und an die Blutspuren, die alles waren, was von Kray an Bord der *Mondenträumer* geblieben war, verschafften sich in Kruks Kopf Gehör und bereiteten ihm große Sorgen. Er wollte aufstehen und sich in Bewegung setzen, nach Flautenzipfel zurückkehren und wieder auf das Schiff gehen. Aber Großmagister Lampenzünders Worte fingen – selbst nach all den Jahren – seine Aufmerksamkeit einmal mehr ein und zogen ihn zu jenen Ereignissen, die sich vor so langer Zeit zugetragen hatten.

Kapitel 1

Kairattenbau

Benimm dich wie ein Dieb, sagt er, dachte der Bibliothekar zweiten Ranges Lampenzünder mürrisch, während er durch die eisigen Straßen trottete, in einer Stadt der Diebe, Mörder, Attentäter, Banditen, Diebe, Halsabschneider, Beutelschneider, Diebe, Einbrecher, Diebe und – *Ich wiederhole mich. Das kann nicht gut sein.* Er schnaubte angewidert. *Benimm dich wie ein Dieb, danke vielmals. Als ob ich etwas darüber wüsste, ein Dieb zu sein. Weshalb sollte Kray nur –*

Eine heulende Windböe aus dem Tiefgefrorenen Norden fuhr durch die Flüstergasse und lenkte ihn ab. Draußen im Hafen, wo eine Handvoll Schiffe geschützt im Peitschenknallmeer lagen, das diesen Namen trug, weil es dazu neigte, mit dem Geräusch einer knallenden Peitsche zuzufrieren und Schiffe zu zermalmen, die von unachtsamen Kapitänen geführt wurden, stieß Takelage gegen die Masten und klirrte.

Tocht zog seinen schwarzen Umhang enger um sich und versuchte sich an das letzte Mal zu erinnern, da er seine Füße gespürt hatte. Sie waren gefrorene Blöcke am Ende seiner Beine, die genauso gut jemand anderem hätten gehören können.

Als Halbling brauchte er nicht unbedingt Schuhwerk. Für gewöhnlich waren seine Füße zäh genug für jede Aufgabe, die er vor sich hatte. Heute allerdings wünschte er sich ein paar Stiefel genau in seiner Größe. Dennoch war sein Unwohlsein nur ein beiläufiger Gedanke. Die List, die er noch auszuführen hatte, nahm seinen ganzen Verstand gefangen.

Noch nie zuvor hatte er die Rolle eines Meuchelmörders übernehmen müssen. Oder war es ein Dieb? Einen Moment lang konnte sich Tocht – der bei seiner Wanderung über die Eisdolche, die kleine Bergkette südlich der Stadt, beinahe erfroren wäre – nicht mehr daran erinnern, welche Rolle er zu spielen hatte.

Er sollte einen Dieb oder einen Meuchelmörder geben. Dessen war er sich ziemlich sicher. Die ganze Sache war Krays Idee gewesen, die Tocht von Anfang an für töricht gehalten hatte – aber er hatte ihr keine bessere Idee entgegenzusetzen gewusst (und er hatte es auch nicht auf sich nehmen wollen, in eine Kröte verwandelt zu werden, und seine Meinung deswegen nicht laut kundgetan), also hatte er dem Betrug zugestimmt. Das war allerdings an Bord der *Einäugigen Peggie* gewesen, und eine Mahlzeit hatte auf ihn gewartet.

Und eigentlich hatte er gedacht, dass Kray oder Käpt'n Farok noch andere Anregungen aufnehmen und sich etwas viel Besseres ausdenken würden, bis sie in Kairattenbau ankamen.

Außerdem hatte er an diesem Morgen ein warmes Frühstück erwartet. Stattdessen hatte Kray ihn in seiner Hängematte geweckt, ihm befohlen, sich anzuziehen, und war mit ihm hinaus in das kleine Dorf marschiert, wo sie ihn abgesetzt hatten.

Während er durch den heulenden Wind ging und die eisigen Zähne des Winters spürte, die ihn bis auf die Knochen abnagten, stolperte Tocht schon wieder beinahe über seine

Hose. Die Hosenbeine waren ein paar Zoll zu lang. Kray hatte beschlossen, darüber hinwegzusehen, und Tocht mitgeteilt, dass er sie einfach aufrollen solle. Das Aufrollen hatte aber nicht lange vorgehalten. Sobald sie im Schnee die Nässe aufgesogen hatten, hatten sie sich sogleich entrollt und waren seitdem das reinste Ärgernis.

Er zog die Hosenbeine wieder hoch und spürte, wie der kalte Stoff ihm gegen die Beine klatschte. Die Taubheit schien sich auszubreiten. Er musste sich in die Knöchel zwicken, um herauszufinden, dass er sie noch spüren konnte, obwohl er das nicht erwartet hatte.

Um alles noch schlimmer zu machen, wurde der Esel, den er sowohl als Reittier als auch als Packtier benutzte, zunehmend rebellischer. Tocht musste sich ordentlich ins Zeug legen, um den Esel vorwärtszutreiben, und hier und da sorgten seine Anstrengungen dafür, dass er auf einer rutschigen Stelle ausglitt und mit dem Gesicht nach unten im Schnee landete. Nicht eine Masche seiner Kleider war nicht mit Schlamm beschmiert.

Als er abermals hinfiel, spuckte Tocht den schmutzigen Schnee aus und wischte ihn sich vom Gesicht. Ihm war so kalt, dass sich der Schnee beinahe warm auf der Haut anfühlte, was ein weiteres schlechtes Zeichen war.

Ich werde mir überall Frostbeulen holen, sagte er sich. *Wenn ich irgendwie lebend hier rauskomme, werden Kray und Hallekk mir Finger, Zehen, Nase, Ohren und andere Teile abschneiden müssen.*

Er wandte sich zum Esel um und starrte dem Tier in die Augen. Es weigerte sich schon wieder, sich zu bewegen, und zerrte an den Enden der Zügel. Natürlich musste der Esel, da er etwa zehnmal so viel wog wie Tocht, nicht besonders stark zerren.

»Komm mit mir, du großer Trottel«, befahl Tocht. »Du hast die leichte Aufgabe. Zumindest ist alles, was du tun musst, dich wie ein Esel zu benehmen.«

Der Esel schwenkte seine Ohren zu Tocht, als würde er aufmerksam zuhören. Als er abermals zerrte, legte er die Ohren zurück, zog seine Lefzen zu einem großen Grinsen hoch und brüllte sein Eselsgelächter. Dann setzte er sich auf den Hintern.

»Ich spiele mit dem Gedanken, dich an einen Abdecker zu verkaufen, damit er Kleber aus dir macht«, drohte Tocht. Er stellte sich breitbeinig hin und zog mit aller Gewalt.

Plötzlich zerriss Gelächter den heulenden Wind.

Erschrocken trat Tocht neben die größere Masse des Esels, um Schutz zu suchen. Er war noch nicht so weit, damit anzufangen, sich als Meistermörder auszugeben. Oder als Dieb. Was immer es auch war.

»Hast du Schwierigkeiten mit dem Esel, Halbling?«, fragte einer der drei Männer vor der Taverne der Intrigen. Er war ein hochgewachsener Mensch mit einem geröteten Gesicht und einer großen Nase.

»Nein«, sagte Tocht und richtete sich zu seiner vollen Größe von dreieinhalb Fuß auf.

»Du hast ausgesehen, als hättest du gerade Schwierigkeiten mit ihm gehabt«, fuhr der Mann fort.

In der Hoffnung, dass dies sowohl eisig aussah als auch eine Warnung ausdrückte, funkelte Tocht die Leute an und klopfte dem Esel auf den Hals. »Nein. Gar keine Schwierigkeiten. Ich wollte, dass er sich genau hierhin setzt.«

»Genau so, in der Mitte der Straße?« Der Mann blickte Tocht zweifelnd an. »Jemand wird ihn stehlen.«

Sollen sie doch, dachte Tocht. *Wenn sie ihn dazu bringen, sich dorthin zu begeben, wo sie ihn haben wollen, dann können sie ihn behalten.* Immerhin war der Esel kein Teil seiner Verkleidung als Meuchelmörder. Oder Dieb. Er konnte auf das sture Vieh gut verzichten.

»Ich härte ihn ab«, erklärte Tocht. »Wenn man ihn in beinahe gefrorenen Schlammpfützen sitzen lässt, erhöht das seine Ausdauer und Stärke. Es ist ein Teil der Dressur.«

Der Esel gähnte, schmatzte mit den Lefzen und erhob sich, wobei er alles andere als dressierbar aussah. Ohne einen Befehl trampelte er zu dem Mietstall neben der Taverne der Intrigen, da er offenbar das Heu und Getreide dort drinnen roch. Die plötzliche Bewegung des Tieres riss auch Tocht mit fort, und er stolperte ihm nach. Vielleicht sah er lächerlich aus, aber immerhin war er nicht schon wieder hingefallen. Trotzdem war es unmöglich auszusehen, als hätte man sich selbst im Griff, wenn man von einem Esel mitgezerrt wurde.

»Und nun habe ich die Bestrafung beendet«, sagte Tocht mit gespielter Autorität und Zuversicht, als er sich der Geschwindigkeit des Esels angepasst hatte, weil er herausgefunden hatte, dass das Seilstück, das er sich ums Handgelenk gebunden hatte, zu fest verknotet war. »Er weiß, wer der Herr ist.«

Die Männer lachten ihn abermals aus, schüttelten die Köpfe und wandten sich ihren eigenen Angelegenheiten zu.

Der Esel ging geradewegs in den Mietstall, und Tocht begleitete das Tier, froh, aus dem Wind herauszukommen.

»Wie lange wirst du in der Stadt bleiben?«, fragte der kleine Junge mit dem schmutzigen Gesicht, als er das Führungsseil von Tochts Handgelenk abnahm.

»Das habe ich noch nicht entschieden.« Tocht blickte sich in dem Mietstall um und war überrascht, wie sauber er war. Kairattenbau war nicht gerade für seine Reinlichkeit bekannt.

»Die Preise werden täglich oder für zehn Tage berechnet«, sagte der Junge.

»Täglich«, sagte Tocht. »Für den Augenblick.« Kray war trotz Tochts Widersprüchen nicht besonders großzügig gewesen, als er die jetzige Mission mit Mitteln ausgestattet hatte. Der Zauberer hatte darauf beharrt, dass Tocht die Rolle eines Diebes, der nach Arbeit suchte, nicht besonders gut spielen können würde, wenn er vor Gold überquoll. Der kleine Bibliothekar wollte den mageren Betrag, über den er verfügte, nicht dafür ausgeben, für den übellaunigen Esel zu sorgen, wenn er selbst womöglich Mahlzeiten würde auslassen müssen.

Der Junge hob die schmalen Schultern an und ließ sie wieder sinken. »Wie du willst. Wenn du aber mit einer Tageszahlung zu spät dran bist, wird mein Pa den Esel verkaufen.«

»In Ordnung.« *Das könnte sich sogar als Segen erweisen*, dachte Tocht. Er freute sich nicht besonders darauf, den Esel zurück über die Eisdolche zu zerren.

Einige Pferde standen in den Koppeln, fraßen Heu und Hafer, schnaubten und stapften. Ein paar Kutschen und Karren beanspruchten den hinteren Teil des Stalls für sich. Tocht glaubte nicht, dass diese Fahrzeuge mit Rädern oft in Gebrauch waren. Die Straßen von Kairattenbau waren mit Schlaglöchern übersät und nur von Austernschalen und lockerem Schiefer bedeckt.

Doch Ryman Bey und die Gilde Kuss der Rasierklinge haben Meister Oskarrs Streitaxt, und das kann ich fürderhin nicht gestatten. Vor allem, da Tocht es sich selbst zum Vorwurf machte, dass die Waffe während des Aufenthalts auf den Aschwolkeninseln verloren gegangen war. (Eigentlich machte Kray es ihm zum Vorwurf, und mit dem Zauberer konnte man nicht streiten, sobald er einmal von etwas überzeugt war.)

Bulokk erholte sich noch immer von seinen Wunden während der Schlacht gegen den Kuss der Rasierklinge. Nachdem er herausgefunden hatte, dass Tocht die *Einäugige Peggie* verlassen würde, hatte er den kleinen Bibliothekar darum gebeten, alles in seiner Macht Stehende zu tun, um Knochenschnitter wiederzuerlangen.

Tocht hatte dazu – obwohl er so etwas eigentlich nicht versprechen wollte – nicht Nein sagen können. Natürlich hatte er sich vorgestellt, dass ihm jemand den Rücken stärken würde, der all die schwere Plackerei und das Schwertschwingen übernahm, das solche Versprechen üblicherweise mit sich brachten. Bulokk wäre besser damit gedient gewesen, einen seiner Krieger zu fragen. Aber vielleicht hatte er ja auch alle gefragt.

Die anderen Zwerge hatten angeboten, Tocht zu begleiten, aber das hatte Kray nicht gestattet. Kray bestand darauf, dass Kairattenbau in erster Linie eine Menschensiedlung war, wenn auch eine gesetzlose, und dass eine Gruppe von Zwergen in ihrer Mitte den Kuss der Rasierklinge vorwarnen würde. Natürlich gab es auch Zwergenräuber und -diebe, aber die lebten nicht in Kairattenbau.

Widerstrebend musste Tocht die Klugheit dieser Erklärung einsehen. Und da die Zwerge von den Aschwolkeninseln und die Zwergenmannschaft der *Einäugigen Peggie* aus dem Spiel waren, waren nur noch zwei Möglichkeiten für die Stelle des Diebes geblieben.

Kray hatte rasch dargelegt, dass in ihm niemals jemand weniger als einen Zauberer sehen würde. Tocht hatte ganz arglos (denn die Gefahr, in eine Kröte verwandelt zu werden, bestand immer, wenn man mit dem Zauberer sprach) die Möglichkeit vorgeschlagen, dass Kray als *diebischer und selbstsüchtiger* Zauberer durchgehen könnte, und angedeutet, dass diese Rolle von Kray zwar jede Menge Schauspielerei erfordern würde, aber nicht jenseits des Möglichen lag.

Kray hatte Tocht nur einen *jener* Blicke zugeworfen, und der kleine Bibliothekar hatte gewusst, wie die Dinge laufen würden. Zwei Tage später hatte er sich in dem kleinen Dorf namens Krummer Anker wiedergefunden, mit einem übellaunigen und störrischen Esel ausgestattet.

Als er nicht mehr dem Wind ausgesetzt war, wog Tocht seine Möglichkeiten ab. Die Dämmerung nahte, und abermals begann der Schnee in dünnen weißen Flocken zu fallen.

Er zitterte, wünschte sich ein warmes Feuer, ein gutes Buch und eine Pfeife. Vielleicht einen Schoppen Razalistynbeerenwein. Das war die einzige Art und Weise, wie man ein solches Wetter angemessen genießen konnte.

Grimmig, weil er wusste, dass die Zeit ablief und er Tage verloren hatte, während er über die Eisdolche gewandert war, machte sich Tocht in die Taverne der Intrigen auf.

Wie alle anderen Gebäude in dieser Stadt der Diebe, Mörder, Attentäter, Diebe usw. war die Taverne der Intrigen stark verwittert, weil sie dem Wetter ausgesetzt war und vernachlässigt wurde. Über den Fenstern waren Bretter angebracht, und es gab Platz zum Zielen für Männer mit Armbrüsten. Tocht kannte die Schenke nur, weil sie an den Mietstall angrenzte.

Die Taverne der Intrigen war eines der meistgenutzten

Gebäude der Stadt. Dort wurden verschlagene Pläne geschmiedet, gewagte Raubüberfälle vorbereitet und Meuchelmorde entlang der gesamten Zerschmetterten Küste in Auftrag gegeben und bezahlt. Die Taverne der Intrigen war nicht der einzige Ort, der solche Dienste anbot, aber sie war der einzige in Kairattenbau.

Tocht wollte die Tür öffnen.

Sie war versperrt.

Was also erwartet man von einem Meuchelmörder – oder Dieb – in diesem Fall? Ist das eine Prüfung?

Tocht dachte lange über diese Zwangslage nach. Am Ende griff er in seinen kleinen Beutel und nahm sein Diebeswerkzeug heraus. Er hatte die Ausrüstung gerade aufgeklappt und sich an die Arbeit gemacht, als er hörte, wie sich hinter ihm jemand räusperte.

»Wenn ich du wäre, würde ich das nicht tun«, erklang eine Stimme.

Kapitel 2

Zank

Als er sich umwandte und aufblickte, sah Tocht einen schlanken jungen Mann hinter sich stehen. Dieser junge Mann trug schwere Überkleidung und eine dicke Pelzmütze. Der Griff eines Degens ragte über seine Schulter. Ein langes Messer steckte an seiner Hüfte in einer Scheide. Seine Augen waren von einem blassen Blau, und die Brauen waren stark geschwungen. Ein Schal bedeckte den unteren Teil seines Gesichts, aber sein Atem wurde in der Kälte trotzdem als Nebel sichtbar.

»Hallo«, sagte Tocht, nicht ganz sicher, was er tun sollte.

»Hallo«, erwiderte der junge Mann.

Während er in die unschuldig wirkenden blauen Augen blickte, konnte Tocht nicht umhin, sich zu fragen, welchen Beruf der junge Mann ausübte. Die meisten anderen Männer, denen der kleine Bibliothekar begegnet war, während er durch Kairattenbau getrottet war, hatten harte, selbstsüchtige Augen gehabt.

Diese Augen schienen aufrichtig amüsiert zu sein. Und vielleicht ein klein wenig argwöhnisch.

»Was machst du da?«, fragte der junge Mann mit sanfter Stimme.

»Ich knacke das Schloss«, sagte Tocht und gestikulierte mit seinem Diebeswerkzeug. *Es ist sinnlos, das zu leugnen. Außerdem ist dies eine Stadt der Diebe, Mörder, Attentäter, Diebe usw. Es ist ja nicht so, dass sie die Stadt-*

wache rufen werden, um mich einsperren zu lassen. Ein solches Verhalten wird hier regelrecht erwartet.

»Weshalb knackst du das Schloss?«

»Weil die Tür versperrt ist.«

»Natürlich ist sie versperrt«, sagte der junge Mann. »Dies ist die Taverne der Intrigen. Sie lassen da nicht einfach jeden rein. Damit ersparen sie es sich, von irgendwelchen Mitgliedern der Wache überrascht zu werden, die herkommen, um Rache oder Gerechtigkeit zu üben.«

Tocht konnte verstehen, dass die Verbrecher von Kairattenbau darin eine rechtmäßige Verteidigungsmaßnahme sehen würden. Auf den Kopf von einigen Einwohnern war entlang der gesamten Zerschmetterten Küste ein hoher Preis ausgesetzt.

»Aber wenn du das Schloss knackst«, erläuterte der junge Mann weiter, »wirst du vermutlich für all deine Mühen einen Armbrustbolzen zwischen die Augen kriegen. Utald schießt so gut wie niemals daneben, wenn er sein Ziel erst mal ins Auge gefasst hat.«

Tocht dachte einen Moment lang darüber nach, dann steckte er sein Diebeswerkzeug weg. »Nun, das ist keine erfreuliche Aussicht.« Er wandte sich zur Tür und sprach lauter, so dass jemand, der vielleicht hinter der Tür lauschte, ihn verstehen würde. »Tut mir leid. Das mit dem Schlösserknacken ist einfach die Macht der Gewohnheit. Ich bin ein Dieb.« *Oder ein Meuchelmörder.* So lässig er angesichts der Verheißung eines Armbrustbolzens zwischen den Augen nur konnte, zuckte er mit den Schultern. »Wenn ich eine versperrte Tür finde, greife ich wie selbstverständlich zu meinen Diebeswerkzeugen.« Er zwang sich zu einem Kichern, um die Spannung zu lösen, dann blickte er wieder den jungen Mann an. »Du weißt doch, wie das ist.«

»Nein«, sagte der junge Mann. »Das weiß ich nicht.« Seine Augen verengten sich vor Ärger. »Ich bin kein Dieb.«

»Oh.« *Dann bleiben offensichtlich nur Mörder und Attentäter übrig.* Tocht war sich nicht sicher, ob ihm eines von beiden weniger unbehaglich schien als das andere.

Die Tür blieb verschlossen.

Da er sich töricht vorkam, wies Tocht mit dem Daumen auf die Tür. »Bist du sicher, dass jemand auf der anderen Seite der Türe steht?«

Mit einem Stirnrunzeln senkten sich die geschwungenen Brauen des jungen Mannes. »Bist du zum ersten Mal hier?«, fragte er.

»Ja.« Tocht streckte die Hand aus. »Rechthand Flinkfinger zu Diensten.« *Hätte ich das vielleicht mit einer barscheren Stimme sagen sollen?*, fragte er sich. *Die Diebe in Drelor Deodarbs Geschichten scheinen immer ein recht verderbter Haufen zu sein.* Er senkte seine Stimme und würzte sie mit einer Prise Draufgängertum. »Ich meine, mein Name ist Rechthand. Rechthand Flinkfinger.«

»Aha. Aber wolltest du das Schloss nicht mit der Linken knacken?«

»Eine Finte«, sagte Tocht, während er schnell nachdachte. *Weshalb gerate ich immer an die mit den Adleraugen?* Das brachte ihn zu dem Schluss, dass er nicht dafür geschaffen war, sich schlau anzustellen. Bei einigen Gelegenheiten, bei denen es um Leben oder Tod gegangen war, hatte er herausgefunden, dass sich Intelligenz ganz erheblich von Schlauheit unterschied. Intelligenz wehrte keine Axthiebe oder Pfeile ab, nicht mit derselben Art von Erfolg, wie es Schlauheit tat. Bei Intelligenz spielte Lernen eine Rolle, und manchmal ergab sich das Lernen unmittelbar aus den Schwierigkeiten, in die er stets geriet. »Wenn ich meine rechte Hand benutzen würde, dann würde ich mich doch verraten.«

»Die meisten Leute«, erklärte der junge Mann, »sind Rechtshänder.«

»Oh.« In seinem hastigen Versuch, seinen Schwindel nicht auffliegen zu lassen, hatte Tocht das vergessen. Intelligent zu sein bot auch nicht viel Schutz, wenn der Gegner ebenfalls intelligent war. Plötzlich fühlte er sich, als müsse er genauso Rede und Antwort stehen wie bei Meister Frollo im Gewölbe Allen Bekannten Wissens.

»Kennst du das geheime Klopfzeichen nicht?«, fragte der junge Mann.

Tocht blinzelte. *Das geheime Klopfzeichen?* »Welches geheime Klopfzeichen?«

»Das, das den Wächter dazu bringt, die Tür zu öffnen.«

»Nein.«

Der junge Mann schnaubte angewidert, so dass in der kalten Luft einen Moment lang Nebel wirbelte. Tocht hielt den Kopf hoch, obwohl er ihn am liebsten hätte hängen lassen und unsichtbar geworden wäre. »Ich habe doch gesagt, dass ich zum ersten Mal hier bin«, gab er zu bedenken.

»Das hast du.« Der junge Mann musterte ihn noch ein wenig schärfer.

»Ich bin hergekommen, um nach Arbeit zu suchen. Viele Diebe kommen zur Arbeitssuche nach Kairattenbau.«

Der junge Mann blickte ihn einfach nur an.

»Was ist denn los?«, fragte Tocht.

»Du bist der seltsamste Dieb, den ich je getroffen habe«, erwiderte der junge Mann.

»Vielleicht hast du noch nicht viele Diebe getroffen«, mutmaßte Tocht, um sich zu verteidigen.

»Dies ist der richtige Ort, um mit Dieben zu verhandeln«, erklärte der junge Mann. »Ich habe eine ganze Reihe von Dieben getroffen. Immerhin ist dies die Stadt der Diebe, Mörder, Attentäter –«

»Und Diebe«, seufzte Tocht.

Der junge Mann runzelte die Stirn. »Ich wollte eigentlich ›Lügner‹ sagen. Hier gibt es *jede Menge* Lügner.«

Er sagte das, als wolle er Tocht wissen lassen, dass er sich mit Lügnern bestens auskannte.

»Natürlich«, fuhr der junge Mann fort, »zahlt sich Lügen nicht annähernd so sehr aus wie die ganze andere Arbeit. Und jedermann wird einen hassen, denn sobald man einmal angefangen hat zu lügen, lässt sich die Gewohnheit kaum wieder ablegen. Sobald man damit beginnt, neigt man dazu zu vergessen, dass man es tut.« Der junge Mann hielt inne. »Aber es wird einen irgendwann umbringen. Das solltest du vielleicht im Gedächtnis behalten.«

Tocht schluckte, hielt diese Reaktion allerdings geheim. Hoffte er zumindest.

»Bist du sicher, dass du reingehen willst?«, fragte der junge Mann.

Eigentlich war Tocht sicher, dass er nicht einmal das Grundstück betreten wollte. Eines der Gerüchte, die Tocht über Kairattenbau gehört hatte, war, dass die Taverne der Intrigen über eine Grube verfügte, die das Entfernen von Leichen über eine unterirdische Rinne erleichterte, die zur Küste in nur sechzig Metern Entfernung führte. Lügner, Betrüger und Spione verließen die Taverne mit aufgeschlitzten Kehlen und bekamen eine rasche Beerdigung zur See.

»Ja«, antwortete er und hoffte, dass der junge Mann das kurze Beben in seiner Stimme nicht gehört hatte.

Der junge Mann trat an die Tür und schlug ohne Zögern hart dagegen. Das rasche, rhythmische Muster wurde von der Innenseite beantwortet. Tocht merkte sich sogleich beide Muster, für den Fall, dass er lebend davonkam und noch einmal in die Taverne der Intrigen zurückkehren musste.

Die Bolzen glitten zur Seite, und die Querlatten wurden gehoben. Die Tür öffnete sich, und ein riesiger Troll schob seinen klobigen Kopf durch den Spalt. Er spähte mit Augen heraus, die so groß wie die eines Pferdes waren und eine kränklich gelbe Iris besaßen. Der Troll war beinahe acht Fuß hoch und maß halb so viel in der Breite, und er sah ganz gewiss zu breit aus, um durch die Tür zu passen. Seine Haut, die im Gesicht und an den muskelbepackten Unterarmen zu sehen war, hatte die Farbe von Butterfett, blass und faulig mit der Spur eines Ockerstichs. Der haarlose Kopf war eckig und saß auf einem kurzen Hals. Schweineohren zuckten, und die Ähnlichkeit wurde auch in der breiten Schnauze fortgeführt. Hauer an seinem Unterkiefer reichten bis über die äußeren Augenwinkel empor. Er trug Kleidung, die aus grauer Seehundhaut gefertigt war.

»Wer da?«, wollte der Troll mit einer Stimme wissen, die noch lauter und tiefer war als die eines Zwergs.

»Zank«, antwortete der junge Mann. »Du kennst mich doch, Krok.«

Zank passt zu dir, dachte Tocht, während er den jungen Mann musterte.

Der Troll beugte sich über den jungen Mann und atmete einen riesigen grauen Nebel aus, der um Tocht herumwirbelte.

Tocht musste sich beinahe übergeben. Trolle rochen ohnehin nicht gut, aber was immer dieser hier gegessen hatte, musste wirklich ungesund gewesen sein. Der kleine Bibliothekar schlug die Hand vor den Mund und nahm seinen Daumen und Zeigefinger, um die Nasenlöcher zu verschließen.

Zank blieb stehen, die Arme vor der Brust verschränkt.

Er muss die Luft angehalten haben, dachte Tocht verzweifelt. *Er kann doch unter keinen Umständen diesen Gestank aushalten.*

»Ich kenne dich«, gab Krok zu. »Du kannst reinkommen.« Er trat zur Seite, und Zank schlüpfte mühelos vorbei. Dann wandte der Troll seine Aufmerksamkeit Tocht zu und versperrte den Weg wieder. »Und du. Wer bist du?« Er reckte seine Gesicht vor.

Obwohl die Gesichtszüge des Trolls nur wenige Zoll entfernt waren, nahm Tocht seine Hand vom Mund, vergaß aber, seine Nase loszulassen. Seine Antwort »Rechthand Flinkfinger« kam hoch und näselnd heraus.

»*Rechthand* Flinkfinger, hä?« Krok funkelte Tocht an.

Als er merkte, dass er sich mit der falschen Hand an die Nase fasste, wechselte Tocht die Hände. Er hielt sich abermals die Nase zu und klang nach wie vor näselnd, als er antwortete: »Ganz recht. Recht bin ich, äh, Rechthand.« Er nahm seine Hand weg und versuchte nicht einzuatmen.

»Was machst du denn, Rechthand Flinkfinger?«, fragte Krok.

»Ich bin ein Dieb«, sagte Tocht. »Und ein Meisterattentäter.« Er fügte Letzteres rasch hinzu.

Der Troll blickte ihn fasziniert an. »Ist das so?«

Immer noch ohne Luft zu holen nickte Tocht.

»Ein Halbling, der Dieb und Attentäter ist.« Krok lächelte. »Das klingt nach Spaß.« Er ließ eine große, dreifingrige Hand vorschießen, packte Tocht am Umhang und zerrte ihn herein.

Tocht hatte noch Zeit für ein herausgewürgtes »Jiiiep!«,

ehe er in das finstere Innere der Taverne der Intrigen gehievt wurde.

»Schaut mal, was ich an der Tür gefunden habe!«, brüllte Krok, während er Tocht hochhielt und ihn in seiner großen Faust durch die Taverne trug.

»Ein Halbling«, rief ein Mann mit einer Augenklappe hocherfreut.

»Unterhaltung«, fügte ein Mann mit schlecht sitzenden Holzzähnen hinzu. »Ich wusste gar nicht, dass es heute Abend auch eine Kuriositätenschau gibt.« Seine Zähne klackten, während er sprach.

Ein weiterer Mann rieb begeistert seine Hand und einen Haken aneinander. »Es ist sowieso schon zu lange her, dass wir einen Halbling zu unserem Vergnügen hier hatten. In wie viele Teile willst du ihn denn aufschneiden?« Der Mann grinste voller Vorfreude.

Da die Angst in ihm tobte, und ihm Gedanken an das kalte Wasser draußen im Hafen, das auf seine Leiche wartete, durch den Kopf gingen, machte Tocht der Geruch des Trolls gar nicht mehr so viel aus. Der Gestank war ihm zwar eigentlich nicht gleich, das keinesfalls, aber der saure Geruch erschien ihm plötzlich wie das geringste seiner Probleme. Er kämpfte gegen den Griff des Trolls an, schaffte es aber nicht, ihm zu entkommen.

»Lass dich nicht schnappen«, hatte Kray Tocht ermahnt, bevor sie ihn von der *Einäugigen Peggie* geworfen hatten. *»Mach nichts, was Verdacht aufkommen lässt. Gib dein Bestes, damit du gar nicht erst auffällst. Schleiche. Lauere. Krieche. Benimm dich wie ein Dieb.«*

Nun, das war nicht aufgegangen. Und in diesem Augenblick wäre Tocht lieber in eine Kröte verwandelt worden, als einem Ende als Happen für die Ungeheuer draußen im Hafen entgegenzusehen. Kröten bekamen immerhin noch zu fressen und hatten warme Betten.

Krok ließ Tocht am zerkratzten Tresen hinten in der Taverne fallen. Als er seinen Blick durch den Raum schweifen ließ, bekam der kleine Bibliothekar das Gefühl, er wäre mitten in die Seiten eines von Drelor Deodarbs Kriminalromanen gestiegen. Nur kam sich Tocht nicht vor wie einer der zähen Söldner oder Diebe oder Meuchelmörder, über die Deodarb schrieb.

Mindestens zwanzig Leute befanden sich in dem Raum. Sie saßen alle in den Schatten rund um kleine Tische. Einzelne Kerzen erleuchteten nicht annähernd die rauen Züge der Männer, die dort hockten. In all ihren Gesichtern waren Linien eingeprägt, die von Elend und Grausamkeit zeugten. Narben und fehlende Gliedmaßen gab es im Überfluss. Der Gestank von Verzweiflung waberte durch den Raum.

In Kairattenbau wurden die Besucher rasch in Gewinner und Verlierer eingeteilt, mit einer Untergliederung in die Verlierer, die umkamen, und jene, die mit Narben überlebten und zeigen konnten, wie nahe sie dem Tod gekommen waren. Es gab zwei weitere Trolle und vier Kobolde. Durch die Finsternis, die im Raum lauerte, schien die Taverne sehr klein. Die niedrige Decke trug zu diesem Eindruck bei.

»Was hast du denn da, Krok?«, fragte einer der Trolle.

»Das werde ich noch rausfinden«, antwortete Krok.

Da er nicht wusste, was er sonst anfangen sollte, setzte sich Tocht an den Tresen. Er blinzelte und versuchte sich etwas einfallen zu lassen, was er sagen könnte. Wenn er einer von Deodarbs Antihelden gewesen wäre, hätte er seine verborgenen Stilette gezogen und Kroks Hände vor sich auf dem Tresen festgenagelt. Oder ein verstecktes Schwert herausgerissen und einen der Handlanger geköpft.

Selbst wenn er Stilette gehabt hätte, hätte Tocht nicht den Mumm gehabt, Kroks Hände auf dem Tresen festzunageln. Er machte sich gar nichts aus Gewalt. Doch trotzdem schien ihm die Gewalt manchmal überallhin zu folgen. Meistens machte sie Jagd auf ihn, schwenkte eine Waffe oder zeigte ihre Reißzähne und drohte ihm die schrecklichsten Dinge an.

»Er sagt, dass er Rechthand Flinkfinger heißt«, bemerkte Krok. »Er soll ein Dieb oder ein Attentäter sein. Hat jemand schon diesen Namen gehört?«

Ein Chor aus lauter Verneinungen machte die Runde im Raum.

Mit einem Blick zurück auf Tocht knurrte Krok: »Niemand hat von dir gehört, Halbling.«

»Ein Dieb und Meisterattentäter soll auch keinen besonderen Ruf haben«, sagte Tocht mit leiser Stimme. »Nur bei jenen, die ihn anheuern.« Zum Glück schaffte er es, dies ohne Beben in der Stimme auszusprechen. Er versuchte furchtlos zu wirken, bezweifelte aber, dass er das durchziehen konnte, wenn er so zerknirscht dasaß, als wäre er in Großmagister Frollos Arbeitszimmer, um verbale Hiebe zu empfangen. »Will jemand hier einen Dieb oder Attentäter anheuern?«

Die Gäste der Taverne brachen in Gelächter aus. Es stand unentschieden, ob »Ein Halblingsdieb!« oder »Ein Halblingsattentäter!« den größeren Zuspruch erlangte.

»Vielleicht bietet er niedrige Preise an!«, gluckste jemand.

»Oder er ist auf *Klein*aufträge spezialisiert!«, rief ein weiterer.

»An Orten, wo man nur schwer rankommt!«

Tochts Hoffnungen zu überleben schwanden dahin.

»Wisst ihr eigentlich, wie viele Leute mir gerne Schmerzen zufügen würden, wenn sie vermuteten, dass ich ein Dieb oder ein Attentäter wäre?«, fragte Tocht, der versuchte, eine Möglichkeit zu finden, seine Unbekanntheit zu entschuldigen. »Ich kann nicht einfach herumziehen und jeden wissen lassen, wer die Krone des Königs gestohlen oder einen wichtigen Kaufmann vergiftet hat.«

Krok kratzte sich bedächtig am Kopf. »Das stimmt.«

»Und die Leute, die ich bestohlen habe, wollen es nicht zugeben. Wer will schon zugeben, dass er von einem Halbling bestohlen worden ist?«, fuhr Tocht fort.

»Das stimmt auch.«

»Oder dass jemand, den sie beschützten sollten, unter ihren Nasen von mir ermordet worden ist?«

»Natürlich unter ihren Nasen. Er ist ein Halbling.«

»Das hast du getan?«

Tocht wollte schon ›ein Dutzend Mal‹ antworten, überlegte sich dann aber, dass die Menge in der Taverne ihm keinen Glauben schenken würde, und zog in Erwägung, die Zahl zu senken. Dann kam ihm allerdings der Gedanke, dass er sie wirklich beeindrucken und – hoffentlich – ein wenig Angst in ihnen erwecken musste. »Fast hundert Mal«, erklärte er und dachte, dass das gewiss eine respektable Zahl von Opfern darstellte.

Kapitel 3

Der Lebenslauf des Attentäters

Gelächter erfüllte sogleich die Taverne.

»Auf keinen Fall«, sagte ein grauhaariger Söldner. »Ein kleiner Winzling wie du kann nicht beinahe hundert Leute umgebracht haben.«

»Ich habe es nicht mit einer Klinge getan«, erwiderte Tocht. »Es muss wie ein Unfall aussehen. Das ist meine Spezialität. Stolperdrähte an Treppen. Schlangen in Betten. Tod durch ein Pferd –«

»Tod durch ein Pferd?«, fragte ein Mann. »Du heuerst das Pferd an?«

»Nein«, sagte Tocht, der seltsamerweise von seinen eigenen Geschichten in den Bann gezogen wurde, einer Zusammenstellung aus verschiedenen Handbüchern über Meuchelmorde, die er gelesen hatte. Großmagister Frollo war auch nicht gerade begeistert gewesen, als er diese Bücher auf Tochts privater Leseliste gefunden hatte. Großmagister Frollo vertrat nicht die Meinung, dass man alles verfügbare Wissen auch bewahren sollte. »Man kann eine Klette unter den Sattel des Pferdes legen. Oder es vergiften, so dass es vorübergehend durchgeht. Außerdem kann man es dazu überreden, seinen Reiter zu töten.«

»Ein Pferd überreden?«

Zu spät fiel Tocht auf, dass er ein Mittel gewählt hatte, das niemandem außer den Elfenhütern zur Verfügung stand. »Diesen Trick hat mir ein Elfenattentäter beigebracht.«

»Ein Elfenattentäter?« Die Zweifel in der Stimme des Seemanns waren überdeutlich. »Elfen geben sich diesem Handwerk nicht leichtfertig hin.«

»Nicht leichtfertig«, stimmte Tocht zu. »Aber manchmal ist es die beste Lösung für ein Problem, eine Leiche in aller Stille in Kauf zu nehmen, damit zehn andere überleben können.« Er hielt inne. »Natürlich ist das beste Werkzeug in diesem Geschäft Gift. Ich kann hunderte von Giften herstellen.«

»Gifte«, wiederholte Krok.

»Ja.« Tocht versuchte, sich lässig zu geben. »Ich bin einmal mit einem Kessel mit Räucherwerk in einen Bankettsaal gegangen und habe unsichtbaren, giftigen Staub über acht Männern ausgestreut, für deren Tod man mich bezahlt hat. Der erste starb, als ich den Raum verlassen habe.« Er schüttelte den Kopf. »Das war trotzdem sehr knapp. Das Gift hat viel schneller gewirkt, als von mir angenommen.«

Stille legte sich über die Taverne, und die meisten der Gäste schoben ihre halbvollen Teller von sich.

»Stimmt das?«, fragte Krok.

»Natürlich stimmt das«, entgegnete Tocht, der sich langsam für die Hoffnung erwärmte, dass er mit heiler Haut davonkommen könnte.

In einer Ecke spielte ein stilles Lächeln um Zanks Lippen. Es schien, dass der junge Mann Tochts Geschichten nicht recht Glauben schenkte. Zum Glück war er offenbar der Einzige, der so dachte.

»Vielleicht sagt der Halbling die Wahrheit«, schlug jemand vor.

»Wir hätten hier von ihm gehört«, sagte einer der Männer. »Wir lernen jeden in diesem Geschäftszweig kennen, der hier durchkommt.«

»Ich bin zum ersten Mal hier«, erwiderte Tocht. »Ich will nicht, dass mich so viele kennen.« Er hielt inne. »Heute Abend hatte ich nur keine andere Wahl.«

»Wie hast du uns davon abgehalten, von dir zu hören?«

Tocht dachte rasch nach und griff nach dem ersten Einfall, der ihm glaubwürdig schien. »Ich bin richtig gut im, äh, Diebstahl und im Morden.«

Stille hing einen Moment lang über dem Raum, dann fingen die Diebe, Mörder, Attentäter, Diebe usw. zu lachen an. Sie schlugen sich auf die Schenkel und klopften auf den Tisch.

»*Niemand* ist *so* gut«, erklärte ein schlanker Mann mit schwarzer und violetter Kleidung. Er erhob sich und berührte seine Brust, von prahlerischem Stolz erfüllt. »Ich bin Dawarn der Behände. Vielleicht hast du von mir gehört.«

»Du bist ein Einbrecher«, entgegnete Tocht sofort. »Auf deinen Kopf ist ein Preis oben in Kellochshafen ausgesetzt, an der Huk des Gehängten Elfen wartet ein Auftrag auf dich, wenn du dich entschließt, ihn anzunehmen, und Kaufleute in Drachenmoor, Talloch und Cardinstiefen wollen deinen Tod. Nun, vielleicht nicht der Kaufmann Olligar in Cardinstiefen, weil er nicht annimmt, dass das Feuer im Warenhaus wirklich deine Schuld gewesen ist, und es sich für ihn bezahlt gemacht hat. Oh, und der Kapitän der *Wellenschneider* will immer noch, dass du deinen Anteil bezahlst, den du ihm dafür schuldest, dass er dir in Bardeks Bucht geholfen hat.«

Sofort begannen lautstarke Unterhaltungen im ganzen Raum.

Dann wollte jemand wissen: »Du hast niemals diesen Anteil an Käpt'n Huljar abbezahlt?«

Dawarn büßte sofort einen Teil seiner Arroganz ein und warf die Hände vor der Menge, die sich plötzlich über ihn empörte, in die Luft. »He! He! Hört auf, zu knurren und zuzuschnappen wie ein Wolfsrudel! Ich hätte ihn ja bezahlt! Das werde ich auch noch!« Er runzelte die Stirn. »Die Dinge sind in Bardeks Bucht einfach … *schwierig* geworden.«

»So schwierig, dass du Huljar betrogen hast?«, fragte jemand. »Huljar betrügt man nicht. Du kannst froh sein, dass du noch hier herumgehst und durch deine Nase atmest anstatt durch deinen Hals.«

»Ich bin nicht derjenige, der hier unter Verdacht steht«, erklärte Dawarn und setzte sich wieder hin, da er offenbar nicht mehr an der Aufmerksamkeit der Taverne interessiert war. »Er ist es!« Er zeigte mit dem Finger auf Tocht.

»Na gut«, knurrte Krok und wandte sich zurück an Tocht, »du kennst also Dawarn, und du weißt sogar etwas über die Aufträge, die er verrichtet hat. Den Betrug an Freunden eingeschlossen.« Er warf dem anstößigen Einbrecher einen Seitenblick zu. »Das heißt aber nicht, dass du bist, wer du zu sein behauptest.«

Tocht dachte über den Vorwurf nach, kam aber auf keine rasche Antwort.

»Prüft ihn«, sagte jemand.

Köpfe wandten sich herum und richteten sich alle auf Zank. Der junge Mann saß allein an einem Tisch. Er hatte sein Gesicht enthüllt und zeigte glattrasierte, jugendliche Züge.

»Er ist mit dir reingekommen, Zank«, sagte Krok.

»Nein«, antwortete Zank. »Er gehört nicht zu mir.« Er hielt inne. »*Du* hast ihn reingelassen, Krok. Wenn du jemandem die Verantwortung für seine Anwesenheit hier geben möchtest, dann bist das du selbst. Du hättest ihn leicht draußen lassen können.«

Krok blickte finster drein. »Will noch jemand hier identifiziert werden?«

Niemand meldete sich freiwillig.

»Nur weil er Gesichter und Namen kennt«, sagte Zank, »heißt das noch lange nicht, dass er ein Dieb oder Attentäter ist.« Er blickte Tocht an. »Ihr solltet ihn prüfen.«

Ich hoffe, dass man dich bei deiner nächsten Unternehmung schnappt, was für eine es auch ist, dachte Tocht. Furcht ließ ihn erbeben.

»Also gut«, sagte Krok. »Eine Prüfung. Was für eine Prüfung?«

Tocht glaubte, dass er einen Weg sah, der aus der Sache herausführte. Er verschränkte die Arme und blickte so trotzig er nur konnte auf die Menge. Er war froh, dass er ausgebeulte Hosen trug und saß, weil er nicht wusste, ob er mit schlotternden Knien hätte stehen können.

»Sucht jemanden aus, den ich vergiften soll«, sagte Tocht mit dem sicheren Gefühl, dass niemand zu ihm gebracht werden würde. Selbst wenn sie jemanden fanden, er konnte etwas zusammenbrauen, das das Opfer für ein paar Tage ins Koma fallen lassen würde. Solange man das Opfer nicht vergrub oder in den Hafen hinauswarf, würde es sich erholen. Zu diesem Zeitpunkt wäre Tocht mit etwas Glück aus Kairattenbau verschwunden.

»Er behauptet nicht nur, ein Attentäter zu sein«, rief ihnen Zank ins Gedächtnis. »Er sagt auch, dass er ein Dieb ist. Sehen wir doch, ob er ein so guter Dieb ist, wie er ein Attentäter zu sein behauptet.«

Dich kann ich überhaupt nicht leiden, dachte Tocht.

»Das stimmt! Schauen wir, ober er wirklich ein Dieb ist«, schlug ein Mann mit einem Holzbein vor. »Lassen wir ihn doch Utalds Tresor knacken.«

»Ein Tresor!«, rief Tocht, der sich sogleich erleichtert fühlte. Im Gewölbe Allen Bekannten Wissens war es seine Angewohnheit, Mäusefallen umzuwerfen, damit keine Maus sich verletzte. Außerdem sorgte er heimlich dafür, dass die Katzen immer satt waren. »Das ist ein Kinderspiel!« Immerhin hatte er einige Bücher über die Herstellung von Tresoren und übers Schlösserknacken gelesen, was überraschenderweise in vielen Bereichen Hand in Hand ging. *Bestimmt finden sie nichts, mit dem ich nicht vertraut bin.*

Seine Begeisterung schien allerdings unangebracht. Offenbar hatte diese Reaktion niemand erwartet. Alle starrten ihn mit erhöhtem Argwohn an.

Tocht wurde rasch klar, dass keine von Deodarbs Figuren sich so wie er verhalten hätte. Er ließ seine Stimme tiefer klingen. »Ich meine, her damit, ihr Schafsköpfe.« *Da. Das ist hart genug, oder?*

»›Schafsköpfe‹, ja?« Krok schlug auf beiden Seiten von Tocht mit seinen großen Händen auf den Tresen, wodurch er die Tatsache betonte, dass er ihn zerschmettern konnte, wenn er es nur wollte.

»Ich habe mich mit den Schafsköpfen unterhalten«, sagte Tocht schwach. *War das zu hart? Es hatte aber doch hart klingen sollen.* »Nicht mit dir. Du bist kein Schafskopf. Ich würde dich nie einen Schafskopf nennen.« *Vielleicht einen kaltblütigen Mörder. Vielleicht übelriechend, aber niemals ins Gesicht. Vielleicht –*

»Utald«, brüllte Krok. »Den Tresor.« Er packte Tochts Umhang und Hemd wieder mit seiner großen Faust und hob ihn vom Tresen hoch.

Der Mann am Ausschank, der bis zu diesem Zeitpunkt ein stiller Beobachter der Ereignisse gewesen war, ging zu der Wand aus Flaschen hinter dem Tresen und schlug mit einer großen Hand gegen das Mauerwerk. Groß und übergewichtig, mit hängenden Schultern und langem grauem Haar, sah der Schankwirt wie ein vergammelter Söldner aus.

Am Ende einer Reihe von rhythmischen Schlägen öffnete sich ein Bereich in der Wand. Der Schankwirt packte die Geheimtür und schwang sie weit auf.

»Mein Tresor«, sagte der Schankwirt. »Niemand kommt in meinen Tresor.«

Er sieht beeindruckend aus, dachte Tocht. Der Tresor war eine Vorrichtung aus gehämmerten Metallplatten, Federn, Zahnrädern, Drehscheiben und Hebeln. Keiner der Tresore, die Tocht je gesehen hatte, war diesem hier ähnlich gewesen. In Sachen Tresor war dieser hier ein Schlachtschiff.

»Hier ist sie.« Utald tätschelte die Seitenwand des Tresors mit offensichtlicher Zuneigung. »Ich nenne sie Lusylle. Sie ist die Beste der Besten.«

»Niemand hat Lusylle je geschlagen«, erklärte Krok. »Es gibt eine Menge Diebe, die es versucht haben.«

»Sie nennen sie ›Herzensbrecher‹«, sagte Utald.

»Nun«, antwortete Tocht grimmig. »Das werden wir ja sehen.« (Er sagte das mit viel mehr Zuversicht als er verspürte.) »Wenn du mich runterlässt.«

Krok blickte zu Tocht, der am Ende seines Arms baumelte. »Oh. Na gut.« Er öffnete seine Finger.

Tocht plumpste zu Boden und landete auf dem Hinterteil. Nach all den Rutschpartien und Stürzen mit dem Esel war dieser Bereich ohnehin schon überempfindlich. Er richtete sich wieder auf. Sein Diebeswerkzeug war auf den Boden gefallen und lag dort verstreut.

»Sag mal«, sprach einer der Männer, der über den Tresen spähte, »ist das nicht Gladarns Werkzeugsatz Nummer sechs?«

»Eine Nummer neun«, erwiderte Tocht. »Der ist säurebeständig.«

Ein anerkennendes »Ooooooh« ging durch die Reihen der Diebe.

»Säurebeständig«, sagte ein alter Mann. »Na, davon hätte ich ein paar gebrauchen können, als ich mich an Thomobors Verbotener Truhe versucht habe. Drei Tage hat es mich gekostet, in seine Festung zu gelangen, und in null Komma nichts hatte ich mein Diebeswerkzeug verloren.« Er schüttelte den Kopf. »Ich bin nie wieder so nahe rangekommen.«

Tocht platzierte sich vor dem Schloss. Als er das Problem in Augenschein nahm, das er vor sich hatte, schien all seine Angst von ihm abzufallen. Das Einzige, was es auf der ganzen Welt noch gab, schien das Rätsel des Tresors zu sein.

»Der kleine Halbling hat noch viel vor sich«, murmelte jemand.

»Wo hat Utald den Tresor her?«

»Weiß nicht. Er hatte ihn schon immer hier.«

»Hast du ihn schon mal geöffnet gesehen?«

»Nein.«

Tocht drehte die Nummernscheiben und betätigte gleichzeitig die Federn und Platten, drückte und zog, während er versuchte, den Rhythmus des Tresors zu finden. Der Tresor war wie ein lebender, atmender Organismus, und alles musste vollkommen im Gleichgewicht sein.

Snick!

»Das war das erste Schloss!«, flüsterte ein Mann.

»Hat irgendwer jemals das erste Schloss geknackt?«

»Langres«, sagte Krok. »Aber das ist zwei Jahre oder länger her.«

»Vier Jahre.«

»Ich habe doch ›länger‹, gesagt, oder?«, fragte Krok verärgert. »Vier Jahre sind länger als zwei …«

Tocht schenkte ihnen keine Beachtung, war von der Herausforderung des Tresors gebannt und suchte immer weiter nach dem verborgenen zweiten Schloss. Nachdem er die Bücher über das Schlösserknacken gelesen hatte, hatte er an den Schlössern überall im Gewölbe Allen Bekannten Wissens geübt, bis er sich in einen Wandschrank eingeschlossen hatte und nicht mehr an das Schloss herangekommen war. Er hatte diesen Umstand nicht bemerkt, bis er im Dunkeln gestanden hatte. Großmagister Frollo hatte ihn ein paar Stunden später gefunden, noch immer im Dunkeln stehend, als er nach einer Monografie über die Segelgestaltung von Handelsschiffen auf dem Silbermeer gesucht hatte, die Tocht hätte abschließen sollen. Anschließend hatte Großmagister Frollo Tocht seine Diebeswerkzeuge abgenommen und ihm verboten, sich noch einmal irgendwo einzusperren.

Klaaa-aaack!

Das zweite Schloss sprang auf.

»Er hat das zweite Schloss!«

»Wie viele noch?«

»Drei, glaube ich. He, Utald, wie viele Schlösser noch?«

Tocht sah zum Schankwirt auf, der immer noch unbewegt dastand, die Arme vor der Brust verschränkt.

Utald schüttelte den Kopf. »Lasst es den Halbling herausfinden.«

Das dritte Schloss wollte seine Geheimnisse nicht preisgeben. Tocht benutzte dünnen Silberdraht, um die Abgrenzungen des Mechanismus herauszufinden, aber er hatte Schwierigkeiten dabei, sich ein Bild des Geräts vor seinem geistigen Auge zu machen. Jedes Mal, wenn er die Stifte beinahe an Ort und Stelle hatte, fielen sie zurück in die Verriegelung.

Schließlich konzentrierte er sich darauf, seinen Weg durch das Schloss zu erspüren, während er die fünf Stifte an Ort und Stelle sinken ließ. Wieder fielen sie ab.

»Arrrgggghhhh!«, keuchte die Menge.

»Was ist los? Was ist geschehen?«, fragten die Söldner, Mörder und Attentäter.

»Er kommt nicht übers dritte Schloss hinaus. Lässt die Stifte immer wieder fallen«, antworteten die Diebe.

Ich habe die ersten beiden Schlösser geschafft, dachte Tocht traurig. *Das hat niemand zuvor gemeistert. Bestimmt glauben sie mir jetzt, dass ich ein Dieb bin.*

Aber er wusste, dass sie das nicht tun würden. Er hatte niemals so viel Glück.

»Willst du schon aufgeben, Halbling?«, grinste Krok.

»Nein.« Tocht rieb sich die Hände, um sie zu wärmen. Die lange Arbeit an dem kalten Metall hatte sie eisig und bleiern werden lassen. *Wenn ich aufgebe, kann ich auch gleich in diese Rinne hinaus in den Hafen springen.* Außerdem hatte ihn das Rätsel des Schlosses gepackt.

Er beugte sich wieder zum Tresor. Diesmal arbeitete er mit jedem Stift einzeln weiter, wenn er herausgeglitten war. Beim dritten Stift fand er ein Loch, das nicht hätte da sein sollen. Als er zum ersten und zweiten Stift zurückkehrte, fand er auch dort die Löcher.

Tocht lächelte. *Schlau. Wirklich schlau.*

»Er lächelt! Der kleine Halbling lächelt!«

Ich lächle, dachte Tocht, *weil ich das Geheimnis jetzt*

kenne. Mit dem Draht arbeitete er nur nach Gespür, weil er das Schloss nicht sehen konnte, und suchte nach einem Loch an der Vorderseite des Schlosses. Als er dort keines fand, suchte er an der Rückseite. Nachdem er es aufgespürt hatte, führte er einen Draht durch das Schloss, und fädelte die Stifte einen nach dem anderen auf.

Diesmal blieben die Stifte an Ort und Stelle, als er sie nach hinten drückte. Er packte den Hebel des Schlosses, drückte einen weiteren Hebel und dehnte zwei von den Federn.

Ka-tschunk!

Kapitel 4

Im Inneren des Tresors

»Das dritte Schloss! Er hat das dritte Schloss!«

Als er seine verkrampften Hände ausruhte, blickte Tocht in lauter Gesichter empor, die wie ein Dach über ihm aufragten und auf ihn hinabsahen. Die Feindseligkeit war aus ihnen verschwunden. Es fühlte sich an, als gehörten sie alle zur selben Einheit, als würden sie alle die gleichen Erwartungen teilen.

Wenn ich nicht scheitere, dachte Tocht. *Denn dann erwartet mich bestimmt die Rinne.*

»He, Halbling«, sagte der Mann mit der Augenklappe, »ich will dir ein Getränk ausgeben. Du kannst nicht so schwer weiterarbeiten, ohne etwas zu trinken zu haben. Utald, das geht auf mich.« Er warf eine Münze in die Luft.

Utald ließ einen Arm vorschnellen und schnappte sich die Münze so mühelos aus der Luft wie ein Falke, der sich eine Taube holt. Er prüfte die Münze mit den Zähnen, dann schob er sie in einen Münzbeutel.

»Was darf's denn sein, Halbling?«, fragte der Schankwirt.

»Razalistynbeerenwein«, sagte Tocht.

»Das ist ein Getränk für Weichlinge«, grummelte einer der großen Söldner. »Du solltest dir einen Schuss Schädelsprenger gönnen. Das wird deine Nerven bestens beruhigen.«

»Nur Wein, bitte«, erwiderte Tocht. Dann dachte er über die Antwort nach, die er hätte geben sollen. Er runzelte die

Stirn und blickte finster zu dem Söldner auf. »Wen nennst du hier einen Weichling? Ich bin nicht nur ein Dieb. Ich bin auch ein Attentäter. Vielleicht solltest du dir das ins Gedächtnis rufen, ehe du dich heute Nacht schlafen legst und morgen früh nicht mehr aufwachst.«

Die Tavernengäste brachen in Gelächter aus und hämmerten mit den Fäusten auf den Tresen.

»Da hat er dich erwischt, Jolker!«

Jolker allerdings zog blitzschnell sein Schwert und setzte es unter Tochts Kinn.

»Du solltest hier lieber vorsichtig sein, Halbling«, knurrte der Söldner. »Es wird nicht viel Aufwand nötig sein, dich mit der Kerze auszupusten, wenn ich heute ins Bett gehe.«

Tocht erstarrte und lehnte sich unbehaglich zurück.

»Jolker«, sagte eine ruhige Stimme.

Köpfe wandten sich zu der Stimme um.

Im Laternenlicht stand Zank mit einem gespannten Bogen. Die Spitze des angelegten Pfeils glitzerte.

»Steck das Schwert ein«, sagte Zank.

»Und wenn nicht?«, fragte Jolker.

Ein dünnes Lächeln verzog Zanks Mund. »Aus dieser Entfernung wird der Pfeil deinen Kopf wie eine Melone spalten.« Er hielt inne. »Ich werde nicht vorbeischießen.«

Auf beiden Seiten des großen Söldners zogen sich die Leute bereits zurück. Nur für den Fall.

»Du beteiligst dich daran?«, fragte Jolker. »Für gewöhnlich lässt du dich in nichts verwickeln, was hier drinnen abläuft, abgesehen von Aufträgen.«

»Eins«, begann Zank zu zählen. »Zwei.« Der Pfeil bebte kein einziges Mal.

Fluchend nahm Jolker sein Schwert zurück. Er packte seinen Krug und verließ den Tresen.

»Du machst einen Fehler, Zank«, knurrte Jolker. »Einen großen Fehler!« Er verließ die Taverne.

Zitternd nahm Tocht den Becher mit Razalistynbeerenwein von Utald entgegen. Er versuchte zu trinken, ohne alles über sich zu verschütten, und schaffte das auch im Großen und Ganzen. Als er den Becher auf den Tresen stellte, fragte sich der kleine Bibliothekar, was Zank sich wohl dabei gedacht und weshalb er sich in den Streit eingemischt hatte. Aber Tocht begann bereits, nicht mehr ganz so schlecht von Zank zu denken.

»Dann mach mal weiter, Halbling. Sehen wir zu, ob du Lusylle schlagen kannst«, forderte ihn Utald auf.

Mit einem tiefen Atemzug wandte sich Tocht wieder dem Tresor zu. Nach wenigen Sekunden hatte er sich durch das vierte und fünfte Schloss gearbeitet. Keines davon war etwas Besonderes gewesen, und es hatte keine weiteren Kniffe erfordert.

Klick!

Ratsch!

Schweißgebadet trotz der Kälte, die im Raum herrschte, packte Tocht den letzten Hebel und schob die letzte Feder zusammen.

»Er hat es geschafft!«

»Der Halbling hat es geschafft!«

»Utald, was du auch in dem Tresor sicher verwahrt hast, sicher wird es nie mehr sein!«

Eine Grimasse verzog das Gesicht des Schankwirts. Er trat vor, als Tocht gerade den Türrahmen packte und sich daranmachte, ihn aufzuziehen.

»Warte!«, befahl Utald.

»Warte?«, wiederholte Tocht.

»Warte!«, sagte Utald noch einmal und trat zurück.

Das ist kein gutes Zeichen, dachte Tocht und trat ebenfalls zurück.

»Warum warten?«, fragte Krok.

Utald schwieg einen Moment lang und sagte dann: »Weil in dem Tresor eine Sprengfalle sein könnte.«

»›Sein könnte‹? Weißt du das denn nicht?«

Verlegen kratzte sich Utald am Hals und schüttelte den Kopf. »Nein.«

»Weshalb weißt du das nicht?«

»Ich weiß nicht, was da drin ist. Es ist nicht mein Tresor. Ich habe ihn gestohlen.«

Tocht blickte den großen Mann ungläubig an. »Was?«

Utald zuckte mit den Schultern. »Ich bin nicht immer ein Schankwirt gewesen. Ich habe früher zu einer Räuberschar gehört. Wir haben eine Karawane überfallen und alles an uns genommen, was sie hatten.« Er nickte in Richtung des Tresors. »Das war eines der Dinge, die sie hatten.«

»Wann ist das gewesen?«, fragte Krok.

»Vor siebenundzwanzig Jahren. Mehr oder weniger.« Utald sah zu dem Tresor. »Ich habe ihn nur bei mir behalten, falls ich mal jemanden finden sollte, der ihn öffnen kann …«

»Aber du hast ihn hinter den Tresen gestellt.«

Utald nickte. »Über das Ding hat man sich doch gut unterhalten können, oder? Außerdem habe ich damit gerechnet, dass ich früher oder später hinter sein Geheimnis kommen würde.«

»Weißt du, wem der Tresor gehört hat?«

»Es könnte der vom Karawanenführer gewesen sein.«

»Ich habe noch nie von einem Karawanenführer gehört, der einen solchen Tresor hat«, meinte jemand.

»Vielleicht hat er auch einem Zauberer gehört«, sagte Utald.

Die Menge in der Taverne wich zurück. »Es könnte alles Mögliche dort drin sein«, sagte jemand. »Vielleicht sogar etwas, das der Zauberer weggesperrt haben wollte. Vielleicht ein Ungeheuer. Oder irgendein untotes Ding, das ihm die ganze Zeit über gefolgt ist.«

Angespannt trat die Menge einen weiteren Schritt zurück.

Tocht wurde plötzlich bewusst, dass er allein dort stand. Er ließ die Finger über den Türrahmen gleiten, nicht länger darauf aus, ihn weit aufzuschwingen, sondern ihn stattdessen zuzuwerfen.

»Öffne ihn«, befahl Krok.

»Er ist offen«, erwiderte Tocht.

Krok zog ein schweres, zweihändiges Schwert. Er deutete auf den Tresor. »Zieh die Tür auf.«

Tocht stützte sich gegen die Tür und hoffte, dass alles, was sich dahinter befinden mochte, entweder tot war oder nicht wusste, dass es befreit worden war. Er schüttelte den Kopf.

»Tu es, Halbling«, befahl Krok.

»Ich bin ein Dieb«, sagte Tocht. »Kein Krieger.«

»Du bist ein Attentäter«, entgegnete der Troll. »Wenn etwas Schlimmes dort herauskommt, dann meuchle es einfach.«

»Ein Meuchelmord, ein guter Meuchelmord«, beharrte Tocht, »braucht seine Zeit. Etwas, das in der Hitze des Augenblicks getan wird, ist ein Mord. Ich bin kein gewöhnlicher Mörder. Jede untalentierte Person kann das tun.«

Utald kletterte über den Tresen und entfernte sich damit vom Tresor.

»Du bist siebenundzwanzig Jahre lang neugierig darauf gewesen«, sagte Tocht, der ein wenig ärgerlich auf den

Schankwirt war, da dieser die Sache mit der Tür nicht selbst übernahm. »Hast du nicht die ganze Zeit sehen wollen, was du vor all den Jahren gestohlen hast?«

»Sicher«, sagte der Schankwirt, während er zwei Langmesser von irgendwoher an seinem Körper zog. »Öffne ihn, damit wir es uns anschauen können.«

Tocht zappelte herum und versuchte eine Möglichkeit zu finden, wie er dem Öffnen des Tresors entgehen konnte.

»Mach es jetzt, Halbling«, sagte Krok. »Wir werden alt und grau, wenn wir noch länger warten.«

Mit geschlossenen Augen, voller Entsetzen vor dem, was er vorfinden würde, schwang Tocht die Tür weit auf. Er ließ sich von der Eisentür mittragen, in der Hoffnung, sie als Deckung benutzen zu können, und kniff die Augen zu.

»Preist mich«, flüsterte Utald in die Stille, die folgte, »denn ich bin ein reicher Mann.«

Da er nicht erschlagen worden war (von einem Blitz, Feuer oder einem tödlichen Bolzen) und auch nicht zerfleischt worden war (von einem Dämon, einem Drachen oder einer Todesfee), wurde Tocht neugierig. Auf der anderen Seite des Tresens kamen die Gäste wieder nach vorn und blickten voller Erstaunen in den Tresor.

»Ich habe noch nie eins gesehen, das aus Gold gemacht ist«, sagte einer von ihnen.

»Es sieht gemütlich aus«, sagte ein anderer.

»Glaubst du wirklich, dass es ein Vermögen wert ist?«

»Wenn man dieses Gold einschmilzt und wenn es rein genug ist, dann wird es Utald den Rest seiner Tage ein schönes Leben ermöglichen.«

»Ich weiß nicht recht. Du weißt, wie Utald ist, wenn er zu tief ins Glas schaut und es mit Frauen zu tun bekommt …«

»Oder langsame Pferde. Utald ist immer einen Schritt vom Armenhaus entfernt, weil er ein Auge für langsame Pferde hat.«

Krok grinste. »Vielleicht solltest du Leute dafür bezahlen lassen, es zu benutzen, ehe du es einschmilzt. Dem Gold wird das nicht schaden. Ich würde dein erster Kunde werden.«

»Nein!« Utald sprang mit der Tatkraft eines viel jüngeren Mannes über den Tresen. »Niemand setzt sich da drauf! Oder macht irgendwas anderes! Es gehört mir! Ich habe es siebenundzwanzig Jahre lang mit mir herumgeschleppt und es hier in der Taverne der Intrigen aufgestellt!«

Da er seine Neugier nicht länger im Zaum halten konnte, blickte Tocht um die Tür herum und in den Tresor. Am Anfang dachte er, im Tresor befände sich ein Stuhl. Dann, da der Inhalt aus massivem Gold gefertigt und mit einigen Edelsteinen überzogen war, schätzte er, dass es sich um einen Thron handelte. Vom dunkelgelben Schimmer des Goldes angezogen, spähte er gründlicher hin.

Bei genauerer Untersuchung stellte er fest, dass der Stuhl keine Sitzfläche hatte. Nun, eigentlich besaß er nur Teile einer Sitzfläche.

»Es ist ein Klo«, sagte Tocht.

»Nicht einfach nur ein Klo«, verbesserte ihn Utald. »Es ist ein Klo aus massivem Gold. *Mein* Klo aus massivem Gold.«

Die meisten Leute in der Tavernde der Intrigen brachen in schallendes Gelächter über Utalds Glück aus, das siebenundzwanzig Jahre lang auf sich hatte warten lassen, und andere verfluchten ihn dafür. Der Schankwirt kümmerte sich nicht darum. Voller Freude gab Utald der ganzen Taverne eine Runde aus.

Später trank Tocht, der von der Bruderschaft der Diebe, Mörder, Attentäter, Diebe usw. aufgenommen worden war, die in der Taverne der Intrigen verkehrte, Razalistynbeerenwein und stellte Vermutungen darüber an, wie das goldene Klo in den Tresor gelangt und für wen es bestimmt gewesen war. Niemand wusste es genau, und zu viele Jahre waren vergangen, als dass Utald sich daran hätte erinnern können, wem er es gestohlen hatte.

Nachdem sie sich die Sache mit dem Klo aus dem Verstand gespült hatten, erzählten die Gäste der Taverne Geschichten von früheren Aufträgen und Auftraggebern. Tocht lauschte den Geschichten, die die Männer zum Besten gaben. Natürlich erzählte ihnen Tocht als der Geschichtenerzähler, der er nun einmal war, bald seine eigenen Abenteuer als Dieb und Attentäter.

Er berichtete ihnen von der Zeit, als er König Iakhas Zauberspiegel gestohlen hatte, der das Alter von ihm fernhielt (eine Geschichte, die er sich aus dem Hralbommsflügel ausgeborgt hatte), und davon, wie er die Riesen des Nordens mit einer List dazu gebracht hatte, ihm zu verraten, wo ihr Versteck lag (aus einer unvollendeten Geschichte mit Taurak Bleiyz als Hauptcharakter, an der er zu arbeiten begonnen hatte), und wie er einen Drachen getötet hatte, indem er sein magisches Herz vernichtet hatte.

Als Tocht gerade die Besucher der Taverne durch die mit Lava gefüllte Vorkammer von Shengharcks Hort geführt hatte (Tocht hatte dem Drachen sogar einen anderen Namen gegeben und berichtete, wie er ihn absichtlich erschlagen hatte, einen rachsüchtigen König eingeschlossen, der ihn für diese Tat angeheuert hatte – und natürlich erwähnte er nicht, dass die Tat nur durch reinen Zufall gelungen war), schliefen schon viele Männer an ihren Tischen.

Tocht spazierte auf dem Tresen entlang, wie er es auch in Paunsels Taverne in Graudämmermoor getan hatte, als er zum ersten Mal in die Suche nach der Wahrheit hinter der Schlacht an der Todesfestung verwickelt worden war. Er war ein wenig wacklig vom Wein, denn es war ein guter Jahrgang, aber noch nicht so durch den Wind, dass er sich nicht bereits fragte, wo er die Nacht verbringen sollte. Besonders, da er am Morgen wieder aufwachen wollte.

Dann öffnete sich die Tür, und vier Männer mit harten Augen betraten die Taverne. Alle vier trugen die Tätowierung mit der aufgeklappten Rasierklinge auf den Wangen, die sie als Mitglieder der Diebesgilde auswies, um deretwegen Tocht nach Kairattenbau gekommen war.

Leise ging der kleine Bibliothekar an ein Ende des Tresens und machte sich so unsichtbar, wie er nur konnte. Er sah die Diebe nicht an, behielt sie aber durch Seitenblicke im Auge. Außerdem fiel ihm auf, dass auch Zank sie beobachtete.

Die Gildenmitglieder des Kusses der Rasierklinge bauten sich am Tresen auf und bestellten. »He, Utald. Wo hast du das Klo her?«

»Oh, das alte Ding?«, fragte Utald und wies mit dem Kopf auf das Klo im Tresor. »Ich habe es schon ganz lange.«

»Ich habe noch nie so eins gesehen«, sagte der größte der Männer.

»Sie sind sehr selten und einzigartig, Vostin«, stimmte Utald zu.

Ein geschmeidiger Schatten schlich an der unteren Seite des Tresens um Tochts Füße herum. Die Katze war riesig, mit einer Schildpattfärbung und erstaunlichen grauen Augen. Gleich neben Tochts Füßen setzte sich das Tier auf die Hinterflanken und blickte auf eine Art und Weise zu ihm auf, die nur Katzen beherrschten.

Dann schnellte die Katze mit einem kleinen Sprung auf den Tresen neben ihn.

»Hallo Mieze«, sagte Tocht. Er wollte die Katze streicheln.

Das Tier wandte sich ihm zu und fauchte warnend. Eine Tatze hob sich, voller scharfer Krallen.

Rasch zog Tocht seine Hand zurück. Er wollte keine Verletzung seiner Finger riskieren, denn das würde seine Schreibfähigkeit einschränken. In der Vergangenheit hatte er sich schon an Händen und Fingern verletzt, und die Zeit, in der er nicht hatte schreiben können, war in höchstem Maße unerträglich gewesen.

»Du bist nicht von der freundlichen Sorte, was?« Tocht wandte seine Aufmerksamkeit wieder den vier Dieben vom Kuss der Rasierklinge zu, die sich leise unterhielten.

»Was treibt ihr hier drinnen?«, fragte Utald.

»Wir sind mit einem Mann verabredet«, sagte Vostin.

»Geschäftlich?«

»Ja.« Vostin schob sein Getränk zurück und blickte den Schankwirt scharf an. »Und es geht dich überhaupt nichts an.«

Tocht spitzte die Ohren. Kray war der Ansicht, dass jemand den Kuss der Rasierklinge angeheuert hatte, um Knochenschnitter zu stehlen. Soweit Kray und seine Verbindungsleute in der Stadt wussten, hatte Knochenschnitter die Hände des Kusses der Rasierklinge noch nicht verlassen.

Beinahe eine Stunde später, nachdem ein Dutzend Männer in die Taverne gekommen und wieder gegangen war, trat ein neuer Besucher durch die Tür. Er hatte das geheime Klopfzeichen nicht gekannt, was ihn sogleich als jemanden von auswärts ausgewiesen hatte, aber er hatte eine Art Zeichen vorweisen können, das ihn an Krok vorbeibrachte.

Tocht sah interessiert zu. Neben ihm gähnte die Katze, und ihre rosarote Zunge fuhr einen Moment lang heraus, bevor sie wieder verschwand.

Der Neuankömmling war ein Mann von unbestimmbarem Alter. Er trug dunkle Kleidung, und ein Langschwert lag an seiner Hüfte. Nach einem beinahe beiläufigen Blick in die Runde schaute der Mann zu den vier Dieben vom Kuss der Rasierklinge. Er klopfte sich auf die Wange.

Vostin nickte und zog mit dem Fuß einen Stuhl von einem anderen Tisch heran. Der Mann ging hinüber und setzte sich.

Nach einer kurzen Unterhaltung mit dem Neuankömmling standen die Diebe vom Tisch auf und gingen zur Tür hinaus. Die Stimmung in der Taverne hellte sich beinahe sofort auf.

»Ich vermute, sie sind nicht besonders beliebt in der Gegend«, merkte Tocht gegenüber dem Mann neben sich an.

»Der Kuss der Rasierklinge«, murmelte der große Söldner. Er hatte schon tief ins Glas geschaut, und sein Blick war ein wenig stumpf. »Sie glauben, dass sie hier im Bau was Besonderes sind.« Er nahm einen weiteren Schluck. »Sind sie nicht. Sind nur Diebe.« Er zuckte mit den Schultern. »Diebe, die einem allerdings rasch die Kehle durchschneiden. Besser, man hält sich von ihnen fern.«

»Das werde ich«, sagte Tocht und fragte sich, ob er das schaffen würde. Er hatte nicht die Absicht –

»Folge ihnen«, befahl eine weibliche Stimme.

Tocht blickte auf seine Füße hinab. Er glaubte, dass die Stimme aus dieser Richtung gekommen war. Das war allerdings schwer vorstellbar, denn er hatte in der Taverne keine einzige Frau gesehen.

Nur die Katze lag dort.

»Hast du was gesagt?«, fragte der Söldner.

»Ich nicht«, erwiderte Tocht.

»Könnte schwören, dass ich eine Frau gehört habe.« Mit einem Blick in die Runde zupfte sich der Söldner am Bart. »Aber ich sehe hier drin keine.«

Na schön, dachte Tocht, *wir bilden uns beide dasselbe ein.* Er überlegte sich gerade, wie seltsam und unwahrscheinlich das war, als –

»Folge ihnen.«

Diesmal war der Ton sehr viel beharrlicher. Außerdem war das noch nicht alles.

»Krieg deinen Hintern hoch, Halbling, und beweg dich.«

Nun bestand zumindest kein Zweifel mehr daran, *wen* die Stimme ansprach.

Kapitel 5

»Ist das *deine* sprechende Katze?«

Tocht wurde von Zank abgelenkt, als der junge Mann sich erhob und die Taverne der Intrigen verließ. Neben ihm bewegte sich plötzlich etwas. Als er sich zum Tresen zurückwandte, fand er dort die Katze sitzend, die ihn aus großen, grauen Augen anstarrte. In diesem Moment sahen diese Augen besonders klug aus.

Und verärgert.

»Los jetzt«, sagte die Katze und entblößte ihre Zähne. (Tocht war sich plötzlich sicher, dass es sich bei der Katze um eine »Sie« handelte.) »Beweg dich. Dafür bist du doch überhaupt hier. Wenn du es zum Treffen geschafft hättest, hättest du das gewusst.«

Treffen? Tocht dachte rasch nach. Nun, da er sich noch einmal ins Gedächtnis rief, was Kray ihm gesagt hatte, schien er sich an eine Erwähnung eines Treffens zu erinnern. Aber er hatte nicht damit gerechnet, dass es stattfinden würde, ehe er Knochenschnitter gefunden hatte.

Der Söldner beugte sich seitwärts heran. »Ist das deine Katze?«

»Neeeeein«, antwortete Tocht mit Bedacht. Er war ziemlich sicher, dass sprechende Tiere in Kairattenbau nicht besonders gut aufgenommen werden würden. Bei all dem Verfolgungswahn, der in der gesetzlosen Stadt herrschte, würde man das Tier gewiss als Spion aufhängen. Oder strecken und vierteilen. Oder einfach zusammen mit einem Ziegelstein in einen Sack stecken und in den Hafen werfen.

Es stand außerdem zu befürchten, dass jeder, der bei der Katze war, die gleiche Behandlung erfahren würde. Bei seiner Größe nahm Tocht an, dass er womöglich in denselben Sack wie die Katze passen würde.

»Bewegung«, jaulte die Katze. Sie schlug mit ausgefahrenen Krallen nach Tocht.

Tocht brachte gerade noch seine Hand in Sicherheit. Die Krallen gingen mit Leichtigkeit durch die Ärmelsäume seines Umhangs.

»Hast du das gehört?«, fragte der Söldner.

Mit einem unschuldigen Blick sagte Tocht: »Ich habe nichts gehört.«

»Du hast nicht gehört, wie die Katze gesprochen hat?«

»Nein.« Tocht schüttelte den Kopf.

»Hast du doch«, beharrte die Katze. Sie stand auf und streckte sich, krümmte den Rücken und kam näher. Die Drohung war offensichtlich. »Jetzt steh auf.«

Der Söldner hob sein Glas und spähte hinein. »Utald vergisst wohl, seine Getränke mit Wasser zu versetzen. Für gewöhnlich haben die nicht so viel Pfiff.«

Die Katze schlug abermals nach Tochts Armen und verscheuchte ihn vom Tresen. »Gehen wir. Du musst herausbekommen, wo sie hinwollen.«

Tocht stand auf.

Mit einer Bewegung voller Leichtigkeit und Anmut sprang die Katze auf den Boden. Ihr Schwanz zuckte gebieterisch. Sie blieb stehen und wartete, offensichtlich nicht zufrieden mit Tochts Zögern.

Tocht wies mit dem Daumen zur Tür und sagte: »Ich lasse mal die Katze raus.«

»Gute Idee«, erwiderte der Söldner. »Klingt, als würde sie sich mächtig über dich aufregen.« Er leerte sein Getränk und ließ das leere Glas auf den Tresen klirren, womit er ein weiteres anforderte.

Tocht ging. Nun, da die Gäste der Taverne ziemlich betrunken waren, schien es keinen zu kümmern, dass er sich verabschiedete. Auf seinem Platz nahe der Tür sah Krok zu Tocht auf.

»Die Katze«, sagte Tocht und zeigte auf das Tier.

Die Katze wartete ungeduldig an der Tür.

Krok nickte. »Wer hat die reingelassen?«

»Weiß ich nicht.«

»Dreckige Biester«, knurrte Krok. »Schleppen immer Ungeziefer mit sich herum.«

»Das sagt der Richtige«, zischte die Katze. »Ist das dein Kopf? Oder hat dein Hals das hervorgewürgt?«

»*Was?*«, brüllte Krok und stand schwankend auf.

»Ich habe nichts gehört«, sagte Tocht.

»Komm zur Tür, Halbling. Du verlierst an Boden.«

»Ist das *deine* sprechende Katze?«, verlangte Krok zu wissen.

»Nein.« Tocht schüttelte den Kopf. »Ganz bestimmt nicht.«

»Weshalb bringst du sie dann raus?«

»Weil …«, Tochts Gedanken jagten, »ich es leid bin, ihr zuzuhören. Ich kann sie nicht zum Schweigen bringen.« Das war die Wahrheit. »Aber sie gehört mir nicht.«

»Du bist höflich zu einem Troll«, warf ihm die Katze vor, »aber du willst mir nicht zuhören?«

»Siehst du?«, sagte Tocht und lächelte so unschuldig, wie er nur konnte.

»Schaff sie hier raus.«

Tocht öffnete die Tür und folgte der Katze nach draußen. Er dachte einen Moment lang darüber nach, in der Taverne zu bleiben. Aber es war beim ersten Mal schon ein Glücksfall gewesen, dass er diesen Schritt überlebt hatte. Außerdem erinnerte sich Tocht nun, da die Katze es erwähnt hatte, daran, dass Kray ihm Anweisungen gegeben hatte für ein Treffen mit jemandem namens –

»Alysta«, sagte Tocht und blickte auf die Katze hinab.

Majestätisch und voller Selbstvertrauen setzte sich die Katze auf die Hinterläufe und blickte mit den gebieterischen grauen Augen zu ihm auf. »Das bin ich. Du bist der Bibliothekar.«

Tocht blickte sich um, um sicherzugehen, dass niemand die Katze gehört hatte. Absolute Finsternis erfüllte die Straßen von Kairattenbau, die überall dichte Schatten entstehen ließ.

»Der bin ich«, gab Tocht zu. »Bibliothekar zweiten Ranges Edeltocht Lampenzünder.«

»Bibliothekar *zweiten* Ranges?« Alysta, die Katze, wirkte unzufrieden. »Hat Kray nicht einen *erfahreneren* Bibliothekar besorgen können?«

Tocht richtete sich zu seiner vollen Größe auf. Er war auf jeden Fall größer als eine Katze und hustete keine Haarklumpen aus. Wie viel Erfahrung konnte eine Katze schon mit Spionage haben?

»Ich bin der erfahrenste, der zur Verfügung steht«, sagte Tocht. »Kein anderer Bibliothekar ist jemals auf dem Festland gewesen.«

»Also seid ihr draußen auf einer Insel, was?« Die Katze lächelte.

Keine Hinweise mehr, dachte Tocht. Offensichtlich wusste die Katze nicht so viel, wie er gedacht hatte. Und nun besaß sie ein weiteres Stück Information über das Gewölbe Allen Bekannten Wissens.

»Ich hätte gedacht, die Bibliothekare wären tief im Binnenland untergebracht.«

Tocht verweigerte eine Antwort.

»Und was meint Kray?«, wollte Alysta wissen. »Nur weil du lesen und schreiben kannst, heißt das nicht, dass du geeignet bist, das verschollene Schwert zu finden.«

»Lesen und Schreiben«, sagte Tocht, »sind die beiden wichtigsten …« Er hielt inne, als ihm plötzlich klar wurde, was die Katze gesagt hatte. »Was für ein Schwert?«

»Meeresgischt.«

Tocht dachte angestrengt nach. Einen Moment lang konnte er die Waffe nicht einordnen. Dann fiel es ihm mit einem Mal ein. »Meeresgischt? Kapitän Dulauns Meeresgischt?«

Das Schwert war eine Legende, genauso wie Knochenschnitter. Kapitän Dulaun von den Handelsimperien des Silbermeers hatte in der Schlacht an der Todesfestung vor tausend Jahren mit Meister Oskarr gekämpft. Er selbst hatte vor dem Kataklysmus mitgeholfen, den Besitz des Silbermeeres gegen die Übergriffe der Kobolde zu verteidigen – und gegen jeden anderen, der gegen sie Segel setzte.

»Es hat nicht immer Kapitän Dulaun gehört«, sagte die Katze.

»Woher weißt du das?«

»Du bist nicht der Einzige, der lesen und schreiben kann.«

Tocht war erstaunt. »Du kannst lesen und schreiben?«

»Es ist nicht allzu schwer«, sagte Alysta. »Ich habe meiner Tochter das Lesen und Schreiben beigebracht.«

Das Bild einer Katzenmutter, die ihrem Kätzchen das Lesen beibrachte, drang in seinen Verstand ein und schien ihm sehr seltsam. Tocht war von diesem Bild so eingenommen, dass ihm nicht auffiel, dass die Katze abermals zu ihm sprach.

»Was?«, sagte er.

Die Katze fauchte verärgert. »Du verschwendest unsere Zeit. Wenn wir das zu Ende gebracht haben, werde ich Kray ganz genau erzählen, was ich von ihm halte, weil er mich mit dir zusammengebracht hat.«

Da bist du nicht die Einzige, dachte Tocht.

»Jetzt komm schon.« Die Katze lief los.

Zögerlich passte sich Tocht ihrer Geschwindigkeit an. »Wohin gehen wir?«

»Wir folgen natürlich den Dieben vom Kuss der Rasierklinge.« Die Katze sprang über ein breites Loch, das mit eiskaltem Wasser, zerbrochenem Eis und Schlamm gefüllt war.

Tocht sah das Loch zu spät und wäre beinahe hineingefallen. »Weshalb folgen wir ihnen?«

»Weil sie wissen, wo das Schwert ist.«

»Und du nicht?«

Die Katze warf ihm einen vorwurfsvollen Blick zu, blieb aber nicht stehen. »Wenn ich wüsste, wo sich das Schwert befindet, dann würden wir hingehen. Jetzt sei still. Wenn diese Männer herausfinden, dass wir ihnen folgen, könnten sie sich vielleicht entschließen, dich zu töten.«

Dann ist es ein schlechter Einfall, ihnen überhaupt zu folgen, wollte Tocht sagen.

Den vier Dieben vom Kuss der Rasierklinge schlossen sich sechs weitere an, als sie am Mietstall ankamen.

Hinter der Katze her ging Tocht um den Mietstall herum zum Hintereingang. Er war nicht verschlossen. Alysta quetschte sich durch den Spalt und verschwand im Inneren. Tocht nahm einen Zug von der kalten Luft, die ihm in der Lunge stach. Die Gerüche aus dem Innern des Mietstalls drangen bereits auf ihn ein. Einen Augenblick später glitt er durch die Tür.

»Leise«, mahnte die Katze, als würde sie zu einem Kind sprechen. »Und runter mit dir, damit man dich nicht sieht.«

Tocht kauerte sich hinter den Boxen zusammen. In den Büchern aus dem Hralbommsflügel schafften es Deodarbs Antihelden und die decarthianischen Spione stets, dem sicheren Tod zu entkommen, und zweifelten nicht einmal an ihren Fähigkeiten. Er war dermaßen mit Angst geschlagen, dass seine Finger heftig zitterten. Die glückliche Begeisterung, die ihn in der Taverne der Intrigen übermannt hatte, lag inzwischen weit in der Vergangenheit.

Pferde schnaubten und wurden in ihren Boxen unruhig. Der intensive Geruch von Hafer, Gerste und Heu kitzelte Tocht in der Nase. Er fing sich gerade noch, bevor er niesen musste.

»Wage es ja nicht«, fauchte die Katze.

Tocht hielt sich einen Finger unter die Nase. Er musste so dringend niesen, dass seine Augen feucht wurden. Nur die Gefahr, eines schmerzhaften Todes zu sterben, hielt ihn davon ab, dem Drang nachzugeben. Nach und nach verschwand der Druck aus seinem Kopf. Er stieß probehalber etwas Luft aus.

Nachdem er sich ein Stück weiter nach vorne geschoben hatte, schloss er sich Alysta an und kauerte sich am Ende der Koppel zusammen. Als er um die Ecke spähte, sah er die Diebe vom Kuss der Rasierklinge Pferde satteln, während der Junge vom Mietstall ihnen zuschaute.

»Ihr könnt nicht einfach die Pferde meines Vaters nehmen«, wimmerte der Junge.

Einer der Diebe wandte sich um und schlug den Jungen nieder. Nachdem er auf dem Boden aufgekommen war, blieb der Junge liegen. Tränen strömten aus seinen Augen, während er die Diebe beobachtete.

»Sei froh, dass wir nicht mehr als die Pferde wollen«, sagte einer der Diebe. »Noch ein Wort von dir, und dein Vater wird morgen hier reinkommen und herausfinden, dass er dich begraben muss.«

Der Mann, der sie angeheuert hatte, stand in der Nähe. Er sattelte kein Pferd. »Wie lange wird das dauern?«

Der Dieb, der den Jungen geschlagen hatte, wandte sich an ihren Auftraggeber. »So lange es eben dauert, Kapitän Gujhar. Keinen Augenblick weniger.«

In einer Menschenmenge wäre der Dieb beinahe sofort aus dem Blickfeld verschwunden, wären nicht die Tätowierung auf seiner Wange und die Brandnarbe über dem rechten Auge gewesen, die diese Seite seines Gesichts verzog. In der Kälte war das vernarbte Fleisch beinahe weiß wie Papier und bildete einen scharfen Kontrast zu seiner dunklen Haut.

»Das ist keine annehmbare Antwort, Flann«, entgegnete Kapitän Gujhar. Er stand mit militärisch aufrechter Haltung da.

Während er den Mann betrachtete, erkannte Tocht diese Haltung und die Selbstdisziplin wieder. Er war ein Mann mit Befehlsgewalt, der es gewohnt war, dass man ihm gehorchte.

Weshalb verhandelt Kapitän Gujhar dann in Kairattenbau mit Dieben?, fragte sich Tocht.

In der Ecke beobachtete die Katze alles mit äußerster Konzentration, als hätte sie eine Beute ausgemacht. Ihr Schwanz zog sich hinter ihr zusammen und streckte sich mit methodischer Langsamkeit wieder. Sie sah aus, als sei sie zum Sprung bereit.

Flann führte sein Pferd zur Tür des Mietstalls. »Ich bin hier, um Ergebnisse zu liefern«, sagte der Dieb. »Wenn Ihr glaubt, dass Ihr es schneller schafft, dann schlage ich vor, dass Ihr es übernehmt.« Er hielt inne und wartete.

Kapitän Gujhar stand einen Moment lang ruhig und bewegungslos da. Seine Hand spielte mit dem Heft des Langschwerts an seiner Hüfte.

Obwohl es zehn gegen einen stünde, denkt er darüber nach, gegen sie zu kämpfen. Tocht war erstaunt. Der Mann war entweder ein Narr oder sehr gut. Tocht war neugierig, was von beidem der Wahrheit entsprach, vor allem, weil es wahrscheinlich war, dass sie zu Feinden oder zumindest Konkurrenten um Knochenschnitter werden würden.

»Nein«, erwiderte Kapitän Gujhar.

»Dann lasst mich meine Arbeit verrichten«, schlug Flann vor. »Auf diese Weise können wir beide Euren Auftraggeber zufriedenstellen. Wir haben die Sache auf den Aschwolkeninseln so gehandhabt, wie Ihr es wolltet, und es wäre beinahe schiefgegangen, als dieses andere Schiff aufgetaucht ist.«

»Ich weiß nicht, wie die Zwerge etwas über Knochenschnitter herausgefunden haben«, erwiderte Kapitän Gujhar.

»Oder wie es dazu gekommen ist, dass ihnen in jener Nacht ein kampftaugliches Schiff auf Abruf zur Verfügung gestanden hat«, sagte Flann. Er grinste. »Es scheint, dass Ihr einiges nicht wisst. Ihr würdet besser damit fahren, wenn Ihr uns tun lasst, wofür Euer Herr uns bezahlt.«

Der Kapitän sagte nichts.

Der kalte Wind pfiff durch die offene Tür und zog das

letzte bisschen Wärme aus dem Mietstall. Die Pferde wieherten und stapften unglücklich mit den Hufen.

»Wünscht Ihr uns also viel Glück?« Flann lächelte.

»Viel Glück«, brummte der Kapitän.

Flann zog sich in den Sattel, während das Pferd bockte, da es das Tier offenbar nicht eilig damit hatte, in das eiskalte Wetter hinauszugehen. Der Dieb beugte sich nach vorn, packte das Ohr des Pferdes und biss hinein – er ließ es nicht los, bis es aufhörte, gegen ihn aufzubegehren.

Die anderen Diebe stiegen ebenfalls rasch auf, dann donnerten sie die Straße hinab, zurück in Richtung der Fließenden Berge am anderen Ende von Kairattenbau.

Kapitän Gujhar blickte ihnen einen Moment lang nach, dann ging er ohne ein Wort.

Immer noch mit Tränen in den Augen stand der Junge vom Mietstall auf und schloss die Tür. Er fluchte eine Weile und versprach den Dieben den Tod, sollte er sie jemals wiedersehen.

Tocht bewegte sich wieder.

Die Katze drückte sich gegen ihn. »Warte«, sagte Alysta.

Ehe Tocht nach dem Grund fragen konnte, veranlasste ihn eine Bewegung in den Dachsparren dazu, zurück an die Wand der Koppel zu sinken. Dann ließ sich Zank aus den Balken in den Bereich zwischen den Boxen und der Vordertür fallen, was dem Stalljungen einen Schrei entlockte.

»Schon gut«, versicherte Zank dem Jungen. »Ich will nur mein Pferd holen.« Er fischte eine Münze aus einer kleinen Lederbörse.

Da er immer auf Kleinigkeiten achtete, erspähte Tocht ein seltsames Zeichen, das auf die Lederbörse geprägt war. Es war klein und kunstvoll ausgeführt – eine Rose, die von der dornigen Umarmung einer Kletterpflanze umfangen war.

Der Stalljunge fing die Münze aus der Luft und schloss die Faust darum.

Mit schnellen Bewegungen sattelte Zank sein Pferd, handelte den Preis für einen Sack Äpfel für das Reittier aus und führte es nach draußen. In seinen Umhang eingehüllt, galoppierte Zank den Dieben hinterher.

»Alles klar«, sagte die Katze.

»Was ist klar?«, fragte Tocht.

»Jetzt folgen wir ihnen.« Alysta spazierte in den Gang zwischen den Boxen.

Tocht hatte befürchtet, dass die Katze das vorschlagen würde. »Sollten wir nicht hierbleiben? Bis Kray mit dem Schiff ankommt?«

»Weshalb sollten sie kommen? Du hast doch noch nichts Wichtiges herausgefunden.«

»Wir folgen diesen Dieben.«

»Ja, und die Spur könnte uns auch ins Nichts führen. Wir wissen es noch nicht.«

»Weiß denn Kray nicht, wonach wir hier suchen?«

»Nach diesem Mann«, antwortete die Katze. »Kapitän Gujhar.«

»Weshalb?«

»Weil er von der *Geist* kommt.«

»Geist?«

»Das Schiff, das auf den Aschwolkeninseln Knochenschnitter genommen hat.«

»Ist Knochenschnitter noch auf dem Schiff?«

»Das weiß ich nicht.«

»Sollten wir nicht versuchen, die Streitaxt zurückzuholen?« Tocht klammerte sich immer noch an die Hoffnung, dass er die Nacht in einem warmen Bett verbringen könnte.

Die Katze drehte sich um und blickte zu Tocht auf. »Na klar.«

Tocht hielt inne und sah zu der Katze zurück. »Na klar?«

»In etwa ›Na klar, wir stehlen die Streitaxt von einem Schiff voller bewaffneter Wächter, ehe wir den Dieben folgen und herausfinden, was sie vorhaben.‹«

Tocht nieste beinahe wieder. Er hob die Finger an die Nase. »Bewabbnete Bächter, hm?«

Die Katze nickte feierlich.

Als er die Hand von der Nase genommen hatte, sagte Tocht: »Vielleicht könnten wir den Dieben folgen. Zumindest ein Stück weit.«

»Was für ein hervorragender Einfall«, erwiderte die Katze.

»Sarkasmus ist nicht unbedingt ein liebenswerter Wesenszug«, erklärte Tocht.

»Redest du mit der Katze?«, fragte der Stallbursche. Er stand mitten im Gang, einen Lumpen an die Nase gedrückt.

»Nein«, sagte Tocht.

»Ja«, sagte Alysta. »Wir wollen den Esel holen.«

Der Junge blickte Alysta an. »Ich habe noch nie eine sprechende Katze gesehen.«

»Ich würde auch kein Wort sagen«, erklärte die Katze, »wenn ich glauben würde, dass der Halbling alles allein auf die Reihe bekommt. Holen wir den Esel. Komm schon. Schnell jetzt.«

Benommen und verdattert folgte Tocht Alysta zu der Box, in der sich der Esel befand. Innerhalb der Box bedeckte ein Futtersack die untere Hälfte des Eselgesichts. Zufrieden kaute er vor sich hin, aber ohne wirkliche Begeisterung.

Ehe Tocht begriff, was da gerade geschah, stürzte sich

die Katze auf ihn, landete auf seiner Schulter und sprang dann in die Box.

»Nun«, fragte die Katze, »was hast du selbst dazu zu sagen?«

Anfangs dachte Tocht, Alysta würde mit ihm sprechen. Dann fiel ihm auf, dass ihre Aufmerksamkeit auf den Esel gerichtet war.

»Die Tatsache, dass wir hinter den Zeitplan zurückgefallen sind, ist zum Teil deine Schuld«, führte die Katze aus.

Der Esel blickte der Katze fest in die Augen. »Es ist nicht meine Schuld«, sagte der Esel. »Hast du gemerkt, wie schwer von Begriff der Halbling ist?«

Tocht konnte es nicht glauben. Er lehnte sich schwer an die Tür der Box. Der Stallbursche neben ihm glotzte.

»Du kannst auch reden?«, flüsterte Tocht.

Der Esel rollte mit den Augen, was noch viel komischer aussah, da ihn der Futtersack wirken ließ, als würde er einen Schleier tragen. »Siehst du jetzt, womit ich mich herumschlagen musste? Er ist nicht unbedingt die hellste Kerze aus dem Packen.«

»Du hast gewusst, wo das Treffen stattfinden sollte«, sagte Alysta. »Du hättest ihn hinbringen können.«

»Es ist kalt gewesen«, erwiderte der Esel. Er zitterte und schlug mit dem Schwanz. »Es ist immer noch kalt.«

»Das spielt keine Rolle«, sagte die Katze. »Wir haben eine Aufgabe zu erledigen.«

»Wir können bis zum Morgen warten«, schlug der Esel vor. »Am Morgen wird es wärmer sein.«

Das klang auch in Tochts Ohren gut. Er hatte sich zumindest eine Nacht in einem warmen Bett verdient.

»Nein«, sagte die Katze. »Wir gehen. Jetzt.« Sie legte ihre Ohren flach an den Kopf und beäugte den Esel mit einer

Drohung in den dunklen Augen. »Oder möchtest du vielleicht wieder eine Kröte sein und kein Esel mehr?«

Der Esel seufzte. »Na gut, na gut.« Er richtete seine Aufmerksamkeit auf den Stalljungen, der mit fischmäuligem Erstaunen vor sich hin starrte. »Füll mir den Futtersack noch mal auf. Ich nehme ihn mit. Setz ihn dem Halbling auf die Rechnung.«

Minuten später, mit einem vollen Futtersack für den Esel und genug Vorräten für mehrere Tage ausgestattet, stieg Tocht auf. Die Katze sprang auf die Hinterflanken des Esels, der sich beschwerte, dass sie doch beide laufen konnten – und sollten.

Vor den Toren des Mietstalls nahm Tocht die Jagd nach dem Kuss der Rasierklinge in gemäßigter Geschwindigkeit auf. Er wickelte sich eng in den Umhang ein. Zumindest saß er diesmal im Sattel, anstatt den Esel hinterherzuschleifen. Alles in allem war das, wie er zugeben musste, eine Verbesserung. Von der Tatsache abgesehen, dass es so kalt und so dunkel war und er sich vermutlich gerade mitten hinein in den größten Ärger begab.

Kapitel 6

Erwischt

Fallender Schnee wirbelte durch die Luft. Der heulende Nordwind hob noch mehr trockenes weißes Pulver vom Boden und vermischte es mit den frischen Flocken. Tocht spürte, wie sie auf sein Gesicht trafen, kurze Augenblicke voller eisiger Kälte, dann eine stechende Taubheit, die nicht lange anhielt.

Nach stundenlangem Reiten war Kairattenbau eine Ansammlung von Lichtern in der Ferne zwischen den Ausläufern der Berge. Tocht hatte auch angefangen, am Genuss des Eselreitens zu zweifeln. Zu Beginn hatte ihm der Gedanke, das Tier zu beherrschen, außerordentlich gut gefallen. Oder zumindest, sich der Illusion hinzugeben, das Tier zu beherrschen. Der Esel behauptete, ein hervorragender Fährtenleser zu sein, eines der vielen Talente, die er vorgab zu besitzen, und er hatte keinerlei Schwierigkeiten, auf die Spuren der Pferde vom Kuss der Rasierklinge zu stoßen.

Tocht kannte sich ebenfalls mit dem Fährtenlesen aus, und er war zuversichtlich, dass der Esel der richtigen Spur folgte. Ihm war so kalt, dass er sich vollkommen elend fühlte, sogar noch unter den schweren Falten seines Reiseumhangs. Wenn er einen Moment lang die Augen hätte schließen können, wäre er mit großer Sicherheit eingeschlafen.

Wenn du das tust, dachte er abermals, *wirst du vom Esel und der Katze zurückgelassen werden. Sie werden dich liegen lassen, und da es im Tiefgefrorenen Norden kein rich-*

tiges Tauwetter im Frühjahr gibt, wird niemand je deine Leiche finden.

Tocht ließ die schützende Falte seines Umhangs vor seinem Gesicht fallen und spähte nach vorn. Mit dem ganzen umherwehenden Schnee konnte man nur schwer etwas erkennen, aber die Straße war zwischen den Bäumen klar umrissen. Einen anderen Weg zu benutzen kam nicht in Frage, denn die tiefen Schneewehen lagen auf trügerischem Untergrund. Diesen Weg im Dunkeln zu benutzen hätte einem Pferd ein gebrochenes Bein beschert. In dieser Wetterlage hatte sogar der Esel seine Schwierigkeiten, sich vorwärtszuschieben, obwohl die Straße häufig benutzt wurde.

»Wie weit noch?«, fragte Tocht.

»Oh, bitte, hör auf«, schnappte der Esel. »Ich bin derjenige, der hier all die Arbeit verrichtet.«

Tocht musste zugeben, dass das stimmte. Aber das änderte nichts an der Frage, *weshalb* der Esel und die Katze dem Zauberer halfen, Knochenschnitter zu suchen. Und jetzt auch noch Meeresgischt. Die Katze – falls sie es wusste, und dessen war Tocht sich sicher – schwieg sich darüber aus. Selbst für eine sprechende Katze benahm sie sich seltsam zwanghaft.

Er richtete seine Aufmerksamkeit abermals auf die Geschichte der Zwergen- und der Menschenwaffen und darauf, was er noch über die Schlacht an der Todesfestung wusste. Nichts Neues kam ihm in den Sinn. Kray behauptete, sein einziges Ziel wäre es, die Ungerechtigkeit gegen Meisterschmied Oskarr zu beenden und zu beweisen, dass er kein Verräter an den tapferen Kriegern der Schlacht gewesen war, aber Tocht glaubte das nicht mehr. Kray hatte weiterführende Beweggründe im Kopf. Tocht wusste nur nicht, wie sie aussahen.

Während er abermals zum Horizont spähte, versuchte Tocht sich daran zu erinnern, was es dort oben in den Bergen gab. Er hatte über das Gebiet etwas gelesen, aber er hätte lieber noch mehr Lesestoff gehabt. Er erinnerte sich vor allem an das, was über die Hafenstadt und die Diebe, Mörder, Attentäter usw., die hier lebten, geschrieben stand. Es gab sogar ein paar abseits gelegene Städte und Dörfer, die ein wenig Handel mit Kairattenbau trieben, indem sie Nahrungsmittel und Holz gegen Handelsgüter wie Stoffe und landwirtschaftliche Gerätschaften eintauschten, die die Piraten von den eroberten Frachtschiffen mitbrachten.

Tocht hatte nichts darüber gelesen, was dahinter lag. Was immer es jedoch sein mochte, er war sicher, dass sie sich darauf zubewegten.

Ein wenig später nahm ein fahles Glühen in der Finsternis vor ihnen Gestalt an. Es wurde immer größer, je näher sie kamen.

»Halt hier an«, befahl Alysta.

Der Esel hielt inne und schwang den Kopf herum. »Das ist nicht der allerbeste Ort, um die Nacht zu verbringen.«

»Das da vorne ist ein Lagerfeuer«, sagte die Katze. Sie hatte sich hinter Tochts Rücken aufgerollt und gestreckt, ihren Rücken gebogen und ein Bein nach dem anderen gedehnt. »Wir gehen nicht näher heran.«

Tocht blickte sich hektisch um, da er nicht glauben konnte, was die Katze vorhatte. »Wir werden die Nacht hier verbringen? *Hier*?«

»Ja.« Mit einem kleinen Sprung hüpfte die Katze vom Hinterteil des Esels und klammerte sich an den weit herabhängenden Ast einer riesigen Fichte. Einen Moment lang fiel Schnee wie dichter Nebel von dem Ast, dann wurde es weniger.

»Aber wir werden erfrieren«, widersprach Tocht.

»Nein, das wirst du nicht.« Die Katze saß in einer Astkrümmung. Ihr Kopf fuhr herum, um den leisen Flug einer vorbeikommenden Eule zu beobachten.

Der Esel drehte sich und trampelte in den Hohlraum unter der Fichte. Er drückte sich gegen einen Felshaufen, der von den Straßenbauern vor all den Jahren hier zurückgelassen worden war. Erde war vom Berg herabgespült worden und hatte eine Böschung geschaffen, die sich über den Felsen aufwarf.

»Runter von mir«, befahl der Esel.

Wortlos glitt Tocht herab. *Ich sollte derjenige sein, der die Befehle erteilt*, dachte er. *Kray hat mich geschickt, um das zu erledigen.* Aber das brachte ihn nur auf den Gedanken, dass es eigentlich der Zauberer hätte sein sollen, der am Hang eines schneebedeckten Berges hinaufwanderte, nicht er.

Durch die Felsen vor dem Wind geschützt, begann Tocht in seinem Packen mit Vorräten herumzuwühlen. Er nahm ein Bündel Brennholz heraus.

»Was machst du da?«, fragte die Katze.

»Ich werde ein Feuer anzünden«, erklärte Tocht.

»Nein.«

Mürrisch blickte Tocht zu der Katze auf. »Wenn ich kein Feuer habe, werde ich erfrieren.«

»Setz dich nah an den Esel.«

»Er stinkt«, sagte Tocht.

»He«, entgegnete der Esel, »du selbst bist auch nicht gerade eine Apfelblüte.«

Tocht begriff, dass das vermutlich der Wahrheit entsprach. Er hatte mehrere Tage auf der Straße verbracht, und es war nicht in Frage gekommen, in einem eiskalten Bach oder Teich zu baden. Trotzdem war er sich sicher, dass er besser als der Esel roch.

Tocht war entschlossen, nicht in der Nähe des großen, übelriechenden Esels zu sitzen. Er nahm eine zusätzliche Decke aus seinem Packen und zog sie über sich, während er sich in die Kuhle setzte, die er im Schnee ausgehoben hatte. Trotz seiner guten Vorsätze rutschte er nahe an den Esel heran, indem er so tat, als würde er einschlafen. Dann, innerhalb eines Augenblicks, begann er sich wärmer zu fühlen und spürte den Schlaf kommen.

»He.«

Die Stimme weckte Tocht auf. Er grub sich einen Moment lang durch die Decke, um hinauszuspähen.

Zank saß zusammengekauert vor ihm. Der junge Mann hielt seinen Bogen und einen angelegten Pfeil in den Händen. Im Mondlicht, das vom Schnee zurückgeworfen wurde, lächelte er.

»Was machst du hier draußen?«, fragte Zank.

Der Esel wachte neben Tocht auf und schwang seinen großen Kopf herum, um die Lage zu überprüfen. Anstatt sich Sorgen zu machen, gähnte der Esel nur und schmatzte mit den Lefzen.

Als er in den Baum spähte, sah Tocht Alysta dort auf dem Ast sitzen. Offenbar war auch die Katze im Schlaf überrascht worden. Sie starrte mit einem hasserfüllten Blick herab.

»Ich habe einen Auftrag«, erklärte Tocht.

»Das ging ja wirklich schnell«, merkte Zank an. »Als ich die Taverne verlassen habe, hast du noch Geschichten erzählt.«

»So ist das eben manchmal. Gerade noch arbeitslos, und dann hat man Arbeit.«

»Wer bezahlt dich?«

Tocht erinnerte sich an eine Zeile aus dem Roman über die Meisterspione von Darcathia. »Wenn ich dir das verraten würde, müsstest du mich töten.«

Zank blickte ihn fragend an. »Du bist der seltsamste Dieb und Attentäter, den ich je getroffen habe.«

»Ich habe auch gemeint«, erklärte Tocht, der feststellte, dass er es falsch gesagt hatte, »dass ich *dich* töten müsste.«

Mit einem weiteren Grinsen nickte Zank. »Das habe ich mir schon gedacht. Ist genauso gut. Wenn ich weiß, dass du mir schaden würdest, falls es nötig sein sollte, ist es noch einfacher, das zu tun, was ich vorhabe.«

Was hast du vor? Tocht setzte sich ein wenig gerader hin. »Vielleicht können wir über das sprechen, was du vorhast.«

»Ich werde zulassen, dass die Diebe dich finden«, sagte Zank.

»Diebe?« Tocht schluckte und spähte über Zanks Schulter in den Wald. Schatten schienen unter den Bäumen vorbeizuschlüpfen.

»Ich bin zu nahe an ihr Lager geraten«, erklärte Zank. »Mein Fehler. Ich war übereifrig, nehme ich an. Aber das ist nichts, was sich nicht in Ordnung bringen lässt, jetzt, wo ich dich gefunden habe.«

Tocht hörte, wie Schnee unter Fußstapfen knirschte. Jemand näherte sich dem Lagerplatz. Er versuchte aufzustehen, verfing sich aber in der Decke und seinem Umhang und schaffte es nicht.

»Ich hoffe, sie töten dich nicht«, sagte Zank. »Viel Glück dabei.« Dann sprang er über Tochts Kopf und lief mit sicherer Anmut den Felshaufen hinauf. Er war schon außer Sicht, bis Tocht einfiel, dass auch er anfangen sollte zu laufen. Er versuchte noch einmal aufzustehen und hatte Erfolg.

Das Knirschen klang näher.

»Du warst vielleicht ein Wachhund«, knurrte Tocht die Katze an, während er durch den Schnee stolperte. Er schnappte sich die Zügel des Esels und versuchte, das Tier auf die Beine zu bringen.

»Ich bin kein Wachhund«, widersprach Alysta. »Ich habe hier oben geschlafen.« Sie reckte den Hals und sagte leise: »Zu spät, Halbling.«

Tocht gab seine Bemühungen, den Esel zu bewegen, auf, wandte sich um und versuchte, durch den – für ihn – brusthohen Schnee zu rennen. Seine Füße rutschten aus und glitten unter ihm weg. Ehe er drei Schritte getan hatte, kam ein Angreifer hinter ihm heran und traf ihn mit etwas am Schädelansatz. Er erinnerte sich an den Anblick von schneebedecktem Boden, der ihm entgegenkam, aber die Dunkelheit verschluckte ihn, ehe er auftraf.

Gefangen, dachte er düster, *während seine Gedanken verschwammen. Ich hasse es, gefangen zu werden.*

»Erkennt ihn jemand wieder?«

Jemand packte Tocht beim Haar und schwang seinen Kopf hin und her. Er versuchte, Widerstand zu leisten, war aber noch zu träge. Der Schmerz, der seinen Schädel zu sprengen drohte, schien jedoch bestens zu gedeihen.

»Ich glaube, ich habe ihn gesehen«, sagte jemand anders. »In der Taverne der Intrigen.«

»Bist du sicher?«

»Wie viele Halblinge glaubst du denn, dass es in Kairattenbau gibt?«

»Nicht viele«, gab die andere Stimme zu.

»Und noch viel weniger von ihnen haben rotes Haar wie der hier.«

Als er seine Augen aufzwang, fand sich Tocht an Händen und Füßen gefesselt auf seiner rechten Schulter liegend wieder.

»Er ist wach«, sagte jemand.

Sogleich fuhr ein Schwert herab und legte sich schwer an Tochts Kehle.

»Ganz ruhig, Halbling. Ich schlitz dich genauso schnell auf, wie ich dich anschaue.«

Tocht glaubte dem Sprecher sofort. Der Kuss der Rasierklinge hatte seinen Namen anfangs durch die Art und Weise erhalten, wie die Diebe ihre Opfer ausraubten: Sie schlitzten die dicken Börsen von Kaufleuten auf und ließen den Inhalt in eine andere Tasche gleiten. Aber die Diebesgilde hatte auch eine hübsche Anzahl an Kehlen aufgeschlitzt. Er verhielt sich still.

»Er ist nicht tot, oder?« Einer der Diebe beugte sich zu einem genaueren Blick herab. »Du hast ihm so richtig eins auf die Rübe gegeben, Flann.«

»Er ist nicht tot.« Der grauhaarige Veteran, der das Schwert hielt, ging neben Tocht in die Hocke. »Ich habe schon etliche noch härter getroffen. Außerdem weiß doch jeder, dass Halblinge dicke Schädel haben. Da braucht es viel, um durchzukommen. Oder um einen zu brechen.«

Schmerzen fuhren durch Tochts Verstand, so gewaltsam und wild, dass er dachte, er müsse sich übergeben. Dann stellte er mit Schrecken fest, dass genau das passieren würde. »Mir wird gleich übel«, krächzte er. Er machte würgende Geräusche.

Langsam zog Flann sein Schwert zurück.

Tocht beugte sich zur Seite und übergab sich. Er schämte sich sofort dafür, was außerordentlich seltsam war, weil er eigentlich um sein Leben hätte fürchten sollen. Dann fiel ihm auf, dass er sich trotzdem immer noch fürchtete. Er fühlte sich völlig verwirrt.

Nach einer Weile hatte sein Magen allen Wein von sich gegeben. Ausgezehrt, bis auf die Knochen durchgefroren, rollte er sich langsam herum, um die Mitglieder des Kusses der Rasierklinge anzusehen.

»Wer bist du?«, fragte Flann.

»Niemand«, sagte Tocht heiser. Der Geschmack in seinem Rachen drohte eine weitere Welle der Übelkeit auszulösen.

Flann stupste ihn mit der Spitze des Schwertes an. »Ich will deinen Namen, Halbling, oder ich werde dich hier namenlos begraben.« Er hob eine geschwungene Augenbraue. »Nun?«

»Tevil«, krächzte Tocht. »Mein Name ist Tevil Flaschenbläser.«

»Flaschenbläser?«, wiederholte einer der Diebe. »Das ist ein seltsamer Name.«

»Ich bin Glasbläser von Beruf«, sagte Tocht. »Ich fertige ... nun ja, Flaschen.«

»Flaschen womit?«

Daraufhin blinzelte Tocht.

»Flaschen womit?«, fragte der Dieb noch einmal. »Bier? Eingemachtem? Gewürzen?«

»Einfach nur ... Flaschen«, erwiderte Tocht. »Ich fülle sie nicht. Ich mache sie, damit andere Leute sie mit Dingen füllen können.«

»Und eine leere Flasche kann man verkaufen?« Die Diebe wunderten sich über den Gedanken.

»Ja«, sagte Tocht. »Manche Flaschen sind hunderte von Goldstücken wert.«

»Wirklich?«

Tocht klammerte sich daran fest. Wenn sie dachten, er könne Flaschen machen, die hunderte von Goldstücken wert waren, würden sie ihn vielleicht nicht auf der Stelle töten. »Ja.«

»Wie macht man eine Flasche?«, fragte einer der Diebe. »Darauf war ich schon immer neugierig. Ich habe gedacht, dass man sie aus dem Glas herausschneidet, aber ich komme nicht darauf, wie man das machen kann, ohne sie zu zerbrechen.«

»Man schneidet sie nicht heraus«, sagte Tocht. »Man kocht das Glas, macht es aus Sand und anderen Dingen und erhitzt es, bis es geschmolzen ist. Wenn es gerade richtig ist, schöpft man ein wenig davon auf einem Röhrchen heraus und ... bläst es.«

»Aha«, sagte ein anderer Dieb. »Deshalb sieht man manchmal Blasen im Glas. Das hat mich schon oft gewundert.«

»Genug von den Flaschen«, knurrte Flann verärgert. »Ich will wissen, weshalb du uns folgst, Halbling.«

Tocht dachte einen Augenblick nach. »Das ist, äh, die einzige Straße, die aus der Stadt führt.«

»Da hat er recht«, sagte einer der Diebe.

»Ich bin euch nicht gefolgt«, beharrte Tocht. »Wir sind nur zufällig in die gleiche Richtung unterwegs.«

»Mitten in der Nacht?« Flann zog die Augen argwöhnisch zusammen.

»Ich musste die Stadt verlassen«, sagte Tocht, der geschwind überlegte.

»Weshalb?«

»Ich habe mich in der Taverne der Intrigen an den falschen Börsen vergriffen.«

»Das ist er!«, sagte einer der Diebe und zeigte auf Tocht.

Einen Moment lang fürchtete der kleine Bibliothekar, dass dieser Mann drauf und dran war zu sagen: ›Das ist er! Der Halbling von den Aschwolkeninseln!‹, aber das tat er nicht.

Stattdessen sagte der Mann: »Das ist der Halbling, der Utalds Tresor geknackt hat.«

»Dann bist du ein Dieb, was?«, fragte Flann.

Tocht wich vor der scharfen Klinge zurück. »Ja.«

»Hast du vorgehabt, uns zu bestehlen? War's das, was du in unserem Lager getrieben hast?«

»Ich war nicht in eurem Lager«, sagte Tocht. »Ich war hier und habe geschlafen.«

»Du hast nicht geschlafen, als wir angekommen sind.«

»Doch, habe ich. Das schwöre ich. Bis kurz bevor ihr gekommen seid.«

»Du hast uns kommen hören?«

Tocht nickte. Sein Hinterkopf knirschte im Schnee.

»Du hast uns nicht kommen hören«, sagte Flann. »Wenn ich auch nur höre, wie du das andeutest, will ich dich auf der Stelle ausweiden.«

Ausgeweidet zu werden war keine schöne Aussicht. In einigen Büchern über Medizin und Geschichte im Gewölbe Allen Bekannten Wissens waren Bilder von solch barbarischen Vorgehensweisen. Tocht schluckte und würgte wegen des ekelerregenden Geschmacks, der schon wieder in seinem Rachen aufstieg.

»Wie hast du also wirklich herausgefunden, dass wir kommen?«, fragte Flann.

»Zank hat es mir gesagt«, antwortete Tocht.

»Ist Zank dein Partner?«

»Nein«, erwiderte Tocht, der so ehrlich sein wollte, wie er es nur vermochte. »Die Katze ist mein Partner.« Er zeigte in den Baum hinauf. »Oder ich bin ihr Partner. Ich weiß nicht genau, wie herum es ist. Aber ich glaube eigentlich, dass sie mein Gehilfe sein sollte. Sie nimmt sich allerdings zu viele Freiheiten für eine anständige Gehilfin heraus.«

Alysta geiferte vom Ast des Baumes auf ihn herab und legte die Ohren vor Ärger flach an.

»Die Katze?«, wiederholte Flann.

Tocht nickte.

»Eine Katze ist dein Partner?«

»Das war nicht mein Einfall«, gab Tocht ehrlich zu.

»Die Katze heißt Zank?«

»Nein. Die Katze heißt Alysta.«

»Wer ist dann Zank? Noch ein Partner?«

»Nein. Zank ist ein Söldner, den ich in der Taverne der Intrigen getroffen habe. Er ist nicht mein Partner. Man kann ihm nicht trauen.« Tocht hatte Schwierigkeiten damit, die Taten des jungen Mannes, die ihn in der Taverne gerettet hatten, mit seinem kürzlichen Verrat unter einen Hut zu bringen.

»Er ist hier draußen gewesen?«

»Ja.«

Flann bedeutete einigen seiner Männer, sich in Bewegung zu setzen. Sie zogen rasch ihre Schwerter und verschwanden im Unterholz.

»Hast du noch irgendwelche Partner, von denen ich wissen sollte?«, fragte der Anführer der Diebe.

Dem Unterton in der Stimme des Mannes entnahm Tocht, dass er die Wahrheit so vollständig herausrücken musste, wie er es wagte. »Ich denke, den Esel kann man vielleicht auch als einen Partner betrachten. Er redet ebenfalls. Nicht so viel wie die Katze, aber er ist stur.«

»Sie sprechen, ja?« Argwohn zeichnete sich in Flanns Gesicht ab.

Tocht nickte.

Flann seufzte angewidert. »Ich habe genug mit dir gesprochen, Halbling. Du lügst jedes Mal, wenn du den Mund aufmachst. Mach deinen Frieden.«

Tocht blinzelte. »Du bringst mich um?«

Mit einem Nicken sagte Flann: »Keine Sorge, ich werde es schnell und schmerzlos machen. Wir sind immerhin keine Feinde. Du bist uns wohl einfach nur hinterhergegangen, mit dem Plan, uns auszurauben – was nicht der klügste aller Einfälle war.«

»Weshalb willst du mich umbringen?«

»Ich kann doch nicht zulassen, dass du hinter uns herkommst, was glaubst du denn?«

»Ich könnte dir versprechen, es bleiben zu lassen.«

»Ich würde dir nicht glauben.«

»Also, das ist doch nicht anständig. Du kennst mich wirklich nicht gut genug, um dieses Urteil zu fällen.«

»Anständigkeit hat nur beim Damespiel einen Sinn«, sagte Flann. »Und auch da nur, wenn man beide Augen auf das Brett gerichtet hält.« Er winkte mit einer behandschuhten Hand. »Jetzt aber rasch. Ich kann noch ein paar Stunden Schlaf kriegen.«

Du bringst mich einfach um und gehst zurück ins Bett? Tocht konnte es nicht glauben.

»Flann«, sagte ein anderer Dieb, »bring ihn noch nicht um.«

Mit wachsendem Ärger blickte Flann den Sprecher an. »Warum nicht?«

»Du bist nicht auf den Aschwolkeninseln gewesen«, sagte der andere Mann. Er war jung und sehr bestimmt. »Ich schon.«

»So?«

»Als ich dort gewesen bin, haben einige der Kobolde von einem Halbling gesprochen, den sie gefangen hatten. Einen kleinen, rothaarigen Halbling. Hat viel geredet, sagten sie. So wie der da. Er hätte für sie kochen sollen.«

Das werde ich niemals, stöhnte Tocht innerlich, *niemals ungeschehen machen können. Selbst wenn ich das überlebe. Das wird mich auf ewig verfolgen.*

»Die Zwerge haben ihn gerettet«, fuhr der jüngere Dieb fort. »Später war er dann in der vergrabenen Gießerei. Er war bei den Zwergen, die die Axt gefunden haben, nach der man uns ausgeschickt hat.«

Man hat euch nach der Axt ausgeschickt? Da war Tochts Interesse geweckt. *War es nur ein Zufall, dass die Sache mit der Schlacht an der Todesfestung an diesem Abend in Paunsels Taverne zur Sprache gekommen war, oder war etwas Teuflischeres im Gange?* Seine angeborene Neugier setzte sich heftig gegen seine Angst zur Wehr.

Flann betrachtete Tocht. »Bist du dort gewesen, Halbling?«

Einen Augenblick war Tocht hin und her gerissen – er wusste nicht, was die bessere Antwort war. *Ein Nein*, glaubte er, während er das Schwert in Flanns Hand anblickte, *hat in diesem Fall vermutlich wenig … Zukunft. Oder wird das Leben im günstigsten Fall maßgeblich verändern.* Er holte tief Luft und stieß sie wieder aus. Keine großartigen Eingebungen kamen ihm, und er war entschieden enttäuscht.

»Ich habe nicht die ganze Nacht Zeit«, erklärte Flann. »Sag mir die Wahrheit, und ich werde es wissen, wenn ich sie höre …«

Tocht hatte ernste Einwände gegen diese Aussage, da der Diebesanführer ihm ja auch nicht glaubte, dass der Esel und die Katze redeten.

»… oder du wirst dir nie wieder einen Hut aufsetzen«, beendete Flann den Satz.

»Ich bin dort gewesen«, antwortete Tocht. Dann richtete er sich darauf ein, sich so zurückhaltend wie möglich zu geben. *Sie werden keine Antworten mehr von mir bekommen! Ich werde sterben, ehe ich ihnen etwas verrate, das sie auf den Gedanken bringt, sie könnten mich sofort töten.*

Ohne ein Wort hob Flann sein Schwert und rammte den Griff mit einem dumpfen Schlag gegen Tochts Stirn. Blendender Schmerz umfing den kleinen Bibliothekar, und er stürzte einmal mehr in die Finsternis.

Kapitel 7

Krepner, der Kobold

Die ganze Welt bewegte sich, als Tocht durch die flaumige Finsternis nach oben schwamm. *Ich lebe!*

Natürlich war diese Erkenntnis nicht so reizvoll, wie sie hätte sein können, wenn er sicher gewesen wäre, dass er den Händen der Diebesgilde entkommen und stattdessen in seinem Bett im Gewölbe Allen Bekannten Wissens erwacht war. Anfangs bewegte er sich nicht – er war sich dessen sicher –, doch das Gefühl von Bewegung blieb. Übelkeit baute sich in seinem Magen auf.

Dann spürte er anstelle von Schnee raues Holz unter seinen Händen. Ihm fiel auch auf, dass er seinen Reiseumhang nicht mehr trug. Das ließ ihn augenblicklich wach werden. Sein Schreibzeug war im geheimen Futter des Umhangs verborgen gewesen.

Sein Tagebuch war fort!

Als er ein Auge aufriss, entdeckte Tocht, dass er sich in einer Zelle befand. Die schwere Eisentür hing schief in ihrem Rahmen, und Rostflecken zeigten, dass nicht besonders darauf achtgegeben wurde. Das Innere der Zelle stank nach Ausscheidungen und Erbrochenem. Ganz und gar nicht die Art von Ort, an dem Tocht sich je zu sein gewünscht hatte. Obwohl es aufregend gewesen war, sich solche Orte für kurze Zeit beim Lesen »anzueignen«.

Das Licht einer Laterne leuchtete auf der anderen Seite der Eisentür.

»Ho, ho, ho!«, donnerte eine tiefe Stimme. »Ich gewinne schon wieder, Dolstos!«

»Ich schwöre, Krepner, du betrügst! Ich weiß es genau!« Die zweite Stimme war sehr hoch und verärgert.

»Du kannst nicht beweisen, dass ich betrüge«, sagte Krepner.

»Es ist, als würdest du meine Gedanken lesen«, hielt Dolstos dagegen.

»Zahl mich einfach aus, und hör auf zu heulen.«

»Noch eine Runde«, sagte Dolstos. »Doppelt oder gar nichts.«

»Du wirst mir am Ende wieder das Doppelte schulden«, warnte Krepner. »Du kannst nicht behaupten, dass ich dich nicht gewarnt habe.«

»Du kannst nicht ewig Glück haben, und wenn du betrügst, werde ich dich erwischen.«

Neugierig zog Tocht sich zur Eisentür hoch und blickte sich um. Er befand sich auf einem Schiff. Das leichte Schaukeln des Gefährts, das vor Anker lag, war nicht zu verkennen. Die Eisentür zeigte ihm, dass er sich tief unten im Gefängnis des Schiffes befand. Und der üble Geruch, der sogar noch den Gestank der Zelle übertraf, sagte ihm, dass er von Kobolden gefangen gehalten wurde.

Als er hinaus in die Helligkeit des Laternenlichts spähte und eine Hand hochhielt, um einen Teil des Leuchtens abzuhalten, das seinen Schädel zu durchdringen schien, sah Tocht einen einzelnen Kobold an einem unebenen Tisch sitzen. Er fragte sich, woher die zweite Stimme gekommen war.

Der Kobold schüttelte die rechte Hand, streckte zwei Finger aus und brüllte: »Gerade!« Dann gluckste er vor Lachen. »Ho, ho, ho! Ich habe schon wieder gewonnen! Ich sage doch, Dolstos, du kannst mich nicht schlagen!«

»Betrüger!«, schrie die hohe Stimme. »Dreckiger, verdorbener Betrüger!«

Der große Kobold schwankte vor und zurück, während er schallend lachte. »Ich sag dir, Dolstos, wenn ich Wache schieben müsste, ohne dich zum Spielen zu haben, wäre es furchtbar langweilig. Furchtbar langweilig, wirklich.«

»Niemand sonst spielt mit dir, weil du immer betrügst«, brachte Dolstos vor.

Dann sah Tocht, woher die zweite Stimme stammte. Zumindest sah er, woher die zweite Stimme stammen sollte. Er konnte es nicht glauben. Ein ängstliches Beben fuhr seine Wirbelsäule hinab.

Der Kobold benutzte seine rechte Hand, um das Spiel mit Geraden und Ungeraden zu spielen, aber er spielte es gegen sich selbst. Seine linke Hand war mit winziger Kleidung wie eine weitere Wache angezogen, und mit Kohle war ein Gesicht darauf gemalt worden. Ein abgetragenes Stück Schafswolle ließ einen Haarschopf auf dem Handrücken entstehen.

Wenn der Kobold, Krepner, den anderen Spieler zum Sprechen bringen wollte, bog er den Daumen wie eine Unterlippe ab und hob die eigene Stimme an, dann sprach er aus dem Mundwinkel. Während Tocht zusah, spielte er noch einmal gegen sich selbst und übervorteilte die Handpuppe abermals. Krepner heulte vor Schadenfreude und schlug mit seiner freien Hand auf den Tisch, während seine andere Hand voller Qual auf das Holz trommelte.

»Betrüger!«, schrillte die hohe Stimme. Sie füllte den gesamten Kerker. »Ich werde dich umbringen!«

Mit einer raschen Bewegung zog Krepner das Langmesser an seiner Seite und hielt es an das Handgelenk der Puppe, gleich unter der falschen Unterlippe, die er mit dem Daumen darstellte. Dort, wo der Hals eines Kobolds sein würde, wenn die Handpuppe ein wirkliches Lebewesen gewesen wäre. »Drohe mir bloß nicht, Dolstos!«, brüllte er. »Du weißt, dass ich das nicht ausstehen kann!«

Die Puppe kämpfte gegen das Messer an. Krepner presste seine linke Hand auf die Tischplatte. Ein dünner Blutfaden lief an der Klinge entlang.

Eine neue Welle von Übelkeit erschütterte Tocht. Er rechnete damit, dass der Kobold sich seine eigene Hand abschlagen würde, weil sie ihm widersprochen hatte.

»Nicht.«

Die Stimme überraschte Tocht. Und noch viel mehr überraschte es ihn, als er entdeckte, dass es seine Stimme gewesen war. Er erkannte es erst, als der Kopf des Kobolds herumfuhr und ihn ins Auge fasste.

»So«, sagte Krepner, »dann bist du also wach. Ich war mir sicher, dass sie dich getötet haben.« Er ließ sein Messer an der Kehle der Handpuppe verharren.

»Ja«, sagte Tocht nervös.

»Du hast ihn doch gesehen!« Die Handpuppe sträubte sich gegen das Messer, versuchte unter der Klinge hervorzukommen. »Du hast gesehen, wie er betrogen hat! Sag ihm, dass du es gesehen hast!«

Krepner funkelte Tocht an. »Du willst mich auch beschuldigen?«

»Nein«, antwortete Tocht. »Ich habe nicht gesehen, wie du betrogen hast.« *Und ich kann mir auch nicht vorstellen, wie du es vermeiden solltest.*

»Er hat betrogen!«, schrie Dolstos.

Mit schwindendem Interesse an dem Gebrüll lehnte sich Krepner auf seinem Stuhl zurück. Er ließ die Handpuppe auf dem Tisch liegen. »Ich bin hier, um auf dich aufzupassen, Halbling. Mach mir keinen Ärger, und du wirst leben, bis sie dich umbringen.«

Oh, das ist aber tröstlich, dachte Tocht, ganz und gar nicht entspannt. »Na gut.«

Der Kobold starrte Tocht lange an. Tocht wich auf der anderen Seite der Eisentür nicht zurück und fasste alles, nur nicht Krepner ins Auge.

»Willst du Gerade und Ungerade spielen?«, fragte Krepner.

»Nein.«

»Was?«, gab Krepner streitlustig zurück.

»Nein. Nein danke«, fügte Tocht hinzu.

»Und warum nicht? Glaubst du etwa, ich betrüge?«

Tocht zog sich von der Tür zurück. »Das habe ich nicht gesagt.«

»Nun, das solltest du auch niemals –«

»Du bist ein Betrüger«, erklärte eine Frauenstimme. »Du betrügst Dolstos, wo du nur kannst.«

»*Was!*«, donnerte Krepner. Er sprang von seinem Stuhl auf und stand mit dem Messer in der Hand da. Die Stapel mit Kupfermünzen auf dem Tisch hinter ihm (der Großteil davon auf der Seite von Krepner und nicht von Dolstos) fielen in einem klingelnden Regen herunter.

Tocht sprang zurück und stieß an die Rückwand der Zelle. »Nicht!«, rief er voller Furcht. »Ich habe nichts gesagt.«

»Ich habe dich gehört, Halbling.« Krepner marschierte zur Zelle. Er stieß sein Messer durch die Eisenstäbe der Tür. »Du hütest am besten deine unfreundliche Zunge, oder ich werde sie dir aus dem Kopf reißen, jawohl.«

»Du bist ein Betrüger. Ich sage es noch einmal, nur falls du mich mit deinen hässlichen Schweineohren nicht verstanden hast.«

Mit einem Kopfschütteln sagte Tocht: »Ich war's nicht. Das hab ich nicht gesagt.«

Die Katze lag eingerollt in der hinteren Ecke der Zelle. Ihr Schwanz zuckte träge. »Ich habe es gesagt«, verkündete sie.

»Sag deiner Katze lieber, dass sie ihr Lügenmaul halten soll, Halbling.« Krepner warf Tocht einen finsteren Blick zu.

»Ich kann nicht«, bettelte Tocht. »Sie hört nicht auf mich.«

»Bring mich nicht dazu, zu euch reinzukommen.«

»Weshalb nicht?«, fragte die Katze. »Meinst du, wir haben Angst vor dir?«

»Das solltet ihr!«

»Weil du Dolstos betrügst?« Die Katze erhob sich auf die Vorderpfoten und schlang den Schwanz um ihren Körper. Ihre Augen glitzerten spöttisch. »Dolstos hat nicht einmal Arme, um sich zu verteidigen.«

»Was machst du da?«, wollte Tocht von der Katze wissen.

»Willst du wirklich im Bauch dieses rattenverseuchten Schiffes langsam zugrunde gehen?«, fragte Alysta.

»Na gut, Halbling. Jetzt habe ich genug von dir und deiner verflixten Katze!« Krepner fummelte an den Schlüsseln herum, die an seiner Hüfte hingen.

Alysta wandte sich an Tocht. »Mach dich bereit«, sagte sie.

»Mich bereitmachen?« Tocht starrte den Kobold an, der mindestens dreimal so groß war wie er.

Die Katze erhob sich auf alle viere. »Verlier nicht den Kopf, Bibliothekar. Es ist nur ein Kobold. Du kannst es doch sicher mit einem Kobold aufnehmen.«

»Nein«, sagte Tocht, der ziemlich sicher war, dass er das

nicht konnte. »Ich bin kein Krieger. Ich bin ein Bibliothekar.«

Die Katze zischte vor Abscheu. »Wir sind alle Krieger, wenn wir es sein müssen.«

Ich nicht, dachte Tocht.

»Halt dich einfach von ihm fern«, sagte die Katze. »Du hast doch selbst gesehen, dass er nicht besonders helle ist.«

Er spricht mit seiner Hand, dachte Tocht verzweifelt. *Das ist ein sicheres Zeichen dafür, dass in diesem hohlen Schädel kein Verstand haust. Wie kann man mit einem verrückten Kobold vernünftig reden?*

Doch da hatte Krepner schon unter Flüchen und Androhungen körperlichen Schadens die schwere Eisentür geöffnet und weit aufgeschwungen. Sie krachte gegen die Wand.

»Ich werde dir die Zunge aus dem Kopf reißen!«, brüllte der Kobold.

»Und den Schwanz aus der Katze auch!«, rief Dolstos mit seiner hohen Stimme.

Zusammen stürmten der Kobold und der Handkobold in die Zelle.

Krepner griff mit seiner freien Hand nach Tocht und wollte ihn an den Haaren packen. Der kleine Bibliothekar duckte sich jedoch und rollte sich zwischen den Füßen des Kobolds hindurch – zu schnell, um erwischt zu werden.

Zu diesem Zeitpunkt bewegte sich auch die Katze, stieß sich mit den Hinterbeinen ab und katapultierte sich mit einer Abfolge blitzschneller Sprünge an dem Kobold hinauf, bis sie auf dem Körper ihres Feindes nach oben gelangt war. Dann saß sie auf seinem Kopf und fing an, nach Krepners Ohren und Nase zu kratzen, zu schlagen und zu beißen.

»Die Schlüssel!«, brüllte die Katze. »Schnapp dir die Schlüssel!«

Krepner schlug nach der Katze und verfehlte sie nur knapp, während sie über seinen Kopf und seine Schultern jagte. Ihr Krallen bohrten sich in Stoff und Fleisch. Aus dem Gleichgewicht gebracht und vor Angst und Wut brüllend, stieß der Kobold gegen die Rückwand der Zelle.

»Nimm die *Schlüssel*!«

Endlich zu einer Handlung fähig, schoss Tocht nach vorne und schluckte sein Herz wieder hinunter, das entsetzt bis in seine Kehle hinauf schlug. Seine Hand schloss sich um den schweren Schlüsselring und zerrte daran.

Er löste sich nicht.

»Hol die Schlüssel!«, brüllte die Katze. Die Bemühungen des Kobolds, sie zu packen, wurden immer zielgerichteter.

Tocht war sich sicher, dass ihr Gegner sie im nächsten Augenblick zu fassen bekommen würde. Er verdoppelte seine Anstrengungen, griff abermals nach dem Schlüsselring und zog mit seiner ganzen Kraft daran.

Kleidung zerriss. Die Schlüssel lösten sich und lagen in Tochts Hand, aber der Kobold wandte sich sofort gegen ihn.

»Du hast einen *bösen* Fehler gemacht, Halbling!«, knurrte der Kobold. Er ging auf Tocht zu, der sogleich zurückwich. Der kleine Bibliothekar war sicher, dass sein Leben zu Ende war. Er hob die Hände vors Gesicht, in der Hoffnung, jegliche Schläge abzuwehren, aber er wusste, dass ihm das Messer vermutlich die Hände an den Schädel nageln würde.

Dann fiel die Hose des Kobolds, die sich bei Tochts Bemühungen um den Schlüssel gelockert hatte, herab und wickelte sich um seine Knöchel. Er versuchte, noch einen Schritt nach vorne zu machen, geriet allerdings ins Stolpern. »Ich werde – werde – ullllllpppp!« Er krachte auf den Boden.

»Los!«, befahl die Katze. »So lange er noch *ulllllllppppt!*« Geschmeidig sprang sie über den gefallenen Kobold hinweg.

Krepner schwang sein Messer und griff gleichzeitig nach seiner Hose. Er brüllte und schrie und fluchte.

»Raus!«, rief die Katze.

Tocht stürzte hinaus und warf die Tür hinter sich zu. Er hantierte ungeschickt mit dem Schlüssel herum, während Krepner auf die Füße kam und zur Tür sprang. Das Schloss ging mit einem dumpfen, mahlenden Klicken zu.

Krepner fuhr mit dem Messer durch die Gitterstäbe und schlug nach Tocht. »Her mit dir, du furchtbares kleines Biest! Ich werde dich in Stücke reißen und auf deinen Knochen herumkauen!«

Ein Grund mehr, mich fernzuhalten, dachte Tocht. Er war froh, dass ihm der Gedanke kam, die Schlüssel aus dem Schloss zu ziehen.

Krepner brüllte und wütete in einem fort. »Dummer, dummer Halbling!«

»Wen nennst du da dumm?«, wollte Dolstos wissen. »Du hast ihn doch selbst rausgelassen.«

»Ich habe ihn nicht rausgelassen! *Du* hast ihn rausgelassen!«

»Er hat *dir* die Schlüssel weggenommen!«

»Aber du hättest doch alles im Auge haben sollen!« Krepner schlug nach seiner anderen Hand, traf allerdings nur Luft. Die Hand, die als Dolstos verkleidet war, schlug Krepner das Messer aus den Fingern. Dann stürzte sie sich auf Krepner, fing an, den Kobold zu würgen. Dieser fiel nach hinten, als er wieder über seine verlorene Hose stolperte.

Dieser Kobold ist wirklich nicht ganz richtig im Kopf, sagte sich Tocht. Er beobachtete gebannt Krepners Gebaren, als dieser über den Boden der Zelle rollte und mit seiner eigenen Hand kämpfte.

»Hast du Wurzeln geschlagen?«

Tocht, der dadurch wieder an die unmittelbare Gefahr um sich herum erinnert wurde und der wusste, dass er außerhalb der Zelle größeren Risiken ausgesetzt war als innerhalb, da die Kobolde, die ihn frei auf dem Schiff herumlaufen sahen, sich entschließen könnten, ihn gleich zu töten, bevor sie auch nur eine weitere Frage stellten, blickte sich in dem Raum um.

»Gehen wir«, sagte Alysta. Sie raste auf die Tür zu, die zum Hauptgang führte.

Tocht wandte seine Aufmerksamkeit stattdessen der genaueren Untersuchung des Raumes zu. Er beeilte sich, da er Angst hatte, dass jeden Augenblick ein Kobold vom Oberdeck herabspaziert kommen könnte.

»Was machst du da?«, fragte die Katze.

»Ich suche meinen Umhang.« Tocht durchsuchte den Stapel Oberbekleidung, der in einer Ecke lag. Offenbar ließen einige Mitglieder der Koboldmannschaft hier ihre Umhänge und Mäntel liegen.

Vielleicht hat es aber auch jede Menge Opfer gegeben, die ein Ende in den Kochtöpfen gefunden haben und die die Umhänge nun nicht mehr brauchen. Es war ein ernüchternder und erschreckender Gedanke.

Zornig sagte die Katze: »Schnapp dir irgendeinen Umhang. Besser ein schlecht sitzender Mantel, als wieder in der Zelle zu sitzen.«

»Du verstehst das nicht.« Tocht sortierte immer noch Umhänge.

»Ich werde dir nicht noch einmal hier heraushelfen. Es war schon diesmal schwer genug, mich hinter dir her auf das Schiff zu schleichen. Ich bin beinahe in einem Kochtopf gelandet.«

»Es ist nicht einfach nur mein Umhang«, sagte Tocht. »Mein Buch ist da drin.«

Das erregte die Aufmerksamkeit der Katze. »Du hast ein Buch aus der Bibliothek mitgebracht?«

»Kein richtiges Buch. Ein Tagebuch.«

»Was ist ein Tagebuch?«

Tocht machte sich nicht die Mühe, das zu erklären. Zwei Mäntel weiter fand er seinen Umhang. Panisch tastete er ihn ab und stellte fest, dass sein Tagebuch und sein Schreibwerkzeug fehlten. »Nein!«

»Gehen wir«, sagte die Katze. »Das ist dein Umhang.«

Voller Sorge über das Verschwinden seines Tagebuchs legte Tocht den Umhang an. Er hatte das Tagebuch in einer besonderen Verschlüsselung geschrieben, die er sich ausgedacht hatte – also würde es nicht leicht sein, es zu lesen. Aber man konnte es dennoch schaffen. Als Bibliothekar hatte er gelernt, dass alle Verschlüsselungen früher oder später entschlüsselt wurden.

Da er keine andere Wahl hatte, folgte Tocht der Katze. Vielleicht war sein Tagebuch herausgefallen, als man ihn gefangen genommen hatte. An das Tagebuch zu denken, das er mit seinen eigenen zwei Händen gefertigt hatte, wie es draußen im Schnee langsam aufweichte, war schmerzhaft. Sein Tagebuch hatte gewiss ein besseres Schicksal verdient.

Außerdem war das Tagebuch sorgsam und gekonnt in seinem Umhang verborgen gewesen. Es hätte nicht so leicht herausfallen dürfen. Als sie an der Leiter ankamen, die zum Mittelschiff emporführte, war er davon überzeugt, dass es jemand herausgenommen hatte.

Aber wer?

»Vorsichtig jetzt«, flüsterte die Katze, als sie durch das Mittelschiff gingen.

Tocht nickte und folgte ihr langsam. Das Mittelschiff war für einen Menschen oder Elfen niedrig, und ein jeder aus einem der beiden Völker hätte sich nach vorne beugen müssen, um dort vorwärtszukommen. Auf dem Schiff, auf dem Tocht sich befand, war Platz ein Luxus. Und innerhalb des gesamten Schiffes herrschte der Gestank der Kobolde. Tocht hörte auf, durch die Nase zu atmen und holte stattdessen mit dem Mund Luft. Es half ein wenig.

Gemeinsam, einer nach dem anderen, bahnten sich Tocht und die Katze ihren Weg durch das Mittelschiff, auf leisen Pfoten und Zehenspitzen an Kajüten vorbei, in denen Kobolde in schwankenden Hängematten schliefen. Niemand war aufgestanden, um nach Krepners Rufen und Flüchen zu lauschen. Allerdings konnte Tocht sie nun, da er durch das Mittelschiff ging, auch nicht mehr hören. Natürlich war es auch möglich, dass Krepner es geschafft hatte, sich selbst zu erwürgen, obwohl Tocht noch niemals dergleichen gehört hatte.

Die nächste Leiter brachte sie aufs Oberdeck. Am Ende der Leiter öffnete Tocht langsam die Luke und war überrascht, dass er graues Tageslicht sah, das ihn anstelle der Nacht erwartete. Aber es ergab einen Sinn. Er war während der Nacht hereingebracht worden.

»Ich werde vorausgehen und kundschaften«, sagte Alysta.

»Alles klar«, erwiderte Tocht und öffnete die Luke so weit, dass die Katze hindurchpasste, dann klappte er sie wieder nach unten, sobald sie an Deck war. Er beobachtete sie durch den Schlitz, den er offen ließ.

Alysta wanderte vor und zurück, ganz so, wie es eine echte Katze getan hätte. Tocht fing an, sich zu fragen, ob sie schon immer eine Katze gewesen war.

Sie kehrte um und blickte ihn aus diesen großen Augen an. »Jetzt komm. Und mach schnell.«

Obwohl ihm die Tatsache nicht gefiel, dass er sich so sehr auf die Fähigkeiten der Katze verlassen musste, wusste er genau, dass sie zumindest nicht so auffällig war wie ein Halbling, der auf dem Hauptdeck herumlungerte, und er schlüpfte durch die Öffnung und schloss die Luke hinter sich. Er blieb einen Moment lang im Schatten des Hauptmastes stehen.

Kairattenbau lag auf der Backbordseite vor ihm ausgebreitet. Schneeflocken wirbelten durch die Luft, groß und dick, aber zwischen ihnen war viel Platz. Der Schnee würde sich anhäufen, aber das würde dauern.

Tocht konnte nicht glauben, was er da sah. Er hatte all die Zeit verschwendet und war trotzdem weiter von seinem Ziel entfernt denn je.

»Gehen wir«, sagte die Katze.

Tocht setzte sich in Bewegung.

Die Katze ging voran, flitzte auf das Heck zu. Als er zum Achterkastell aufblickte, sah Tocht drei Kobolde, die um einen Kohleneimer auf dem Deck herumlümmelten. Der Geruch nach gekochtem Fleisch lag in der Luft. Tocht wollte lieber nicht daran denken, was da köchelte.

Genau in diesem Augenblick schwang die Tür zur Kapitänskajüte auf. Tocht nutzte den kurzen Aufschub, den er noch hatte, um in eines der beiden Langboote zu klettern, die sich auf der Backbordseite des Schiffes befanden. Er glitt unter das Ölzeug, während die Katze aufpasste.

Kapitel 8

Flucht

Der Mann, der in der Nacht zuvor in die Taverne der Intrigen gekommen war, trat auf das Deck hinaus. Als er an Tochts Versteck vorbeikam, sah der kleine Bibliothekar, dass der Mann in einem Buch las.

In dem kleinen Augenblick, in dem er davon überzeugt war, dass es sich bei dem Buch um sein eigenes Tagebuch handelte, machte Tochts Herz einen Sprung. Dann sah er, dass es auf andere Art gebunden war und eine andere Farbe hatte. Trotzdem war es ein Buch, und das war erschütternd genug. Ehe es ihm bewusst wurde, hatte Tocht bereits angefangen, über weitere Bücher in der Kajüte des Mannes zu spekulieren.

Dieses eine, das spürte Tocht eindringlich, *und alle anderen, die er vielleicht besitzen mochte, gehören in das Gewölbe Allen Bekannten Wissens, so dass sie erhalten und geschützt werden können.*

Der Mann ging zur Treppe, die zur Messe hinabführte.

Die Katze rief nach Tocht.

Widerwillig kletterte Tocht, der sich im blassgrauen Tageslicht über alle Maßen deutlich sichtbar fühlte, unter dem Ölzeug hervor und aus dem Langboot. Er stieg über die Backbordreling und blickte auf den Anleger hinaus. Eisbrocken trieben im Wasser. Der Abstand war zu weit zum Springen, und das Wasser gefror beinahe, was ihm zumindest einen raschen, ziemlich schmerzlosen Tod gewähren würde. Er kauerte sich neben das Langboot, das er als Deckung vor den Kobolden im Heck benutzte.

»Ha«, sagte einer der Kobolde. »Ich frage mich, ob Krepner immer noch unten im Gefängnis ist und sich selbst bei ›Geraden und Ungeraden‹ betrügt.«

Die übrigen Kobolde lachten.

»Irgendwann einmal«, sagte ein anderer Kobold, »wird er es satt haben, sich selbst beim Spielen zu betrügen, und wird sich dabei umbringen.«

Darüber lachten sie alle lauthals, während sie sich die Hände über dem Kohlenkessel wärmten.

»Geh«, sagte die Katze.

»Wohin?«, fragte Tocht. Gewiss konnte die Katze nicht meinen, dass er ins Wasser springen sollte. Das würde sein Ende bedeuten. Selbst wenn er es bis zum Ufer schaffte, was Tocht bezweifelte, wären seine Kleider dann nass und schwer. Er würde niemals entkommen.

»Das Schiff ist am Anleger festgemacht«, sagte Alysta. »Wenn wir zum Heck kommen, können wir am Haltetau entlangklettern.«

»Da würde man mich sehen«, sagte Tocht.

Ein Ohr der Katze zuckte zornig. »Ich werde für eine Ablenkung sorgen. Diesen Kobolden wäre nichts lieber, als mich in ihren Kochtopf zu stecken.«

Bis auf einen Halbling für ihren Kochtopf vielleicht, dachte Tocht, sagte es aber nicht. Er wollte keinen Streit darüber vom Zaun brechen, wer den Kobolden die bessere Mahlzeit bieten würde.

»Mach dich bereit. Auf mein Wort.« Die Katze raste davon und bewegte sich dabei so schnell, dass sie aussah, als würde sie gar nichts wiegen. Sie sprang und landete auf dem Geländer der Treppe, die zum Achterkastell führte.

Rasch lief sie auf dem Geländer entlang, bis sie in der Mitte der Reling angelangt war.

Dann miaute sie, laut und lange, wie eine hungrige Katze, die vor der Tür stand und hereingelassen werden wollte. Das war, wie Tocht zugeben musste, eines der unangenehmsten Geräusche überhaupt.

Das Geräusch erregte sofort die Aufmerksamkeit der Kobolde. Der größte von ihnen schlug die beiden anderen und brachte sie damit zum Schweigen. Wie ein Rudel Raubtiere, das sie, wie Tocht wusste, auch waren, starrten sie die Katze an, und Vorfreude funkelte in ihren Augen.

Bedächtig hockte sich die Katze auf die Reling und schlang den Schwanz um ihre Pfoten. Sie miaute noch einmal und benahm sich unschuldig und verletzlich.

Tocht fragte sich nun wirklich, wo die Katze sich aufgehalten hatte, bevor sie bei ihm aufgetaucht war, um ihm zu helfen. Doch Katzen neigten von Natur aus zu Hochmut und überhäuften das Leben eines jeden, dessen Weg sie kreuzten, mit Forderungen.

»Eine Katze«, sagte einer der Kobolde und griff nach dem Messer, das an seiner Hüfte in der Scheide steckte.

»Fleisch für den Eintopf«, zischte ein anderer Kobold. »Schnapp sie dir, Rido.«

Rido zog sein Messer und bog den Arm zurück, um es zu werfen. Alysta miaute noch einmal, als wäre sie sich der Gefahr überhaupt nicht bewusst.

Voller Angst um die Katze und überzeugt, dass er gleich mit ansehen würde, wie sie vom Messer durchbohrt wurde und anschließend starb, beobachtete Tocht hilflos das Geschehen. Er hielt sich eine Hand übers Gesicht, um seine Augen zu bedecken. Aber er war wie gebannt und konnte nicht aufhören, weiter zuzusehen.

Ohne große Kunstfertigkeit (Kobolde waren eher daran gewöhnt, zu prügeln und zu zerfetzen und sogar mit den Zähnen zu zerreißen, als dass sie wirkliche Fähigkeiten besessen hätten) warf Rido das Messer. Es flog viel schneller, als Tocht gedacht hatte, und glitzerte, während es auf das Ziel zuhielt.

Mit einem beinahe gelangweilten Ausdruck streckte die Katze rasch eine Pfote aus, während sie nach rechts auswich, und schlug das Messer zur Seite. Die Klinge flog über die Heckreling und klapperte auf dem Deck.

»Hast du das gesehen?«, fragte einer der Kobolde. »Die Katze hat das Messer weggeschlagen!«

Alysta zuckte mit den Ohren und miaute, als sie sich wieder gemütlich auf dem Geländer niederließ.

»Schau, sie lacht dich aus, Rido«, sagte einer der Kobolde.

Mit gemurmelten Flüchen griff Rido nach einem Steinhammer, der am hinteren Teil der Heckreling lehnte. »Ich kann euch anschließend kein Fleisch für den Eintopf versprechen«, erklärte er, als er die riesige Waffe packte, »aber ihr werdet zumindest Tunke und ein paar Knochen bekommen.« Er nahm den Hammer in beide Hände und bewegte sich langsam auf das Geländer zu.

Alysta blieb sitzen und miaute erneut.

»Liebe Miez, Miez«, murmelte Rido beruhigend. »Liebe Mieze. Bleib einfach da sitzen. Es wird gleich vorbei sein.« Er glitt langsam vorwärts und hob den Hammer über den Kopf. »Liebe Miez, Miez, Miez.«

Die anderen Kobolde sahen erwartungsvoll zu.

Tocht konnte es kaum ertragen, das Geschehen zu beobachten.

Dann schwang Rido den Hammer mit aller Kraft. Alysta erhob sich von ihren Hinterflanken und sprang nach links, erhaschte eine der Leinen und klammerte sich mit den Krallen daran fest. Ridos Hammer krachte durch die Heckreling, und das Geräusch von splitterndem Holz erfüllte die Luft.

»Oh, das ist übel«, sagte einer der Kobolde. »Käpt'n Gujhar wird ziemlich böse mit dir sein.«

»Mit mir? Ihr habt mich doch hinter der verflixten Katze hergeschickt!« Rido zog den Hammer aus den Ruinen der Reling heraus.

Alysta heulte, und es klang beinahe wie Gelächter.

»Schnappt die Katze!«, brüllte Rido.

Die anderen Kobolde sprangen vor, um die Katze zu verfolgen, und zogen ihre Waffen. Alysta rannte durch die Takelage und lenkte die Verfolger über den Treppenschacht nach Steuerbord hinab und vom Achterkastell weg. Die ganze Zeit über blieb sie verlockend nahe an den Kobolden, als wäre sie nicht ganz bei Sinnen und würde voller Furcht fliehen und es nur gerade eben schaffen, dem plötzlichen Tod zu entrinnen. Dass ihr dabei so viel Glück beschieden war, machte die Kobolde nur noch rasender.

Tocht nutzte die Gunst des Augenblicks und rannte aus seinem Versteck zum anderen Treppenschacht auf der Backbordseite des Achterkastells. Die Kobolde waren so sehr auf ihre Beute fixiert, dass sie ihn überhaupt nicht bemerkten. Aber weitere Kobolde kamen von unten herauf, um zu sehen, was vor sich ging. Sie erblickten ebenfalls die Katze und beteiligten sich sogleich an der Jagd.

Voller Angst, dass man ihn sehen würde, kauerte sich Tocht in ein Versteck neben dem Treppenschacht, anstatt ihn hinaufzulaufen. Er sank zurück und versuchte, sich in eine weitere Holzschicht zu verwandeln, während die Kobolde die Katze durch die Takelage jagten. Die Kobolde warfen Messer, Äxte und Belegnägel nach der Katze, wobei sie Geräusche aller Arten verursachten.

Sogar der Mensch, Kapitän Gujhar, kam an Deck, um zu sehen, was los war. Der Mann hielt einen Finger zwischen die Buchseiten, um sich die Stelle zu merken, an der er war.

Das erinnerte Tocht an sein verlorenes Tagebuch. Er wollte es zurückhaben. Dann fiel ihm auf, dass er neben der Kapitänskajüte stand. Er beäugte die Türklinke. Ehe ihm bewusst wurde, was er tat, fiel seine Hand auf die Klinke und drückte sie herab.

Die Tür ging auf.

Im nächsten Augenblick war Tocht im Inneren verschwunden.

Das Quartier des Kapitäns war beengt, genauso wie jenes an Bord der *Einäugigen Peggie*. Regale, Kisten und Truhen nahmen allen Raum ein, der nicht vom Bett beansprucht wurde. Licht drang durch die Heckfenster. Eine kleine Ledertasche lag auf einem der Regale. Ein rascher Blick in ihr Inneres enthüllte, dass sich darin eine Handvoll Gold- und Silbermünzen befand.

Aber Tochts Blick wurde sofort zu einem kleinen Schreibtisch gezogen, der in eine der Wände eingelassen war. Drei Bücher lagen auf diesem Schreibtisch. Eines davon war sein Tagebuch.

Ehe er sich's versah, stand Tocht am Schreibtisch, und seine Hände glitten über die Bücher. Er befestigte das Tagebuch sofort wieder in seinem Umhang, dann öffnete er das größere der beiden übrigen Bücher.

Der Band war in einer Menschensprache geschrieben, einer der alten Sprachen von vor dem Kataklysmus. Er erkannte sie, und die Wörter erschlossen sich ihm schnell.

Das Logbuch der Geist

Von einer Neugier getrieben, die seine Angst übertrumpfte, blätterte Tocht durch die Seiten. Der Mann, der das Logbuch des Schiffes niederschrieb, hatte keine elegante Handschrift. Es war weniger die Sprache, sondern vielmehr die Schrift, die einer raschen Übersetzung einen Strich durch die Rechnung machte.

Die *Geist* hatte ihren Heimathafen in Illastra tief im Reißzahn-Schattenwald vor siebenundachtzig Tagen verlassen. Sie war mit Vorräten und Handelsgütern vollbeladen gewesen, hatte eine Mannschaft aus zweiunddreißig Kobolden, die –

Jemand schlug gegen die Tür. »Wer ist da drin?«, brüllte eine Stimme. »Ich habe dich reingehen sehen! Komm sofort heraus!«

Eine Mannschaft aus Kobolden, die soeben an die Tür hämmern, dachte Tocht ängstlich. Er schloss das Buch und riss eine Kissenhülle vom Bett, woraus er ein notdürftiges Behältnis für die Bücher machte. Wenn er an das Wasser dachte, das er im Hafen überqueren musste, hätte er sich einen besseren Schutz für die Bücher gewünscht.

Aber das konnte man nicht ändern.

Abermals ließ ein Klopfen die Tür im Rahmen erbeben. »Bist du das, Halbling?«, fragte der Mann.

Als Erstes muss ich mich selbst retten, sagte sich Tocht. Er warf auch den Beutel mit Gold- und Silbermünzen in seine notdürftige Tasche. Mit schnellen Bewegungen verknotete er die Kissenhülle, dann band er die Enden aneinander, damit sie eine Schlinge ergaben, und zog sich diese über den Kopf und eine Schulter. Während er die Tasche auf seinen Rücken und damit aus dem Weg schob, rannte der kleine Bibliothekar zu den Heckfenstern.

Das Pochen an der Tür begann abermals. Kapitän Gujhar

rief nach seiner Koboldmannschaft. »Hört auf, diese Katze zu jagen! Kommt hier herüber, und brecht die Tür auf!«

Tocht öffnete die Heckfenster. Wäre er ein Elf oder Mensch von gewöhnlicher Größe gewesen, hätte er nicht genug Platz zum Flüchten gehabt. Er streckte den Kopf hinaus. Das Heckfenster befand sich beinahe zwanzig Fuß über dem eiskalten Hafenwasser. Tocht zupfte an seinen Kleidern und seinem Haar. Der Anleger war dreißig Fuß entfernt, weit außerhalb seiner Reichweite.

Tocht wurde von Panik erfasst.

»Worauf wartest du?«

Als er die Stimme der Katze über sich hörte, blickte Tocht auf und sah sie mit dem Kopf nach unten an einem Tau hängen. »Ich sitze in der Falle«, sagte Tocht.

»Nimm das Haltetau.« Die Katze kletterte selbst über das Tau, wobei sie eine Pfote mit müheloser Anmut geschickt vor die andere setzte.

Zum ersten Mal fiel Tocht das Seil auf, das von der *Geist* schräg zum Kai hinabreichte. Das Tau war dicker als das Handgelenk eines Zwergs. Es würde sein Gewicht sicher tragen, aber er war nicht so leichtfüßig wie die Katze, von der er wusste, dass sie auch darauf entlanglaufen konnte, wenn es sein musste.

Aber ihm kam eine Eingebung aus einem der Romane im Hralbommsflügel. Er wandte sich um, öffnete die Seetruhe und nahm einen ledernen Rasierriemen heraus. Das breite Lederband sah aus, als wäre es für sein Vorhaben geeignet.

Hinter ihm splitterte Holz. Die Tür wurde ein Stück weit nach innen gedrückt. Sie würde diese Misshandlung nicht mehr lange aushalten.

Er kehrte zum Heckfenster zurück und schlüpfte wieder nach draußen. Auf dem schmalen Sims des Fensters stehend, stellte er sich auf die Zehenspitzen, um das Tau zu erreichen. Seine Finger waren einige Zoll von seiner Beute entfernt.

Die Tür erzitterte und fiel in Einzelstücken in die Kajüte. Kobolde strömten in den Raum.

»Sie werden dich erwischen!« Die Katze hielt auf halbem Weg zum Anleger an.

Verzweifelt packte Tocht, der auf dem sanft schaukelnden Schiff kaum das Gleichgewicht halten konnte, den Lederriemen mit einer Hand und schwang ihn über das Tau. Er sprang hoch und hoffte inständig, dass er nicht in den Hafen fallen würde.

Seine Hand schloss sich um den Riemen und hielt ihn fest. Sofort glitt das glatte Leder über das Tau und wurde immer schneller. Er schoss auf die Katze zu.

»Pass auf!«, brüllte Tocht.

Stimmen erklangen über ihm. Während er sich an den Enden des Rasierriemens hin und her drehte, sah Tocht, dass auch am Heck der *Geist* Kobolde aufgereiht standen. Einige von ihnen warfen Messer, Handäxte und Belegnägel nach ihm. Zum Glück waren sie alle zu kurz gezielt.

Das Leder raste am Tau entlang, und er erreichte die Katze. Alysta verfluchte ihn laut, während sie sich wappnete. Tocht fürchtete, sie würde durch den Riemen von ihrem unsicheren Standort herabkatapultiert werden.

Stattdessen sprang die Katze im letzten möglichen Augenblick vom Seil hoch, und der Riemen ging unter ihr hindurch, ohne Schaden anzurichten. Er erwartete, sie wieder auf dem Tau landen zu sehen, so wie ein Kind einen Seilspringtrick vollführte. Sie kam aber auf seinen Kopf zu, mit rudernden Pfoten und ausgefahrenen Krallen.

Tochte konnte nicht anders. Sein Instinkt zwang ihn

dazu, sich zu ducken. Die Katze verfehlte ihn mit drei Pfoten, konnte sich aber mit ihrem linken Vorderbein bei ihm einhaken. Ihr Krallen sanken in sein Haar und seine Kopfhaut.

Während er vor Schmerz aufjaulte, wurde Tocht von dem plötzlichen Stopp abgelenkt, der am Ende des Taus auf ihn wartete. Die Katze klammerte sich an ihn, all ihre Krallen so tief in ihn vergraben, dass er blutete. Aus dem Augenwinkel sah Tocht das Pfahlwerk gerade noch vor sich, ehe er hineinkrachte.

Einen Moment lang dachte er, er hätte sich damit selbst bewusstlos geschlagen. Die Luft war aus seiner Lunge entwichen, und seine Sinne drehten sich verwirrt in seinem zerschlagenen Schädel. Eis und Wasser leckten an dem Pfahl unter seinen Füßen. Von dem Ort aus, an dem er hing, hatte er einen klaren Blick auf den Bug der *Geist*. Die Galionsfigur war in der Gestalt eines monströsen Dings geschnitzt, das sich aus dem Meer erhob. Geister nahmen viele Gestalten an, das wusste Tocht, aber es gab keinen Zweifel daran, was für ein Geist dies war.

»Willst du den ganzen Tag dort hängen?«, fragte die Katze.

Nein, dachte Tocht. *Ich werde hier hängen und zuhören, wie mein Herz aufhört zu schlagen.* Er war sich sicher, dass das geschehen würde. Dann schaffte er es, Luft zu holen, und seine Lunge fing endlich wieder an zu arbeiten. Leider brachte das einen Ansturm von Schmerzen mit sich.

Die Katze sprang von Tochts Kopf auf den Anleger. Auf ihr Drängen hin schaffte er es, sich hochzuhieven und keuchend auf dem Kai liegen zu bleiben.

An Bord der *Geist* rief Kapitän Gujhar nach den Kobolden. Einige von ihnen griffen nach Bogen. Pfeile schlugen in den Anleger, und Tocht rannte den Kai hinab und zwischen die Lastenträger, die schnell Deckung suchten.

»He, ihr verdammten Kobolde!«, brüllte ein großer Mensch. Dann griff er nach seinem eigenen Bogen und legte einen Pfeil an. Einen Herzschlag später versenkte er den Pfeil in der Brust eines Kobolds, der in Todesqualen aufschrie.

»Da entlang«, rief die Katze.

Tocht rannte ihr blind nach, vertraute der Katze, obwohl er es nicht wollte. Er wandte sich am Ende des Anlegers nach rechts, wo er eine Ansammlung von Möwen aufschreckte, die von den Fischköpfen und Eingeweiden aufflogen, die am Morgen von den Fischern zurückgelassen worden waren. Zu diesem Zeitpunkt war bereits ein heftiger Kampf zwischen den Kobolden und den Menschenseeleuten entlang des Anlegers entbrannt. Im nächsten Augenblick war Tocht verschwunden, in den krummen Gassen von Kairattenbau untergetaucht.

Kapitel 9

Meeresgischt

Wegen seines pochenden Herzens und der brennenden Lunge konnte Tocht nicht mehr weitergehen. Er hielt in der letzten Gasse an, die sie betreten hatten, und lehnte sich gegen die Mauer.

»Komm weiter«, sagte Alysta. Sie baute sich vor ihm auf und sah so lässig und ruhig aus, als wäre sie gerade aus einem Nickerchen erwacht.

Tocht schüttelte den Kopf. »Ich kann nicht mehr weiter.« Er rang nach Luft und glaubte, dass er sterben müsse.

»Nun gut denn«, sagte die Katze widerstrebend, »ruh dich aus. Ich werde mich vergewissern, dass uns keiner folgt.« Sie rannte zum vorderen Ende der Gasse und spähte hinaus.

Tocht, der noch immer wegen des knappen Ausgangs zitterte und nicht glauben wollte, dass ihm die Flucht tatsächlich gelungen war, streckte einen Moment lang die Arme aus, damit sich seine Lunge leichter füllen ließ. Dann nahm er, ehe er sich dessen bewusst wurde, das Logbuch des Schiffes aus dem verknoteten Kissenbezug. Seine Augen bewegten sich ruhelos über die Seiten und durchforsteten sie nach Hinweisen. Wie immer verlor er sich beinahe sofort in den Worten.

»Was machst du da?«

Tocht beachtete die Katze nicht und las weiter. »Ich sammle Hinweise.«

»Welche Hinweise?«

»Über die Leute auf dem Schiff. Der *Geist*.«

»Sie wollen uns töten.«

»Ja.«

»Es gibt nicht viel mehr zu wissen.«

»Eigentlich doch«, sagte Tocht, während er seinen Daumen befeuchtete und umblätterte. »Der Mann, der die Diebe vom Kuss der Rasierklinge angeheuert hat, ist nicht nur hinter Knochenschnitter und Meeresgischt her. Sondern auch hinter –«

»Todeshauch.«

Tocht runzelte die Stirn. »Du hast das gewusst?«

Die Katze setzte sie sich hin und legte ihren Schwanz um die Beine. »Ehrlich gesagt kann ich nicht glauben, dass du so wenig weißt.«

»Kray hat mir nichts erzählt, nur dass ich hierherkommen muss. Und dass jemand hier sein und mir helfen würde.«

»Hast du nicht die Geschichten von der Schlacht an der Todesfestung studiert?«

»Das habe ich«, sagte Tocht.

»Dann hättest du wissen müssen, worum es den Leuten, die gegen uns stehen, geht.«

Tocht wurde plötzlich klar, um was für eine Beute es sich handelte. »Knochenschnitter, Meeresgischt und Todeshauch.«

»Magische Waffen sind auf dieser Welt eine Seltenheit«, erklärte die Katze. »Seit dem Kataklysmus ist nichts Vergleichbares geschaffen worden.«

»Das weiß ich«, sagte Tocht.

»Und sie waren alle vor Ort, als der Rückzug aus Teldanes Fülle stattgefunden hat. Das war einer der Gründe, weshalb die Verteidiger so lange aushalten konnten.« Traurigkeit verdüsterte die grauen Augen der Katze. »Wenn sie nicht verraten worden wären, hätten vielleicht mehr von ihnen überlebt, und sie wären nicht überrannt worden.«

»Woher weißt du von der Schlacht an der Todesfestung?«

Die Katze stand auf. »Wir müssen los. Du bekommst wieder Luft.«

»Wohin gehen wir?«

»Wir suchen Meeresgischt.« Die Katze machte sich auf den Weg.

»Nein«, sagte Tocht.

»Nein?« Alysta wandte sich verblüfft um.

»Wir können nicht allein gehen. Es ist zu gefährlich.«

»Dank deiner Gefangenschaft liegen wir schon beinahe einen Tag zurück.«

»Ich habe mich nicht absichtlich fangen lassen. Aber wir sollten hierbleiben. Kray, Käpt'n Farok und Hallekk werden bald eintreffen.«

»Glaubst du, es ist klug, wenn die *Einäugige Peggie* hier in Kairattenbau vor Anker geht?«

Wenn er genauer darüber nachdachte (von anderen Blickwinkeln als nur dem seiner Rettung aus betrachtet), dachte Tocht tatsächlich, dass es vielleicht kein guter Einfall war, wenn die *Einäugige Peggie* vor der Stadt ankerte. Sie würde sofort von einigen der Piraten ins Visier genommen werden, die zur Stadt der Diebe, Mörder, Attentäter, Diebe usw. unterwegs waren.

»Nein«, seufzte er.

»Gut, denn ich glaube nicht, dass Kray es für sicher halten würde. Du könntest hier sehr lange warten.« Alysta machte sich abermals auf den Weg. »Unsere Zeit können wir besser damit verbringen, Meeresgischt zu finden.«

Zögerlich steckte Tocht das Logbuch weg und ging hinter der Katze her.

»Du hast meinen Esel verkauft?« Tocht starrte den Stalljungen ungläubig an. Alysta hatte ihm gesagt, dass seine Häscher den Esel benutzt hatten, um ihn zurück in die Stadt zu bringen. Sie hatten ihn im Mietstall gelassen.

Vorsichtig trat der Stalljunge zurück. Auf seinem Gesicht konnte man blaue Flecken sehen, wo die Diebe vom Kuss der Rasierklinge ihn in der vorigen Nacht geschlagen hatten. Es sah aus, als wären noch ein paar neue hinzugekommen, also hatte ihm sein Vater die Geschichte über die gestohlenen Pferde vielleicht nicht abgenommen. »Ich habe dir doch gestern, als du ihn hiergelassen hast, gesagt, dass ihn mein Vater, wenn er hereinkommt und nicht bezahlt ist, verkaufen wird. Diese Männer haben nicht dafür bezahlt. Also hat er es getan.«

»An wen?«, fragte die Katze.

Der Stalljunge zögerte. »An den … Abdecker.«

»Du hast doch gewusst, dass das kein gewöhnlicher Esel war«, warf Alysta ein.

Mürrisch meinte der Junge: »Dann soll das doch der Esel dem Abdecker erklären. Ich habe versucht, meinem Vater zu sagen, dass er sprechen kann.« Er berührte eine schmerzhaft aussehende Beule auf seiner Stirn. »Dafür bin ich ganz besonders verhauen worden, wie ich euch sagen kann.«

»Wann hat der Abdecker den Esel geholt?«, fragte Tocht. Er konnte nicht umhin, an das schreckliche Schicksal zu denken, das den Esel erwartete. In ein paar Tagen konnte aus dem, was von ihm übrig war, ein ganz ordentlicher Kleber angefertigt werden. *Leute brauchen Klebstoff*, dachte Tocht. *Er muss ja irgendwo herkommen.*

»Heute Morgen«, antwortete der Junge. »Er holt nicht eingefordertes Vieh immer morgens ab.«

»Wie schnell macht er … macht er …?« Tocht konnte keinen Schritt weiterdenken.

»Ist er schon tot?«, fragte Alysta.

Nachdenklich, anscheinend ein wenig verängstigt wegen Tocht, obwohl der kleine Bibliothekar nicht so groß war wie er, hob der Junge die Schultern und senkte sie wieder. »Ich weiß es nicht.«

»Wo kann ich die Werkstatt des Abdeckers finden?«, fragte Tocht.

Der Stalljunge zeigte ihm den Weg, und Tocht beeilte sich fortzukommen.

Draußen rannte Tocht hinter der Katze her. Die Kobolde durchsuchten bereits die Stadt. Wenn der Junge sich darüber im Klaren war und wenn er zu den Kobolden ging, dann würden sie Tocht und der Katze noch den Weg abschneiden können.

»Er wird uns nicht verraten«, sagte Alysta.

Tocht hielt mit ihr Schritt. »Weshalb bist du dir dessen so sicher?«

»Er hat Angst vor den Kobolden und vor seinem Vater«, sagte die Katze. »Er hatte sogar vor uns Angst.«

Tocht versuchte, dem Glauben zu schenken. Und er hoffte einfach, dass sich der Esel noch nicht in kleinen Klebstofftöpfen befand.

Der Abdecker hatte ein kleines Haus vor der Stadt, nicht weit von dem Pfad, der hinauf in die Berge führte. Die winzige Steinhütte lehnte sich an einen Hügel aus Schnee und Eis und sah aus, als würde sie jeden Augenblick vom Wind weggeblasen werden. Nur ein kleines Stück entfernt bog sich ein baufälliger Schuppen, der von Bäumen umgeben war, unter dem Gewicht des Schnees auf seinem schrägen Dach. Ein paar Pferde und zwei Esel standen teilnahmslos in der Einzäunung vor dem Schuppen. Fahnen aus grauem Atem drangen aus ihren Nüstern.

Als er die Tiere dort sah und um das Schicksal wusste, das sie erwartete, verspürte Tocht einen Stich der Trauer in der Brust. *Konzentrier dich auf das, was du tun musst,* sagte er sich. *Es ist genauso wie bei einem der Hühnchen, die im Kochtopf landen, oder einem Schwein, das gemästet wird.*

Er trottete auf bloßen Füßen, die er – durch irgendein Wunder – noch spüren konnte, durch den Schnee. Die Katze ritt auf seinen Schultern, da sie es nicht mehr schaffte, durch die hohen Schneewehen hindurchzupflügen. Tocht blickte hoffnungsvoll auf die stetige Rauchfahne, die vor dem schiefergrauen Himmel aus dem Kamin strömte. Bestimmt würde es dort drinnen warm sein.

Es gab einen Pfad, der zwischen der Einfriedung und der Werkstätte verlief, und einen, der zum Brunnen weiter hinten führte, aber keinen weiteren Pfad sonst. Tocht bahnte sich seinen Weg zur unebenen Veranda und zog sich hoch. Schneewehen bedeckten die Veranda, auf der zwei Schaukelstühle standen.

Tocht nahm seinen Mut zusammen und klopfte an die Tür.

»Wer ist da?«, fragte eine Stimme.

»Tocht aus … Zahmenkreuz«, sagte der kleine Bibliothekar. Zahmenkreuz war eine kleine Stadt außerhalb von Kairattenbau.

»Was willst du?«, fragte die Stimme.

»Es ist ein Fehler passiert«, sagte Tocht. »Ein schrecklicher Fehler.« Der Gestank aus der Einfriedung drang zu ihm heran, der in der kalten Winterluft besonders widerlich war.

Die Katze sprang von Tochts Schultern auf ein Fensterbrett. Sie spähte hinein, und ihr Atem gefror auf dem Glas.

»Ich mache keine Fehler. Und ich verprügle jeden, der etwas anderes behauptet. Wenn ich Kleber oder Leim herstelle, dann taugt der auch was. Er hält alles zusammen, was man zusammenkleben will. Das ist meine Garantie.«

»Es gibt auch keinen Fehler an Eurer Arbeit, mein Herr«, sagte Tocht. »Der Junge vom Mietstall hat einen Fehler gemacht. Er hätte nicht –«

Die Tür öffnete sich plötzlich, und ein zottiger alter Mann stand in mehrfach geflickter Kleidung vor ihm. Sein grauer Bart hing bis zur Hüfte hinab und sah wild und ungepflegt aus. Unter seiner schlecht gefertigten Fellmütze war sein Kopf kahl. Seine blassen, feuchten Augen blickten nicht einmal in dieselbe Richtung.

»Dann bist du also wegen des Esels gekommen«, sagte der Mann. Er streckte die Hand aus.

Der starke Geruch nach Chemikalien aus dem Inneren der Werkstatt warf Tocht beinahe um, und er wusste nicht, was er tun sollte. Er schüttelte die Hand des Mannes. Sie war äußerst schwielig und zeigte viele Flecken mit Klebstoff, an denen Pferdehaare und andere widerwärtige Dinge klebten, und kündete von grausamer Stärke.

»Ich, äh«, sagte Tocht, der herauszufinden versuchte, was gerade geschah, »das, äh, bin ich. Wegen des Esels.«

Der Mann grinste, auch wenn diese Bemühung aufgesetzt und gezwungen schien. »Nun, dann ist es schön, dich zu sehen. Er hat gesagt, dass du ihn holen kommen würdest.«

»Das hat er?« Tocht war überrascht. »Das hat er Euch gesagt?«

Der Mann nickte. »Hat er. Ich bin Ranzig. Komm herein.«

Beklemmung regte sich in Tocht. Er vertraute dem Abdecker nicht.

»Tocht«, rief der Esel von drinnen. »Es ist alles in Ordnung. Komm herein.«

Zögerlich folgte Tocht dem Mann in sein Heim. Regale standen an den Wänden aufgereiht, und den Platz in der Mitte des Zimmers nahmen Tische ein. Töpfe und Flaschen füllten die Tische und Regale. Der chemische Gestank war innerhalb des Zimmers noch schlimmer, aber es war warm.

Der Esel saß neben dem Kamin auf seinem Hinterteil. Er sah zufrieden und ausgeruht aus, nicht wie die armen Tiere draußen in der Einfriedung.

Alysta betrat mit Tocht das Zimmer.

»Ist das deine Katze?«, fragte Ranzig.

Tocht wartete darauf, dass Alysta antwortete, aber das tat sie nicht. Offenbar war es ihr nicht recht, den Abdecker wissen zu lassen, dass sie sprechen konnte.

»Ja«, sagte Tocht.

Ranzig kratzte sich am Bart und blickte sehnsüchtig zu Alysta hin. »Hängst du besonders an ihr? Hier draußen, in diesem bitteren Winter, ist sie nur ein Maul mehr zu stopfen. Ich könnte dir einen guten Preis dafür zahlen. Ich kann Katzendärme immer für Saiten und all so was gebrauchen. Und es gibt nichts Zarteres als Katzenkleber.«

»Äh …«, stotterte Tocht, der sprachlos war.

Alysta fauchte ihn an und schlug verächtlich mit dem Schwanz.

»Die Katze gehört mir«, sagte der Esel, der über die Schulter zurückblickte.

»Euch, ja?«, fragte Ranzig. Er lächelte und wandte sich zu dem Esel um. »Nun, Prinz Dawdal, ich würde nicht einmal ein Haar auf dem Kopf Eurer Katze krümmen.«

»Prinz?« Tocht blickte den Esel an.

Der Esel nickte. Er zog die Lefzen zurück und grinste. »Ja. *Prinz.*«

Tocht hatte nicht einmal gewusst, dass das Geschöpf einen Namen besaß. Es konnte kein Prinz sein. Oder doch?

Ranzig deutete auf einen Stuhl vor dem Feuer. »Setz dich. Mach es dir gemütlich. Willst etwas trinken? Oder essen?«

Noch immer verwirrt sagte Tocht: »Ja, sehr gern.« Ranzig schob ihn vorwärts, und der kleine Bibliothekar ging zum Stuhl und setzte sich hin.

Vor dem Esel stand ein großer Eimer mit einer Art Hafermatsch. Stücke von Äpfeln und Karotten waren in der Mischung zu sehen.

»Willst du was?«, fragte der Esel, Dawdal – vielleicht sogar Prinz Dawdal.

»Nein«, antwortete Tocht. »Danke.« Obwohl er sehr hungrig war, sah der Inhalt des Eimers nicht besonders appetitlich aus.

»Ich habe Haferbrei«, sagte Ranzig.

Minuten später saß Tocht mit einer Schüssel warmen Haferbreis da, während die Hitze aus dem Kamin die letzte winterliche Kälte wegbrannte, die noch in ihm war.

»Prinz Dawdal hat mir die ganze Geschichte erzählt«, sagte Ranzig.

»Das hat er?«, fragte Tocht, der selbst gespannt darauf war, die Geschichte zu hören.

»Natürlich habe ich am Anfang noch nicht gewusst, dass er ein Prinz ist«, sagte der Abdecker. »Ich habe ihn heute Morgen geholt und wollte ihm draußen im Schuppen die

Kehle aufschlitzen. Dann hat er zu reden angefangen.« Er schüttelte den Kopf. »In all meinen Tagen habe ich nie ein Tier sprechen hören.« Er senkte die Stimme. »Wenn du mich fragst, ist es beim ersten Mal recht beunruhigend.«

Tocht stimmte ihm stumm zu.

»Auf jeden Fall hat er mir von dem Fluch erzählt«, fuhr Ranzig fort.

»Von dem Fluch?«, fragte Tocht. Er löffelte Haferbrei und war dankbar für das einfache Mahl. Ranzig hatte auch einen Brotlaib und Würgbeerengelee aufgetragen. Das Brot schmeckte frisch, und das Gelee hatte einen zuckrigen Beigeschmack.

»Der Fluch, mit dem ihn der Zauberer Hardak belegt hat«, erklärte Ranzig.

»Der, der mich in einen Esel verwandelt hat«, sagte Dawdal. »Ich habe Ranzig erzählt, wie mein Vater, der König, dich damit beauftragt hat, mich zu finden.«

»Weil nämlich niemand einen Halbling verdächtigen würde«, sagte Ranzig. Er zeigte mit dem Finger auf Tocht und grinste. »Das ist mal ein kluger Plan.«

»Stimmt«, erwiderte Tocht. »Sehr klug.« Aber er fragte sich, woher der Esel diese Vorstellungskraft hatte. Während der Tage, die sie vorher miteinander verbracht hatten, hatte das Geschöpf keinerlei Anzeichen von Intelligenz gezeigt.

»Ich habe ihm auch von dem Schatz erzählt«, sagte der Esel.

»Du hast ihm von dem Schatz erzählt?«, fragte Tocht.

Der Esel nickte feierlich. »Ich habe ihm gesagt, dass wir ihn finden wollen, weil er eine Heilung von dem Fluch verspricht, der mich in der Eselgestalt hält. Ich habe Ranzig auch einen Teil davon versprochen, weil er mein Leben verschont hat.« Er hielt inne und blickte den Abdecker mit traurigen Augen an. »Es war das Mindeste, was ich für seine Großzügigkeit tun konnte.«

»Ja«, pflichtete Tocht bei. »Das war es.«

Ein wenig später, einmal mehr mit Vorräten ausgestattet, machte sich Tocht mit dem Esel und der Katze auf den Weg. Ranzig stand auf seiner unebenen Veranda, winkte ihnen nach und wünschte ihnen viel Glück.

»Denkt an Euer Versprechen, Prinz Dawdal«, rief ihnen Ranzig nach.

»Das werde ich«, erwiderte der Esel. Dann wirbelte er herum, um wieder nach vorne zu blicken. »Wenn Schweine fliegen lernen«, murmelte er.

In Anbetracht dessen, was er in den letzten zwei Tagen an sprechenden Tieren gesehen hatte, war Tocht nicht so sicher, ob das nicht noch geschehen würde, ehe die Reise vorüber war.

»Du bist kein echter Prinz, oder?«, fragte Tocht.

Der Esel blickte ihn an. »Was glaubst du?«

Tocht dachte ernsthaft über die Sache nach. Im Augenblick konnte er den Esel nicht reiten und war gezwungen, ihn zu führen. Vielleicht würde es ihn auf seinen Rücken und aus dem Schnee herausbringen, wenn er dem Esel schmeichelte.

»Ich glaube, das bist du«, antwortete Tocht.

»Narr«, fauchte die Katze.

Der Esel brüllte vor Lachen. »Du reitest nicht auf mir. Diese Tage sind vorüber.«

Während er durch den Schnee trottete, vermisste Tocht jene Tage. Weshalb hatte Kray nicht jemanden auftreiben können, der ihm wirklich ein *Hilfe* war? Nur der Gedanke, Knochenschnitter für Bulokk aufzuspüren, trieb ihn weiter. Das und das sichere Wissen, dass Kröten keine Bücher umblättern oder mit Feder und Tinte schreiben konnten, ohne auf eine Reihe von Schwierigkeiten zu stoßen.

Sie hielten auf die Berge zu und nahmen einmal mehr die Spur auf.

Gegen Abend kamen sie in einem der kleinen, abseits gelegenen Dörfer an, die auf dem Weg von den Bergen herab nach Kairattenbau lagen. Nicht mehr als ein Dutzend kleine Siedlungen, in denen sich jeweils an die fünfzig Häuser zusammendrängten, lagen hinter ihnen verstreut, und dieses Dorf befand sich am Rande der Straße, wo sie nach Osten abbog.

Kerzenlicht leuchtete sanft in einigen Fenstern. Nur wenige Leute waren auf den Straßen unterwegs. Sie schauten neugierig auf die kleine Gruppe, die in ihre Siedlung marschierte.

Tocht fühlte sich unbehaglich unter all den Blicken. Während der letzten paar Stunden, in denen er sich durch frisch gefallenen Schnee gequält und durch die Flocken gestarrt hatte, die immer weiter fielen, hatte er an nichts anderes als die drei magischen Waffen gedacht, die in der Schlacht an der Todesfestung benutzt worden waren. Er konnte nicht umhin, sich zu fragen, weshalb Kapitän Gujhar sie suchte. Natürlich arbeitete der Kapitän für jemand anderen, aber er hatte mit Absicht seinen Auftraggeber nicht erwähnt.

Was war nur mit diesen drei Waffen?, fragte sich Tocht. *Weshalb waren sie nach tausend Jahren noch so wichtig?*

Nichts in seiner gesamten Lektüre gab ihm darauf einen Hinweis. Tatsächlich wusste er gar nicht, weshalb Kray nach Graudämmermoor gekommen und so interessiert gewesen war. Doch wenn er genau nachdachte, dann waren weder Kray noch Käpt'n Farok Leute, die einfach nur aus Jux nach der Wahrheit hinter einer Schlacht suchen würden, die während des Kataklysmus stattgefunden hatte.

Was also enthielten sie ihm vor? Dieser Gedanke ließ Unsicherheit in Tochts Verstand aufkommen. Er mochte es nicht, auf diese Weise zu denken, aber die Wahrheit starrte ihm mitten ins Gesicht. Doch selbst als er Wut darüber verspürte, derart benutzt zu werden, wusste er, dass Käpt'n Farok – und vermutlich auch Kray – sein Leben nicht ohne guten Grund aufs Spiel gesetzt hätte.

Das konnte nur bedeuten, dass die Gefahr, auf die er zuhielt, noch größer war, als er befürchtete. Tocht wurde beinahe übel vor Angst, aber die Neugier trieb ihn weiter.

Er stolperte müde die Straße hinab und wusste, dass er einen Ort brauchte, um sich auszuruhen. Zum Glück hatte es keine Anzeichen von Verfolgung gegeben, weder durch die Kobolde noch den Kuss der Rasierklinge.

Ein Mann mit einem Schwert stand auf der Veranda einer Schenke. »Grüße, Fremder.«

»Grüße«, erwiderte Tocht und ließ den Esel anhalten. Alysta streckte den Kopf aus der Vorratstasche, in die sie sich verkrochen hatte. Tocht hatte sie seit Stunden nicht gesehen und hatte angenommen, dass sie schlief.

»Was führt dich in unser Dorf?«

Tocht fragte sich, ob der Ort überhaupt einen Namen hatte. Einige waren so klein, dass sie keinen besaßen.

»Ich bin nur auf der Durchreise«, antwortete Tocht. »Aber ich würde gern eine Nacht hier verbringen, wenn das möglich ist.«

Der Mann schüttelte den Kopf. »Wir haben hier keine

Unterbringungsmöglichkeit. Selbst diese Schenke ist nur zum Essen und Trinken da. Die meisten, die auf dieser Straße reisen, halten hier nicht einmal an.« Er blickte sich um. »Es gibt ein paar, die Gäste aufnehmen.« Er trat auf die schneebedeckte Straße hinaus und zeigte auf die Häuser. »Versuch es dort. Sag ihnen, dass dich Enil geschickt hat.«

»Das werde ich«, erwiderte Tocht. »Danke.« Er bewegte sich die Straße entlang, stemmte sich gegen den rauen Wind und den wirbelnden Schnee.

An den ersten beiden Häusern antwortete man nicht einmal auf sein Klopfen. Die Leute vom dritten Haus boten ihm eine Unterkunft, aber entschuldigten sich, da es keinen Platz für die Tiere gab.

Zurück draußen auf der Straße, entdeckte Tocht ein weiteres Gebäude, das ein Ledergeschirr und eine Schürze zeigte und so den Ladenbesitzer als Lederer auswies. Ohne eine geschriebene Sprache taten die Läden ihr Bestes, um zu verkünden, was genau sie anboten.

Eine Kleinigkeit auf der Schürze erregte seine Aufmerksamkeit. Es war eine Rose, die von der dornigen Umarmung einer Ranke umschlossen war. Er erinnerte sich genau daran, wo er ein solches Zeichen schon einmal gesehen hatte: auf der Ledertasche, die Zank bei sich getragen hatte.

Die Werkstatt des Lederers war einer der Orte gewesen, die ihm der Mann an der Schenke gezeigt hatte.

Von Neugier getrieben ging Tocht zu dem Laden und klopfte an die Tür. Er fasste Mut, da er sehen konnte, dass Licht aus dem Inneren drang.

Ein Mann mittleren Alters öffnete die Tür. »Ja?« Er war hager und ruhig, in eine Lederschürze und ein dunkles Hemd und Hosen gekleidet. Sein Gesicht wirkte ausgemergelt und müde.

»Enil hat gesagt, dass du vielleicht ein Bett für die Nacht hast?«, sagte Tocht. »Ich kann bezahlen.«

Der Mann blickte den Esel und die Katze an, die ihren Kopf aus der Vorratstasche hochgereckt hatte. »Auch für die Tiere?«

»Bitte.«

Der Lederer schlug einen angemessenen Preis vor, und Tocht war einverstanden. Der Mann sagte: »Auf der Rückseite ist ein kleiner Schuppen. Da kann der Esel bleiben. Die Katze kann mit reinkommen.«

»Vielen Dank«, erwiderte Tocht.

»Ich zeige es dir.« Der Mann zog einem schweren Mantel an. »Ich heiße übrigens Karbor.«

Tocht stellte sich vor, wobei er abermals behauptete, ein Glasbläser zu sein. Gemeinsam brachten sie den Esel nach hinten in den kleinen Schuppen und versorgten ihn, dann kehrten sie in das Haus neben der bescheidenen Werkstatt zurück.

Kapitel 10

Die Geschichte des Lederers

Im Haus half Tocht Karbor in der Küche und trug Geschirr für ein kleines, aber leckeres Mahl auf.

»Ich entschuldige mich für die magere Mahlzeit«, sagte Karbor. »Ich habe schon lange keine Gesellschaft mehr gehabt und war in letzter Zeit etwas abgelenkt.«

»Das Essen sieht wunderbar aus«, erwiderte Tocht. »Es ist Tage her, seit ich gut gegessen habe.« In der Taverne der Intrigen war er nicht zum Essen gekommen, und seit er die *Einäugige Peggie* verlassen hatte, hatte es kein anständiges Mahl mehr gegeben. Der Haferbrei des Abdeckers war gerade genug gewesen, um seinen Magen davon abzuhalten, auf sein Rückgrat zu treffen.

Es wurden Wild, süße Kartoffeln, frischgebackenes Brot aus Sauerteig und eine Mischung aus eingelegtem Gemüse mit einer Pfeffertunke, die typisch für den Süden war, aufgetragen.

»Eine der Grillen, die ich mir leisten kann«, sagte Karbor, als er das Glasgefäß mit dem Gemüse in einen kleinen Kessel leerte, um es über der Feuerstelle zu erwärmen. »Ich mag exotische Aromen. Hier oben bekommt man für gewöhnlich Kartoffeln und anderes Wurzelgemüse, Dinge, die die Bauern der kalten Erde in anständiger Menge abringen können. Aber ich muss dich warnen: Wenn du an die Pfeffertunke nicht gewöhnt bist, brennt sie vielleicht.«

»Ich liebe Pfeffer«, versicherte ihm Tocht. Der Duft der

Pfeffertunke öffnete ihm die Nase und ließ seinen Magen knurren.

»Dann bist du schon über Kairattenbau hinausgekommen.« Karbor stellte einen Teller mit Honigbutter heraus.

»Einige Male«, stimmte Tocht zu.

Minuten später war alles warm, und sie setzten sich hin, um an dem kleinen Tisch zu essen. Tocht aß mit größerem Appetit als sonst, verschlang das Sauerteigbrot, Käse, Wild, Gemüse (das sogar noch schärfer war als erwartet) und die Süßkartoffeln.

»Dein Hunger ist größer, als du vermuten lässt«, bemerkte Karbor. Er ließ für Alysta ein Stück Wild herabbaumeln, das sie mit angemessener Geringschätzung entgegennahm.

Beschämt entschuldigte sich Tocht. »Ich werde dich zusätzlich bezahlen. Aber wie ich gesagt habe, es ist lange her, dass ich mich zu einer Mahlzeit wie dieser niedergelassen habe.«

Karbor winkte ab. »Hier oben sind das jetzt die Wintermonate, und ich bin es nur nicht gewohnt, Gesellschaft zu haben. Während dieser Zeit fertige ich für gewöhnlich einige Auftragsarbeiten und lege einige andere für den Verkauf im Frühjahr zurück, wenn die Händler wieder ihre regelmäßigen Reisen über die Berge hinweg unternehmen.«

Neugierig wie immer sprach Tocht mit Karbor über die Veränderungen in der Gemeinschaft. Es war schwer, so zu tun, als kenne er sich in der Gegend aus, während er zur selben Zeit eine Ahnung davon gewinnen wollte, was den Kuss der Rasierklinge in diese Berge geführt haben könnte.

Um seine Unzulänglichkeiten zu verbergen und weil er Stille am Esstisch nicht leiden konnte, wenn er kein gutes Buch zur Hand hatte, beschwor Tocht einige der alten Legenden, die er über die Nordländer kannte, und schmückte sie mit vielen Einzelheiten aus. Die meisten handelten von verfluchten Piraten, Schiffswracks, auf denen sich verschollene Vermögen befanden, und Ungeheuern, die weit oben in den Bergen Männer in Stücke rissen. Und ein oder zwei Drachen. Drachen waren immer für einige der besten Geschichten gut.

»Bist du sicher, dass du ein Glasbläser bist?«, fragte Karbor während einer Pause, in der sie sich an den Kamin zurückzogen, um Pfeife zu rauchen.

»Was soll das heißen?«, fragte Tocht, der sofort besorgt war, dass er sich durch irgendetwas verraten hatte.

»Du könntest ein Geschichtenerzähler sein.« Karbor zog an seiner Pfeife und starrte in die Flammen. »Du hast den Dreh heraus, wie man Geschichten erzählt.«

»Danke«, erwiderte Tocht. »Du bist zu freundlich.«

»Nein«, sagte Karbor. »Ich erkenne einen guten Erzähler, wenn ich einem zuhöre, und du bist besser als jeder, dem ich bisher gelauscht habe.« Er rauchte einen Moment lang. »Ich wünschte nur, meine Tochter wäre hier und könnte dich hören. Sie hat gute Geschichten immer geliebt.«

»Du hast eine Tochter?«

»Hatte«, sagte Karbor leise. »Ich habe sie verloren.«

»Das tut mir sehr leid.«

»Es ist erst ein paar Monate her. Sie war nicht meine leibliche Tochter, aber ich habe sie von dem Zeitpunkt an aufgezogen, als sie elf Jahre alt war. Sie wäre jetzt siebzehn. Ihr Name war Rose.« Karbor nahm ein Stück Leder vom Kaminsims. »Sie war begabt in der Arbeit mit Leder, obwohl das nicht ihre Berufung war. Sie hat dieses Zeichen erschaffen, das ich in den letzten paar Jahren benutzt habe.« Er tippte auf die Rose, die von Dornenranken umschlungen war. Während er bei der Erinnerung lächelte, fuhr er die Prägung mit dem Finger nach. »Sie hat das nur zum Spaß gemacht. Ich habe mich dafür entschieden, es zu benutzen, um unsere Ware zu kennzeichnen. Das machen nicht viele. Weil die Kobolde ein solches Zeichen als Schrift ansehen.«

»Ich weiß«, erwiderte Tocht.

»Sie war ein heiß geliebtes Kind«, sagte Karbor, als er das Stück Leder zurück auf den Kaminsims legte. »Aber traurig. Ich habe es nie geschafft, dass sie die Melancholie überwindet, die sie als Kind erfasst hat.«

»Weshalb war sie traurig?«, fragte Tocht, ehe ihm auffiel, dass er damit herumschnüffelte. Er konnte es nicht ertragen, wenn eine Geschichte nicht erzählt wurde.

Karbor stopfte seine Pfeife und zündete sie abermals an. »Ihre Eltern, die in jüngeren und ertragreicheren Jahren meine Freunde gewesen waren, wurden von Kobolden getötet. Rose ist gerade noch davongekommen. Als ich herausfand, was geschehen war, bin ich zur Zerschmetterten Küste hinabgegangen, um mich um sie zu kümmern. Sie hatte sonst keine Familie, also habe ich sie hierher zurückgebracht, damit sie bei mir leben konnte.«

»Die Kobolde haben ihr Dorf überrannt?«, fragte Tocht. Das war keine ungewöhnliche Geschichte. Die Wildheit der Kobolde hatte über das gesamte Festland hinweg zugenommen, nachdem die Stämme sich nach außen gewandt hatten, um ihre Aggressionen abzubauen, anstatt sie untereinander auszutragen, wie sie es in der Vergangenheit getan hatten.

»Nein.« Karbors Stimme war leise. »Wie es sich herausgestellt hat, haben die Kobolde nach ihrer Familie gesucht.«

»Weshalb?«

»Weil sie die Nachfahren von Kapitän Dulaun waren, dem Helden der –«

»Der Schlacht an der Todesfestung während des Kataklysmus«, sagte Tocht. Obwohl das ausgiebige Mahl ihn schläfrig gemacht hatte, war er wieder hellwach.

Karbor blickte ihn besorgt an.

»Ich sammle Geschichten«, sagte Tocht. »Die Schlacht an der Todesfestung ist eine, die jeder noch im Kopf hat.«

»So ist es.« Karbor nickte. »Viele Leute – Menschen und Elfen – misstrauen den Zwergen wegen Meisterschmied Oskarrs Verrat an diesen tapferen Verteidigern.«

Meister Oskarr hat niemanden verraten! Tocht unterdrückte seine Widerrede mit Mühen. »Deine Tochter war die Nachfahrin von Kapitän Dulaun?«

Karbor nickte. »Das war sie. Auf der mütterlichen Seite. Das habe ich zu jenem Zeitpunkt nicht gewusst. Rose hat es mir später erzählt. Ihr Ahne hat das Schwert Meeresgischt in tausend Schlachten getragen, und er hat dort in der Schlacht an der Todesfestung sein Leben verloren.«

»Und das Schwert ist in die Hände der Kobolde gefallen«, sagte Tocht, als er sich wieder erinnerte.

»Ja, und während der letzten tausend Jahre ist es verloren gegangen. Niemand wusste, wo es sich befand. Aber es hat jemanden gegeben, der dachte, dass er es wusste.« Karbor zog an der Pfeife. »Tatsächlich war er sich sicher, dass Meeresgischt sich irgendwo in dieser Gegend befindet.«

Tochts Herz schlug schneller. »In Kairattenbau?«

»Nein, aber irgendwo in der Nähe.« Karbor deutete nach Norden. »Ein Dutzend Fürstentümer und Königreiche haben sich in den Bergen erhoben und sind wieder verschwunden. Eines von ihnen, ich weiß nicht, welches, soll angeblich Meeresgischt gefunden haben.«

»Hat man das Schwert aufgespürt?«

Karbor zuckte mit den Schultern. »Das weiß ich nicht.«

Der Mann tat Tocht leid. Karbor stand im Winter seines Lebens, allein und ohne eine Familie. Niemand sollte auf diese Weise sterben müssen, dachte er. Dann fiel Tocht auf, dass ihm während der Aufgabe, die Kray ihm gestellt hatte, genau das Gleiche passieren könnte.

Außer natürlich, er konnte genug in Erfahrung bringen, um sich zu retten.

»Sie sind hergekommen, um meine Tochter zu suchen«, sagte Karbor.

»Wer ist gekommen?«, fragte Tocht, während er gegen die Müdigkeit ankämpfte, die sich in ihm ausbreitete.

»Die Kobolde. Unter den Anweisungen eines verabscheuenswerten Mannes namens Gujhar.« Karbors Blick wurde finster. »Ich war nebenan. In der Werkstatt, wo die Häute gehärtet werden. Ich habe Kampfgeräusche gehört und bin nach draußen gerannt. Da hatten die Kobolde Rose schon.« Tränen traten in seine Augen, und seine Hand zitterte, während er die Pfeife hielt. »Sie hat gegen sie gekämpft. Mit Klauen und Zähnen hat sie gekämpft. Ich schwöre, du hast noch nie ein Mädchen gesehen, das so kämpfen konnte. Ihre Mutter ist eine Kriegerin gewesen, im Schwertkampf und im waffenlosen Kampf ausgebildet. Ein Kind wurde in jeder Generation für diese Ausbildung ausgewählt.«

»Weshalb?«

»Für den Fall, dass Meeresgischt wiederentdeckt würde.«

»Wer hat deine Tochter ausgebildet?«

»Eine Weile ihre Mutter. Aber selbst hier hat sie den Drang nach weiterer Ausbildung verspürt. Im Dorf gibt es einen Mann, einen Blinden, der einst zur Leibwache eines Königs gehört und Rose im waffenlosen Kampf unterrichtet hat. Und nicht weit von hier kenne ich einen anderen Mann, der einmal ein Söldner gewesen ist. Ich habe mit ihm Lehrstunden ausgehandelt, weil sie unbedingt weiterlernen wollte.«

»Und du weißt nicht, was mit ihr geschehen ist?«

Karbor schüttelte den Kopf. »Ich bin nach Kairattenbau gegangen und habe versucht, auf das Schiff der Kobolde zu spähen. Meine Bemühungen haben mich beinahe das Leben gekostet.« Seine Stimme brach. »Aber ich habe genug erfahren, um mir keine Hoffnungen mehr für Rose zu machen.«

»Während ich in Kairattenbau gewesen bin«, sagte Tocht, »habe ich einen Mann gesehen, der einen kleinen Beutel mit dem Rosenzeichen darauf getragen hat.«

»Einen Beutel?« Interesse flackerte in Karbors feuchten Augen auf.

»Ja.« Tocht blickte sich im Zimmer um. »Du fertigst viele Lederwaren – Handschuhe, Schürzen für Schmiede und Zaumzeug –, aber ich sehe keine Beutel oder Taschen.«

»Die mache ich nicht«, sagte Karbor. »Die Gemeinschaften, an die ich verkaufe, bestehen nur aus Arbeitern. Sie haben nicht genug Einkommen für Überflüssiges. Ein Lederbeutel ist überflüssig, wenn einer aus Stoff genauso seinen Dienst tut.«

»Dann hast du diesen gar nicht gemacht? Ich habe das Zeichen darauf mit eigenen Augen gesehen.«

»Ich habe einen gemacht«, erwiderte Karbor. »Aber nur einen. Für Rose.« Seine Stimme wurde schwer. »Sag mir den Namen des Mannes. Ich würde mich sehr gerne mit ihm unterhalten, sollte ich jemals die Gelegenheit dazu bekommen.«

»Zank«, antwortete Tocht.

»Ist er ein Mensch?«

Tocht nickte.

»Bestimmt jemand aus Gujhars Gefolgschaft.«

»Das denke ich nicht«, sagte Tocht. »Weshalb sollte Gujhar deine Tochter haben wollen?«

»Weil Meeresgischt verzaubert ist«, erwiderte Karbor. »Die Magie in dem Schwert kann man nur erwecken, wenn einer der wahren Erben es hält. Nur Dulauns Familie kann sie heraufbeschwören.«

»Weshalb sollten die Kobolde sie oder das Schwert wollen?«

»Ich weiß es nicht. Der Legende nach, die Rose mir erzählt hat, wurden alle drei Waffen – Meister Oskarrs Streitaxt Knochenschnitter, Kapitän Dulauns Schwert Meeresgischt und der mächtige Bogen des Elfenhüters Sokadir, Todeshauch – dazu benutzt, die Schutzmechanismen zu stärken, die die Verteidiger in der Schlacht an der Todesfestung geschützt haben.«

»Wie das?«

»Indem man die Magie in ihnen angezapft hat.«

Das war das erste Mal, dass Tocht eine solche Geschichte zu Ohren kam. »Hat dir das Rose erzählt?«

Karbor nickte. »Das hat sie. Ihre Mutter hat diese Geschichte an sie weitergegeben, obwohl ihre Mutter sie niemals mir gegenüber erwähnt hat. Nur eine Handvoll der Verteidiger bei dieser Schlacht wussten davon.«

Etwas später entschuldigte sich Karbor und ging zu Bett. Zuvor errichtete er aber für Tocht vor dem Kamin ein Lager.

Obwohl er einen vollen Magen und nicht viel geschlafen hatte, stellte sich heraus, dass Tochts Verstand zu beschäftigt war, als dass er es ihm gestattet hätte einzuschlafen. Seine Gedanken jagten sich innerhalb seines Kopfes.

Er nahm sein Tagebuch und seine Schreibutensilien heraus und machte sich daran, die Ereignisse des Tages niederzuschreiben. Die Arbeit ging im Feuerschein schnell vonstatten, obwohl er wusste, dass er sie zu einem späteren Zeitpunkt noch einmal würde durchsehen müssen.

Immer noch ruhelos, wandte er sich den Büchern zu, die er von der *Geist* mitgebracht hatte. Das Logbuch ließ sich über Kapitän Gujhars Fortschritte auf seiner Suche nach Knochenschnitter und Meeresgischt aus, und es wurde sogar erwähnt, dass Todeshauch den Gerüchten zufolge tief irgendwo in der Gegend verschollen lag, die früher der Silberblattwald gewesen war. Es gab eine Reihe von Karten, die die Elfenstadt Wolkenhöhen und ihre Umgebung darstellten.

Eine von Kapitän Gujhars Anmerkungen lautete: *Man hat mir gesagt* (Tocht fiel auf, dass der Meister der *Geist* nicht einmal erwähnte, wer ihm das erzählt haben könnte), *dass jeder, der zwei der Waffen in der Hand hält, zur dritten geleitet werden wird. Mit der erfolgreichen Ortung von Knochenschnitter brauche ich nur noch Meeresgischt, um Todeshauch zu finden. Die Männer vom Kuss der Rasierklinge, mit denen ich Abmachungen getroffen habe, schwören, dass sie wissen, wo sich Dulauns Schwert befindet. Wir werden sehen.*

»Du solltest dich schlafen legen«, sagte Alysta leise.

Blinzelnd blickte Tocht zu der Katze hinüber. Sie hatte während Karbors Anwesenheit nicht gesprochen, was verständlich war, aber sie hatte auch noch unnahbar und in ihre eigenen Gedanken versunken gewirkt, nachdem der Mann zu Bett gegangen war. Er fragte sich, ob er etwas getan hatte, um sie zu verärgern, und hatte Angst, sich danach zu erkundigen.

»Das werde ich«, sagte Tocht. »Im Gewölbe Allen Bekannten Wissens bleibe ich für gewöhnlich noch viel länger auf.«

»Nicht«, beharrte die Katze, »nachdem du früh am Tag den Kobolden entwischt bist und nachdem du die Nacht damit verbracht hast, dich in einer Schneewehe warm zu halten.«

Tocht musterte die Katze. »Machst du dir Sorgen um mich?«

Die Katze blickte zur Seite. »Nein. Aber ich will nicht daran schuld sein, wenn du es nicht schaffst, früh am Morgen zu fliehen, sollten die Kobolde auf der Suche nach dir hierherkommen.«

Tocht glaubte nicht, dass das besonders wahrscheinlich war, aber das hieß nicht, dass es nicht geschehen konnte. Das Verhalten der Katze machte ihn neugierig. »Irgendetwas bedrückt dich.«

Ohne ein weiteres Wort rollte sie sich herum und blickte in die andere Richtung, während sie die Hitze aus dem Kamin aufsog.

Eine Weile las Tocht weiter, erfuhr aber nicht viel. Die Wörter entwischten ihm und verzerrten sich in seinem gewöhnlich wachen Geist. Nach einer Weile packte er sein Tagebuch und die Schreibsachen weg, dann versteckte er auch die Bücher. Er machte es sich auf dem Lager so bequem wie möglich und drehte sich um, so dass sein Rücken den Flammen zugewandt lag. Einen Augenblick später war ihm warm und behaglich, und er schlief sofort ein.

Am Morgen machte sich Tocht abermals auf in die brausenden Winde, die ihm ihre Zähne zu zeigen schienen. Karbor gab ihm etwas, um seine Vorräte aufzustocken, und er dankte Tocht für seine großzügige Bezahlung.

»Es gibt einen Gefallen, um den ich dich bitten möchte, während du auf dieser Straße reist«, sagte Karbor.

»Wenn ich kann«, erwiderte Tocht.

»Wenn du irgendwelche Neuigkeiten von meiner Tochter hörst, wenn du etwas über Rose erfährst, dann bitte ich dich nur darum, dass du dir die Mühe machst, mich über das in Kenntnis zu setzen, was du herausfindest.«

Tocht nickte. »Das werde ich.«

Dann brach er auf, den Esel einmal mehr hinter sich, weil Dawdal ihm das Reiten nicht gestattete.

Drei Meilen weiter oben in den Bergen gabelte sich der Weg, dem Tocht folgte, zu einem *Y*. Er stand eine Weile da und wusste nicht, wohin er sich wenden sollte. Die Kälte zwickte ihn im Gesicht, und seine Füße sehnten sich nach einem Feuer, dem er sie entgegenstrecken konnte.

Es gab keinen Hinweis darauf, welchen Weg die Diebe vom Kuss der Rasierklinge eingeschlagen haben könnten.

Alysta erhob sich, offenbar vom Esel auf den Halt aufmerksam gemacht. »Was ist los?«, fragte sie.

»Ich weiß nicht, welchen Weg ich nehmen soll«, erwiderte Tocht. Er ging vor den beiden Abzweigungen auf und ab, vergeblich auf der Suche nach einem Hinweis.

»Deshalb bin ich ja mitgekommen«, sagte Alysta. Sie streckte ihre zierliche Nase in den Wind. »Nach links.«

Tocht blickte nach links. Diese Abzweigung führte noch tiefer in die Berge. Wenn man es genauer betrachtete, gab es keinen besseren Ort, um ein magisches Schwert zu verstecken, als tiefer in den Bergen. Trotzdem könnte sie die rechte Abzweigung zu einem Gebiet führen, in dem es sogar noch leichter war, ein solches Ding zu verstecken.

Immer vorausgesetzt, dass Meeresgischt noch existiert, sagte er sich. Aber er hatte keinen Zweifel daran.

»Woher weißt du, dass es nach links geht?«, fragte Tocht.

Die Katze blickte ihn aus ihren kühlen Achataugen an. »Ich weiß es nicht. Ich rate.«

»Du *rätst*?«

»Ja. Raten ist viel besser, als auf und ab zu gehen, bis man einen Graben in den Boden gelaufen hat.«

Tocht blickte dorthin zurück, wo er umhergelaufen war. Es stimmte, nahm er an, dass er sich in seiner Unentschlossenheit ein wenig schwerfällig angestellt hatte.

Er seufzte. »Eine wissenschaftliche Grundlage für diese Entscheidung wäre mir sehr viel lieber.«

»Wie wäre es mit einer mathematischen?«, fragte die Katze. »Die Wahrscheinlichkeit steht fünfzig zu fünfzig.«

Da er über eine solche Angelegenheit nicht mit der Katze streiten wollte, machte sich Tocht auf den Weg und nahm die linke Abzweigung. Sie würden die Wahrheit früh genug herausfinden.

Bei Sonnenuntergang hielt Tocht an, um ein Lager aufzuschlagen. Ihm war kalt, und er war müde und fürchtete sich. In seiner Erschöpfung fing er an, Schatten um sich herumgleiten zu sehen und sie sich als geifernde Ungeheuer vorzustellen, die nur darauf warteten, ihn sich zu holen und an seinen Knochen zu nagen.

Er ging etwa dreißig Schritte von der Straße fort und dachte, dass er sein Lager so besser als beim letzten Mal verbergen würde. Der Schnee fiel inzwischen dichter, nahm wieder an Stärke zu, als würde er mit der Nacht neue Kraft finden.

Der Wald stand dicht um ihn herum, und es wimmelte dort von Geschöpfen. Er stieß auf die Spur eines Fuchses und hörte eine Eule mit einem schweren Rauschen ihrer

Flügel über ihn hinwegfliegen, ehe er sich duckte und sie einen Herzschlag später erblickte. Zum Glück entdeckte er keine Bären oder Wölfe, die ihm bestenfalls einen unruhigen Schlaf beschert hätten.

Er genehmigte sich ein kaltes Abendessen aus gewürztem Fleisch und Reiseküchlein und sehnte sich nach den warmen Mahlzeiten, die er bei Karbor zu Hause genossen hatte. Er dachte wieder an den Lederer und daran, wie dessen Tochter von den Kobolden gefangen genommen worden war, und dass der arme Karbor nicht wusste, was mit ihr geschehen war.

Er saß unter den dicken Decken, mit dem Rücken an den Esel gelehnt, der zufrieden an einem Futtersack voller Hafer mampfte, den sie Karbor abgekauft hatten. Die Kälte wurde von den dicken Wolldecken im Zaum gehalten. Alysta schlief neben dem Esel, da die Kälte ihr wegen ihrer geringen Größe noch mehr zusetzte.

Tocht hasste die Dunkelheit. Es war zu dunkel, um weiterzureisen, aber sein Verstand war noch nicht müde genug, um zu schlafen, obwohl er körperlich so erschöpft war. Er brauchte ein Buch. Nicht einmal eine Pfeife oder ein Glas mit Razalistynbeerenwein. Einfach nur etwas, um seinen Verstand zu beschäftigen. Leider war es auch zu dunkel zum Lesen, obwohl der Mond hin und wieder für lange, silberne Augenblicke durch die Wolkendecke brach.

In der Stille der Nacht vernahm Tocht neben den Rufen der nächtlichen Jäger und dem Wind das Geräusch eines plätschernden Baches. Er hatte den Bach einmal überquert und wusste, dass er den Großteil des Tages mehr oder weniger an dem Gewässer entlanggereist war. Der Bach kam aus den Bergen herab, klar und rein.

Missmutig nahm Tocht den Wasserschlauch aus dem Gepäck, das der Esel getragen hatte, und machte sich auf die Suche nach dem Bach. Er stolperte weitere zwanzig Schritte durch den Wald, drückte Kiefernäste zur Seite und nahm bald selbst den Geruch der Bäume an, ehe er den Bach fand.

Der Bach schlängelte sich durch den Wald, verlief zwischen den Bäumen und Felsen. Er war nicht breiter als sechs Fuß und nur ein paar Zoll tief.

Als er sich einen Weg durch eine Schneewehe bahnte, stolperte Tocht und fiel hin. Während er sich wieder aufrichtete, inzwischen verärgert, weil er überall mit Schnee bedeckt war und vermutlich bald nass sein würde, wenn die Flocken im Lager schmolzen, öffneten sich die Wolken einen Moment lang, und das Mondlicht traf auf das, worüber er gestolpert war.

Es war eine Leiche.

Kapitel 11

Die Festung

Blasse, gequälte Züge blickten zu Tocht auf, wo er die Schneewehe unabsichtlich zur Seite geschoben hatte. Zu Lebzeiten war das Opfer ein junger Mann gewesen, ein Mensch von wenigen Jahren, nach ihren Maßstäben bereits ein Mann, wenn auch noch nicht lange.

Tocht nannte ihn automatisch das Opfer, denn seine Kehle war durchgeschnitten. Als der kleine Bibliothekar auf die Beine kam, entdeckte er, dass er sich im kalten Lager von Toten befand. Als er die sechs Haufen um sich herum als das erkannte, was sie waren, fegte Tocht den Schnee zur Seite und fand sechs weitere Leichen.

Sie alle waren Menschen gewesen, Händler dem Aussehen ihrer groben Kleider und einiger Vorräte nach zu urteilen, die in ihren Taschen verblieben waren. Alle von ihnen waren gewaltsam umgekommen, nicht weit von der kalten, toten Asche ihres Lagerfeuers entfernt.

Tocht wusste, dass sie vor nicht allzu langer Zeit getötet worden waren. Die Aasfresser hatten sich noch nicht an ihnen gütlich getan. Er stand taub vor Schreck da und blickte auf die Gesichter hinab.

»Du kannst nichts für sie tun.« Alysta stand neben einem Baum außerhalb des Lagers.

Tocht sagte nichts, aber der heulende Wind sorgte dafür, dass sich auch sein Inneres so gut wie erfroren anfühlte.

»Hast du mich gehört?«, fragte die Katze.

»Ich habe dich gehört«, murmelte Tocht.

»Du kannst nichts für sie tun«, wiederholte Alysta.

»Ein Begräbnis«, schlug Tocht vor.

»Du hast weder die Werkzeuge noch die Kraft dafür.« Die Katze ließ ihren Blick ernst über das Lager schweifen. »Und die Erde ist fest gefroren.« Ihre Stimme war leise. »Besser wir lassen sie, wie du sie gefunden hast, und hoffen, dass jemand anderer sie findet und ihnen ein anständiges Begräbnis gibt.«

Fassungslos begriff Tocht, dass die Katze die Wahrheit sprach. Er nickte.

»Zumindest wissen wir, dass wir auf der richtigen Spur sind«, sagte Alysta.

»Was meinst du damit?«

»Die Diebe vom Kuss der Rasierklinge sind hier vorbeigekommen.«

Tocht riss seinen Blick von den Toten los und blickte die Katze an. »Woher weißt du das?«

»Die Verletzungen«, sagte Alysta. »Der Großteil davon wurde von Rasierklingen verursacht, nicht von Schwertern. Diese Männer, die meisten von ihnen, wurden im Schlaf ermordet. Die Rasierklinge ist die erwählte Waffe jener, die wir verfolgen.«

Das wusste Tocht. »Es könnte sich um eine andere Diebesgruppe handeln.«

»Das bezweifle ich. Diebe kommen nicht oft in die Berge herauf.«

»Ausgeschlossen ist es jedoch nicht.«

»Nein, aber die Vernunft besagt, dass wir die Männer verfolgen, denen wir seit Kairattenbau auf den Fersen sind.« Die Katze blickte in den Wald und duckte sich tief, als eine große Eule vorbeiflog. Der Schatten des Raubtiers rauschte in der Dunkelheit über sie hinweg. »Füll die Wasserschläuche auf und komm ins Lager zurück, bevor du dich verirrst.«

Tocht stand wie festgefroren, starrte auf die Leichen hinab und hatte Angst, dass er genau wie sie enden könnte. Es war ein Wunder, dass er noch nicht tot war. *Ich bin ein Bibliothekar*, dachte er verzweifelt. *Kein Abenteurer. Kein Söldner. Keiner dieser Helden wie Taurak Bleiyz aus dem Hralbommsflügel.* Er holte leise tief Luft und versuchte, seine verwirrten Sinne zu beruhigen. *Ich bin ein Halbling, und ich bin weit weg von zu Hause in einem Land, das mich umbringen wird, wenn das nicht schon die Männer übernehmen, denen ich hinterherjage.*

In der finsteren Tiefe der Nacht wünschte sich Tocht, dass er einfach nur heimgehen könnte. Jemand anderer sollte das Rätsel um die Schlacht an der Todesfestung lösen und herausfinden, wer dort draußen wirklich wen verraten hatte. Es war vor tausend Jahren geschehen. Diese Ereignisse sollten keinerlei Einfluss auf das haben, was sich nun abspielte.

Aber das hatten sie. Auf die Streitigkeiten, die damals in Paunsels Taverne in Graudämmermoor aufgekommen waren. Auf den Verlust, den Bulokk noch immer wegen der Streitaxt seines Vorfahren verspürte und wegen Meister Oskarrs gutem Ruf. Auf die Entführung des Mädchens, Rose, das angeblich die Nachfahrin von Kapitän Dulaun war. All diese Dinge waren wegen der Schlacht an der Todesfestung geschehen. Es gab viele, die wissen mussten, was sich dort abgespielt hatte.

»Bibliothekar zweiten Ranges Lampenzünder«, rief die Katze mit größerer Eindringlichkeit. »Hörst du mich?«

Tocht schob seine Angst beiseite. Angst vernebelte einem die Gedanken und würde ihn schneller umbringen als die Waffe eines Gegners. »Ich höre dich.«

»Fülle die Wasserschläuche und komm zurück zum Lager«, sagte die Katze sanft. »Du kannst die Nacht nicht damit zubringen, diese Männer anzusehen, denen du nicht helfen kannst.«

Das weiß ich. Mit großer Mühe setzte sich Tocht in Bewegung. Er ging zum Bach hinab und füllte die Wasserschläuche auf, zwang sich zum Trinken, bis er nicht mehr konnte, und begab sich hinter der Katze auf den Rückweg zum Lager.

Sie hatten sich an der Weggabelung für die richtige Richtung entschieden. Das musste etwas zu bedeuten haben. Aber er fürchtete, dass es nur bedeutete, dass er seinem Tod entgegenging.

Die Festung kam am späten Vormittag in Sicht.

Tocht ritt inzwischen den Esel, anstatt zu gehen. Lumpen umhüllten seine Füße, um einen Teil der Kälte abzuhalten. Dawdal war nicht sehr glücklich darüber, geritten zu werden und Tochts geringes Gewicht tragen zu müssen, aber Alysta hatte dem Esel keine andere Wahl gelassen. Als Dawdal eine Begründung für diesen Wandel von ihr eingefordert hatte, hatte sie ihm die Antwort verweigert. Sie ritt vor Tocht, und er schirmte sie mit seinem Umhang ab.

Der Esel sah die Festung als Erster und hielt an. Frisch gefallener Schnee, auf dessen lückenloser Decke sich keine Spuren zeigten, bedeckte den schmalen Pfad, der hinauf in die Berge führte. Als Alysta wissen wollte, weshalb er angehalten hatte, hatte der Esel mit seiner stumpfen Nase auf die Festung gezeigt und ihnen damit gesagt, wonach sie Ausschau halten mussten.

Das Gebäude stand auf der Spitze eines Berges inmitten eines dichten Hains aus Kiefern und Fichten. Der verhangene Himmel ließ nicht viel Sonnenlicht durch.

Das Hauptgebäude war eine eingefallene Ruine, und etliche weitere Gebäude umgaben sie. Menschen bauten nicht mit derselben Sorgfalt wie Zwerge oder Elfen. Ihr Leben war flüchtig und mit mehr Gewalt als das Dasein der Zwerge und Elfen und selbst das der Kobolde angefüllt. Sie hatten einen Hang dazu, aufzubauen und das Aufgebaute wieder aufzugeben, sich auf die Suche nach etwas Neuem oder anderem zu machen oder in bestimmten Gebieten rasch auszubeuten, was das Land ihnen zu bieten hatte.

Sie vermehrten sich auch viel schneller als alle anderen Völker mit Ausnahme der Kobolde. Elfen planten jede Geburt als ein besonderes Ereignis, und Zwergenfrauen gebaren starke Söhne, die ihren Vätern eine Hilfe waren. Die Alten hatten den Menschen die Meere gegeben, weil die Meere mehr Raum bedeckten als das Land, welches sie den Zwergen gegeben hatten. Die Elfen beanspruchten die Magie der Luft für sich, der hohen und luftigen Orte. Und die Kobolde waren aus Feuer geschaffen worden.

Aufgrund der Vorliebe der Menschen, sich zu vermehren und umherzuwandern, waren die Zerschmetterte Küste und die Inseln von verlassenen Heimstätten und Siedlungen überzogen. Wenige Menschenstädte bestanden länger als ein paar hundert Jahre.

Als er die Festung betrachtete, wusste Tocht mit Sicherheit, dass sie viel länger leer gestanden hatte, als sie bewohnt gewesen war. Irgendwann im Laufe der Zeit hatte Feuer die Festung für sich beansprucht, hatte das Holz weggebrannt und Sprünge im Mörtel entstehen lassen. Steinhaufen ergossen sich über den Schnee, und die meisten dieser Haufen waren wiederum von Schnee bedeckt.

Als sie noch ein Ort gewesen war, an dem Menschen lebten, hatte die Festung vier Türme an den Ecken des Haupthauses besessen, das zu beiden Seiten von Wachtürmen flankiert war. Nun waren zwei dieser Türme eingestürzt, waren über die Festung und das unebene Land gefallen, das zu den Bauwerken hinaufführte. Fichten, Kiefern und Gestrüpp hatten begonnen, auch den Platz innerhalb der eingestürzten Festungswälle für sich einzunehmen.

Es war ein Ort, dessen war Tocht sich gewiss, der immer wieder geplündert worden war. Nichts konnte in diesem Wirrwarr von Steinen liegen, das noch nicht gefunden worden war. Es war unmöglich.

Wir befinden uns auf einer sinnlosen Suche. Übelkeit drehte Tocht den Magen um und fuhr ihm sauer in die Kehle. *Wenn Kapitän Dulauns Schwert jemals hier gewesen ist, dann ist es inzwischen mit Sicherheit fort.*

Aus drei unterschiedlichen Lagerfeuern ringelte sich Rauch in den bleiernen Himmel, ein stummes Zeugnis, dass sich hier jemand befand.

»Das Schwert ist noch in der Festung«, sagte die Katze, als hätte sie seine Gedanken erraten.

»Weißt du das mit Sicherheit?«

»Weshalb sonst sollte der Kuss der Rasierklinge hier sein?«, fragte die Katze. »Weshalb sollten wir hier sein?«

Weil wir Narren sind, dachte Tocht, aber er nahm Abstand davon, es auch auszusprechen.

In der Hoffnung, dass ihre Ankunft im dichten Schneetreiben, das niemals aufhörte, unbemerkt vonstattengegangen war, wandten sich Tocht und seine Begleiter vom Pfad ab und drangen tiefer in den Wald vor. Sobald sie eine Steigung gefunden hatten, die sie auch erklettern konnten, ließen Alysta und Tocht den Esel in einem dichten Baumbestand zurück, der die meisten Unbilden des Wetters von ihm fernhielt, und banden ihm den Futtersack um. Er kaute genüsslich, vermutlich der Einzige aus der Gruppe, der zufrieden war, als sie sich den Berg hinauf aufmachten.

Der Aufstieg war schwer und wurde durch die Schneewehen, die Tocht bald bis zur Brust gingen, während er Alysta trug, noch schwieriger. Aber nach einer Weile erreichten sie die Höhle, die Alysta am westlichen steilen Berghang erspäht hatte.

Die Höhle war klein und flach, eher wie eine Delle in der Flanke des Berges. Sie roch stark nach Moschus von einem Tier, was ein Hinweis darauf war, dass sie manchmal wilden Geschöpfen Unterschlupf bot. Zum Glück waren von denen im Augenblick keine anwesend.

Tocht wünschte sich ein Feuer, aber er wusste, dass der Rauch ihre Anwesenheit verraten würde. Wenn die Diebe vom Kuss der Rasierklinge sie nicht schon gesehen hatten.

Stattdessen versuchte er die Tatsache zu genießen, dass die Höhle einigermaßen behaglich war, und sich zu sagen, dass es schon ausreichte, wenn ihm der Wind nicht mehr um die Ohren blies. Eine Weile beobachtete er die Festung.

Die Diebe hielten Wache auf dem Gebiet, aber es war zu groß, als dass sie es komplett abdecken konnten. Außerdem beschäftigten sie sich damit, in den Ruinen herumzuwühlen.

Es gab keine Spur von Zank. Als er an den jungen Mann dachte, fragte sich Tocht, ob er eines der Opfer gewesen war, die er letzte Nacht gefunden hatte. Nun tat es ihm leid, dass er sie sich nicht angesehen hatte, aber er hatte nicht gewollt, dass noch mehr von diesen toten Gesichtern für immer in sein Gedächtnis gebrannt wurden.

»Wonach suchen sie?«, flüsterte Tocht der Katze zu.

Sie setzte sich neben ihn, und auch ihre Augen beobachteten eifrig die Diebe. »Nach Muscheln.«

Die Antwort verwirrte ihn. »Muscheln?«

Die Katze warf ihm einen Blick voll aufgeplusterter Verachtung zu. »Was glaubst du denn, wonach sie hier suchen?«

Tocht verzog das Gesicht. *Das hast du dir selbst zuzuschreiben.*

»Weshalb benimmst du dich nicht wie ein Bibliothekar?«, schlug die Katze vor.

»Was meinst du damit?«

»Du hast das Logbuch von Kapitän Gujhars Schiff. Vielleicht könntest du es lesen und herausfinden, weshalb die Diebe vom Kuss der Rasierklinge hier sind.«

Tatsächlich hatte es Tocht in den Fingern gejuckt, in dem Buch zu lesen, aber er hatte nicht gedacht, dass Alysta diese Bemühungen gutheißen würde. Anstatt auf den sarkastischen Tonfall einzugehen, den sich die Katze angeeignet hatte, griff er in seinen Sack und zog das Buch hervor. Letzte Nacht bei Karbor hatte sich Tocht durch die verpatzte Handschrift des Mannes (was für eine Zumutung für einen Erzähler, der als Bibliothekar ausgebildet war und schön schreiben konnte!) gearbeitet, aber er hatte bei dem schlechten Licht am Kamin nicht viel lesen können. Er hatte mit den letzten Einträgen begonnen und sich von da aus zurückgearbeitet. Die meisten dieser Einträge hatten sich jedoch um Gujhars Suche in und um Kairattenbau gedreht, um alltägliche Dinge. Davor war es um die Ausgrabungen der Kobolde auf den Aschwolkeninseln gegangen.

Insgesamt schloss Tocht, dass der Kapitän recht gute Aufzeichnungen anfertigte. Aber das lag wohl daran, dass derjenige, den er vertrat, sie auf diese Art und Weise verlangte.

Er blätterte weiter, überflog den Text und die Zeichnungen. Alysta war mehrmals gekommen, um ihm über die

Schulter zu spähen, während er auf dem kalten Steinboden saß, aber sie war mit offensichtlichem Desinteresse wieder weitergezogen. Vielleicht hatte die Katze ihrer Tochter das Lesen beigebracht (eine Behauptung, die Tocht immer noch ein wenig anzweifelte), konnte aber die Handschrift oder Sprache des Kapitäns nicht lesen.

Nach einer Weile packte er die Vorräte aus und aß Würzfleisch, wobei er Alysta mit kleinen Leckerbissen fütterte, ohne dass sie darum gebeten hatte. Die Katze lehnte seine Angebote nicht ab.

Stunden später, als es auf die Mitte des Nachtmittags zuging, fand Tocht die Antwort, die sie suchten.

»Nach der Schlacht an der Todesfestung«, sagte Tocht, um zusammenzufassen, was er aus dem Logbuch des Schiffes übersetzt hatte, »hatten die Kobolde Meeresgischt beinahe vierhundert Jahre lang. Dann haben sie das Schwert verloren.«

»An wen?« Alysta starrte ihn mit ihren Katzenaugen eindringlich an.

Tocht schüttelte den Kopf. »Die Erzählung von Kapitän Gujhar verrät das nicht. Das Einzige, was sie sicher wussten, war, dass ein Mann aus Kapitän Dulauns Blutlinie Meeresgischt geholt hatte.«

»Aber nicht aus der unmittelbaren Blutlinie«, sagte Alysta. »Es war ein Nachfahre über einen anderen Ahnen.«

Tocht blickte sie an. »Du weißt darüber mehr, als du zugibst.«

»Lies weiter«, sagte die Katze. »Ich will mehr erfahren.«

Tocht schloss das Buch und begegnete dem berechnenden Blick der Katze. Draußen fing der Himmel an, in der Dämmerung dunkler zu werden. »Sag mir, was du weißt.«

»Wenn ich bereit dazu bin.«

»Nein«, sagte Tocht, indem er Vorräte seines Mutes anzapfte, von denen er nicht einmal gewusst hatte, dass es sie gab. *»Jetzt.«* Und diese Vorräte an Mut lösten sich auf, noch während er das letzte Wort aussprach.

»Was?« Alysta legte die Ohren flach an. Ihr felliges Gesicht spannte sich. Sie schnellte unerwartet nach vorn, prallte gegen Tochts Brust und warf ihn zurück. Sie blieb auf ihm und fuhr die Krallen einer Pfote aus. »Gib mir keine Befehle, Halbling! Dafür könnte ich dich töten!«

Tocht lag wie gelähmt da. Er wusste nicht, was er sagen sollte, und war zu ängstlich, um sich zu bewegen.

Alysta bebte. Mit einer leichten Bewegung zogen sich ihre Krallen zurück. »Es tut mir leid. Das hätte ich nicht tun sollen.« In ihrer Stimme lag echte Reue.

»Nein«, stimmte Tocht zu. *Du hast mich beinahe zu Tode erschreckt.*

Die Katze stieg von ihm herab. Dann setzte sie sich hin und starrte aus dem Höhlenausgang. »Ich suche schon sehr lange nach diesem Schwert«, sagte sie mit einer Stimme, die kaum mehr als ein Flüstern war.

Vorsichtig setzte Tocht sich wieder hin und hob das Buch auf.

»Ich habe dafür mehr aufgegeben, als du wissen kannst, mehr, als du vermutlich verstehen kannst – nur um das Schwert zu suchen«, fuhr die Katze fort.

»Weshalb hast du nach dem Schwert gesucht?«

»Weil mir die Aufgabe anvertraut worden ist, das Schwert zu finden. Ich bin vom Blute Kapitän Dulauns, und meiner Familie obliegt es, das Schwert seinem rechtmäßigen Erben zurückzugeben. Inzwischen gibt es dort draußen nur noch eine, die das Schwert tragen und die Magie darin beherrschen kann. Meine Enkelin.« Alysta hob stolz den Kopf. »Meine Zeit dafür ist vorüber, aber nicht die meiner Enkelin. Sie muss das Schwert für uns alle tragen.«

Still und begierig lauschte Tocht und wunderte sich über das, was ihm enthüllt wurde. Nun, da er das erfahren hatte, konnte er so viel mehr erahnen.

»Ich habe am Bett meines Vaters geschworen, dass ich das Schwert finden oder bei der Suche umkommen würde.« Alysta schüttelte den Kopf. »Stattdessen ist es so weit gekommen: Ich bin eine Katze.«

»Aber du bist nicht immer eine Katze gewesen.«

»Nein. Einst war ich eine Frau. Einst war ich jung und schön. Aber jetzt … jetzt bin ich alt geworden. Ich bin kein Mensch mehr. Ich habe es aufgegeben, eine Mutter und eine Großmutter zu sein, um diesem Schwert nachzulaufen.«

»Du hast deiner Tochter das Lesen beigebracht«, sagte Tocht. »Das hast du mir erzählt.«

»Das habe ich«, pflichtete Alysta bei. »Aber ich bin nicht lange genug dageblieben, um zu sehen, ob sie auch ihrer Tochter das Lesen beigebracht hat. Dann … dann war es für uns alle zu spät.« Sie blickte Tocht an. »Deshalb ist das Schwert so wichtig. Deshalb habe ich ein zweites Leben als Katze auf mich genommen. Damit ich zu Ende bringen kann, was ich angefangen habe. Oder bei dem Versuch sterbe. Es gibt für mich keinen anderen Weg.«

Tocht dachte darüber nach und fing an, die Katze in einem ganz anderen Licht zu sehen. »Der Mann, der das Schwert von den Kobolden gestohlen hat –«

»Dhanko«, sagte die Katze.

»Keine Ursache«, erwiderte Tocht, der meinte, sie würde seine Entscheidung würdigen, ihr zu verraten, was er wusste. »Dieser Mann –«

»Nein«, erklärte ihm Alysta, »der Name des Mannes war Dhanko Enlark.« Sie buchstabierte es.

Tocht nahm sein Tagebuch heraus und schrieb, während er sprach, hielt das Wesentliche aus den Hinweisen fest, die er herausgearbeitet und erraten hatte. »Dhanko hat das Schwert den Kobolden im Süden abgenommen, an einem Ort namens Pinanez' Flaschenhals.«

»Dort, wo der Standhafte Fluss aus dem Reißzahn-Schattenwald fließt«, sagte Alysta. »Dort bin ich gewesen. Ich habe sogar gehört, dass Dhanko das Schwert dort zurückbekommen hat, aber ich konnte es nicht bestätigen.«

»Laut Kapitän Gujhars Aufzeichnungen hat er das. Die Schlacht war blutig, und sie hat vier Tage lang gedauert, eine Reihe von kurzen Gefechten, die entlang des Standhaften Flusses ausgetragen wurden.« Tocht zeichnete Bilder vom Fluss. Er war schon in Pinanez' Flaschenhals gewesen. Die Gegend ging ihm leicht von der Hand, genauso wie die kleinen Gestalten, die eine Schlacht ausfochten. Seine Geschicklichkeit beim Illustrieren war genauso gut wie seine Handschrift. »Schließlich jedoch hat Dhanko das Schwert in seinen Besitz gebracht.«

»Das hat er immer geleugnet«, sagte Alysta bitter. »Meine Ahnen, die echten, denen das Schwert gehörte, haben ihm nicht geglaubt. Aber sie konnten nichts Gegenteiliges beweisen. Also suchten sie nach ihm, und sie suchten nach dem Schwert. Wenn man unsere Bestimmung betrachtet, so ist unser Leben immer der Gefahr ausgesetzt gewesen.«

Das Wenige, was Tocht über die Suche nach dem Schwert gelesen hatte, bezeugte die Wahrheit hinter dieser Behauptung.

»Bald hat es mehr Beerdigungen als Geburten gegeben«, fuhr die Katze fort, »bis von unserer Ahnenreihe nur noch mein Vater übrig blieb. Er hat mich und einen älteren Bruder gezeugt, dann sind sie von den Kobolden getötet worden. Ich habe meinen Bruder in den Armen gehalten, als er gestorben ist, und an diesem Tag habe ich die Jagd nach dem Schwert für Jahre aufgegeben. Ich habe einen Mann getroffen, den ich lieben konnte, habe mich niedergelassen und eine Tochter gehabt. Ich habe darum gekämpft, mich nicht zu fühlen, als würde ich mein Erbe verraten, und ich habe meiner Tochter und meinem Mann nicht erzählt, wer ich wirklich war.«

Tocht blätterte um und fertigte eine Skizze von der Katze an, von der Melancholie angezogen, die sie umgab. Ihre großen Augen waren mitleiderregend.

»Dann jedoch kam mir ein Gerücht zu Ohren«, sagte Alysta leise. »Ein Wispern. Nicht mehr. Aber jemand hat gesagt, dass der Kuss der Rasierklinge in Kairattenbau nach Meeresgischt suchte und dass die Diebe auch wüssten, wo sich Knochenschnitter und Todeshauch befänden. Wenn wirklich nach allen drei Waffen gesucht wurde, wusste ich, dass etwas Schreckliches passieren würde.«

Der Wind wirbelte Schnee von außerhalb der Höhle auf und fegte ihn herein.

»Ich war zu dieser Zeit schon alt. In Wahrheit zu alt für das, was ich getan habe. Ich hatte fünf Jahre zuvor meinen Ehemann begraben. Wenn er noch gelebt hätte, wäre ich vielleicht zu Hause geblieben. Man möchte glauben, eine Tochter und eine Enkelin hätten ausreichen sollen, um mich dort zu halten.«

»Aber das haben sie nicht«, flüsterte Tocht. Er machte ihr keinen Vorwurf; er sprach nur die Tatsache aus.

»Aber das haben sie nicht«, stimmte Alysta zu. »Mein Blut wird von dem Schwert angezogen. Ich habe meiner Tochter und meiner Enkelin gesagt, wer wir sind und was unser Erbe ist.« Stolz glitzerte in den Augen der Katze. »Mein Tochter hatte Angst. Sie wollte nicht, dass ich gehe. Sie sagte, was tausend Jahre verloren ist, wäre für immer verloren. Aber meine Enkelin …« Stolz und Schmerz belegten ihre Stimme.

Während er Alysta zuhörte in dem Wissen, dass sie in Gedanken wieder in jenen Tagen war, spürte Tocht Tränen in seinen Augen.

»Meine Enkelin war nur ein Kind, aber sie hat mir versprochen, dass sie das Schwert finden würde, wenn es mir nicht gelänge. Wenn ich gefallen wäre, hätte meine Enkelin die Jagd weitergeführt. Die Gelegenheit dazu hat sie nie erhalten.« Die Stimme der Katze brach. »Die Kobolde haben ihre Mutter und ihren Vater erst vor ein paar Jahren getötet. Sie war verloren. Meine Enkelin war verloren.« Der Schmerz hallte in ihren Worten wider. »Und ich bin mit dir in der Hoffnung hier, dass du mich zu Meeresgischt führen kannst, so dass ich auf diese Weise zumindest meine Schuld tilgen kann.«

»Es ist niemand mehr von deinem Blut übrig«, sagte Tocht. »Was soll es bringen –«

»Vielleicht kann eine andere Ahnenreihe das Schwert nun tragen, da meine Linie zu Ende ist«, sagte Alysta. »Ich denke, das könnte wahr werden. Bei den Alten, ich *hoffe*, dass das wahr wird.«

Eine Zeitlang erfüllte Stille die Höhle und hielt sogar den Wind und die Kälte im Zaum.

Schließlich konnte Tocht seine Neugier nicht mehr zurückhalten. »Wie bist du zu einer Katze geworden?«

»Ich habe mit einer Schar von Kobolden in der Nähe der Huk des Gehängten Elfen einen Kampf ausgetragen. Ich bin dorthin gegangen, um Auskünfte über die Gilde vom Kuss der Rasierklinge zu erhalten, weil ich gehört hatte, dass die Diebe dort vor Anker lagen. Ich bin alt, und mein Körper hatte zu jener Zeit beinahe all seine Jahre gelebt, nach all den harten Zeiten, die ich durchgemacht hatte.«

Nachdem nur zwei Generation gezeugt worden sind? Dieser Gedanke kam Tocht seltsam vor, bis ihm wieder einfiel, dass Alysta ein Mensch gewesen war. Sie waren das einzige Volk, das nicht lange genug lebte, um viele Generationen von Nachfahren zu sehen.

»Die Kobolde haben mich niedergerungen und mich tödlich verwundet«, sagte Alysta. »Ich war dem Tode nahe, als sie mich umringten. Ich lag hilflos da, ohne dass ich etwas tun konnte, um mich zu verteidigen. Sie hätten mich gekocht und gegessen, wenn Kray nicht eingetroffen wäre.«

»Kray?«

Alysta nickte, und diese Erwiderung sah seltsam aus, da sie von einer Katze kam. »Da habe ich ihn zum ersten Mal getroffen.« Sie hielt inne. »Ich hatte natürlich schon von ihm gehört. Sein Name wird an allen dunklen Orten entlang der Zerschmetterten Küste erwähnt, und es gibt viele, die ihn fürchten.«

Nicht ohne Grund, dachte Tocht.

»Zu meiner Überraschung wusste er, wer ich war«, sagte Alysta, »und er wusste, wonach ich suchte. Er hat den Großteil der Kobolde erschlagen, und diejenigen, die er nicht erschlug, hat er vertrieben. Er ist ein sehr wilder Kämpfer, und er wird niemals Gnade walten lassen, noch wird er darum bitten.«

Tocht hatte den Zauberer ein paar Mal in der Schlacht erlebt. Alystas Einschätzung von Kray war richtig.

»Danach«, erklärte Alysta ruhig, »hat er mir gesagt, dass ich im Sterben läge. Natürlich habe ich das bereits gewusst.

Er hat mich gefragt, was ich gerade täte. Ich habe ihm erzählt, dass ich nach dem Schwert Meeresgischt auf der Suche wäre. Er hat mir gesagt, dass dies eine wertvolle Suche wäre, an der auch er ein Interesse habe. Als er mir angeboten hat, mich in den Körper dieser Katze zu stecken, was alles war, was er tun konnte, habe ich eingewilligt.«

»Die Katze ist an deiner statt gestorben?« Tocht war nicht ganz glücklich über diese Möglichkeit.

»Nein.« Alysta zögerte. »Kray hat den Körper mit seiner Magie geschaffen. Hat ein wenig Erde zusammengerafft und sie zu dem geformt, was du vor dir siehst. Ich bin nicht aus Fleisch und Blut, Bibliothekar. Ich bin etwas anderes.«

»Und Dawdal?«, fragte Tocht.

»Ich weiß nicht, was Dawdal ist. Vielleicht ist er nur ein sprechender Esel. Aber einmal hat er mir, nachdem er vergorene Beeren gefressen hatte, erzählt, dass er ein paar Jahre eine Kröte gewesen ist, weil er Kray verärgert hat.«

Tocht malte geistesabwesend eine Kröte mit unglaublich langen Ohren und einem Grinsen, das aus vielen Zähnen bestand. Er dachte, dass er Dawdal gut getroffen hatte.

»Seitdem habe ich Meeresgischt nachgejagt.« Die Katze starrte zur Festung hinaus. »Ich war noch nie so nahe daran, es zu finden.«

Leise sagte Tocht: »Meeresgischt ist hier.«

»Bist du sicher?«

»Ja.« Tocht blickte auf die Ruinen der Festung. »Als Dhanko Enlark geflohen ist, ist er hierhergekommen und hat eine kleine Burg errichtet.«

»Weshalb das?«

Tocht klopfte auf das Buch. »Wenn Kapitän Gujhar der Grund dafür bekannt gewesen ist, dann hat er ihn nicht aufgeschrieben.«

»Das ist also Dhankos Burg?«

»Nein. Dhankos Burg ist tief unter diesen Ruinen vergraben. Zumindest ist seine Burg unter einer dieser Ruinen irgendwo in diesen Bergen. Da der Kuss der Rasierklinge seine Bemühungen auf diese hier ausgerichtet hat, möchte ich annehmen, dass dies die Ruinen sind, in denen Dhanko das Schwert aufbewahrt hat.«

»Ist Meeresgischt wirklich noch hier?«

»Kapitän Gujhar und der Kuss der Rasierklinge gehen davon aus. Nach allem, was ich gelesen habe, hat Dhanko das Schwert in einem Irrgarten aus verborgenen Mauern und Geheimgängen versteckt.«

»Das erklärt, weshalb Diebe gebraucht werden.«

»Ja«, sagte Tocht und dachte an die Täuschungen und tödlichen Fallen, die vermutlich auf Eindringlinge warteten.

»Dann müssen wir dorthin gehen«, sagte Alysta.

Tocht spürte deutlich, wie sein Magen nach unten sackte. Er hatte gewusst, dass die Katze das sagen würde. Aber auch ihn selbst plagten einige Sorgen, wie er zugeben musste. Laut einiger weniger Bemerkungen im Logbuch der *Geist* hatte Dhanko auch eine kleine Bibliothek mit Büchern über Waffen und Rüstungen angesammelt. Tocht wollte sie unbedingt finden und sie zurück ins Gewölbe Allen Bekannten Wissens bringen.

»Heute Nacht«, sagte die Katze, die die Diebe beobachtete, wie sie in den Ruinen herumschlichen.

Mit einem Blick auf die Sonne sah Tocht, dass diese Zeit nur noch ein paar Stunden in der Zukunft lag. Er zwang sich zum Essen, weil er nicht wusste, ob der Appetit noch kommen würde. Aber das tat er.

Kapitel 12

Mit dem Schwert im Nacken

»Wenn sie uns hier erwischen, werden sie uns töten.« Tocht hatte das in all den Stunden, in denen er darüber nachgedacht hatte, nicht ausgesprochen, aber er konnte es nicht mehr ungesagt lassen.

»Dann«, erwiderte Alysta ruhig, »wäre es zu unserem Besten, wenn wir uns nicht erwischen lassen.«

Tocht sah von weiteren Anmerkungen ab, während sie den Hang hinabstiegen. Zum Glück blieb der Baumbestand so dicht, aber durch den Schnee zu kriechen war schwierig, besonders, wenn er Tocht bis zur Brust reichte. Noch schlimmer war, dass seine Spur sich deutlich abzeichnete, wenn er zurückblickte.

Die Diebe vom Kuss der Rasierklinge hatten Wachen um die gesamte Fläche herum aufgestellt, über die sich die Ruinen der Festung ausbreiteten, aber keine der Wachen ging weit darüber hinaus. Lagerfeuer erleuchteten das Innere der Ruinen und schufen lange Schatten, die über die Steingebäude und Felshaufen tanzten.

Die Männer unterhielten sich mit leisen Stimmen.

Alysta sprang durch den Schnee und sank hin und wieder ein, aber niemals lange.

Sie hielten sich unter den Bäumen und gingen an der Festung vorüber, dann wandten sie sich wieder zurück, wobei sie der zerklüfteten Küste folgten, bis sie auf die äußere Begrenzung der Mauer traf. Die Steine waren nicht glatt aufgeschichtet worden, und der Mörtel war gesprungen und abgefallen. Es gab also ausreichend Halt für Hände und Füße.

Tocht schluckte den sauren Geschmack seiner Angst hinunter, machte sich bereit und hoffte, dass die Nacht ihn verborgen halten würde, dann folgte er der Katze auf die Mauer hinauf. Sie kletterten zwanzig Fuß hoch, bis sie oben anlangten.

Tocht hing an seinen Fingerspitzen und spähte vorsichtig über die Kante, für den Fall, dass dort eine Wache stand. Der Weg war frei.

»Komm weiter«, zischte die Katze kaum hörbar über den Wind hinweg, der vom Meer hereinpfiff. Ihr Weg zurück entlang der Küste hatte sie zu weit nach Süden geführt, ein Stück von dem Ort entfernt, an dem das Hauptgebäude der Burg gestanden hatte.

Nachdem er ein Bein über die Kante geschoben hatte, zog sich Tocht hoch und auf die Mauerkrone, dann kauerte er sich in den Schatten zusammen. Während des Kletterns waren seine Hände kalt geworden. Seine bloßen Füße waren der Aufgabe und der Kälte der Steine gewachsen gewesen, aber seine Hände wollte er immer besonders geschützt wissen. Der Gedanke, seine Hände oder auch nur einen Finger zu verlieren, versetzte ihn in Panik. Es würde so viele Dinge geben, die er dann nicht mehr tun konnte.

Er schob seine Hände unter die Achselhöhlen, um sie zu wärmen, dann kroch er an der Wand entlang, bis er auf das Lager des Kusses der Rasierklinge hinabblicken konnte.

»Da kommt jemand«, sagte Alysta.

Von seinem Aussichtspunkt sah Tocht eine Reihe von Reitern, die den Pfad heraufkamen, den er und seine Begleiter vorhin benutzt hatten. *Zu dieser Stunde hat sie wohl etwas Wichtiges aufgescheucht*, dachte er. Er versteckte sich hinter der niedrigen Zinne der Mauer und beobachtete weiter.

Zwei von den acht Reitern trugen Fackeln. Die Flammen setzten sich hart und hell von der Dunkelheit ab. Die Männer im Lager begrüßten die Neuankömmlinge und brachten sie ans Feuer.

Tocht musterte die Männer und stellte fest, dass sich Kapitän Gujhar unter ihnen befand. Er erkannte außerdem andere Mitglieder vom Kuss der Rasierklinge. Ryman Bey, der Anführer der Diebesgilde, war unverwechselbar.

Ryman Bey war ein hagerer Mann von mittlerer Größe mit einem lädierten rechten Auge, das er unter einer scharlachroten Lederklappe verbarg, die mit der aufgeklappten Rasierklinge verziert war. Sein langes Haar fiel ihm bis auf die Schultern, und er trug teure schwarze Kleidung.

Bey und Gujhar sprachen nur kurz mit den Männern im Lager, dann verschwanden sie in einem Eingang eines der eingestürzten Gebäude.

»Was ist das für ein Ort?«, flüsterte Alysta.

Tocht stellte sich die Skizzen vor, die er im Logbuch gesehen hatte. Gujhar hatte Karten sowohl von Dhankos Burg als auch von den späteren Gebäuden gezeichnet. »Es ist das Haupthaus gewesen. Es hat sich beinahe unmittelbar über Dhankos Burg befunden.«

»Es gibt Erdhaufen um dieses Gebäude herum«, sagte Alysta. »Ein Teil davon ist frisch aufgeschüttet.«

Da fiel Tocht die dunkle Erde auf, die den frisch gefallenen Schnee beschmutzte. Die Augen der Katze waren besser als seine. Etliche Schubkarren standen in der Nähe.

»Sie haben Ausgrabungen gemacht«, sagte die Katze. »Wir müssen dort hineingelangen.«

»Der Eingang ist zu gut bewacht.«

»Es muss eine Möglichkeit geben. Wir müssen hineingelangen. Sie haben Ryman Bey und Gujhar nicht ohne Grund hergeholt.«

Ängstlich folgte Tocht der Katze, die durch den Schnee tappte, der auf der Mauer aufgeschichtet lag. Zumindest gab es keine Fußspuren im Schnee, kein Anzeichen dafür, dass sonst noch jemand hier entlanggekommen war. Das bedeutete hoffentlich, dass sie nicht auf eine Wache treffen würden.

Einige lange Minuten später hatte die Katze eine Stiege aus zerbrochenen Stufen gefunden, die zum Boden hinabführte. Nach einer kurzen Pause stieg Alysta die schneebedeckten Stufen hinab. Tochts Atem kam grau aus seinem Mund, aber der Wind riss ihn rasch fort. Der Schnee machte die Stufen rutschig, so dass er gut achtgeben musste.

Am Boden hielten sie sich hinter einem Haufen aus Steinbrocken und gingen geräuschlos weiter. Obwohl er die Diebe rund um ihre Lagerfeuer im Auge hatte, kam in Tocht der deutliche Verdacht auf, dass er beobachtet wurde. Er hielt in den tintigen Schatten einer eingestürzten Mauer inne und lauschte. In der feuchten Winterluft trug der Schall weit.

»Ich bin vielleicht froh, wenn sie dieses Schwert endlich finden«, murmelte einer der Diebe. »Ich hätte gedacht, dass sie es jetzt sicher haben würden.«

»Ich habe es nicht eilig damit, es zu sehen zu bekommen«, sagte ein anderer Dieb. »Soweit ich höre, liegt auf dem Schwert ein Fluch. Jeder, der es berührt, ist dazu verdammt, wenig später zu sterben.«

»Ich werde es nicht anfassen«, sagte ein dritter Dieb.

»Und was machst du, wenn Ryman Bey dir befiehlt,

es zurück nach Kairattenbau zu tragen?«, fragte der erste Dieb.

Der Mann fluchte. »Dann werde ich es mit dem Fluch aufnehmen. Nicht mit Ryman Bey. Er trägt mehr verborgene Klingen bei sich, als er Jahre auf dem Buckel hat.«

Die anderen beiden Männer pflichteten dem bei. Einer von ihnen warf noch ein Stück Holz aufs Feuer, was einen kurzen Funkenregen in die Luft steigen ließ.

Tocht lehnte sich gegen die Mauer in seinem Rücken und hielt seinen Atem ruhig. Wenn die Diebe Meeresgischt gefunden hatten, würden sie die magische Waffe an sich nehmen und gehen. Es würde ihm nicht gelingen, sie einzuholen oder ihnen das Schwert abzunehmen.

Er blickte sich in dem schneebedeckten Innenhof um und sah drei weitere Eingänge. Er ging davon aus, dass es noch mehr gab. Aber all jene, die er gerade sah, wirkten, als wären sie wochenlang nicht betreten worden …

Bis auf zwei davon.

Tochts Augen zogen sich zusammen, als er die Spuren untersuchte, die in diese Eingänge führten. Hatten die Diebe in letzter Zeit diesen Weg benutzt? Schnee bedeckte die Fußspuren beinahe. Noch bevor der Morgen anbrach, würden sie wieder vollständig verborgen sein.

In diesem Augenblick kam ein Schatten am Ende der Mauer in Sicht. Der Mann hielt ein gezogenes Schwert in der Faust. Als er Tocht sah, grinste er.

Angst durchflutete Tocht und sorgte einen Moment lang für größere Kälte in ihm als das Wetter. Er war entdeckt worden.

»Gut, gut, Halbling«, spottete der Mann. »Ich bin dort hinten auf deine Spur gestoßen, während ich auf dem Weg zum Abtritt war. Ich habe gewusst, dass sich jemand hier draußen herumdrückt. Hätte nicht gedacht, dass du es bist. Hab damit gerechnet, dass du zu schlau bist, um noch mal herzukommen.«

Verzweifelt blickte sich Tocht nach einem Fluchtweg um. Keiner bot sich ihm dar. Sobald er zu rennen anfing – selbst wenn er sich im Schnee flinker als der Dieb anstellen sollte –, würden die anderen ihn einholen.

»Von einem unserer Neuankömmlinge habe ich gehört, dass du Gujhar entkommen bist.« Der Dieb kam einen Schritt näher. »Er wollte es nicht zugeben, aber es hat zu viele Leute gegeben, die dich gesehen haben. Zu dumm, dass du nicht genug Verstand hattest, dich von uns fernzuhalten.« Er deutete mit dem Schwert. »Komm jetzt rüber, oder ich töte dich auf der Stelle.«

Neben Tocht fluchte und fauchte Alysta. Sie tappte um ihn herum und ging auf den Dieb zu. »Sei bereit zur Flucht«, sagte die Katze.

Tocht erhob sich langsam.

»Du hast eine sprechende Katze?«, fragte der Dieb.

»Eine m-m-magische Katze«, stotterte Tocht. »Sie kann Zaubersprüche.«

»Weshalb ist sie dann eine Katze?«, fragte der Dieb.

Alysta wählte diesen Augenblick, um dem Dieb an die Kehle zu springen. Ihre Krallen glitzerten silbern im Mondlicht. Der Dieb schlug mit dem Schwert nach ihr, aber er traf nicht. Er stolperte unter ihrem Angriff zurück, riss seine freie Hand hoch, um sein Gesicht zu schützen, während sie ihn immer wieder kratzte. Der Dieb schrie vor Angst und Schmerz und rief nach Unterstützung.

»Lauf!«, schrie Alysta.

Einen Moment lang konnte Tocht sich nicht entscheiden, in welche Richtung er laufen sollte. Die Mauer schien zu weit weg, und sich hinter den zerfallenen Gebäuden des Innenhofs zu verstecken, würde das Unvermeidliche nur hinauszögern. Er lief zwei Schritte in die eine, dann zwei Schritte in die andere Richtung, dann fiel ihm auf, dass er auf die Diebe zulief, die ihre Lagerfeuer verlassen hatten und zur Verstärkung kamen.

»Zur Mauer!«, schrie Alysta, als sie dem herumfuchtelnden Dieb auf den Kopf kletterte und ihn immer noch kratzte.

Tocht brüllte vor Entsetzen, ehe ihm auffiel, dass er damit seine Atemluft vergeudete. Abrupt hörte er auf. Er widmete seine Kräfte dem Laufen. Ein Blick über die Schulter zeigte ihm zwei der Diebe, die mit Messern ausholten, um sie zu werfen.

»Runter!«, befahl eine Stimme.

Ein Fuß schoss vor Tocht heraus und brachte ihn zum Stolpern, woraufhin er ausgestreckt im Schnee landete. Die Wurfmesser zischten über seinen Kopf hinweg. Er rollte sich herum und versuchte, wieder auf die Füße zu kommen.

»Bleib unten, wenn du leben willst.« Zank legte einen Pfeil an die Sehne, während er hinter einer hohen Säule stand; dann wandte er sich um und zielte auf die rennenden Diebe. Der junge Mann hatte drei weitere Pfeile in der Faust seiner linken Hand, die den Bogen hielt. So geschmeidig wie tongarische Spinnenseide ließ Zank den ersten Pfeil fliegen, legte den nächsten an die Sehne, zog die Federn bis an sein Ohr zurück und ließ abermals los. Im gleichen Zeitraum, in dem man einen Atemzug ausstößt, hatte der junge Schütze drei Pfeile in die Luft gebracht.

Alle Pfeile trafen mit einem fleischigen Klatschen ihr Ziel. In rascher Folge stürzten drei Diebe vom Kuss der Rasierklinge zu Boden, tödlich mitten in die Brust getroffen.

Tocht war beeindruckt. Er hatte selten gesehen, dass Bogenschützen außerhalb der Reihen der Elfenhüter so rasch und sicher waren.

Die überlebenden Diebe vom Kuss der Rasierklinge stoben auseinander, suchten Schutz hinter zerfallenen Gebäuden, verstreuten Steinhaufen und einigen der größeren Bäume, die innerhalb des Innenhofs Wurzeln geschlagen hatten.

Als er rasch überlegte, war Tocht zuversichtlich, dass drei der Diebe entweder tot waren oder im Sterben lagen. Ursprünglich waren zehn Diebe vom Kuss der Rasierklinge in die Ruinen hinausgeritten. Ihnen hatten sich weitere sieben angeschlossen, einschließlich Ryman Bey. Gujhar war der achtzehnte. Diese Zahl war jetzt auf fünfzehn gesunken.

Noch während er darüber nachdachte, versenkte Zank einen weiteren Pfeil in der Brust des Mannes, der darum kämpfte, Alysta von seinem Kopf zu befördern. Der Mann war tot, noch ehe er auf dem Boden ankam, und Alysta sprang von dem Körper herab, während er stürzte. Sofort folgten der Katze zischende Pfeile, trafen aber den Boden weit vor ihr.

Dann schlug ein Pfeil, der von einem der Diebe abgeschossen worden war, im schneebedeckten Boden nur wenige Zoll von Tochts Kopf entfernt ein. *Nicht gut*, dachte er.

»Komm hier herüber«, befahl Zank. Er kniete sich hin und wirbelte um die Steinsäule herum, spannte den Bogen und schoss abermals. Sein Pfeil verfehlte den Mann, der auf Tocht geschossen hatte, nur knapp.

Tocht gesellte sich zu Zank, indem er sich durch den Schnee wühlte, oder eigentlich meistens darunter entlangkroch, und kauerte sich hin. Die Pfeile der Diebe prallten gegen die Säule oder pfiffen vorbei.

»Wir können nicht hierbleiben«, sagte Zank.

Tocht stimmte zu, aber er blickte sich um. »Wo ist die Katze hin?«

»Die Katze?« Zank zuckte mit den Schultern und spähte um die Säule herum, dann duckte er sich zurück, als ein Pfeil abprallte, der ihn nur knapp verfehlte.

»Ich hatte eine Katze bei mir«, sagte Tocht.

»Wozu denn das?«

»Weil sie mitkommen wollte.«

»Weshalb hast du dir keinen Bären aussuchen können?«, fragte Zank. »Ein Bär wäre viel abschreckender gewesen als eine Katze.«

»Ich hatte in der Angelegenheit keine großartige Wahlmöglichkeit.«

Gedämpfte Stimmen drangen an ihre Ohren.

»Sie werden uns umzingeln.« Zank blickte sich um, rollte sich nach rechts und zog einen Pfeil bis ans Ohr zurück. Er ließ los, und Tocht sah, wie einer der Diebe zu Boden fiel.

Weitere Flüche erfüllten plötzlich die Luft. Gebrüllte Racheschwüre folgten den letzten Schreien des Sterbenden.

»Wir werden die Mauer nie erreichen«, sagte Tocht. »Und selbst wenn wir es schaffen, würden sie uns verfolgen.«

»Ich habe nicht die Absicht, hier wegzugehen, ehe ich habe, weswegen ich hergekommen bin.«

»Meeresgischt?«

Zank blickte Tocht an. Die Augen des jungen Mannes wurden schmal. Wegen seines glatten Gesichts sah er sogar noch jünger aus. Ein Bart oder ein Schnurrbart hätte ihm mehr Reife verliehen.

»Was weißt du über Meeresgischt?«, wollte Zank wissen.

»So gut wie nichts«, log Tocht.

Zank schüttelte den Kopf. »Ich hätte zulassen sollen, dass die Diebe dich töten.«

»Eigentlich«, sagte Tocht, der sich eines Besseren besann, als er daran dachte, dass es Zank überhaupt keine Mühe bereiten würde, ihn mit einem Stiefeltritt hinaus ins offene Gelände zu befördern und ihn als Ablenkung zu benutzen, während er sich auf die Flucht begab, »eigentlich weiß ich jede Menge darüber.«

»Was weißt du?« In Zanks Blick lag nun nichts als Herausforderung.

»Ich habe eine Karte der Burg, die vor dieser Festung hier gestanden hat.«

»Wo?«

Tocht nahm das Logbuch heraus und klopfte auf den Einband. »Hier.«

»Gib es mir.«

Mit einem Schritt nach hinten verbarg Tocht das Buch wieder in seinem Umhang. »Nein. Du würdest mich hier draußen lassen.«

Zank lächelte ihn schmallippig an. »Vielleicht.«

»Werdet ihr beiden den ganzen Tag lang hier stehen und plaudern?« Die Katze saß nur ein paar Fuß entfernt auf einem Steinhaufen. Trotz des Kampfes sah sie nicht schlimmer als vorher aus. »Oder glaubt ihr vielleicht, dass ihr es so verhindern könnt, getötet oder gefangen genommen zu werden?«

»Eine sprechende Katze?«, fragte Zank.

»Das ist nicht so erstaunlich, wie es klingt«, erwiderte Tocht. »Und die Mühe überhaupt nicht wert, kann ich dir sagen.«

»Sie kommen«, bemerkte Alysta.

»Folgt mir.« Zank wandte sich um und rannte, blieb aber innerhalb der Schatten in Deckung.

Tocht eilte hinter dem jungen Mann her. Sie rannten im Zickzack durch die eingestürzten Gebäude des Innenhofs. Einige der Standbilder von Menschen und Geschöpfen erschreckten Tocht. Er hatte sie während seiner vorherigen Beobachtungen nicht bemerkt.

Zank kreuzte andere Spuren, wodurch er ihre eigene Fährte mit jenen der Übrigen vermischte. Er hatte offenbar ein Ziel im Kopf, aber er nahm einen Umweg, um dorthin zu gelangen. Schließlich hielt er auf einen der Eingänge zu, die sich wie ein Schlund hinab in die Erde öffneten.

Durch den feuchten, schimmligen Geruch um sie herum konnte Tocht gar nicht verhindern, dass er das Gefühl bekam, in ein offenes Grab hinabzusteigen. Zerbrochene Steine lagen überall verstreut. Schnee war durch den Eingang geweht worden und hatte sich zu Haufen gesammelt.

Innerhalb der Kammer drangen die Stimmen der Diebe müheloser an Tochts Ohren. Sie waren inzwischen verwirrt und furchtsam, weil sie zu der Überzeugung gelangten, dass ihre Gegner ihnen irgendwie hatten entkommen können.

»Sind sie also über die Mauer geklettert?«, fragte jemand.

»Wenn sie über die Mauer geklettert wären, hätten wir sie gesehen«, antwortete jemand anders.

»Sie sind noch hier«, verkündete eine weitere Stimme, in deren Tonfall mehr Befehlsgewalt lag. »Sie verstecken sich. Schwärmt aus, und findet sie. Ich will wissen, wer sie sind und was sie hier tun.«

»Ryman Bey«, flüsterte Zank in der Stille der Kammer.

Zu diesem Schluss war auch Tocht gekommen. »Was machen wir jetzt?«

Zank funkelte ihn an. »Ich hätte zulassen sollen, dass sie dich umbringen.«

»Vielleicht hätten sie uns nicht umgebracht«, entgegnete Alysta.

Zank schnaubte verächtlich. »Sie hätten euch umgebracht.«

»Dann bist du ein Narr, dass du dich eingemischt hast«, schimpfte die Katze.

Zank beachtete die Bemerkung nicht, schob sich den Bogen über die Schulter und zog sein Schwert. Er starrte Tocht an. »Werfen wir noch einen Blick auf dieses Buch.«

Tocht zögerte.

Blitzschnell setzte Zank dem kleinen Bibliothekar die Spitze seiner Klinge an den Hals. »Jetzt ist keine gute Zeit, um mich zu ärgern, Halbling.« Obwohl seine Stimme sanft war, fehlte es ihr nicht an Bedrohlichkeit.

Kapitel 13

Zum Verlies

Mit einem harten Schlucken, bei dem er spürte, wie die scharfe Klinge gegen seinen Hals drückte, wog Tocht seine Möglichkeiten ab. Alles in ihm, was Bibliothekar war (und das war *alles* in ihm), schrie ihm zu, das Buch nicht wegzugeben. Es enthielt Hinweise auf die Person, die Kapitän Gujhar auf die Suche nach den drei magischen Waffen geschickt hatte, die in der Schlacht an der Todesfestung eine Rolle gespielt hatten. Die Seiten gaben auch Hinweise darauf, wo Meeresgischt sich befand.

Und sie würden vielleicht sogar preisgeben, was auf dem Spiel stand und weshalb die Waffen gesammelt wurden, nachdem Lord Khadaver längst gefallen war und tausend Jahre vergangen waren.

»Dein Wort«, sagte Tocht mit krächzender Stimme.

Zank starrte ihn voller Verwunderung über das Stück Stahl hinweg an. »Was?«

»Dein Wort«, wiederholte Tocht. »Ehe ich dir das Buch gebe, will ich dein Wort.«

»Worauf? Dass ich dich nicht töte?« Zank nickte. »Das kannst du haben.«

Tocht wusste, dass das kein richtiger Handel war. Zank hatte schon sein Leben aufs Spiel gesetzt, um Tochts Leben zu retten. Er glaubte nicht, dass der junge Mann es ihm genauso rasch nehmen würde. Selbst wenn er ihm ein Schwert an den Hals hielt.

»Dein Wort, dass du mir das Buch zurückgeben wirst«, sagte Tocht.

Zank fluchte. »Du feilschst zu viel, Halbling. Ich könnte das Buch genauso gut von deiner Leiche pflücken.«

»Und ich könnte genauso gut anfangen, herumzujaulen und die Diebe vom Kuss der Rasierklinge herbeirufen«, sagte Alysta.

Stille dehnte sich einen Moment lang zwischen ihnen aus.

»Hinterhältige Katze«, knurrte Zank.

Alysta setzte sich in sicherer Entfernung aufs Hinterteil, ihren Schwanz um die Pfoten gewunden. »Das ist nur einer meiner liebenswerteren Vorzüge«, erwiderte sie. Ihre großen Augen blinzelten belustigt.

»Haben wir eine Abmachung?«, fragte Tocht.

Zank antwortete nicht.

Alysta schnurrte, kurz vor einem Jaulen. »Kümmert euch nicht um mich«, sagte sie. »Ich stimme nur mein Organ.«

Indem er einen tiefen Seufzer ausstieß, ließ Zank das Schwert von Tochts Hals sinken. »Die Alten mögen mich schützen, ihr beiden wisst ja gar nicht, worum es hier geht oder was ich tun musste, um so weit zu kommen.« Er gestikulierte mit der freien Hand. »Also gut, du hast mein Wort. Jetzt lass uns einen Blick in dieses Buch werfen.«

Tocht entspannte sich ein wenig, zog das Logbuch aus seinem Umhang und reichte es hinüber.

Zank steckte das Schwert in die Scheide und nahm das Buch mit beiden Händen entgegen. »Wo hast du das her?«

»Von der *Geist*.«

»Wie das?«

Tocht gab die Geschichte seiner Flucht vom Schiff der Kobolde (wobei er vielleicht seinen Anteil an gewagten Handlungen ein wenig hochspielte, aber er fühlte sich dazu berufen, weil es seine Geschichte war) und seiner darauf folgenden Reise zu den Ruinen zum Besten. Die Katze fauchte an einigen der blumigeren Stellen, ließ sich aber nicht zu einer Bemerkung herab. Während er sprach, ging Zank tiefer in die Kammer hinein.

Tocht war nur allzu bewusst, dass die Diebe den Gang jederzeit betreten konnten. Er fragte sich, wie weit der Tunnel nach hinten reichte. So schmal und leer wie er aussah, schien er nicht viele gute Verstecke zu bieten. Ihre Stellung zu verteidigen war keine Option, denn alles, was die Diebe dann tun müssten, wäre, sie auszuhungern.

Zwei Abbiegungen später hielt Zank in einer Werkstätte an, die Tocht in dem schlechten Licht kaum erkennen konnte. Zank, der nur die Sicht eines Menschen besaß, musste mit der Hand an der Seite des Tunnels entlangstreichen, um sich zurechtzufinden. In der Werkstätte hing eine Laterne an der Wand. Mit einer Zunderbüchse aus einem Regal in der Nähe der Laterne zündete der junge Mann sie an.

Ein sanfter gelber Schimmer erfüllte die Werkstätte.

Zank öffnete das Buch und blätterte durch die Seiten. »Ich kann es nicht lesen«, gab er zu.

»Du kannst lesen?«, fragte Tocht, der überrascht war, obwohl er gedacht hatte, dass ihn nichts mehr überraschen würde.

»Ja.« Zank blickte die Seiten finster an, während er weiterblätterte. »Aber das nicht.«

»Der Halbling kann es lesen«, sagte Alysta.

Zank sah zu Tocht. »Stimmt das?«

Plaudertasche, nannte Tocht die Katze in Gedanken. Er seufzte. »Ja.«

»Wie denn?«

»Mit meinen Augen«, sagte Tocht. Er ließ unerwähnt,

dass er auch mit seinen Fingern, anhand des Geruchssinns, durchs Gehör und sogar mit dem Geschmackssinn lesen konnte. Immerhin wurde er zum Bibliothekar ersten Ranges ausgebildet.

»Das habe ich nicht gemeint.« Zank sah verärgert aus.

»Oh.«

»Wer hat dir das Lesen beigebracht?«

»Jemand«, antwortete Tocht.

Zank schüttelte den Kopf. »Gut. Behalte diese Geheimnisse. Aber nicht jenes. Kannst du das lesen?«

»Ja.«

»Was steht da?«

»Ich habe es nicht ganz gelesen. Dazu hat die Zeit nicht gereicht.« Tocht funkelte die Katze an und bedeutete ihr damit, dass das allein ihre Schuld war. Alysta blinzelte ihn nur voller Verachtung an und rümpfte die Nase. Falls Zank der Blickwechsel auffiel, ließ er es sich nicht anmerken.

»Aber es handelt von Meeresgischt?«, fragte Zank.

Tocht nickte. »Der Text enthält Anmerkungen zu Meeresgischt, Knochenschnitter und Todeshauch.«

Zank runzelte die Stirn. »Alles Waffen, die in der Schlacht an der Todesfestung waren.«

»Ja.« Tocht war im Stillen überrascht, dass der junge Mann so viel über die Waffen wusste. Er wollte Zank fragen, wie er an dieses Wissen gekommen war, aber er traute sich nicht.

»Weshalb?«

»Das weiß ich nicht. Der Kapitän der *Geist*, ein Mann namens Gujhar, ist geschickt worden, um sie wiederzuerlangen.« Tocht fügte beinahe hinzu, dass er dabei gewesen war, als Gujhar Knochenschnitter an sich genommen hatte.

»Aus welchem Grund?«

»Ich weiß es nicht. Noch nicht.«

»Wer hat ihn geschickt?«

Mit einem Kopfschütteln sagte Tocht: »Das weiß ich auch nicht.«

»Vielleicht wird das Logbuch uns das verraten?«

»Das hoffen wir sehr.«

»›Wir‹?«

Tocht deutete auf Alysta. »Die Katze und ich.«

»Wie seid ihr zu Partnern geworden?«

Alysta unterbrach sie. »Glaubt ihr wirklich, dass wir jetzt Zeit haben, darüber zu sprechen? Die Diebe draußen werden nicht aufhören, nach uns zu suchen.«

»Da hat sie recht«, sagte Tocht.

Zank zog das Buch näher ans Licht. Tocht musste seine Zunge im Zaum halten. Im Gewölbe Allen Bekannten Wissens wurden Flammen gar nicht benutzt. Licht spendete der Lumminsaft der Glimmerwürmer. Etliche Halblinge, darunter auch Tochts Vater, züchteten Glimmerwürmer.

Der junge Mann blätterte durch das Logbuch, bis er die Karten der Ruinen fand. Er musterte sie.

»Die Diebe haben diesen Ausgrabungsort aufgegeben«, sagte Zank, »aber ich hatte das Gefühl, dass hier noch etwas versteckt ist.« Er legte seinen Finger auf die Karte. »Was ist das?«

Tocht spähte auf die Karte. Das kleine Zeichen am Rande der alten Burg, die Dhanko errichtet hatte, war ein Schiff unter vollen Segeln.

»Es ist ein Schiff«, sagte Tocht.

»Hier in den Bergen?«

»Vielleicht gibt es ganz unten eine Höhle, die zum Meer führt«, antwortete Tocht.

»Dort bin ich schon gewesen«, erklärte Zank. »Ich habe keinen Durchgang zu einer Höhle gesehen.«

»Vielleicht hast du nicht gewusst, wonach du Ausschau halten musst«, sagte Alysta. »Wie auch immer, wenn wir hierbleiben, macht uns das nur noch verwundbarer. Es ist besser, wenn wir uns ein Stück von unseren Feinden entfernen.«

Auch Tocht war begierig darauf, sich in Bewegung zu setzen.

»Ich werde euch zu dieser Stelle bringen«, erklärte Zank. Er gab Tocht das Logbuch zurück. »Gehen wir.«

Mit der Laterne in der einen Hand und dem Schwert in der anderen ging Zank voraus in die Ruinen hinab. Als er sich die Schichten von Erde ansah, die sich über den früheren Gebäuden türmten, kamen in Tocht Erinnerungen an die Höhlen auf den Aschwolkeninseln auf. Wie viel Geschichte war sogar noch vor dem Kataklysmus verloren gegangen? Einst hatte es keine Schrift gegeben. Es machte ihn traurig, daran zu denken, dass die Geschichten so vieler Leute niemals erzählt werden würden.

Immer weiter ging es hinab, hinter Zank und der schwankenden Laterne her. Bald jedoch hielt der junge Mann an einer Öffnung inne.

»Von jetzt an müssen wir es langsamer angehen lassen.« Zank ließ Laternenlicht in den nächsten Abschnitt scheinen. »Der führt zum Haupthaus von Dhanko. Zum Verlies. Es gibt eine Reihe von Gängen. Sie sind einigermaßen gut erhalten.«

»Warte noch.« Tocht öffnete das Buch und wusste noch aus dem Gedächtnis, wo sich eine Karte der alten Burg befand. Er musterte die Zeichnung einen Moment lang und blickte auf den Maßstab am unteren Rand der Seite.

»Der Eingang zum Verlies ist dort vorn.« Zank brachte die Laterne näher heran.

Instinktiv zog Tocht das Buch vor der Hitze der Laterne zurück. »Wurde das Verlies nicht aufgeschüttet?«

»Ich glaube nicht, dass irgendwer überhaupt gewusst hat, dass es da ist, ehe Gujhar und die Diebe es gefunden haben.«

»Du bist schon dort gewesen?«

»Bin ich.«

»Hast du ein Schiff gesehen?«, fragte Alysta.

»Nein.«

»Hat es einen Gang hinab zu einer Höhle am Fuße des Berges gegeben?«

»Den gibt es noch«, antwortete Zank.

»Könnte das das Schiff auf der Karte sein?«, fragte die Katze. »Ein Hinweis auf einen verborgenen Hafen?«

Tocht dachte darüber nach. Etliche Städte und Festungen hatten Schmugglerpfade. Bannware gab es überall, obwohl es im Allgemeinen um Güter ging, für die Verkäufer und Käufer keine hohen Steuern bezahlen wollten. Er fuhr mit dem Finger über die Karte und folgte dabei dem Gang, der auf dem Papier festgehalten war.

Wenn der Gang zu einem geheimen Hafen führte, weshalb war das Schiff dann am oberen Ende des Ganges eingezeichnet und nicht am Boden? Das beunruhigte ihn.

»Dort gibt es nichts«, sagte Zank.

Tocht las die Schrift unter dem Bild. »Laut dieser Anmerkungen ist Gujhar – oder derjenige, für den er arbeitet – davon überzeugt, dass dieser Raum irgendein Geheimnis birgt.«

»Was für ein Geheimnis?«

»Das steht nicht da.«

»Was ist in diesem Raum?«, fragte Alysta.

»Nichts.« Zank wirkte empört. »Wenn Meeresgischt je in diesem Raum gewesen ist, dann ist es schon lange fort. Das war vermutlich das Geheimnis.«

»Weshalb ist das Schwert dann niemals gefunden worden, seit Dhanko es hierhergebracht hat?«, fragte Alysta.

»Vielleicht ist Meeresgischt zerstört worden«, seufzte Zank.

Die Katze blickte ihn an. »Glaubst du das?«

Auf Zanks glattem Gesicht erschien ein zögernder Ausdruck. »Ich hoffe, dass es nicht wahr ist.«

»Warum?«

Zank kniff die Augen zusammen. »Weil ich dieses Schwert haben will.«

Alysta fauchte unwillig. »Du kannst nicht immer haben, was du willst, Junge.«

»Gehen wir und sehen wir uns diesen Raum an«, schlug Tocht in der Hoffnung vor, die anderen daran zu erinnern, weshalb sie hier waren. »Angenommen, wir kommen lebend hier heraus, dann möchte ich wetten, dass wir nicht viele Gelegenheiten erhalten werden, hierher zurückzukehren.«

»Na gut«, erwiderte Zank.

Die Katze schniefte.

Zank wandte sich zurück zum offenen Bereich. »Diese Ausgrabung gibt uns die Möglichkeit, den Eingang des Verlieses zu erreichen. Nachdem wir es betreten haben, wird der Weg sehr viel gefährlicher. Nicht alle Fallen sind ausgelöst worden.«

Fallen?, dachte Tocht. *Es gibt Fallen?* Dann seufzte er. Natürlich gab es Fallen. Es *musste* Fallen geben. Er fragte sich, ob Kray und die Mannschaft der *Einäugigen Peggie* in der Nähe waren. Er hoffte, dass dem so war, weil die Lage im Augenblick nicht rosig aussah.

Der Eingang zum Verlies war ein Loch im Boden, das gleich neben einer Wand lag, die während der Ausgrabung errichtet worden war. Offenbar lag die Ausgrabung schon eine Weile zurück, denn das Holz verrottete bereits. Neue Streben waren über den alten eingezogen worden, aber nichts daran sah sicher aus.

»Wird das halten?«, fragte Tocht beunruhigt.

»Es gibt keine Garantien«, erwiderte Zank. Er duckte sich und kletterte in das Verlies hinab.

Als das Licht zusammen mit dem jungen Söldner verschwand, fiel Tocht auf, dass er gleich allein im Dunkeln stehen würde. Er trat in den Eingang und folgte Zank hinab. Stufen, die in die Mauer gehauen waren, führten mindestens zwanzig Fuß in die Tiefe.

»Hier durch, vorsichtig.« Zank leuchtete mit der Laterne alles aus, wodurch die Käfige mit eisernen Stäben sichtbar wurden, die sich in der rechten Wand befanden.

Ratten liefen zwischen den Überresten der Verblichenen umher. Kein Fleisch hing mehr an den elfenbeinfarbenen Knochen, aber es gab etliche Insekten, die in dem Unrat hausten, der von jenen zurückgelassen worden war, die auf der Suche nach Dulauns verschollenem magischem Schwert durch das Verlies getrampelt waren. Sie protestierten mit einem hohen Quietschen gegen das Eindringen des Lichts.

Es war offensichtlich, dass jene, die sich gegen Dhanko gestellt hatten, ein übles Ende gefunden hatten, sobald sie ihm in die Hände gefallen waren.

Nach den vier Zellen für Gefangene gewährte die Folterkammer einen kleinen Einblick in vergangene Schrecken. In zwei Eisenkörben lagen Skelette. Weitere Skelette hingen von Ketten, die in die Wand eingelassen waren.

»Ich nehme an, dass es Dhanko nicht sonderlich leicht gefallen ist zu vergeben«, merkte Tocht an.

»Nein«, sagte Alysta. »Nach allem, was man hört, ist er sogar schon ein rachsüchtiger Mann gewesen, ehe er die Enttäuschung mit Meeresgischt erlebt hat.«

»Was weißt du über das Schwert?«, fragte Zank.

»Mehr als du.«

Zank zog eine Grimasse, sagte aber nichts. Er wandte sich um und folgte wieder der Laterne. An einer Wand auf der anderen Seite der Folterkammer hielt er an.

»Hier habe ich einen Geheimgang gefunden.« Zank hängte die Laterne an einen Haken in der Nähe, dann legte er seine Hände auf die Wand und drückte auf zwei unterschiedliche Steine. »Die Diebe hatten ihn vor mir entdeckt. Sie haben mehr als nur ein paar Fallen aufgestöbert, aber sie haben einige nicht ausgelöst und scharf gestellt gelassen, um jeden zu erwischen, der zufällig hier entlangkam und nicht aufpasste.«

Tocht studierte die Karte und sah, dass auf der Zeichnung ein Gang über den Bereich hinausging, den er inzwischen als die Folterkammer kannte. Im gleichen Augenblick drehte sich ein Teil der Wand um neunzig Grad und schwang dabei in verborgenen Scharnieren herum. Ein Knirschen erfüllte den Raum und hallte den Korridor vor ihnen hinab.

»Er führt zu dem Raum mit dem geheimen Durchgang zum Meer.« Mit vorsichtigen Bewegungen betrat Zank den Gang. Er hielt sein Schwert bereit und ging rasch, aber wachsam weiter.

Nur ein kleines Stück weiter vorn stand ein Skelett in zerfetzten Kleidern gegen die Wand genagelt, von einem langen Speer aus Metall aufgespießt. Ein kaltschnäuziger späterer Besucher hatte eine der Augenhöhlen des Skeletts als Kerzenhalter missbraucht. Geschmolzenes Wachs füllte den hohlen Raum und ließ wächserne Tränen über den

Wangenknochen bis in den geräuschlosen Schrei des Mundes hinablaufen.

»Anscheinend hat Dhanko nicht einfach nur seinen Weinkeller verteidigen wollen«, sagte Alysta.

Die nächste Falle war eine Grube mit geschärften Metallpflöcken auf dem Boden. Sie war zehn Fuß breit und so erbaut, dass ein unachtsamer Mann sich nicht einfach strecken und sich retten konnte, wenn er hinabfiel. Auf dem Boden befand sich auch ein Toter zwischen den älteren Knochen vergangener Opfer. Der Tote war offenbar seit Monaten in diesem Zustand.

»Hast du ihn gekannt?«, fragte Tocht.

»Nein. Wie ich gesagt habe, es hat etliche Unglückliche gegeben, die in er Vergangenheit hier entlanggekommen sind.«

»Oh.« Mit einiger Mühe riss Tocht sich von dem Anblick los.

Zank befestigte die Laterne mit einem Stück Seil an seiner Hüfte, dann bahnte er sich den Weg über die Pflöcke, die aus der Wand herausragten. Bei ihm sah die Überquerung der Grube einfach aus.

Tocht steckte das Logbuch des Schiffes in seinen Umhang und griff nach der Katze. Alysta legte ihre Ohren flach an, hob warnend eine Pfote und fauchte.

»Glaubst du, du kannst diese Kletterei ohne Hilfe hinter dich bringen?«, fragte Tocht mit aller Vernunft.

Missmutig fauchte die Katze noch einmal und senkte ihre Pfote. Anstatt zuzulassen, dass Tocht sie hochnahm, lief sie seinen Arm empor und legte sich um seine Schultern.

»In Ordnung«, sagte sie.

Kapitel 14

Das Versteck

Tocht trat auf den ersten Pflock zu seinen Füßen und griff nach dem nächsten, der sich weit über seinem Kopf befand. Er konnte ihn kaum erreichen und war sich sicher, dass er nicht die Stärke und die Ausdauer gehabt hätte, die Kletterei zu überstehen, wäre sie länger gewesen. Das Gewicht der Katze auf seinen Schultern machte alles noch schwieriger.

Zank wartete auf der anderen Seite der Grube und hielt die Laterne, um den Weg besser auszuleuchten.

Nachdem er die Überquerung ohne Zwischenfall hinter sich gebracht hatte, trat Tocht auf den nächsten Absatz hinunter. Wortlos drehte Zank sich um, und sie gingen weiter.

Vor ihnen lagen Knochen wild verstreut unter vier Axtklingen, die aus beiden Wänden, dem Boden und der Decke herausgeschossen waren. Sie alle waren von einem Stein ausgelöst worden, der empfindlich für Belastungen war. Inzwischen waren die Axtblätter stark verrostet und fielen auseinander.

»Einige Fallen haben sich im Laufe der Jahre selbst ausgelöst«, sagte Zank und deutete auf ein eingestürztes Mauerteil. Er ließ Licht hineinfallen, um rostige Splitter zu zeigen, die einst Stahldornen gewesen waren. »Die Fallen, die mit Giftschlangen gearbeitet haben, enthalten inzwischen nur noch Totes, aber es gibt etliche Giftspinnen, die sich hier unten verbreitet haben und denen es gut ergangen ist.«

Da er sich plötzlich der Spinnennetze bewusst wurde, die an der Rückseite seines Halses hingen, schlug Tocht nach den Netzen und zitterte.

»Auch die Fallen, die mit Säure und Gift ausgestattet waren, könnten sich über die Jahrhunderte hinweg abgeschwächt haben, aber sie können einen noch immer vergiften oder krank machen.« Zank ging weiter.

Immer weiter hinab ging es, manchmal durch geneigte Gänge und manchmal über gewundene Treppen. Offenbar hatte das Verlies einige Ebenen.

»Ich bringe uns in diesen Raum«, erklärte Zank. »Dem auf der Karte. Auf dem sichersten Weg, der möglich ist. Das ist nicht unbedingt der kürzeste.«

Tochts Beine schmerzten von der Anstrengung. All die verschiedenen Stockwerke erinnerten ihn an das Gewölbe Allen Bekannten Wissens. Eine viel düsterere Ausgabe der Großen Bibliothek, das gewiss, aber genauso verwinkelt.

Entlang des Weges kamen sie an etlichen weiteren Opfern der Fallen vorüber, die in den Ebenen des Verlieses verstreut lagen. Viele von ihnen waren *buchstäblich* verstreut worden …

Dhankos Fallenkünstler waren ausgesprochen gründlich, bemerkte Tocht grimmig.

Ein wenig später kamen sie in dem Raum an, in dem sich Dhankos größtes Geheimnis befinden sollte.

»Bleibt hier«, sagte Zank. »Dieser Raum ist noch immer gefährlich, viel mehr als alle anderen.« Er hielt die Laterne hoch. »Jedes Mal, wenn jemand diesen Raum verlässt, stellen sich die Fallen wieder frisch ein. Und außerdem bewegen sie sich, verändern ihre Lage und die Art, wie sie ausgelöst werden.«

»Zauberei?«, fragte Tocht. In den Abenteuergeschichten

des Hralbommsflügels hatte es eine Reihe von Erzählungen über bewegliche Fallen gegeben. Sie waren alle von Magie angetrieben worden.

»Ich weiß nicht. Muss wohl so sein.« Zank ging langsam in den Raum und fing an, weitere Laternen zu entzünden, die an der Wand hingen. Als er eine von ihnen berührte, sprang ein Teil der gegenüberliegenden Wand auf, und eine Armbrust fiel in Schussposition. Sie schoss automatisch, und der Bolzen raste durch den Raum.

Zank wich ihm aus. Die scharfe Spitze, in keiner Weise durch Rost zu Schaden gekommen, schlug in die Wand genau dort ein, wo der junge Mann gestanden hatte.

»Die hatte ich vergessen«, gab Zank zu. Er ging durch den Raum und schaltete fünf weitere Fallen ab. »Das sind nicht alle, aber so könnt ihr hereinkommen und euch den Gang zum Meer hinab ansehen.«

Als die Laternen entzündet waren, gab der Raum alles preis. Anstelle eines einfachen Steinbodens gab es hier ein Muster aus blauen und schwarzen Fliesen, die zwei Fuß im Quadrat maßen. Es sah aus wie ein riesiges Schachbrett. Als Tocht die Kacheln zählte, fand er heraus, dass es acht mal acht waren, genau wie bei einem Schachbrett. Eine blutrote Einfassung lief um den Raum.

Friese zierten die Wand und zeigten menschliche Helden in Schlachten zu Lande, auf schneebedeckten Bergen und auch in üppigen Waldländern und zur See. Schiffe unter vollen Segeln waren in der Schlacht an anderen festgefroren, während Seeungeheuer aus den Tiefen emporstiegen.

Vorsichtig und neugierig spähte Tocht in den Raum. »Vielleicht könnte ich einfach hier draußen bleiben«, schlug er vor. »Wie du schon gesagt hast, wenn es hier etwas zu finden gäbe, hättest du es bereits gefunden.«

»Weshalb sind wir dann hier runtergekommen?« Zank klang verärgert. »Ich bin schon hier gewesen. Ich hätte an anderen Orten suchen können.«

»Nein«, sagte Alysta, die in den Raum glitt. »Was wir suchen, ist hier. Irgendwo.«

»Das Schwert?« Zank ging auf die Katze zu.

Trotz seiner Furcht zog Tochts Neugier auf die Friese ihn in den großen Raum. Er blieb an den Außenwänden und machte einen Bogen um den Schachbrettboden. »Gibt es im Boden Sprengfallen?«

»Ja«, antwortete Zank.

Die Katze tappte leise zur Wand mit dem Bild, das die Seeschlachten zeigte. »Ich kann es spüren.«

»Das kannst du nicht.« Auch Zank näherte sich den Friesen.

Alysta streckte sich und berührte den Fries. »Kann ich wohl.«

Tocht musterte den Fries. Etwas daran schien ihm vertraut. Innerhalb weniger Sekunden war seine Angst vergessen. Der Fries war nicht einfach in die Steinmauer gehauen. Behauene, farbige Steine waren in die Hohlräume eingesetzt worden und verliehen den Bildern deutlich mehr Strahlkraft.

Als er sich im Raum umblickte, sah Tocht, dass keiner der anderen Friese so war wie dieser. Er fragte sich, weshalb dieser anders war. Er nahm eine der Laternen von der Wand und ging näher heran, um die Bilder zu studieren.

Dann kam ihm eine Eingebung.

»Das ist die Schlacht der Tanzenden Wellen«, flüsterte Tocht.

»Was?«, wollte Zank wissen.

»Die Schlacht der Tanzenden Wellen.« Tocht berührte

den Fries. »Natürlich hat man sie zu jener Zeit noch nicht so genannt. Es ist einfach ein Scharmützel zwischen Kapitän Dulauns Schiff, der *Tolamae*, und einem Piratenschiff namens *Todesgelächter* gewesen.« Er zeigte auf die Flagge des zweiten Gefährts, die fast ganz im grauen Nebel verborgen lag.

»Ich habe noch nie von der Schlacht oder jenen Schiffen gehört«, sagte Zank.

»Ich schon«, erwiderte Alysta. »Es ist eine alte Geschichte. Sie ist durch meinen Vater an mich herangetragen worden, und zuvor durch seinen Vater an ihn. Dies war die Schlacht, in der sich Dulaun zum ersten Mal die Macht der Wogen mit Meeresgischt untertan gemacht hat.«

»Das stimmt.« Tocht untersuchte die *Tolamae* und sah Kapitän Dulaun auf ihrem Vordeck stehen, dessen Schwert geradewegs in die Luft zeigte. Der Kapitän des Schiffes war hager, ein Mann, der lange von der Sonne und der See abgehärtet worden war. Sein braunes Haar war strähnig. Er trug umgeschlagene schwarze Stiefel, enge schwarze Hosen und ein blaurot gestreiftes Hemd. »Das ist Kapitän Dulaun.«

Zank starrte das Bild des Mannes an, das aus besonders ausgewählten Steinen gefertigt worden war. »Er ist nicht so groß, wie ich ihn mir vorgestellt habe.«

»Nein«, sagte Tocht, der sich an die Bilder erinnerte, die er von dem Mann gesehen hatte. »Dulaun hatte nicht den Körperbau eines Helden, aber in seinem Herzen ist er einer gewesen. Er hat kein einziges Mal aufgegeben.«

»Dulaun ist in der Schlacht an der Todesfestung umgekommen«, bemerkte Zank. »Als der Zwergenschmied Oskarr die Verteidiger der Allianz verraten hat, die dort geblieben waren, um den Rückzug aus dem Süden von Teldanes Fülle zu decken.«

»Meister Oskarr hat sie nicht verraten«, sagte Tocht.

»So ist es mir aber immer erzählt worden«, entgegnete Zank.

»Mir auch«, sagte Alysta.

»Ich habe erst vor kurzem erfahren, dass diese Geschichte falsch ist«, erklärte Tocht, der sich an die Zeit erinnerte, die er in Meister Oskarrs Schmiede verbracht hatte. Keiner der Zuhörer schien sich für seine Meinung zu interessieren.

»Dies könnte das Schiff sein, auf das die Karte hinweist«, sagte Alysta.

»Das habe ich mir schon gedacht«, sagte Zank. »Aber was sollte das mit dem Schwert zu tun haben?«

»Während dieser Schlacht trug es sich zu, dass Kapitän Dulaun sich zum ersten Mal die Macht des Meeres untertan machte«, wiederholte Tocht. »Die Alten haben den Menschen die Macht des Wassers verliehen, und diese Mächte wurden in einige Waffen eingeschlossen, die Menschen angefertigt haben. Meeresgischt war eine dieser verzauberten Schöpfungen. Während sie in dieser Schlacht festsaßen, weil sie einem Händler bei einem Angriff zu Hilfe gekommen waren, war die *Tolamae* mit ihrer Mannschaft stark in der Unterzahl gegenüber den Piraten von den Käfiginseln. Eine Weile sah es so aus, als wäre dies das Ende.«

»Aber Dulaun hat das Schwert benutzt, stimmt's?«, fragte Zank.

»Man sagt, dass Dulaun immer den Segen der Alten besessen hat«, erklärte Tocht. »Dass er vom Tag seiner Geburt an dazu ausersehen war, ein Held zu sein. Er hat die Meere studiert, und als er sich das Schwert schmiedete, bat er die Alten darum, es mit Macht anzufüllen. Die meisten Gelehrten legen es so aus, dass Dulaun nur darum gebeten hat, das Schwert möge in einer Schlacht nicht brechen.

Stattdessen wurde ihm in Anbetracht des Lebens, das er führte und in dem er für jene einzutreten versuchte, die nicht für sich selbst kämpfen konnten, viel mehr gewährt.«

»An diesem Tag hat er über das Meer befohlen«, sagte Alysta. »Als er dachte, dass alles verloren sei, hat er sich an Deck gestellt und gehofft, dass die See sich erheben und seine Feinde verschlingen würde. Das hat sie getan.«

Während Tocht den Worten der Katze lauschte, spürte er eine seltsame Wärme in dem Fries aufkommen. Die Kammer selbst war beinahe eiskalt, und nur sein Reiseumhang schaffte es, ihn warm zu halten. Er ließ seine Finger über die Steine gleiten.

Hier handelt es sich um ein Rätsel, erkannte er.

»Was?«, fragte Alysta.

»Steganografie.«

»Was ist das?« Aufgeregt trat Zank vor.

»Es ist eine Kunst, eine sehr trügerische und sehr schlaue«, sagte Tocht, »mit der man eine Botschaft in einem Bild verstecken kann.«

»Welche Botschaft?«, fragte Zank.

»Das«, erwiderte Tocht, »muss sich noch erweisen.« Als er mit der Fingerspitze an einem der Steine kratzte, war er überrascht festzustellen, dass er mit Leichtigkeit heraussprang. Er suchte rasch nach weiteren. Als seine Hände voll wurden, legte er die Steine auf dem Boden ab.

»Weshalb hast du die herausgeholt?«, fragte Zank.

»Es sind Fische darauf.« Tocht untersuchte das Bild nach Fischen, die im Wasser sprangen. Nicht alle Stücke hatten dieselbe Form, genau wie er es erwartet hatte. Die Botschaft steckte nicht in die Fischen, sie waren nur das Verbindungsglied.

»Es gibt noch viele andere Fische«, sagte Zank.

»Ja, aber nicht alle anderen sind dargestellt, wie sie im Meer schwimmen, während ihre Schwanzflossen nach links geneigt sind.« Tocht arbeitete daran, die Teile zusammenzusetzen.

»Diese Fische sollten nicht in dem Bild sein«, sagte Alysta.

»Sehr gut«, sagte Tocht und lächelte die Katze an. »Weshalb nicht?«

»Weil alle kleinen Fische immer das Gebiet verlassen, wenn ein größeres Raubtier im Wasser ist.«

»Richtig«, sagte Tocht. »Der erste Instinkt bei Meereslebewesen ist das Überleben, wie bei anderen auch. Im Meer ist man Beute, wenn man klein ist. Nahrung für jemand anderen. In ähnlicher Weise meiden kleine Fische oft auch Aas im offenen Wasser, weil das größere Raubtiere anzieht.«

»Aber die Fische befinden sich auf dem Fries«, sagte Alysta.

»Ja.« Tocht griff nach einem weiteren Teil und probierte es aus. Wie er schnell herausgefunden hatte, waren nicht alles Teile des Frieses lose. Die meisten wurden von Mörtel an Ort und Stelle gehalten. Als er die Teile anstarrte, sah Tocht, dass sie ein Muster ergaben. Er war nicht groß genug, um an all die Teile heranzureichen, von denen er glaubte, dass er sie benötigte. Zank musste ein paar der höher gelegenen für ihn herabholen.

»Man hat sie dort hineingebaut, damit die Aufmerksamkeit darauf fällt«, sagte Zank.

»Das denke ich auch.« Tochts Angst wegen seiner gegenwärtigen Lage war beinahe gänzlich verschwunden, konnte ihm jetzt, da ihn große Neugier erfüllte, nichts mehr anhaben.

»Zu welchem Zweck?«, fragte Alysta.

»›Während des Weges, den sein Leben nimmt, rutscht die Hand eines Mannes oft vom Ruder‹«, sagte Tocht leise.

»Was ist das?«, fragte Zank.

»Ein Zitat«, erwiderte Alysta. »Das ist eines von Kapitän Dulauns wertvollsten Sprichwörtern.«

»Dulaun hat sich auf die Tatsache bezogen, dass die meisten Männer dazu neigen, ohne Zweck oder Ziel durchs Leben zu gehen«, sagte Tocht. »Sie gehen hin, wo immer das Meer sie hinschickt.« Er musterte die Fischmosaiksteine vor sich. Es gab insgesamt siebzehn. »Ich bin mir sicher, dass diese Teile ins Bild gesetzt wurden, um jenen die Richtung zu weisen, die auf der Suche nach dem Schwert sind.«

»Du meinst, dass Dhanko Hinweise zurückgelassen hat?«, fragte Alysta.

»Dieser Fries«, sagte Tocht mit grimmiger Bestimmtheit, »ist weit vor Dhankos Zeit entstanden.« Er schob die Fischstücke weiter umher, legte sie aneinander, bis sie beinahe nahtlos passten. Die Anordnung war fehlerlos.

Die Katze kroch näher heran, setzte sich daneben hin und legte ihren Schwanz um die Pfoten. »Ich habe noch nie von diesem Fries gehört.«

»Ich auch nicht«, sagte Tocht geistesabwesend. »Aber ich habe von dem Künstler gehört.«

»Welchem Künstler?«

Tocht deutete auf die Unterschrift in der unteren rechten Ecke. Es war das Symbol eines glänzenden Sterns. »Lazzarot Piknis«, antwortete der kleine Bibliothekar. »Er war einer der besten Künstler, die das Handelsimperium des Silbermeeres je hervorgebracht hat.« Er wandte seine Aufmerksamkeit wieder auf die Teile. »Er hat zur Zeit Kapitän Dulauns gelebt.«

»Sie haben sich gekannt?«, fragte Zank.

»Das habe ich nicht behauptet. Es ist natürlich möglich. Und Piknis hat dieses Wandbild geschaffen.«

»Eine Unterschrift hier unten bedeutet nicht unbedingt, dass Piknis dieses Wandbild angefertigt hat«, forderte ihn Alysta heraus.

»Ich bin«, sagte Tocht energisch, »mit Piknis' Arbeit vertraut.«

Die Katze blinzelte ihn an, offenbar bereit weiterzustreiten, aber sie entschied sich dagegen.

»Was machst du?«, fragte Zank, der sich neben Tocht hinkniete. Er ließ den Bogen von der Schulter gleiten und legte ihn in der Nähe ab.

»Diese Teile ergeben ein Rätsel«, sagte Tocht. »Ich versuche herauszufinden, was ihr Geheimnis ist.« Während er arbeitete, glitt ein weiteres Teil beinahe ohne Fehl an seinen Platz.

»Dieses hier«, sagte Zank, »gehört hierher.« Indem er seinen Zeigefinger gebrauchte, schob er eines der Teile an zwei weitere. Als die Seiten sich berührten, verbanden sich alle drei mit einem hörbaren Klicken und lösten einen kurzen Funkenregen aus blauem Licht aus, der das Glühen der Laterne in den Schatten stellte.

Tocht fuhr zurück, weil er dachte, die Teile würden Feuer fangen. Als nichts geschah, fragte er: »Was hast du getan?«

»Ich habe die Steine einfach aneinandergefügt. Ich habe das nicht ausgelöst.« Zank hielt sein Schwert in einer Hand und ein langes Messer in der anderen.

Tocht hatte nicht gesehen, wie der junge Mann die beiden Waffen gezogen hatte. Der kleine Bibliothekar versuchte, das Stück, das Zank angefügt hatte, von den beiden anderen zu entfernen.

Es ließ sich nicht bewegen. Irgendwie hatten sich die Teile fest zusammengefügt.

Als er seine Aufmerksamkeit wieder auf eines der Teile richtete, die er aneinandergelegt hatte, fand Tocht heraus, dass er sie mit Leichtigkeit voneinander trennen konnte. Er zog seine Hand weg und zeigte darauf. »Mach mal das da.«

Zögerlich legte Zank seine Waffen zur Seite und schob das neue Teil an, bis es das andere berührte. Das Klicken erklang abermals, kurz bevor blaues Licht blitzte.

»Du löst das aus«, flüsterte Tocht.

»Das bin nicht ich«, sagte Zank.

Tocht dachte wieder an das Zeichen des Lederers auf dem Beutel, den Zank bei sich trug. Er prüfte die beiden neuen Teile und stellte fest, dass sie genauso gut zusammenhielten.

»Das ist Magie«, sagte Zank. »Ich weiß nichts von Magie.«

»Sieht so aus«, sagte Tocht, »als würde die Magie von dir wissen.«

»Aber wie?«

»Das ergibt keinen Sinn«, fauchte die Katze.

»Vielleicht willst *du* ja dann das Mosaik zusammensetzen«, bot Tocht an.

Hochmütig trat die Katze vor und schob die Teile mit ihrer Pfote vorwärts. Die Teile legten sich aneinander, aber es gab kein weiteres Ereignis.

»Das hat nichts zu bedeuten«, sagte Alysta. »Vielleicht liegt es einfach daran, dass er schon einmal in diesem Raum war. Was für eine Magie hier auch am Werke ist, sie könnte ihm gewogen sein.«

»Vielleicht«, sagte Tocht unbeteiligt. Unter seiner Anleitung fuhr Zank fort, die Teile zusammenzufügen. Jedes Mal, wenn sich die Teile berührten, legten sie sich mit einem Klicken und der hellen Explosion aus blauem Licht zusammen.

Die Katze schnüffelte an jedem, aber ihre Bemühungen wurden unsicherer.

In kurzer Zeit war aus den siebzehn Teilen ein grobes Oval mit einer Schwanzflosse an einem Ende geworden.

»Ein Fisch«, flüsterte Zank.

Tatsächlich sah das zusammengesetzte Teil sehr nach einem Fisch aus. Tocht hob es vom Boden auf, erstaunt über die Art, wie es zusammenhielt, als wäre es schon immer aus einem Stück gewesen. Er drehte es um und tauschte so die Seite mit den Steinen, die Fische auf den Wellen mit ihren gedrehten Schwanzflossen zeigten, gegen die leere andere Seite aus.

Nur *war* nun die andere Seite nicht mehr leer. Worte standen dort geschrieben. Die Sprache war die Hohe Handelssprache vom Silbermeer. Tocht übersetzte sie und war überrascht, dass sich die Worte sogar in der Gemeinsprache reimten.

Kraftvoll bläst der Wind,
treibt Schiffe aus Holz und Männer in Eisen.
Ein Held muss weit von der Heimat sein
und furchtlos, wenn er stirbt allein.
Sprich den Namen, Kind,
um auf Silbermeer-Wogen zu reisen.

»Was hat das zu bedeuten?«, fragte Zank.

»Kapitän Dulaun«, sagte Tocht.

Nichts geschah.

Der kleine Bibliothekar blickte den jungen Söldner an. »Sag seinen Namen.«

Zank zögerte.

»Sag seinen Namen«, wiederholte Tocht.

»Kapitän Dulaun«, flüsterte Zank.

Sogleich begann die Inschrift auf der Rückseite des Fisches in hervorstechenden, hellblauen Adern zu leuchten. Tocht spürte, wie das Stück unter seinen Händen bebte. »Noch einmal. Lauter. Leg deine Hand auf die Inschrift.«

Zank ließ die Hand auf die Schrift sinken, leckte sich nervös die Lippen. Und dann sprach er den Namen des Helden vom Silbermeer noch einmal aus. »Kapitän Dulaun!«

Jäh flog das Fischteil aus Tochts Hand und glitt unter Zanks Griff hervor. In nur einem Augenblick verlängerte sich der Fisch zu einer Planke. Ein Ende der Planke fiel zu Boden, das andere neigte sich gegen den Fries.

Tocht versuchte verzweifelt, die Planke zu fangen, weil er sicher war, dass sie das Bild zerstören würde, das aus hunderten von Steinchen geschaffen worden war. Er griff daneben. Das Ende der Planke fiel in den Fries und kam zitternd auf dem Rand des Kunstwerks zum Liegen, als wäre es ein Fenstersims.

Nebel sickerte aus dem Bild.

Plötzlich erfüllte das Geräusch von rauschenden Wellen die unterirdische Kammer, und der salzige Geruch der See folgte ihm auf dem Fuß. Hitze riss einen Teil der Kälte mit sich fort und wärmte Tocht, als er zu dem von Nebel bedeckten Fries aufblickte. Er konnte das Bild dort nicht mehr erkennen.

»Kommt an Bord!«, erklang eine tiefe Stimme.

Kapitel 15

Kapitän Dulaun

Zank schob den Bogen über die Schulter, dann nahm er seine Klingen zur Hand. Er setzte sich in Bewegung.

»Wohin gehst du?«, fragte die Katze.

Während er schon einen Fuß auf die Planke stellte und nicht einmal zu Alysta zurückblickte, sagte Zank: »Ich möchte sehen, wohin mich das hier bringt.« Er ging vorwärts, stemmte sich gegen die Neigung. Der Nebel streckte sich nach ihm aus und zeichnete seine Umrisse weich nach, während er ihn in seine Umarmung aufnahm.

Alysta zögerte nur einen Moment lang, dann folgte sie ihm und tappte leise die Planke hinauf.

Da er nicht zurückbleiben wollte, beugte sich Tocht hinab und schnappte sich die nächste Laterne. Er trat auf die Planke und ging nach oben.

Der Nebel wirbelte ihm entgegen, bis er nichts mehr sehen konnte. Der rhythmische Klang der Wellen brach sich am Bug eines Schiffes. Sieben Schritte weiter spürte er das vertraute Auf und Ab eines Gefährts auf See.

Dann hatte er den Nebel durchquert und konnte sehen, wie sich der blaue Himmel um ihn herum öffnete. Er befand sich auf dem Deck des Schiffes und wusste, dass er sich nicht mehr in der Gegend um Kairattenbau befand.

Zank und Alysta standen vor dem Kapitän des Schiffes. Daran gab es keinen Zweifel.

Kapitän Dulaun war ein bescheidener Mann. Sein sonnengebleichtes, braunes Haar, das im sanften Wind wehte, und der warme Blick aus braunen Augen sahen alltäglich aus, nicht heldenhaft. Er trug einen Schnurrbart, der an den Enden gezwirbelt war, und er lächelte, als hätte es in seinem Leben niemals einen traurigen Tag gegeben. Seine Kleidung war einfach – schwarze Stiefel und Hosen, ein rotes Hemd mit Glockenärmeln.

»Willkommen, meine Freunde«, sagte Dulaun.

»Das kann nicht sein«, flüsterte Zank benommen. »Ihr seid tot. Ihr seid vor tausend Jahren gestorben.«

Dulaun lächelte erneut. »Natürlich bin ich tot. Sonst wärt ihr ja nicht hier und würdet jetzt Meeresgischt suchen.« Er legte liebevoll die Hand auf das Heft seines Schwertes.

»Wie habt Ihr das eingerichtet?«, fragte Alysta.

»Mit Magie natürlich. Von Meeresgischt geborgt und durch meine Familie an mich gebunden.« Dulaun verschränkte die Hände hinter dem Rücken. »Ihr seid meine Familie. Zumindest einer von euch. Sonst hättet ihr das Geheimnis des Frieses niemals herausbekommen und den Zauber nicht auslösen können, der es euch gestattet, hierherzukommen.«

Familie?, dachte Tocht. Dann wurde ihm eine weitere Wahrheit klar, die ihm die ganze Zeit vor Augen gestanden hatte. Er blickte sich unter Dulauns Mannschaft um. Die Männer das Kapitäns sahen alle kampferprobt und einsatzbereit aus.

Hinter ihnen schimmerte das Silbermeer in der mittäglichen Sonne. Ein Albatros glitt über den wolkenlosen Himmel. Die Segel aus weißem Tuch fingen den Wind ein und hielten ihn, machten ihn sich untertan, während das Schiff weiter durch die Wellen pflügte.

Dulaun ging zum Bug des Schiffes. »Kommt. Ich werde euch erzählen, wie ihr hierhergelangt seid. Aber erst möchte ich euch meine Welt zeigen. Ich hoffe, dass es immer noch eure Welt ist.«

Wie gebannt folgten Alysta und Zank Dulaun.

»Wegen der Beschaffenheit des Zaubers und einiger anderer Beschränkungen, die zum Wesen der Zeit gehören«, sagte Dulaun, während er aufs Meer hinausblickte, »kann ich eure Fragen hier und jetzt beantworten, aber ich werde mich nicht an sie erinnern.«

»Wer hat diesen Zauber geschaffen?«, fragte Alysta.

»Ein Zauberer namens Rivalak.« Dulaun klang zufrieden.

»Rivalak«, sagte Tocht, »war einer von Dulauns Zeitgenossen.«

»Er war mehr als ein Zeitgenosse«, erklärte Dulaun. »Er war ein Freund.« Er blickte Tocht an. »Und wer magst wohl du sein? Ich weiß, dass du kein Verwandter bist, denn du bist ein Halbling. Nicht, falls nicht irgendetwas mit der Reihe meiner Nachkommen wahrhaft und entschieden schiefgegangen ist.«

»Nein, ich gehöre nicht zur Familie«, erwiderte Tocht. »Ich bin mit diesen beiden hier gekommen. Als ein Berater.«

»Wunderbar.« Dulaun lächelte wieder.

Tocht musste sich fragen, was der Mann getan hatte, ehe sie angekommen waren. Dulaun war zu gut vorbereitet, sich seiner selbst zu sicher. Selbst vor der Schlacht an der Todesfestung hatte Dulauns Selbstvertrauen Kämpfe herbeigeführt, die ihn gelegentlich hart auf die Probe gestellt hatten.

»Warum seid Ihr hier?«, fragte Tocht.

»Deswegen.« Dulaun riss das Schwert von seiner Hüfte und ließ die Klinge durch die Luft sausen. »Ihr kennt mein Schwert?«

»Meeresgischt«, antwortete Tocht. »Es hat die Macht, die Magie der Wellen herbeizurufen.«

Meeresgischt war ein glitzerndes Stück Stahl von dreieinhalb Fuß Länge. Dem Schwert, das zweischneidig war und auf dem sich Runen befanden, die sogar im hellen Licht blau leuchteten, musste man unmittelbaren Respekt zollen. Der Handschutz über dem Heft war in der Gestalt von zwei Delphinen gearbeitet, die um die Klinge schwammen. Sie hatten Augen aus Saphir, und ihre Umrisse waren aus filigranem Gold gefertigt. Es war wunderschön.

»Aye.« Mit einer großen Geste steckte Dulaun das Schwert in die Scheide zurück. »Es gibt viele, die dieses Schwert wollen. Aber niemand kann es haben, von einem meiner Nachfahren abgesehen. Deshalb wurde dieser Ort geschaffen.«

»Wo sind wir?«, fragte Alysta.

Dulaun kniete sich hin und griff nach dem Tier. »Eine sprechende Katze, soso.«

Alysta zog sich zurück, legte die Ohren an und fauchte warnend.

»Sie ist keine richtige Katze«, sagte Tocht. »Ihr Name ist Alysta. Sie ist einer Eurer Nachfahren.«

Überrascht und bestürzt erhob sich Dulaun. »Das ist unmöglich.«

»Es ist die Wahrheit«, sagte Alysta.

Dulaun schüttelte den Kopf. »Aber eine Katze kann mein Schwert nicht führen.« Er blickte Tocht an. »Ich habe keinen Leiberben, dem ich mein Schwert übergeben kann?«

»Doch, den habt Ihr«, sagte Zank.

»Den habt Ihr«, sagte Tocht. »Es war *ihre* Berührung, die den Zauber des Frieses ausgelöst hat.«

»Ihre?« Alysta blickte den jungen »Mann« an.

»Dies«, sagte Tocht, »ist deine Enkelin. Rose.« Er wusste, dass es nicht anders sein konnte.

»Du?« Alysta tappte um Tocht herum, um Zank besser mustern zu können. »Du bist Rose? Ich habe dich und deine Mutter verlassen, als du sehr jung gewesen bist.«

Da blickte Zank Tocht an, und ihre Augen wurden sanft. »Du hast es gewusst?«

»Nicht, bis du das Mosaik zusammengefügt hast«, sagte Tocht. »Ich habe mit Karbor dem Lederer gesprochen. Er hat mir gesagt, dass er die Tochter von Freunden aufgenommen hat, die mit Kapitän Dulaun verwandt waren.«

»Meine Enkelin«, flüsterte Alysta. Sie schritt zu Zank hinüber. »Du bist Rose?«

Die junge Frau lächelte, aber in ihren Augen lag Traurigkeit. »Das bin ich. Aber das war der Name, den Karbor mir gegeben hat, als er mich gefunden und mich versteckt gehalten hat. Jetzt bin ich Zank, und ich werde Zank bleiben bis zu dem Tag, an dem die Mörder meiner Eltern ihrer gerechten Strafe zugeführt worden sind.«

»Ich bin deine Großmutter.«

Zanks Augen weiteten sich. »Alysta?«

»Ja.«

»Wir haben gedacht, du wärst tot.«

»Ich war auch kurz davor.« Die Katze berührte in einer sehr menschlichen Geste ihre Brust. »Nachdem dies geschehen war, konnte ich nicht zurückkehren. Dann habe ich gehört, dass deine Eltern tot sind. Als ich daraufhin zurückgekehrt bin, habe ich von dir keine Spur gefunden. Ich habe geglaubt, auch du seist tot. Bis zu jener Nacht, in der

Karbor davon gesprochen hat, dich gerettet zu haben – nur, um dich abermals zu verlieren.«

»Kapitän Gujhars Männer haben mich geholt«, sagte Zank, »aber ich bin geflohen.«

»Deine Mutter«, sagte Alysta stolz, »hat dich gut ausgebildet.«

Zank lächelte. »Sie hat immer gesagt, dass sie eine gute Lehrerin gehabt hätte.«

»*Du* bist mein Nachfahre?«, fragte Dulaun. »Ein Mädchen?«

Zank blickte ihn an und hob vorwurfsvoll ihr Kinn. »Ich bin eine Frau.«

Dulaun lachte und schüttelte den Kopf. »Du bist ein Hänfling. Wenn du sechzehn bist, dann esse ich meine Stiefel.«

»Ich bin siebzehn«, sagte Zank, »und ich lasse mich nicht verspotten. Nicht einmal von Euch. Meine Mutter hat ihr Leben gegeben, um mich zu retten, damit unsere Ahnenreihe vollständig bleibt und wir Euer Schwert noch einmal aufnehmen können.«

Der Kapitän schüttelte den Kopf. »Du bekommst mein Schwert nicht, Mädchen. Du würdest es nur von hier fortbringen und verlieren.«

»Wie könnt Ihr es wagen!«, fauchte Alysta zornig.

Zank bewegte sich, ehe Tocht mitbekam, dass sie etwas getan hatte. In einem winzigen Augenblick warf sie ihren Umhang in der warmen Brise fort, die die *Tolamae* durch das Silbermeer trieb. Ihre langen blonden Locken waren zurückgebunden und hingen über ihre Schultern hinab. Sie bestand aus nichts als Geschmeidigkeit und Anmut – und ihr Schwert sprang wie etwas Lebendiges in ihre Hand. Ihr Körper bildete eine vollkommene Linie hinter der Schwertspitze, die nur wenige Zoll von Dulauns rechtem Auge entfernt in der Luft schwebte.

Die Mannschaft zog die Waffen und eilte herbei.

Kapitän Dulaun hielt die Hand hoch und ließ die Seeleute innehalten. Seine Lippen verzogen sich zu einem Lächeln. »In Ordnung, Kind. Du hast Feuer im Bauch. Das gebe ich zu. Aber du bist nicht gut genug, um mich herauszufordern.«

Ohne ein Wort oder eine Warnung irgendeiner Art bewegte Zank sich mit ihrer Klinge nach vorn und stach Dulaun ins rechte Ohr. Hellrotes Blut tropfte von seinem Ohrläppchen.

»Behandelt mich nicht geringschätzig«, sagte Zank. »Ich werde Euch töten. Meine Mutter hat ihr Leben gegeben, um Euer Erbe fortzuführen. Ihr seid in der Schlacht an der Todesfestung gefallen und habt Euer Schwert verloren.«

»Ich … bin gefallen?« Dulaun sprach diesen Satz mit großer Erschütterung aus.

»Ja. Durch die Hände von Lord Khadavers Kobolden.«

»Nein!«, schrie Tocht. »Verrate ihm nichts von der Zukunft! Wenn du die Vergangenheit änderst, könnte es sein, dass keiner von uns hier ist! Wenn Kapitän Dulaun nicht in der Schlacht an der Todesfestung kämpft, dann wird der Rückzug aus dem Süden niemals stattfinden! Oder könnte scheitern! Du könntest den Verlauf des Krieges ändern! Lord Khadaver könnte gewinnen!«

Zu spät bemerkte Zank, was sie angerichtet haben könnte.

Dulaun hob die Hand. »Es gibt keinen Grund, sich deswegen zu sorgen. Dieser Ort, dieser Augenblick – sie sind gestohlen. Rivalak hat diesen Zauber so geschaffen, dass diese Mannschaft und ich uns nie an diese Besuche erinnern werden.«

»›Besuche‹?«, wiederholte Tocht.

Dulaun berührte sein blutendes Ohr und nickte. »Wenn das Schwert meinen Nachfahren abhandenkommt, kann es hierher zurückgebracht werden, um sicher zu sein, bis einer von ihnen erscheint, um es für sich zu beanspruchen. Die Magie dieses Spruches wird sich nicht öffnen, bis nicht das Rätsel gelöst ist, und nur meine Nachfahren können es lösen.« Er wischte sich die rotverschmierten Finger am Hemd ab. »Also, wo sind wir gewesen?«

Die Frage des Kapitäns war nur eine Finte. Selbst wenn Zank nicht antwortete, so dachte sie zumindest darüber nach. Das war genug Zeit für Dulaun, um Meeresgischt aus der Scheide zu reißen und einen Schritt zurückzutreten. Seine Klinge traf auf die von Zank.

Ohne ein Wort war der Kampf eröffnet. Stahl traf auf Stahl, und das laute Klirren erfüllte die Luft und verdrängte das knatternde Geräusch der Segel.

Dann begannen die Jubelrufe. Die Seeleute sammelten sich um ihren Anführer und feuerten ihn an, sich noch mehr anzustrengen.

Zank kämpfte weitaus besser, als ihr Alter vermuten ließ. Ihre Reflexe waren geschärft und sicher, und sie wich trotz Dulauns Angriff nicht zurück. Der Kapitän lächelte, hochmütig und voller Selbstvertrauen. Er hatte seine Fertigkeit in mehr als tausend Schlachten bewiesen, und er war in den besten Jahren. Die Schlacht an der Todesfestung lag Monate oder Jahre in der Zukunft.

Trotz ihrer Jugend und Schnelligkeit verlor Zank öfter an Boden als Dulaun. Der Kampf verlief in einem engen Kreis, und Tocht wusste aus seinen Forschungen und der Lektüre über den Schwertkampf, dass es Dulauns Erfahrung war, die den Kampf bestimmte. Beide Schwertträger waren schweißüberströmt.

Dann ließ Dulaun seine Klinge noch schneller durch die Luft wirbeln. Er rammte Zanks Schwert mit größerer Kraft und Kenntnis beiseite. In einem weiteren blendenden Schlagabtausch, der zu schnell war, als dass man ihm hätte folgen können, setzte der Kapitän vom Silbermeer plötzlich das Schwert an Zanks Kehle.

Zank stand wie gelähmt da, blickte aber furchtlos zu Dulaun auf. »Wenn Ihr es tun wollt, dann bringt es hinter Euch«, verkündete sie.

Gelächter kam über Dulauns Lippen. Er drehte das Schwert um und händigte es ihr aus, mit dem Heft voran. »Du bist Blut von meinem Blut«, gab er zu, »und fähig genug, das Schwert deiner Ahnen zu tragen.«

Langsam nahm Zank die dargebotene Klinge an. Sie hielt sie vor sich, die Spitze zum Himmel zeigend, und bewunderte das Schwert.

»Es ist wunderschön«, flüsterte sie.

»Das ist es«, pflichtete Dulaun bei. »Und jetzt – ist es deines. Nimm es, und gebrauche es wohl gegen deine Feinde.«

Als sie das Schwert senkte und an ihrer Seite hielt, blickte Zank den Kapitän an. »Und was ist mit Euch?«

Dulaun lächelte sie an. »Ich werde mich dem zuwenden, was das Schicksal für mich bereithält. Es gibt keine andere Möglichkeit.«

»Aber Ihr werdet sterben.«

»Jeder stirbt einmal, Mädchen«, sagte der Kapitän sanft, aber diesmal verbarg sich keine Geringschätzung hinter seinen Worten. Er lächelte. »Selbst wenn dieser Zauber nicht so beschaffen wäre, wie er nun einmal ist, und ich mich an dich würde erinnern können, nachdem du fort bist, kann ich nicht ändern, wer ich bin. Wo immer ich sterbe, wie der

Tod auch zu mir kommt, ich vertraue darauf, dass ich mich frei entscheide, dort zu sein, weil ich der Mann bin, der ich bin. Davon könnte ich mich nicht abwenden.«

»Es ist schlimmer als der Tod«, sagte Zank. »In der Schlacht an der Todesfestung werdet Ihr verraten. Von jemandem, den Ihr als Euren Freund betrachtet.«

Ein Teil der Leichtigkeit verschwand aus Dulauns Lächeln. »Dann hoffe ich, dass meine Nachfahren ehrlicher zu mir sind als einige meiner Freunde.«

»Ihr solltet nicht dorthin gehen.«

Dulaun schüttelte den Kopf. »Für mich gibt es keinen anderen Weg, Zank. Ich lotse mich anhand derselben Sterne wie immer durchs Leben. Wenn ich diese Sterne jemals vom Himmel holen sollte, was für einen Grund hätte ich dann zum Weiterleben?« Er holte Luft. »Ich würde lieber sterben, als aufzugeben. Aber sag mir eines.«

Zank versuchte zu sprechen, konnte es aber nicht. Tränen schimmerten in ihren Augen und flossen ihre Wangen hinab.

Tocht spürte die Hitze dieser Tränen auch auf seinem Gesicht. Ihre Gegenwart überraschte ihn. Er blickte den jungen Kapitän und seine Mannschaft an. Aus seiner Lektüre wusste er, dass Kapitän Dulaun und seine Männer sich immer mutig gegen Piraten, feindliche Mannschaften, Kobolde und Seeungeheuer zur Wehr gesetzt hatten. Aber bald würden sie in ihren Tod segeln. Wäre es wirklich dasselbe gewesen, wenn sie davon gewusst hätten? Als er den Mann anblickte, glaubte Tocht, dass dem so gewesen wäre.

»Was?«, fragte Zank mit schmerzerstickter Stimme. Tocht wusste, dass die junge Frau nicht nur mit dem Verlust von Dulaun zu kämpfen hatte, sondern auch mit dem ihrer Eltern.

»Mein Tod«, sagte Dulaun. »Bin ich gut gestorben? Ist er zu etwas gut gewesen – etwas, um dessentwillen ich stolz gewesen wäre zu sterben? Und hat mein Tod einen Unterschied gemacht, oder war er ganz vergebens?«

»Ihr habt dabei geholfen, unzählige Leute zu retten«, erwiderte Alysta. »Lord Khadavers Koboldhorden hätten sie alle abgeschlachtet, wenn sie die Möglichkeit dazu erhalten hätten. Euer Opfer und das Eurer Gefährten hat einen Unterschied gemacht.«

»Gut.« Kapitän Dulaun lächelte wieder, beinahe so großspurig wie bei ihrer Ankunft. »Das ist alles, was ich je verlangt habe.« Er blickte Zank an. »Bleibe dem Geist des Schwertes treu, und es wird dich niemals enttäuschen.«

»Das werde ich«, sagte Zank.

»Jetzt geht, und mögen die Alten über euch wachen.« Dulaun legte seine Hand auf den Griff von Meeresgischt, das an seiner Seite in der Scheide steckte. Zank hielt immer noch ihre eigene Ausgabe des Schwertes fest. Einen Moment lang gab es durch die Kraft des Zauberspruchs das Schwert zweimal – in seiner vergangenen und seiner heutigen Gestalt – zur selben Zeit und am selben Ort.

Der graue Nebel stieg plötzlich um Tocht, Alysta und Zank herum auf, verhüllte das Silbermeer und den blauen Himmel. Der Nebel drang dem kleinen Bibliothekar in die Lunge und brachte die beißende Kälte der verschütteten Burg mit sich.

Er blinzelte, und sie standen einmal mehr vor dem Fries. Nur Meeresgischt, das am Ende von Zanks Arm baumelte, bezeugte, dass sich der Zwischenfall wirklich ereignet hatte. Die Planke war verschwunden, und die Teile mit den Fischbildern waren in den Fries zurückgekehrt.

»Wir sind zurück.« Zank untersuchte das Schwert, das

glitzerte, als wäre es im Laternenlicht frisch geschmiedet worden. Blaues Feuer lief über die Ränder und die Runen.

»Aber wir sind nicht sicherer als vorhin«, sagte Alysta.

Zank steckte das Schwert in die Scheide und nahm ihren Bogen. Sie blickte die Katze an. »Stimmt das wirklich? Bist du meine Großmutter?«

Alysta tappte zu Zank hinüber und legte eine Pfote an den Stiefel der jungen Frau. »Das bin ich. Aber als ich dich gekannt habe, hat dein Name nicht Zank gelautet.«

»Nein«, pflichtete Zank bei, kniete sich hin und berührte den Kopf der Katze, um sie zu kraulen. »Ich bin Nyssa gewesen.«

»Ja.«

»Ich habe mir den Namen ausgesucht, nachdem meine Eltern getötet wurden.« Traurigkeit trat in ihre blassblauen Wolfsaugen. »Mein Vater hat mir den Spitznamen ›Zank‹ verpasst, weil er dachte, dass ich streitlustig sei. Er hat immer behauptet, dass das tief in meinem Wesen verwurzelt liegt und dass ich es von meiner Großmutter habe.«

Alysta reckte stolz die Brust. »Das stimmt. Das hast du.«

»Er hat mich gelehrt, dass Gereiztheit etwas Schlechtes ist.«

»Nun«, sagte die Katze voller Wärme, ihr Atem grau in der kalten, bewegungslosen Luft der Kammer, »dein Vater ist ein guter Mann gewesen. Du wirst von mir nie etwas anderes zu hören bekommen. Allerdings war er trotz allem ein Mann, und als solcher nicht immer am besten geeignet, das Wesen von jungen Frauen zu beurteilen.« Ihre Augen blinzelten Zank an. »Offen gesagt mag ich deine Art.«

»Vielleicht könnten wir uns die Wiedervereinigung für später aufheben«, sagte Tocht. »Wir sitzen immer noch auf diesem Berg, zusammen mit Kapitän Gujhar, Ryman Bey und den Dieben vom Kuss der Rasierklinge.«

Rasch packten sie ihre Sachen zusammen und machten sich zum Aufbruch bereit.

»Wir könnten den Durchgang zum Meer nutzen.« Zank deutete auf die Öffnung neben dem Fries.

»Bist du dort schon gewesen?«, fragte Alysta.

»Ja.«

»Gibt es dort ein Boot?«

»Nein.«

»Dawdal ist noch im Lager«, erinnerte sie Tocht.

Die Katze seufzte. »Er könnte vermutlich auf eigene Faust nach Kairattenbau zurückgelangen. Auf der anderen Seite hat Dawdal keinen besonderen Orientierungssinn. Er könnte sich hier draußen verirren. Oder Kobolde oder ein Bär könnten ihn fressen.« Sie schüttelte den Kopf. »Wir müssen zurückgehen und ihn holen.«

Zank übernahm abermals die Führung.

Kapitel 16

Verfolgt

Nachdem sie lange Minuten damit verbracht hatten, sich abermals durch all die noch funktionierenden Fallen zu schlagen, standen Tocht und seine beiden Gefährten am Eingang der Ausgrabungsstätte. Der Schnee fiel nun dichter und füllte die Luft mit dicken Flocken, die die Sicht verschleierten.

Der Schneefall kam ihnen gelegen, das wusste Tocht, aber sie würden trotzdem aus dem Weiß hervorstechen, wenn jemand sie erblickte. Bis zur Morgendämmerung hierzubleiben kam nicht in Frage und wäre gleichbedeutend mit einem Selbstmord gewesen. Sie mussten von hier wegkommen.

Das Lager der Diebe war nach wie vor in Aufruhr. Gujhar und Ryman Bey waren davon überzeugt, dass die Eindringlinge nicht über die Mauer hinweg entkommen waren. Die Diebe suchten die Lagerstelle und den Innenhof ab, wobei sie Fackeln schwenkten, um die Finsternis zurückzutreiben, und über ihr Pech fluchten.

»Leise«, flüsterte Zank, »und bleibt in meiner Nähe.« Sie schlich voran, tief auf den Boden gekauert. Ihr Schwert in der Scheide trug sie in der linken Hand, und ihre rechte lag auf dem Heft von Meeresgischt, damit sie es schnell ziehen konnte.

Angst hämmerte in Tochts Brust. Obwohl er in den letzten paar Jahren etliche schreckliche Kämpfe überstanden hatte, glaubte er nicht, dass er jemals seine Furcht davor verlieren würde, auf gewaltsame Art den Tod zu finden.

Sie glitten ohne Zwischenfall durch die Nacht und duckten sich in die Schatten am Fuße der Mauer. Einen Augenblick später, als es schien, dass sich kein Dieb mit einer Fackel in der Hand in der Nähe befand, stiegen sie die schmalen Stufen empor, die auf die Mauer führten.

Als sie oben angelangt waren, teilten sich die Wolken, und silbernes Mondlicht strömte herab, strich mit einem Glühen über die Wand, das nur der wirbelnde Schnee ein wenig dämpfte. Tocht griff gerade nach den Zinnen auf der anderen Seite, als Alysta zischte: »Pass auf!«

Instinktiv duckte sich Tocht und schlang beide Hände um den Kopf, weil er hoffte, dass ihm so nichts Schlimmes widerfahren würde. Ein Wesen mit ledrigen Schwingen glitt genau über ihm vorüber und fuhr ihm mit den Krallen durch die Haare. Ein unheimliches, heulendes, kreischendes Pfeifen zerriss die Stille der Nacht.

»Rauf auf die Mauer!«, schrie jemand unten im Innenhof. »Da sind sie!«

»Steh auf, Tocht«, rief Zank. »Man hat uns gesehen.«

Tocht hob den Kopf, hielt aber die Arme oben, um sich zu schützen. Er kam vorsichtig auf die Beine und blickte in die Nacht hinaus. Das heulende Pfeifen hörte nicht auf, sondern kreiste nicht weit über ihren Köpfen. Als er nach der Zinne griff, sah er den geflügelten Sornk abermals auf sich herabstürzen.

Das Geschöpf war ein fliegender Aasfresser mit einer Flügelspannweite von fünf Fuß. Drei Hörner, zwei über seinen wilden Augen und eines am Ende seines grausam geschwungenen Schnabels, ließen das Gesicht des Sornks wie eine knotige Faust aussehen. Kupferfarbene Schuppen bedeckten den länglichen Körper, um dann in eine dunklere Schattierung entlang des peitschenartigen Schwanzes überzugehen, der am Ende mit einem Widerhaken versehen war. Das Ungetüm öffnete seine rasiermesserscharfen, schnabelförmigen Kiefer und schrie abermals.

Drei weitere fielen in den Schrei ein.

Entsetzen jagte durch Tochts Körper. Obwohl er solche Wesen niemals außerhalb eines Naturkundebuches gesehen hatte, wusste er, was sie waren. Den Berichten zufolge, die er gelesen hatte, konnte ein Dutzend Sornke eine Kuh binnen Minuten zu einer Ansammlung von Knochen zerlegen. Er wollte nicht herausfinden, ob das der Wahrheit entsprach.

Alysta bewegte sich, zog sich zusammen und streckte sich wieder, um sich auf den angreifenden Sornk zu werfen und auf seinem Rücken zu landen. Vom Gewicht und der Wut der Katze aus der Bahn geworfen, kreischte und pfiff der Sornk noch einmal, während er mit flatternden Flügeln auf die Oberkante der Mauer stürzte. Die Katze schlug mit ihren weißen Zähnen zu. Obwohl der Sornk größer als Alysta war, wog sie gut dreimal so viel wie er. Der Sornk flatterte hilflos, während er versuchte, sich in die Lüfte zu erheben.

Ein weiterer Sornk drehte in Richtung der Katze ab und streckte seine rasiermesserscharfen Klauen nach ihr aus. Tocht handelte beinahe sofort, da er den Gedanken nicht ertrug, dass Alysta vor ihm in Fetzen gerissen wurde. Er warf sich auf das Raubtier – und diese Bewegung rettete ihn auch vor dem Angriff des dritten Wesens, das lautlos hinter ihm herabgeschwebt war.

Tocht griff nach dem Flügel und dem Hals des Sornk und zerrte ihn zu Boden. *Lass nicht zu, dass er mich beißt!*

Bitte lass nicht zu, dass er mir einen Finger abbeißt und meinen Händen dauerhaften Schaden zufügt! Albtraumbilder, in denen das Geschöpf genau das tat, suchten ihn heim, während er es festhielt. Er war überrascht, wie leicht der Sornk war.

»Brich ihm den Hals«, sagte Zank.

Tocht versuchte, der Aufforderung nachzukommen, aber er schaffte es nicht. In Wahrheit wusste er nicht, ob er den Sornk wirklich töten könnte. Das Töten gefiel ihm nicht. Er war kein Krieger; er wollte nur nicht dabei zusehen, wie Alysta verletzt wurde. Der Sornk zappelte, grub seine Klauen in die Mauer und kroch Tochts Anstrengungen zum Trotz nach oben. Während er auf dem Rücken lag und plötzlich versuchte, den Sornk von *seinem* Hals fernzuhalten, sah Tocht, wie Zank geschmeidig einen Pfeil an die Sehne legte und einen der beiden anderen Sornke im Flug verfolgte.

Die Bogensehne summte. Der Pfeil drang der Kreatur durchs Herz. Wie ein beschädigter Drachen taumelte der Sornk aus dem Nachthimmel und verschwand jenseits der Mauerkrone. Dann legte Zank einen weiteren Pfeil an, spannte den Bogen und schoss. Der Pfeil traf zwar nicht den Körper des zweiten Flugwesens, zerfetzte aber einen Flügel und schleuderte es in den Innenhof.

Tocht kämpfte darum, den geschwungenen Schnabel des Sornks von seinen Augen fernzuhalten, und riss seine Finger jedes Mal zurück, wenn er die Bemühungen des Angreifers abgewehrt hatte. Ohne Zögern stieß Zank den Fuß nach vorne und rammte den Kopf des Sornks gegen die Mauer. Knochen brachen. Der Sornk war plötzlich nur noch ein totes Gewicht in Tochts Armen. Er schob das tote Ding von sich und kam schwankend auf die Füße.

Nur ein kleines Stück entfernt sprang Alysta von dem toten Sornk, gegen den sie gekämpft hatte. Ihre Schnauze war blutig. Der geflügelte Räuber lag zusammengekrümmt da, seine Kehle war aufgerissen.

»Waren das alle?«, fragte die Katze ruhiger, als sie es nach Tochts Dafürhalten hätte sein dürfen.

»Für den Augenblick«, antwortete Zank genauso ruhig.

Dann zersplitterte der erste Pfeil der Diebe an der Mauer. Funken stoben von der rasiermessserscharfen Eisenspitze.

Unten stürmten die Diebe auf die Mauer zu. Zwei von ihnen hielten lange genug inne, um Pfeile anzulegen und die Bogen zu spannen. Sie ließen aber zu früh los, und die beiden tödlichen Geschosse verfehlten ihr Ziel.

»Geht!«, befahl Zank und spannte ein weiteres Mal die Bogensehne. Sie konzentrierte sich, ruhig und leidenschaftslos, obwohl ein Armbrustbolzen nur ein paar Zoll unterhalb ihrer Füße von den Steinen abglitt.

Einen Moment lang beobachtete Tocht sie, von dem Anblick der Eleganz gebannt, den die junge Frau mit ihrer Hingabe ausstrahlte. Sie erinnerte ihn an einen elfischen Bogenschützen. Ihre Finger öffneten sich wie die Blütenblätter einer Blume und ließen den Schaft los. Das Geschoss raste davon und traf einen Mann direkt über dem Brustbein, der von der Wucht des Aufpralls zurückgeschleudert wurde.

Zu diesem Zeitpunkt kletterte Tocht schon über die Zinnen, und ihm fiel zu spät auf, dass die Seite, an der sie nun die Mauer überquert hatten, auf das Meer hinausblickte. Außerdem befand er sich mehr als zwanzig Fuß über dem Boden.

»Schnell«, knurrte Alysta, als sie auf die Mauerkrone sprang.

»Es ist zu weit«, widersprach Tocht. »Ich könnte mir ein Bein brechen. Oder den Hals.«

»Du sagst das, als hätten wir die Wahl hierzubleiben.«

Tocht wandte sich um, um die Katze anzublicken, und hatte vor, an Alystas Vernunft zu appellieren. *Wenn sie uns nicht auf der Stelle töten, und das sollten sie eigentlich nicht, dann werden Kray und Käpt'n Farok bald nach uns suchen.* Bevor er allerdings irgendetwas sagen konnte, schnellte ihm die Katze entgegen und prallte schwer auf seine Brust.

Völlig aus dem Gleichgewicht geraten, fiel Tocht rückwärts über die Mauer. Alysta krallte sich in seinen Reiseumhang. Er schrie vor Überraschung und Angst auf, während er fiel. Die Katze jaulte. Einen Moment lang war ihr pelziges Gesicht Nase an Nase mit seinem. Er warf seine Arme um sie und hielt sie fest.

Als er auf dem Boden auftraf, dämpfte der Schnee seinen Fall. Der Aufprall trieb ihm trotzdem die Luft aus der Lunge, aber nichts fühlte sich gebrochen an. Er stürzte in eine Schneewehe, die höher war als er selbst, und verschwand sofort unter dem Schnee.

»Hoch mit dir!«, befahl Alysta, die sich von Tocht löste und sich aus seinem panischen Griff wand. »Sie werden in wenigen Sekunden bei uns sein.«

Tocht nickte und kämpfte noch immer darum, Luft in seine Lunge zu bekommen. Er griff nach Händen voller Schnee und hievte sich so aus der Verwehung heraus, bis er auf den Beinen stand. Er schnappte nach einem halben Atemzug, dann nach einem weiteren und endlich – *den Alten sei Dank!* – konnte er wieder atmen.

Dann stürzte Zank neben dem kleinen Bibliothekar in die Schneewehe. Sie erhob sich wie ein Derwisch und schleuderte in alle Richtungen Schnee von sich. Es sah plötzlich so aus, als würde es ebenso sehr nach oben wie nach unten schneien.

»Lauft!«, befahl Zank.

»In welche Richtung?«, fragte Tocht panisch.

Weder die Katze noch die junge Kriegerin antworteten ihm. Sie rannten beide geradewegs auf eine Baumreihe zu, die beinahe vierzig Schritt entfernt war.

»Dawdal ist nicht in dieser Richtung«, rief ihnen Tocht nach. Er musste sich durch den Schnee kämpfen, weil er ihm an den meisten Stellen bis zur Brust reichte.

Alysta kletterte über den Schnee, und Zank rannte mit raschen Schritten, die die Schwerkraft zu verneinen schienen.

Tocht holte noch einmal Luft, bereit, abermals gegen die Laufrichtung Widerspruch einzulegen, als ein Pfeil vor ihm in den Schnee zischte, der ihn nur um wenige Zoll verfehlte. Er überlegte sich noch einmal, ob Widerworte wegen der Richtung angebracht waren, und entschied dann, dass ihm im Augenblick jedwede Flucht gelegen käme. Er warf den Dieben einen raschen Blick über die Schulter zu und sah, wie ein halbes Dutzend Männer über die Mauer der Festung kletterte und sich in den Schnee fallen ließ. Als er sich wieder umwandte, stieß er sich die Zehe an und stürzte mit dem Kopf voran in den Schnee.

Zank hielt an und kam zurück, um Tocht zu holen, packte ihn am Arm und riss ihn auf die Füße. Zusammen liefen sie, während die Katze sie weiterdrängte, auf die Bäume zu, während es um sie herum Pfeile regnete.

Später konnte sich Tocht nicht mehr richtig an den Kampf erinnern, den sie hinter sich hatten bringen müssen, um durch den Wald zu entkommen. Ein paar Mal stolperten sie über umgefallene Bäume oder mussten sich durch Verwehungen und Gestrüpp ihren Weg bahnen. Kiefern und Tannen rissen an ihren Gesichtern und Armen. Schnee fiel in einem fort von den Ästen auf sie herab.

Das Land blieb eine Weile einigermaßen eben, dann fiel es rasch zum Meer hin ab. Tocht stolperte und prallte gegen einen Felsen. Die wilden Schreie der Diebe, die immer aufgeregter wurden, da ihre Beute beinahe in Reichweite war, füllten die Ohren des kleinen Bibliothekars. Panik erfasste ihn.

Ehe es ihm bewusst wurde, ging ihnen allen der Platz zum Weiterlaufen aus. Sie brachen unerwartet aus dem Wald hervor und fanden sich auf einer spitzen Felsplatte wieder, die von Schnee bedeckt war und über das Meer hinausragte, das hundert Fuß darunter lag.

»Nein!«, keuchte Tocht. Das war nicht gerecht. Sie hatten alles aufs Spiel gesetzt, um Meeresgischt wiederzuerlangen, hatten das Rätsel mit dem Schiffsraum gelöst, an dem der Kuss der Rasierklinge gescheitert war. Sie konnten nicht so enden, ohne einen Ort, an den sie fliehen konnten.

Zank wandte sich um, den Bogen in der Hand und schon mit einem Pfeil an der Sehne. Ihr Atem brach in einem abgehakten Keuchen aus ihr hervor, das als graue Wolken in der Luft zerfaserte. Selbst Alysta schien außer Atem zu sein.

Tocht ließ seinen Blick schweifen und erspähte ein Gefälle, das am Hang des Berges hinablief und ihm eine flüchtige Hoffnung bot. Mit etwas Glück reichte es bis zum Fuß des Berges. Und mit noch mehr Glück würden sie auf dem schmalen Pfad niemals den Halt verlieren.

»Dort entlang«, sagte Tocht.

»Zu spät«, erwiderte Zank mit leiser Stimme.

Als er sich umwandte, bemerkte Tocht die räuberischen Schatten, die sich am Waldrand sammelten. Mondlicht glitzerte auf Schwertern und Messern. Unwillkürlich wich Tocht einen Schritt zurück und trat beinahe über die Felskante. Zank griff nach ihm, ohne die Augen von den Feinden abzuwenden, und half ihm, sein Gleichgewicht wiederzufinden.

»Vorsichtig«, sagte sie.

Tocht kicherte beinahe beim Gedanken daran, vorsichtig zu sein. *Nicht mehr als ein Wort trennt uns vom Tod. Vorsicht war an dieser Stelle völlig unangebracht.* Vielleicht waren es aber auch zwei Worte. Wenn Gujhar sich entschloss, »Tötet sie« zu sagen anstelle von »Umbringen«.

»Wer seid ihr?«, ertönte eine Stimme.

»Jemand, der Euch töten wird, wenn Ihr mir nur den Hauch einer Gelegenheit dazu bietet«, erwiderte Zank.

»Dann sollte ich dir lieber keine Gelegenheit geben.« Die Stimme verspottete sie.

»Dann seid Ihr also ein Feigling?«, fragte Zank.

»Eigentlich«, flüsterte Tocht, »ist jetzt nicht gerade ein guter Zeitpunkt, um ihn zu reizen. Orlag Sonder hat in einem ganz ausgezeichneten Werk namens *Ein scharfzüngiger Diplomat ist der drohenden Vergeltung nur einen Schritt voraus* vorschlagen, dass man, wenn man überwältigt und in der Unterzahl ist, am besten friedlich bleibt …«

»Ich bin Ryman Bey«, erklärte der Mann, als er von der Baumreihe wegtrat. Seine Augenklappe fing das Mondlicht ein und machte ihn sofort unverwechselbar. »Ich führe die Männer an, die euch töten werden, wenn ihr nicht das herausrückt, was ihr aus der Festung mitgenommen habt.«

Ohne ein äußeres Anzeichen von Anstrengung zu zeigen, hielt Zank ihren Bogen gespannt. »Ich könnte Euch töten, wo Ihr steht. Und ich werde es tun, wenn Ihr Eure Hunde nicht zurückpfeift.«

Ryman Bey lachte, überzeugt von seinen Fähigkeiten. »Selbst wenn dir das gelingt, würden euch diese Männer doch in Stücke schlagen.«

Zank lächelte, aber Tocht konnte sehen, dass es eine gezwungene Anstrengung war. »Ihr würdet es nicht mehr erleben.«

»Oh, aber vielleicht würde ich das doch«, spottete Ryman Bey. »Vielleicht würde ich das. Du wärst überrascht, wenn du wüsstest, was ich schon alles überlebt habe.«

Tocht sagte aus dem Mundwinkel: »Wir müssen das nicht tun. Noch nicht.«

»Sie werden uns töten«, sagte Alysta. »Sie wollen gar nicht versuchen, uns lebend zu fangen.«

»Das tun sie aber im Augenblick«, sagte Tocht leise.

»Das ist nur so, weil sie Angst haben, dass Zank mitsamt dem Schwert ins Meer fällt, wenn sie sie getötet haben.« Die Stimme der Katze war leise und trug nicht weit.

»Komm schon, Mädchen«, sagte Ryman Bey. »Mach es dir leicht.«

Ohne einen weiteren Hinweis darauf, was sie tun würde, ließ Zank den Pfeil fliegen. Tochts Sinne waren so flink und aufmerksam, dass er hörte, wie der Schaft am polierten Holz vorbeistrich, und erst danach das tiefe *Twäng* der Sehne vernahm. Er wollte gerade fragen, weshalb Zank geschossen hatte, wo sie doch der Gnade ihrer Feinde ausgeliefert waren, aber dann wurde ihm klar, dass ihr Arm ermüdet sein musste, während sie den starken Bogen gespannt gehalten hatte. In dem Wissen, dass sie niemals die Gelegenheit erhalten würde, ihn abermals zu spannen, hatte sie sich offenbar entschieden loszulassen.

Der Pfeil flog gerade und genau auf die Mitte von Ryman Beys Gesicht zu. Unglaublicherweise wirbelte der Anführer der Diebe zur Seite und trat einen Schritt zurück. Der Pfeil fuhr durch sein Haar und rasierte einige Strähnen ab.

»Nein!«, rief Ryman Bey und warf die Hand hoch, um seine Männer damit aufzuhalten. »Ich will dieses Schwert nicht verlieren!«

Zu diesem Zeitpunkt hatte Zank den Bogen fortgeworfen und Meeresgischt aus der Scheide gezogen. Die in Blau getauchte Klinge fing das sanfte Mondlicht ein und warf es zurück. Flocken wirbelten um sie herum.

»Ehe ich Euch gestatte, das Schwert zu nehmen«, versprach Zank, »werde ich es ins Meer werfen.«

»Wirf es doch!« Ryman Bey zeigte seine Zähne in einem wölfischen Grinsen. »Wenn ich dich nicht aufhalten kann, werde ich es mir aus dem Meer fischen. Das würde ich aber lieber vermeiden, wenn wir zu einer Übereinkunft kommen.«

Tocht stand wie gelähmt da und wusste nicht, was er tun sollte. Es war deutlich zu sehen, dass es Zank genauso erging. Der kleine Bibliothekar blickte aufs Meer hinaus, und hoffte entgegen aller Hoffnung, dass die Segel der *Einäugigen Peggie* in Sicht kommen würden. Nur ein blasser, geisterhafter Nebel trieb über die Wellen, die gegen die zerklüfteten Felsen brandeten.

»Die einzige Übereinkunft, zu der wir kommen können«, sagte Zank, »ist eine, die nicht beinhaltet, dass ich Euch dieses Schwert überlasse.«

»Vielleicht könnte ich dich mit uns nehmen«, schlug Ryman Bey vor. »Wir brauchen das Schwert nicht lange, so sagte man mir zumindest.«

Wofür?, fragte sich Tocht, der abermals neugierig auf

Gujhars Ziele wurde und wissen wollte, wer diesem Mann den Auftrag gegeben hatte.

»Nein«, entgegnete Zank. »Ich vertraue Euch nicht. Ich werde Euch niemals vertrauen.«

Eine Stimme aus den Reihen der Diebe hob in einem Kauderwelsch zu sprechen an, das nur sie verstehen konnten. Tocht war mit der Sprache allerdings aus seinen Forschungen vertraut, obwohl er sie nicht so flüssig sprach, wie er es sich gewünscht hätte.

»Ich bin bereit«, sagte die Stimme.

Ryman Bey antwortete in derselben Sprache und ließ Zank dabei nie aus den Augen. »Mach es.«

Tocht wandte sich an Zank. »Pass auf. Sie haben vor –«

Ehe er zu Ende sprechen konnte, flog ein Pfeil aus der Finsternis heran, die sich am Waldrand sammelte. Ein dünnes Seil war an dem Geschoss befestigt.

Zank sah den fliegenden Pfeil oder erriet vielleicht am Klang der Bogensehne, dass auf sie geschossen worden war, und versuchte, zur Seite zu wirbeln. Tocht nahm an, dass der verborgene Schütze auf Zanks Brust gezielt hatte, aber die junge Frau schaffte es, dem Pfeil zum Großteil auszuweichen. Statt in die Brust drang er mit einem lauten *Tschok* in ihre linke Schulter.

Zank schwankte unter dem Aufprall und konnte kaum stehen bleiben. Sie blickte ungläubig auf den Pfeil hinab. Dann bemerkte sie das Seil, das an dem Pfeil hing, und begriff, was es zu bedeuten hatte. Sie schwang das Schwert nach oben und versuchte, das Seil durchzuschneiden, aber wer immer das andere Ende hielt, zerrte daran und riss sie von den Beinen.

Kapitel 17

Flucht

Schreiend vor Schmerzen wegen des Pfeils, der sich in ihrem Fleisch verhakt hatte, versuchte Zank zu kämpfen, aber sie wurde wie ein Schlitten durch den Schnee gezogen und hinterließ eine Furche darin. Ryman Bey erwartete sie mit gezogenem Schwert.

Zank rollte sich auf den Rücken herum und warf Meeresgischt auf die Klippe zu.

»Nein!«, schrie Ryman Bey, während er beobachtete, wie die verzauberte Waffe durch die Luft wirbelte.

Aber Zank konnte nicht genug Kraft für ihr Vorhaben aufbringen. Meeresgischt fiel noch vor der Felskante herab und lag auf dem Schnee, nackt und verletzlich.

»Tocht!«, brüllte Zank, die ein Messer aus dem Stiefel zog und mit der freien Hand nach dem Seil griff. »Wirf das Schwert über die Kante!«

Alysta schnellte über den Schnee und stieß das Schwert mit der Schnauze an, versuchte es mit dem Kopf zu bewegen. Leider war sie nicht stark genug. Sie wandte sich an Tocht und jaulte: »Schnell!«

Ryman Bey stürmte vor, packte Zanks Messerhand mit seiner und hielt ihre Klinge auf. Er hob sie mit Leichtigkeit aus dem Schnee und grinste sie an. Sie versuchte, gegen ihn anzukämpfen, aber er war zu stark und zu schnell, und sie war verletzt. Er packte den Pfeil mit der anderen Hand und verdrehte ihn grausam.

Zank schrie und wurde beinahe bewusstlos – einen Moment lang fiel sie auf die Knie. Als sie sich wieder erhob, lag das Messer des Diebesanführers an ihrer Kehle.

»Mach mich nicht wütend, Mädchen«, sagte Ryman Bey. »Für den Augenblick lebst du noch.«

Tocht rannte auf das Schwert zu, aber einer der Diebe vom Kuss der Rasierklinge kam ihm zuvor. Der Mann schnappte sich den Griff und hob die Klinge hoch, grinste triumphierend.

»Komm doch her, Halbling«, lockte der Dieb, der Tocht mit seiner freien Hand heranwinkte. »Jetzt werden wir sehen, ob du den Geschmack von kaltem Stahl magst. Und vielleicht werden wir sehen, ob das Schwert der Legende gerecht wird, die es umgibt.«

Da er keine andere Wahl hatte, hielt Tocht inne.

Alysta warf sich auf den Mann, aber er war vorbereitet und schnell genug, um sie zur Seite zu schlagen. Sie kam unglücklich auf dem schneebedeckten Boden auf und heulte vor Schmerz.

»Bringt sie an die Klippe«, befahl Ryman Bey.

Mit dem Schwert im Nacken führte der Dieb Tocht an die Kante. Er konnte nicht anders, als zu den Wellen hinabzuschauen, die gegen die Felsen donnerten. Die Klippe fiel beinahe unmittelbar ab, aber es gab einige verstreute Vorsprünge auf dem Weg nach unten. Keiner davon war jedoch nahe genug, als dass man sich sicher darauf hätte hinabfallen lassen können.

Ryman Bey brachte Zank zur Kante und ließ sie dort im Wind stehen. Einige der Diebe traten nach Alysta und trieben sie weg.

Tochts Verstand arbeitete verzweifelt. *Sie werden uns töten. Ryman Bey wird sich daran ergötzen.*

»Wer bist du?«, fragte Ryman Bey Zank.

»Er ist ein Söldner«, sagte einer der Diebe. »Ich habe ihn schon in der Taverne der Intrigen gesehen.«

»Das ist kein Mann.« Ryman Bey zog Zanks Kapuze zurück und enthüllte ihr Haar und ihre weichen Züge. »Ich werde es bald müde sein, dich zu fragen, Mädchen. Wenn du leben willst, wirst du meine Fragen beantworten.«

Zank erwiderte beinahe gelassen den Blick des Diebesanführers.

Ryman Bey grinste. »Du hast dich in etwas eingemischt, das dich in keiner Weise angeht.« Er streckte seine Hand aus, und der Dieb, der Meeresgischt hielt, händigte es ihm aus.

»Ich hatte jedes Recht dazu«, erklärte Zank.

Da trat Gujhar nach vorn. »Holt mir eine Fackel.«

Einer der anderen Diebe zog eine Fackel aus seinem Ausrüstungsbeutel und zündete sie an.

Als er die Fackel entgegengenommen hatte, hielt der Söldnerkapitän die Flamme hoch und Zank vors Gesicht. Der Wind peitschte die Flammen und versuchte sie zu löschen. »Ich kenne dich«, sagte er. »Ich erkenne dein Gesicht.« Er griff in seinen Umhang und nahm ein Buch heraus, das er an einer vertrauten Stelle aufschlug.

»Ein Buch!«, keuchte einer der Diebe.

Die meisten von ihnen traten betroffen zurück.

»Wenn die Kobolde herausfinden, dass Ihr das habt«, sagte ein anderer Dieb, »werden sie in einer Sekunde mit nacktem Stahl und Knüppeln über Euch sein. Sie hassen Bücher.«

»Ich werde es ihnen bestimmt nicht verraten«, erwiderte Gujhar. »Und selbst ein Kobold würde es sich zweimal überlegen, einem Zauberer sein Buch mit Sprüchen wegzunehmen.«

Einem Zauberer? Tocht glaubte nicht einen Augenblick, dass Gujhar ein Zauberer war. Er war nicht wie einer der Zauberer, die Tocht schon getroffen hatte. Zauberer waren stolze, hochmütige Männer. (Und manchmal auch Frauen, obwohl er davon nur einer begegnet war.)

Aber das Buch hatte ein magisches Wesen. Gujhar sprach ein paar Worte, und die leeren Seiten, die Tocht sehen konnte, füllten sich plötzlich mit Bildern. Eines davon zeigte Kapitän Dulaun und seine Frau. Zank war ihnen beiden ähnlich.

»Du bist einer der Nachkommen von Kapitän Dulaun«, sagte Gujhar aufgeregt. »Deshalb hast du Meeresgischt finden können und wir nicht. Ich habe gewusst, dass es versteckt worden war, aber ich hatte keine Ahnung, wo.«

Zank sagte zunächst nichts, aber sie konnte die Wahrheit auch nicht verbergen. »Ihr seid nicht befähigt, dieses Schwert zu tragen.«

»Oh, ich werde es nicht tragen«, sagte Ryman Bey. »Ich werde es mir von Gujhars Auftraggeber bezahlen lassen.« Er beäugte die Klinge anerkennend. »So schön dieses Schwert auch ist, es ist eine Menge Gold wert.« Er lächelte. »Nennt mich einen Banausen, wenn ihr wollt, aber ich bevorzuge das Gold. Außerdem könnte ich niemals die Macht entfesseln, über die es verfügt.«

»Genauso wenig wie Gujhars Auftraggeber«, sagte Zank.

»Gujhars Auftraggeber hat mit dem Schwert anderes im Sinn, als es zu dem Zweck zu benutzen, zu dem es geschaffen worden ist«, sagte Ryman Bey.

»Vorsichtig«, warnte Gujhar verärgert. »Eure Worte übersteigen Eure Befugnisse.«

Ryman Bey lächelte. »In ein paar Minuten wird das keine Rolle mehr spielen.«

Tocht schluckte schwer. Zum ersten Mal fiel ihm auf,

dass das andere Ende des Seils, an dem der Pfeil in Zanks Schulter befestigt war, einem der größeren Diebe um die Taille geschlungen war. Ein verzweifelter – und riskanter! – Plan nahm in Tochts Verstand Gestalt an.

Du hast eindeutig zu viele Romane aus dem Hralbommsflügel gelesen, sagte er sich. Aber es war machbar. Weder er noch Zank wogen halb so viel wie dieser Dieb.

Alles, was sie brauchten, war ein günstiger Augenblick. Und eine Menge Glück. Bei den Alten, sie würden *schrecklich* viel Glück haben müssen, um zu überleben, was er im Sinn hatte.

»Dieses Schwert«, sagte Zank, »ist für meine Familie bestimmt.«

»Nicht mehr.« Ryman Bey hielt das Schwert gerade vor sich. »Gujhars Auftraggeber hat vor, die Magie aus dieser Klinge zu entfernen und sie für etwas anderes zu benutzen.« Der Diebesanführer blickte zu Gujhar, der in stiller Wut vor sich hin brütete.

»Das kann man nicht tun«, warf Zank ein.

Ryman Bey lächelte. »Man hat mir gesagt, dass man es kann. Die Wurzeln des Verrats in der Schlacht an der Todesfestung reichen tief. Absprachen wurden getroffen, und die Leute, die daran beteiligt waren, haben sich gegenseitig allzu sehr vertraut. Lord Khadaver hat seinen Mittelsmann mitten unter die Verteidiger gesetzt und alles gut geplant.«

Diese Neuigkeiten schockierten Tocht. Es war die erste Bestätigung dafür, dass es einen Verräter unter den Verteidigern gegeben hatte – von Gerüchten und den Worten des Elementarwesens in Meister Oskarrs Schmiede einmal abgesehen. Die Geschichte wurde immer verworrener – und die Rolle, die sie für gegenwärtige Ereignisse in der Welt spielte, wurde immer größer.

Genau wie Kray und Käpt'n Farok es ihm erzählt hatten. Es stützte sogar die Ansicht, dass es so etwas wie ein Erbe gab, das Lord Khadaver zurückgelassen hatte.

»Wenn Gujhars Auftraggeber mit dem Schwert fertig ist«, spottete Ryman Bey, »dann wird es nicht viel mehr als ein Schmuckstück sein.«

Während der Ansprache des Diebesanführers hatte Gujhar mit großem Interesse in Tochts Richtung gestarrt. »Du bist auf den Aschwolkeninseln gewesen.«

Die Anschuldigung hing trotz des rauen Windes, der auf dem Meer aufkam, in der kalten Luft.

»Nein, das war ich nicht«, quietschte Tocht. Er räusperte sich in der Hoffnung, dass er dadurch eine festere Stimme bekäme. »Ich bin noch nie auf den Aschwolkeninseln gewesen.«

Dann hob einer der Diebe die Stimme. »Da war ein Halbling.«

»Da waren eine ganze Reihe Halblinge«, knurrte ein anderer Dieb. »Die Kobolde haben in diesen Minen Sklaven arbeiten lassen.«

Der erste Dieb schüttelte den Kopf. »Man sieht nicht oft rote Haare bei Halblingen. Dieser hier hat rotes Haar. Der auf den Aschwolkeninseln hatte das auch.«

»Ich denke, du hast recht«, sagte ein dritter. »Ich habe ihn auch gesehen.«

Gujhar näherte sich und stand dann vor Tocht. »Du *bist* dort gewesen. Hast nach Meister Oskarrs Axt gesucht.«

»Das war jemand anders«, beharrte Tocht, aber seine Stimme brach, und er wusste, dass er klang, als würde er lügen. »Irgendein anderer Halbling. Nicht ich.« Er hasste es, wie seine Stimme sich anhörte. Sie klang genauso schuldbewusst, wie wenn Großmagister Frollo wissen wollte, wer

Marmelade auf die Seiten eines Buches geschmiert hatte oder wer (*unabsichtlich*!) vergessen hatte, ein häufig benötigtes Buch mit Quellenangaben an seinen angestammten Platz zurückzustellen. Er hasste es, wenn er schuldig klang. Darauf folgte meist Schreckliches.

»Du bist es gewesen«, sagte Gujhar. »Was hast du dort gemacht?«

»Ich bin geflohen«, sagte Tocht. »Ich war einer der Bergwerkssklaven.«

»Du«, erklärte Gujhar bestimmt, »warst bei den Zwergen, die nach der Axt gesucht haben. Sie haben sie gefunden, obwohl das sonst niemand konnte.«

»Nicht ich«, sagte Tocht schwach.

»Und jetzt«, sinnierte Gujhar, »hast du diesem Mädchen dabei geholfen, Dulauns Schwert an einem Ort zu finden, an dem wir wiederholt gesucht hatten.« Seine Augen wurden schmal. »Was weißt du über all das, Halbling? Was weißt du von Todeshauch?«

Todeshauch. Also suchte Gujhar auch nach der dritten Waffe aus der Schlacht an der Todesfestung. Genau wie es das Logbuch angedeutet hatte. Aber weshalb? Die Frage drehte sich ununterbrochen in Tochts Verstand. Weshalb hatte Gujhars Herr vor, den Waffen ihre Wirkung zu entreißen? Wie waren sie vor tausend Jahren miteinander verbunden worden? War das der Grund, weshalb sie die ganze Zeit über verschollen gewesen waren?

Er wusste es nicht. Die Tatsache, dass er nicht einmal eine Ahnung hatte, machte ihn so neugierig, dass er es kaum aushielt.

»Weißt du, wo Todeshauch sich befindet?«, fragte Gujhar.

Tocht sagte nichts. Entsetzen überwältigte ihn. Er wusste, was als Nächstes geschehen würde, und dieses Wissen gab ihm die Kraft, an den wilden Plan zu denken, der ihm eingefallen war.

»Du solltest es mir verraten«, sagte Gujhar beiläufig, als würde er über den Apfelpreis oder darüber sprechen, ob das Bier oben im Krug besser schmeckte als das auf seinem Boden. »Es würde dir eine Menge schmerzhafter Folter ersparen.«

Eigentlich war Tocht für alles zu haben, was ihn vor schmerzhafter Folter rettete. Wenn er gewusst hätte, wo Todeshauch sich befand, hätte er es verraten. Sofort. Allerdings wusste er, dass er vermutlich trotzdem gefoltert werden würde, weil Gujhar sich entschließen würde, ihm erst zu glauben, wenn er ihn eine Weile gefoltert hatte. Wenn er sofort die Wahrheit sagte, wäre es natürlich auch möglich, dass Gujhar ihm durch die Folter eine *Lüge* abrang. Das wäre womöglich eine kluge List.

Aber das bedeutete, dass er sich mit der Folter abfinden müsste, und Tocht war davon nicht besonders angetan. Selbst wenn er sich der Fantasie verschrieb, dass die *Einäugige Peggie* mit Kray, Käpt'n Farok und der ganzen Mannschaft ankommen würde, machte sich Tocht nicht einmal etwas aus *ein wenig* Folter.

Ohne seine grausamen Augen von Tocht abzuwenden, fragte Gujhar: »Ich nehme an, ihr habt jemanden, der gut im Foltern ist?«

»Natürlich.« Ryman Bey säuberte sich die Nägel an seinem Umhang. »Ich kümmere mich meistens selbst darum. Ich bin der Beste, den wir haben.«

»Gut.« Gujhar lächelte. »Ich würde niemand anderen als den Besten haben wollen, um die Arbeit an diesem Halbling da zu verrichten.«

»Wir werden uns natürlich über den Preis unterhalten

müssen. Euch dabei zu helfen, diese Dinge wieder aufzuspüren, ist wunderbar, aber Ihr habt nichts von Folter erwähnt, als wir unseren Handel getroffen haben.«

Mit gerunzelter Stirn wandte sich Gujhar um, um dem Diebesanführer einen giftigen Blick zuzuwerfen. »Wollt Ihr wirklich noch mehr Zeit damit verbringen, nach dem Elfenbogen zu suchen? Wenn Ihr jemanden hier vor der Nase habt, der weiß, wo er sich befindet?«

»Der es wissen *könnte*«, entgegnete Ryman Bey. »Ich stelle fest, dass ich dem Halbling glaube. Ich denke nicht, dass er lügt.«

»Er hat doch auch über seine Anwesenheit auf den Aschwolkeninseln gelogen.«

Ryman Bey grinste kalt. »Ja, aber wir haben alle gewusst, dass er dabei gelogen hat, nicht wahr? Er ist kein besonders guter Lügner. Es wirkt bei ihm nicht richtig natürlich.«

Tocht fragte sich, ob er das als Beleidigung auffassen sollte. Dann entschied er, dass seine Aufnahmefähigkeit eigentlich gar nicht ausreichte, sich über eine Beleidigung Gedanken zu machen, wenn gleichzeitig all die Angst zügellos durch seinen Verstand raste. Äußerlich war er vielleicht ruhig, aber er wusste, dass er in seinen Gedanken schreiend im Kreis lief.

»Wir hatten eine Abmachung«, widersprach Gujhar. »Ich kann nicht zulassen, dass Ihr mir bei jeder Kleinigkeit neue Kosten berechnet.«

Mit einem Schulterzucken sagte der Diebesanführer: »Ihr könnt Euch gerne selbst um die Folter kümmern.« Er hielt inne. »Wenn Ihr keine Werkzeuge dafür besitzt – Dornen, die ihr ihm unter die Fingernägel treiben könnt, Quetschen, um seine Ohren zu zermalmen, Messer, um seine Fingerspitzen zu spalten –«

Tocht schauderte, und saure Übelkeit stieg in seinem Hals hoch.

»Ich habe keines dieser Dinge«, sagte Gujhar.

Mit einem feinen Lächeln meinte Ryman Bey: »Ich würde Euch gerne einen Satz Werkzeuge vermieten.«

Tocht wusste, dass er niemals eine bessere Gelegenheit zur Flucht erhalten würde. Er wappnete sich für den Ablauf der Ereignisse, den er sich ausgesucht hatte, und hoffte dann, dass er weder sich selbst noch Zank (oder sie alle beide) in den Tod treiben würde.

Er rannte vorwärts, schneller als es der Dieb, der auf ihn aufpasste, erwartet hätte. Tocht spürte, wie die Finger des Mannes über die Rückseite seiner Schulter strichen, aber er war frei und rannte geradewegs auf Zank zu.

»Das Seil!«, brüllte Tocht. »Nimm das Seil!«

Ein überraschter Ausdruck blitzte auf Zanks Gesicht auf, als ihr klar wurde, dass Tocht zu schnell näher kam, als dass er am Rand des Vorsprungs würde anhalten können. Instinktiv stemmte sie sich gegen seinen Ansturm. Wenn sie ein ausgewachsener Mann gewesen wäre, wusste Tocht, dass es ihm nicht gelungen wäre, sie von den Füßen zu reißen. Aber sie war schmal, und sie war durch ihre Verletzung geschwächt. Er hoffte nur, dass sie nicht zu schwach war, um sich zu retten. Sie reagierte schnell. Er wusste das und zählte auf diese Fähigkeit.

»Haltet ihn auf!«, brüllte Ryman Bey.

»Dummer Halbling!«, sagte einer der Diebe.

»Nein«, rief Zank und versuchte, ihm aus dem Weg zu gehen.

Dann war Tocht bei ihr, traf sie an der Taille, unter den Armen, die sie nach vorne warf, um ihn aufzuhalten. Er griff nach oben und fing das Seil mit seiner rechten Hand, drehte seinen Arm, um eine Schlinge hinter seinem rechten Ellbogen zu befestigen.

Einen Moment lang schwebten sie am Rand der Klippe, taumelnd, als Zank gegen ihn ankämpfte und versuchte, den drohenden Fall aufzuhalten. »Packdasseil!«, schrie Tocht. *»Packdasseil!«*

Sie fielen, wirbelten durch den leeren Raum über dem Meer und dem zerklüfteten Fels. Tocht schrammte gegen die Wand der Klippe und spürte, wie der Atem aus seiner Lunge entwich. Er brachte seine linke Hand an den Pfeil in Zanks Schulter und brach ihn ab, damit er ihr nicht brutal aus dem Fleisch gerissen werden würde. Sie schrie vor Schmerz auf, oder vielleicht schrie sie auch schon vor Furcht, dessen war er sich nicht sicher. Aber sie packte das Seil mit beiden Händen.

Tocht hoffte, dass ihm nicht der Arm aus den Gelenken gerissen werden würde, wenn das Seil straff wurde. Er schrie noch immer – irgendetwas, er war nicht sicher, was – als es so weit war.

Sie kamen ans Ende des Seils, nach wie vor siebzig Fuß über dem Meer, und prallten gegen die Klippenwand, während der Dieb oben (der offenbar herausfand, was geschehen würde und das Schlimmste befürchtete) versuchte dagegenzuhalten. Was immer der Dieb tat, das wusste Tocht, war aller Wahrscheinlichkeit nach zum Scheitern verdammt. Das erwies sich rasch als wahr, als er und Zank abermals zu fallen begannen. Nur waren sie dieses Mal nahe genug an der Wand, so dass sie auf einen der Vorsprünge hinabgleiten konnten.

Tocht traf mit knochenzersplitternder Wucht auf den Absatz und rutschte weiter, ruderte hilflos mit den Armen, als er über die Kante hinausschoss. Er schaffte es, den Vorsprung zu packen und zog sich hoch, während er vor Angst quiekte.

Zank war auf dem Absatz gelandet und geriet nicht in Gefahr herunterzufallen. Sie lag bewegungslos und still da, und er fürchtete, dass sie tot war. Ihre verletzte Schulter war von Blut bedeckt.

Eine Bewegung über Tocht erregte seine Aufmerksamkeit. Er blickte auf und sah den Dieb vom Vorsprung fallen, mit Armen und Beinen rudernd. Sein Schrei hallte herab, kam immer näher. Dann fiel Tocht auf, dass das Seil noch um seinen Arm gewickelt war. Er schlug mit seinem Arm um sich, bis er sich von den Schlingen befreit hatte, während der Dieb wenige Zoll von ihm entfernt vorbeistürzte, und schrie Zank an: »Lassdasseillos! *Lassdasseillos*!«

Schwach bewegte sie sich und schüttelte das Seil ebenfalls ab. Tocht wurde das Seil endlich los und erkannte an der Steifheit seiner Finger und Handballen, dass er schlimme Abschürfungen davongetragen hatte, als er darum gekämpft hatte, sich an das Seil zu klammern. Der kalte Wind drohte ihn von dem Vorsprung zu reißen, und er glaubte nicht, dass er die Kraft hatte hinaufzuklettern.

Der Dieb drehte sich um sich selbst und krachte gegen die Felsen weiter unten. Sein Körper lag nur einen Moment lang dort, dann rollten die Wellen heran und trugen ihn fort. Irgendwo in der nebligen Dunkelheit verschwand die Leiche, ohne eine Spur zu hinterlassen.

Tocht versuchte sich hochzustemmen, bohrte seine Zehen in die Wand und zog mit aller Kraft. Über sich hörte er die Rufe der Diebe. Zwei Pfeile zersplitterten am Stein, als Bogenschützen versuchten, ihn zu treffen. Zank lag geschützt unter einem Überhang, doch sie beugte sich mit ihrem unverletzten Arm daraus hervor und packte Tocht am

Umhang. Indem sie sich zurücklehnte, half sie ihm dabei heraufzuklettern, während ein weiterer Pfeil vorbeizischte. Er kauerte sich unter den Überhang.

»Das war töricht«, beschuldigte ihn Zank.

Mit einem Nicken sagte Tocht: »Das war es. Aber wenn wir dort oben geblieben wären, hätten sie uns getötet.«

»Das hätte eigentlich nicht klappen dürfen.«

»Das denkst du nur, weil du noch nicht Daslaniks *Praktische Anwendung von doppelten Pendelkörpern* gelesen hast. Das ist ein faszinierendes Buch. Daslanik hat eine Menge Forschungen an pendelnden Gewichten ohne feste Haltepunkte betrieben.«

Zank bewegte sich und setzte sich auf.

»Du solltest dich nicht bewegen«, sagte Tocht. Blut verschmierte die Steine dort, wo die junge Frau gelegen hatte.

»Hierzubleiben, damit sie herunterklettern und uns die Kehle durchschneiden können, ist auch keine gute Idee. Genauso wenig wie hierzubleiben und zu erfrieren.«

Tocht nickte, als ihm auffiel, dass es an der Klippenwand sehr viel kälter war. Er half ihr auf die Beine. Sie duckten sich unter den Überhang, dann spähten sie nach oben. Gujhar blickte vom Vorsprung zu ihnen herab. »Du hast Glück gehabt, Halbling.«

Tocht hielt sich nicht damit auf, darüber zu streiten oder die mathematischen Grundlagen seiner Taten darzulegen.

»Wenn du weißt, was gut für dich ist«, fuhr Gujhar fort, »dann sorgst du dafür, dass sich unsere Pfade nie wieder kreuzen.«

»Ich werde mein Schwert zurückbekommen«, versprach Zank.

Gujhar lächelte sie an. Das Licht von der Fackel, die er hielt, enthüllte die grausamen Züge seines Gesichts. »Versuch es nur, Mädchen. Ich lasse nicht gerne lose Enden zurück.«

Die Diebe hatten sich entlang der Klippe verteilt, aber noch hatte keiner einen Pfad hinab zu dem Vorsprung gefunden, auf dem sich Tocht und Zank befanden. Ihre Bemühungen, einen zu finden, waren jedoch Grund genug zu verschwinden.

»Kannst du gehen?«, fragte Tocht.

»Ich kann einen Berg hinabfallen und überleben«, sagte Zank. »Dann kann ich auch gehen.«

Tocht übernahm die Führung, steckte ihren Weg mit geschultem Blick ab. Er war nicht über die steilen und gewundenen Treppen im Gewölbe Allen Bekannten Wissens zu den unterirdischen Schlupfwinkeln gewandert, ohne ein paar Dinge zu lernen. Sie gingen langsam voran, aber sie gingen, wandten sich vor und zurück, wenn es nötig war. Hin und wieder jagten, bis sie die felsige Küste etwa siebzig Fuß tiefer erreichten, Pfeile den Berghang hinab oder klatschten ins Meer.

Am Rand des Wassers gingen sie östlich die Küste entlang, da sie glaubten, je mehr Entfernung sie zwischen sich und Dhankos Festung brächten, desto besser. Tocht war sich sicher, dass Gujhar zur *Geist* zurückkehren und Segel setzen würde, sobald er konnte.

Schließlich blieb immer noch, der Elfenbogen Todeshauch zu finden.

Zank stolperte und fiel beinahe hin. Tocht legte sich ihren heilen Arm um die Schulter und stützte sie, so gut er es vermochte. Ein paar Minuten später vernahm er Schritte hinter sich. Sein Herz hörte in seiner Brust auf zu schlagen, dann wandte er sich um und sah, dass sich ihnen die Katze angeschlossen hatte.

»Wird sie wieder gesund werden?«, fragte Alysta.

»Ja«, antwortete Tocht, obwohl er sich dessen nicht sicher war. Die Wunde sah schrecklich aus, und der raue Weg den Berg hinab (das Klettern genauso wie das Fallen) hatte ihr nicht gutgetan. »Sie braucht nur etwas Ruhe. Wir müssen einen Unterschlupf finden.« Er wandte sich um und ging weiter.

Die Katze ging neben ihm her, pflügte mit einem deutlichen Hinken durch den Schnee.

»Ryman Bey und die Diebe vom Kuss der Rasierklinge verlassen die Festung«, sagte Alysta. »Sie haben, weswegen sie gekommen sind.«

»Und sie denken, dass wir so gut wie tot sind«, sagte Tocht grimmig.

»Wenn wir die Nacht überleben und es zurück nach Kairattenbau schaffen, werden sie uns erwarten.«

Tocht ging weiter und zwang sich dazu, in Bewegung zu bleiben, trotz der körperlichen Schmerzen und der Erschöpfung, die ihn plagte. Der Schmerz wurde ein wenig von den Fragen gedämpft, die sich ununterbrochen in seinem Kopf auftaten.

Epilog:

Ein sicherer Hafen

»Hier drüben!«, schrie jemand. »Sie sind hier drüben!«

»Dank sei den Alten!«, knurrte eine vertraute Stimme. »Leben sie noch?«

Tocht kämpfte gegen die Trägheit an, die sich in ihm ausbreitete. Er versuchte sich zu bewegen, aber er konnte es nicht. Selbst die Angst schien von der Kälte zurückgehalten zu werden, die ihn erfüllte. Er saß dort zusammengekauert in den Falten seines Umhangs, wo er, Zank und Alysta sich entschlossen hatten, unter einer Gruppe von Fichten Unterschlupf zu finden, als sie nicht mehr hatten weitergehen können.

Sie waren mehr als eine Stunde marschiert und hatten keine Hinweise auf eine Siedlung gefunden. Dieser Teil der Küste schien ganz und gar verlassen zu sein. Das Schöne daran war, dass sie auch nicht auf die Diebe vom Kuss der Rasierklinge gestoßen waren.

Wenn es nicht sie sind, die jetzt hier herumrufen, dachte Tocht grimmig. Er hielt sich still und vertraute darauf, dass der frisch gefallene Schnee sie verborgen hielt. Der Schnee fühlte sich inzwischen an, als läge er mehrere Zoll hoch. Er fragte sich, wie man sie gefunden hatte. Mit dem Schnee überall um sie, der rasch mehr wurde, hatte er angenommen, dass sie unsichtbar geworden wären.

Dann gruben Hände im Schnee und legten ihn frei. Fackellicht brannte ihm hell und heiß in den Augen.

Hallekk starrte auf Tocht hinab. »Bist du wirklich am Leben, ja?« Schnee hing in seinen Haaren, und sein Atem bildete Eiskristalle in seinem Bart.

»Bin ich«, flüsterte Tocht. Ermutigt vom Anblick seines Freundes, versuchte der kleine Bibliothekar aufzustehen. Hinter Hallekk lag die *Einäugige Peggie* vor Anker, weit hinter den Felsbänken. Ein Langboot lag am Ufer auf dem Strand. Kray stand in der Nähe, und sein Stab warf in der eisigen Luft Blasen und ließ grüne Funken sprühen. »Es tut gut, dich zu sehen. Ich hatte gehofft, dass ihr bald kommen würdet …« Tocht versuchte, einen Schritt nach vorn zu machen, und fiel beinahe hin.

»Lass es langsam angehen«, warnte ihn Hallekk, warf seine großen Arme um Tocht und hob ihn hoch, wie er es bei einem Kind gemacht hätte. »Ich hab dich. Zappel nicht herum. Ich hab dich.«

»Was ist mit Zank und der Katze?«, flüsterte Tocht.

Hallekk spähte in das Nest aus Umhängen. »Sie leben noch. Wir kümmern uns um sie.«

»Ja, bitte«, sagte Tocht. Dann machte die Müdigkeit, die ihn erfüllte, ihren Anspruch geltend, und nahm ihn mit sich in die gähnende Schwärze.

Als Tocht wieder erwachte, befand er sich auf der *Einäugigen Peggie*, und diesmal schlief er in einem Bett und nicht in einer Hängematte. Für eine Weile lag er einfach nur da, genoss die Wärme, von der er gedacht hatte, er würde sie nie wieder spüren, als er sich in den dünnen Schutz seines Umhangs gekauert hatte. Das Schiff bewegte sich, ritt auf den Wellen des Meeres, stieg und fiel regelmäßig genug, um ihn wissen zu lassen, dass sie rasch vorankamen – wohin auch immer sie unterwegs waren.

Gedanken an Zank und daran, wie es der jungen Frau wohl gehen mochte, trieben Tocht widerstrebend aus dem Bett. Er trug noch die Kleider, in denen er seine Abenteuer in Kairattenbau erlebt hatte. Ein Bad, das wusste er, war bei der nächstbesten Gelegenheit angesagt.

Er fand seinen Umhang auf einem Stuhl neben der Tür. Er legte das Kleidungsstück an, dann ging er hinaus ins Mittelschiff. Im Gang trugen zwei Zwergenpiraten Vorräte vom Frachtraum in die Kombüse, um die Zutaten des Kochs aufzufrischen. Nach einer kurzen Unterhaltung hatte Tocht herausgefunden, dass Zank sich ausruhte und Kray und Käpt'n Farok auf dem Hauptdeck waren und Pläne schmiedeten, um die *Geist* zu verfolgen. Obwohl der Gedanke daran, dass die beiden schon wieder Pläne fassten, Tochts Herz nicht gerade vor Freude springen ließ, war er dennoch froh zu hören, dass Gujhar und Ryman Bey nicht ungesehen entkommen waren. Obwohl er sich davor fürchtete, den beiden wieder zu begegnen – und diesem rätselhaften Meister, für den Gujhar arbeitete –, mochte es der kleine Bibliothekar nicht, ein Rätsel ungelöst zu lassen.

Und dieses hier sah nach dem größten Rätsel aus, dem er je begegnet war.

Auf dem Hauptdeck fand Tocht den Zauberer und den Kapitän des Schiffes auf dem Achterkastell, wo sie die Köpfe zusammensteckten und eine Karte zu Rate zogen. Tocht begrüßte sie.

»Aha«, sagte Kray, »du bist aufgestanden.« Er wirkte nicht besonders froh oder erleichtert darüber, Tocht zu sehen. Ohne Zweifel glaubte er, dass es Tocht zu verdanken war, dass man ihnen noch eine der Waffen unter der Nase weggeschnappt hatte.

Tocht blickte zur Sonne und schätzte, dass es nur ein

paar Stunden nach Sonnenaufgang war. »Das bin ich. Und Ihr habt Glück, dass ich überhaupt aufgestanden bin, nach allem, was wir durchgemacht haben. Ihr habt uns am frühen Morgen gefunden. Ich habe nur ein paar Stunden Schlaf bekommen. Ich bin überrascht, dass ich schon wach bin.«

»Du hast mehr als ein paar Stunden Schlaf bekommen«, sagte Kray. »Du hast einen ganzen Tag verschlafen.«

Diese Neuigkeiten erschreckten Tocht. Er schlief niemals so lange. Seine Fähigkeit, mit wenig Schlaf auszukommen, hatte ihm dabei geholfen, die Arbeiten zu schaffen, die ihm Frollo im Gewölbe Allen Bekannten Wissens zuwies.

»Einen Tag?«, wiederholte Tocht.

»Aye«, sagte Käpt'n Farok. Er strich sich mit der verschrumpelten Hand durch den grauen Bart und lächelte ein wenig. »Ich für meinen Teil habe noch nie einen Halbling so lange ohne Mahlzeit aushalten sehen. Außer natürlich, er war irgendwo angekettet und konnte nichts zu essen bekommen.«

»Natürlich«, sagte Tocht benommen. *Ein Tag? Ich habe einen ganzen Tag verschlafen?* Er blickte Kray an. »Wir haben Zeit verloren.«

»Das haben wir«, stimmte Kray zu. »Aber wir haben auch mehr erfahren.«

»Was?«

»Wir haben erfahren, dass die drei Besitzer dieser mystischen Waffen sie versteckt haben«, sagte Alysta. »Sie sind nicht einfach im Laufe der Jahre verschwunden.«

Tocht wandte sich ihrer Stimme zu, nur um sie anmutig auf den Tisch springen zu sehen, auf dem sich die Karte befand. Die Katze setzte sich auf die Hinterläufe und legte ihren Schwanz um die Pfoten. »Und?«, fragte er.

»Das heißt, dass vor tausend Jahren jemand nach ihnen gesucht hat«, sagte Alysta. »Sonst hätte es ja keinen Grund gegeben, sie zu verstecken.«

»Wer sucht nach ihnen?«

»Das ist nur eine der Fragen, auf die wir eine Antwort benötigen«, sagte Käpt'n Farok. »Da ist mehr dran, als das Auge erkennt.«

»Das Auge des Ungeheuers?«, fragte Tocht, der an das große Auge dachte, das in dem Glas unter dem Bett des Kapitäns aufbewahrt wurde.

Käpt'n Farok runzelte die Stirn und winkte ab. »Nein. Das hat nichts mit diesem Auge dort zu tun. Ich habe das Auge gemeint.« Er deutete auf eines seiner Augen. »Mein Auge. Dein Auge. Einfach ... einfach ... das *Auge* an sich. Es war nur so eine Redensart.«

»Oh«, sagte Tocht, als ihm auffiel, dass er zu wörtlich dachte. Dann fiel ihm etwas anderes ein. »Wie geht es Zank?«

»Wird wieder«, antwortete Käpt'n Farok. »Hallekk hat ihr den Pfeil aus der Schulter geschnitten. Er sagt, er ist an allen wichtigen Teilen vorbeigegangen. Es wird schmerzhaft sein, sich davon zu erholen, aber sie wird schon in Ordnung kommen. Sie ist noch jung. In ihr steckt noch eine Menge Heilkraft.«

»Sie ist eine sehr starke junge Frau«, fügte Alysta hinzu. »Ich freue mich schon darauf, sie kennenzulernen.«

»Da bin ich froh«, sagte Tocht.

»Obwohl ich nicht allzu glücklich mit dir bin.« Die Katze richtete ihren Blick, ohne einmal zu blinzeln, auf den kleinen Bibliothekar. »Als du dich und sie über die Klippe gestürzt hast, habe ich gedacht, du hättest dich selbst getötet und sie mitgenommen.«

»›Dich über die Klippe gestürzt‹?« Käpt'n Farok sah vollkommen entsetzt aus.

»Es musste getan werden«, erklärte Tocht. »Es war die einzige Möglichkeit.«

In einem missbilligenden Ton berichtete die Katze von den Ereignissen.

»Das hast du nicht erwähnt, als wir uns unterhalten haben«, sagte Käpt'n Farok, als sie die Erzählung beendet hatte.

»Wir hatten andere Dinge zu besprechen«, erwiderte Alysta.

Käpt'n Farok legte eine zitternde Hand auf Tochts Schulter und grinste. »Von Klippen herunterspringen, ja? Warte, bis ich das Hallekk erzählt habe. Oder Kobner! Bei den Alten, dieser mürrische Krieger wird sich vor Lachen kaum halten können, nicht? Und all den Ruhm für deinen Mut und deine Fähigkeiten wird er einstreichen. Natürlich wird er den Listenreichtum und all diese Dinge dir überlassen, die du brauchst, um auf so etwas überhaupt zu kommen.«

Tocht musste grinsen. Kobner, der immer noch behauptete, dass Tocht ihm in jener Nacht an der Huk des Gehängten Elfen das Leben gerettet hatte, würde es genießen, diese Geschichte erzählt zu bekommen. Zweifellos würde Kobner sie noch weiter ausschmücken, wenn er sie in Wirtshäusern zum Besten gab. Wenn Kobner damit fertig war, würde Tocht vermutlich neun Fuß groß sein und mindestens fünfzig Diebe vom Kuss der Rasierklinge mit sich gerissen haben. Das wäre eine Geschichte, die es wert war, gehört zu werden, so viel stand fest. Er freute sich darauf und verspürte einen wehmütigen Stich, weil er seinen Freund wiedersehen wollte.

»Ich schwöre«, sagte Käpt'n Farok, der noch immer grinste, »seit du angefangen hast, mit anständigen Piraten herumzuhängen, Bibliothekar Lampenzünder, hast du dir ein paar ziemlich unbibliothekarische Angewohnheiten zugelegt.«

»Das nehme ich an«, erwiderte Tocht, verspürte allerdings Stolz auf seine Leistungen. Am stolzesten war er auf die Tatsache, dass er alles überlebt hatte. Ein Blick auf Kray nahm diesem Augenblick jedoch wieder einiges von seiner Feierlichkeit.

Kray blickte aufs Meer hinaus, seine Augenbrauen vor Bestürzung zusammengezogen.

Tocht hatte den Zauberer noch nicht oft in Sorge gesehen. »Wisst Ihr, wohin die *Geist* unterwegs ist?«

»Vielleicht«, sagte Kray.

»Wohin?«

Kray warf Tocht einen Blick von der Art zu, die den kleinen Bibliothekar wissen ließ, dass er diese Frage lieber nicht beantworten wollte. Aber Käpt'n Farok und Alysta warteten ebenfalls auf die Antwort.

»Es kann nur einen Ort geben«, sagte Kray. »Den Reißzahn-Schattenwald.«

Eine Eiseskälte erfasste Tocht. Er hatte nur wenig Zeit in diesem Gebiet verbracht, aber niemals genug, um sich dort behaglich zu fühlen. Der Reißzahn-Schattenwald war ein gefährlicher Ort, voll von riesigen Spinnen, Elfen, die sich für ein einsames Leben fern vom Rest der Welt entschieden hatten und Eindringlinge nicht schätzten, und schrecklichen Untieren, die aus Urzeiten übrig geblieben waren.

»Weshalb dort?«, fragte Tocht.

»Weil dort Sokadir lebt«, antwortete der Zauberer. »Irgendwo.«

»Sokadir lebt noch?«, fragte Tocht. Sokadir war der Elfenhüter-Held, der in der Schlacht an der Todesfestung vor mehr als tausend Jahren mit Todeshauch, dem verzauberten Bogen, gegen die Kobolde gekämpft hatte.

Kray nickte und nahm seine Pfeife heraus. Er stopfte sie neu, dann murmelte er einen Spruch, um sie anzuzünden. »Er ist ein Elf, wie du weißt. Sie leben sehr, sehr lange. Wenn sie nicht getötet werden natürlich.«

»Ihr habt nie erwähnt, dass Sokadir noch am Leben ist«, sagte Tocht.

»Nein.«

Tocht konnte es nicht glauben. »Das ist wertvolles Wissen.«

»Jetzt weißt du es.«

»Ich hätte es schon vor Tagen wissen können, bevor wir Graudämmermoor verlassen haben.«

»Das Wissen, dass Sokadir noch lebt, hätte uns nicht dabei geholfen, Knochenschnitter und Meeresgischt zu finden«, entgegnete Kray streitlustig.

»Wenn wir wirklich wissen wollen, was sich bei der Schlacht an der Todesfestung zugetragen hat«, erklärte Tocht, »müssen wir nur Sokadir fragen.«

»Nur dass Sokadir nicht gefunden werden will«, sagte Kray. »Ich habe mich nach ihm auf die Suche gemacht, ehe ich dich gesucht habe.«

Tocht dachte darüber nach. Es war das erste Mal, dass Kray zugab, dass seine Ankunft in Graudämmermoor etwas anderes als ein glücklicher Zufall gewesen war.

»Ich habe Sokadir nicht finden können«, sagte Kray. »Aber ich habe andere getroffen, die auch nach ihm auf der Suche waren.« Er hielt inne. »Das waren sehr gefährliche Wesen.«

Wesen. Bei dieser Beschreibung musste Tocht hart schlucken. *Wesen. Keine Leute.*

»Ihr Interesse an ihm ist es gewesen«, sagte Kray, »das mich äußerst neugierig darauf gemacht hat, weshalb sie nach all den Jahren nach ihm suchen sollten.«

Tocht räusperte sich. »Was für eine … *Art* von Wesen?«

Ein kleines humorloses Lächeln verzog Krays Mund. »Die allergefährlichste, mörderischste Art natürlich.«

Natürlich. Tocht seufzte. »Gujhar glaubt, dass er, wenn er Knochenschnitter und Meeresgischt in seinem Besitz hat, auch Todeshauch wird aufspüren können – wegen des Magiebanns, der sie während der Schlacht an der Todesfestung aneinander gebunden hat.«

»Das stimmt vermutlich. Auf eine gewisse Art bindet Magie alle Dinge aneinander. Diese drei Waffen haben sich einen Bannspruch geteilt.«

»Dann müssen wir die *Geist* erwischen.« Tocht blickte aufs Meer hinaus, aber es war kein Schiff in Sicht.

»Ich beobachte die *Geist*«, sagte Kray. »Das kann ich für eine Weile tun. Ich habe es geschafft, einen Getreuen an Bord dieses Schiffes zu bringen, während es in Kairattenbau gelegen hat.« Er zog an seiner Pfeife. »Und außerdem kann ich Sokadir und Todeshauch aufspüren. Wenn es an der Zeit ist.«

»Wie?«

»Über die Nachkommen von Meister Oskarr und Kapitän Dulaun.«

»Weshalb haben wir das nicht schon vorher machen können?«, fragte Tocht. »Bulokk ist bei uns, und Alysta habt Ihr zu mir geschickt. Ihr hattet ihre Nachfahren schon an der Hand, bevor ich Kairattenbau betreten habe.«

Kray blickte die Katze an. »Alysta ist nicht mehr … ganz das, was sie früher gewesen ist. Als sie ihren alten Körper verloren hat, hat sie auch ihre Verbindung zu Kapitän Dulaun verloren.«

Tocht blickte die Katze an, und sie tat ihm ein wenig leid wegen all dem, was sie aufgegeben hatte. Wie konnte ein Mensch letztendlich als eine Katze leben, nachdem er jahrelang Hände besessen hatte?

»Nun haben wir meine Enkelin«, sagte Alysta, »und wir haben die Witterung unserer Feinde. Ich werde dafür sorgen, dass das Schwert meiner Ahnen dorthin zurückkehrt, wo es hingehört.«

»Wir werden sie alle zurückbekommen«, versprach Käpt'n Farok. »Bevor diese Angelegenheit noch weiter aus dem Ruder läuft.« Dann richtete er seinen Blick auf Tocht. »Unter Deck wartet ein Frühstück, Bibliothekar. Nimm es dir, solange es noch heiß ist.«

Bei dem Gedanken an Frühstück knurrte Tocht der Magen. Nach einem verschlafenen Tag war er zu hungrig, als dass er sich Sorgen darüber hätte machen können, wohin die *Einäugige Peggie* unterwegs war. Er verabschiedete sich und begab sich unter Deck. Was immer für Schwierigkeiten sich zusammenbrauten, sie würden früh genug kommen. Er beschloss, dafür Kräfte zu sammeln.

In der Messe erfreuten sich Bulokk und die Zwerge von den Aschwolkeninseln mit Geschichten, während sie sich am Frühstück gütlich taten. Die *Einäugige Peggie* sparte niemals an der Verpflegung für ihre Passagiere oder Arbeitskräfte.

Sobald Tocht eintrat, begrüßten ihn einige aus der Piratenmannschaft und riefen ihn zu sich an den Tisch, was einen gutgelaunten Kampf zwischen ihnen und den Zwergen von den Aschwolkeninseln entbrennen ließ, als diese Tocht einluden, sich doch zu ihnen zu setzen. Am Ende machten sie in der Mitte von beiden Gruppen Platz für Tocht, und er gab ihren Forderungen nach seinen Geschichten aus Kairattenbau nach.

Mit einem vollen Teller vor sich und noch viel mehr in Griffweite, saß Tocht zwischen den Kriegern und Piraten und spann sein Garn. Er konnte nicht anders, als daran zu denken, wie fehl am Platz ihn Großmagister Frollo hier unter ihnen eingeschätzt hätte. Aber bestimmt gab es für einen Geschichtenerzähler keinen besseren Ort als vor einer erwartungsvollen Zuhörerschaft.

Eine Mitteilung von Großmagister Edeltocht Lampenzünder

Nach meiner Genesung, die zum Glück nicht sehr viel Zeit in Anspruch nahm, habe ich meine Freizeit mit den Tagebüchern verbracht. Ich habe dieses hier geschrieben und es bei einem meiner Freunde in Deldalsmühlen untergebracht. Da du dieses Buch erlangt hast, mein Lehrling, weißt du ohne Zweifel, dass mein Freund kein anderer als Evarch gewesen ist. Hoffentlich ist auch der Ordal, der dir bei der Lösung des Rätsels und damit dem Auffinden des Tagebuchs geholfen hat, mit mir bekannt. Er ist ein guter Freund gewesen.

Besser wäre es noch, wenn du dieses Buch nie erhieltest, denn ansonsten bedeutete das, dass sich ein altes Übel noch einmal erhoben hat. Und, recht wahrscheinlich, dass ich mein Ende gefunden habe. Wenn das wahr ist, dann versuche, die Zeit zu erübrigen, mein Grab zu besuchen und mir bisweilen etwas vorzulesen.

Unter diesen Umständen erinnere ich mich an Alysta, die Katze. Zumindest hatte sie Pfoten, um in den Seiten eines Buches zu blättern, wenn ihr danach war. Ich schaudere, wenn ich an eine Ewigkeit denke, die man ohne Bücher verbringen muss. Ich hoffe darauf, dass jedes Buch, das jemals verschollen war, irgendwo auf mich wartet, wenn mein Leben hier schließlich endet.

Es gibt natürlich noch ein drittes Buch. Eines, das diese Trilogie vollenden wird, nach der du dich auf der Suche befindest. Du wirst es tief im Reißzahn-Schattenwald aufstöbern. Suche nach diesem Tagebuch im Krokodilsrachen in Jaramaks Horst gleich neben der Wisse-nie-Straße.

Aufgrund von Umständen, über die ich keine Gewalt hatte, konnte ich dieses Buch nie von diesem Ort wegbringen. Und auch das dritte Buch ist in gewisser Weise unvollendet. Ich fürchte, für dieses musst du das Ende selbst schreiben.

Lass nur nicht zu, dass es auch zu deinem Ende wird. Du stehst schrecklichen Feinden gegenüber, die die Bedeutung von Gnade nicht kennen. Wenn die Alten es wollen, wird Kray bei dir sein. Er war derjenige, der uns geholfen hat, aus dem Wahnsinn der Düstersümpfe zu entkommen, als es an der Zeit war. Aber selbst er konnte Lord Khadavers verdorbenes Erbe nicht zerstören.

Das ist alles, was ich im Augenblick sagen kann. Noch mehr zu verraten würde zu viel zur falschen Zeit preisgeben. Eine Geschichte muss sich mit ihrer natürlichen Geschwindigkeit entfalten, und das muss – manchmal – auch das Leben tun.

Wenn du so weit gekommen bist und du derjenige bist, den ich meine Geheimnisse gelehrt habe, dann musst du mir am Herzen gelegen haben. Hoffentlich habe ich auch dir am Herzen gelegen. Noch mehr hoffe ich, dass mein Leben einen Sinn gehabt hat und ich gute Taten vollbracht habe. Aber am meisten hoffe ich, dass ich jedes gute Buch in die Finger bekommen habe, das es gegeben hat.

Dann fahre fort, mein Schüler. Schreite leise und vorsichtig voran. Überall, wohin du dich auch wendest, wird es nur Gefahren geben. Ich wünschte, ich könnte dir diese Unternehmung ersparen, aber offenbar kann ich das nicht. Daher wünsche ich dir von jetzt an viel Glück.

Ergebenst,
Edeltocht Lampenzünder
Großmagister
Gewölbe Allen Bekannten Wissens
Graudämmermoor

Nachwort

Tränen benetzten Kruks Wangen, als er die letzten Worte im zweiten Tagebuch seines Mentors zu Ende gelesen hatte. Das Feuer leuchtete noch immer hell in Evarchs Kamin, also musste es jemand geschürt haben, während er gelesen hatte, obwohl er so von Großmagister Lampenzünders Worten mitgerissen worden war, dass er es nicht bemerkt hatte.

Er wischte sich das Gesicht mit einer Hand ab und sah seine Gefährten an.

»Geht es dir gut?«, fragte Yurial. Sorgen zeigten sich auf ihrem jugendlichen Gesicht.

Nach einem Augenblick, als er seine Stimme gefunden hatte, nickte Kruk. »Ja, schon.«

»Es muss schwer sein«, sagte sie.

»Was? Die Übersetzung?« Kruk schüttelte den Kopf. »Großmagister Lampenzünder hat mir seine Verschlüsselungen beigebracht. Die meisten davon kann ich inzwischen ohne Probleme lesen.«

»Ich habe gemeint, dass es schwer sein muss, seine letzten Worte zu lesen.«

»Das sind nicht seine letzten Worte.« Die Erklärung klang nach einer Verteidigung, was Kruk gar nicht vorgehabt hatte.

»Tocht ist nicht da«, sagte Yurial leise. »Wenn dies so wichtig ist, wie du sagst, so wichtig, wie dich Kray glauben gemacht hat, dann weiß ich, dass Tocht sonst hier sein würde.« Sie lächelte ein wenig. »Obwohl er stets das Gegenteil erklärt hat, ist er nie jemand gewesen, der sich um ein Abenteuer bringen ließ.« Ihr Blick suchte den seinen. »Du weißt nicht, ob du ihn jemals wiedersehen wirst.«

Kruk erwiderte ihren Blick und stellte fest, dass er sie nicht anlügen konnte. Genauso wenig sich selbst. »Tocht ist fort«, flüsterte er, »fort auf einem Abenteuer, das niemand jemals zuvor auf sich genommen hat.« Er schüttelte den Kopf. »Ich weiß nicht, ob er je zurückkehren wird. Oder ob man es ihm überhaupt gestatten würde.«

»Und deshalb ist diese Reise so schwer«, sagte Yurial. »Dir wird eine letzte Gelegenheit geboten, in den Fußstapfen deines Mentors zu wandeln. Ich habe mich genauso gefühlt, als ich Lieder unter den Dingen meines Vaters gefunden habe, die er niemals in meiner Gegenwart gesungen hat.« Sie lächelte ein wenig. »Tocht hat meinem Vater das Geheimnis des Schreibens beigebracht.«

»Das hat Großmagister Lampenzünder getan?« Tocht war überrascht. Großmagister Lampenzünder hatte sich immer große Mühe gegeben, seine Fähigkeiten geheim zu halten, und hatte geglaubt, dass auf dem Festland niemand außer den Magiern des Lesens mächtig war.

»Das hat er«, sagte Yurial. »Schreiben zu lernen war nicht ganz einfach für meinen Vater. Wenn nicht Evarchs Weine und Schnäpse gewesen wären, nehme ich an, dass keiner von beiden diese Bildungsmaßnahme durchgehalten hätte.«

»Kannst du lesen?«

Sie nickte. »Kann ich. Es war nicht schwer, das zu lernen, während die beiden sich gegenseitig beharkt haben. Mein Vater hat mich jeden Tag stundenlang auf der Laute üben lassen. Während ich Laute gespielt habe, hat er mit Tinte und Papier gearbeitet und schließlich begriffen, was Tocht ihm da beibrachte.« Bei dieser Erinnerung lächelte sie. »Ich denke, ich habe viel mehr gelernt als mein Vater, aber er hat genug erfahren, um Lieder auf Papier festzuhalten. Während er damit beschäftigt war, habe ich Tocht beigebracht, die Laute zu spielen. Er hat natürlich schon vorher Laute gespielt, und ich bin niemals auf irgendetwas gestoßen, das er nicht spielen konnte, aber er hatte das mit der Fingerarbeit noch nicht richtig heraus. Dabei habe ich ihm geholfen.«

Kruk spürte das Gewicht des Buches auf seinem Bein. Die Müdigkeit saugte ihm die Kraft aus, und er konnte kaum noch die Augen offen halten.

»Als ich mich zum ersten Mal daranmachte, die Lieder meines Vaters nachzuspielen«, sagte Yurial, »habe ich nur Trauer und Verzweiflung gefühlt. Nach und nach habe ich es geschafft, die Lieder meines Vaters lieben zu lernen. Eines Tages wird es dir möglich sein, diesen Tagebüchern, hinter denen du her bist, angenehmere Gefühle entgegenzubringen.«

»Es gibt nur noch ein weiteres«, sagte Kruk. »Nach diesem …« Er konnte nicht weitersprechen.

»Es gibt schon noch weitere«, sagte Raisho, der sich mit den Händen auf den Knien nach vorne beugte. Auch er sah müde aus. »Allein dadurch, dass du dieses Buch gelesen hast, hast du erfahren, dass es andere Bücher gibt, die der Großmagister geschrieben hat und die du noch nicht kennst.«

»Das weiß ich«, sagte Kruk. *Aber existieren sie noch?* Es gab manchmal Tage, an denen er nicht an die Falle dachte, die er unwissentlich in das Gewölbe Allen Bekannten Wissens gebracht und die so viele Bücher vernichtet hatte.

Selbst mit dem Hinzufügen der geheimen Bibliothek, die er gefunden hatte, während er auf der Suche nach dem *Buch der Zeit* gewesen war, waren einige dieser Bücher doch unersetzt geblieben.

Sie waren fort. Für immer.

»Es ist nur zu Ende, wenn du es aufgibst«, sagte Raisho. »Das hast du mir früher immer gesagt, wenn ich ein Gefühl der Entmutigung verspürt habe. Ich hasse es, mir vorzustellen, dass du das nur so für mich dahingesagt hast.«

»Ich weiß einfach nicht, ob ich dieser Aufgabe gewachsen bin«, erwiderte Kruk. »Letzte Nacht sind wir beinahe getötet worden ...« Er hielt inne, dann verbesserte er seine Aussage. Die graue Dämmerung berührte bereits die Fenster von Evarchs Destille. »Vor *zwei* Nächten. Jemand sucht nach uns.« So müde er auch war, er fürchtete sich doch vor dem Schlafen, da er wusste, dass dieses Vogelscheuchending in seinen Träumen auf ihn warten würde.

»Du kannst das«, sagte Evarch. »Sonst hätte Tocht dich gar nicht erst auf diese Fährte gebracht.«

»Er hat mich nicht auf die Fährte gebracht«, entgegnete Kruk. »Das war Kray. Und nun ist er verschwunden.« Er konnte immer noch die Worte *Hütet euch* vor sich sehen, die in der Kajüte des Zauberers an Bord der *Mondenträumer* in Blut geschrieben gestanden hatten. Was war mit Kray geschehen, und wer hatte den Zauberer an Bord eines Schiffes voll mit Raishos besten Piraten mitgenommen, ohne bemerkt zu werden?

»An dieser Stelle liegst du falsch«, erklärte Evarch getragen. »Tocht hat dich auf diese Fährte gebracht.« Er zeigte mit der Pfeife auf das Tagebuch, das Kruk in der Hand hielt. »Er spricht sogar durch diese Seiten mit dir, bittet dich darum, zu Ende zu bringen, was er begonnen hat.«

»Nicht nur das, was er begonnen hat«, sagte Kruk, »sondern das, was er nicht abschließen *konnte.*«

»Hast du jemals Krumwirth gelesen?«, fragte Evarch.

»Ja.« Kruk runzelte die Stirn. »Sag mir nicht, dass du auch lesen kannst?«

»Nein, nein. Ich habe gewusst, dass Tocht es kann, aber ich hatte daran nie ein Interesse.«

»Es gibt eine Menge, was du über Weine und Schnäpse lernen könntest«, sagte Kruk. »Im Gewölbe Allen Bekannten Wissens gibt es tausende von Büchern über das Vergären und Destillieren.«

Evarch wedelte die Vorstellung dieser Bücher mit der Hand beiseite. »Du kannst sie behalten. Ich weiß alles, was ich wissen muss. Ich komme nicht einmal mit den Bestellungen nach, die ich inzwischen erhalte.« Er zog an seiner Pfeife. »Wie auch immer, worauf ich hinauswollte, ist ein Zitat, das Tocht mir einmal vorgetragen hat und das mir im Kopf geblieben ist. Natürlich hat er damals über Weine und dergleichen gesprochen, aber ich habe festgestellt, dass das Zitat zu einer ganzen Menge von Gelegenheiten passt. Es passt auch zu dieser jetzigen.« Er räusperte sich. »›Es gibt eine Zeit für alle Reben, der Sinn erst ruft den Vers ins Leben, Verrat ist's, weniger als alles zu geben.‹«

»Ich erinnere mich an dieses Zitat«, sagte Kruk.

»Gut. Dann wirst du ja wohl wissen, dass Tocht von diesem Gedanken sehr viel gehalten hat.« Evarch wurde ernster. »Vor all den Jahren, als Tocht hier durchgekommen ist, habe ich gewusst, dass das, womit er es zu tun hatte, etwas sehr Gefährliches war. Ich habe ihn den Standhaften Fluss hinauffahren sehen, und ich habe gesehen, wie er zurückgekommen ist. Er hat besser ausgesehen, als er losgezogen ist. Als er zurückkam, hat er nicht über alles gesprochen, was er verloren hatte, nicht über all die Krieger, die er begleitet hatte und die nicht zurückgekehrt waren. Ich habe nicht danach gefragt. Ich habe schon vorher Männer gesehen, die einen Krieg durchgemacht haben, und ich habe gewusst, dass es das gewesen ist, was Tocht erlebt hatte.«

Einen Moment lang senkte sich Stille über den Raum, bis auf das Knistern des Holzes, das im Feuer brannte.

»Kruk«, sagte Yurial.

Kruk blickte sie an.

»Kannst du jetzt wirklich noch umkehren? Nachdem du so weit gekommen bist?«

Mit einem tiefen Atemzug schüttelte Kruk den Kopf. Aber er kam nicht umhin, sich zu fragen, ob all die Schulen, die er zu errichten gedachte, auch wirklich gebaut werden würden, wenn ihm etwas zustieß. Dennoch, er wusste, dass er keine Wahl hatte. Alte Schurkereien aus der Vergangenheit hatten die Angewohnheit, immer dann auf den Plan zu treten, wenn man sie am wenigsten erwartete. Genauso wie gerade jetzt.

»Nein«, sagte er. Dann blickte er seine drei Gefährten an. »Aber wenn wir den Standhaften Fluss hinaufreisen, um gegen das zu kämpfen, was Großmagister Lampenzünder nicht schlagen konnte, werden wir Hilfe brauchen.«

Buch drei

Todeshauch

Prolog

Der Bogenschütze

Erschrockene Schreie lenkten Kruks Aufmerksamkeit von dem Tagebuch ab, an dem er unten in der Messe des Schiffes arbeitete. Er blickte auf, und erst da wurde ihm bewusst, dass das Gefährt ganz leicht seinen Kurs verändert hatte.

»Hier drüben!«, schrie jemand. »Hier drüben gibt es noch mehr von ihnen!«

»Schafft sie von mir runter! Schafft sie von mir runter!«

»Sie hat mich gebissen! Hilfe!«

Kruk verschloss das Tintenfass und legte Löschpapier über die frisch geschriebenen Seiten, in der Hoffnung, dass sie nicht verschmieren würden. Er hatte in der Messe des Schiffes gearbeitet und dabei ein spätes Frühstück zu sich genommen, das der Koch ihm zubereitet hatte, obwohl die Essensausgabe längst vorüber war.

Er eilte die Treppe empor und hielt nur kurz inne, um ein klug verborgenes Versteck zu öffnen und das Buch hineinzuschieben. Die *Mondenträumer* war ein Piratenschiff, das aus Graudämmermoor kam. Daher befand sich auf ihr eine ganze Reihe von Verstecken und Hohlräumen zwischen Vordersteven und Heck.

Auf der obersten Stufe bückte sich Kruk nach dem Messer, das er im Stiefel trug. Die Klinge war aus gutem teholischem Stahl, acht Zoll lang und scharf wie ein Rasiermesser.

»Hier drüben ist noch eine!«, brüllte ein Pirat.

»Bring sie um!«, schrie ein anderer.

»Sie sind überall!« Die dritte Stimme war von Entsetzen durchdrungen.

»Hört auf herumzukreischen, und fangt an zu stampfen!«, rief Bulokk.

Das Geräusch von Stiefeln, die auf dem Deck dröhnten, brach los und verbreitete sich auf dem ganzen Schiff.

»Haltet die Stellung, verflixt!«, erklang Raishos tiefe Stimme. »Zeigt mir, dass ihr den Schneid zum Kämpfen im Herzen habt, oder ich werfe mal selbst einen Blick darauf, wenn wir hier fertig sind!« Sein Ton war ebenso wild wie seine Worte. »Holt die Fischernetze hier hoch! Spannt sie über die Takelage und bildet einen Schild!«

Einige der Piraten eilten los, um den Befehlen ihres Kapitäns Folge zu leisten.

Als er aus dem Treppenhaus hervorspähte, sah Kruk Dutzende von tellergroßen Spinnen, die sich aus den dunkelgrünen, blättrigen Baumkronen fallen ließen. Der Reißzahn-Schattenwald verdiente sich seinen Namen, da sich in ihm zahlreiche Kreaturen herumtrieben, die die Schwachen und Unaufmerksamen jagten und fraßen.

Mit dunkelgrünem Chitin gepanzert, ließen sich die fetten Spinnen auf die Segel, das Deck und die Männer herabfallen. Die Spinnen starben durchaus schnell, aber sie kamen nach unten, als würden sie von einem plötzlichen Wolkenbruch getrieben. Einige von ihnen starben schon durch den Aufprall, aber andere krabbelten über das Deck und suchten nach Beute oder hielten sich an der Takelage fest, um sich dann abermals fallen zu lassen.

Kruk sammelte seinen Mut und trat auf das Deck hinaus. »Das sind Trancespinnen«, rief er den Seeleuten zu. »Wenn sie euch beißen, sterbt ihr nicht daran. Ihr werdet nur krank.«

»Krank genug wird man, dass man sich wünscht, tot zu sein«, sagte ein dunkelhäutiger Seemann mit grauem Haar, der sich gerade eine der Spinnen vom Hals riss und sie mit einer gepanzerten Faust zermalmte. »Hab sie schon mal gesehen. Gemeine Geschöpfe. Aber die Kleinen sind nicht die, vor denen man sich fürchten sollte.«

Bei einem Blick nach oben sah Kruk, dass die Masten der *Mondenträumer* manchmal durch die hohen Bäume strichen. Äste knackten und splitterten hin und wieder an den Masten. Die Mannschaftsmitglieder, die die Netze trugen, kletterten rasch durch die Takelage und entkamen einem Großteil der Spinnen, weil die Geschöpfe sich auf das Schiff unterhalb hatten fallen lassen.

Die Erschütterungen, die durchs Geäst gingen, hatten die Trancespinnen angezogen. Überall dort oben hingen Netze, wie schmutzig graue Leichentücher, die zwischen den Ästen gespannt waren.

Die Mannschaft zerschmetterte und hackte weitere Spinnen in Stücke. Gelbliche Säfte verschmierten das zerschrammte Deck der *Mondenträumer*. Vier von Raishos Seeleuten waren auf die Knie gefallen und würgten ihren Mageninhalt hervor.

Kruk schloss sich dem Kampf an Deck an und stampfte auf die Spinnen, wo er sie finden konnte.

Die Spinnen starben zu Dutzenden, aber für jede, die verendete, schienen zwei weitere zu erscheinen, um ihren Platz einzunehmen. Sie krabbelten und duckten sich, und einige sprangen sogar zwei Fuß oder weiter, womit sie erstaunte Schreie bei der Mannschaft hervorriefen.

Endlich hatten jedoch die Seeleute, die sich durch die Rahen bewegten, das große Fischernetz über dem Piratenschiff aufgespannt. Da es zum Fischen auf offener See benutzt wurde, um Dorsch und andere essbare Fische zu fangen, war es groß genug, um zwei Gefährte von den Ausmaßen der *Mondenträumer* zu bedecken.

Immer noch fielen Spinnen auf das Netz. Innerhalb weniger Augenblicke ballten sie sich so dicht über seinen Strängen zusammen, dass es schwer wurde, durch die Spinnen hindurch die Bäume zu sehen.

»Wir sollten anhalten«, sagte ein Pirat. »Sie könnten es durch das Netz schaffen, und wo wären wir dann?«

»Wir halten nicht.« Raisho blickte vom Achterkastell auf seine Mannschaft hinab. In seinem dunklen Gesicht stand grimmige Entschlossenheit.

Das trippelnde Geräusch, das von den Spinnen verursacht wurde, die über das Netz krabbelten, klang laut. Irgendwo in der Takelage wippte ein lockeres Segel in der leichten Brise, die vom Fluss herabkam, und würde befestigt werden müssen.

»Wenn wir nicht anhalten, werden uns diese Spinnen wahrscheinlich vollständig einhüllen«, sagte ein Seemann.

Wie um diese Möglichkeit zu unterstreichen, erklangen auf dem Netz ein paar weitere fleischige Einschläge.

»Und sehr wahrscheinlich finden sie auch eine Möglichkeit, irgendwie unter dem Netz reinzukriechen«, fuhr der Seemann fort.

»Wenn sie das tun, werden wir sie töten«, knurrte Raisho. Er ließ einen harten Blick über seine Männer schweifen. »Wir alle stehen unter Vertrag, damit wir dabei helfen, das Gewölbe Allen Bekannten Wissens zu beschützen. Einige von euch sind schon länger dabei als ich. Ihr streicht euren Lohn ein, ganz gleich ob ihr gegen Kobolde kämpft, die versuchen, nach Graudämmermoor und in die Bibliothek dort zu kommen, oder ob ihr die Zerschmetterte Küste hoch und runter Handel treibt und hofft, dass ihr euch die Taschen mit den Gewinnen vollstopfen könnt.«

Die Piraten sagten nichts. Sie wussten, dass das stimmte.

»Nun ist niemand Geringeres als der Großmagister selbst gekommen und ruft euch auf, ihm beizustehen«, donnerte Raisho. »Bei den Alten, ihr werdet euch erheben und euch wie gute Seeleute und ordentliche Piraten aufführen – ein jeder von euch –, oder ich werde euch allesamt über Bord werfen und den ersten Haufen Dorfjungen anheuern, den ich sehe.« Er funkelte sie an, die Arme vor der breiten Brust verschränkt.

»Dorfjungen?«, rief ein alter Seebär entrüstet aus. »Würde es euch vielleicht gefallen, wenn die dreckigen Hände von *Dorfjungen* unser hübsches Schiff und Zuhause auf den Kopf stellen?«

»Nein«, murmelten einige aus der Mannschaft.

»Nun denn«, sagte der alte Seemann, der unzufrieden aussah, »wenn das all das Temperament ist, das in euch steckt, dann hat sich der Großmagister gewiss eine erbärmliche Mannschaft ausgesucht, die ihn hier durchbringen soll. Ich könnte genauso gut über Bord springen und Käpt'n Raisho die Mühe ersparen, mich hinauszuhieven.« Er zeigte nach oben. »Oder dieses Netz da aufmachen und diesen Spinnen ihren Willen lassen.«

»Nein!«, brüllte die Mannschaft.

»Dann lasst uns dafür sorgen, dass wir mein Schiff von diesen Spinnen freihalten«, befahl Raisho. »Wir sind schon zu weit in sie hineingeraten, um zu wenden, und ich habe keine Lust, über Land auf den eigenen Beinen zum Krokodilsrachen zu reisen. Ich bin ein Seemann.«

Die Mannschaft johlte und brüllte mit etwas mehr Feuer – von den sechs Seeleuten abgesehen, die aufgrund des

Giftes der Trancespinnen darniederlagen – und machte sich an ihre Aufgaben. Sie hielten eisern Wache, obwohl Kruk wusste, dass sie alle sich vor dem Eindringen der Spinnen fürchteten.

Kruk ging zum Bug des Schiffes und blickte auf den Fluss hinab. So weit oben am Flusslauf rollte der Standhafte langsam voran, weit und tief im Gegensatz zu den schnelleren Gewässern rund um Deldalsmühlen und Flautenzipfel. Die Erlaubnis zu erhalten, die Tore in Flautenzipfel passieren zu dürfen, hatte ein hohes Bestechungsgeld erfordert. Zum Glück segelte Raisho niemals irgendwohin, ohne genug Gold bei sich zu haben, um sich bei Schwierigkeiten freizukaufen, wenn er sich nicht freikämpfen konnte.

Er hatte zwei Tage damit zugebracht, mit dem Beamten der Stadt zu verhandeln, ehe die *Mondenträumer* die Erlaubnis erhalten hatte, flussaufwärts in Richtung Darbrits Anleger zu fahren. Vor dem Kataklysmus war Darbrits Anleger eine blühende Hafenstadt gewesen, ein Ort, an dem Kaufleute und Karawanenführer sich trafen, um ihre Verträge auszuhandeln, ein Ort, an dem Handwerker und Gildenleute zusammenkamen, um ihre Waren zu verkaufen oder Vorräte zu erstehen.

Kruk war noch nie durch Darbrits Anleger gekommen, aber er hatte davon gehört. Dieser Tage sollte es angeblich ein Ort der Toten sein, der Geister. Aber der Lockruf von Schätzen zog von Zeit zu Zeit Glücksjäger an, und die grauenhaften Geschichten darüber, was sich dort abspielte, fanden stets eine Fortsetzung.

»Worüber denkst so angestrengt nach, Kritzler?«

Als Kruk aufsah, fand er Raisho neben sich. »Eigentlich frage ich mich, ob ich uns in eine Falle führe«, gab er zu.

Raisho runzelte die Stirn. »Nicht so laut. Einige von ihnen

haben scharfe Ohren, und wir haben schon genug Schwierigkeiten, auch ohne sie noch mehr zu erschrecken.«

Still nickte Kruk. Er spähte durch die bedrückende Düsternis, die sich trotz der Tatsache, dass es kurz vor der Mittagsstunde war, nicht leugnen ließ. Immer noch purzelten Spinnen auf das Netz. Einige der Achtbeiner krabbelten vor Kruks Gesicht über die Maschen.

»Du weißt, dass wir in die richtige Richtung unterwegs sind«, sagte Raisho. »Oder nicht?«

»Doch, schon.« Kruk holte tief Luft.

»Nun denn, dann musst du dich nur daran erinnern, dass es die Frist und die Fron der Fahrt sind, die ihren Tribut vom Fahrenden fordern, nicht die Sorgen.«

Kruk blickte seinen besten Freund an und lächelte. »Du hast es beinahe richtig aufgesagt.«

»Ich weiß, dass das mit den Sorgen nicht richtig war«, erwiderte Raisho. »Ich lese dieses Gedicht sehr oft. Es ist eines meiner liebsten.«

»Du liest es?« Kruk war überrascht.

»Das tue ich.«

»Wie das?«

»Ich habe einen der Novizen bestochen, damit er mir eine Abschrift von diesem Gedichtband anfertigt, den du geschrieben hast«, antwortete Raisho.

»Bestochen?« *Bibliothekare nehmen keine Bestechungsgelder an.* Zumindest hatte Kruk nicht gedacht, dass sie das taten. »Er hat eine Bezahlung von dir verlangt? Für ein Buch? Das *ich* geschrieben habe?« Natürlich hatte er von solchen Dingen gehört. Doch er hatte vor, die Bücher umsonst auszugeben. Wenn eine Person oder eine Stadt einen Bibliothekar unterbringen und versorgen würde. Und ihm natürlich Papier und Tinte zur Verfügung stellte.

Raisho zuckte mit den Schultern. »Nur ein wenig. Hat mich einen Schinken und ein paar Schnotztraubenpasteten gekostet.«

»Pasteten?« *Mein Text, meine Lyrik, hat den Wert von Pasteten?*

»Zwei.« Raisho hielt verteidigend zwei Finger hoch. »Und der Schinken war kein billiger. Er wollte einen angemessenen Lohn für seine Arbeitszeit.«

»Zwei Pasteten und ein Schinken.«

»Ein guter Schinken.«

Kruk konnte es nicht glauben.

Raisho blickte Kruk besorgt an. »Bist du sicher, dass dich nicht eine von diesen Trancespinnen gebissen hat? Für gewöhnlich kann man sich mit dir viel besser unterhalten.«

Kruk war verblüfft. Er räusperte sich. »Dieser Gedichtband war nicht für den öffentlichen Gebrauch bestimmt.«

»Du hast ihn mir vorgelesen.«

»Du bist mein Freund.«

»Hättest du mir eine Abschrift angefertigt, wenn ich dich darum gebeten hätte?«

Kruk zögerte. »Ja.« Aber er wusste auch, dass er Möglichkeiten gefunden hätte, diese Aufgabe vor sich her zu schieben. Es war eine plötzliche Eingebung gewesen, Raisho die Gedichte vorzulesen. Vorher hatte er, wenn ihn die Muse gepackt hatte, immer Großmagister Lampenzünder gehabt, dem er hatte vorlesen können.

»Nun, dann habe ich dir doch nur die Mühe erspart, dass du es selbst erledigen musstest. Du solltest mir dankbar sein.«

Kruk wusste nicht, was er dazu sagen sollte.

»Und wer hätte das gedacht?«, fragte Raisho. »Dass du, der du dich damit brüstest, Bibliotheken und Bücher fürs

Volk zu machen, versuchen würdest, eines vor den Händen der Leute fernzuhalten?«

Während er dort stand, hörte Kruk den Spinnen zu, die auf das Netz über ihnen fielen. Da wurde ihm bewusst, dass Raisho das Gedicht nur zur Ablenkung erwähnt hatte. Er stieß einen angespannten Atemzug aus.

»Vielleicht sollte ich mich wieder an die Arbeit machen«, sagte Kruk.

Raisho blickte hinauf in das von Spinnen überladene Netz. »Das solltest du. Wir nähern uns Darbrits Anleger. Es wird nicht mehr viel Zeit bleiben, in der du an einem sicheren Ort arbeiten kannst.«

Kruk wandte sich um und ging zurück über das Deck, das mit toten Spinnen übersät war. Aber das Geräusch der Spinnen, die oben vorbeihuschten, hallte in seinem Kopf wider und erinnerte ihn daran, dass ihrer aller Leben schon bald verwirkt sein könnte.

»Ist das ein Schiff oder ein Schweinestall?«, brüllte Raisho.

»Es ist ein Schiff, Käpt'n«, kam sogleich die Antwort aus einem Dutzend Kehlen.

Darüber lächelte Kruk. Raisho war zu einem ordentlichen Schiffskapitän geworden.

»Weshalb sind dann keine Eimer und Schrubber am Werk, um diesen Saustall hier aufzuräumen?«

Da ihm ein wenig leichter ums Herz war, kehrte Kruk mit dem Buch in der Hand in die Messe zurück und machte sich an die Arbeit. Seine Stimmung erhielt noch weiteren Auftrieb, als er entdeckte, dass die Tinte weder verlaufen noch verschmiert war, als er es hatte weglegen müssen.

»Du wirst dir noch die Augen verderben, wenn du bei Laternenlicht arbeitest.«

Kruk hing in der Takelage über dem Bug der *Mondenträumer*. Es war sein üblicher Aufenthaltsort, wenn er sich auf einem Schiff befand. Er hatte sein Tagebuch auf den Knien und arbeitete mit Zeichenkohle. Beim Klang der Stimme der jungen Frau blickte er auf.

Das lange rote Haar des Barden Ordal strich über ihre Schultern, und ihre Augen leuchteten warm. Sie hielt in einer Hand ihre Laute und in der anderen eine Schüssel. Wie gewöhnlich trug sie die gelbe Bluse mit den Alabasterrändern und die braune Hose, die sie als Barden Ordal kenntlich machten, obwohl die Kleidungsstücke für eine Frau geschneidert waren. Die Feder an ihrer roten Kappe flatterte im kühlen Nachtwind, der an ihr zupfte.

»Ich bin daran gewöhnt, bei Laternenlicht zu arbeiten«, sagte Kruk.

»In der Bibliothek?«

»Ja.«

Yurial runzelte die Stirn. »Dann ist es ein Wunder, dass du nicht blind bist wie eine Fledermaus.«

Kruk lächelte sie an. »Ich bin ein Halbling. Unser Augenlicht ist ein wenig besser und ein wenig schwerer zu beschädigen als das eines Menschen.«

»Ich nehme dich beim Wort.« Sie blickte auf die Takelage neben Kruk. »Stört es dich, wenn du Gesellschaft bekommst?«

»Überhaupt nicht.« Kruk legte seine Kohle in eine Tasche und schloss das Tagebuch.

»Ich habe dir etwas zu essen mitgebracht.« Yurial bot ihm den Teller an.

»Ich habe schon gegessen.«

»Nicht annähernd genug, wenn man Raisho glauben schenkt.«

»Woher sollte er das wissen? Er hat sich den ganzen Tag um das Schiff gekümmert.«

Yurial ließ sich neben Kruk nieder. »Weil er überall seine Spione hat«, erwiderte sie geheimnisvoll. Sie sprach es halb flüsternd und mit einer so verschwörerischen Miene aus, dass Kruk trotz der Gefahr, in der sie sich befanden, kichern musste.

»Ich wünschte mir wirklich, du wärst nicht mitgekommen«, sagte er zu ihr.

Mit gespielter Verachtung schniefte Yurial und erklärte: »Ich muss sagen, dass ich schon weitaus bessere Reaktionen erlebt habe, wenn ich meine Gesellschaft angeboten habe.«

»Deine Gesellschaft macht mir keine Sorgen«, erwiderte Kruk. »Es geht um deine Sicherheit.«

Yurial lehnte sich an die Takelage zurück und schlang die Arme um die Knie. »Ich kann auf mich selbst aufpassen, Großmagister.«

Kruk runzelte die Stirn. Er erinnerte sich an Yurial als Kind, und das kam ihm wie gestern vor. Er würde sich niemals daran gewöhnen, wie schnell Menschenkinder groß wurden. »Ich wollte dich nicht beleidigen.«

»Dann behandle mich nicht, als wäre ich ein Kind«, erklärte Yurial rundheraus, aber ohne Zorn. »Ich bin, zum Guten oder Schlechten, jetzt der Barde Ordal. Ich werde das Amt meines Vaters weitertragen, so gut ich es vermag.« Sie holte tief Luft und entspannte sich ein wenig. »Das bedeutet auch, dass ich versuchen werde, nicht umzukommen.«

»Ich entschuldige mich«, sagte Kruk.

»Das solltest du auch. Es ist schwer genug, seit fünf Generationen der erste weibliche Barde Ordal zu sein, auch ohne dass jeder einen Aufstand deswegen macht.«

»Jeder?«

Sie zuckte mit den Schultern. »Vielleicht nicht jeder«, gab sie zu, »aber viele genug, dass es zu einem wunden Punkt wird. Die Sache ist die: Niemand weiß mehr über den Standhaften Fluss als der Barde Ordal.« Sie blickte ihn an. »Weshalb sonst glaubst du, dass Tocht dich zum Barden Ordal geschickt hat, um eine Frage beantworten zu lassen, die du selbst hättest lösen sollen?«

Kruk musste zugeben, dass das stimmte. Wenn er nicht so müde von der langen Reise gewesen wäre und so viel Angst davor gehabt hätte, im Schlaf angegriffen zu werden, als er unterwegs nach Deldalsmühlen gewesen war, wo er den Barden Ordal getroffen hatte, hätte er die Antwort auf das Rätsel, das Großmagister Lampenzünder in seinem ersten Tagebuch von den Aschwolkeninseln gestellt hatte, selbst erkannt.

Yurial blickte in die Dunkelheit hinaus. »Ich kenne diesen Fluss und dieses Land. Wenn nicht durch die Zeit, die ich darauf und darin verbracht habe, so doch durch die Geschichten, die ich von den vorangegangenen Barden Ordal gehört habe. Ich habe mir eine ganze Menge Geschichten und Weisheiten einprägen müssen, das kannst du mir glauben.«

»Ja«, stimmte ihr Kruk zu. »Ich weiß, dass du das hast.« Er blickte auf den Inhalt der Schüssel. »Was ist denn das?«

»Küchlein.«

»Das habe ich schon ihrer runden Form entnommen«, sagte Kruk trocken.

»Ich habe sie selbst gebacken«, erklärte Yurial. »Meine Mutter hat das Rezept erfunden. Soweit ich mich erinnere, hat Tocht sie sehr gemocht.«

Da er seine Freundin nicht noch weiter beleidigen wollte, nahm sich Kruk ein Küchlein und biss davon ab. Es war überraschend süß und noch warm vom Ofen.

»Köstlich«, sagte er.

»Nimm noch eins.«

Kruk genehmigte sich ein weiteres, sagte aber: »Du bist nicht hier heraufgekommen, um mich mit Küchlein zu füttern.«

»Nein.«

»Du weißt über den Krokodilsrachen nicht mehr als ich, oder?«

»Leider nein.« Yurial seufzte. »Ich bin hier heraufgekommen, um dir zu sagen, dass du Vertrauen in dich selbst haben sollst, Kruk.«

»Ich?« Kruk war überrascht.

»Ja.«

»Ich vertraue auf mich selbst.«

Yurial blickte ihn wissend an. »Nein, das tust du noch nicht. Du hast Zweifel an deiner Fähigkeit, mit dem umzugehen, was vor uns liegt.«

Kruk fing automatisch an, Widerspruch einzulegen, besann sich dann aber eines Besseren. »Glaubst du, dass ich mit dem umgehen kann, was da vor uns liegt?«

»Das weiß ich nicht. Das ist nicht das, worauf ich hinauswill.«

»Worauf dann?«

»Ich habe mich entschlossen«, sagte Yurial, »dass ich das, was vor uns liegt, so gut bewältigen will, wie ich es nur vermag. Dieses Versprechen habe ich meinem Vater gegeben, als er im Sterben lag.«

Kruk sagte nichts.

»Und an irgendeiner Stelle, seitdem Tocht dich aus freien Stücken verlassen und gewusst hat, dass dich womöglich das heimsuchen würde, was wir hier erledigen wollen, denke ich, dass er dir das gleiche Versprechen abgenommen hat.«

Nach einem Augenblick sagte Kruk: »Er hat mich nicht mit so vielen Worten darum gebeten.«

»Aber du hast gewusst, was er wollte.«

»Ja.« Kruk nickte. »Er hat mir gesagt, dass ihm bewusst sei, dass er die Bibliotheken in den besten Händen zurückließe, die ihm zur Verfügung stünden. Er hat auch gewusst, dass ich geeigneter dafür sein würde, die Bücher zurück aus den Bibliotheken in die Hände der Leute zu übergeben, als er es jemals gewesen wäre.«

»Tocht hat es geliebt, diese Bücher zu schützen.« Yurial lächelte.

»Hast du gewusst …« Kruks Stimme versagte einen Moment lang. »Hast du gewusst, dass ich derjenige gewesen bin, der dafür verantwortlich war, dass das Gewölbe Allen Bekannten Wissens beinahe zerstört worden wäre?«

»Das habe ich. Mein Vater hat es mir erzählt. Er hat es von Kray erfahren.«

»Kray.«

»Kray hat gesagt, dass man dir keinen Vorwurf machen kann«, fuhr Yurial fort. »Das hat er sehr deutlich gemacht. Er hat erklärt, dass das Buch, das du bei dir hattest, eine Falle war, eine so kluge Falle, dass selbst er und Tocht es nicht erkannt haben.«

Kruk erinnerte sich an die tosenden Feuer und die blutige Gewalt, die im Gewölbe Allen Bekannten Wissens ausgebrochen waren. Diese Bilder würden nie von ihm weichen, so lange er auch lebte.

»Du bist fehlbar, Kruk«, sagte die junge Frau. »Genau wie Tocht auch während der Jahre, in denen ich ihn gekannt habe. Er hat nicht immer gewusst, was das Beste ist. Aber er hat immer versucht, sein Bestes zu geben.«

»Das weiß ich.«

»Du kannst nicht zulassen, dass die Angst, die du spürst, dich aufhält.«

»Aber was, wenn ich einen Fehler mache?«, fragte Kruk so leise, dass es keiner hören würde. »Offenbar hat Kray schon einen Fehler begangen, sonst würde er jetzt hier sein und seine Kajüte wäre nicht voller Blut.«

»Was genau mit Kray geschehen ist, muss sich noch erweisen«, sagte Yurial. »Ich habe diesen alten Zauberer durch Situationen gehen sehen, in denen alle anderen um ihn herum tot zurückblieben.«

Kruk blickte sie an.

Yurial seufzte und zuckte die Achseln. »Na gut, das ist vermutlich nicht das, was ich hätte sagen sollen.«

»Nein.«

»Aber worauf ich hinauswollte, ist, dass Kray jemand ist, der überlebt. Er hat mir immer gesagt, dass ich ihn nicht abschreiben soll, solange ich nicht seine schwelende Leiche gesehen habe.«

Tocht wusste, dass das stimmte.

»Was ich sagen will«, erklärte ihm Yurial, »ist, dass Tocht *dich* geschickt hat, um diese Sache zur Vollendung zu bringen. Nicht Kray.«

»Warum?«

»Das weiß ich nicht. Ich nehme an, wenn wir die Antworten auf die anderen Fragen finden, die sich uns stellen, dann werden wir auch die Antwort auf diese hier wissen.«

Wenn wir dann noch leben, dachte Kruk mürrisch. *Wenn die Alten so wollen, dann soll es, falls sie mich zu sich nehmen, nicht im Scheitern geschehen.*

»Deine Erlösung von dem, was im Gewölbe Allen Bekannten Wissens geschehen ist«, sagte Yurial, »liegt nicht darin, aus den richtigen Gründen zu sterben. Du solltest für sie leben.«

»Ich weiß«, sagte Kruk. »Ich weiß.«

Darbrits Anleger war von Schatten verhüllt, von Ranken und den unteren Ästen hoher Bäume überwuchert. Überreste von Steingebäuden und von der zehn Fuß hohen Steinmauer, die die Stadt umgeben hatte, lagen von dickem, schwarzem Morast bedeckt da. Sie waren alle in seltsamen Winkeln umgekippt. Geschöpfe bewegten sich im hohen Unterholz zu beiden Seiten des Standhaften Flusses. Eine Brücke, die auf wundersame Weise noch ganz war, schwang sich in einem Bogen über das Wasser und hinderte die *Mondenträumer* daran weiterzukommen. Vogelrufe, Katzenschreie und das Brüllen von Echsen erfüllten die tiefe Stille.

»Geht vor Anker«, befahl Raisho. »Bogenschützen, haltet euch bereit.«

»Jawohl, Käpt'n«, erwiderte die Mannschaft.

Raisho gesellte sich zu Kruk am Bug. Gemeinsam standen sie mit Yurial da und starrten auf die tote Stadt hinaus.

Sanft, mit aufgerollten Segeln, so dass sie den leichten Druck des Windes nicht mehr spürte, der sie nach Darbrits Anleger gebracht hatte, trieb die *Mondenträumer* so weit zurück, wie die Ankerkette reichte, und schaukelte in der trägen Strömung.

»Dann ist es das also?«, fragte Raisho.

»Dies ist Darbrits Anleger«, antwortete Yurial. »Zumindest das, was davon noch übrig ist.«

»Bist du schon mal hier gewesen?«, fragte Raisho.

»Nein.«

»Wie steht's mit dir, Kritzler?«

»Nein«, antwortete Kruk.

»Nun«, sinnierte Raisho, »Großmagister Lampenzünder muss schon hier gewesen sein. Sonst hätte er dich nicht so weit den Fluss hinaufgesandt.« Der junge Kapitän blickte sich um. »All dieser schwarze Schlamm lässt mich allerdings an diese Sumpfbestien denken, gegen die wir in der Haimaulbucht kämpfen mussten.«

Stumm pflichtete Kruk ihm bei.

»Ich nehme an, das kann man nicht ändern«, bemerkte Raisho.

»Was?«, fragte Kruk.

»Da niemand hier herauskommt, um uns willkommen zu heißen, sieht es ganz so aus, als müssten wir rübergehen, um auf jemanden zu treffen.«

Beinahe zwei Stunden später war Raisho endlich zufrieden mit der Ausrüstung der Krieger, die ans Ufer gingen. Kruk wusste, dass sein Freund es verabscheute, die Mannschaft aufzuteilen, aber das war nicht zu ändern gewesen. Zum Glück hatte Raisho eine zusätzliche Abteilung Krieger aus Graudämmermoor mitgebracht, weil er mit ihnen Kruk draußen auf der Bluttriefenden See Schutz geboten hatte.

Kruk kletterte an dem Fischernetz hinab, das über die Seite des Schiffes hing, und in ein wartendes Langboot hinein. Yurial schloss sich ihm an. Er wusste, dass es keinen Sinn hatte, sich ihrer Entscheidung, ihn zu begleiten, zu widersetzen. Damit hätte er nur seine Zeit verschwendet; und sie wusste über diese Gegend mehr als er.

Er setzte sich ins Heck und beobachtete die Affen, die durch die Äste tollten und in furchtsamer Aufregung schnatterten. Zum Glück waren sie nicht auf weitere Spinnen gestoßen. Aber die Temperatur war höher, als Kruk angenommen hatte. Wo Flautenzipfel aufgrund der Sanftwindsee kühl gewesen war und selbst Deldalsmühlen nur ein kleines bisschen wärmer, verging man in Darbrits Anleger beinahe vor Hitze.

Raisho kletterte in das Langboot hinab und gesellte sich zu ihnen.

»Solltest du nicht auf dem Schiff bleiben?«, fragte Kruk.

Der junge Kapitän legte sein Entermesser über die Schulter und schüttelte den zottigen Kopf. »Nicht, wenn du ganz allein da draußen bist.« Er zuckte mit den Schultern. »Außerdem laufe ich lieber vor Schwierigkeiten davon, als dass ich auf meinem Schiff hocke und darauf warte, dass sie mich finden.« Er zog eine Grimasse. »So wie dieser Ort aussieht, wird das auch gar nicht lange auf sich warten lassen.«

Die Mannschaft des Bootes ruderte auf Raishos Befehl hin zum Ufer. Die Ruder verursachten kaum ein Geräusch im Wasser. Oben rasten Affen durch die Bäume, schrien drohend herab und warfen Äste herunter.

»Wonach suchen wir noch mal?«, fragte Raisho.

»Nach Jaramaks Horst«, antwortete Kruk, der sich an den Abschnitt aus Großmagister Lampenzünders Tagebuch erinnerte.

»Weißt du, was das ist?«

»Nein. Aber der Vernunft nach sollte es sich über dem Boden befinden. Etwas Derartiges wird uns schon auffallen.« Natürlich entsprach das nicht unbedingt der Wahrheit. Viele Elfen der Waldlande waren sehr gut darin geworden, ihre Heimstätten und Siedlungen in den Ästen von Bäumen zu verbergen. Selbst die Seilbrücken, die sie untereinander verbanden, konnte man oft nicht entdecken.

Die Mannschaft des Bootes ruderte zum nächsten Kai. Alle Landungsstege waren aus Stein erbaut und ragten an manchen Stellen in den breiten Fluss hinein. Wenn es jemals Anleger gegeben hatte, die aus Holz gewesen waren, war davon nichts mehr übrig.

»Waffen ziehen«, sagte Raisho. Dann nickte er dem jungen Seemann zu, der im Bug des Bootes stand. »Wirf die Leine aus und zieh uns längsseits.«

Der Seemann schwang das Ende des Seils meisterlich über einen der Steinpfeiler, der im Schlamm versenkt war und dieses Ende des steinernen Anlegers aufrecht hielt. Handbreit um Handbreit zog er das Boot an den Steg heran.

Unter Raishos Anweisungen übernahmen die Schwertkämpfer die Führung, und flink reihten sich die Schützen an ihren Seiten auf.

Zum Glück war in der Vergangenheit eine Treppe angelegt worden, die zum Kai hinaufführte. Wenn dem nicht so gewesen wäre, hätte Kruk Schwierigkeiten gehabt hinaufzuklettern. Als er hinab in das schlammige Wasser blickte, hatte er den Eindruck, die Stufen würden noch weit in die Tiefe hinunterführen – ein Beweis dafür, dass die ganze Stadt einst höher über dem Fluss gelegen hatte. Oder vielleicht war der Fluss auch angestiegen.

Das Geschrei der Affen hörte nicht auf, wurde immer wilder und lauter, bis das Geräusch alles andere zu verschlingen schien.

Raisho verfluchte die winzigen Primaten. »Sie sind unnachgiebig«, grummelte er. »Mit ihnen können wir es vergessen, uns an irgendwen heranzuschleichen.« Er übernahm jedoch die Führung und ging den Steg hinab, der zu den riesigen Toren in der Stadtmauer führte.

Kruk ging neben Yurial her. Kurze Zeit später traten sie

durch den offenen Eingang. Die riesigen Tore waren mit brüllenden Löwen geschmückt, nicht mit Alligatoren.

»Löwen?«, fragte Kruk die Sängerin.

»Nur Kunst«, sagte Yurial. »Im Reißzahn-Schattenwald hat noch niemand je einen Löwen gesichtet. Aber hin und wieder kommen Tiger vor.«

Kruk drängte weiter und schob dabei seine Angst in die hinterste Ecke seines Verstandes. Er fragte sich die ganze Zeit über, ob Großmagister Lampenzünders Abenteuer, während dem er Nachforschungen über die Schlacht an der Todesfestung betrieben hatte, hier oder an einem anderen Ort sein Ende gefunden hatte. Es gab keine Möglichkeit, das abzuschätzen.

»Wohin soll es gehen?«, fragte Raisho, als sie durch den Eingang schritten. Die Tore waren beinahe vollkommen zerstört. Kletterpflanzen und Ranken hatten sich tief im Mörtel zwischen den Steinen verwurzelt.

Kruk blickte zu einem der wenigen übrig gebliebenen großen Gebäude. »Hoch gelegen. Dort.«

Raisho wandte sich um und ging durch die gepflasterten Straßen, wobei er den gezackten Brüchen im Kopfsteinpflaster auswich, wo Baumwurzeln und andere Pflanzen es durchstoßen hatten. Kruk folgte seinem Freund. Ihre Schritte klangen laut und fehl am Platz.

»Wartet«, sagte einer der Seeleute zur Rechten.

Sie erstarrten. Kruk wartete ängstlich.

»Was ist los?«, wollte Raisho wissen.

»Ich habe gedacht, ich hätte was gehört.«

»Ich auch«, sagte Yurial. Sie griff in ihre hohen Stiefel und zog zwei kurze Stöcke heraus, die nicht ganz zwei Fuß lang waren und an beiden Enden einen Eisenüberzug hatten. Sie neigte den Kopf zur Seite und lauschte eindringlich. »Dort.«

Kruk horchte ebenfalls und meinte, dass er verstohlene Schritte hören konnte. Er glaubte nicht, dass die Geräusche von einem Tier verursacht wurden; sie waren zu bedacht, zu vorsichtig. Der Tonfall war ganz und gar falsch für ein wirklich wildes Geschöpf.

Raisho bedeutete seinen Männern, sich zu bewegen, und bildete zwei kleine Gruppen zu je drei Männern, womit er ihre gesamte Stärke von fünfzehn beinahe halbierte. Mit schnellen Bewegungen stürmten sie nach vorn und umstellten das Mauerstück, von dem sie annahmen, dass es die Quelle der Geräusche darstellte.

Als sie näher kamen, schwoll das Geräusch plötzlich zu einer Vielzahl von Klängen an. Ein Elfenjunge sprang mit akrobatischem Geschick auf die Mauer. Er war schlank und anmutig, trug nur einen bescheidenen Lendenschurz, ein Messer am Gürtel und einen Bogen über der Schulter. Sein Haar hatte die Farbe von Sommerweizen, und seine Haut war tiefbraun. Helle Aquamarinaugen starrten sie an.

Die Schützen hoben ihre Bogen.

»Haltet ein!«, brüllte Raisho und hob eine Hand.

Die Bogenschützen ließen die Pfeile im Anschlag.

Aus den Schatten in der Nähe des jungen Elfen stieß ein Pirat vor und versuchte, seine Füße zu packen. Nur ein kleiner Sprung, und der junge Elf hatte sich die Luft katapultiert und griff nach einem Baumast. Mit der Geschwindigkeit eines Affen huschte er durchs Geäst und war rasch zwanzig Fuß höher und hinter dem Baumstamm verborgen.

»Was macht ihr hier?«, rief der Junge herab.

Raisho warf Kruk einen Blick zu und ließ ihn die Entscheidung treffen.

»Wir wollen dir nichts Böses«, sagte Kruk, der nach vorn trat und seine Hände zeigte.

»Habt ihr deshalb versucht, mich zu fangen?«, rief der Elf herausfordernd.

»Wir sind von weither gekommen«, sagte Kruk, »und wir wissen, dass wir uns unter Feinden befinden.«

»Ich bin nicht euer Feind«, erwiderte der junge Elf. »Zumindest noch nicht. Aber ich kann es werden. Der Reißzahn-Schattenwald ist meine Heimat. Ihr habt nicht die Erlaubnis erhalten hierherzukommen.«

»Kruk«, flüsterte Yurial. »Darf ich?«

»Natürlich«, sagte Kruk.

Yurial trat nach vorn. »Kennst du mich, Elf?«

Hoch über ihnen spähte der Elf um den Baumstamm herum, ließ aber nur zu, dass ein kleiner Teil seines Körpers sichtbar wurde. »Du siehst wie der Barde Ordal aus.«

»Ich *bin* der Barde Ordal«, entgegnete Yurial.

»Nein«, beharrte der junge Elf, »das bist du nicht. Ich habe den Barden Ordal schon getroffen.«

»Das war mein Vater.«

Der junge Elf spähte genauer herab. »Der Barde Ordal hatte ein kleines Mädchen bei sich, als er unsere Baumsiedlung besucht hat.«

»Ich bin dieses kleine Mädchen gewesen«, sagte Yurial.

Die Stimme des jungen Elfen war von tiefem Argwohn durchzogen, während er sich umblickte. »Wo ist dein Vater?«

»Er ist … gestorben.«

»Oh.« Der junge Elf schien sich unbehaglich zu fühlen.

Der Tod beunruhigte viele Elfen, das wusste Kruk. Wenn sie deutlich abgeschieden vom Rest der Welt lebten und es in ihrer Gemeinschaft keine Gewalt gab, war der Tod außerhalb der Tierwelt etwas selten Erlebtes, Fremdes für sie. Von allen Völkern waren sie am langlebigsten.

»Dein Verlust tut mir leid«, sagte der junge Elf. »Er hat sehr gut gesungen.«

»Danke.«

»Was tust du hier?«

»Wir wollen den Krokodilsrachen suchen.«

Selbst auf diese Entfernung bemerkte Kruk den verblüfften Ausdruck auf dem jungen, hübschen Gesicht.

»Warum?«, fragte der junge Elf.

»Ein Freund hat uns geschickt.«

»Was für ein Freund?«

»Edeltocht Lampenzünder.«

»Tocht der Geschichtenerzähler?«

»Ja.«

Der junge Elf blickte Kruk schärfer an, und dann sah er hinaus zur *Mondenträumer*, die am Fluss vor Anker lag. »Ist Tocht an Bord dieses Schiffes?«

»Nein«, antwortete Yurial. »Er ist diesmal nicht bei uns. Kennst du Tocht?«

»Ja. Er ist schon einmal in unserer Baumsiedlung gewesen. Ist der da auch ein Geschichtenerzähler?«

Kruk räusperte sich. »Ich kenne ein paar Geschichten.«

»Gute?« Die Stimme des jungen Elfen klang begierig.

»Ich denke schon.«

»Ich habe nie jemanden getroffen, der so viele Geschichten wie Tocht kannte. Oder so gute.« Der junge Elf blickte Yurial an. »Außer vielleicht den Barden Ordal.«

»Dafür danke ich dir«, sagte Yurial. »Aber auch ich habe noch nie jemanden getroffen, der so viele Geschichten wie Tocht erzählen konnte.« Sie lächelte leicht. »Der Barde Ordal erzählt aber nicht nur Geschichten. Der Barde Ordal bringt auch Neuigkeiten zu allen Leuten entlang des Standhaften Flusses und der Wisse-nie-Straße.

Der Elf blickte Kruk an. »Wer bist du?«

»Kruk.«

»Kennst du Tocht?«

»Er ist mein Lehrer«, antwortete Kruk.

»Der Krokodilsrachen ist ein gefährlicher Ort.«

»Deshalb haben wir so viele Männer dabei.«

»Werdet ihr mir wehtun?«

»Nein«, antwortete Kruk. »Aber es gibt Männer, die uns wehtun wollen. Es könnte gefährlich für dich werden, wenn du dich zu uns gesellst.«

Der junge Elf lächelte. »Niemand kann mich in diesem Wald fangen, wenn ich mich entschließe, nicht gefangen zu werden.« Er trat zwei Schritte auf dem Baumast nach außen, dann schwang er sich in einer schnellen Abfolge von akrobatischen Bewegungen von Ast zu Ast.

Es schien, als würde er gar keinen der Äste richtig berühren, während er durch die Luft wirbelte, sich drehte und krümmte. Dann stieß er sich mit einer ausladenden Bewegung noch einmal ab und ließ sich die zwanzig Fuß herabfallen, um mühelos unmittelbar vor Kruk zu landen.

»Ich bin Kimaru«, verkündete der junge Elf. »Ich kann euch zum Krokodilsrachen bringen. Es ist nicht weit von hier, aber der Weg ist sehr gefährlich.«

»Vielleicht solltest du uns nur die Richtung weisen und uns unseren eigenen Weg dorthin suchen lassen«, schlug Raisho vor.

»Ihr würdet es nicht finden«, sagte Kimaru. »Der Weg ist nur uns Elfen bekannt.« Er lächelte. »Und Tocht kannte ihn einst auch.« Er wandte sich jäh auf den Fersen um und fegte an Raishos Piraten vorbei. Alle sahen sie doppelt so groß wie der junge Elf aus, aber es war etwas an Kimaru, das ihn gefährlich wirken ließ.

»Er ist zu jung, um so hochmütig zu sein«, bemerkte Raisho leise.

»Kimaru ist vermutlich drei- oder viermal so alt wie du«, erwiderte Kruk. Er ging hinter dem jungen Elfen her.

»Trotzdem«, grummelte Raisho, »macht sich so eine Haltung nicht gut.«

Zu der Zeit, da es dunkel zu werden begann, fragte sich Kruk, ob Kimaru überhaupt etwas über Entfernungen wusste. Sie waren stundenlang gewandert, waren tief in den Reißzahn-Schattenwald gegangen und hatten die *Mondenträumer* und den Rest der Mannschaft weit hinter sich gelassen.

Kruk spürte unter seinen Begleitern eine wachsende Furcht, als die Wälder dunkler und immer unheimlicher wurden. Sie sprachen kaum, waren nur alle darauf aus, den unzähligen Geräuschen um sich herum zu lauschen. Der Wald war auch voller Bewegungen. Affen schwangen sich lautstark von Ast zu Ast, und Flughörnchen segelten durch die Baumwipfel, wo sie sich unter farbenfrohe Vögel mischten.

Als die Dämmerung nahte, hielt Kimaru an. »Wir werden hier lagern.«

Raisho blickte sich im dichten Wald um. »Es gibt keinen Platz für ein Lager.«

»Nicht auf dem Boden«, erklärte Kimaru. »Wir werden uns in den Bäumen aufhalten. Auf diesen Bäumen gibt es eine alte Siedlung.«

»Auf den Bäumen, ja?« Raisho sah nicht glücklich aus.

Kruk war schon früher bei den Elfen gewesen, und der Gedanke, hoch über dem Boden in der Luft zu hängen, bekümmerte ihn nicht. »Es ist nicht viel anders, als in einer

Hängematte auf der *Mondenträumer* zu schlafen«, erklärte er Raisho.

»Der Unterschied beträgt nur etwa dreißig oder vierzig Fuß«, knurrte sein Freund.

»Ich bin noch nie auf einem Schiff gewesen«, sagte Kimaru. »Ich kann mir nicht vorstellen, wie man des Nachts über so viel Wasser schlafen soll. Hier könnte dich ein Sturz töten, aber zumindest würdest du unterwegs nicht ertrinken.«

*Da hat er rech*t, dachte Kruk.

»Sammelt Feuerholz«, trug ihnen der junge Elf auf.

»Du wirst in den Baumwipfeln ein Feuer machen?«, fragte Raisho.

»Ein Feuer wird uns nützlich sein, um die Kühle der Nacht zu mildern«, sagte Kimaru so geduldig, als würde er mit einem Kind sprechen.

Raisho funkelte ihn an. »Das weiß ich. Aber worauf ich hinauswill, ist, ob du damit nicht die Bäume anzünden wirst?«

»Nicht, wenn wir aufpassen. Ich werde auf jeden Fall vorsichtig sein. Du nicht?«

Raisho gab den Befehl an seine Männer weiter. Kruk half mit und sammelte kleine Äste und Zweige, die er brach, so dass sie nicht länger als eineinhalb Fuß waren. Als er eine große Anzahl davon hatte, nahm er einen Lederriemen aus seinem Rucksack, um sie zusammenzubinden. Dann schlang er ihn sich über die Schulter.

Mit einer ebensolchen Last aus Feuerholz sprang Kimaru in die Bäume hoch, die er so mühelos durchquerte, wie einer der Piraten hoch oben in der Takelage herumklettern mochte. Zum Glück erlaubte ebenjene Übung mit den Seilen den Piraten, einigermaßen sicher zu klettern, und sie folgten ihm.

Die verlassene Siedlung hing verstreut über den Bäumen, und die meisten ihrer Bestandteile waren nicht mehr durch Strickleitern verbunden. Zwei der Bäume, die das Bauwerk stützten, waren tot, vertrocknet und grau. Das war ein sicheres Zeichen dafür, dass hier keine Elfen mehr lebten. Elfen würden es niemals zulassen, dass ein Baum starb, wenn es in ihrer Macht stand, ihn zu retten, und genauso wenig würden sie weiterhin in einem toten Baum wohnen, wenn er nicht gerettet werden konnte.

Sie versammelten sich in einem der großen Häuser inmitten der Siedlung. Kimaru erreichte den Vorbau und trat nach einer Strickleiter, die sich entrollte und ihnen dabei entgegenkam. Raisho fing die Leiter auf und band sie an den Baumstamm, aber sie drehte und neigte sich noch immer, als die Piraten daran entlangkletterten.

Als Kruk auf dem Boden des Hauses aus Holzbohlen stand, fühlte er sich daran erinnert, auf dem Deck eines Schiffes zu stehen. Genau wie das Schiff sich die ganze Zeit über leise hob und senkte, so hob und senkte sich auch das Baumhaus in der Brise. Ein Hauch der Düfte von den Mineralölen, die dazu benutzt wurden, die Holzwände geschmeidig zu halten und die Gesundheit des Baumes zu stärken, kitzelte ihn in der Nase. Alle Elfenhäuser rochen nach Blumen und Kräutern. Manche von ihnen ließen einzigartige Düfte entstehen.

Eine Schale aus Porzellan nahm den Mittelpunkt des Wohnraums ein. Schwarze und grauweiße Asche von früheren Feuern bedeckte den Boden des Behältnisses. Ein Abzug darüber lief durch das zweistöckige Haus und hinaus auf das Dach. Alle Möbel hatten die vorherigen Bewohner mitgenommen, als sie gegangen waren.

Kimaru kümmerte sich um das Feuer. Zu dieser Zeit

war es schon vollkommen finster geworden, und der Reißzahn-Schattenwald hatte sein nächtliches Leben begonnen. Schreie von Jägern und Beute erklangen in der Ferne.

»Weshalb sucht ihr den Krokodilsrachen?«, fragte Kimaru.

Raisho und die Piraten holten ihre Vorratsbeutel heraus und verteilten Brot und Trockenfleisch. Auch die Weinschläuche gingen herum.

»Ich suche nach etwas, das Großmagister Lampenzünder dort zurückgelassen hat«, antwortete Kruk.

»Was ist das?«

Kruk zögerte einen Augenblick. »Ein Buch.«

»Er hat immer sehr gut auf seine Bücher aufgepasst«, sagte Kimaru. »Ich denke nicht, dass er eines durch ein Missgeschick zurückgelassen hätte.«

»Es war kein Missgeschick. Er hat es so geplant.«

»Was für ein Buch ist das?«

»Eine Erzählung über seine Reisen. Er ist in den Reißzahn-Schattenwald gekommen, um nach Sokadir und Todeshauch zu suchen.«

Kimaru runzelte die Stirn, dann biss er in ein Stück frisches Brot. »Weshalb sollte er das getan haben?«

»Hast du von der Schlacht an der Todesfestung gehört?«

Der junge Elf nickte.

»Sokadir ist einer von jenen, die sie überlebt haben, und er lebt noch immer.«

»Da gibt es noch jemanden«, sagte Kimaru.

»Wen?«

»Larrosh, den Prinzen der Schnürblattsiedlung.«

»Von ihm habe ich noch nie gehört.«

Kimaru deutete in eine Richtung. »Er lebt im Norden, in der Nähe der Düstersümpfe. Er ist der Vetter von Sokadir.«

»Hast du Sokadir schon einmal gesehen?«

Mit einem Kopfschütteln sagte Kimaru: »Nur sehr wenige Leute haben ihn gesehen, seit Lord Khadaver von der Allianz geschlagen worden ist, und er spricht niemals mit jemandem. Er ist allein fortgegangen und bleibt im Verborgenen.«

»Weshalb?«

»Seine beiden Söhne waren in der Schlacht an der Todesfestung. Qardak und Palagan. Sie waren Zwillinge.« Kimaru sagte das voller Ehrerbietung. »Nachdem er sie verloren hatte, als der Zwerg Oskarr die Verteidiger während der Schlacht an der Todesfestung verriet, hieß es, dass Sokadir niemals wieder derselbe gewesen ist. Er hat nie Frieden mit seinem Verlust geschlossen. Er hatte nur ein Jahr zuvor seine Frau in einer Schlacht verloren.«

Das hat niemand aufgeschrieben, wurde Kruk klar, und er fragte sich, wie viel von der Geschichte des Kataklysmus während der darauffolgenden Wirren verloren gegangen war.

»Tausend Jahre der Trauer?«, fragte Raisho. »Das ist eine lange Zeit.«

»Sokadir hat seine Familie geliebt«, sagte Kimaru. »Als sie fort waren, war er … leer, ausgehöhlt. Ohne Wurzeln.«

Kruk verstand das. Elfen entwickelten, zum Teil wegen ihrer langen Lebenszeit, sehr tiefe Beziehungen. Aber Sokadir musste sehr verletzt gewesen sein, dass er sich von seiner Gemeinschaft abgewandt hatte. Besonders, da sie ihn in seinem Schmerz unterstützt hätte, bis er mit seinen Verlusten umzugehen wusste.

»Sokadir ist nicht ganz ohne Wurzeln«, erklärte Kruk, »wenn er sich noch in dieser Gegend befindet. Er hätte von hier weggehen müssen.«

»Ein Elf ist oft an das Land gebunden, das ihn hervorgebracht hat«, sagte Kimaru. »Sokadir konnte sich nicht sein restliches Leben von diesem Wald fernhalten.« Er biss herzhaft in eine Feuerbirne, die er von einem der Bäume weiter unten gepflückt hatte. Der Saft rann ihm übers Kinn und glitzerte im Feuerschein.

»Wenn er noch hier ist«, fragte Kruk, »meinst du, dass du ihn finden kannst?«

»Nicht, wenn er nicht gefunden werden will«, antwortete Kimaru. »Und ich möchte nicht in seine Einsamkeit eindringen.« Seine blauen Augen ruhten auf Kruk. »Vermutlich würde er jeden töten, der das tut.«

Eine der Wachen, die Raisho aufgestellt hatte, warnte sie, kurz bevor die Kobolde angriffen. Sie kamen früh am Morgen, nachdem die Monde fort waren und die Sonne gerade erst anfing, sich am östlichen Himmel zu erheben.

Raisho rüttelte Kruk wach und hielt ihm dabei eine Hand über den Mund. Im Laufe der Jahre ihrer Freundschaft hatte Raisho ihn schon öfter auf diese Weise geweckt. Kruk öffnete die Augen.

Indem er einen Finger an die Lippen legte, nahm Raisho seine Hand von Kruks Gesicht. »Kobolde«, sagte er so leise, dass er kaum zu hören war.

Kruk nickte, dann kam er still auf die Füße und weckte Yurial auf ähnliche Weise. Innerhalb der Dauer eines Atemzugs waren alle im elfischen Baumhaus erwacht.

»An der Rückseite hinaus«, flüsterte Kimaru. »Wir werden schnell gehen müssen. Haltet euch nahe am Stamm. Vielleicht sehen sie uns nicht.«

Kruk wusste, dass die Wahrscheinlichkeit dafür gering war. Sein Herz klopfte wild in seiner Brust.

»Bogenschützen«, sagte Raisho zu den vier Mannschaftsmitgliedern, die einen Bogen hatten, »ihr bleibt hier oben bis ganz zuletzt. Sobald diese Kobolde angegriffen haben, spickt ihr sie mit Pfeilen.«

Die Männer nickten angespannt, blieben aber neben den Fenstern stehen.

»Kruk«, flüsterte Kimaru an der Tür, »bleib beim Barden Ordal. Sie kennt den Wald besser als sonst jemand.«

»Wo wirst du sein?«, fragte Kruk.

Der junge Elf grinste. »Wo immer ich am meisten aushelfen kann.« Er legte einen Finger um den Pfeil, der an seiner Bogensehne lag. »Ich habe schon früher ein paar Kobolde getötet. Sie wagen sich für gewöhnlich nicht so weit in den Wald.« Er nickte zur Tür hin. »Jetzt geht.«

Yurial ging voran, glitt mühelos die Strickleiter hinab, während sie sich im Schatten des Stammes hielt. Sie zog sofort die Aufmerksamkeit der Koboldschützen auf sich.

Raisho befahl den Piraten, ihre Pfeile loszulassen. Die Pfeile flogen in die Koboldmeute und fanden mühelos ihr Ziel.

Kruk packte als Nächstes das Seil und machte sich an den Abstieg. Er stürzte hinab, schabte an der rauen Rinde entlang und büßte an den Händen und am Kinn Haut ein. Er missachtete den stechenden Schmerz und kam neben Yurial auf dem Boden auf. Sie hatte bereits ihre Schlagstöcke in der Hand.

Drei weitere Seile kamen aus dem Baumhaus herab. Raisho und seine Männer glitten rasch an den Seilen entlang, erreichten den Boden oder sprangen das letzte Stück. Koboldpfeile schlugen um sie herum ein.

Kruk ging hinter einem Baum in der Nähe in Deckung und folgte damit Yurial.

Ein seltsamer, wilder Schrei erhob sich in den oberen Bereichen der Bäume. Von dem Klang angezogen, erspähte Kruk Kimaru, der von Ast zu Ast sprang. Der junge Elfenkrieger legte jedes Mal, wenn er auf einem Ast zum Halten kam, einen Pfeil an die Sehne. Er spannte den Bogen und ließ geschmeidig wieder los, und jeder Pfeil traf mit unbeirrbarer Genauigkeit sein Ziel. Dann brüllte er wieder, und das Geräusch bannte die Aufmerksamkeit noch stärker als beim ersten Mal.

Die meisten Kobolde rasten in einer Welle vor und liefen auf die Piraten zu, die sich inzwischen um den Baum versammelt hatten. Einige Koboldschützen zündeten Brandpfeile an und ließen sie in hohen Bogen fliegen. Etliche der brennenden Pfeile landeten auf dem strohgedeckten Dach des Baumhauses. Sofort loderten Flammen auf.

So trocken, wie das ungepflegte Baumhaus war, hüllte das Feuer das Gebäude rasch ein, packte sich seine Beute wie ein großes, fauchendes Untier. Innerhalb von Sekunden war das Baumhaus ein brüllendes Inferno, das gierig zum Baum hinaufloderte und auch diesen entzündete.

»Bogenschützen!«, brüllte Raisho.

Die Bogenschützen sprangen in Position, um auf die vordringenden Koboldreihen zu schießen.

»Los!«

Pfeile flogen von den Bogen. Einige der Kobolde taumelten zu Boden. Diejenigen, die gleich dahinter kamen, stolperten über sie und stürzten ebenfalls. Kimaru ließ weiteren Tod von oben herabregnen und durchbohrte die ungeschlachten, dreieckigen Köpfe der Kobolde.

Die Feinde waren jetzt nahe genug, dass Kruk sie deutlich im Licht der Feuersbrunst um das Baumhaus sehen konnte. Schwarzes, wolliges Haar hing an den hässlichen

Köpfen. Das Kinn war die schmalste Stelle, aber die Augen saßen eng neben dem Schweinerüssel. Ihr Haut war (bei Tageslicht) von einer kränklichen graugrünen Farbe, die wie von Todeshand gezeichnet wirkte. Große Ohren ragten aus ihren Köpfen, oftmals verschrumpelt und flatternd, während sie rannten. Gelbe Fangzähne glitzerten in ihren grausamen Mäulern. Sie trugen die Knochen ihrer Feinde – Menschen, Elfen und Zwerge – an ihren Kleidern, in ihrem Haar und in ihren mickrigen Bärten. Was die Kleidung betraf, trugen sie nur wenig, manchmal Hose und Hemd und manchmal nur einen Lendenschurz oder eine Tierhaut.

Als Lord Khadaver unter die Kobolde gegangen war, hatte er sich seinen Weg durch die Horden erkämpfen müssen, damit sie ihm zuhörten. Die Legende besagte, dass er etliche von ihnen getötet hatte, damit die anderen ihn fürchteten. Und sie fürchteten ihn, aber sie liebten ihn später auch, weil er sie zu Triumphen über die verhassten Menschen, Elfen und Zwerge führte, die sie sich niemals erträumt hatten.

Selbst nach Lord Khadavers Tod hatten sich die Kobolde weiter verändert. Kruk hatte das gesehen, als er bei ihnen gewesen war. Sie hatten angefangen, eine eigene Kultur zu entwickeln, und sie waren nicht darauf zurückgefallen, sich gegenseitig so schnell als Beute anzusehen wie zuvor. Sie hatten ein Bewusstsein für ihr Volk entwickelt, das sie noch nie zuvor zur Schau gestellt hatten. Selbst durch das Scheitern hatten sie gelernt, und sie füllten ihre Reihen mit alarmierender Geschwindigkeit wieder auf.

»Zurück!«, brüllte Raisho. »Zurück, Jungs! Wir werden uns auf höherem Gelände aufstellen!«

Vertraue einfach darauf, dass Raisho weiß, wo höheres Gelände zu finden ist, dachte Kruk, der Stolz auf seinen

Freund empfand. Raisho hatte sich immer wieder als hervorragender Krieger erwiesen.

»Zu mir, Jungs!«, rief Raisho. »Konzentriert euch nur auf mich!«

Kimaru ließ weiterhin Pfeile auf die Kobolde los, während er immer wieder durch die Bäume sprang. Alle paar Herzschläge (sogar die raschen, panischen, die in Kruks Ohren hämmerten) fiel ein Kobold tot wie ein Stein zu Boden. Die widerwärtigen Geschöpfe ließen eine Spur ihrer Toten hinter sich zurück. Aber sie griffen weiterhin an.

Kruk rannte, hielt mit den Piraten und Yurial nur Schritt, weil er schnell genug war, um zwei oder drei Schritte für einen jeden der ihren zu laufen. Er wich Bäumen aus und glitt durchs Unterholz. Er stolperte auf dem unebenen Gelände einige Male, schaffte es aber jedes Mal, wieder rechtzeitig auf die Füße zu kommen.

Dann sah er den Hügel, das höher gelegene Gelände, das Raisho für sie im Sinn gehabt hatte. Sie liefen hinauf, den Kobolden nur ein paar Fuß voraus.

»Hier!«, brüllte Raisho. »Wir halten hier die Stellung!« Er wandte sich um, ein dunkler, wilder Umriss vor der blassen Dämmerung, und stand damit vor dem ersten Kobold. Raisho wehrte den Schwerthieb seines Gegners ab, indem er dessen Arm zur Seite schlug. Er ließ sein Entermesser in einem pfeilschnellen Bogen herabfahren, der auf den Kopf des Kobolds gezielt war. Aber der Kobold wehrte das Entermesser mit einem metallenen Armschutz ab.

Die Kobolde grinsten und knurrten, beugten sich nach vorn, um mit ihren gebogenen gelben Fangzähnen nach Raishos Hals zu schnappen. Raisho krümmte und drehte sich in einer geschickten Bewegung, die den größeren Kobold über seinen Kopf segeln und hart auf dem Boden landen ließ, wo ihm die Luft aus der Lunge gepresst wurde. Ehe der Kobold sich erholen konnte, schlitzte ihm Raisho mit dem Entermesser die Kehle auf. Mit einer raschen Bewegung wirbelte Raisho herum, um sich dem nächsten Gegner zu stellen.

Neben Kruk kämpfte Yurial mit ihren beiden Schlagstöcken. Sie benutzte sie zusammen, um den wuchtigen Schlag eines Hammers abzuwehren, dann drehte sie sich und lenkte die Größe und Kraft ihres Gegners gegen ihn und schleuderte ihn zur Seite. Er versuchte, den Hammer mit beiden Händen zu heben, aber ehe er das schaffte, brach sie ihm ein Handgelenk mit einem der Schlagstöcke und zermalmte mit dem anderen seinen Kiefer. Halb tot fiel der Kobold zurück unter seine Gefährten.

Wildes Brüllen ertönte über dem Hügel. Kruk verlor seine Begleiter aus den Augen, als sich ein Kobold mit einem Speer auf ihn stürzte. Mit einer flinken Bewegung wich Kruk aus, packte aber den Griff des Speers und riss ihn zu Boden. Der Speer brach auseinander, wobei ein kleines Stück im Boden stecken blieb.

Der Kobold schrie wütend, warf den zerbrochenen Speer beiseite und griff nach dem Beil an seinem Gürtel. Während er die Waffe herausriss, nahm sich Kruk den zerbrochenen Speer vom Boden und packte ihn wie einen Stab. Er hatte eine Weile damit verbracht, das Kämpfen mit dem Stab zu erlernen, hatte sich die Fertigkeit aus einem Buch angeeignet, so dass er einen der jungen Zwerge unterrichten konnte, die das Gewölbe Allen Bekannten Wissens bewachten.

Als der Kobold mit dem Beil auf ihn zusprang, hielt Kruk den Stab umklammert – die rechte Hand oben und die linke Hand unten –, dann wehrte er das Beil ab und drehte flink das andere Ende des Stabes herum, um es dem Kobold ins

Gesicht zu rammen. Überrascht brüllte dieser vor Schmerz auf und ging einen Schritt zurück. Kruk gewährte ihm jedoch keine Atempause, sondern drehte den Stab noch einmal herum und trieb ihm das Ende in den Hals. Der Kobold stolperte zur Seite und geriet demjenigen, der hinter ihm kam, in den Weg.

Kruk kämpfte gegen den nächsten, den er sich mit einer raschen Folge von Stabhieben vom Leib hielt. Letztendlich jedoch, das wusste er, würden ihre Anstrengungen nicht ausreichen, um sich zu retten. Es waren zu viele Kobolde. Zwei von der Schiffsmannschaft lagen am Boden, und die Übrigen waren bereits umringt.

Plötzlich erschien ein großer Schatten, der aus dem Wald herausschoss. Kruk hörte das Knattern, als sich seine Flügel ausbreiteten und die Luft auffingen. Er erkannte in dem großen Vogel eine Eule, gerade bevor sie dem Kobold mit ihren scharfen Krallen die Augen auskratzte.

Mit zerstörtem Gesicht schrie der Kobold vor Angst und Schmerz auf und stolperte davon. Blut sickerte zwischen seinen Händen hervor.

Die Eule stieg wieder nach oben, ohne irgendein Geräusch zu verursachen. Ihre großen gelben Augen blickten Kruk einen Moment lang an. Kurz war es Kruk, als würde sie ihn erkennen.

Dann drang ein weiterer heulender Ruf, ganz anders als der von Kimaru, über das Schlachtfeld, der die näher rückenden Kämpfer erstarren ließ.

Aus dem Augenwinkel sah Kruk, wie ein weiterer Elf mühelos durch die Bäume sprang und seine Richtung wie eine Libelle veränderte, als ob die Schwerkraft nicht über ihn gebieten würde. Dann war er plötzlich fünfzig Fuß entfernt, kniete sich auf einen Ast und spannte einen großen goldenen Bogen, auf den die Fratze eines fauchenden Berglöwen eingeprägt war.

Der Elf war schlank und von unbestimmbarem Alter, wie es alle von ihrer Art waren, die in ihren mittleren Jahren lebten. Ein fein gearbeitetes Kettenhemd aus schwarzen Ringen bedeckte seinen Oberkörper über einem braungrünen Hemd, das ihn mit den Bäumen hinter sich verschmelzen ließ. Eine Hose aus dem gleichen Stoff bedeckte seine Beine und steckte in Stiefeln aus Schlangenleder. Er trug sein langes silbernes Haar zu einem Knoten gebunden, und seine hellvioletten Augen glühten wie die einer Katze. Ein Lächeln der Vorfreude trat auf seine Lippen.

Kruk wusste im selben Augenblick, wer das sein musste. Kimaru bestätigte es. »Sokadir«, hauchte der junge Elf.

Auch die Kobolde erkannten den Neuankömmling. Sein Name ging durch ihre Reihen. »Sokadir«, riefen sie. »Es ist Sokadir.«

Der Elfenkrieger ließ die Bogensehne los. Ein schimmernder rubinroter Pfeil schoss vom goldenen Bogen und schien vor Kruks Augen zu verschwinden, noch ehe er richtig flog.

Einen Moment später *zerbarst* ein Koboldkrieger, offenbar von innen heraus. Noch ehe die verschiedenen Stücke seines Körpers herabfielen, brach eine Lohe hervor und verzehrte sie. Asche regnete vom Himmel.

In rascher Folge wurden zwei weitere Kobolde auf ähnliche Weise erledigt. Auch ihre Asche tanzte im Wind.

Dann trampelte ein großer brauner Bär aus dem Wald zu Sokadirs Füßen. Als er sich auf die Hinterbeine aufrichtete, war er beinahe vierzehn Fuß groß. Er schnaubte heftig, dann brüllte er und ließ sich wieder auf alle viere fallen. Sofort war er in Bewegung und raste auf die Kobolde zu.

Raisho und die Piraten beobachteten gebannt, wie der große Bär zwischen die Kobolde stürmte, sie mit seinen riesigen Klauen zerriss und zerfetzte. Die Reihe der Kobolde brach ein, zerfiel in einzelne Gruppen und zog sich rasch zurück. Der Bär schleuderte diejenigen, die er erwischt hatte, durch die Luft, so dass sie ein paar Schritte entfernt zu Boden krachten. Die meisten bewegten sich dann nicht mehr, aber denjenigen, die es doch taten, wurde von Raisho und den Piraten rasch ein Ende bereitet.

Sokadirs magischer Bogen, Todeshauch, brachte brennenden Tod unter die Kobolde. Als der Elf den Bogen spannte, bildete sich ein weiterer Pfeil aus nichts als Luft, von dem Zauber ins Leben gerufen, der in den Bogen gelegt worden war.

In weniger als einer Minute waren die Kobolde vollständig in die Flucht geschlagen. Sie wandten sich zurück nach Norden, und erst da fiel Kurk auf, dass sie nicht von hinten über sie hergefallen waren. Mit ein wenig Glück wartete die *Mondenträumer* noch im Hafen der zerstörten Stadt auf sie.

Langsam erhob sich Sokadir auf dem Ast, auf dem er Stellung bezogen hatte. Die Eule kehrte zu ihm zurück und landete auf einem ledernen Ständer, den der Elfenkrieger auf der Schulter trug. Unwillig schnaubend trabte der Bär auf Kruk zu und schnüffelte an ihm. Als das große Geschöpf mit seiner Musterung zufrieden war, wandte es sich ab und trottete auf den Elfen zu.

»Grüße, Meister«, sagte Kimaru in der Sprache der Waldelfen.

Sokadir stellte seinen Bogen auf einen seiner Schlangenlederstiefel und stützte sich leicht auf seine verschränkten Arme. »Du bringst dich in Schwierigkeiten, kleiner Bruder«, bemerkte der Elfenkrieger.

»Diese Leute suchen dich«, sagte Kimaru.

»Ich weiß. Ich will nicht gefunden werden. Wenn du nicht wärst, wäre ich jetzt nicht hier.«

»Ich danke dir für deine Hilfe, Ehrenwerter.«

»Ich habe es getan, damit du anderen helfen kannst«, erwiderte Sokadir. »Gebrauche mein Geschenk weise. Dieser Tage verschenke ich nicht viel.«

»Das werde ich.«

»Sokadir«, rief Kruk.

Der Elfenkrieger blickte ihn an. »Ich kenne dich nicht.«

»Ich möchte mit Euch sprechen.«

»Warum?«

»Ich will wissen, was in der Schlacht an der Todesfestung geschehen ist.«

Sokadir blickte Kruk einen Moment lang schweigend an. »Sei vorsichtig mit dem, was du suchst. Was du verlangst, könnte dir den Tod bringen.«

»Ich bin nicht hinter Euch oder Todeshauch her«, sagte Kruk. »Ich will nur die Wahrheit.«

»Die Wahrheit ist eine gefährliche Sache«, entgegnete Sokadir. »Und sie wird die Unschuldigen und die Schuldigen zugleich töten.«

»Das verstehe ich nicht.« Die ganze Müdigkeit und Angst und Neugier, die er verspürt hatte, seit Kray ihn in der Haimaulbucht abgeholt hatte, fiel von Kruk ab. »Ich *muss* es verstehen.«

»Ich würde dich nicht töten, wenn es nicht nötig ist«, sagte Sokadir. »Aber ich werde es tun, wenn ich muss. Du musst diese Wälder verlassen. Ich werde nicht den Fehler machen, dir noch einmal zu helfen.«

Unwillkürlich trat Raisho vor Kruk.

Ohne ein weiteres Wort wandte Sokadir sich ab, sprang

und verschwand im Wald – und kaum ein bebendes Blatt blieb hinter ihm zurück. Die Eule glitt neben dem Elfenkrieger her, während der Bär unterhalb entlangtrottete.

»Das verstehe ich nicht«, sagte Kimaru mit einer Kinderstimme. »Sokadir hat noch nie einen Unschuldigen bedroht.«

»Heute hat er uns gerettet«, sagte Raisho. »Da ergibt es keinen Sinn, dass er uns so bedroht.«

»Hast du nicht seinen Schmerz gespürt?«, fragte Yurial.

»Das habe ich«, sagte Kruk. »Tausend Jahre davon.« Aber war es der Schmerz darüber, was geschehen war, oder waren es die Schuldgefühle aufgrund seiner Taten?

Einen Tag später, an einem nebligen Morgen, der mit einer tief über dem Land hängenden Wolkendecke aufwartete, brachte Kimaru Kruk und seine Begleiter zum Krokodilsrachen. Sie standen hoch auf der Hügelflanke eines niedrigen Tals und starrten auf das Wasser, das durch einen Höhleneingang strömte und zu einem der Zuflüsse des Standhaften Flusses hin abfiel.

»Dort.« Kimaru deutete auf den Höhleneingang in der Klippenwand. »Das ist der Krokodilsrachen.«

Rauschendes weißes Wasser schäumte durch den Tunnel und fiel in die breite Senke des Flusstals darunter. Das Gewässer sah kalt und tief aus, dann wurde es wieder schmaler, als es sich einen Weg zum Standhaften Fluss suchte. Krokodile lagen am Flussufer im Schlamm.

Während Kruk zusah, tauchte eine Möwe an die Wasseroberfläche hinab, um einen Fisch zu fangen, und wurde stattdessen zur Beute eines Alligators, der seine Kiefer weit öffnete, auftauchte und den Vogel in einem Gestöber aus Federn aus der Luft schnappte.

Von dem Hügel aus, auf dem sie standen, konnte Kruk gerade noch die Wisse-nie-Straße erkennen, die über einen weiteren Hügel in der Ferne führte. »Wo ist Jaramaks Horst?«, fragte er.

»Nicht weit von hier«, antwortete Kimaru. In den letzten eineinhalb Tagen war der junge Elf still geworden und meist für sich geblieben. Sokadirs Haltung ihnen gegenüber lastete schwer auf ihm. Kruk nahm an, dass nur Kimarus Neugier darauf, zu sehen, was Sokadir dermaßen fürchtete, ihn so weit gebracht hatte.

Jaramaks Horst war ein kleines Baumhaus, das weniger als hundert Schritt vom Krokodilsrachen entfernt lag. Das Alter hatte das Holz verwittern lassen, aber noch immer war es von Laub eingehüllt. Wenn Kimaru es ihnen nicht gezeigt hätte, bezweifelte Kruk, dass sie es gefunden hätten.

»Lebt hier irgendjemand?«, fragte Kruk.

»Schon lange nicht mehr«, antwortete Kimaru. »Jaramak war ein Späher der Schnürblattsiedlung.«

»Was ist mit ihm geschehen?«, fragte Raisho.

»Er ist gestorben«, sagte Kimaru, als wäre das etwas Seltsames. »Ich habe ihn eine Weile gekannt. Es ist merkwürdig, daran zu denken, dass er nicht mehr hier ist.«

»Kommt irgendjemand hier vorbei?«

»Es ist ein Ort der Toten«, antwortete Kimaru. »Jaramak ist an diesem Ort gestorben. Niemand wird dorthin gehen.«

Die Toten waren ein Tabuthema bei den Elfen. Aufgrund ihres langen Lebens mochten sie es nicht, daran erinnert zu werden, was sie am Ende erwartete. Wenn Elfen starben, wurden sie der Luft zurückgegeben, in Körbe gelegt, die hoch in den Bäumen festgezurrt wurden, so dass ihre Körper weit außer Sicht verfallen konnten.

»Man hat mir gesagt«, erklärte Kimaru mit leiser Stimme, »dass manche Leute Jaramak innerhalb dieses Hauses immer noch sprechen hören können.«

Einen Moment lang blickte Kruk zum Haus auf, dann ging er zu dem Baum.

»Was machst du da?«, fragte Kimaru.

»Ich gehe nach drinnen.«

»Warum?«

»Weil man mir gesagt hat, dass ich zum Krokodilsrachen in Jaramaks Horst gehen soll.«

»Der Krokodilsrachen ist dort hinten, wo wir hergekommen sind. Du hast es selbst gesehen.«

»Ich weiß. Aber ich muss es mir ansehen. Es gibt einen Grund dafür, dass die Nachricht auf diese Weise formuliert war.«

Kimaru trat einen Schritt zurück. »Du könntest verflucht werden.«

»Ich glaube nicht, dass das geschehen wird«, erwiderte Kruk. Gegen die Jahre, die die Elfen gelehrt hatten, den Tod zu fürchten, konnte er nichts ausrichten. Er fand Griffe für Hände und Füße und kletterte vierzig Fuß hoch, bis er an der Behausung ankam. Yurial folgte ihm auf den Fersen, und Raisho war hinter ihr.

Kruk hielt an der Tür inne, berührte den Griff und sah, dass sie nicht verschlossen war. Er öffnete sie, ging hinein und blickte in die schattigen Nischen.

Das Baumhaus bestand aus vier Räumen und einem zweistöckigen Kamin. Der Wohnraum und die Küche befanden sich unten, und zwei Schlafkammern waren oben. Alle Möbel waren noch da, vermutlich genauso wie seit dem Tag, als Jaramak gestorben war.

Der Elfenhüter hatte bescheiden gelebt. Alles war sauber

und ordentlich, obwohl es von Staub bedeckt war. Leere Vogelnester beanspruchten Plätze auf den Regalen, die winzige Schnitzereien zierten. Offenbar hatte Jaramak gerne geschnitzt, wenn man die winzigen Holzfiguren betrachtete.

Eine dieser Figuren war ein kleines Krokodil. Einer Eingebung folgend hob Kruk das Krokodil auf und drehte es zum Fenster hin, damit Licht in sein Maul fallen konnte. Ein Vogel, der im Vorhang über dem Fenster nistete, setzte sich jäh in Bewegung, flog im Zimmer herum und floh dann aus dem Fenster.

Kruk duckte sich, und sein Herzschlag geriet aus dem Takt. Er holte tief Luft und zwang sich dazu, sich zu entspannen. Neben ihm hatte Raisho sein Entermesser halb gezogen.

»Vielleicht sind wir alle ein kleines bisschen nervös«, knurrte Raisho beschämt.

Es lag nicht nur an dem Wissen, sich im Haus eines toten Elfen zu befinden, das war Kruk klar. Es war die Erwartung … etwas zu finden. Aber er musste sich wohl an anderer Stelle umsehen, denn in der kleinen Krokodilsfigur entdeckte er nichts. Er berichtete den anderen von seinen Funden und stellte die Figur auf das Regal zurück.

In Jaramaks Horst, sinnierte er, als er sich noch einmal ins Gedächtnis rief, was Großmagister Lampenzünder geschrieben hatte.

»Kruk.« Yurial rief von der Wendeltreppe herab, die in den ersten Stock führte.

Er kletterte die Stufen empor und folgte ihr in eine der Schlafkammern. Ranken bewegten sich in dem Schlafraum, sie flatterten und bebten aus eigener Kraft, denn es gab keinen Wind.

Ein leises Wehklagen drang an Kruks Ohren, etwas, das

er beinahe verstehen konnte, das aber trotzdem gerade außerhalb seines Zugriffs blieb. Das, was beinahe eine Stimme war, war betörend. Dann wurde ihm klar, was er übersehen hatte.

»Jaramaks Horst«, sagte er den anderen. »Es ist nicht einfach nur das Baumhaus. Nicht bei der wechselseitigen Beziehung, die das Haus und der Elf, der darin lebt, mit dem Baum haben. Jaramaks Horst schließt den ganzen Baum ein.«

Rasch kletterte Kruk die Leiter hinab und rief Kimaru zu sich. »Ich muss mit dem Baum sprechen«, sagte Kruk.

Ein ängstlicher Ausdruck erfüllte das Gesicht des jungen Elfen. Er schüttelte den Kopf. »Es ist ein toter Ort. Er kennt den Tod.«

»Er kennt vielleicht das Geheimnis, nach dem ich suche«, erwiderte Kruk. »Bitte. Hilf mir.«

»Es ist ein toter Ort.«

»Der Baum ist nicht tot«, flehte Kruk. Dann drang er tiefer vor, erinnerte sich daran, wie der junge Elf Sokadir mit der Verehrung betrachtet hatte, die man einem Helden entgegenbrachte. »Sokadir ist ein Prinz, aber er hat tausend Jahre lang nicht bei seinem Volk geweilt. Willst du, dass er für immer fortbleibt? Willst du, dass er ohne Wurzeln stirbt?«

»Nein.« Kimarus Gesicht wurde angespannt.

»Dann hilf mir. Kannst du mit dem Baum sprechen?«

»Ich kann es versuchen.« Zögernd näherte sich Kimaru dem Baum und legte seine Hände darauf. Er sang mit leiser Stimme, dann öffnete er überrascht die Augen. Er blickte Kruk an. »Komm her. Er will mit dir sprechen.«

Kruk gesellte sich zu dem jungen Elfen und nahm die dargebotene Hand. Da er beinahe sofort ein surrendes Zittern bei der Berührung spürte, musste Kruk den Drang unterdrücken, sich gleich wieder zurückzuziehen. Er bekam ein Gefühl von hohem Alter und Zeitlosigkeit, das ganz dem Gefühl ähnelte, das in ihm aufgestiegen war, wenn er das *Buch der Zeit* in der Hand gehabt hatte. Dies war Magie, das wusste Kruk, in ihrer elementarsten Gestalt.

»Bibliothekar«, sagte eine tiefe Stimme in Kruks Gedanken.

»Ja«, erwiderte Kruk.

»Du … bissssst … nicht … der … andere«, verkündete sie schwerfällig.

»Nein. Ich bin Kruk. Ihr kennt Großmagister Edeltocht Lampenzünder.«

»Ssssssehr wohl.« Über ihm knackte und raschelte unruhig das Astwerk. »Er … isssst … mir … bekannt … gewesen. Er … hat … gesagt … dasss … ein … anderer … kommen … würde. Er … hat … ein … Geschenk … dagelassssen.«

Kruk wartete ab, und der Atemzug blieb ihm im Halse stecken.

»Essss … gibt … eine … Prüfung. Eine … Frage, … die … du … beantworten … musssst.«

»Fragt.«

»Nenne … die … drei.«

Die drei? Kruk war verwirrt. Die drei was? Drei war eine magische Zahl, eine, die immer wieder in Geschichten auftauchte, in Zaubersprüchen und in Schwänken. Dann klärte sich sein Verstand, und er wusste, dass es nur drei Namen geben konnte, die Großmagister Lampenzünder dem Baum überantworten würde. Die drei Namen der Waffen, die die Geschicke in der Schlacht an der Todesfestung gewendet hatten.

»Knochenschnitter«, sagte Kruk. »Meeresgischt. Todeshauch.« Als der letzte Name seine Lippen verließ, spürte er, wie die Verbindung mit dem Baum stärker wurde.

»Jaaaaa«, stieß er hervor. »Ssssieh ... nach ... oben.«

Kruk blickte auf und sah, wie ein Teil der Baumrinde aufbrach. Ein rechteckiger Gegenstand, der in ein Tuch gewickelt war, fiel heraus. Er wusste sofort, worum es sich handelte. Er fing das Buch mühelos auf, spürte sein vertrauenerweckendes Gewicht.

»Ich ... habe ... die ... Früchte ... deines Meisssstersss ... getragen«, sagte der Baum. »Lebe ... lang. Lebe ... gut.«

Kruk musterte das Buch. Er konnte an seinem Aussehen erkennen, dass es im Gewölbe Allen Bekannten Wissens hergestellt worden war. Er hatte selbst einige Ries Papier angefertigt, als er Novize gewesen war. Als er den Deckel aufklappte und auf die erste Seite spähte, erkannte er Großmagister Lampenzünders vornehme Handschrift sofort.

Wie die anderen beiden Bücher war auch dieses verschlüsselt. Von den Worten gebannt, dankte Kruk dem Baum für seine Hilfe, dann stieg er noch einmal zum Baumhaus hinauf und sagte Raisho, dass sie hier lagern würden, während er sich durch das Buch arbeitete.

»Es wäre sicherer, wenn wir auf die *Mondenträumer* zurückkehren«, sagte Raisho.

»Zum Schiff sind es drei Tage«, rief Kruk zurück. »Und wir könnten unterwegs auf Kobolde treffen.« Vom Eingang aus spähte er auf seinen Freund hinab. »Ich muss das so schnell wie möglich übersetzen, Raisho. Sobald man etwas erfahren hat, sobald man etwas weiß, kann es einem niemand mehr wegnehmen. Das war eine der ersten Lektionen, die mir Großmagister Lampenzünder beigebracht hat. Wenn wir dieses Buch verlieren, bevor ich es übersetzt habe, werden wir vielleicht niemals wissen, was wir tun müssen.«

Raisho murmelte einen Fluch, stimmte aber unter sichtlichem Widerstreben zu.

Kruk ließ sich an einem kleinen Arbeitstisch im Wohnraum des Hauses nieder. Er nahm das leere Buch heraus, das er mitgebracht hatte, um die Übersetzung darin aufzuschreiben, und machte sich an die Arbeit – tauchte seine Feder ein, während sein Verstand die verschlüsselten Einträge bearbeitete. In der Zeit eines Atemzugs befand er sich nicht länger im Baumhaus im Reißzahn-Schattenwald, sondern war einmal mehr gemeinsam mit Großmagister Lampenzünder auf der Bluttriefenden See.

Kapitel 1

Schlachtengrund

Edeltocht Lampenzünder, Bibliothekar zweiten Ranges im Gewölbe Allen Bekannten Wissens, saß an einem Tisch in der Messe der *Einäugigen Peggie* und wünschte sich, er wäre woanders. Er mochte keine Magie. Schon gar nicht, wenn es sich um solch einen mächtigen Bannspruch handelte, der genau vor seinen Augen ausgeführt wurde.

In diesem Augenblick kämpfte das Piratenschiff gegen den starken Wind einer aufkommenden Sturmfront an. Es rollte zwischen den Wellen auf und ab, erreichte langsam einen Wellengipfel und fiel dann vornüber auf die nächste Woge hinab. Die Laternen, die die Messe erleuchteten, schwankten und schlugen gegen die Wände.

Kray saß am Tisch.

Das lange, grauweiße Haar des Zauberers fiel über seine Schultern, und sein Bart reichte bis unterhalb seiner Brust. Seine Nase war eine grausame Klinge, die zwischen zwei grünen Augen saß, aus denen Feuer züngelte. Ein Schlapphut warf Schatten auf sein vernarbtes Gesicht, während er die Worte der Macht murmelte.

Niemand sagte etwas. Die Wellen, die gegen den Rumpf des Piratenschiffes krachten, klangen laut.

Käpt'n Farok saß an einem Tisch in der Nähe.

Kray konzentrierte sich auf die beiden Leute, die mit ihm am Tisch saßen. Bulokk und Zank blieben ruhig und warteten auf seinen Befehl.

»Gebt mir eure Hände«, gebot ihnen Kray.

Die drei – Zwerg, Mensch und Zauberer – umfassten ihre Hände in der Mitte des Tisches rings um eine Kerze, deren Flamme tanzte.

Obwohl er Magie nicht leiden konnte, beobachtete Tocht alles mit Neugierde.

Als Krays brummende Stimme erstarb, wurde die Kerzenflamme grün und schlug Funken. Daraufhin schwebte eine Wolke von grün getöntem Rauch nach oben und hing zwischen den dreien in der Luft. Grüne Funken schossen innerhalb der Rauchwolke umher.

»Ja«, sagte Kray, und Tocht dachte, dass der Zauberer ein wenig wirkte, als hätte ihn sein eigener Erfolg überrascht.

Kray hatte sich Hoffnungen gemacht, dass er die dritte Waffe durch die Blutsbande aufspüren konnte, die die Nachfahren der Helden von einst mit den Waffen verknüpften. Eigentlich hatte Kray behauptet, den Zauber zu beherrschen, aber Tocht war sich sicher gewesen, dass es sich nur um eine Hoffnung handelte.

Nun jedoch war daraus Wirklichkeit geworden.

Tocht ließ sich auf einer Seite nieder, das Tagebuch offen in einer Hand und einen Kohlestift in der anderen. Er hatte Skizzen von dem Treffen angefertigt und sie in das Tagebuch gesetzt, das er mit sich führte, um herumirrende und beiläufige Gedanken festzuhalten. Später würde er es in das Tagebuch übertragen, das er führte, um seine Abenteuer aufzuzeichnen. Er hatte den zweiten Teil beinahe vollendet und hatte vor, ihn bei Evarch in Deldalsmühlen zu lassen.

Bilder wirbelten in der Rauchwolke hin und her. Krieger – Menschen, Elfen und Zwerge – kämpften gegen Kobolde. Schwerter, Speere und Streitäxte hackten auf Gegner ein, während Streitwagen über das Schlachtfeld donnerten. Tote lagen in allen Richtungen verstreut.

»Dies ist die Schlacht an der Todesfestung«, sagte Kray mit einem leichten Stirnrunzeln.

»Ich habe gedacht, Ihr benutzt diesen Zauber, damit wir den Aufbewahrungsort von Todeshauch herausfinden«, sagte Zank. Wie immer war sie offen und drängte voran.

An ihrem Ellbogen zuckte die Schildpattkatze träge mit dem Schwanz.

»Das wollte ich«, gab Kray zu. »Das ist … unerwartet.«

Die Bilder nahmen kein Ende.

Tocht blätterte um und skizzierte rasch die ungefähren Stellungen und fing einige der Einzelheiten an den Rüstungen ein, die er sehen konnte. Er erkannte mehrere der Standarten und Embleme der größeren Kriegshäuser, die es immer noch entlang der Zerschmetterten Küste gab, aber da waren auch etliche andere, die er nicht kannte.

»Es hängen immer noch viele Gefühle an diesen Tagen«, ließ sich Käpt'n Farok mit seiner heiseren Stimme vernehmen. »Vielleicht ist es das, was euch dorthin zieht.«

»Vielleicht«, erwiderte Kray. Aber er hielt seine Augen auf die Rauchbilder gerichtet.

Tocht wusste, dass Farok recht hatte.

»Dort ist Kapitän Dulaun«, sagte Alysta, die sich nun aufrichtete und ihren Schwanz um die Pfoten legte.

Automatisch bewegte sich Tocht zu einer neuen Seite weiter, starrte in den Rauch und entdeckte sogleich den Helden der Menschen. In der silbernen Rüstung, die er trug, und mit der blauen Standarte, die um seinen Arm gebunden war, war er eine imposante Gestalt. Er stand an der Spitze der Reihe von Menschen und Zwergen, die von zwei Gruppen mit elfischen Bogenschützen flankiert wurde.

»Das bist du«, flüsterte Alysta Zank zu. »Du sorgst für diese Vision.«

Tocht skizzierte die Gestalten, die in der Schlacht ineinander verkeilt waren, dann fügte er Zank und die Katze hinzu. Er wusste aus eigener Erfahrung, wie entschlossen die junge Frau war, das Schwert ihres Vorfahren zu finden.

»Das mache ich nicht absichtlich«, flüsterte Zank.

Die *Einäugige Peggie* schwankte plötzlich, so dass jeder in der Messe etwas packen musste, an dem er sich festhalten konnte, um nicht herumgeschleudert zu werden – abgesehen von Kray, Zank und Bulokk. Sie blieben an Ort und Stelle, als hätte man sie dort festgeschraubt.

Farok blickte sich unbehaglich um. Die *Einäugige Peggie* befand sich inzwischen seit Stunden in den Fängen des Sturms. Als sie gesehen hatten, dass schlechtes Wetter dräute, hatten sie versucht, ihm zu entkommen, aber das hatte sich als unmöglich erwiesen.

In der Rauchwolke trafen die Koboldkrieger auf Kapitän Dulaun und die kleine Einheit, die versuchte, sich gegen den Feind zu behaupten. Einige Menschen und Zwerge stolperten und schienen keinen sicheren Stand zu haben.

»Sie sind krank«, sagte Tocht voller Unglauben.

»Dies ist der Morgen der letzten Schlacht«, erläuterte Kray. »Nachdem sie verraten worden waren.«

Traurigkeit erfüllte Tocht. Das war ein Teil der Geschichte von der Schlacht an der Todesfestung: dass jemand unter den Verteidigern die Krieger absichtlich so krank gemacht hatte, dass sie nicht mehr kämpfen konnten. Einige von ihnen waren sogar während der Nacht durch das Übel gestorben, das man ihnen verabreicht hatte.

Die Kobolde hatten den Großteil derer überrannt, die übrig geblieben waren.

Im Rauchbild fand all dies von neuem statt. Einige der Kobolde gingen zu Boden, Opfer der unnachgiebigen Kunst der elfischen Bogenschützen, aber schließlich waren es zu viele von ihnen. Kapitän Dulaun fiel mit einer Pike in der Brust, die von einem Troll geführt wurde, der die Kobolde haushoch überragte. Die angeschlagene Silberrüstung wurde blutrot verschmiert.

Tocht wollte wegblicken, stellte aber fest, dass er das nicht konnte. Er war Kapitän Dulaun in gewisser Weise begegnet, in dem rätselhaften Fries, in dem sein Schwert versteckt und aufbewahrt worden war. Für einen Menschen war er jung gewesen, zu jung, um auf solche Art zu sterben.

Aber er starb. Der Troll rammte die Pike hart nach unten und nagelte Kapitän Dulaun auf der öden Erde fest. Ein zweiter Troll gesellte sich zum ersten und hob eine Doppelaxt.

»Nein!«, schrie Zank auf und entriss Kray und Bulokk ihre Hände.

Die Rauchwolke klaffte auseinander und stieg zur Decke empor, wo sie sich ganz verflüchtigte.

»Es tut mir leid«, sagte Zank mit Tränen in den Augen. »Ich konnte es nicht mehr ertragen.«

Kray sah ein wenig verärgert aus. »Der Zauber arbeitet nicht so, wie ich mir das vorgestellt habe, aber wir dürfen nicht aufgeben. Das könnte der einzige Weg sein, über den wir herausfinden, wo sich Sokadir und Todeshauch befinden.«

Mit offensichtlichem Widerstreben streckte Zank ihre Hände noch einmal dem Zauberer und dem Zwerg entgegen. Kray sprach abermals die Worte, und die Kerzenflamme wurde erneut grün und sorgte für einen beständigen Rauchstrom, der eine Wolke bildete.

Diesmal zeigte das Bild, das sich formte, einen Zwerg in schwerer Rüstung. Er schwang eine mächtige Streitaxt, bahnte sich seinen Weg durch die Feinde und ließ eine Spur von Leichen hinter sich zurück.

»Meister Oskarr«, flüsterte Bulokk.

Tocht glaubte nicht, dass es sich bei dem Zwerg um jemand anderen handeln könnte.

Oskarr bewegte sich durch die Schlacht in der Klamm, schob sich durch die Reihen der Kobolde, um zu Waffenbrüdern zu gelangen, die in Schwierigkeiten waren. Etliche Male rettete er Leute aus Kampfsituationen, in denen es aussah, als wäre sein eigenes Leben der Preis für die Rettung.

Dann sah er, wie Dulaun dalag, der Gnade der beiden Trolle ausgeliefert. Obwohl sich zu den Bildern keine Geräusche gesellten, sah Tocht, wie Oskarr das Visier seines blutverschmierten Helms aufklappte und schrie: *Neeeeeeein!*

Aber was an diesem Tag geschehen war, konnte man nicht rückgängig machen. Dulaun lag tot auf dem Boden ausgestreckt, und die Trolle nahmen ihm sein Schwert Meeresgischt ab.

»Das war, als Meeresgischt verloren ging«, sagte Alysta. Irgendwie schaffte es die Katze, traurig auszusehen.

Die schiere Anzahl der Kobolde trieb Oskarr zurück, wogte über Dulauns Leichnam hinweg und verbarg ihn vor ihren Blicken. Dann standen die Kobolde unmittelbar vor Oskarr, rangen die Zwerge zu einem hohen Preis nieder, aber niedergerungen wurden sie dennoch.

Einen Augenblick später griff sich Oskarr den nächsten Standartenträger und rief zum Rückzug. Der Standartenträger blies in sein Horn. Widerstrebend brachen die Reihen der Zwerge auseinander und fielen zurück.

»Er ist weggelaufen«, murmelte einer der Zwergenpiraten.

Zornig blickte Bulokk über seine Schulter zu dem Missetäter. »Er ist nicht weggelaufen«, knurrte der Zwerg, »und ich werde jedem den Schädel einschlagen, der so etwas behauptet.«

»Nicht auf meinem Schiff«, sagte Käpt'n Farok. »Hier entscheide immer noch ich darüber, welche Schädel eingeschlagen werden sollen.« Er ließ einen finsteren Blick über die volle Messe schweifen. »Jeden, der eine Rauferei anfängt, stecke ich in die Zelle und werde ihn ohne Skrupel auf dem nächsten Wüsteneiland aussetzen, an dem wir vorbeikommen.«

»Die Welt«, sagte Kray, »kann immer ein paar Kröten mehr gebrauchen.« Er funkelte genauso böse wie der Kapitän.

»Was wir hier vor uns sehen«, sagte Käpt'n Farok, »ist der Krieg. Die meisten von euch haben schon irgendwo Blut vergossen, ob ihr nun gegen echte Piraten oder Kobolde gekämpft habt.« Er nickte zu den Bildern hin, die in der Rauchwolke eingeschlossen waren. »Aber das dort ist Krieg. Keine Regeln. Keine Kompromisse. Nur Überlebende und jene, die sterben. Und keiner von euch hat irgendein Recht, einen einzelnen Mann dort für das zu verurteilen, was er getan hat – außer, ihr seid auch dort gewesen.«

Die Mannschaft sah beschämt aus und murmelte Entschuldigungen.

»Meister Oskarr hat nur getan, was er konnte«, sagte Käpt'n Farok. »Es kommt eine Zeit, da ein Krieger alles für sich und sein Land getan hat, was er tun kann, und dann ist es an der Zeit zu verschwinden, damit man an einem anderen Tag wieder zu kämpfen vermag.« Er strich sich mit der bebenden Hand durch den Bart. »Meister Oskarr konnte stolz auf sich sein. Nach der Schlacht an der Todesfestung ist er auf die Aschwolkeninseln zurückgekehrt und hat die besten Rüstungen gemacht, auf die ein Krieger nur hoffen konnte.«

»Bis Lord Khadaver ihn dort aufgespürt und getötet hat«, sagte Zeddar, der Hauptausguck der *Einäugigen Peggie*.

Die Schlacht ging weiter, und obwohl er wusste, dass er etwas bezeugte, das keiner der heute Lebenden – bis auf einen! – gesehen hatte, wünschte sich Tocht, es würde ein Ende haben.

Diesmal war es Kray, der seine Hände wegnahm. »Etwas stimmt nicht. Ich kann diesen Spruch dazu benutzen, unsere Vision an die Schlacht an der Todesfestung zu binden, aber ich kann Todeshauch nicht orten.«

»Vielleicht, weil Ihr keinen Nachfahren von Sokadir habt«, sagte Alysta.

Kray schien das zu überdenken. Dann blickte er Tocht an. »Komm zu uns«, befahl der Zauberer.

»Ich?« Tocht gefiel der Gedanke nicht, sich so nahe an einem Zauberspruch zu befinden. Obwohl er niemals gesehen hatte, dass Krays Sprüche auf den Anwender zurückwirkten, wusste er, dass Sprüche manchmal schiefgingen.

»Von uns allen«, sagte Kray, »bist du derjenige, der am neugierigsten darauf ist, das Ende der Geschichte zu erfahren und zu wissen, was mit Sokadir und Todeshauch geschehen ist. Und du hast Knochenschnitter und Meeresgischt berührt.«

Tocht blickte sich verzweifelt um. »Nicht ich.« Er schüttelte die Bitte ab. *Bin ich nicht schon genug in all das verwickelt worden?* Er wollte wirklich nicht noch mehr in den Mittelpunkt gezogen werden. Er war ziemlich zufrieden damit, hier ganz am Rande seiner Arbeit nachzugehen und zu beobachten, wie sich die Ereignisse entwickelten. »Ich bin nicht neugierig. Kein bisschen.«

Kray runzelte die Stirn. »Her mit dir.«

»Nein danke.« Tocht lächelte, um zu zeigen, dass er es nicht böse meinte. Ruppig zu sein war niemals ein guter Einfall. Einem Zauberer gegenüber ruppig zu sein war töricht.

»Als Halbling oder als Kröte«, drohte Kray, »mit Warzen oder ohne, du wirst bei diesem Spruch behilflich sein.«

»Wenn das so ist«, sagte Tocht. Mit einem tiefen Gefühl der Furcht schloss er sein Tagebuch und legte seine Tinten, Kohle und Federn weg.

»Würdest du dich vielleicht beeilen?«, blaffte Kray.

Tocht zuckte zusammen und kam rasch zu einem Ende.

»So eine große Kraft so lange bereitzuhalten, fordert einiges an Tribut.« Kray deutete auf den Tisch.

Tocht wünschte, er wäre in seiner Kajüte geblieben, und machte sich seine Neugier zum Vorwurf, während er sich auf die Bank setzte, die im Boden verschraubt war. Er ließ seine Hände im Schoß liegen.

»Deine Hände«, sagte Kray voller Ärger.

Ängstlich hob Tocht seine Hände hoch. Sie waren sein wichtigster Besitz. Ohne sie würde sich sein ganzes Leben verändern. Bücher zu lesen würde nicht mehr dasselbe sein (er könnte seine Nase benutzen, um umzublättern, wie er annahm – außer an Tagen, an denen er eine Erkältung hatte). Das Schreiben würde viel schwieriger werden (obwohl er gelesen hatte, dass einige Schriftsteller und Künstler, die an Körperbehinderungen litten, gelernt hatten, ihre Füße dazu zu gebrauchen). Und der Gang zur Toilette – nun, er konnte sich wirklich nicht vorstellen, wie man das schaffen sollte!

»Tocht.«

Da er erkannte, dass der Grad der Verärgerung in Krays Stimme gefährlich geworden war, begegnete Tocht dem finsteren Blick des Zauberers. »Ja?«

»Bist du jetzt fertig mit dem Tagträumen?«

»Eigentlich«, sagte Tocht, »habe ich nur nachgedacht. Vielleicht werdet Ihr das sogar mit meiner Hilfe nicht schaffen –«

»Ich schaffe es«, unterbrach ihn Kray.

»– und wo es doch so fordernd ist, diesen Zauber zu wirken und all das –«

»Gib mir deine Hände.«

»– könnten wir vielleicht einfach ein andermal versuchen, es zu tun. Ich meine, vielleicht sind der Sturm und die Zustände in der Atmosphäre nicht gut für –«

»Gib mir deine Hände! *Jetzt!*«

Bis ins Innerste erschüttert, kam Tocht in den Sinn, wie Kray einst ein ganzes Gebäude verdampft hatte, nur um jemandes Aufmerksamkeit zu erlangen, und er reichte ihm seine Hände. Kray setzte ihn zwischen Zank und Bulokk. Dann wurde der Vorgang wiederholt, diesmal mit besseren Ergebnissen.

Kapitel 2

Ungeheuer!

Ein kitzelndes Gefühl breitete sich in Tocht aus, als die Kerzenflamme wieder Funken sprühte. Aus dem Rauch formte sich eine Wolke, die sich mit einem Bild füllte. Diesmal lag die Aufmerksamkeit auf einem Elfenhüter, der mit einem mystischen goldenen Bogen kämpfte, von dem rubinrote Pfeile flogen, die sich jedes Mal in seinen Fingern bildeten, wenn er die Sehne spannte. Die fliegenden Pfeile jagten unter die Kobolde und sprengten Lücken in ihre Reihen.

Tränen liefen über das Gesicht des Elfen. Er stand über den Leichen von zwei anderen Elfenmännern. Beide sahen sie ihm ähnlich. Tocht wusste, dass viele das allein mit der Tatsache abgetan hätten, dass es sich bei allen dreien um Elfen handelte, aber der kleine Bibliothekar hatte schon genug Gesichter gezeichnet, um einen Elfen mit Leichtigkeit von anderen unterscheiden zu können.

»Sokadir«, flüsterte jemand hinter Tocht.

Ein weiterer Elf, diesmal einer, der dem elfischen Streiter ebenfalls ähnlich sah, aber nicht ganz so sehr, fasste Sokadir an der Schulter und zerrte an ihm. Sokadir wandte sich dem anderen einen Moment lang zu, wobei er einen der rubinroten Pfeile auf ihn richtete. Dann wirbelte er wieder herum und schoss den Pfeil in das Herz einer heranwalzenden Schallackkrätze ab, eines der großen Kriegsuntiere, die Lord Khadaver mit in die Schlacht gebracht hatte.

Das Untier verschwand in einer Feuerlohe. Im nächsten Augenblick warf Sokadir den beiden Elfen am Boden einen letzten Blick zu, dann floh er vor dem Heer der Kobolde. Die Verteidiger flüchteten nun Hals über Kopf.

»Das war damals«, sagte Kray. »Wir müssen wissen, wo Sokadir jetzt ist.«

Tocht starrte dem Elfen nach, der sich zurückzog. Starke Neugier stieg in Tocht auf. *Wer sind die beiden Männer zu Sokadirs Füßen gewesen?* So viele waren an diesem Tag gestorben, dem letzten Tag der Schlacht an der Todesfestung, dass es keinen Sinn ergab. Und Sokadir war ein ausgebildeter Krieger; er wusste, dass Verluste auf dem Schlachtfeld unvermeidlich waren.

»Denkt an Sokadir«, befahl Kray. »Wo ist er jetzt?«

Tocht dachte über die Frage nach. Oskarr war auf die Aschwolkeninseln zurückgekehrt und hatte angefangen, Rüstungen zu schmieden, trotz aller Gerüchte, die behaupteten, dass er derjenige gewesen war, der die Verteidiger der Allianz verraten hatte. Dulaun war dort auf dem Schlachtfeld gestorben, sein Schwert verschollen, und seine Leiche war nie wieder gesehen worden.

Aber Sokadir –

Tocht dachte an den Elfenhüter. Sokadir war aus dem Schnürblattwald gekommen. Dort war er ein Prinz gewesen. War er dorthin zurückgekehrt, nachdem Lord Khadaver geschlagen worden war? War er überhaupt lebend aus der Bunten Schlucht entkommen? Tocht wusste es nicht. Er wünschte, er wäre im Gewölbe Allen Bekannten Wissens. Dort hätte er irgendwo in den Tagebüchern und Erinnerungen, die aus der Zeit des Kataklysmus stammten, Erwähnung finden können.

Er wusste, wo sich zumindest drei Geschichtsschreibungen über Sokadir befanden, und sechs Bücher über den Schnürblattwald.

Wäre er nach Hause zurückgekehrt? Sokadir war ein Elf. Kein anderer Ort ergab einen Sinn. Die meisten von ihnen starben nur ein paar Meilen von dem Ort entfernt, an dem sie geboren waren. Tocht dachte an Sokadir, der heimging, um wieder gesund zu werden. Das war die einzige vernünftige Wahl, die der Elfenkrieger gehabt hatte.

Plötzlich kam Bewegung in die Rauchwolke. Die Rauchwölkchen sickerten und flossen ineinander, und dann ergab sich genauso rasch ein neues Bild. Ein Elf kauerte sich auf einem Baumast zusammen. Er war hager und gutaussehend, und sein Profil war markant. Ein großer brauner Bär trottete unter dem Geäst, und eine Eule glitt lautlos auf den Ast über dem Kopf des Elfenkriegers. Der Wald um ihn herum war hoch und gerade, der Traum eines jeden Schiffsbauers.

»Sokadir«, hauchte Tocht.

»Wo ist er?«, fragte Kray.

Tocht musterte den Wald. In der Ecke erhaschte er einen Blick auf das blaue Glitzern eines Flusses oder Bachs. Er konzentrierte sich auf die Bergkette in der Ferne und erkannte die Bruchschmiedenberge aus der Zeit wieder, als er dort gewesen war, während man ihn zum ersten Mal schanghait hatte. Das Gebiet, das sich ihm zeigte, lag nicht weit von dem Ort, an dem sie Shengharck den Drachen getroffen hatten. »Dies muss der Schnürblattwald sein.«

»Im Reißzahn-Schattenwald?«

»Ja. Soweit ich mich erinnere, kam Sokadir aus dem Schnürblattwald.« Es gab natürlich noch weitere Elfengemeinschaften im Reißzahn-Schattenwald, aber Sokadir kam aus der Schnürblattsiedlung, also war es vernünftig anzunehmen, dass er sich dort befand. »Er ist dort ein Prinz oder etwas in der Art gewesen. Er hat etliche Krieger von dort mitgebracht, als er in die Schlacht an der Todesfestung gezogen ist.«

»Er ist ein Prinz gewesen«, stimmte Kray zu. »Bei seiner Rückkehr aus der Schlacht an der Todesfestung hat er sich vom Leben als Krieger abgewandt und trat als Prinz seines Volkes zurück.«

»Warum?«

»Er hat zwei Söhne in der Bunten Schlucht verloren, als die Kobolde die Verteidiger überrannt haben. Die meisten nehmen an, dass er es tat, weil er trauerte. Soweit ich weiß, hat er sich seither von seinem Volk ferngehalten.«

»Ohne Wurzeln«, sagte Tocht, und die Worte klangen in seinen Ohren hart und grausam. *Und ich bin noch nicht einmal ein Elf.* Er blickte den Elfenkrieger einen Moment lang an, während dieser untätig dastand. Ohne Vorwarnung drehte sich Sokadir zu Tocht um, hob den Bogen hoch und zielte.

»Wer bist du?«, wollte der Elfenhüter wissen und blickte ihn aus seinen violetten Augen an.

Während er ihn beobachtete, sah Tocht, wie sich Sokadirs Lippen bewegten, aber er konnte den Mann auch hören, als stünde er in der Messe neben ihm.

»Was spionierst du mir nach?«, fragte Sokadir.

»Ich spioniere nicht«, antwortete Tocht. Aufgrund all der Anschuldigungen, mit denen Frollo ihn stets bedachte, hatte er gelernt, als Erstes alle Fehler seinerseits zu leugnen.

Zorn verfärbte die Porzellanhaut und ließ die violetten Augen schmal werden. Schnell wie eine zustoßende Schlange ließ Sokadir die Sehne los, ohne den Pfeil abzuschießen, und griff durch die Rauchwolke nach Tocht.

Tocht war von dieser Handlung gebannt (er konnte noch immer nicht glauben, dass der Elfenhüter ihn irgendwie sehen konnte) und versuchte zu spät, ihm auszuweichen. Sokadirs Hand streckte sich über die Rauchwolke hinaus und erwischte Tochts Hemdkragen.

Mit einem überraschten Keuchen wurde Tocht tatsächlich von seinem Sitz gezogen. Er packte Sokadirs Handgelenk und versuchte, die Hand des Elfen von seinen Kleidern zu lösen. Aber es war vergebens. Der Elfenhüter hatte ihn in einem tödlichen Griff. Tochts Körper wurde aus dem Sitz gehoben und auf die Rauchwolke zugehievt.

Kray bellte ein einzelnes Wort. Die Wolke verlor ihre Gestalt und schwebte hinauf an die Decke. Sokadir verschwand, und Tocht fiel auf die Sitzbank zurück.

»Was ist geschehen?«, fragte Bulokk.

»Habt ihr es nicht gesehen?«, fragte Tocht und richtete sein Hemd.

»Was?«, wollte Zank wissen und blickte ihn eindringlich an. »Alles, was wir gesehen haben, war, wie du dich aus deinem Sitz erhebst und in den Rauch gleitest.«

Tocht blickte Kray an.

»Ich habe nichts gesehen«, sagte der Zauberer.

»Es war Sokadir«, rief Tocht. »Er hat mich angeblickt. Er hat mich gepackt!«

»Unmöglich.« Kray runzelte die Stirn.

»Ich habe mich nicht selbst von der Bank heruntergezerrt.«

»Nein«, gab der Zauberer zu. »Das hast du nicht.« Er rieb sich die lange Nase mit dem Zeigefinger. »Und das bedeutet, dass Sokadir eine gute magische Verteidigung zur Verfügung steht.« Er nickte still. »Er hat mehr Macht, als ich angenommen hatte.«

»Er will nicht, dass ihn irgendjemand stört«, sagte Tocht. »Das habe ich bestens verstanden.«

»Leider hat Sokadir in dieser Angelegenheit keine Wahl. Wenn wir ihn nicht als Erste erreichen, werden es Ryman Bey und Gujhar tun.«

»Wir müssen auch die Waffen unserer Ahnen von ihnen zurückbekommen«, fügte Bulokk hinzu.

Das war ein weiterer Teil des Rätsels. Sie wussten noch immer nicht, weshalb Gujhars Auftraggeber die drei mystischen Waffen haben wollte, die die Streiter in der Schlacht an der Todesfestung getragen hatten.

Die *Einäugige Peggie* torkelte ohne Vorwarnung zur Seite und neigte sich schwer nach Steuerbord. Die Kerze kippte um und wäre über den Tisch gerutscht, hätten nicht Tochts schnelle Reflexe sie aus der Luft gefangen. Töpfe und Pfannen, die an Haken in der Kombüse hingen und in Schränken standen, ließen ein wildes Spektakel ertönen.

»Bei den Alten«, brach es aus Käpt'n Farok hervor, der sich auf die Füße stemmte, ohne die Krücke zur Hilfe zu nehmen, »was war das?«

Niemand hatte eine Antwort.

Einen Augenblick später neigte sich das Piratenschiff abermals, diesmal nach Backbord. Irgendwo unter ihnen knackte Holz. Die *Einäugige Peggie* richtete sich unter Schwierigkeiten wieder auf, von den Schlägen aus dem Gleichgewicht geworfen, und kämpfte sich nun durch die Talsohlen der vom Sturm gepeitschten Gewässer.

Eine Explosion von roten, blauen, grünen und gelben Federn schoss in den Raum. Kritter flog herein und brüllte mit lauter Stimme: »Käpt'n Farok! Käpt'n Farok!«

»Ich bin hier, verflixter Vogel«, entgegnete Käpt'n Farok. »Genau vor deinem Auge bin ich.«

Nachdem er sich auf den Tisch hatte fallen lassen, stand Kritter mit ausgebreiteten Flügeln da, um das Gleichgewicht zu halten. »Oh«, sagte der Rodor. »Da bist du ja. Verflixt, du bist schwer zu finden, wenn du nicht in der Kajüte bist.«

Ein weiterer Aufprall traf die *Einäugige Peggie* und neigte sie stark nach Backbord. Kritter rutschte über den Tisch, unfähig, seine Krallen in das Holz zu schlagen, und flatterte mit den Flügeln in der Bemühung, sich wieder zu fangen, wobei er nach Zank und Bulokk schlug, bis sie in Deckung gingen. Er krächzte furchtsam.

»Was passiert mit meinem Schiff?«, brüllte Käpt'n Farok.

»Wir werden angegriffen, Käpt'n«, sagte Kritter.

»Von wem?«

»Dem Ungeheuer, Käpt'n. Es hat uns wiedergefunden.«

Obwohl die Bluttriefende See voll von Ungeheuern war, gab es nur eines unter ihnen, das die *Einäugige Peggie* wirklich jagte.

Auf Käpt'n Faroks Befehl hin rannte die Mannschaft die Stufen empor, dann hinkte er selbst nach oben. Tocht blieb ihm auf den Fersen, half dem alten Kapitän, was nichts war, das Käpt'n Farok häufig jemandem gestattete. Aber für Tocht hatte er eine Schwäche.

Ein weiterer Aufprall erschütterte die *Einäugige Peggie* und warf Tocht und Käpt'n Farok hart gegen die Wand. Käpt'n Farok verlor den Halt und wäre gefallen, hätte Tocht ihm nicht geholfen. Der alte Kapitän nahm sich einen Augenblick, um sich wieder zu sammeln, dann drängte er abermals voran.

»Alt und matt zu werden ist nicht gut, Bibliothekar Lampenzünder«, sagte Käpt'n Farok. »Solche Härten sollte niemand durchmachen müssen.«

»Das ist der Preis, den wir für die Weisheit bezahlen«, erwiderte Tocht, der den Ellbogen des alten Zwergs festhielt. Im Stillen freute sich Tocht auf seine alten Jahre als Bibliothekar. Als Bibliothekar ersten Ranges natürlich, damit er über viel mehr von seiner Zeit selbst verfügen konnte.

Wasser schwappte über das Hauptdeck, als Tocht mit Käpt'n Farok nach draußen trat. Der Sturm hatte die Nacht finsterer werden lassen, obwohl das von Zeit zu Zeit durch einen peitschenartigen Blitzschlag gemildert wurde. Donner barst über ihren Köpfen und klang, als wäre er genau über ihnen. Das Schiff glitt unbeholfen über das Meer, kippte unruhig, als es von Querwinden erwischt wurde und durch Wellentäler platschte. Segeltuch knatterte über ihnen, und Tocht wusste, dass es die Takelage zu sehr beanspruchte.

»Wohin ist es, Zeddar?«, rief Hallekk vom Achterkastell in der Nähe des Steuerrads aus.

»Jetzt Richtung Backbord weg. Zwei Strich.« Zeddar war hoch oben im Krähennest. Er klammerte sich fest, schwang wild von einer Seite zur anderen, während das Schiff durch eine weitere hohe Welle pflügte.

Tocht starrte durch die Finsternis und suchte das Ungeheuer. Er hatte es schon früher gesehen, aber es war immer ein unglaublicher Anblick. So, wie die *Einäugige Peggie* gerade auf der anderen Seite der Welle in senkrechtem Fall hinabschoss, sah es aus, als würden sie geradewegs auf den Grund segeln – als würde die hereinbrechende Woge über sie hinwegspülen und sie in die finsteren Tiefen schicken.

Die Mannschaft leuchtete mit Laternen das schwarze Meer aus, auf der Suche nach dem Geschöpf.

Bulokk und die Zwerge von den Aschwolkeninseln kamen an Deck, aber Hallekk schnauzte sie an, dass sie aus dem Weg bleiben sollten. Sie zeigten nur wenig Groll darüber, dass sie herumkommandiert wurden, und Bulokk führte seine Krieger in einer Reihe zu der Kajüte am Heck, wo sie so gut wie möglich die Stellung hielten.

Zank stand nur ein paar Fuß von Tocht entfernt und hielt Alysta in den Armen. Die Katze legte den Kopf flach an und zuckte immer wieder wegen des Regens mit den Ohren.

Dann sah Tocht das Ungeheuer, wie es durchs Meer schwamm und mit erstaunlicher Geschwindigkeit auf sie zuhielt. Obwohl die *Einäugige Peggie* ein großes Schiff war und mehrere Tonnen Fracht laden konnte, ließ das Ungeheuer sie beinahe zwergenhaft aussehen – es war mehr als doppelt so lang wie das Schiff. Das Geschöpf erinnerte auf den ersten Blick an einen Wal, aber es besaß einen verhornten Panzer auf dem Kopf und dem Rücken, der es gegen Angriffe von oben schützte. Sechs tentakelartige Beine von zwanzig Fuß Länge machten es wie geschaffen dafür, mit seiner Beute zu ringen. Bei ein paar Gelegenheiten hatte es das Geschöpf geschafft, Langboote mit unglückseligen Piraten darin zu packen und die meisten oder alle von ihnen auf den Grund des Meeres zu ziehen.

»Macht euch bereit!«, rief Zeddar zur Warnung. »Es kommt wieder her!«

Käpt'n Farok hielt sich an der nächstbesten Reling fest. Tocht tat es ihm nach. Er sah mit angsterfüllter Faszination zu, wie das Wesen so schnell durch das Meer schnitt, dass ein beständiger Wasserstrom in die Luft spritzte, als würde es eine Scheibe des Meeres aufschneiden und zurückklappen.

Der riesige Kopf war nur einen Augenblick über der Wasseroberfläche sichtbar. Die Kiefer waren groß genug, um sich so weit aufzutun, dass sie die Hälfte eines zwanzig Fuß langes Bootes in einem einzigen Happen zu verschlingen vermochten. Die harten Knochenwülste hatten des Öfteren bewiesen, dass sie durch Holz brechen konnten. Der oval geformte Kopf des Geschöpfs hatte Ausstülpungen, die an Barthaare erinnerten und in alle Richtungen abstanden. Bei Tageslicht waren sie tief violett und passten gut zu den warzenbedeckten Kehllappen aus violetter und schwarzer Haut, hinter denen sich der onyxfarbene Kopf schützen konnte, wenn er sich in Sicherheit zurückzog. Die leere Augenhöhle war stets eine Ansammlung von Entzündungen geblieben, die nie verheilt waren. Tocht konnte sich die Schmerzen nur vorstellen, die durch das Wesen branden mussten, da es immer dem Salzwasser ausgesetzt war.

Dann war das Geschöpf abermals bei dem Piratenschiff und rammte es mit voller Geschwindigkeit.

Kapitel 3

»Eine Lüge wird Euch den Tod bescheren«

Das Wesen traf mit einem nachhallenden *Rumms* auf die *Einäugige Peggie*, wodurch Tocht vorübergehend taub wurde, während er sich an die Reling klammerte. Käpt'n Farok erbebte und ging zu Boden, wo er ausgestreckt liegen blieb und sich mit einem Arm an der Reling festhielt, während er mit der anderen Hand seine Krücke packte.

Trotz seines festen Zupackens verlor Tocht den Halt und fing an wegzurutschen. Eine riesige Welle, die vom Angriff des Wesens herrührte, regnete auf das Deck herab. Einen Moment lang dachte Tocht, er würde ertrinken, dann fiel ihm auf, dass er über das Deck rutschte und sich der Steuerbordseite näherte. Hoch auf dem Kamm der Welle neigte sich die *Einäugige Peggie* so heftig, dass sich auf der Steuerbordseite nur noch wirbelndes schwarzes Wasser befand.

Tocht wusste, dass er auf jeden Fall verloren sein würde, wenn er durch die Reling auf dieser Seite glitt. Dann hakte sich etwas Hartes unter seinem Kinn ein und erwischte ihn am Hals. Instinktiv griff er nach oben und hielt sich daran fest, dann erst erkannte er durch die Berührung, dass es Käpt'n Faroks Krücke war.

»Halt dich gut fest, Junge!«, befahl Käpt'n Farok. »Ich werde dich nicht loslassen!«

Krabbelnd, indem er seine Füße gegen das Deck stemmte und sich bemühte, einen Halt zu finden, blickte Tocht ungläubig auf und sah, dass der alte Zwergenkapitän sich mit einer Hand an die Reling klammerte und es schaffte, sie beide sicher zu halten. *Das ist nicht Kraft*, erkannte der kleine Bibliothekar grimmig. *Das ist Sturheit!*

Einen Augenblick später richtete sich das Piratenschiff wieder auf. Wasser wirbelte über das Deck und floss an den Seiten hinab.

Tocht stemmte sich hoch und ging zu Käpt'n Farok hinüber. Er half dem alten Zwerg auf die Beine. »Danke«, sagte Tocht. »Es hätte mich beinahe über den Rand gespült.«

»Ich konnte dich doch nicht gehen lassen«, erwiderte Käpt'n Farok mit einem Grinsen. »Wir haben meine Erinnerungen noch nicht niedergeschrieben. Ich habe noch eine Menge Geschichten, die ich dir erzählen muss.« Er zwinkerte Tocht zu.

»Harpuniere!«, brüllte Hallekk vom Achterkastell herab. »Haltet euch bereit!«

Zwei Dutzend Piraten nahmen lange Harpunen aus ihrer Halterung. Während er Käpt'n Farok auf das Achterkastell half, spürte Tocht immer noch große Angst. Der Tag würde kommen, das wusste er, da das Geschöpf und die *Einäugige Peggie* sich gegenseitig vernichten würden …

Wind peitschte über das Deck und ließ die salzige Gischt noch härter auf sie einprasseln. Tocht blinzelte dagegen an und stellte sich neben Käpt'n Farok und Hallekk.

Die Mannschaft des Schiffes stand mit ihren Harpunen bereit.

»Lasst es den scharfen Stahl schmecken!«, knurrte Hallekk. »Schauen wir, ob es ihn jetzt schon mehr zu schätzen weiß als bei unserem letzten Treffen.«

Grünes Wetterleuchten sammelte sich im Bug der *Einäugigen Peggie*. Als er durch die Gischt und die Takelage starrte, sah Tocht Kray dort stehen. Grüne Funken wirbelten schwindelerregend um den Zauberer. In seiner Hand glühte sein knorriger Stab in feurigem Smaragdgrün.

»Wo ist das Ungetüm, Zeddar?«, fragte Hallekk.

»Voraus!«, brüllte Zeddar vom Krähennest herab. »Rechts voraus!«

Als er nach vorne starrte, erspähte Tocht das Wesen, wie es abermals durch das Wasser schnitt und auf Kollisionskurs mit dem Piratenschiff ging.

»Hart Backbord!«, befahl Hallekk. »Hart Backbord!«

Hinter ihnen kämpfte der Steuermann mit dem großen Steuerrad, riss die Fahrtrichtung der *Einäugigen Peggie* nach Backbord herum. Die Takelage knarrte, als die Segel sich voll im Wind blähten und an den Masten zerrten. Die Mannschaft begab sich nach Steuerbord, um sich dem Ungeheuer entgegenzustellen, als es vorüberschoss.

Aber auch das Geschöpf hatte die Richtung geändert und nahm seinen Kurs auf das Schiff wieder auf.

»Bereit zum Aufprall!«, rief Zeddar von oben.

Entlang des ganzen Schiffes wurde geflucht.

Diesmal kam das Ungetüm aus dem Wasser hervor. Vier seiner Tentakel griffen nach dem Bug der *Einäugigen Peggie*. Kray schlug in diesem Augenblick zu, ließ eine Wand aus Blitzen los, die in das Geschöpf einschlugen. Der Gestank nach Ozon füllte die Luft, und Tocht wurde von den Donnerschlägen taub.

Unglaublicherweise erhob sich das Wesen aus dem Wasser, kam beinahe vollständig heraus. Die *Einäugige Peggie* segelte nur wenige Fuß davon entfernt, wurde aber niemals berührt, während die Tentakel wild herumruderten. Die meisten Zwergenpiraten waren zu gebannt, als dass sie handeln konnten, betäubt von dem, was sie soeben gesehen hatten, aber ein paar warfen trotzdem ihre Harpunen. Nur wenige davon trafen das Wesen.

»Ist es tot?«, fragte Käpt'n Farok, der seinen Kopf herumriss, als sie an dem Geschöpf vorbeikamen.

Von dem Bedürfnis angetrieben zu sehen, was geschah, verließ Tocht seine Stellung an der Reling, obwohl das Schiffsdeck noch bockte, während der Steuermann versuchte, den richtigen Kurs zu finden. An der Heckreling spähte er aufs Meer hinaus. Das Wesen trieb schlaff auf dem Wasser, aber seine Tentakel bewegten sich noch.

»Es lebt!«, brüllte Zeddar hoch oben. »Es lebt noch!«

Aber zumindest verfolgt es uns nicht mehr. Tocht sah zu, wie das Wesen langsam unter die Wellen sank. Ehe es jedoch verschwand, geriet das Piratenschiff auf einen Wellenkamm und fing an, auf der anderen Seite hinabzusinken, wodurch das Wesen außer Sicht geriet.

Käpt'n Farok übernahm die Herrschaft über das Schiff und erteilte Befehle, die die Mannschaft beruhigten, während Hallekk nach unten ging, um den Schaden abzuschätzen. Tocht begab sich nach vorne, um sich Kray anzuschließen, der hinaus aufs Meer starrte. Für eine Weile blickte der kleine Bibliothekar auf die wogenden Wellen, aber er konnte nichts entdecken, was das Interesse des Zauberers so eindringlich in Beschlag nehmen könnte.

»Was stimmt denn nicht?«, fragte Tocht.

Zuerst sah es nicht so aus, als wäre der Zauberer geneigt, eine Antwort zu geben. Dann holte er tief Luft und stieß sie aus, gerade als Tocht sich daranmachte wegzugehen. »Dieses Wesen hat uns gefunden«, sagte Kray.

»Es sucht die ganze Zeit nach diesem Schiff«, erwiderte Tocht. »Das war schon immer so.«

Kray richtete seinen Schlapphut. Seine Haut war so blass, wie Tocht es selten gesehen hatte. Dann fiel ihm ein, dass der Zauberer stundenlang Sprüche gewirkt hatte. Und nun hatte er einen großen Aufwand betrieben, indem er alles getan hatte, um das Schiff zu retten. Tocht wusste aus seiner Erfahrung mit Kray, dass der Zauberer eine große körperliche Schuld zu begleichen hatte, wenn er seine Macht benutzte.

»Es hat uns mit Hilfe von Magie gefunden«, sagte Kray. »Nicht mit seiner eigenen Magie.«

Dieser Gedanke jagte Tocht einen Schauer über den Rücken. »Ihr sagt, dass es jemand geschickt hat? Uns hinterher?«

Kray nickte, aber er hielt eine Hand hoch, um Tocht zum Schweigen zu bringen. »Die anderen müssen das nicht wissen. Und vielleicht liege ich auch falsch.«

Das bezweifelte Tocht. Kray lag selten falsch, wenn es um magische Schwierigkeiten ging.

»Wer würde es uns schicken?«, fragte Tocht. Nicht einmal die Leute von Graudämmermoor wussten von dem Ungeheuer und dem Auge. Es war eine Geschichte, die die Mannschaft der *Einäugigen Peggie* für sich behielt, weil es schon schwer genug war, Zwergenpiraten zu rekrutieren, ohne dass die Tatsache Erwähnung fand, dass sie von einem rachsüchtigen Ungeheuer dauerhaft verflucht sein würden, sobald sie angeheuert hatten.

»Ich weiß es nicht. Aber ich habe die Magie gespürt, die das Wesen herbeigelockt hat.«

Tocht dachte darüber nach. »Wir wissen noch immer nicht, für wen Gujhar arbeitet.«

»Nein, das wissen wir nicht. Das würde helfen. Aber es gibt einen einfacheren Grund für dies.«

»Was?«

Kray blickte Tocht an. Müdigkeit hatte sich in die Züge des Zauberers gegraben. Sein grünäugiger Blick glühte nicht mehr gar so kräftig. »Dieses Wesen ist ein Tier. Es ist nicht unvorstellbar, dass ein Elfenhüter es verzaubert und ihm befohlen hat, wohin es sich wenden soll. Die Magie, die benutzt wurde, war einfach, aber sehr mächtig. Urzeitlich. Wie die, die von den Elfenhütern benutzt wird.«

Dieser Gedanke raubte Tocht den Atem. »Das ist nicht möglich.«

»Nicht?« Kray grinste freudlos. »Nicht alle Elfenhüter benutzen ihr Wissen, um mit den heimischen Tieren des Landes, der Lüfte und des Wassers zu arbeiten. Manche von ihnen gebrauchen ihre Gabe auch, um Beziehungen zu Ungeheuern zu knüpfen.«

Tocht wusste, dass das stimmte. Selmanick Thostos hatte etliche Bücher über Elfenhüter geschrieben, die lernten, Ungeheuer zu zähmen, um ihren eigenen Zielen dienlich zu sein.

»Wer, glaubt Ihr, hat dieses Geschöpf gesandt?«, fragte Tocht.

»Ein Elfenhüter«, antwortete Kray. »Ein sehr mächtiger Elfenhüter.«

Da erst verstand Tocht. »Ihr glaubt, dass uns Sokadir dieses Geschöpf auf den Hals gehetzt hat.«

»Vielleicht.« Kray lächelte kalt. »Du musst zugeben, nachdem du ihm gegenübergestanden hast, dass Sokadir nicht gerade auf Leute aus ist, die bei ihm herumschnüffeln.«

Tocht berührte den Kragen seines Hemdes. »Nein.« Er schluckte, da ihm sein Hals ein wenig zu trocken vorkam, während er aufs Meer hinausblickte. »Aber das muss nicht unbedingt die Antwort sein.«

»Dann gib mir doch eine andere«, blaffte Kray. »Im Augenblick schelte ich mich selbst schon genug für alles, da brauche ich niemand anderen, der das für mich übernimmt.«

»Ich kann es versuchen«, sagte Tocht und nahm seinen Mut zusammen. Während der letzten paar Tage, seit sie Kairattenbau verlassen hatten und nach Süden gesegelt waren, hatte er seine gegenwärtige missliche Lage im Kopf behalten. »Aber damit ich das tun kann, müssen wir zum Gewölbe Allen Bekannten Wissens zurückkehren.«

»Das kommt nicht in Frage«, erwiderte Kray sofort und schüttelte den Kopf. »Wir haben ohnehin schon zu viel Zeit verloren. Alles, was wir wissen, ist, dass unsere Feinde nach Süden unterwegs und hinter Sokadir her sind.«

Kray war es auch gelungen, einen Bann auf Gujhars Schiff, die *Geist*, zu legen, und er konnte es deshalb im Augenblick aufspüren.

»Sokadir befindet sich im Reißzahn-Schattenwald«, erklärte Tocht. »Er wird nicht leicht zu finden sein. Er ist ein Elf in seinem Heimatgebiet, und er ist mächtig.« Er dachte einen Moment lang nach und setzte Krays eigene Überlegungen gegen ihn ein. »Wenn er mächtig genug ist, uns innerhalb von wenigen Minuten dieses Wesen nachzuschicken –«

»Er hatte einfach Glück, dass es gerade in der Gegend war«, fauchte Kray. »Da das Geschöpf sowieso an diesem Schiff interessiert ist, hat es ihm keine Schwierigkeiten bereitet, es hierherzuschicken.«

»Innerhalb von *Minuten*?« Tocht ließ den Zweifel in seiner Stimme durchklingen.

»Wie ich schon sagte, das war einfach nur Glück für Sokadir.«

Der Wind umwehte sie einige Augenblicke lang. Tocht

bekam den deutlichen Eindruck, dass Kray nicht zurück unter Deck ging, weil er vermeiden wollte, dass jemand sah, wie er stürzte.

Hallekk kam während dieser Zeit herauf und teilte Käpt'n Farok mit, dass unten im Frachtraum ein paar Lecks waren, aber dass von ihnen keine unmittelbare Gefahr ausging. Er hatte einige Mannschaftsmitglieder darauf angesetzt, sie zu flicken.

»Als Ihr vor Wochen in Graudämmermoor aufgetaucht seid«, sagte Tocht, der versuchte, seine Worte mit Bedacht zu wählen, »war das kein Zufall.«

Kray sagte nichts.

»Ihr habt vorgehabt, dorthin zu kommen«, sagte Tocht, »und Ihr habt vorgehabt, mich auf die Suche nach den drei magischen Waffen aus der Schlacht an der Todesfestung zu schicken. Ein Halbling würde nicht annähernd so sehr auffallen wie ein Zauberer. Vielleicht …« Er holte tief Luft und rief sich ins Gedächtnis, wie erschöpft und ausgemergelt Kray ausgesehen hatte. »Vielleicht hatte man sogar schon herausgefunden, dass Ihr nach ihnen sucht.«

Kray blieb still, aber die Falten auf seiner Stirn wurden tiefer.

Tocht fuhr fort, obwohl er wusste, dass es ihm viel besser zu Gesicht gestanden hätte, vor Angst gelähmt zu sein. »Ihr habt gesagt, dass Ihr Euch Sorgen macht, weil das, was während dieser Schlacht geschehen ist – die Frage, wer wen verraten hat – verhindert, dass sich die Menschen, Elfen und Zwerge abermals gegen die größer werdenden Koboldhorden vereinen. Ich habe Euch geglaubt.«

Kray blickte Tocht mit einem finsteren Blick aus stählernen grünen Augen an. »Erdreiste dich nicht, mir allzu viele Vorhaltungen zu machen, Bibliothekar.«

»Ihr habt mich angelogen«, sagte Tocht, hielt aber den Zorn aus seiner Stimme fern.

Obwohl er weiterhin still blieb, wurde Krays Stab plötzlich zu einem Bienenstock von brummenden grünen Funken, die ihn umkreisten.

»Das Lügen scheint eine Eurer größten angeborenen Fähigkeiten zu sein, Kray«, sagte Tocht leise. »Mir ist das an Euch noch nie zuvor so sehr aufgefallen.« Er holte tief Luft, überrascht, dass er noch nicht in ein Dasein als Kröte eingegangen war. Oder über Bord geworfen worden war. »Ihr lügt andere in allen Bereichen an, wie es Euch gefällt, und zu jeder beliebigen Zeit, die Ihr Euch aussucht.«

»Du wagst viel zu viel«, flüsterte Kray mit einer kalten, tödlichen Stimme.

Hör auf! Hör auf!, brüllte Tocht sich im Inneren seines Kopfes an. *Lass es jetzt sein, dann wird er dir vielleicht nichts antun, was Narben hinterlässt!*

Aber er konnte nicht aufhören, und er wusste es. Was er zu sagen hatte, war viel zu wichtig. Er hatte gesehen, wie Bulokk und Zank versucht hatten, die Waffen ihrer Ahnen zurückzuerlangen, wie viel sie dafür freiwillig aufs Spiel gesetzt hatten. Die Alten wussten, dass er kein Held war – er war nur ein Halbling, ein Bibliothekar zweiten Ranges mit dem großen Plan, eines Tages zum Bibliothekar ersten Ranges zu werden.

»Ihr könnt jeden anlügen, den Ihr anlügen wollt, Kray«, sagte Tocht mit bebender Stimme.

»Ich könnte dich erschlagen, so wie du da stehst«, drohte Kray. Die glühenden grünen Funken wirbelten nun wie Glühwürmchen um ihn herum.

Die Macht, die er ausstrahlte, ließ Tocht die Haare zu Berge stehen.

»Ich könnte dich blenden«, fuhr Kray fort. »Du könntest nie wieder lesen, nie wieder schreiben.«

Es gibt Bücher für die Blinden, sagte sich Tocht, um seinen Mut zu stützen. *Du kannst sie sogar schon lesen.* Das ließ ihn weitermachen.

»Ihr könnt jeden anlügen, den Ihr anlügen wollt«, sagte Tocht noch einmal. »Ich glaube, Ihr könnt gar nicht anders. Es ist nicht verzeihlich, aber nachvollziehbar. Wenn man Euch kennt.«

Kray machte eine Geste.

Hilflos schwebte Tocht vom Deck des Schiffes empor. Einige der Piraten bemerkten, was sich ereignete. Einer von ihnen wurde losgeschickt, um Hallekk und Käpt'n Farok zu holen. Die anderen zogen sich zurück. Was immer der Zauberer auch vorhatte, man konnte ihn nicht aufhalten.

»Aber belügt Euch nicht selbst, Kray«, brachte sich Tocht dazu, es zu Ende zu führen. »Wagt es nicht, Euch selbst zu belügen oder auch nur anzunehmen, dass Ihr es könnt. Es gibt nichts Gefährlicheres. Nicht nur für Euch, sondern für uns alle. Eine Lüge wird Euch den Tod bescheren. Sie wird *uns* umbringen. Wir müssen mehr über das herausfinden, was bei der Schlacht an der Todesfestung geschehen ist, ehe wir weitermachen. Ihr wisst, dass das stimmt.«

Grüne Funken schlugen plötzlich aus Krays Augen.

Tocht schloss unwillkürlich seine Augen, mit dem sicheren Gefühl, dass er sie nie wieder öffnen würde.

»Kray.« Die Stimme gehörte Käpt'n Farok.

Tocht hing noch einen Moment lang da, dann fiel er nach unten. Er blieb auf dem Deck liegen, während es sich hob und senkte. *Ich lebe noch! Und ich bin noch ich!*

»Gibt es hier Schwierigkeiten?«, fragte Käpt'n Farok.

Kray blickte auf Tocht hinab. Langsam hörten die Funken auf, aus seinen Augen zu schlagen, und sie waren abermals nicht mehr als Augen. »Nein«, antwortete der Zauberer. »Keine Schwierigkeiten.«

Tocht fragte sich, ob sein Körper schon wieder schaudern konnte. Er hatte das Gefühl, dass Schaudern unter diesen Umständen ein schlauer Zug wäre. Eigentlich war es fürs Schaudern sogar schon ein wenig zu spät.

»Nun gut«, sagte Käpt'n Farok und räusperte sich.

»Es gibt eine Kursänderung«, erklärte Kray in einem seltsamen, unverbindlichen Ton.

»Aye«, erwiderte der Zwergenkapitän.

Tocht blieb weiterhin auf dem Deck liegen. Keiner aus der Mannschaft, noch nicht einmal Hallekk, kam, um ihm auf die Beine zu helfen.

»Haltet auf Graudämmermoor zu«, sagte Kray. Er wandte sich ab, um zu gehen, und stützte sich schwer auf seinen Stab. »Ich werde in meiner Kajüte sein. Stellt sicher, dass ich nicht gestört werde.«

»Aye.«

Tocht nahm an, dass das unnötig war. Nach allem, was sie gerade erlebt hatten, würde keiner auf dem Schiff es wagen, den Zauberer zu belästigen.

Kapitel 4

Unschuld

»Geht es dir gut, Bibliothekar Lampenzünder?«

Tocht hielt eine schützende Hand hoch, um das Licht abzuhalten, das in die Dunkelheit seiner Kajüte eindrang. Er erkannte Käpt'n Faroks Stimme.

»Es geht mir gut«, antwortete er und wünschte sich, man hätte ihn nicht gestört. Die letzten paar Stunden waren sehr verwirrend gewesen. Nach der Auseinandersetzung mit Kray war er in seine Kajüte zurückgekehrt und hatte sich mehrmals übergeben. Der Raum roch immer noch widerlich wegen des Gestanks.

»Ich habe angenommen, dich beim Lesen oder vielleicht beim Schreiben in diesen Tagebüchern zu erwischen, die du führst.« Käpt'n Farok trottete in die Kajüte und hängte die Laterne an die Wand. Um das Licht heller zu machen, bis es den Raum füllte, stellte er den Docht ein. Er zog eine Grimasse, und seine Nase zuckte. »Du musst diese Kajüte etwas mehr lüften.«

»Mir ist übel geworden«, entschuldigte sich Tocht.

»Verständlich. Sehr verständlich, wenn man sich ansieht, was du gewagt hast. Dafür muss man sich nicht schämen.«

»Ich bin müde«, sagte Tocht in der Hoffnung, der Kapitän würde den Hinweis verstehen und gehen.

Stattdessen hinkte Farok zum Bett herüber und setzte sich hin. »Nun, dann werde ich dich nicht lange aufhalten, aber ich habe das Gefühl, dass einige Dinge gesagt werden müssen. Nach dem, was zwischen dir und Kray vorgefallen ist.«

»Ich habe einen Fehler gemacht«, sagte Tocht. *Ihr meint, ich hätte uns alle umbringen oder zu Kröten werden lassen können. Das weiß ich.* »Es wird nicht wieder geschehen.«

»Hä? Und was für ein Fehler soll das sein?« Käpt'n Farok legte beide Hände auf seine Krücke und wartete geduldig ab.

Da er sich seltsam fühlte, wenn er dalag, während der Zwergenkapitän saß, stemmte sich Tocht hoch. »Ich habe Kray gesagt, dass er falschliegt.«

»Das hast du, ja?«

»Ja.« Tocht seufzte. »Das ist eine der größten Dummheiten gewesen, die ich je vollbracht habe.«

»Aber hat er denn falschgelegen?«

Tocht blickte Käpt'n Farok argwöhnisch an. *Ist das irgendein Trick? Hat Kray dich hier runtergeschickt, um mir noch größeren Schrecken einzujagen? Ich weiß nämlich, dass er das nicht einfach unter den Tisch fallen lassen wird. Vorher lässt er mich fallen. Wahrscheinlich über Bord.*

»Wir müssen mehr Wissen erlangen, wenn wir Sokadir aufspüren sollen«, sagte Tocht und entschied sich, daraus keine Frage von Richtig oder Falsch zu machen. »Ich habe ihm gesagt, dass wir zum Gewölbe Allen Bekannten Wissens zurückkehren und so viel herausfinden müssen, wie wir können.«

Käpt'n Farok kratzte sich am Kinn. »Ja, ich glaube, das ist ein guter Plan.«

»Nun, erwähne dieses Gefühl lieber nicht Kray gegenüber. Du würdest dabei vermutlich als Kröte enden.«

Darüber lachte der Zwergenkapitän. »Wäre das nicht mal

was? Ich als Kröte? Und Hallekk und die anderen würden stramm stehen, wenn ich meine Befehle quake?«

Das Bild, das diese Möglichkeit heraufbeschwor, war lustig. Ehe er sich dessen bewusst war, lachte Tocht bei dem Gedanken daran. Käpt'n Farok schloss sich ihm an, und sie hielten sich beide den Bauch vor Lachen.

»Die Segel luven!«, sagte Käpt'n Farok. Dann fügte er hinzu: »Qua-aaak! Schließt die Luken! Qua-aaak!«

»Rollt die Segel auf, oder ich werde euch die Haut vom Rücken ziehen, das werde ich!«, sagte Tocht in seiner besten Nachahmung von Käpt'n Farok, die, wie ihm etliche Mannschaftsmitglieder versichert hatten, ziemlich gut war. »Qua-aaak!«

»Warte mal kurz«, sagte Käpt'n Farok mit plötzlichem Ernst. »So klinge ich doch nicht wirklich, oder?«

Tocht hörte auf zu lachen, da ihm plötzlich auffiel, dass er nun noch jemanden beleidigt haben könnte, den er als einen Freund ansah.

Dann legte sich Käpt'n Faroks Gesicht in Falten, da er den Ernst nicht mehr aufrechterhalten konnte. »Qua-aaak!«, lachte er und schlug sich aufs Knie.

Tocht wischte sich Tränen aus den Augen. Das Lachen fühlte sich gut an, aber er wusste, dass sich an der Tatsache nichts verändert hatte, dass er Krays Zorn erregt hatte. Nach und nach beruhigten sie sich beide.

»Ich weiß, dass du glaubst, dass du wegen Kray Schwierigkeiten bekommen wirst«, sagte Käpt'n Farok.

»Ich möchte es einfach vom richtigen Blickwinkel betrachten«, erwiderte Tocht. »Im Grunde hat das Leben, wie ich es kenne, ziemlich sicher ein Ende gefunden.«

»Ich werde dir etwas sagen, Junge«, erklärte Käpt'n Farok. »Ich bin mächtig stolz auf dich.«

Tocht saß in betäubtem Schweigen da.

»Ich weiß nicht, ob irgendein anderes lebendes Wesen Kray so herausgefordert hätte wie du«, sagte Käpt'n Farok.

Heißt das, dass alle, die es zuvor getan haben, tot sind?, fragte sich Tocht. *Oder auf ihren neuen, pummeligen Hinterteilen herumhüpfen?* »Man soll nie mit einem Zauberer streiten.« Er seufzte. »Ich weiß. Ich habe all die Bücher gelesen.«

»Mit einem Zauberer zu streiten ist nicht der klügste Kurs, den du einschlagen kannst.«

»Ich habe ihn nicht wirklich eingeschlagen.«

»Aber wir sind durch einen Sturm gefahren, und du hast die Entscheidung getroffen, die dir richtig erschienen ist.«

»Ich habe recht gehabt?«

»Etwa nicht?« Käpt'n Farok musterte sein Gesicht. »Müssen wir nicht mehr erfahren?«

»Doch«, seufzte Tocht. »Das müssen wir. Was wir entdeckt haben, ist verwirrend. Und dass wir versuchen, Sokadir in seiner Heimat zu trotzen, das ist … ist …«

»Genauso vernünftig, wie einem Zauberer zu trotzen, der müde ist und Angst hat –«

»›Angst‹?« Diese Wortwahl erregte sogleich Tochts Aufmerksamkeit. »Kray hat keine Angst.«

»Natürlich hat er die. Er hat Angst, seit wir diese Sache begonnen haben. Er hat sogar schon Angst gehabt, als wir uns auf die Suche nach dir in Graudämmermoor gemacht haben.«

Tocht schüttelte den Kopf. »Auf mich wirkt er nicht ängstlich.« *Angsteinflößend allerdings. Furchtbar, furchtbar angsteinflößend.*

»Das kommt daher, dass du nicht weißt, worauf du achten musst, wenn es um einen Mann wie Kray geht.« Käpt'n

Farok seufzte und fuhr sich für einen Augenblick unentschlossen durch den Bart. Dann starrte er Tocht aus seinen leicht entzündeten Augen an. »Ich werde dir etwas verraten, Bibliothekar, und ich erwarte, davon nie wieder zu hören. Verstehst du mich?«

Tocht nickte.

»Ich werde dich einen Eid darauf schwören lassen, hörst du.«

»Aye«, sagte Tocht automatisch. »Ich schwöre, dass ich alles vertraulich behandeln werde.«

»Gut.« Käpt'n Farok grinste, aber die Bemühung darum wirkte gezwungen. »Vielleicht werden wir dann beide in unserer Haut bleiben können.« Er hielt einen Moment lang inne, um seine Gedanken zu sammeln und seine Worte zu wählen. »Kray ist schon schrecklich lange am Leben. Tausend Jahre. Soweit wir das wissen. Könnten auch mehr sein.«

Tocht bestätigte dies.

»Eine Person lebt nicht, ohne Fehler zu machen«, fuhr Käpt'n Farok fort. »Auch ich habe die meinen gemacht, das wissen die Alten. Aber wenn man tausend Jahre lebt, tausend Jahr lang Zeit hat, Fehler zu machen, kannst du da überhaupt ermessen, *was* für Fehler Kray unterwegs gemacht haben könnte?«

Das konnte Tocht nicht, aber er erkannte, dass die Neigung dazu da war. In den Jahren, seit er ihn kannte, hatte Tocht erfahren, dass der Zauberer von einer Unruhe verfolgt wurde, die er nicht von sich abschütteln konnte.

»Es gibt einen Schmerz in Kray«, fuhr Käpt'n Farok fort. »Irgendeine Verletzung, von der ich nichts wissen kann.«

»Ich sehe sie nicht«, murmelte Tocht.

»Nur weil du sie nicht siehst, heißt das nicht, dass sie

nicht da ist.« Käpt'n Farok seufzte. »Erinnerst du dich daran, wie du auf den Mast hochgeklettert bist, als die Loheley gekommen ist?«

Tocht erinnerte sich. Es war etwas, von dem er wusste, dass er es niemals vergessen würde. Die Loheley war das seltsamste Wesen gewesen, das er je gesehen hatte.

»Wo alles, was wir gesehen haben, ein Ungeheuer war«, sagte Käpt'n Farok leise, »hast du ein kleines Mädchen gesehen. Eines, das verloren und allein war. Du bist auf diesen Mast geklettert und hast den Teil von ihr berührt, der uns gerettet hat.«

Und ich habe ihr währenddessen schrecklich wehgetan, dachte Tocht. In diesem Augenblick fühlte er sich sogar noch schlechter, aber er hatte nicht mehr so viel Angst vor Kray.

»Ich sage dir jetzt«, fuhr Käpt'n Farok fort, »dass du auch etwas in Kray berührst. Etwas, von dem er vielleicht nicht einmal erwartet hat, dass es existiert.«

»Ich weiß nicht.« Tocht schüttelte den Kopf. Das glaubte er nicht einen Moment lang. Kray war erst vor ein paar Stunden kurz davor gewesen, ihn zu töten oder über Bord zu werfen.

»Nun gut, wenn du erst einmal mein Alter erreicht hast, wirst du vielleicht mehr wissen und auch mehr sehen können.«

»Kray hat mich benutzt. Er ist nach Graudämmermoor gekommen, um mich dazu zu benutzen, die drei verschollenen Waffen wiederzuerlangen.«

»Ich weiß.«

»Wenn er mich darum gebeten hätte, wäre ich mitgegangen.«

»Das weiß ich auch. Du vergisst, Bibliothekar, dass ich

genauso sehr für deine Entführung verantwortlich bin wie er.«

Das hatte Tocht vergessen. Er warf alles Kray vor.

»Der Zauberer ist nach Graudämmermoor gegangen, um dich zu suchen«, sagte Käpt'n Farok. »Ich bin mit ihm gegangen. Er hat mir gesagt, dass in diesem Fall kein anderer in Frage käme.«

»Ich bin kein Krieger. Ich bin nicht derjenige, der all das tun sollte.«

»Und doch bist es du gewesen, der erkannt hat, dass wir zurück nach Graudämmermoor gehen müssen, um zu versuchen, mehr Wissen aufzustöbern, oder?«

Tocht gab keine Antwort.

»Du bist genau der Richtige für diese Aufgabe, Bibliothekar Lampenzünder. Kein anderer würde es richtig anstellen. Kray hat das gewusst. Deshalb hat er, als er daran gedacht hat, zu den Aschwolkeninseln zu fahren, um Knochenschnitter zu holen, deine Anwesenheit gefordert. Kein anderer wäre dazu in der Lage. Nicht nach seiner Ansicht. Es ist dein Verstand, den er dabeihaben wollte. Dein Verstand und dein Herz und das kleine Stückchen Unschuld, das du dir trotz der schrecklichen Dinge, die du durchgemacht hast, bewahren konntest. Du hast die Augen eines Kindes, Bibliothekar Lampenzünder. Und ich nehme an, so wird es immer sein.«

Als er die Worte des alten Zwergenkapitäns vernahm, wusste Tocht nicht, ob sie als Kompliment gemeint waren oder nicht.

»Es ist diese Unschuld, denke ich«, sagte Käpt'n Farok nach einer Weile, »die Kray am meisten berührt. Ich fürchte, dass er, wie die meisten von uns, die erwachsen geworden und dorthin gegangen sind, wohin uns die dunkelsten

Abschnitte unseres Lebens geführt haben, seine ganze Unschuld verloren hat. Also leiht er sich die deine aus, wenn er das Gefühl hat, gute Ratschläge zu benötigen.«

»Kray hört nicht auf mich.«

»Er hat es doch heute getan, oder? Wir sind unterwegs zurück nach Graudämmermoor, nicht wahr?«

Dagegen konnte Tocht nichts einwenden.

»Kray kommt zu dir«, sagte Käpt'n Farok. »Er sucht dich auf, wenn er sonst niemandes Gesellschaft sucht. Das musst du im Gedächtnis behalten.«

»Er hat zuerst Euch aufgesucht«, wandte Tocht ein. »Ihr und Hallekk und die anderen, Ihr habt Kray nach Graudämmermoor gebracht.«

»Kray hat uns nicht aufgesucht. Er wollte die *Einäugige Peggie*. Er hat ein Schiff gebraucht.« Käpt'n Farok zuckte mit den Schultern. »Es macht mich ein wenig stolz, dass Kray mir und meinem Schiff mehr Vertrauen entgegenbringt als allen anderen, die aus dem Allerortshafen in Graudämmermoor kommen.«

Tocht holte tief Luft. »Ich habe gedacht, er würde mich umbringen.«

»Aber das ist es doch, Junge. Kray kann dich nicht umbringen. Er kann dir überhaupt keinen Schaden zufügen. Außer vielleicht hin und wieder deine Gefühle verletzen.« Käpt'n Farok kratzte sich am Kinn. »Ich denke auch, dass er dich deswegen dabeihaben will. Du kannst ihm dadurch helfen, dass du ihm sagst, wenn er falschliegt, und er wird auf dich hören, ob er es nun will oder nicht, weil du bist, wer du bist.«

Eine lange Zeit über erstreckte sich zwischen ihnen nichts als Stille, nur durchbrochen von dem Klatschen der Wellen gegen den Rumpf, dem Knarzen der Rahen und der

Takelage und dem Klopfen von Hallekks Reparaturmannschaft.

»Glaubst du, dass das wirklich stimmt?«, fragte Tocht.

»Aye«, antwortete Käpt'n Farok, lächelte und tätschelte Tochts Knie. »Das glaube ich.«

»Dann kann ich ihn vielleicht dazu bringen, uns den Rest zu erzählen. Weil ich weiß, dass er uns nicht alles sagt, was er weiß.«

Darüber runzelte Käpt'n Farok ein wenig die Stirn. »Jetzt allerdings, Bibliothekar Lampenzünder, würde ich mein Glück nicht zu sehr herausfordern.«

Während der nächsten sechs Tage, als die *Einäugige Peggie* sich nach Graudämmermoor begab, befasste sich Tocht mit seinen Tagebüchern, übertrug seine Aufzeichnungen und Bilder in die verschlüsselte Abschrift, die er bei Evarch in Deldalsmühlen lassen wollte.

Er arbeitete auch ein wenig an einem anderen Tagebuch weiter, das er über das Schiff und seine Mannschaft führte. Manchmal, nachdem er Kritter bestochen hatte, damit dieser ein waches Auge (als ob der Rodor in dieser Sache irgendeine Wahl hätte!) auf Kray richtete, arbeitete Tocht zusammen mit der Mannschaft, reparierte die Takelage, schabte Seepocken ab und schrubbte das Deck. Das war, wie er herausgefunden hatte, die beste Art und Weise, um an die Geschichten darüber zu kommen, wo sie gewesen waren, was sie erlebt und wen sie getroffen hatten.

Bei einigen dieser Gelegenheiten gesellten sich Zank, Alysta, Bulokk und die Zwerge von den Aschwolkeninseln in der Messe zu Tocht, und sie unterhielten sich bis spät in die Nacht hinein. Sie alle erzählten Geschichten, und Tocht machte sich Aufzeichnungen. Im Gegenzug erzählte er ihnen – unter Käpt'n Faroks Anleitung – vom Gewölbe Allen Bekannten Wissens und von Graudämmermoor. Nach allem, was sie durchgestanden hatten, überraschte das Dasein der Bibliothek keinen von ihnen sonderlich.

Kray tauchte kein einziges Mal auf. Der Zauberer blieb in seiner Kajüte und nahm seine Mahlzeiten allein ein.

Trotz seiner Nahtoderfahrung (Nahblindheits- und Nahverkrötungserfahrung) tat Kray Tocht ein wenig leid. Er dachte daran, an die Tür des Zauberers zu treten und zu versuchen, mit ihm zu sprechen. Einmal war Tocht beinahe bis zur Kajüte des Zauberers vorgedrungen, aber zwei Mannschaftsmitglieder, die »zufällig« an Krays Tür standen, zogen ihn in eine Unterhaltung und baten ihn um Geschichten und Lieder. Froh zu sehen, dass seine Gesellschaft erwünscht war – nach all der Angst vor dem Empfang, den Kray ihm bereiten würde –, ging Tocht nur zu bereitwillig mit ihnen in die Messe.

Am Morgen des siebten Tages erreichten sie Graudämmermoor.

Tatendrang erfüllte Tocht, als er im Bug der *Einäugigen Peggie* stand und seine Augen anstrengte, um durch die Schichten von blassem, grauem Nebel zu dringen, der Graudämmermoor immerfort umgab und der Insel ihren Namen gab. Er stellte fest, dass er beinahe hindurchsehen konnte, vielleicht sogar gut genug, um eine Warnung zu rufen, wenn er ein Schiff rechtzeitig erblickte, damit das Piratenschiff noch ein Ausweichmanöver einleiten konnte (was im Augenblick eigentlich Zeddars Aufgabe war). An einigen Tagen war es besser als an anderen. Dies war einer der guten. Es regnete nicht.

Die Schiffsglocke der *Einäugigen Peggie* wurde geläutet,

um von ihrer Anwesenheit zu künden, und das Geräusch klang über die Bluttriefende See hinaus. Es hatte kein weiteres Anzeichen auf das Wesen gegeben, das das Piratenschiff jagte, aber sie hatten andere Ungeheuer gesehen, von denen – zum Glück – keines an ihnen Interesse gezeigt hatte.

Im Stillen hoffte Tocht, dass sie bis zu den Kiemen mit Koboldpiraten vollgestopft waren, die manchmal auf den Meeren verkehrten, um nach Handelsschiffen Ausschau zu halten, die nicht anständig bewaffnet waren. Wenn Käpt'n Farok und seine Mannschaft nicht dabei waren, Gerüchte über die von Ungeheuern verseuchte Bluttriefende See zu verbreiten, versenkten sie Koboldschiffe bis auf den Grund.

Nach und nach kam Graudämmermoor in Sicht. Heimweh verkrampfte Tochts Magen, besonders da er wusste, dass es nur ein kurzer Besuch war und er wieder Segel würde setzen müssen, womöglich, um nie wieder heimzukehren. Dies war jedes Mal, wenn er auf der *Einäugigen Peggie* an Bord ging, um nach einem Mythos oder einem Gerücht oder einem Fetzen aus der Geschichte zu jagen, der während seiner Forschungen aufgetaucht war, wieder ein ernüchternder Gedanke.

Unter Käpt'n Faroks Führung legten sie an einem der Docks im Allerortshafen an. Ein paar weitere Schiffe lagen vor Anker, die meisten Piraten, die Güter ausluden, die die Bevölkerung von Graudämmermoor haben wollte.

»Selbst wenn Leute alles haben, was sie brauchen oder zu wollen glauben, wollen sie oft das, was ihr Nachbar hat. Der bloße Schritt, dass ein Nachbar dieses Ding haben will, löst in anderen eine Begierde aus, die schlicht unerklärlich ist.« Dies war aus Ardelphs *Gesetze von Angebot und Nachfrage: Jenseits des Nötigen*.

Es umschrieb auch die Lage der Einwohner von Graudämmermoor. Als die Erbauer die Insel magisch vom Grund des Meeres erhoben hatten, hatten sie für alles Vorkehrungen getroffen. Es gab nichts, woran es den Bewohnern von Graudämmermoor mangelte. Die Kalksteingrundlage der Insel sorgte für einige natürliche Brunnen, die das Meersalz herausfilterten, und für Sammelbecken und Seen, die Frischwasser enthielten. Die Wälder im Hinterland vom eigentlichen Graudämmermoor und vor den Fingerknöchelbergen waren voll von Wildtieren, um die sich die Elfenhüter kümmerten. Bauern züchteten noch mehr Tiere und hatten genug Korn für Brot und das Vieh auf den Feldern.

Die Insel war, wie Tocht inzwischen wusste, ein tatsächliches Paradies. Er schloss die Augen und konnte beinahe das Papier und die Tinte der Bücher riechen, die in den Regalen des Gewölbes Allen Bekannten Wissens standen.

Etliche Familien kamen herbeigelaufen, um das Schiff zu begrüßen. Die *Einäugigen Peggie* war von den kleinen Frachtern erkannt worden, die Güter von den größeren Schiffen brachten, die draußen an den Docks lagen. Ehefrauen, Kinder und Freunde kamen, um die Piraten zu begrüßen.

Niemand kam, um Tocht willkommen zu heißen. *Weil niemand gewusst hat, dass ich weg gewesen bin*, sagte sich Tocht. Aber er war ein wenig überrascht von seinen Gefühlen, als er außen vor blieb, während er zusah, wie die Piraten die Leiter hinabkletterten und zwischen ihren Familien verschwanden. Trotzdem wusste er, dass auch Käpt'n Farok und Hallekk nicht an Land gehen würden, um Zeit bei ihrer Familie zu verbringen. Käpt'n Farok hatte seine Frau und seine beiden Kinder überlebt (die beide in einem Kampf gegen die Kobolde gefallen waren, noch ehe Tocht ihn getroffen hatte), und Hallekk war ein Waisenkind gewesen. Käpt'n Farok war für Hallekk das, was einem Vater am nächsten kam.

»Wirst du dich noch in Bewegung setzen?«, fragte eine kalte Stimme. »Oder wirst du nur hier herumstehen und gaffen?«

Ein wenig zitternd und mit einem plötzlich flauen Gefühl im Magen drehte Tocht sich um und fand sich Kray gegenüber.

Der Zauberer sah wieder ausgeruht aus, bestens befähigt, jedermann in eine Kröte zu verwandeln oder zu blenden oder in kleine Stückchen zu zer–

Kray knurrte.

»Ich geh ja schon«, sagte Tocht, packte die Leiter und hievte sich hoch. Er hoffte nur, dass seine weichen Knie nicht unter ihm nachgeben würden und ihn dazu veranlassten, auf Kray zu fallen. Er ging nicht davon aus, dass das gut ankommen würde. Am oberen Ende des Docks stolperte er und wäre beinahe hingefallen.

Kray sah ihn seltsam an. »Geht es dir gut?«

Im Augenblick sieht es ganz so aus. Tocht versuchte zu sprechen, stellte fest, dass er es nicht konnte, und begnügte sich mit einem Nicken.

»Dann müssen wir weitergehen.«

Wir? Tocht blinzelte.

Zank und Bulokk kletterten beide hinter dem Zauberer auf den Anleger. Bulokks Zwergenkrieger standen auf einer Seite und beobachteten Kray genau. Tocht hatte das deutliche Gefühl, dass sie eingegriffen hätten, wenn Kray versucht hätte, ihm zu schaden. *Vielleicht ist das aber auch nur Wunschdenken*, sagte er sich. *Es ist ja nicht so, dass sie Kray wirklich aufhalten könnten.*

»Die Bibliothek«, sagte Kray. Er warf ihm einen finsteren Blick zu. »Sag mir nicht, dass du das vergessen hast.«

»N-n-n-neiiiin«, stammelte Tocht, schob einen Fuß nach vorn und trat einen Schritt zur Seite, für den Fall, dass das irgendein unheimlicher, grausamer Trick war.

»Dann kümmern wir uns darum.« Kray ging an Tocht vorüber zum nächstgelegenen Mietstall, bei dem man Wagen und Pferde leihen konnte.

Bulokk und seine Zwergenkrieger folgten ihm. Sie alle glotzten die Stadt an, besonders die Schilder, die jedes Gebäude in Graudämmermoor schmückten. Alle Geschäftsleute und Handwerker der Halblinge machten Werbung, und die Schilder fielen umso größer aus, wenn zwei Läden sich in unmittelbarem Wettbewerb miteinander befanden. Natürlich war die Werbung bei den Zwergen vergebliche Liebesmüh, da sie nicht lesen konnten.

Aber Zank konnte es. Genauso die Katze. Auch sie liefen in Krays Kielwasser weiter, das ausgesprochen breit war, da niemand in Graudämmermoor, der ihn kannte, etwas mit ihm zu tun haben wollte.

Alysta hielt an und blickte über die Schulter zurück. Ihr Schwanz zuckte verärgert. »Kommst du nicht?«

»Doch.« Tocht antwortete, bevor er richtig darüber nachgedacht hatte. Er ließ sich durch den Kopf gehen, was sich gleich ereignen würde: Kray in der Bibliothek. Als Großmagister Ludaan noch für das Gewölbe Allen Bekannten Wissens verantwortlich gewesen war, war Krays Anwesenheit beinahe ein regelmäßiges Ereignis gewesen.

Aber nicht mehr, seit Frollo Großmagister geworden war. Die beiden konnten sich auf den Tod nicht ausstehen. Wenn Kray sich mit Tocht treffen wollte, schickte er für gewöhnlich eine Botschaft zum Gewölbe Allen Bekannten Wissens.

Vielleicht war das auch kein so guter Einfall, dachte Tocht, während er ihnen nachtrottete.

»Bist du nervös?«, fragte Zank, als er sie eingeholt hatte.

»Weswegen denn?«, fragte Tocht.

Sie blickte ihn an, und ihre blauen Augen füllten sich mit Verwunderung. »›Weswegen denn?‹ Einmal wäre da Kray. Außerdem Sokadir. Es gibt jede Menge Sachen, über die man sich Sorgen machen kann.«

Tocht seufzte. »Ich weiß. Das tue ich auch.«

»Nun, fasse Mut, Bibliothekar Lampenzünder.«

Unglaublicherweise hob sich Tochts Laune ein wenig. Es war das erste Mal, dass Zank ihn bei seinem Titel nannte.

»Käpt'n Farok hat uns allen gesagt, wenn es jemanden gibt, der diesem ganzen Schlamassel auf den Grund gehen kann, dann bist es du. Er sagt, das wäre der Grund, weshalb Kray nach dir geschickt hat, anstelle selbst zu kommen oder einen anderen zu schicken.« Zank blickte ihn an. »Der Kapitän hat gesagt, dass du eine Gabe für Rätsel hast, ob sie nun aus Worten, Irrgärten in Räumen mit verschollenen Schätzen oder … Leuten bestehen.« Sie klopfte ihm auf die Schulter. »Immerhin hast du Meeresgischt gefunden, obwohl es niemand anders geschafft hat.«

Aber ich habe mich auch schon früher in Dingen geirrt. Tocht versuchte, nicht daran zu denken. Außerdem summte in ihm die Neugier. Die Antworten mussten hier irgendwo sein.

Kapitel 5

Vidrenium

Tocht saß hinten auf dem Wagen, während sie den langen, gewundenen Pfad zum Gewölbe Allen Bekannten Wissens hinauffuhren. Die Türme der Großen Bibliothek hoben sich nur vor den dunkelgrauen Fingerknöchelbergen ab, wenn man wusste, wonach man Ausschau halten musste. Gleich oberhalb der Ogerfinger (es wurde gemunkelt, dass die Erbauer die Berge aus zwei riesigen Wesen geschaffen hatten, die im Kampf verkeilt waren, und dass ihre Füße die Insel im Meeresboden verankerten, obwohl niemals jemand die Wahrheit darüber herausgefunden hatte) schmiegte sich das Gebäude an den Fels und wurde von einer hohen Mauer aus dem gleichen dunkelgrauen Stein geschützt. Nur die Ogerfinger hatten eine andere Farbe, und sie waren von rostroten Eisenadern durchzogen.

»Das ist so … wunderschön.« Zank blickte sich mit offenem Staunen um. »Ich habe niemals etwas Vergleichbares gesehen.«

Das lag daran, dass sie in Kairattenbau aufgewachsen war, in den kalten Nordlanden vor dem Gefrorenen Meer. Dort war herzlich wenig gewachsen, was blühte oder Früchte trug.

»Das ist es auch«, stimmte Tocht zu. »Ich habe das niemals wirklich gewusst, bis ich es verlassen habe.«

»Wenn ich hier wohnen würde, glaube ich nicht, dass ich jemals gehen würde.«

»Nicht einmal, um das Schwert deines Ahnen zu bekommen?«

Ein Teil der Freude schwand aus ihrem Gesicht, und Tocht fühlte sich schlecht, als das geschah.

»Das muss ich«, erwiderte Zank. »Dieses Schwert ist wichtig für meine Familie.«

»Ich weiß«, sagte Tocht und hoffte, dass er ihr tatsächlich helfen konnte, Meeresgischt wiederzufinden, und auch Bulokk abermals dabei behilflich sein würde, Knochenschnitter in seinen Besitz zu bringen.

Und den Namen des wahren Verräters an diesem Tag während der Schlacht an der Todesfestung herauszufinden. Tocht holte tief Luft und schob damit all den Druck aus verschiedenen Richtungen von sich. Großmagister Ludaan hatte ihn gelehrt, sich Schwierigkeiten zurechtzustutzen, sie in ihre einzelnen Bestandteile zu zerlegen und jeden einzelnen Bereich gesondert anzugehen.

In diesem Augenblick konnte er die Schwierigkeiten noch nicht einmal erfassen. Er brauchte mehr Wissen über die Hintergründe. Er war blind durch das Land geirrt, um Krays Plänen zu folgen. Wenn das Wiedererlangen der Waffen einfach eine Schlacht gewesen wäre, dann hätte der Zauberer mit seiner Einschätzung vermutlich den Sieg davongetragen.

Aber es war nicht die Sache eines Militärstrategen. Es war Sache eines Bibliothekars.

Obwohl er sich während des letzten Abschnitts der Reise beruhigt hatte, musste Tocht feststellen, dass er noch vor einer weiteren Schwierigkeit stand.

Wie immer hielten Zwergenwachen vor dem Haupteingang zum Innenhof der Bibliothek die Stellung. Tocht erkannte Varrowyn Schmiedeling, ihren Anführer, sofort.

Der Zwerg war einer der treuesten und erfahrensten Krieger, mit denen Tocht jemals das Vergnügen gehabt hatte, Bekanntschaft zu schließen. Seine Rüstung glänzte, und er hielt seine Streitaxt in einer großen Hand.

»Grüße«, sagte Varrowyn mit seiner dröhnenden Stimme.

»Grüße«, erwiderte Kray.

Varrowyn ging um den Wagen herum, in dem lauter Zwerge und Zank und Alysta saßen. »Hast du Besucher bei dir, Bibliothekar zweiten Ranges Lampenzünder, ja?«

»Das habe ich«, antwortete Tocht und erhob sich. »Es sind alles Freunde.«

»Das ist gut.« Varrowyn lächelte und zeigte seine Zähne, aber selbst das konnte man noch als Drohung deuten. »Wir sind hier alle ein freundlicher Haufen. Kray, es ist gut zu sehen, dass die Wölfe Euch noch nicht niedergerungen haben, während Ihr dort draußen unter sie gegangen seid.«

»Dank dir, Varrowyn.« Kray setzte sich leise hin. Er war mit Zwergen stets gut ausgekommen.

»Ich nehme an, der Großmagister erwartet Euch nicht.« Varrowyn trat wieder vor den Wagen und hob seine Streitaxt, um seinen Männern ein Zeichen zu geben. Sofort fingen sie an, das mit Eisen beschlagene Tor zu öffnen, das klirrend gegen die Laufschiene schlug, während es hochgezogen wurde.

»Nein«, sagte Tocht.

»Wir sind in einer privaten Angelegenheit hier«, ergänzte Kray.

»Ein Forschungsvorhaben«, fügte Tocht hinzu.

»Hmmmmm.« Varrowyn beäugte Tocht nachdenklich. »Der Großmagister hat nach dir gesucht.«

Eine flaue Grube tat sich in Tochts Magen auf. *Alles, was ich brauche, ist ein Großmagister, der zornig auf mich ist.* Einige seiner Tage verbrachte er zum Großteil damit,

Großmagister Frollos Aufmerksamkeit zu entgehen. Frollo neigte dazu, unhöflich und fordernd zu sein, und er vergaß nie, wenn jemand einen Fehler gemacht hatte. In diesen Belangen war er Großmagister Ludaan nicht sehr ähnlich.

»Offenbar hat er nicht gewusst, dass du bei Kray warst«, fuhr Varrowyn fort.

»Ich habe nicht gewusst, dass ich Kray begleiten würde«, entgegnete Tocht.

»Das habe ich mir schon gedacht.« Varrowyn nickte. »Ich bin deiner Spur bis zu Paunsels Taverne gefolgt, was der letzte Ort war, an dem du gesehen wurdest. Man hat mir gesagt, dass du dich in der Gesellschaft von Kray und Hallekk befunden hast. Ich habe mir gedacht, dass du wahrscheinlich auf der *Einäugigen Peggie* mitgefahren bist, als sie in jener Nacht die Segel gesetzt hat. Das habe ich auch dem Großmagister erzählt, aber er hat sich dazu entschlossen, die Wache herbeizurufen, um dich suchen zu lassen. Er hat etwas davon gemurmelt, Bibliothekare abzustellen, die über den Hralbommsflügel wachen, da du dort früh genug wieder auftauchen würdest, um dir noch eins von diesen Büchern zu holen.«

»Aha.«

»Soll ich einen Boten schicken, der den Großmagister holt und ihn wissen lässt, dass du wieder da bist?«, bot Varrowyn an.

»Nein«, sagte Tocht kläglich. »Das wird nicht nötig sein. Danke.« Er ließ sich zurück in den Wagen fallen und setzte sich wieder auf den Kartoffelsack, den er als Hocker benutzt hatte. *Ich bin verdammt. Wenn mich Kray nicht in eine Kröte verwandelt, wird mich der Großmagister Küchen und Bäder schrubben lassen. Oder ich muss Abschriften von Büchern mit zwergischen Liebesliedern anfertigen.*

Tocht führte sie alle durch den Hintereingang in das Hauptgebäude und hielt nur lange genug in der Küche an, um die Speisekammer zu plündern. Er nahm Vorräte an sich, um belegte Brötchen mit Schinken und Tomate zu machen, dann belud er Bulokks Krieger mit Erdbeeren, Feuerbirnen und Nusspasteten. Niemand in der Bibliothek musste hungern. Er fügte auch noch einige Kuchen und zwei Gläser mit Chozelakkenmarmelade hinzu und einige Laibe Weizen-, Kürbis- und Maisbrot. Vier Krüge mit Razalistynbeerenwein vervollständigten das Ganze.

Dann führte er seine Gesellschaft in einen der kaum benutzten Seitenräume neben dem Hralbommsflügel. Nur wenige Bibliothekare suchten den Hralbommsflügel auf, weil die meisten Tochts Liebe zu den Abenteuergeschichten nicht teilten; und diejenigen, die es taten, fürchteten Großmagister Frollos tadelnde Worte.

Während Zank, Alysta und die Zwerge damit einverstanden waren, in diesem Raum zu warten, bestand Kray darauf, Tocht zu begleiten. Das machte den kleinen Bibliothekar nervös, während er durch die Gänge und Räume des Gewölbes Allen Bekannten Wissens eilte. Hinzu kam das Wissen, dass er in seiner Kleidung aus Hose und Hemd anstelle einer Robe aus den übrigen Anwesenden herausstach. Er sah nicht wie ein anständiger Bibliothekar aus.

Trotzdem erkannten ihn die Bibliothekare.

»Hallo, Bibliothekar zweiten Ranges Lampenzünder«, sagte ein Novize. Er war mit einem Dutzend dicker Bücher beladen, die er kaum tragen konnte.

»Hallo, Grental«, erwiderte Tocht. Als er an dem Novizen vorbeiging, griff er nach dem obersten Buch und richtete es neu aus, um den Stapel etwas sicherer zu machen. »Du solltest diese Bücher wirklich in zwei Fuhren tragen.«

»Ich habe gedacht, eine würde –«

»Dir Zeit sparen?«, fragte Tocht eilig. »Nicht, wenn du stolperst und sie fallen lässt und die Bindung aufgeht. Eine Bindung zu reparieren –«

In diesem Augenblick tat Grental einen Fehltritt. Das Geräusch aus dem Leim gehender Bindungen hallte im Gang wider.

Seufzend und ohne seinen Schritt zu verlangsamen, schüttelte Tocht den Kopf und zwang sich, nicht zurückzublicken und herauszufinden, wie groß der Schaden war. *Den Alten sei dank, dass dies Quellenbände waren, von denen wir mehrere Abschriften besitzen.* »Das habe ich gehört, Novize. Ich habe die Titel von all diesen Büchern gelesen. Ich erwarte, dass sie wieder instand gesetzt werden. Ich werde das überprüfen.«

»Ja, Bibliothekar zweiten Ranges Lampenzünder«, erwiderte der Novize mit niedergeschlagener Stimme. »Habt Ihr gewusst, dass Euch der Großmagister sucht?«

»Ja, das habe ich.« Tocht eilte weiter.

Laternen, die mit Lumminsaft gefüllt waren, flammten blauweiß in den Gängen und den Räumen. Das Gewölbe Allen Bekannten Wissens war ein großes Durcheinander, und die meisten hätten wohl behauptet, dass es ohne Hand und Fuß ersonnen worden war. Vier Stockwerke gab es überirdisch, und weitere waren in die Gesteinsschicht unterhalb der Bibliothek gehauen, so dass ein großer Teil der Fingerknöchelberge wie eine Honigwabe geworden war. Ein Fluss teilte die unterirdischen Stockwerke in zwei Hälften. Manchmal musste man, um zu einem der unteren Stockwerke zu gelangen, zwei Treppenabsätze hinaufgehen, nur um dann drei weitere hinabzusteigen.

Von den verschiedenen Stockwerken und Räumen waren

Karten angefertigt worden, aber nur den erfahreneren Novizen wurde es gestattet, sie bei sich zu tragen. Sich um eine Karte zu kümmern bedeutete, dass man keine Hand mehr frei hatte, um so viele Bücher zu halten, wie ein Bibliothekar tragen konnte.

In den unteren Gängen war es dunkler, da es dort kein Licht mehr gab, und es war sehr viel kühler. Nur in Hemd und Hose gekleidet, stellte Tocht fest, dass ihm kalt wurde.

Während er ging, lauschte Tocht Krays gleichmäßigen Schritten hinter sich. Obwohl er sich beinahe so schnell wie möglich bewegte, hielt Kray leicht mit ihm Schritt.

»Weißt du, wo du hingehst?«, fragte Kray schließlich.

»Ja«, antwortete Tocht.

»Es wirkt gar nicht so.«

Als er einen Blick zurück über die Schulter wagte, sah Tocht eine Spur von Sorge, die sich auf dem Gesicht des Zauberers zeigte. *Macht er sich Gedanken, dass wir uns hier unten verirren werden?* Das war in der Vergangenheit bereits geschehen. Manchmal stunden-, manchmal tagelang. Die Bibliothek war riesig. Deshalb wurde es neuen Novizen niemals gestattet, dass sie alleine umherstreiften, und deswegen stopften sich diejenigen mit ein wenig Begabung die Taschen mit Essen und einem kleinen Wasserschlauch voll, während sie herumwanderten.

»Ich weiß, wo ich hingehe«, erklärte Tocht.

Kray runzelte die Stirn, sagte aber nichts.

Zwei Räume weiter vorn schoss Tocht durch einen Eingang. Er tauchte in die Regalreihen und ließ eine Hand über die Buchrücken streichen.

»Was wird hier aufbewahrt?«, fragte Kray.

»Militärische Biografien von den Elfen des Silberblattwaldes«, antwortete Tocht. »Einige von ihnen waren aus dem Gebiet des Schnürblattwaldes und kleineren Siedlungen, die sich in dieser Gegend befunden haben.« Er holte ein Buch herab. »Dies ist das Tagebuch von Kapitän Bitalmir, der der zweite Befehlshaber im Krieg der Gewundenen Schlange gewesen ist.« Er hielt einen anderen Band hoch. »Dies ist das Tagebuch von General Koffar. Er hat das feindliche Heer von der Taurosensiedlung angeführt.«

»Weshalb willst du etwas über diese beiden Männer erfahren?«

»Nicht über diese Männer«, erklärte Tocht. »Über den Krieg. Den Krieg der Gewundenen Schlange. Sokadir und Todeshauch haben zum Ausgang dieses Kampfes einen Großteil beigetragen. Bitalmir und Koffar waren zwei von den gebildetsten Schriftstellern jener Zeit. Sie hatten ein Auge für Einzelheiten. Sie werden uns Dinge verraten, die wir über Sokadir wissen müssen.«

»Es muss doch Biografien über Sokadir geben.«

»Die gibt es. Aber man kann einer Biografie nicht immer trauen. Ganz gleich, wer die Person ist, ganz gleich, wer der Schriftsteller ist, ich habe festgestellt, dass beinahe jede Biografie, die ich gelesen habe, einseitig für oder gegen ihr Thema ausgerichtet ist.« Tocht hielt inne und ordnete seine Gedanken. »Wir müssen uns die Fakten einzeln ansehen und sie überprüfen.«

»Warum?«

Von seiner eigenen Neugier überrollt, vergaß Tocht seine Angst und sein Unbehagen gegenüber Kray. »Denkt darüber nach. Wir haben mit Sokadir Verbindung aufgenommen – nur zufällig, das gewiss, aber trotzdem war eine Verbindung da –, und er wollte mich holen. Ich muss mich fragen, weshalb.«

»Er wollte nicht gestört werden.«

»Er hat gewusst, dass ihn jemand sucht.«

»*Ich* habe nach ihm gesucht. Ehe ich aufgegeben habe und nach Graudämmermoor gekommen bin.«

Tocht erinnerte sich an den getriebenen Blick in den Augen des Elfenhelden. »Da ist noch mehr. Etwas, worüber wir nichts wissen.« Er öffnete das Buch und fing an zu lesen.

Kray stand einen Augenblick in gelähmtem Schweigen da, dann verbannte Tocht den Zauberer aus seinem Verstand. Es galt, ein Rätsel zu lösen.

Stunden später, nach hundert Büchern und einem halben Dutzend Räumen, bekam Tocht eine Ahnung von dem, wonach sie wirklich suchten.

»Die Waffen«, sagte er.

Kray blickte von dem Buch auf, das er gerade durchsah. »Was ist mit ihnen?«

»Wisst Ihr, wer sie angefertigt hat?«

»Der Legende nach hat Meisterschmied Oskarr die seine gemacht. Bei den anderen weiß ich es nicht.«

Tocht ging zu dem Zauberer hinüber, um ihm das Bild zu zeigen, das er gefunden hatte. »Seht.«

Auf dem Bild wurde einem Zwerg von einem Meermann ein glühender Stein überreicht. Der Zwerg stand bis zu den Hüften im Wasser. Der Meermann blieb ganz im Wasser, aber sein Schwanz war nach oben gerichtet, so dass er über der Oberfläche sichtbar war.

»Was ist das?«, fragte Kray.

»Dort ist das Metall hergekommen«, antwortete Tocht. »Das Meervolk hat einen glühenden Stein auf dem Grund des Meeres gefunden und ihn einem Zwergenschmied von den Dröhnenden Riffen als Handelsware angeboten.«

»Den ›Dröhnenden Riffen‹?«

»Das ist der Name des Meervolks für die Aschwolkeninseln.« Tocht blätterte um und zeigte Kray eine Reihe von Karten. »Ich habe kein Buch darüber bei mir, aber wenn ich das hätte, könntet Ihr sehen, dass die Küstenlinie mit der übereinstimmt, die an der –«

»Mit der Rostsee«, sinnierte Kray, inzwischen neugierig geworden. »Das sehe ich. Aber was bedeutet es? Ist das Meister Oskarr?« Er spähte zur Beschriftung auf der gegenüberliegenden Seite. »Ich kann das nicht lesen.«

»Ich kann es. Es steht aber nicht da, wer der Zwerg ist. Aber seht hierhin.« Tocht deutete auf ein Symbol, das auf der Brustplatte des Zwergenschmieds prangte. Das Symbol zeigte einen Zwergenhammer, der auf einen Amboss schlug, während unter dem Hieb Flammen hervorschossen. »Erkennt Ihr dieses Symbol?«

»Ja. Es gehört zu den Zwergen von den Aschwolkeninseln.«

»Mehr als das«, sagte Tocht. »Es gehört zu Meister Oskarrs Familie.«

Kray starrte den Zwerg auf dem Bild näher an. »Ist das Meister Oskarr?«

»Nein. Das ist der falsche Zeitabschnitt. Dies wurde hundert Jahre vor Meister Oskarrs Geburt gezeichnet. Es besteht auch die Möglichkeit, dass die Geschichte schon alt war, bevor man sie aufgeschrieben hat.«

»Wer ist dann der Zwerg auf dem Bild?«

Tocht schüttelte den Kopf. »Ich weiß es nicht.« Er tauschte das Buch gegen eines aus, das er aus einem der vorherigen Räume mitgebracht hatte. »Hier gibt es einen Eintrag von Naggal, einem der Lehrlinge von Meister Oskarr.«

»Da steht aber, dass das Buch von Meister Oskarr ist.«

»Das war es nicht. Viele Meister wälzten ihre Schreibarbeit auf jüngere Lehrlinge ab. Sie hatten keine Zeit, die Arbeit selbst zu erledigen, aber getan werden musste sie. Also haben sie sie jemandem aufgetragen.«

»Und später haben sie die Arbeit als ihre eigene ausgegeben?«

»Technisch gesehen war es ihre Arbeit«, sagte Tocht. »Der Schreibvorgang natürlich nicht, aber sie haben auch die Niederschrift von Anleitungen, die auf ihrer Arbeit fußten, als ihr eigenes Werk ausgegeben.«

»Und wenn schon, was sagt uns das?«

»Nun, zum einen, woher das Metall gekommen ist.« Tocht hielt das zweite Buch hoch. »Aber es sagt uns auch, dass alle drei Waffen – Knochenschnitter, Meeresgischt und Todeshauch – denselben Ursprung hatten. Den glühenden Stein, den Ihr auf dem anderen Bild sehen konntet. Und dass sie alle drei von der Hand desselben Meisters geschaffen worden sind.« Er blätterte durch die Seiten und zeigte, wie Meister Oskarr in seiner Schmiede arbeitete. »›Aus den Überbleibseln des gefallenen Sterns –‹«

»Des ›gefallenen Sterns‹?«, wiederholte Kray.

»Es ist eine ungefähre Annäherung an die Sprache des Meervolks.«

»Na gut.«

»›Aus den Überbleibseln des gefallenen Sterns, den mein Ahne dem Meervolk abgehandelt hat, habe ich drei Stücke geschaffen‹«, las Tocht vor. »›Zum ersten Mal habe ich diese Waffen nicht im Voraus geplant. Das Erz hat mich auf eine Art und Weise gerufen, wie ich es noch nie erlebt habe. Natürlich habe ich als Erstes eine Axt gefertigt. Immerhin bin ich ein Zwerg, und mein eigenes Wesen wird stets alles andere überstrahlen, dem ich mich gegenüberfinde.‹«

»Vidrenium«, flüsterte Kray.

Kapitel 6

»Ich bin der Großmagister dieser Bibliothek, und ich – *ulp*!«

Tocht blinzelte. Es dauerte einen Augenblick, bis ihm der Bezug zum Vidrenium klar wurde.

»Es ist kein gefallener Stern gewesen«, sagte Kray, der seine Pfeife hervorholte. Er machte sich daran, mit dem Daumen zu schnippen. »Es war Vidrenium. So muss es gewesen sein.« Ein Rauchfaden stieg von seinem Daumen auf.

»Nein«, warnte ihn Tocht, der wusste, dass ein Feuer in der Bibliothek nichts Gutes verhieß.

»Natürlich war es das«, erklärte Kray herrisch, da er dachte, Tocht würde ihm widersprechen. Sobald der Daumen des Zauberers in Flammen stand, bildete sich über seinem Kopf eine magische Regenwolke und durchnässte ihn. Er fluchte.

»Ich habe versucht, Euch aufzuhalten«, sagte Tocht.

Mit der Pfeife zwischen den Zähnen starrte Kray zu der winzigen Regenwolke empor. Als würde sie ihn offen herausfordern, ließ die Regenwolke ein halbes Dutzend winziger Blitze herabzüngeln, und ein leises, aber tatkräftiges Donnern rumpelte aus ihr hervor.

»Die Schutzzauber, die das Gewölbe Allen Bekannten Wissens verteidigen«, rief Tocht Kray ins Gedächtnis.

Beinahe sofort saugte der Steinboden das Wasser mit einem lauten Gurgeln auf und stellte seinen trockenen Zustand wieder her. Kray allerdings blieb nass, und jeder Tropfen, der von ihm herabfiel, wurde vom Boden aufgesaugt.

Der Zauberer steckte seine Pfeife weg, dann murmelte er ein einzelnes Wort. Tocht spürte, wie sich die Hitze des Zaubers in ihn brannte, und wandte den Kopf ab, um ihr zu entgehen. Als er zurück zu Kray blickte, war der Zauberer wieder trocken.

»Ihr habt Vidrenium erwähnt«, erinnerte ihn Tocht.

»Das habe ich«, stimmte Kray zu, der seine Lippen nachdenklich schürzte. »Bist du damit vertraut?«

»Ich kenne die Legende«, sagte Tocht. »Es war ein Metall, das in der Stadt Traum von den besten magischen Metallurgen dieser Zeit geschaffen wurde. Aus den allerreinsten Metallen und den mächtigsten Zaubern.«

»Ja«, sagte Kray.

»Ich habe gedacht, dass dieses Metall, das aus weißem Gold gefiltert und mit Zaubern und Magie angereichert wurde, nur ein Mythos ist.«

Kray musterte den glühenden Felsbrocken, den der Zwerg und der Meermann auf der Zeichnung austauschten. »Ich habe allerdings gehört, dass sie es am Ende geschafft haben. Alle von ihnen, die daran gearbeitet hatten, Dadorr, Hosfeth, Klial und Tormak, sind während des Kataklysmus gestorben. Was immer sie entdeckt haben, wird vermutlich noch für einige Zeit verborgen bleiben. Sie haben den Großteil ihres Lebens darauf verwendet, dieses Metall zu schaffen.« Er hielt inne. »Ich erinnere mich daran, als Traum untergegangen ist, nachdem Lord Khadaver in die Stadt kam und die Koboldhorden losgelassen hat, damit sie sich ausbreiten konnten. Er hat in ganz Traum Explosionen ausgelöst. Es hat eine Schmiede gegeben, die zugleich eine zwergische Fertigungsstätte und ein Ort starker Zaubersprüche gewesen ist, in der sie mit dem Vidrenium gearbeitet haben. Man sagte mir, dass die Bannsprüche, die es sicherten, zerrissen wurden und noch mehr Zerstörung in der Stadt anrichteten.«

»Es ist möglich, dass während dieser Explosionen Brocken von Vidrenium in die Sanftwindsee katapultiert worden sind«, führte Tocht aus. Dann seufzte er. »So viel an alldem ist ein Ratespiel. Und jetzt, wo auch Traum eine Rolle spielt, gibt es noch viel mehr Nachforschungen zu erledigen.«

»Ratespiel oder nicht«, sagte Kray. »Ich nehme an, du bist etwas auf der Spur.«

Daraus schöpfte Tocht Mut.

»Aber nur deine Anstrengungen allein reichen nicht aus«, erklärte Kray.

»Ich tue mein Bestes«, widersprach Tocht, ehe ihm auffiel, dass ihn genau diese Worte ins Unheil stürzen würden.

»Ich weiß.« Krays Stimme war zweifellos sanft und verständnisvoll. »Aus dir muss ein ganzes Heer werden, Bibliothekar zweiten Ranges Lampenzünder, und es gibt nur einen Weg, wie du das erreichen kannst.« Die Roben des Zauberers wirbelten, als er sich umdrehte und den Raum verließ. »Komm mit.«

Ungläubig sah Tocht zu, wie der Zauberer durch die Tür schritt. Dann eilte der kleine Bibliothekar, Hände und Arme voller Bücher, dem Zauberer hinterher. Tocht verursachte kein Geräusch, aber innerhalb seiner Gedanken schrie er vor Entsetzen. *Das wird Großmagister Frollo herausfinden! Und es wird ihm überhaupt nicht gefallen! Ich werde jahrelang den Küchenboden schrubben müssen! Man wird mir nie wieder erlauben, Papier zu berühren!*

Kray schritt durch die Hallen und Gänge des Gewölbes Allen Bekannten Wissens. Jedem Bibliothekar, vom Novizen bis zum ersten Rang, befahl der Zauberer, alles liegen zu lassen, was sie gerade beschäftigte, und sich hinter ihm einzureihen. Er sagte nicht: »Sonst werde ich …« Das war bereits inbegriffen. Die Bibliothekare folgten seinem Gebot zögerlich und mit nicht wenig Unwillen (obwohl keiner von ihnen dies jemand anderen außer Tocht wissen ließ, denn sie dachten, dass Krays Zorn *seine* Schuld wäre – was, wie Tocht zugeben musste, gewissermaßen auch stimmte).

Als sie an der Haupthalle ankamen (Kray musste dreimal anhalten und Tocht nach der Richtung fragen, aber der kleine Bibliothekar war überrascht, dass der Zauberer überhaupt so viel über die inneren Abläufe im Gewölbe Allen Bekannten Wissens wusste, wie nun offenkundig wurde), marschierte schon ein Heer aus Bibliothekaren hinter dem Zauberer her.

»Das ist alles deine Schuld, Lampenzünder«, höhnte der Bibliothekar ersten Ranges Cottel. Er war ein rundlicher Halbling mit hervortretenden Augen und einem legendären Hang zu Süßem, was zu seiner außerordentlichen Fettleibigkeit geführt hatte. »Du hast den Zauberer hergebracht. Du weißt, dass Großmagister Frollo ihn hier nicht haben will.«

»Aber ich habe doch gar nicht –«, begann Tocht zu widersprechen.

»Der Großmagister wird ganz schön ärgerlich auf dich sein«, nörgelte der Bibliothekar ersten Ranges Amatard.

»Aber ich konnte ihn nicht aufhalten, als –«, wollte Tocht zu seiner Verteidigung hinzufügen.

»Danach wirst du umfassendes Wissen über die Küchenböden sammeln dürfen«, versprach der Bibliothekar ersten

Ranges Natter. »Wenn Großmagister Frollo dich nicht zum Schrubben treibt, dann werde ich es tun!«

»Er ist ein Zauberer …«, erklärte Tocht. Aber er hielt inne, weil er wusste, dass es sinnlos war. *Ich hatte keine Wahl!* Seine Arme fühlten sich an, als würden sie gleich abfallen, weil er die ganze Zeit die Bücher mit sich geschleppt hatte. Niemand hatte ihm angeboten, ihm mit seiner Last behilflich zu sein.

Nun, endlich hatten sie die Haupthalle erreicht. Tische, Stühle und Bücherregale füllten den Raum. Hier befanden sich weitere Bibliothekare, allesamt über die verschiedenen Aufgaben gebeugt, an denen sie arbeiteten. Sie blickten alle auf einmal auf, als Kray den Raum mit seiner Heerschar von geknechteten Bibliothekaren betrat.

»Eure Aufmerksamkeit, Bibliothekare«, sagte Kray mit dröhnender Stimme.

Tocht verzagte und hatte das Gefühl, dass er gleich in Ohnmacht fallen würde. *Ich werde in den Küchendienst zurückversetzt werden, man wird mich aus der Bibliothek verbannen!*

»Auf die Beine!«, befahl Kray mit scharfer Stimme. »Ich habe eine Aufgabe, die die besten Bibliothekare des Gewölbes Allen Bekannten Wissens verdient!«

Murrend erhoben sich die Bibliothekare.

»Dies ist ein Vorhaben, das jede Menge Nachforschungen auf einer Vielzahl von Ebenen erfordert«, fuhr Kray fort. »Alle notwendigen Informationen werden gesammelt und in diesen Raum zurückgebracht.«

In dem Wissen, dass er im Mittelpunkt einer Menge übelwollender Aufmerksamkeit stand (bestimmt eine Menge, wie sie noch niemals in der Bibliothek freigesetzt worden war), ging Tocht leise einen Schritt zurück. Dann noch einen. *Noch elf weitere*, sagte er sich, *und ich kann die Tür erreichen.*

Ohne hinzusehen griff Kray mit dem Stab nach hinten, fing Tocht damit am Hals ein und zog ihn in einem würdelosen, stolpernden Trab zurück.

»Ihr alle kennt den Bibliothekar zweiten Ranges Lampenzünder, nehme ich an?«, verlangte Kray zu wissen.

»Ja«, antworteten einige Bibliothekare.

Tocht wusste, dass ihnen allen bekannt war, wer er war. Beizeiten waren sie beinahe alle schon zu ihm gekommen, um von seinem Wissen zu profitieren: zu fragen, wo sich ein Buch befand, oder herauszufinden, wie sie etwas für Großmagister Frollo vorbereiten sollten. Selbst Bibliothekare ersten Ranges wussten, wenn auch widerstrebend, um seinen Scharfsinn und seine Vertrautheit mit dem Gewölbe Allen Bekannten Wissens.

»Ich habe gesagt, ihr alle kennt doch den Bibliothekar zweiten Ranges Lampenzünder!«, donnerte Krays Stimme durch die Halle und klang dabei noch lauter als die von Großmagister Frollo an einem besonders miesen Tag.

»Ja!« Diesmal war die Antwort genauso donnernd.

»Gut«, erwiderte Kray. »Er wird für die Ergebnisse der Nachforschungen verantwortlich sein. Ihr werdet auf ihn hören und tun, was er sagt, dann werden wir alle bestens miteinander auskommen.«

Auf mich hören? Tocht blinzelte überrascht. Eine neuerliche Welle von Entsetzen brach über ihn herein. Bestimmt würde man ihm alles anlasten, was von jetzt an geschah.

»Kray!«

Tocht erkannte die Stimme als die von Großmagister Frollo. Seine Knie gaben unter ihm nach. Geschwind griff Kray nach ihm, erwischte ihn mit einer Hand am Hemd und hielt ihn irgendwie aufrecht, während sie sich umdrehten, um sich dem Großmagister zu stellen.

Frollo schritt herrisch durch die Haupthalle der Bibliothek und zwischen all den Bibliothekaren hindurch, die dort versammelt waren. In die kohlefarbenen Gewänder des Großmagisters gekleidet, sah er nicht sonderlich beeindruckend aus. Er war ein Mensch, der dünn wie ein Blatt war, hochgewachsen und mit gebeugten Schultern nach all den langen Jahren, in denen er über Büchern gearbeitet hatte. Ein langer grauer Bart fiel über seine schmale Brust und verdeckte teilweise die abgehärmten, ernsten Gesichtszüge. Es gab keinen einzigen Tag in der Zeit seiner Bekanntschaft mit diesem Mann – selbst ehe Großmagister Ludaan friedlich während des Lesens verschieden und Frollo als neuer Großmagister angetreten war –, an dem ihn Tocht fröhlich gesehen hätte.

Zank, Alysta, Bulokk und seine Zwergenkrieger kamen hinter dem Großmagister herein.

»Was hat das zu bedeuten?«, wollte Frollo wissen. Seine haselnussbraunen Augen funkelten zornig. »Ihr könnt nicht einfach in diese Bibliothek kommen und alles in Aufruhr versetzen.«

»Ich bin gekommen«, sagte Kray, der sich zu seiner vollen Größe aufrichtete und den Großmagister damit überragte (besonders noch mit dem spitzen Schlapphut), »weil es um eine sehr wichtige Angelegenheit geht.«

»Mich gehen Eure Schwierigkeiten nichts an«, blaffte Frollo mit Schaum vor dem Mund. »Und diese Bibliothek auch nicht.«

»Ich brauche diese Bibliothekare, um Nachforschungen anzustellen.«

»Diese Bibliothekare haben bereits Aufgaben. Wichtige

Aufgaben. Sie sind nicht da, um Euch auf Abruf zur Verfügung zu stehen. Ihr könnt nicht einfach hier hereinstürmen und die Zeitpläne und Vorgänge stören, nur weil Ihr etwas nicht auf eigene Faust herausfinden könnt.«

Krays Gesicht wurde dunkelrot vor Zorn.

Tocht drückte gegen den Stab in der Hoffnung, dass es ihm gelingen könnte, einen oder fünf Schritte von dem drohenden Zusammenstoß der Mächte zurückzutreten. Leider hielt Kray den Stab – und damit auch Tocht – gut fest.

»Ich bin heute Abend hergekommen und habe diese Eindringlinge entdeckt«, sagte Frollo, wobei er mit einer Hand wedelte und damit Zank, Alysta, Bulokk und seine Krieger einschloss. »Hier! *Ohne* meine Bewilligung. Ihr wisst, dass wir hier viele wichtige Bücher und Aufzeichnungen schützen, Kray. Ihr, von allen Leuten, solltet das wissen.«

»Ich weiß es«, sagte Kray. »Diese Bücher und Aufzeichnungen sind genau die Gründe, weswegen ich den Entschluss gefasst habe hierherzukommen.«

Ihr habt den Entschluss gefasst hierherzukommen?, dachte Tocht entrüstet. Er legte beinahe laut Widerspruch ein, dann fiel ihm allerdings auf, dass Kray sich nicht nur ihre Anwesenheit hier zuschrieb, sondern auch die Schuld dafür auf sich nahm. Zumindest dieser Teil war gut. Tocht entschloss sich, dass er das eine opfern konnte, um aus dem anderen zu entkommen.

»Pah!«, höhnte Frollo. Er wandte Tocht seine Aufmerksamkeit zu. »Und du, du erbärmlicher Ersatz für einen richtigen Bibliothekar, bist du der Auslöser von alledem?«

Vor Entsetzen unfähig zu sprechen (und unfähig zu stehen, wäre nicht Krays Stab gewesen, der ihn aufrecht hielt), konnte Tocht nur den Kopf schütteln.

»Lüg mich nicht an!«, rief Frollo. »Kray wäre niemals aus

eigenem Antrieb hierhergekommen. Und du bist seit Tagen fort. Bist du mit einem jämmerlichen Abklatsch eines richtigen Buches aus dem Hralbommsflügel verschwunden?«

Tocht zog es in Erwägung. Das war knifflig. In jener Nacht in Paunsels Taverne hatte er ein Abenteuer mit Taurak Bleiyz (das er noch immer nicht zu Ende gelesen hatte!) mitgenommen, und es bestand die Möglichkeit, dass dem Großmagister dies bereits bekannt war. Aber der Roman war nicht der Grund dafür, dass er der Bibliothek so lange ferngeblieben war. Er machte sich daran, den Mund zu öffnen und eine Erklärung abzugeben.

»Und wage es nicht, mir zu erzählen, dass du schon wieder schanghait worden bist!«, brüllte Großmagister Frollo. »Davon will ich diesmal nichts hören!«

Außer Gefecht gesetzt und inzwischen um sein Leben fürchtend, schloss Tocht den Mund.

»Antworte mir!«, schrie Großmagister Frollo gellend.

Tocht wünschte, er hätte gelernt, wie man sich unsichtbar machte. Aber da sich keine Unsichtbarkeit einstellte, nahm er seinen Mut zusammen und –

»Es ist nicht seine Schuld«, donnerte Kray. »Er versucht mir bei der Lösung der Schwierigkeiten zu helfen, die ich vor mir habe.«

»Noch einmal, Kray«, schrie Großmagister Frollo zurück und wandte sich um, um dem Zauberer unmittelbar ins Gesicht zu starren, »Eure Schwierigkeiten sind nicht die meinen.«

Grüne Funken kreisten um Krays Stab. Seine Augen glühten hellgrün.

»Oh-oh«, sagte jemand. »Nun habt Ihr es geschafft.«

Zu Tochts Entsetzen stellte er fest, dass der Sprecher niemand anders als er selbst war.

»Ich will, dass Ihr hier verschwindet!« Frollo zeigte gebieterisch in Richtung des Haupteingangs. »In diesem Augenblick! Ich bin der Großmagister dieser Bibliothek, und ich – *ulp*!«

Eigentlich wurde das *Ulp* erst hörbar, nachdem Kray sich bewegt hatte, aber der Zauberer bewegte sich *so schnell*, dass das *Ulp* beinahe sofort ertönte. Indem er einen Schritt auf den Großmagister zutrat, fing Kray Frollos Kopf in seiner spinnenartigen Hand, die auch einen Platzteller hätte umfassen können. Grüne Funken sprangen in alle Richtungen von Krays Stab und aus seinen Augen und wirbelten in der großen Halle herum.

Dann sprach Kray ein Wort, ein einzelnes Wort nur, aber es dröhnte so laut, dass Tocht niemals herausbekam, was es gewesen war. Frollo schien in den kohlegrauen Roben des Großmagisters in sich zusammenzufallen.

Als Tocht blinzelte, war Großmagister Frollo verschwunden. Seine Roben lagen auf dem Boden.

»Er hat den Großmagister getötet!«, schrie jemand.

Abermals stellte Tocht fest, dass er das selbst gewesen war. Und es war kein Wunder, dass er die Stimme nicht erkannte, weil sie ganz gewiss nicht nach ihm klang. Er hatte noch nie mit so hoher Stimme gesprochen.

»Der Zauberer hat den Großmagister getötet!«

Das aber, dachte Tocht, während er sich die Hand vor den Mund hielt, *war ich nicht!*

»Kray hat Großmagister Frollo verdampft!«

»Hol doch jemand die Zwerge!«

Zwei von den Novizen und ein Bibliothekar ersten Ranges, die in der Nähe standen, fielen sofort in Ohnmacht und blieben auf dem Boden liegen. Andere Bibliothekare wichen vor ihnen zurück, als hätten sie Angst, dass Kray auch sie erschlagen hatte und der Tod womöglich ansteckend war.

Metall klirrte, als Zwerge in den Raum stürmten und ihre Waffen zogen. Sie hielten Piken und Streitäxte und gingen in Stellung. Keiner von ihnen schien darauf vorbereitet zu sein, sich auf Kray zu stürzen. Die grünen Funken kreisten noch immer um den Kopf und den hohen Hut des Zauberers.

»Wartet auf Varrowyn«, flüsterte einer der Zwerge, und es war in der Haupthalle so leise, dass es wie ein Schrei klang.

Etliche Bibliothekare bewegten sich zur Seite.

Kray schleuderte eine Hand nach vorn. Grüne Blitze strömten aus seiner Hand und wölbten sich über den Köpfen der Bibliothekare. Die Bibliothekare, vom Novizen bis hin zum Bibliothekar ersten Ranges, fielen zu Boden. (Und es war sehr zuträglich, dass das Gewölbe Allen Bekannten Wissens mit einem Wasser-Absorptionszauber belegt war, denn mehr als nur ein paar Roben wurden plötzlich durchnässt.)

»Niemand geht hier weg!«, befahl der Zauberer.

»Nehmt ihr Zwerge es nicht mit ihm auf?«, wollte einer der Bibliothekare wissen.

»Ähm«, sagte der Wachtmeister der Zwerge. »Vielleicht sollten wir in dieser Sache Varrowyns Entscheidung abwarten.«

»Er hat den Großmagister verdampft!«, schrie jemand. »Du bist doch dafür da, den Großmagister und die Bibliothek zu beschützen!«

»Nun«, sagte der Zwerg, der auf den Stapel Roben starrte, »es ist ein wenig spät, den Großmagister zu beschützen. Und die Bibliothek scheint mir nicht unmittelbar von Schaden bedroht zu sein.«

»Feiglinge!«, rief ein anderer Bibliothekar.

Der Zwerg runzelte die Stirn und wandte sich an den Krieger neben ihm. »Hast du gesehen, welcher von diesen Federschubsern das gesagt hat?«

Ehe der Mann antworten konnte, rannte Varrowyn durch den Eingang. Tocht war beeindruckt. Dass Varrowyn den ganzen Weg vom vorderen Tor bis hierher in solch kurzer Zeit geschafft hatte, war erstaunlich bei der ganzen Rüstung, die er trug.

»Was geht hier vor?« Varrowyn hielt seine Streitaxt bereit. »Wo ist der Großmagister?«

Alle Bibliothekare zeigten auf die kohlegrauen Roben, die in einem Haufen am Boden lagen.

Varrowyns Augen weiteten sich vor Schreck und Überraschung. »Was ist mit ihm geschehen?«

Die zeigenden Finger richteten sich auf Kray.

Varrowyn stand einen Moment lang still da, und Tocht wusste, dass der Zwerg wahrhaft unentschlossen sein musste, wie nun zu verfahren war.

Kapitel 7

Lösungen

Dann quakte es in der Robe des Großmagisters. Alle blickten auf den Stoff, der zuckte und sich bewegte. Niemand wagte es mehr zu atmen (mit Ausnahme von Kray), als ein Klumpen sich seinen Weg durch die Kleidung bahnte und unter dem Saum der Robe hervorkam. Einen Augenblick später folgte dem rundlichen Maul, das sich gezeigt hatte, eine hässliche rosafarbene und braune Kröte, die von schwarzen Warzen bedeckt war.

»Kray, dafür wirst du bezahlen!«, quakte Frollo mit seiner neuen Krötenstimme. Er stand auf seinen Hinterbeinen und drohte mit seinem winzigen Fuß in Richtung des Zauberers. »Merk dir meine Worte gut! Du wirst den Tag noch bereuen, an dem du –«

Zank hatte Alysta in den Armen gehalten, vermutlich, damit in all der Verwirrung niemand auf die Katze trat. Aber Alysta (die vielleicht ihren Katzeninstinkten nachgab und in der Kröte eine mögliche Beute erkannte) befreite sich aus den Armen ihrer Enkelin und sprang auf die verärgerte Kröte zu.

»Katze!«, quietschte Frollo. »Nein! Lasst nicht zu, dass sie mich erwischt!« Er wandte sich um und floh, aber selbst mit den schnellen Beinen einer Kröte würde Frollo den flinken Zähnen Alystas niemals entgehen, das wusste Tocht.

Kray nahm seinen Hut vom Kopf und warf ihn. Gerade als Alysta auf die Kröte zustürmte, segelte der Hut auf die

Katze herab und setzte sie fest. Grüne Funken zischten und verankerten ihn im Boden.

Alysta fauchte und miaute ihr kätzisches Missvergnügen heraus. Aber trotz großer Anstrengungen schaffte sie es nicht, Krays spitzen Hut zu bewegen.

Quakend hüpfte Großmagister Frollo aus dem Raum, so schnell ihn seine winzigen Beine trugen.

»War das …« Varrowyn runzelte die Stirn.

»Der Großmagister?«, fragte Kray. »Ja. Das war er.«

»Hmmmm«, brummte Varrowyn, blinzelte den Zauberer an und bewies, wie er es geschafft hatte, mit dem Segen all der anderen Zwerge zum Befehlshaber aufzusteigen, indem er sowohl Vernunft als auch Feingefühl zur Schau stellte, »dann ist der Großmagister eigentlich gar nicht zu Schaden gekommen.«

Die Zwerge neben Varrowyn seufzten im Gleichklang und sahen äußerst erleichtert aus.

»Nein. Er ist kein bisschen zu Schaden gekommen. Darauf gebe ich Euch mein Wort.«

»Ihr könnt doch nicht einfach zulassen, dass Kray den Großmagister in eine Kröte verwandelt!«, rief einer der Bibliothekare.

Kray zeigte auf den Sprecher – den Bibliothekar ersten Ranges Kottel, wie Tocht freudig feststellte –, und sofort hatte sich die Krötenpopulation im Gewölbe Allen Bekannten Wissens verdoppelt.

»Oh nein!«, quakte Kottel. Auch er flüchtete, schwankte von einer Seite zur anderen, weil er eine sehr fette Kröte abgab.

»Nun denn«, sagte Varrowyn, »da hier eigentlich nichts falschläuft« – er zeigte auf die Tür – »werden wir einfach wieder nach draußen gehen und uns darum kümmern, die

Bibliothek zu schützen. Wir wollen doch nicht, dass jetzt irgendetwas Unpassendes geschieht, oder?«

»Nein«, sagte Kray, »wollen wir nicht.«

Varrowyn setzte seinen Befehl außerhalb der Bibliothek in die Tat um. Die Vordertüren schlossen sich mit einem lauten Krachen.

»Und jetzt«, sagte Kray, »auf die Beine.«

Die Bibliothekare bewegten sich unglaublich schnell.

»Ich habe eine Aufgabe, zu der Nachforschungen angestellt werden müssen«, sagte Kray. Er ließ eine Hand auf Tochts Schulter fallen. »Der Bibliothekar zweiten Ranges Lampenzünder ist mein Beauftragter in dieser Sache. Gehorcht ihm, wie ihr mir gehorchen würdet. Kümmert euch mit gegebener Eile um die Aufgaben, die er euch stellt, oder bei den Alten, eure Hintern werden versohlt werden!«

Die Bibliothekare blickten ängstlich drein.

»Holt euch eure Aufträge bei Bibliothekar zweiten Ranges Lampenzünder ab«, befahl Kray. »Seid ihr Bibliothekare? Oder seid ihr Kröten?«

Wie es sich zeigte, entschlossen sich alle dazu, Bibliothekare zu sein. Tocht fand sich im Mittelpunkt eines panischen Wirrwarrs wieder.

Die Nachforschungen dauerten drei Tage an. Danach, als ihm auffiel, dass es wirklich drei Tage gewesen waren, konnte Tocht es nicht glauben. Ihm war die Zeit wie Stunden vorgekommen, und Kray hatte alle paar Minuten aktuelle Lageberichte von den Funden eingefordert.

Als er fertig war, war er erschöpft. Es war nicht so, dass er nicht an harte Arbeit gewöhnt war. Tatsächlich arbeitete er jeden Tag hart. Doch er hatte niemals für so viele mitdenken müssen, und das auch noch alles zur selben Zeit.

Er arbeitete durchgehend, spürte die Aufregung, die mit allem kam, was er herausfand. So schnell er konnte, trug er die Informationen in einem Tagebuch zusammen und versuchte, einen Zeitablauf zu erstellen, wann alles geschehen war. Und wer es getan hatte.

Schließlich waren die Berichte langsam spärlicher eingetrudelt. Bald kamen keine neuen Auskünfte mehr aus den Militärbibliotheken oder dem Bereich mit den Biografien oder den Regalen, die Bände über Magie und Zauber enthielten.

Tocht wurde zu einer bodenlosen Grube von Wissen. Er musste das Tagebuch zweimal beginnen, dann gab er es schließlich auf und arbeitete auf losen Seiten, die er später zusammenheftete, sobald er sie vervollständigt hatte.

Die ganze Zeit über wachte Kray über ihn. Zuerst dachte Tocht, dass es nur darum ging, Tocht auch hart am Arbeiten zu halten und keine Ablenkungen zuzulassen. Dann fiel ihm auf, dass der Zauberer ihn bei der Handhabung der Bücher unterstützte, bei der Anordnung der Darstellung des Gefundenen und bei den Mahlzeiten. Tocht musste niemals nach Nahrung fragen; sie war da, wenn er dafür bereit war.

Von Zeit zu Zeit musste er natürlich seinen Stuhl verlassen, um die Toilette aufzusuchen, aber es war auch jede Menge Auf- und Abgehen angesagt. Das Auf- und Abgehen half Tocht beim Denken, und es gab ziemlich viel, was er zu bedenken hatte.

Aber schließlich hatte er alles beisammen: die Geschichte der drei Waffen, die den Menschen, Elfen und Zwergen überreicht worden waren.

Und er verstand, weshalb sich Lord Khadaver am Anfang des Kataklysmus für Traum interessiert hatte.

»Was hast du herausgefunden?«, fragte Zank.

Tocht versuchte, einen bequemen Sitzplatz hinten im Wagen zu finden. Kray saß auf dem Kutschbock und kümmerte sich um die Tiere. Der Zauberer kannte den Großteil der Geschichte, da er sie selbst zusammengesetzt hatte, als Tocht stückchenweise die Ereignisse aufgedeckt hatte, die Traum und die Waffen der Helden miteinander verbanden.

»Beinahe alles«, sagte Tocht.

»Wer hat die Verteidiger bei der Schlacht an der Todesfestung verraten?«, fragte Bulokk.

»Das«, gab Tocht zu, »habe ich nicht herausgefunden. Lasst mich mit dem Vidrenium beginnen, das benutzt wurde, um die Waffen zu erschaffen.«

Der Wagen quietschte, als er durch das große Tor fuhr und an Varrowyn und den Zwergen vorbeikam. Kray hatte ihnen versichert, dass Großmagister Frollo und Kottel am nächsten Morgen keine Kröten mehr sein würden, obwohl der Zauberer offen die Meinung vertrat, dass sie das Leben als Kröte noch ein Weilchen länger vertragen hätten.

»Zauberer und Waffenschmiede haben Jahrhunderte daran gearbeitet, eine Rüstung zu erschaffen, die dem Feueratem eines Drachen und seinen scharfen Klauen standhält«, sagte Tocht. »Bisher gibt es nur eines, was bei einer solchen Prüfung nicht versagt.«

»Drachenhaut«, warf Zank ein.

»Genau. Jedoch stellen sich zwei Schwierigkeiten, wenn man Drachenhaut bekommen will, um Rüstungen daraus zu machen.«

»Man muss den Drachen umbringen«, sagte Bulokk.

Tocht nickte. »Außerdem ist es beinahe unmöglich, Drachenhaut zu schneiden. Wenn sie irgendwie mit Magie belegt wird, um weicher und leichter und in der Handhabung verträglicher zu sein, verliert sie auch ihre Fähigkeit, den Angriffen zu widerstehen. Also sind diese Zauberer und Schmiede aus Traum auf Vidrenium gekommen. So haben sie das Hybridmetall genannt, das sie geschaffen haben.«

»Was ist Traum?«, fragte Bulokk.

»Traum war eine Stadt«, antwortete Tocht, »wie es keine zweite gegeben hat. Von Elfen, Menschen und Zwergen errichtet, war sie erbaut worden, um allen Völkern ein Zusammenleben in Frieden zu ermöglichen, das nur das Beste an den jeweils anderen hervorbringen sollte.«

»Das klingt zu gut, um wahr zu sein«, sagte Zank.

»Vielleicht war es das auch«, erwiderte Tocht. »Die Kobolde hassten die Stadt. Traum deutete das Schicksal an, das die Kobolde womöglich erwartete. Wenn alle Leute auf dieselbe Weise wie in Traum zusammenfinden könnten, dann würde es nicht lange dauern, bis die Völker, die dort lebten, sich dazu entschlossen, eine langfristigere Lösung für die Kobolde zu ersinnen, die um sie herum lebten.«

»Damit könnte ich leben«, sagte Adranis, der freudlos lächelte. »Keine Kobolde, das klingt schrecklich gut.«

»Traum war die erste Stadt, die beim Kataklysmus gefallen ist«, fuhr Tocht fort. »Lord Khadaver hat dort zuerst zugeschlagen. Er wusste, dass er, wenn er die Stadt einnehmen konnte, einen großen Schlag gegen die Moral jener führen würde, die sich ihm entgegenstellen wollten.«

»Weil ein jedes Volk nach den althergebrachten Mustern vorgehen und die anderen für den Verlust von Traum verantwortlich machen würde«, sagte Kray.

»Aber ich denke, dass Lord Khadaver dort als Erstes wegen des Vidreniums zuschlug. Es hat eine zu große Bedrohung für ihn dargestellt.«

»Wie hat er von dem Vidrenium erfahren?«, fragte Zank.

»Lord Khadaver hat mit den Zauberern und Schmieden dort gearbeitet«, sagte Tocht.

»Und das haben sie gewusst?«, fragte Alysta.

»Nein«, rief Kray vom Kutschbock nach hinten. Die Hufe der Pferde schlugen auf den Boden, während sie voraneilten. »Lord Khadaver ist unter einem anderen Namen dort gewesen.«

»Welchem Namen?«, fragte Bulokk.

»Wazzeln Phalto«, antwortete Tocht.

»Niemand hat gewusst, dass das Lord Khadaver war?«, fragte Alysta.

»Nicht, bis es zu spät war. Die Leute, die an jenem Tag dort gestorben sind, haben es ziemlich sicher gewusst.«

»Lord Khadaver hat an der Erfindung des Vidreniums mitgearbeitet?«, fragte Bulokk.

»Ja.«

»Weshalb?«

»Weil er während des Kataklysmus auf die Hilfe von Drachen zurückgriff. Shengharck und andere wie ihn. Wenn die Menschen, Zwerge und Elfen plötzlich Rüstungen gehabt hätten, die einen Großteil der Drachenangriffe abwehren konnten, hätte er seine Eroberungspläne neu überdenken müssen.«

»Er ist hingegangen, um die Erschaffung von Vidrenium zu sabotieren«, sagte Alysta.

»Das nehme ich an.« Tocht rieb sich die müden und schmerzenden Augen. »Das muss wohl damals geschehen sein. Es ist das Einzige, was einen Sinn ergibt.« *Aber nach drei Tagen ohne Schlaf bist du so müde, dass alles oder nichts einen Sinn für dich ergibt.* Er unterdrückte ein Gähnen. »Nachdem die Schmiede explodiert war, in der das Vidrenium hergestellt wurde – eigentlich hergestellt worden war, zumindest laut der Papiere von Meisterschmied Kalikard, die die Explosion, die Invasion und die darauffolgende Verschiffung in das Gewölbe Allen Bekannten Wissens überstanden haben –, griffen die Kobolde Traum an und nahmen die Stadt ein. Zu dieser Zeit war das Vidrenium schon fort.«

»Wohin verschwunden?«, fragte Zank.

»Es muss in die Sanftwindsee hinauskatapultiert worden sein, wo das Meervolk es gefunden hat«, sagte Tocht. »Oder vielleicht ist es auf einem Schiff transportiert worden, das aus der Stadt floh und das später gesunken ist, und dann hat es das Meervolk gefunden.«

»Wie viel später?«

»Das weiß ich nicht. Es hat Lord Khadaver neun Jahre gekostet, seine Macht in Traum und den umgebenden Ländereien zu festigen. Die Kriege des Kataklysmus waren nicht leicht zu gewinnen. Für keine der beiden Seiten.«

»Wie auch immer«, knurrte Bulokk. »Dieser Brocken Vidrenium hat seinen Weg in die Hände des Meervolks gefunden und dann in die Hände meines Ahnen.«

Tocht trank aus dem Weinschlauch, den ihm Adranis reichte. Er war durstig, wollte aber nicht, dass ihm davon schwindlig wurde. »Ja«, erwiderte er. »Das hat es.«

Natürlich musste Tocht die Geschichte noch einmal von vorne für Hallekk und Käpt'n Farok erzählen, als sie an Bord der *Einäugigen Peggie* gestiegen waren und sich auf den Weg gemacht hatten.

»Weshalb hat das Meervolk das Erz zu Meister Oskarr gebracht?«, fragte Käpt'n Farok.

Sie saßen unten in der Schiffsmesse. Die übrige Mannschaft, sofern sie nicht Wache hatte, saß auf den langen Bänken und lauschte. Tocht wusste, dass die Geschichte noch einige Male wiederholt werden würde, wenn er damit fertig war. Jeder würde sie erfahren.

»Vielleicht war es nur Zufall, dass sie es dorthin brachten«, sagte der kleine Bibliothekar. »Wer sollte sich denn schon für einen Erzbrocken interessieren? Selbst für ein Erz, das anders aussah als irgendetwas, das man schon einmal gesehen hatte?«

»Oder vielleicht auch, weil es so anders war«, warf Hallekk ein.

»Das stimmt.« Tocht rieb sich über das Gesicht vor lauter Anstrengung, wach zu bleiben. »Das Meervolk könnte sich auch ausgemalt haben, dass dieser Unterschied das Erz noch viel wertvoller machte. Auf jeden Fall hat Meister Oskarr das Erz zurück in seine Schmiede auf den Aschwolkeninseln gebracht und angefangen, damit zu arbeiten. Er hat Knochenschnitter, Meeresgischt und die metallenen Verstärkungen für Todeshauch geschaffen.«

»Weshalb drei Waffen?«, fragte Käpt'n Farok. »Und weshalb waren es nicht drei Zwergenwaffen?«

»An dieser Stelle«, sagte Tocht, »muss ich anfangen, Vermutungen anzustellen. Aber es sind sehr fundierte Vermutungen. Wir haben Aufzeichnungen entdeckt, die von den Zauberern und Schmieden zurückgelassen wurden, und aus ihnen kann man ersehen, dass die Erschaffer das Vidrenium dafür vorgesehen hatten, daraus drei magische Waffen herzustellen, eine für einen Krieger aus jedem Volk. Sie haben die Magie der Gestalt dieser Waffen schon in das Metall eingearbeitet, als sie es erschaffen haben.«

»Eine Streitaxt für die Zwerge natürlich«, sagte Bulokk. »Die hat Meister Oskarr für sich behalten.«

»Ein Schwert für die Menschen«, sagte Zank. »Das hat Dulaun bekommen.«

»Wartet«, sagte Käpt'n Farok. »Ich habe gedacht, ihr hättet gesagt, die drei kannten sich nicht vor der Schlacht an der Todesfestung.«

»Ich glaube auch nicht, dass sie sich kannten«, gab Tocht zu. »Aber als wir in den Logbüchern von Schiffen nachgeforscht haben, die regelmäßig mit den Aschwolkeninseln Handel trieben, haben wir entdeckt, dass sich Dulaun als Junge auf der *Wogenschneider* eingeschifft und sich seinen Weg nach oben bis zum Befehlshaber erkämpft hat. Er war Erster Maat, als Meister Oskarr ihm das Schwert gegeben hat.«

»Weshalb sollte Oskarr die Klinge einem jungen Menschen gegeben haben?«, fragte Käpt'n Farok.

»Ich weiß es nicht.«

»In den Geschichten über Dulaun«, erklärte Alysta, »erzählt man, dass ihm das Schwert von einem Zwergenschmied für eine mutige Tat überreicht worden ist. Aber die Geschichten nennen den Zwerg nicht beim Namen und sagen auch nicht, was für eine Tat das gewesen sein soll.«

»In den Legenden der Zwerge von den Aschwolkeninseln heißt es, dass Meister Oskarr das beste Schwert, das er je gefertigt hatte, einem Menschen gab, der seinen Sohn vor einem Seeungeheuer gerettet hat«, sagte Bulokk.

»Als er nicht mehr als ein junger Mann gewesen ist, bevor man ihn zum Kapitän gemacht hat, soll Dulaun angeblich ein Seeungeheuer erschlagen haben, das ihn beinahe getötet hat«, sagte Zank. »Ich erinnere mich gerade jetzt erst wieder an diese Geschichte. Es gibt so viele.«

»Ja«, sagte Bulokk, »ich weiß, was du meinst. Den ganzen Weg auf diesem gewundenen Bergpfad von der Bibliothek herab ist mir irgendetwas durch den Kopf gegangen. Ich konnte es nur nicht benennen. Bis jetzt.«

»Also gibt es eine Erklärung für diese beiden Waffen«, sagte Käpt'n Farok. »Aber weshalb hat man die beiden Geschichten bisher nicht miteinander verbunden?«

»Aufgrund dessen, was bei der Schlacht an der Todesfestung geschehen ist«, antwortete Kray. »Die Verteidiger wurden verraten und von den Kobolden überrannt. Man hat Meister Oskarr die Schuld daran gegeben.«

»Weil Dulaun dort gestorben ist und Meeresgischt verloren ging«, sagte Zank bitter.

»Weshalb macht man Sokadir keinen Vorwurf?«, fragte Käpt'n Farok.

»Weil«, sagte Tocht und klappte das Tagebuch auf, das er über all die Nachforschungen geführt hatte, die er rund um das Vidrenium und die Waffen unternommen hatte, »Sokadir dort seine beiden Söhne verloren hat.« Er zeigte Käpt'n Farok und den anderen die Zeichnung, die er von dem mutigen Elfenhüter und seinen beiden Söhnen angefertigt hatte.

»Also war Meister Oskarr der Einzige, der nicht irgendetwas verloren hat?«, fragte Käpt'n Farok.

»Wenn man seine Krieger nicht zählt«, sagte Tocht.

»Und seine Ehre und seinen guten Namen«, ergänzte Bulokk mit leiser Stimme.

Eine Weile saßen sie alle ruhig und ernüchtert da. Trotz der Tatsache, dass er mehr als alles andere im Bett liegen wollte, griff Tocht noch einmal nach einem der Zuckerkekse, die der Koch gebacken hatte, und bestrich ihn dick mit Aprikosengelee. Er schmeckte genauso gut wie der erste. Sein voller Magen ließ in ihm ebenfalls den Wunsch nach Schlaf aufkommen. Während der rauschhaften Nachforschungen der letzten drei Tage hatte er durchaus gegessen, das wusste er, aber er hatte es nur getan, wenn ihm schon übel von seinem leeren Magen geworden war. Er erinnerte sich kaum an irgendetwas von den Dingen, die er gegessen hatte.

»Was ist mit Sokadir?«, fragte Käpt'n Farok. »Wie ist er zu Todeshauch gekommen?«

»Das weiß ich nicht.«

Käpt'n Farok legte die Stirn in Falten. »Was meinst du damit, dass du das nicht weißt?«

Tocht zögerte einen Moment lang. Das war der Teil der Geschichte, den er am meisten verabscheute.

»Die metallenen Verstärkungen für den Bogen wurden von den Aschwolkeninseln gestohlen«, sagte Kray.

Sprecht es nur ganz unverblümt aus, dachte Tocht säuerlich. Aber in Wahrheit wusste er, dass es keinen anderen Weg gab, um zu berichten, was geschehen war.

»Gestohlen?«, fragte Käpt'n Farok. »Von wem?«

»Das wissen wir nicht«, sagte Kray.

Käpt'n Farok raufte sich ärgerlich den Bart. »Ihr denkt doch nicht daran anzudeuten, dass es Sokadir gewesen ist?«

»Bei ihm ist der Bogen gelandet«, sagte Bulokk.

»Könnte das nicht ein anderer Bogen sein?«

»Tocht hat die Bücher meines Vorfahren aus der Schmiede geholt«, sagte Bulokk und nickte Tocht zu. »Dort war eine Zeichnung der Verstärkungen für den Bogen.«

»Pläne«, sagte Tocht automatisch. »Ich habe es beim ersten Mal noch nicht verstanden. Es sieht gar nicht wie ein Bogen aus. Aber die Kräfte in diesem Bogen, die Fähigkeiten, die er haben sollte, passen zu dem, was Todeshauch kann.«

»Hat Meister Oskarr den Bogen in der Schlacht an der Todesfestung nicht erkannt?«, fragte Käpt'n Farok.

»Ich kann mir nicht vorstellen«, sagte Tocht leise, »wie er ihn nicht erkannt haben sollte.«

Stille hing schwer im Raum, als er die Geschichte beendete.

»Nun denn«, sagte Käpt'n Farok, »ich nehme an, wir müssen Sokadir einfach fragen, wie er an den Bogen gekommen ist, wenn wir ihn finden.«

Als er ein wenig später endlich zum Schlafen kam, schlief Tocht beinahe eineinhalb Tage lang. Er konnte das Wort *Erschöpfung* in Dutzende Sprachen übersetzen, es in beinahe genauso vielen niederschreiben, aber er glaubte nicht, dass er zuvor jemals wirklich verstanden hatte, was es bedeutete, erschöpft zu sein. Er konnte gar nicht glauben, wie müde er war.

Nach dem ersten Tag versuchte er aufzustehen, schaffte es aber nur, lange genug wach zu bleiben, um die Toilette zu benutzen und ein wenig Wasser zu trinken. Dann lag er abermals im Bett, und nichts und niemand konnte ihn wecken.

Die ganze Zeit über segelte die *Einäugige Peggie* unnachgiebig, ihre Segel hoch oben und weit ausgebreitet, um so viel Wind einzufangen, wie sie es nur wagte. Sie brachte auch einen halben Tag damit zu, gegen einen Sturm anzukämpfen, der ihr so sicher wie ein Raubtier zu folgen schien. Hallekk erzählte Tocht später, dass das Schiff etliche Male beinahe gesunken und sein Deck von der Bluttriefenden See überflutet worden war. Tocht war einfach nur froh, dass er all das verschlafen hatte.

Als er endlich aufstand, stellte er fest, dass seine innere Uhr aus dem Gleichgewicht geraten war und er sich mitten in der Nacht erhoben hatte, nicht am Morgen. Inzwischen war er am Verhungern, zog sich in die Kombüse zurück und zauberte sich eine Ladung Haferbrei mit Zimtgeschmack und eine Speckscheibe auf den Teller und brachte dann auch den beiden Zwergen, die am Steuer standen, eine Portion davon.

Sie dankten ihm und fingen an, den Haferbrei aufzulöffeln, ehe der kalte Wind, der über das Meer peitschte, ihn auskühlen ließ.

»Wohin sind wir unterwegs?«, fragte Tocht.

Telafin, der Steuermann, antwortete: »Kray sagt, dass Knochenschnitter und Meeresgischt sich noch in Torgarlkstetten befinden. Dorthin sind wir unterwegs.«

Das war seltsam. Seit Gujhar und Ryman Bey in Torgarlkstetten angekommen waren, hatten sie sich nicht wegbewegt. Oder vielleicht waren sie gegangen, aber die Waffen waren zur Sicherheit dort zurückgeblieben.

Natürlich bestand auch immer die Möglichkeit, dass sich die Waffen als Köder für eine Falle in der Stadt befanden.

Kapitel 8

Torgarlkstetten

Tocht blickte Kray ungläubig an.

Der Zauberer legte sich eine Bettrolle und einen Wasserschlauch über die Schulter. Dann setzte er seinen Hut auf und nahm wieder seinen Stab in die Hand.

»Ihr geht jetzt?«, fragte Tocht, als er die Frage nicht mehr zurückhalten konnte.

Kray blickte ihn einfach nur an. Dann ging er auf den Landungssteg zu, der die *Einäugige Peggie* mit dem Anleger verband.

»Viel Glück, Kray«, rief Käpt'n Farok vom Achterkastell herab.

»Danke, Käpt'n Farok«, erwiderte Kray, schaute rasch zu dem Kapitän hinauf und dann wieder auf Torgarlkstetten.

Tocht wandte sich an Käpt'n Farok. »Du lässt ihn einfach so gehen? Allein?«

»Es ist nicht so, als ob ich eine Wahl hätte, Bibliothekar Lampenzünder«, sagte Käpt'n Farok. »Kray hat mir seine Wünsche verkündet.«

Während er noch Kray nachstarrte, der schon am Anleger angekommen war, konnte Tocht all die Verwirrung, die durch ihn raste, nicht verstehen. In den letzten beiden Tagen, an denen er bei Bewusstsein gewesen war, hatte er an seinen Tagebüchern gearbeitet und versucht, nicht an die Tatsache zu denken, dass Kray ihn mitten in diese Stadt der Gesetzlosen schicken würde.

Immerhin war Torgarlkstetten nicht so schlimm wie Kairattenbau, aber die Bürger dort duldeten die Sklaverei (besonders die Versklavung von Halblingen) und handelten mit den Kobolden (wobei im Allgemeinen nur mit Sklaven – also Halblingen – und Gewürzen gehandelt wurde, um die Beute in ihren Kochtöpfen zu verfeinern – ebenfalls Halblinge, die nicht länger eine Spitzhacke in den Bergwerken führen konnten).

Handelskarawanen von der Wisse-nie-Straße hielten dort an, um ihre verbotenen Geschäfte durchzuführen (Schmuggelware, die hereingeschafft wurde, ohne dem örtlichen König die Steuern zu entrichten, und Sklaven) und dann zu den anderen Küstenstädten weiter im Norden zu reisen.

In den letzten beiden Nächten war Tocht von Albträumen geplagt worden, wenn er daran gedacht hatte, dass er inmitten von Torgarlkstetten ausgesetzt werden würde.

Er hatte kein einziges Mal damit gerechnet zurückzubleiben, während Kray allein fortging. *Ich sollte erleichtert sein*, dachte er. Leider war er das aber nicht. Er blickte auf die Bettrolle, die er für sich selbst zusammengepackt hatte. *Und was, wenn Kray gefangen oder getötet wird? Werde ich jemals das Ende der Geschichte erfahren, wenn das geschieht?* Er wusste, dass er dann darauf würde verzichten müssen. Wenn ein Zauberer (und ganz besonders einer von Krays Format!) nicht nach Torgarlkstetten gehen und sich dort holen konnte, weswegen er gekommen war, dann hatte niemand an Bord der *Einäugigen Peggie* die Aussicht, es zu schaffen.

Also würde er es niemals erfahren, sollte Kray scheitern. Könnte er damit leben?

Während er über der Frage brütete und Kray beobachtete, der entschlossen zwischen den Lastenträgern, Passagieren und Kaufleuten einherging, die auf dem Anleger verstreut waren, wusste Tocht, dass das Weiterleben mit offenen Fragen dann nicht die einzige Schwierigkeit sein würde.

Trotz seiner Fehler und seines übellaunigen Wesens war Tocht mit Kray befreundet. Keine der Bekanntschaften, die er zu Hause im Gewölbe Allen Bekannten Wissens oder in Graudämmermoor hatte, kam dem, was er mit Kray teilte, auch nur nahe. Genauso wenig wie seine Freundschaften zum Kapitän und zu der Mannschaft der *Einäugigen Peggie* oder mit Brant und Kobner und den anderen.

Kray war alles, was Tocht von Großmagister Ludaan geblieben war. Trotz der Tatsache, dass er nach seiner Rückkehr ins Gewölbe Allen Bekannten Wissens mit Großmagister Frollo nicht mehr würde leben können, wollte Kray nicht, dass dem Zauberer irgendetwas zustieß.

Tocht blickte zu Käpt'n Farok auf.

Der alte Kapitän lächelte ihn an, nickte und hob dann eine Hand zum Abschiedsgruß. »Mögen die Alten über euch beide wachen.«

»Danke«, sagte Tocht und sauste los, um seine Ausrüstung zu holen. Er hatte sie gleich darauf in den Händen und stürmte den Landungssteg hinab. Aus dem Augenwinkel sah er, wie Zank und Bulokk ihm folgen wollten.

»Nein«, sagte Käpt'n Farok streng. »Das Letzte, was Kray braucht, seid ihr beide, wie ihr dort draußen herumzappelt und verratet, dass Fremde in der Stadt sind. Ihr bleibt an Bord der *Peggie* und wartet – wie alle anderen auch.«

Tocht wusste, dass Zank und Bulokk diesen Befehl nicht gut aufnehmen würden, aber sie würden Käpt'n Faroks Forderung nachkommen. Er wurde nicht langsamer, blickte nicht über die Schulter zurück. Am Ende des Landungsstegs trat er in die Menge und begann, sich einen Weg hindurchzubahnen.

Leute machten für einen Halbling nicht auf dieselbe Art Platz, wie sie es für Kray getan hatten. Zum Glück konnte man dem Zauberer mit seinem spitzen Schlapphut und der großen Gestalt leicht folgen.

Tocht trottete durch die Straße und behielt Kray im Auge. Er war nicht sicher, ob der Zauberer wusste, dass er da war, aber Tocht glaubte nicht, dass er so leicht zu verfolgen gewesen wäre, wenn er es nicht gewusst hätte.

Sie stiegen die behauenen Stufen entlang dem Felsvorsprung hinab. Die meisten Gebäude bestanden aus einem Laden im Erdgeschoss und einer Wohnung im ersten Stock.

Tocht versuchte, Kray dicht genug zu folgen, so dass jeder, der ihn sah, glauben würde, dass er der Leibdiener des Zauberers war, aber nicht so nahe, dass Kray ihn hören konnte. Wenn der Zauberer nicht ohnehin schon wusste, dass er da war. Er achtete auch darauf, dass er niemandem in die Augen blickte. Auf dem Festland waren jene, die in den raueren Städten lebten, es nicht gewohnt, dass ihnen Halblinge in die Augen blickten. Es war eine einfache List, aber eine sehr wirksame.

Allerdings wirkte sie nicht immer.

»Halbling«, rief ein dicker Mann mit einem Breitschwert an der Hüfte. Er war so beeindruckend groß, wie er dick war, und in seinen Schweinsäuglein lag ein harter Ausdruck.

Tocht versuchte, den Mann zu ignorieren und weiterzugehen. Das ging etwa zwei Schritte lang gut, dann stellte sich der dicke Mann Tocht genau in den Weg.

»Halbling«, sagte der Mann mit verärgerter Stimme, »ich rede mit dir.«

Da er keine Wahl hatte, als der dicke Mann ihm den Weg

versperrte, hielt Tocht an. Er stand da und starrte auf seine Zehen.

»Was machst du hier?«, knurrte der dicke Mann.

»Ich folge meinem Herrn«, antwortete Tocht.

Der dicke Mann blickte zu Kray. »Ich sehe hier keine Herren. Zumindest sehe ich deinen Herrn nicht.«

Tocht sagte nichts und hoffte, der Dicke würde ihn einfach vorbeilassen.

Mit einer raschen Bewegung packte der große Mann die Vorderseite von Tochts Hemd und zerrte ihn von den Füßen. »Ich habe nicht gesagt, dass du gehen kannst, oder?«

»Bitte.« Tocht blickte weiterhin auf seine Füße. »Ich muss bei meinem Herrn bleiben.«

»Dem alten Mann mit dem spitzen Hut? Ha! Der sieht nicht einmal so aus, als hätte er die nötigen Mittel, um Herr seiner selbst zu sein.« Der dicke Mann begann zu lachen und beugte sich nahe zu Tocht herab, so dass alles, was der kleine Bibliothekar noch sehen konnte, seine fettleibige Fülle war. Dann erklang das Geräusch eines Aufpralls, und das Gesicht des dicken Mannes zog sich vor Schmerzen zusammen.

Tocht sah Krays Stab oben zwischen den Beinen des Mannes, wo er getroffen hatte. Als ihm klar wurde, dass der Mann nach vorne kippte, trat Tocht rasch zurück. Der Mensch stürzte wie eine riesige Eiche draußen im Wald und nahm sich Zeit dafür. Als Erstes sank er auf die Knie und versuchte, sich mit den Händen an Tocht festzuhalten. Dann fiel er nach vorne aufs Gesicht und übergab sich.

Die Fußgänger in der Nähe machten einen Bogen um Tocht und den Dicken, der vor Schmerz stöhnte, aber trotzdem noch nach seinem Schwert griff. Kray trat näher und rammte das untere Ende seines Stabs ins Doppelkinn des dicken Mannes.

»Nicht«, sagte Kray sanft, aber seine Stimme war wie Stahl, der mit Seide überzogen war. »Es würde mir nichts ausmachen, wenn ich dich hier draußen irgendeinem Aasfresser überlassen müsste, der vorbeikommt und es nicht so genau mit seinem Speiseplan nimmt.«

Die Hand des dicken Mannes ließ das Schwert los.

»Das«, sagte Kray, »war, weil du respektlos über mich gesprochen hast. Ich habe scharfe Ohren und dieser Tage nicht mehr viel Gnade in mir.« Er wandte den Blick zu Tocht. »Komm.«

Tocht schulterte abermals seine Bettrolle und ging um den dicken Mann herum, um sich neben Kray zu stellen.

»Komm mir nicht wieder unter die Augen.« Kray stocherte noch einmal mit dem Stab nach seinem Opfer, was einen Hustanfall auslöste. Dann wandte er sich um und schritt die Straße mit dem Kopfsteinpflaster hinab.

Tocht folgte ihm. Er wartete die ganze Zeit darauf, dass Kray ihn anschreien würde, aber der Zauberer beachtete ihn nicht und ging auf das nächste Gasthaus zu. Drei Pferde, die allesamt erschöpft von einem langen Ritt aussahen und mit Staub bedeckt waren, waren an das Geländer angebunden. Die geschnitzte Statue eines Bären auf den Hinterbeinen stand neben der Tür.

Kray betrat das Gasthaus und blieb einen Moment lang stehen. Der Zauberer hielt so plötzlich an, dass Tocht ihn beinahe rammte. Der kleine Bibliothekar glitt einen oder zwei Schritte zurück und spähte um Krays rotbraune Robe herum.

»Willkommen in der Taverne zum Großen alten Bären«, grüßte sie der alte Mann hinter dem abgegriffenen Tresen.

Kray nickte. »Einen Tisch, bitte.«

Der Wirt führte sie zu einem Tisch weit hinten und zapfte auf Krays Anweisung hin zwei Bier, dann verschwand er schnell, nachdem der Zauberer ihn bezahlt hatte. Kray griff in seine Pfeifentasche, nahm seine Pfeife heraus und stopfte sie, dann rauchte er, bis sich ein Rauchkranz um seinen Hut wand. Er blickte Tocht nicht ein einziges Mal an.

Tocht saß ihm gegenüber am Tisch. Der Stuhl war nicht für einen Halbling geschaffen. Daher baumelten seine Beine etliche Zoll über dem Boden, und er kam sich vor wie ein Kind. *Ich hätte auf der* Einäugigen Peggie *bleiben sollen*, sagte er sich mürrisch. *Noch besser, ich hätte im Gewölbe Allen Bekannten Wissens bleiben sollen.* Nur dass das auch nicht gut gewesen wäre. Da sich Großmagister Frollo erst kürzlich von einer Kröte in einen Menschen zurückverwandelt hatte, wären die Dinge auch dort nicht sonderlich gut gelaufen.

»Weshalb?«, fragte Kray schließlich.

Tocht blinzelte ihn an. *Weshalb* war eine so offene Frage. Er hatte gelernt, sie zu verabscheuen, während er Novizen beigebracht hatte, wie man Bücher katalogisierte. Die Antwort auf ihr *Weshalb* war meistens einfach, denn das war nun einmal die Art und Weise, auf die der Großmagister die Dinge erledigt haben wollte.

»Weshalb was?«, fragte Tocht.

Kray blickte ihn finster an. »Weshalb hast du dich entschieden, mich zu begleiten, wo du doch auf dem Schiff hättest bleiben können?«

»Ich habe einen Fehler gemacht«, sagte Tocht, da er dachte, dass der Zauberer das hören wollte.

»Dann kannst du den Fehler berichtigen. Geh zurück auf die *Peggie.*«

Einen Moment lang zog Tocht es in Erwägung, sich vom Tisch zu erheben und genau das zu tun. Dann dachte er an die Waffen, die sie suchten, und die Kräfte, die womöglich gegen sie standen. Am deutlichsten erinnerte er sich an Sokadirs Zorn bei seinem Erscheinen in dessen Gedanken.

»Das kann ich nicht«, sagte Tocht.

»Du kannst es«, entgegnete Kray ärgerlich. Er wies mit der Pfeife zur Tür hin. »Ich habe dir gerade die Erlaubnis gegeben, dich davonzumachen.«

Tocht straffte die Schultern und setzte sich gerader hin. »Das ist nicht mein Wunsch.«

»Was ist dann dein Wunsch, Bibliothekar Lampenzünder?«

Tocht dachte darüber nach, da er spürte, dass er seine Worte mit Bedacht wählen musste. Kray war ein Mann, den man nicht leicht durchschaute, obwohl es immer gewirkt hatte, als hätte Großmagister Ludaan ihn bestens gekannt.

»Ich möchte sehen, wie diese Sache ihr Ende findet«, sagte Tocht schließlich. »Bulokk ist von allem fortgegangen, was er je gekannt hat, nur um sich darum zu bemühen, die Ehre seines Ahnen wiederherzustellen –«

»Und seine eigene, zu einem gewissen Grad«, führte Kray aus.

»Ja. Und Zank und Alysta haben beinahe ihr Leben gegeben – Alysta hat sogar ihren Körper geopfert –, um zu versuchen, das Schwert ihrer Vorfahren zurückzubekommen.«

»Auch sie wollen ein Erbe weiterführen«, sagte Kray.

»Ich weiß.«

»Sie haben persönliche Gründe, um ihr Leben aufs Spiel zu setzen. Was ist es, das dich an den Rand des Todes treibt?«

Tocht blinzelte.

»Denn ich kann dir versichern, das ist es, worüber wir hier reden.«

Indem er tief Luft holte, versuchte Tocht die Furcht zu besänftigen, die in ihm nach Aufmerksamkeit schrie. Eines wusste er gewiss, wenn auch viele andere Dinge durcheinander schienen, und das war, dass er am Leben bleiben wollte. Er hatte noch immer nicht dieses Abenteuer um Taurak Bleiyz zu Ende gelesen. »Ihr habt darüber gesprochen, wie wichtig es ist herauszufinden, was bei der Schlacht an der Todesfestung geschehen ist. Glaubt Ihr das wirklich, oder waren das nur hübsche Worte, die Ihr vor mir fallengelassen habt, um mich dem gegenüber gnädiger zu stimmen, was Ihr von mir wolltet?«

Kray sagte nichts.

»Käpt'n Farok glaubt an das, was Ihr gesagt habt«, fuhr Tocht fort, da er die Stille nicht ertragen konnte. »Und Hallekk auch. Die Mannschaft der *Einäugigen Peggie* hat ihr Leben aufs Spiel gesetzt, um die Wahrheit herauszufinden.« Er hielt inne und holte abermals Luft. »Selbst wenn Ihr nur gelogen habt, um Eure Ziele voranzubringen, ist das, was Ihr gesagt habt, doch wahr. Die Kobolde werden zahlreicher und ihre Ziele größer. Eines Tages könnten sie versuchen, sich wieder im Süden zu erheben und entlang der Zerschmetterten Küste nach Norden zu strömen. Wenn sie das tun, wird das Land wieder rot vor Blut werden. Ich will nicht mit ansehen, wie das geschieht.«

»Du kannst den kommenden Krieg nicht aufhalten. Die Kobolde haben gemerkt, dass sie mehr haben können, als sie je zuvor hatten. Sie werden sich nicht mit dem zufriedengeben, was sie jetzt haben.«

Tocht wurde sich deutlich der Tatsache bewusst, dass etliche Kobolde um andere Tische in der Taverne saßen.

Einige von ihnen schienen ihnen übermäßig viel Aufmerksamkeit zu schenken.

»Was diese drei Waffen erreichen können«, sagte Tocht, »was die Wahrheit erreichen kann, ist, den Menschen, Elfen und Zwergen dabei zu helfen, noch einmal ihre Kräfte zu vereinen. Zu wissen, was während der Schlacht an der Todesfestung geschehen ist, kann eine Menge feindlicher Gefühle aufheben.«

»Aber die Verteidiger sind an diesem Ort verraten worden«, sagte Kray.

»Wenn Lord Khadaver hinter den Waffen her war, wenn er wusste, dass sie aus dem Vidrenium angefertigt waren, hat er vielleicht etwas getan, um sie zu verraten.«

»Was?«

»Das weiß ich nicht.«

»Da ist auch noch die Tatsache, dass die Verstärkungen für den Bogen aus Meister Oskarrs Schmiede gestohlen worden sind«, rief ihm Kray in Erinnerung.

»Ja.«

»Außerdem hat es Sokadir nicht sehr geschätzt, dass du ihn ausspionierst.«

»Eine verständliche Reaktion«, sagte Tocht. »Jeder, ganz besonders ein Elf, der seine Privatsphäre schätzt, würde es genauso empfinden.«

»Würde man das?« Kray paffte seine Pfeife, und aus dem Rauch bildete sich eine Eule mit breiten, rauschenden Flügeln, die um seinen spitzen Hut flog. »Seine Reaktion schien ein wenig … übertrieben.«

»Er ist ein Elf.«

»Ein Elf mit einem schlechten Gewissen, frage ich mich?«, sinnierte Kray.

Tocht schüttelte den Kopf. »Seine beiden Söhne, Qardak

und Palagan, sind in dieser Schlucht gestorben, Kray. Was für eine Person würde ihre Söhne opfern, um eigene Ziele zu verfolgen?«

»Eine wahrhaft böse.« In Krays grünen Augen tauchten Funken auf, die in der Tiefe wirbelten. »Ein Mann ohne Gewissen.«

Er sagt das, als würde er wissen, wovon er spricht, ging Tocht auf. *Wie viel weiß er noch, das ich nicht weiß?*

»Hast du so einen Mann schon einmal kennengelernt, Bibliothekar Lampenzünder?«, fragte Kray.

»Ich habe welche gesehen.«

Kray zeigte ein Lächeln, aber es lag keine Wärme darin. »Du hast sie auf deinen Reisen gesehen, und du hast in deinen Büchern von ihnen gelesen, aber du hast sie niemals wirklich gekannt.« Er zog noch einmal an der Pfeife, und die Eulengestalt wurde von einem Rauchdrachen abgelöst und in Stücke geschlagen. »Sie sind dort draußen, und zweifellos werden wir uns gegen einen von ihnen wenden müssen.«

Wir. Tocht fasste Mut. *Wir* hieß nicht ein Zauberer und eine hässliche Kröte. Also musste er sich darüber keine Sorgen machen. Allerdings hieß *wir* auch, dass jede Gefahr, der Kray begegnen würde, zweifellos auch Tocht begegnen würde. Die Wahl zwischen diesen beiden Schicksalen war nicht erfreulich.

»Du hast immer noch die Gelegenheit, dich aus dieser Sache herauszuhalten«, sagte Kray.

Möchtet Ihr, dass ich gehe?, wollte Tocht fragen. Aber er konnte es nicht. Er hatte Angst vor der Antwort. Kray würde ihm dann vielleicht sagen, dass er gehen sollte, und sie würden beide auf das festgenagelt sein, was der Zauberer als seine Wünsche ausgab. *Wenn Ihr gewollt hättet, dass ich gehe, dann hättet Ihr mich zum Schiff zurückgeschickt.*

Aber selbst dann musste Tocht sich fragen, ob er manipuliert wurde. Kray war so gut, das wusste er. Gut genug, um ihn zu der Überzeugung zu bringen, dass das, was er tat, ganz und gar aus seinem eigenen Willen geschah.

Ich sollte gehen, sagte sich Tocht, und er dachte, dass er genau das sagen würde, als er schon hörte, wie er sagte: »Nein. Ich werde bleiben.«

Kray schien sowohl entspannt als auch verstört zur selben Zeit zu sein. Er lehnte sich auf seinem Stuhl zurück und seufzte.

Da ihm der Gedanke kam, dass Kray plötzlich ganz und gar über seine Anwesenheit hier bestimmen könnte, sagte Tocht: »Ich bin ein Mitglied der Mannschaft der *Einäugigen Peggie*.«

»Und?«

»Daher kann Käpt'n Farok durch das Auge des Ungeheuers auf uns aufpassen«, sagte Tocht. »Wenn wir in Schwierigkeiten geraten, kann er uns Hallekk und die Mannschaft zu Hilfe schicken.«

Kray paffte einen Moment lang seine Pfeife. »Wenn wir in Schwierigkeiten geraten, Bibliothekar zweiten Ranges Lampenzünder, könnte es weit über den Möglichkeiten und Fähigkeiten der *Einäugigen Peggie* und ihrer Mannschaft liegen, uns zu helfen. Das kann ich dir versprechen.«

Tocht spürte den Zorn, der in Kray brodelte, aber er wusste nicht, ob der Zauberer auf ihn oder auf etwas anderes wütend war.

In diesem Augenblick rückten einige der Kobolde, die sich miteinander unterhalten und manchmal in Krays und Tochts Richtung geblickt hatten, ihre Stühle zurück und kamen näher.

Das, sagte sich Tocht, *kann nichts Gutes heißen*.

Kapitel 9

Ärger in der Taverne zum Großen alten Bären

»He, Graubart«, sagte der größte der Kobolde und legte die Fäuste an den Gürtel. »Uns fällt auf, dass du hier einen Halbling hast.«

Kray lächelte, und in dem Lächeln schienen Interesse und ehrliche Erheiterung aufzuflackern. »Habe ich.«

»Wir haben gedacht, dass wir ihn dir vielleicht abnehmen«, schlug der Kobold vor.

»Und weshalb würdet ihr das tun wollen?«, fragte Kray.

Der Kobold grinste, als wäre die Antwort darauf nur allzu offensichtlich. »Na, um meinen Kochtopf zu füllen, deshalb.«

Die anderen vier Kobolde lachten und stießen sich gegenseitig die Ellbogen in die Rippen.

»Faszinierend«, sagte Kray.

Tocht spürte, wie ihm übel wurde. Obwohl er Kray nicht allein hatte gehen lassen wollen, schien es ihm mit jedem Augenblick verlockender, doch lieber auf die *Einäugigen Peggie* zurückzukehren.

»Wir würden ihn dir auch bezahlen«, sagte der Kobold. »Einen angemessenen Preis natürlich.«

Grüne Funken kreisten um Krays Stab und lösten sich von Zeit zu Zeit aus seinen Augen. »Natürlich. Dessen bin ich mir sicher.«

Vorsichtig streckte Tocht seine Füße nach unten und

setzte die Zehen auf den Hartholzboden. Er packte die Tischkante – bereit, sich darunterzuwerfen.

»Leider«, fuhr Kray fort, »ist dieser spezielle Halbling nicht zu verkaufen. Ich bin mit ihm noch nicht fertig.«

Der Kobold runzelte die Stirn. Unsicher taumelte er ein wenig, ein stiller Beweis dafür, wie viel Bier und Schnaps er zu sich genommen hatte. »Wir sind hier rübergekommen, um uns einen Halbling zu holen. Gekommen, um ihn zum Abendessen auszuführen, das sind wir.«

Die anderen Kobolde lachten sich über den alten Witz halb kaputt.

»Wir gehen nicht ohne das, weswegen wir gekommen sind«, krähte der Kobold heiser. »Es wird uns keine Schwierigkeiten bereiten, dich auch noch in den Kochtopf zu packen, Graubart.«

Kray lachte, und es war ein Brüllen aus vollem Hals, das Tocht nur äußerst selten vernommen hatte. Im Allgemeinen gab es diese Reaktion nur aus zwei Gründen: Entweder hatte etwas wirklich den Sinn für Humor des Zauberers getroffen, oder aber er war kurz davor, irgendeinen glücklosen Feind grausam zu erschlagen.

Tocht wusste, was es dieses Mal sein würde.

»Vielleicht würdet ihr es gerne versuchen, ihn euch zu holen«, lud sie Kray mit sanfter Stimme ein.

Der vorderste Kobold zog sein Schwert, und die anderen folgten ihm rasch und zogen ebenfalls ihre Waffen.

»Ihr erfreut mich«, sagte Kray. »Das tut ihr wirklich. Aber es ist eine Freude, die sehr schnell schal schmecken wird.« Er hob seinen Stab und rammte ihn auf den Boden.

Grüne Blitze breiteten sich vom Stab aus und schlangen sich um die Schwerter und Äxte der Kobolde. Sofort fingen die Kobolde an zu tanzen, zuckten und schrien, während sie vor- und zurückhüpften. Wann immer sie gegeneinanderprallten, brachen große Funkenregen hervor und erhellten das gesamte Innere der Taverne zum Großen alten Bären.

Kray lachte noch immer mit großem Vergnügen, aber Tocht ließ sich unter den Tisch sinken.

»Dumme Kobolde«, murmelte ein Zwerg an einem Tisch in der Nähe seinen Gefährten zu. »Sollten es besser wissen, als sich auf einen Kampf mit einem Zauberer einzulassen.«

Indem er seinen Stab abermals auf den Hartholzboden schlug, brachte Kray die Blitze zu einem Ende. Die Kobolde brachen auf dem Boden zusammen, bewusstlos oder tot.

Kray spähte unter den Tisch und sagte: »Du kannst jetzt rauskommen.«

Mit so viel Würde, wie er aufbringen konnte, kletterte Tocht unter dem Tisch hervor. Alle Blicke lagen auf Kray, der sich hinabbeugte und die Kleidung der Kobolde durchsuchte. Er hörte auf, als er eine Münze fand. »Wie ich es mir gedacht habe.«

Tocht versuchte auf die Münze in der Hand des Zauberers zu schauen, aber Kray schloss seine Finger zu schnell darüber.

Nachdem er seine Suche beendet hatte, richtete sich Kray auf und blickte den Tavernenbesitzer an. »Ich mache Euch dafür nicht verantwortlich.«

»Gut«, erklärte der Alte, »ich habe nämlich nichts damit zu tun.«

Kray machte eine Handbewegung. Eine Goldmünze blitzte in der Luft. Der Tavernenbesitzer fing sie mühelos auf. »Findet jemanden, der sich um den Abfall kümmert, den ich hinterlassen habe. Ich werde Euch keine weiteren Schwierigkeiten bereiten.«

»Danke.«

Kray wandte sich um und ging voran durch die Tür, ohne sich um die starrenden Blicke der übrigen Gäste zu kümmern. Auch weitere Kobolde saßen an den Tischen, aber keiner von ihnen schien geneigt zu sein, seine Verwandten zu rächen. Als Tocht sich durch die Tür drückte, bot gerade einer von ihnen an, die Taverne von den Körpern zu säubern – wenn er einen Krug Bier bekam.

Das ist der Preis des Lebens in Torgarlkstetten, dachte Tocht unglücklich.

Draußen auf der Straße holte Kray tief Luft und blickte nach Osten. Der Reißzahn-Schattenwald lag in dieser Richtung, meilenweit die Wisse-nie-Straße hinab.

»Das ist gut gelaufen«, stellte der Zauberer fest.

»Ist es das?« Tocht konnte sein Erstaunen und seine Missbilligung nicht verbergen. »Ihr habt sie vielleicht getötet, Kray.«

»Hättest du lieber in ihrem Kochtopf gebadet?« Der Zauberer sah ihn an.

»Nein. Ihr hättet sie nicht töten müssen.«

»Vielleicht sind sie nicht tot. Eigentlich, wenn ich so darüber nachdenke, meine ich, dass einer von ihnen sich tatsächlich tot gestellt und ein anderer mit dem Fuß gezuckt hat.« Kray lächelte und blickte zur Taverne zum Großen alten Bären zurück. »Vielleicht gesellen sie sich in ein paar Augenblicken wieder zu uns.«

»Wir könnten in Bewegung bleiben«, schlug Tocht vor.

Kray marschierte los. »Wenn du mich begleiten willst, werden wir die Dinge auf meine Art erledigen.«

Tocht wusste, dass von ihm eine Antwort erwartet wurde. »Gut«, sagte er. *Aber ich muss es ja nicht mögen oder mich gar daran beteiligen.* Nicht dass er sich daran hätte beteiligen können, mit Blitzen oder Feuerbällen um sich zu werfen.

»Diese Kobolde haben genau das bekommen, was sie sich ausgesucht haben«, sagte Kray.

Obwohl er Kobolde nicht leiden konnte, war es Tocht lieber, sich von ihnen fernzuhalten, anstatt ihnen den Tod zu bringen.

»Immerhin«, fuhr Kray fort, »wurden sie geschickt, um uns zu töten.«

Das überraschte Tocht. Er stolperte über einen losen Pflasterstein und fiel beinahe in einen Haufen dampfenden Pferdemists. Krays Erklärung ließ ihn, ebenso wie der beißende Gestank in seiner Nase, sofort wieder zu Sinnen kommen.

»Woher wisst Ihr, dass sie dorthin geschickt wurden, um uns zu töten?«, fragte Tocht.

Kray warf die Münze in die Luft, die er aus der Kleidung des Kobolds gezogen hatte.

Instinktiv fing Tocht die Münze auf. Sie war massiv und schwer. Als er seine Hand öffnete, stellte er fest, dass es eine Scheibe war, keine Münze. Darauf war eine aufgeklappte Rasierklinge eingeprägt. *Von der Diebesgilde Kuss der Rasierklinge*, dachte Tocht, der das Zeichen erkannte.

»Eigentlich«, sagte Kray, »hat man sie geschickt, um *dich* zu töten. Immerhin haben dich Ryman Bey und Gujhar identifiziert.«

»Oh«, sagte Tocht. Dann fiel ihm ein, dass ihn Kray vielleicht genau aus diesem Grund zurückgelassen hatte: weil man ihn identifizieren konnte. Nun hatte er auch Kray zum Ziel gemacht.

»Daran kann man jetzt nichts ändern«, sagte Kray. »Wir werden einfach vorsichtiger sein.«

Tocht folgte ihm eine Weile, während Kray scheinbar ziellos durch Torgarlkstetten wanderte. Schließlich konnte er seine Neugier nicht mehr zurückhalten. »Wo gehen wir hin?«

»Wir suchen Knochenschnitter und Meeresgischt.«

»Das ist gut.« *Aber werden wir dafür nicht ein Heer brauchen?* Stattdessen fragte Tocht: »Wisst Ihr, wo sie sind?«

»Mehr oder weniger.« Kray nahm einen Smaragd aus seiner Robe. Zwei Silberpunkte, die wie ferne Sterne aussahen, leuchteten in den grünen Tiefen. »Ich spüre sie auf.«

»Wie das?«

»Durch die Bande, die Zank und Bulokk an sie binden. Nun, da ein jeder von ihnen diese Waffen berührt hat und es mir möglich ist, sie alle beide einzusetzen und nicht nur eine von ihnen, sind diese Bande sehr stark.«

Tocht starrte einen Moment lang in den Smaragd und sah, dass die Silbersterne größer wurden und heller leuchteten. »Wir kommen ihnen näher.«

»Ja.« Kray steckte den Edelstein in die Tasche. Er blickte hinab auf die unteren Bereiche der Stadt und nickte zu einem großen Haus hin, das nicht weit vom Hafen entfernt stand. »Wenn ich nicht falsch rate, dann befinden sich die Waffen dort.«

Das Haus war riesig, aus Massivstein erbaut. Eine hohe Mauer umgab das Grundstück, das Obstbäume und Blumengärten einschloss. Steinerne Wasserspeier saßen auf der Mauer und auf dem Haus. Bewaffnete Männer hielten entlang der Umfriedung Wache und standen auch am Haupttor. Draußen im Wasser, an einem privaten Anleger, an dem zwei weitere Schiffe vor Anker lagen, erkannte Tocht die *Geist*, das Schiff, das Kapitän Gujhar führte. Eines der anderen beiden Schiffe sah wie das schlanke, schwarze Gefährt aus, dem Tocht mit Bulokk und seinen Kriegern bei den Aschwolkeninseln begegnet war.

»Dieses Schiff gehört vermutlich dem Kuss der Rasierklinge«, sagte Tocht.

Kray nickte. »Das tut es.«

Tocht zögerte. Er verabscheute es, die Unzulänglichkeiten an Krays Plänen darzulegen. Auf der anderen Seite würde er es auch wirklich verabscheuen, wenn sie deswegen von ihren Feinden geschnappt wurden.

»Glaubt Ihr wirklich, dass wir beide – Ihr und ich – es schaffen werden, in dieses Haus einzubrechen und Knochenschnitter und Meeresgischt zu stehlen?«, fragte Tocht. »Ich meine, es sind nur wir beide. Selbst wenn wir uns sehr klug anstellen, und ich weiß, dass wir uns klug anstellen, weil *Ihr* klug seid, und ich würde niemals etwas anderes nahelegen, ganz gleich, was für einen dummen Plan Ihr ausheckt –«

»Ganz gleich, wie *dumm*?«, fragte Kray verschmitzt.

Tocht dachte schnell nach. Dumm war eine, nun, *dumme* Wortwahl gewesen. Er war immerhin ein Bibliothekar. Nicht weniger als ein Bibliothekar zweiten Ranges. Er kannte sich mit Wörtern aus. Vielen Wörtern. Bestimmt gab es ein anderes Wort, das nicht so bissig wie *dumm* klang. (Und auch nicht so sehr auf eine Verwandlung in eine Kröte hindeutete!) Aber er lehnte rasch auch *doof, närrisch, gedankenlos* und vierzig weitere Wörter in halb so vielen Sprachen ab.

»Habe ich dumm gesagt?«, fragte Tocht. »Ich habe nicht dumm *gemeint*. Dumm muss mir herausgerutscht sein. Ich bin müde. Wir hatte gerade erst einen Zusammenstoß mit Kobolden in der Taverne zum Großen alten Bären. Gewiss kann ich noch nicht ganz richtig denken. Gewiss habe ich nicht *dumm* gemeint. Dumm wäre doch eine ganz und gar unzulängliche Einschätzung unserer gegenwärtigen Lage und Eurer Fähigkeit, daraus –«

»Schweig«, knurrte Kray. »Lass es mich nicht bereuen, dass ich nachgegeben und dich mitgenommen habe.«

Tocht macht eine Geste, als würde er seine Lippen versiegeln und den Schlüssel wegwerfen.

»Natürlich erwarte ich nicht, dass wir beide dieses Kunststück vollbringen«, sagte Kray.

Tocht seufzte erleichtert.

»Deswegen habe ich Hilfe herbestellt.«

Sie brauchten eine weitere Stunde, um den oberen Teil der verschiedenen Ebenen der Stadt zu erreichen, wo die Armen lebten und billiger Wohnraum verfügbar war. Da er so lange still bleiben musste und nicht wusste, wohin sie unterwegs waren oder wen Kray zur Hilfe bei dem angedachten Einbruch »herbestellt« hatte, war der kleine Bibliothekar ausgesprochen neugierig und unruhig.

In den oberen Ebenen waren die Wohnhäuser armselig und baufällig. Beinahe genauso viele Häuser wie diejenigen, die bewohnt waren, standen bereits leer – mit einfallenden Dächern, eingestürzten Wänden, leeren Fenstern. Die Bewohner lebten förmlich aufeinandergestapelt. Die Wirtschaft von Torgarlkstetten spaltete sich rasch in jene auf, die hatten (Grausame, Mitleidlose und Blutdurstige), und jene, die nicht hatten (die willens oder dazu gezwungen waren, von den Resten zu leben, die ihnen jene, die hatten, anboten oder übrig ließen).

Tochts Herz neigte sich den blassen und hungrigen Gesichtern der Kinder zu, die er in den Gassen spielen oder ihren Vätern bei der Arbeit helfen sah, wo sie Netze flickten, Fisch räucherten oder Müll durchsuchten, der von den Häusern und Geschäften aus den unteren Ebenen heraufgebracht worden war. Die Armen und wirtschaftlich Benachteiligten sah man in Graudämmermoor niemals, weil es sie nicht gab.

Sobald er sich orientieren konnte, wandte sich Kray um und ging zum öffentlichen Brunnen, wo er sich ein kleines Stück abseits hinstellte, während die Einwohner Eimer heraufzogen, um ihren Bedarf zu stillen. Hühner sammelten sich um die Häuser, um nach Nahrung zu picken, und hin und wieder gelang es einem der Kinder, eines zu packen. Das löste jedes Mal eine Art von Fest aus, denn der Jäger mit den flinken Fingern rannte zurück die Gasse hinab und rief nach seiner Mutter, während ihm eine Reihe von Gassenjungen folgte.

»Was machen wir hier?«, fragte Tocht. Er nahm an, es war nun sicher zu fragen, da es schien, als würden sie nichts tun und sich niemand für sie interessierte.

»Wir warten«, sagte Kray.

»Oh.« Tocht wartete einen Moment lang still, aber ihm wurde schnell langweilig. »Worauf warten wir?«

»Auf mich«, sagte eine leise Stimme.

Tocht wandte sich um, und sein Herzschlag beschleunigte sich. Er erkannte die Stimme sofort. »Sonne!«

Sie stand gleich hinter ihm, nicht ganz zwei Fuß größer und noch immer so schlank, wie sie es gewesen war, als er sie vor ein paar Jahren an der Huk des Gehängten Elfen getroffen hatte. Sie trug einen dunkelblauen Umhang, dessen Kapuze sie hochgezogen hatte, da Frauen nicht oft allein in Torgarlkstetten unterwegs waren, soweit Tocht gesehen hatte. Unter der Kapuze ihres Umhangs hing ihr kurz geschnittenes blondes Haar nur bis zu ihrem Kinn herab.

Sommersprossen waren über ihre hochgereckte Nase verstreut. Um ihre blassgrünen Augen bildeten sich Fältchen, als sie bei seinem Anblick lächelte.

Zusätzlich zu dem Umhang trug sie recht einfache braune Kleidung und abgewetzte, kniehohe Stiefel. Sie war nicht mehr das Mädchen, das sie gewesen war, als sie Tocht zum ersten Mal vorgestellt worden war, aber die Jahre hatten ihr gutgetan. Außerdem trug sie mehr Wurfmesser bei sich als irgendjemand sonst, den Tocht je getroffen hatte.

»Grüße, mein lieber Tocht«, sagte sie und lächelte mit wahrer Zuneigung. Sie packte ihn und umarmte ihn, dann blickte sie zu Kray und zu ihm zurück. »Ich habe nicht gewusst, dass du bei dieser Unternehmung dabei sein würdest. Zumindest nicht bei diesem Teil davon.«

Sonne war aus Brants Diebesschar, einer bunt zusammengewürfelten Gruppe, die sich dem Bestehlen von Schurken und Bösewichten verschrieben hatte, um daraus eine Kriegskasse aufzubauen, die ein Aufgebot darstellen sollte, um Brants Königreich von dem Mann zurückzubekommen, der seine Eltern ermordet hatte.

»Kray hat auch nie erwähnt, dass du an dieser Sache teilnehmen würdest«, sagte Tocht.

Sonne grinste breit. »Wenn man nach Kray geht, dann wartet ein ziemliches Vermögen darauf, von jedem an sich genommen zu werden, der vorsichtig, schnell und gierig ist.« Sie neigte den Kopf zur Seite. »Das beschreibt uns auf alle Fälle.«

»Wie lange seid ihr schon hier?«

»Seit Tagen. Schon seit Kray uns eine Botschaft durch einen Schreckensreiter hat zukommen lassen.«

Tocht blickte Kray an. »Ihr habt nicht daran gedacht, mir davon zu erzählen?«

»Du bist damit beschäftigt gewesen, mit deinen eigenen besonderen Fähigkeiten an dieser Sache zu arbeiten«, sagte Kray. »Ich habe keinen Grund gesehen, dich von dem abzulenken, was du getan hast. Und es war auch nicht nötig, dass du Bescheid weißt.«

»Wenn Kray schon plant, das Haus eines Zauberers auszunehmen«, erklärte Sonne, »an wen sollte er sich denn sonst wenden?«

Das stimmte allerdings. Tocht seufzte. Er hätte wissen müssen, dass Kray nicht ganz allein nach Torgarlkstetten gehen würde.

»Hast du die Spur der Kobolde verfolgt, die uns in der Taverne zum Großen alten Bären angegriffen haben?«, fragte Kray.

Sonne nickte. »Nachdem sich die beiden Überlebenden erholt hatten, sind sie geradewegs zu Kulik Broghans Haus gegangen.«

»Kulik Broghan?«, warf Tocht ein.

»Der Zauberer, der zur Zeit Knochenschnitter und Meeresgischt hat«, sagte Sonne. Sie grinste schelmisch. »Natürlich wird dem nicht mehr lange so sein.«

»Hat Brant einen Plan?«, fragte Kray.

»Brant«, sagte Sonne, »hat immer einen Plan. Ich denke, der hier wird dir gefallen. Sogar Kobner gefällt er. Ein wenig.« Sie klopfte Tocht auf die Schulter. »Dass wir Tocht dabeihaben, wird nicht nur wie in alten Zeiten sein, sondern unsere Aufgabe auch noch erleichtern.«

»Erleichtern?«, wiederholte Tocht. *Erleichtern* hieß im Allgemeinen, dass die Dinge für ihn gefährlicher wurden. *Erleichtern* hieß im Allgemeinen, dass er seinen Hals aufs Spiel setzte, bevor alle anderen es taten. *Erleichtern* hieß im Allgemeinen, dass gar nichts *leichter* wurde. »Vielleicht sollten wir die Lage noch einmal überdenken, wenn ich dazu beitragen soll, dass die Dinge *leichter* werden. Vielleicht sollten wir uns einfach an den Plan halten, so wie er ursprünglich vorgesehen war.« *Damals, als ich noch nicht hier war, um die Dinge* leichter *zu machen.*

Sonne lachte. »Komm schon.« Sie hakte sich bei Tocht unter. »Die anderen werden sich freuen, dass du da bist. Besonders Kobner. Er freut sich immer über deine Besuche.«

Tocht ging dem Wiedersehen mit Kobner mit gemischten Gefühlen entgegen. Damals an der Huk des Gehängten Elfen, am Friedhof der Heiteren Zuflucht, wohin sie das Rätsel des keldianischen Mosaiks geführt hatte, hatte Tocht Kobner das Leben gerettet. Vielleicht. So erzählte es zumindest Kobner, und bei jeder Neuerzählung wurde Tocht mutiger. Anstatt einfach nur einen Pfeil in den Hintern abzubekommen, schlug Tocht für gewöhnlich sechs oder acht Krieger im Zweikampf, dann schaffte er es irgendwie, vorzuspringen und den Pfeil mit den Zähnen zu fangen, um Kobner das Leben zu retten. Die Schriftsteller der Abenteuergeschichten auf den Regalen des Hralbommsflügels waren nichts gegen Kobners Erzählkunst.

Aber als er Sonnes gewinnendes Lächeln sah, wusste Tocht, dass er nicht ablehnen konnte.

»Na gut«, sagte er und ging mit ihr in der Hoffnung, dass der kurze Spaziergang ihn nicht in sein Verderben führen würde.

Kapitel 10

»Mit Kuchen! So wird es geschehen!«

Brant und die Diebesschar hatten sich ein ganzes Stockwerk des Gebäudes angeeignet, in dem sie sich eingemietet hatten. Da es auf diesem Stockwerk nur vier Zimmer gab, war das nicht ganz so eindrucksvoll, wie es klang.

Der Mensch, der die Räume an die Diebe vermietete, wusste, dass etwas faul war, aber er war ein alter Hase, was kriminelle Aktivitäten anging, und man war seinem Preis entgegengekommen. Außerdem hatte Kobner, wie Sonne erzählt hatte, angedroht, ihm die Kehle aufzuschlitzen, wenn er sie verpfiff.

Innerhalb des Gebäudes führte Sonne sie zwei Treppen bis zum zweiten Geschoss hinauf. Sie hielt an der verschlossenen Tür inne und bedeutete Tocht und Kray mit einer erhobenen Hand zurückzubleiben. Vorsichtig, ihre linke Seite der Tür zugewandt, benutzte sie den dünnen Griff eines Wurfmessers, um an die Tür zu klopfen.

Die Abfolge der Klopfzeichen war eine, die die Diebe nach Tochts Wissen benutzten, wenn sie sich auf einem Einsatz befanden. Er erkannte das Antwortzeichen, als er es hörte, dann schob Sonne die Tür auf und ging hinein.

Der große und schlaksige Hamual, dessen hellbraunes Haar ihm in die grauen Augen hing, trug dieser Tage einen Schnurrbart, sah aber immer noch jünger aus, als er war. Er besaß die Seele eines Dichters, und Tocht hatte ihm beigebracht, die Flöte zu spielen. Heute trug er unter seinem Umhang die leichte Lederrüstung eines Kriegers. Bevor Brant ihn gerettet und in seine kleine Diebesfamilie eingeführt hatte, war Hamual ein Sklave gewesen. Manschetten bedeckten die Narben auf seinen Handgelenken.

»Seht mal, wen ich mitgebracht habe«, sagte Sonne und deutete auf Tocht.

»Tocht!«, rief Hamual voller Freude, dann ging er auf ein Knie und umarmte ihn.

Gerührt und auch ein wenig wehmütig, als er sah, wie sehr aus diesem Jungen in seiner Abwesenheit ein Mann geworden war, erwiderte Tocht die Umarmung. »Hamual, du siehst gut aus.«

Als er sich aus der Umarmung gelöst hatte, zog Hamual eine Flöte unter seinem Umhang hervor. »Ich habe geübt.« Er legte die Finger an das Instrument und setzte es sich an die Lippen. Sogleich tönte eine fröhliche Melodie durch den Gang.

»Ja«, stimmte Tocht zu, »das hast du wirklich. Du musst mir zeigen, was du gelernt hast.«

»Ein paar Dinge durchaus, aber bestimmt nichts, was du noch nie gehört hast. Der Barde Ordal bringt mir hin und wieder ein paar neue Lieder bei, wenn wir ihn zufällig auf unseren Reisen treffen.«

»Er ist ein guter Lehrer«, pflichtete Tocht bei. »Er wird dich besser anleiten, als ich es jemals gekonnt hätte.«

»Vielleicht«, erwiderte Hamual. »Aber du warst es, der mir beigebracht hat, das Musikmachen zu lieben.«

Während sein Gesicht bei diesem Lob rot wurde, sagte Tocht: »Die Musik ist allerdings schon immer in dir gewesen.«

Karick, ein älterer, kräftiger gebauter Mensch, stand an

der Tür mit Hamual Wache. Sein Haar war dunkelbraun, aber dieser Tage schon grau gesträhnt. Für gewöhnlich war er schweigsam und ruhig – ein Mann, der sich tiefen Gedanken hingab –, aber er nickte, lächelte und begrüßte Tocht.

Am hinteren Ende des Ganges wachten Tyrnen und Zelnar, Zwergenzwillinge, die als Beutelschneider arbeiteten, an einem Fenster, von dem man Kulik Broghans Haus und den Hafen sehen konnte.

»Siehst du?«, fragte Zelnar, oder vielleicht auch Tyrnen, und knuffte den anderen Zwilling. Sie waren jung und hatten für gewöhnlich die eine oder andere Art von Ärger am Hals. »Ich habe dir doch gesagt, dass ich meine, Tocht bei Kray gesehen zu haben.«

Tyrnen, oder vielleicht auch Zelnar, rieb sich die Schulter. »Ich habe ja nicht gesagt, dass er nicht dabei war.«

Tocht begrüßte sie beide, bekam ihre Namen richtig heraus und wurde von Sonne in den nächsten Raum gezogen.

»Tocht!«, grölte Kobner, sobald er ihn erblickt hatte. Der Zwerg polterte über die Bodendielen und umfasste Tocht in einer Umarmung, die Knochen hätte brechen können.

»Kann nicht atmen«, sagte Tocht mit der letzten Luft, die ihm verblieben war.

»Es tut gut, dich zu sehen, kleiner Krieger«, sagte Kobner. Er war ein wenig kleiner als Hallekk, aber um die Schultern breiter. Narben zerfurchten sein flächiges Gesicht, liefen bis in seinen sandgrauen Bart hinab.

»Kann nicht atmen«, wiederholte Tocht, der langsam verzweifelte und Kobner in der Bemühung auf den Rücken schlug, ihn dazu zu bringen, seinen Griff zu lockern.

Auch Kobner schlug Tocht auf den Rücken, da er dessen Anstrengungen missverstand. »Du bist wirklich ein wohltuender Anblick für wunde Augen.«

Bevor er aus Atemnot in Ohnmacht fallen konnte, wurde Tocht losgelassen und stand wieder auf schwankenden Beinen. Schwarze Punkte tanzten vor seinen Augen.

»Fühlt sich an, als würdest du stärker werden«, sagte Kobner und zwickte in Tochts Bizeps. »Hast du trainiert? Die Übungen gemacht, die ich dir beigebracht habe?«

Tocht dachte an all das Gerenne des letzten Monats. »Ja.«

»Nun, es wirkt schon Wunder«, sagte Kobner. Er war fest entschlossen, aus Tocht den wildesten Halbingskrieger aller Zeiten zu machen. »Nur nicht nachlassen.«

Als er einen Stuhl entdeckte, stolperte Tocht dorthin und setzte sich. Er blickte sich im Zimmer um und sah Brant hinter einem großen Schreibtisch sitzen, der mit kleinen Holzmodellen übersät war. Im selben Augenblick, in dem Tocht aufging, dass es Modelle waren, erkannte er auch, was sie darstellten.

Kulik Broghans Haus war hier nachgebaut worden, bis hin zu den Wasserspeiern auf den hohen Stützmauern.

»Grüße, kleiner Maler«, sagte Brant. Er saß ungezwungen in einem Stuhl auf der anderen Seite des Schreibtisches. Ganz in Schwarz gekleidet, sogar bis hin zu den Handschuhen aus Ziegenleder, gab er auf den ersten Blick eine eindrucksvolle Figur ab. Aber nur, wenn er das so wollte. Wenn er in einer Menge oder sogar allein in einer nächtlichen Straße untertauchen wollte, brauchte er nur einen Herzschlag lang, um es zu tun.

Wenn er für eine Betrügerei, ein Komplott oder einen Diebstahl, den er ausgeheckt hatte, eine Rolle spielte, gab sich Brant oft als Adliger aus. Den Titel hatte er sich ehrlich erworben. Sein Vater war der Baron des Süßgrastales gewesen, ehe er vom gegenwärtigen selbsternannten König ermordet worden war. Brants schwarzes Haar war kunstvoll frisiert, und Strähnen hingen ihm über die eng zusammenstehenden schwarzen Augen und die schmale Nase. Seine schwarzen Brauen verwandelten seine Augen in Hohlräume aus finsterem Feuer. Sein schwarzer Spitzbart stand hochmütig nach vorne ab.

Kleiner Maler war der Spitzname, mit dem Brant Tocht anfangs bedacht hatte, als er ihn damals in den Sklavenpferchen an der Huk des Gehängten Elfen getroffen hatte. Brant war dort gewesen, um für einen möglichen Auftrag zu kundschaften, und hatte Tocht zufällig bei der Arbeit an seinem selbst angefertigten Tagebuch erwischt, das er hergestellt hatte, während er an Bord der *Einäugigen Peggie* gewesen war, nachdem man ihn in Graudämmermoor schanghait hatte. Der Meisterdieb hatte Tochts Tagebuch durchgeblättert und ihn anfangs für einen Künstler gehalten, hatte aber geschlossen, dass daran mehr als das war. Zu jener Zeit hatte Brant jemanden gebraucht, der sich mit Kunst auskannte, hatte Tocht gekauft und die Abenteuer in Gang gesetzt, die sie zu den Bruchschmiedenbergen und der tödlichen Begegnung mit Shengharck geführt hatten.

»Grüße, Brant«, erwiderte Tocht, beugte sich interessiert nach vorn und musterte das Modell. »Kulik Broghans Haus?«

»Das ist es«, sagte Brant lächelnd. »Eine ungefähre Annäherung zumindest.« Er blickte Tocht mit scharfer Aufmerksamkeit an. »Und wie kommt es, dass du hier in Torgarlkstetten bist? Ich war nicht darüber informiert, dass du kommen würdest.« Er blickte zu Kray auf.

Brant war die einzige Person, die Tocht kannte, die von Natur aus fast genauso neugierig war wie er. »Es war eine Entscheidung in letzter Minute.« Tocht stemmte sich von dem Stuhl hoch. Nun, da er sich Fragen stellte, waren seine Atemnot und sein Schwindel nur noch von nebensächlichem Belang. »Also ist Kulik Broghan das Ziel?«

Mit einem trägen Lächeln wandte Brant seine Hand nach oben und sagte: »Dieser Mann scheint das zu besitzen, hinter dem wir her sind. Und wir sind entschlossen, das zu ändern.«

»Wie?«

»Mit Kuchen!«, sagte Brandt voller Begeisterung. »So wird es geschehen!«

Darüber hellte sich Tochts Miene ein wenig auf, aber er war lange genug bei Brant und der Diebesschar gewesen, um zu wissen, dass selbst die besten Pläne nicht immer ein gutes Ende nahmen.

»Wo wir schon von Kuchen sprechen«, sagte Kobner und rieb sich munter die Hände, »Lago hat doch gesagt, dass das Essen beinahe fertig ist. Schauen wir mal, ob Tocht mich immer noch fast unter den Tisch essen kann.«

»Wir sind seit sechs Tagen hier«, sagte Brant. »So rasch, wie wir herkommen konnten, nachdem Kray uns das Angebot gemacht hat.«

»Angebot?« Tocht setzte sich in das Speisezimmer, das sie in einem der gemieteten Räume eingerichtet hatten. Die Diebe hatten zwei lange Tafeln aufgebaut, und die waren nun mit der Mahlzeit beladen, die Lago zubereitet hatte.

Lago stand daneben, und ein Lächeln leuchtete auf seinem alten, vernarbten Gesicht. Er wischte sich die großen Hände an einer Schürze ab. Seit Tocht Brant kannte, hatte stets Lago für sie gekocht und gebacken, hatte immer dort, wohin es sie verschlagen hatte, die Mahlzeiten zubereitet. Das Alter hatte seinen Körper gebeugt und ihn seiner Stärke beraubt, aber er wusste immer noch, wie man in einer

Küche zurechtkam. Ein Teil ihrer Mietübereinkunft hatte die Benutzung der Küche eingeschlossen, die – wie Lago Tocht mitgeteilt hatte – nichts war, auf das man stolz sein konnte. Aber er hatte ein vorzügliches Essen aufgetragen. Tocht hatte schon gesehen, wie der alte Zwerg das Gleiche mit nichts als einem Lagerfeuer getan hatte.

»Ein Angebot«, bestätigte Brant. Er zuckte leicht mit den Schultern und hatte Vergnügen dabei, die Geschichte zu erzählen. »Da ihm bekannt war, dass seine Gegner zum Teil aus dem Kuss der Rasierklinge stammen würden, wusste Kray, dass er früher oder später Diebe brauchen würde.«

»Das schien mir«, fügte Kray hinzu, »äußerst klug.«

»Und das war es auch. Seit Kray erfahren hat, dass Knochenschnitter wahrscheinlich auf den Aschwolkeninseln war und dass Sokadir Todeshauch immer noch irgendwo im Reißzahn-Schattenwald bei sich hat, hat er uns in Flautenzipfel in Bereitschaft gehalten.«

Tocht kaute freudig auf einem Himbeer-Nusskuchen herum, der mit Walnusshonig und gesüßtem Pfeffer gedeckt war und gerade genug brannte, um den Gaumen zu reizen, ehe die Süße die Flammen wieder löschte.

Flautenzipfel klang sinnvoll. Es lag am anderen Ende des Standhaften Flusses. Die Wisse-nie-Straße überquerte den Fluss zweimal und lief an anderen Stellen parallel dazu. Ein schneller, entschlossener Reiter konnte die Strecke zwischen Torgarlkstetten und Flautenzipfel in weniger als drei Tagen bewältigen, aber eine Handelskarawane würde Wochen brauchen, um das schwierige Gelände zu überwinden.

»Sobald Kray entdeckt hat, dass die Waffen hierhergebracht worden waren«, sagte Brant, »hat er uns darum gebeten zu kommen. Und hier sind wir.«

»Die Waffen sind hier?«, fragte Tocht.

»Das sind sie.«

»Hast du sie gesehen?«

»Habe ich.«

»Wie das?«

Brant lächelte. »Nun, man hat mich natürlich eingeladen. Immerhin bin ich Baron Lorthord, ein Sammler schöner und außergewöhnlicher Waffen.«

»Baron Lorthord?«, wiederholte Tocht.

Brant nippte am Wein und stach in ein Stück Truthahnbrust. »Ja. Ein sehr begüterter und einflussreicher Mann. Vom Löffelhornpass.«

»Eine gute Wahl«, sagte Tocht. »Der Löffenhornpass liegt auf der anderen Seite der Bruchschmiedenberge und soll angeblich ein Versammlungsort der Reichen und Arbeitsscheuen sein. Ich habe gewusst, dass es dich dorthin treiben würde, weil du mir Geschichten über die Stadt erzählt hast. Aber wer ist Baron Lorthord?«

Ein breites Lächeln erschien auf Brants Gesicht. »Na, *ich* natürlich. Ich bin Baron Lorthord. Nachdem wir alles, was wir mitnehmen konnten, aus Shengharcks Schatz entfernt und uns aus den Bruchschmiedenbergen zurückgezogen hatten, sind wir zum Löffelhornpass gezogen und haben dort ein paar Monate bestens gelebt. Mit all dem Gold, das mir zur Verfügung gestanden hat, war es eine Leichtigkeit, zu Baron Lorthord zu werden. Eine Menge Leute, die dort leben, sind vor ihrer Ankunft jemand anders gewesen. Das meiste Gold, das sie in die Stadt tragen, ist vorher noch nicht dort gewesen. Tatsächlich haben wir, während wir dort gewesen sind, gesehen, wie zwei Männer mit schwarzem Herzen ihre verdiente Rechnung bekommen haben. Einer wurde von einer Gruppe Männer niedergerungen, die er ausgeraubt hatte, und der andere wurde von gutherzigen Dieben ausgenommen, die das Geld zurückgestohlen haben, an dem er sich vergriffen und damit eine verarmte Stadt hinter sich gelassen hat.«

»Ich nehme an, du hast eine Beteiligung verlangt?«

Brant lachte. »Aber natürlich. Niemand erledigt diese Art von Aufgabe umsonst. Nicht einmal Diebe mit gutem Herzen. Glaub mir, diese armen Leute waren froh zu sehen, dass sie ihre Schätze zurückerhielten. Selbst nachdem sie die Beteiligung abzogen hatten.«

»Also bist du auf dem Gelände als Baron Lorthord aufgetreten«, fuhr Tocht fort.

»Das hättest du sehen sollen, Tocht«, schwärmte Sonne. »Es war eine von Brants meisterhaftesten Vorstellungen. Er hat auf ganzer Linie den Gecken gespielt, und Kulik Broghan hat ihm aus der Hand gefressen.«

»Erzählt mir von Kulik Broghan«, bat Tocht. Nach seinem zweiten großen Kuchenstück gab er auf, lehnte sich in seinen Stuhl zurück und nahm seine Schreibutensilien heraus. Während er sprach und zuhörte, zeichnete er die Gesichter seiner Freunde und einige der Einzelheiten, die sie zu Kulik Broghans Besitz beizusteuern hatten.

»Kulik Broghan ist im Grunde ein Sammler«, sagte Brant. »Sein Wesen ist das eines gierigen Mannes. Er bildet sich auch ein, eine Art Zauberer zu sein, nehme ich an, denn eines der Dinge, die er sammelt, sind die Spruchbücher toter Zauberer.«

»Eine sehr gefährliche Beschäftigung«, sagte Kray mit gerunzelter Stirn.

»Vielleicht«, stimmte Brant zu. »Aber jede Schutzvorrichtung kann man schlagen. Vorausgesetzt, man hat einen ordentlichen Anlass und die richtigen Werkzeuge.« Er warf einen Blick auf Kray. »Sogar die Euren.«

Kray schnaubte verächtlich. »Wir werden sehen.«

»Wenn der Tag kommt«, sagte Brant, »werdet *Ihr* nicht hier sein, um es zu sehen. Wenn es irgendetwas gibt, das zu gefährlich ist, als dass es zurückbleiben sollte, irgendwelche Sprüche oder Geheimnisse, wärt Ihr besser beraten, sie mit Euch ins Grab zu nehmen.«

»Gebührend zur Kenntnis genommen«, sagte Kray.

»Weshalb interessiert sich Broghan für die Waffen?«, fragte Tocht.

»Erst einmal«, sagte Brandt, »meine ich, weil sie zusammengehören. Eine Trilogie von allseits bekannten Todesbringern, wenn du so willst. Sie wurden alle von gefallenen Helden getragen.«

»Sokadir ist nicht gefallen«, erklärte Tocht.

»Das sagst du«, erwiderte Brant. »Ich weiß nur, dass ihn seit Jahren keiner gesehen hat.«

»Ich habe ihn vor nicht mehr als ein paar Tagen gesehen.«

Brant blickte ihn mit eindringlichem Interesse an. »Wo?«

Tocht brauchte einen Augenblick, um alles über die Visionen zu erzählen, die Kray absichtlich hervorgerufen hatte, und die Tatsache zu erwähnen, dass der Elfenhüter nicht gefunden werden wollte.

»Sein Sohn ist derjenige gewesen, der bei der Schlacht an der Todesfestung die Waffen miteinander verbunden hat«, teilte ihm Brant mit. »Habt ihr das gewusst?«

Kray zupfte mit jäher Nachdenklichkeit an seinem Bart. »Nein, das wusste ich nicht.«

Tocht schüttelte den Kopf.

»Offenbar war Qardak, der ältere, so etwas wie ein Zauberer«, sagte Brant.

»Ungewöhnlich«, murmelte Kray. »Die Elfen halten

sich an eine eher natürliche Magie, etwas, das aus der Natur kommt und die Natur verstärkt. Durch die magische Schöpfung des Vidreniums sollte das für die Elfen eigentlich ein Tabu gewesen sein.«

»Todeshauch ist für die Elfen geschaffen worden«, erinnerte ihn Brant.

»Das stimmt«, pflichtete Kray bei, »aber das ist ein Spruch, der sich dem Benutzer gegenüber freundlich verhält. Ein Spruch der Bindung, wie derjenige, von dem du sprichst, hätte über seinen Fähigkeiten liegen müssen.«

»Es gibt einige Elfen, die mit den chaotischeren Magieformen herumspielen«, sagte Tocht. »Hallinbeks *Leitfaden verschollener Bannsprüche und Schutzzauber* zählt nicht weniger als vierzehn praktizierende Elfen auf. Und das sind nur die vierzehn, die ihm bekannt waren.«

»Ich habe sie auch gekannt«, sagte Kray. »Sie sind für gewöhnlich nicht sehr erfolgreich damit. Elfen haben eine angeborene Neigung zur Natur. Sie hassen es zu sehen, wenn irgendetwas zu Schaden kommt. Selbst jene, die zu Schurken oder Gesetzlosen geworden sind, haben nur begrenzt die Fähigkeit, das Wesen eines Dinges zu verformen. Gestaltwandel. Spurensuche. Zähmen. Dies sind die Bereiche, in denen die Elfen ganz natürliche Experten sind.« Er steckte sich die Pfeife in den Mund und schnippte mit den Fingern, um sie anzuzünden. »Aber in dem Maße, das du nahelegst? Das ist sehr selten.«

»Aber nicht unmöglich.«

»Ich würde dagegen wetten. Jederzeit.«

»Weshalb hat Qardak die Waffen aneinander gebunden?«, fragte Tocht.

»Zur Stärkung –«, begann Brant.

»Es hätte dort –«, fing Kray zur selben Zeit an.

Lächelnd deutete Brant auf Kray. »Ich beuge mich auf diesem Gebiet Eurem Fachwissen.«

»Ich kann mir nur einen Grund für eine solche Bindung vorstellen«, sagte Kray. »Um damit alle magischen Schutzzauber zu unterstützen, die er bei den Verteidigern in Stellung gebracht hatte.« Er zog nachdenklich an seiner Pfeife. »Solange die Waffen aneinander gebunden waren, konnten ihre besonderen Kräfte nicht ins Spiel gebracht werden.«

»Das hat noch niemand zuvor erwähnt«, sagte Tocht.

»Kulik Broghan hat das erwähnt«, erklärte Brant. »Mir gegenüber.«

»Woher weiß er etwas, das wir nicht wissen?«

Brant zog die Augenbrauen hoch. »Das alles ist ausgesprochen interessant, nicht?«

»Was hat er mit den Waffen vor?«, fragte Kray.

»Er hat mir gesagt, dass er aktiv nach Todeshauch sucht und dass er weiß, dass der Bogen sich irgendwo im Reißzahn-Schattenwald befindet.«

»Sokadir hat ihn«, sagte Tocht.

»Das«, sagte Brant, »hat er mir nicht erzählt.«

Kray zog an seiner Pfeife. »Ich nehme an, du hast angeboten, ihm Knochenschnitter und Meeresgischt abzukaufen?«

»Das habe ich. Ich habe mehr Gold geboten, als ich je gesehen habe. Wenn er angenommen hätte und wenn wir den Preis wirklich hätten bezahlen sollen, hätten wir die Gipfel der Bruchschmiedenberge umgraben müssen, um Shengharcks Schatz abermals zu finden.« Brant seufzte bei dem Gedanken daran, wie viel Gold sie verloren hatten, als der Vulkan ausgebrochen war und sich das Innere der Drachenkammer mit Lava gefüllt hatte. »Aber er hat abgelehnt. Obwohl ich schwöre, dass ich die Verlockung in seinen Augen gesehen habe.«

»Hat er Lord Khadavers Grimm erwähnt?«, fragte Kray.

Tocht hielt seine Feder ruhig – hielt mitten in einer Zeichnung einer Profilansicht von Sonne inne. Er hatte noch nie von Lord Khadavers Grimm gehört. Während der ganzen Zeit, in der er mit Kray nach den drei mystischen Waffen gesucht hatte, hatte der Zauberer ihn nie erwähnt.

»Nein«, antwortete Brant. »Hätte er das tun sollen?«

»Es wäre besser«, sagte Kray, »wenn er es nicht tun würde. Aber ich fürchte, dass es bei alledem genau darum gehen könnte.«

»Was ist Lord Khadavers Grimm?«, fragte Tocht.

Kray rückte auf seinem Stuhl nach vorn. Alle kamen näher, um ihn zu hören. »Niemand weiß das mit Sicherheit«, antwortete der Zauberer. »Selbst mitten im Kataklysmus wusste Lord Khadaver, dass es ihm schwerfallen würde, den Fängen der Niederlage den Sieg zu entreißen. Am Anfang kamen seine Erfolge mühelos und billig. Er hatte tausende von Kobolden, auf die er sich verlassen konnte, und er hatte seine Ziele sorgsam ausgewählt.«

Tocht blätterte um und machte sich Notizen, wobei er kleine Kobolde an die Ränder zeichnete.

»Der Herr der Kobolde brachte seine Kräfte aus dem Süden herauf«, fuhr Kray fort. »Er wusste, dass die Kobolde nicht gar so begeistert davon sein würden, in den Norden vorzudringen und in den schneebedeckten Bergen zu kämpfen.«

»Damit hatte er recht«, sagte Lago. »Sie erzählen sich noch immer Geschichten darüber, wie Kobolde Tränen aus Eis geweint und ihre eigenen gefrorenen Füße gegessen haben.«

Tocht blinzelte. »Wenn sie ihre eigenen Füße gegessen haben, wie sind sie dann gelaufen?«

Lago verzog das Gesicht. »Das weiß ich nicht. Vielleicht

sind sie danach auf ihren Stümpfen weitergezogen. Es ist nur eine Geschichte. Aber eine gute.«

»Tatsache war, dass nach der Zerstörung von Teldanes Fülle und der Zerschmetterung der Küste«, fuhr Kray fort, »jeder weitere Sieg für Lord Khadaver schwerer zu erreichen war. In den frühen Jahren des Kataklysmus haben sich Menschen, Elfen und Zwerge nicht vertragen und arbeiteten nur selten bei irgendetwas zusammen.«

»Außer in Traum«, sagte Tocht.

Kray nickte. »Außer in Traum. Aber dass Lord Khadaver sie verfolgte, dass er all ihre Bücher und ihre Art zu leben zerstörte, hat sie auf eine gewisse Weise miteinander verbunden; nie zuvor hatten sie sich aufeinander verlassen müssen. Wenn sie den Ansturm der Kobolde überleben wollten, dann mussten sie ihre Kräfte vereinen. Das haben sie, und das Kriegsglück begann sich zu wenden. Aber jene Tage waren dunkel und von Verlusten erfüllt.«

Tocht erinnerte sich. Die Tagebücher, die er aus jener Zeit gelesen hatte – schlaffe und zerfledderte Werke, die von gebrauchtem Klebstoff, Faden und oft auch Bändern nur grob zusammengehalten wurden –, hatten allesamt einen Beiklang von unvermeidlicher Trauer und Schmerz besessen.

»Lord Khadaver wusste, dass er sein Waffenlager erweitern musste«, sagte Kray. »Im Silberblattwald hat er dunkle, arkane Kräfte benutzt, um die elfischen Prinzessinnen zu verderben, indem er sie in die wilden und grausamen Loheleyen verwandelt hat, die bis zum Ende, als Lord Khadavers Einfluss auf sie schwand, gegen die Krieger der Allianz gekämpft haben. Auf anderen Schlachtfeldern erweckte er die toten Kobolde, verdrehte sie und erschuf aus ihnen Beinbrander. Dann kam der zweite Aufstieg von Traum.«

»In der ersten Schlacht«, sagte Kobner ernst, »sind beinahe alle, die dort gelebt hatten, gestorben, und die Übrigen hatten sich in alle Winde zerstreut.«

Kray nickte. »Nachdem Lord Khadaver nach Norden weitergezogen war, haben die Anführer der Allianz beschlossen zu versuchen, in Traum einen Brückenkopf zu errichten und unter den Überlebenden dort ein Heer auszuheben. Das waren voreilige Bemühungen. Sie hatten nicht mit der Fähigkeit des Herrn der Kobolde gerechnet, die toten Kobolde wiederzuerwecken und sie als Beinbrander wieder kämpfen zu lassen. Als Lord Khadaver Traum dieses Mal einnahm, hat er die Stadt zerschmettert, bis kein Stein mehr auf dem anderen stand.«

Tocht erinnerte sich noch an den Brunnen, den er an der Huk des Gehängten Elfen gesehen hatte und durch den er erfahren hatte, wie die Stadt, die von den Kobolden überrannt worden war, vor ihrer Zerstörung gewesen sein musste. Er erinnerte sich daran, wie hoffnungslos er sich gefühlt hatte, als er in Sklavenketten dort gestanden hatte.

Aber das hat sich geändert, rief er sich in Erinnerung.

»Niemand hat gewusst, weshalb Lord Khadaver die Stadt nicht schleifen ließ, als sie zum ersten Mal durchgebrochen waren«, sagte Kray. »Viele nahmen an, dass es daran lag, dass es ihn nach weiteren, schnelleren Siege verlangte, um seine Kobolde hungrig zu halten und sie nicht mit den Verlusten zu umgeben, die sie erlitten hatten. Vielleicht war das die Wahrheit, aber er hätte auch einen anderen Grund haben können.«

»Das Vidrenium«, sagte Tocht, der sofort wusste, was der Grund für die Entscheidung gewesen war.

»Wir haben nicht gewusst, was er dort getan hat«, sagte Kray, »aber nun, da wir Neues erfahren haben, klingt das naheliegend.«

»Aber wovon redet ihr denn?«, fragte Brant.

Kray nickte Tocht zu und erkannte damit das Talent des kleinen Bibliothekars an, eine Geschichte gut zusammenzufassen. Rasch legte Tocht die Ereignisse dar, die sie hatten zusammensetzen können.

»Lord Khadaver ist dorthin gegangen, um die Waffen zurückzuholen?«, fragte Sonne, als Tocht fertig war.

»So sieht es aus«, antwortete Tocht.

»Du hast gesagt, dass Lord Khadaver in Verkleidung dort gewesen ist«, sagte Hamual. Er hatte sich mit einem der Zwerge abgewechselt, um hereinzukommen und zu essen.

»Das war er, zumindest soweit wir das, was damals geschehen ist, nachvollziehen können.«

»Was, wenn er nicht hinter den Waffen her war?«, fragte Hamual.

»Was meinst du damit?«, fragte Kray.

Hamual zuckte die Achseln. »Genauso, wie wenn wir ein einmaliges und allseits bekanntes Schmuckstück stehlen, eines oder mehrere mit einzigartigen Fassungen, dann müssen wir sie auseinanderbrechen, um sie zu verkaufen. Sonst würde man sie wiedererkennen.«

Brant beugte sich nach vorn und stützte sein Kinn auf die Zeigefinger, während die Ellbogen auf dem Tisch ruhten. »Ah, Hamual, du fängst an, wie ein richtiger Dieb zu denken.«

Hamual wurde rot und lächelte. »Was, wenn Lord Khadaver nicht hinter den Waffen her war? Vergesst nicht, sie wurden ja erst später von Meister Oskarr hergestellt.«

»Hinter was sollte er dann her gewesen sein?«, fragte Lago.

»Hinter dem Vidrenium«, sagte Tocht, der den Gedanken sofort erfasste. »In seiner reinsten Form. Er hatte vor, daraus eine Waffe für sich selbst herzustellen.«

»Oder vielleicht hatte er auch schon eine«, sagte Kray, »und wollte nur die Magie, die in das Metall eingebunden war, um seine neueste Schöpfung zu verstärken.«

»Lord Khadavers Grimm«, sagte Tocht und blickte den Zauberer an. »Habt Ihr irgendeine Vorstellung, worum es sich dabei handelt?«

»Nein«, antwortete Kray.

»Dann muss aber irgendjemand eine haben«, ergänzte Brant. »Sonst würde nicht so viel Interesse daran bestehen, diese drei Waffen zu sammeln.« Er lehnte sich auf seinem Stuhl zurück. »Alles, was wir tun müssen, ist, die Waffen zu stehlen.« Er grinste. »Und das ist eine der Sachen, auf die wir uns am besten verstehen.«

Kapitel 11

Das magische Schwert

Du bist also ein Meisterdieb. Du bist mit Meisterdieben unterwegs. Du wirst dich nicht erwischen lassen. Du bist wie der Wind. Niemand wird wissen, dass du hier bist, bis du wieder weg bist. Du bist so leise wie eine Träne, die am Schnurrhaar einer Katze herabläuft und –

»Was ist denn los, kleiner Krieger?«, flüsterte Kobner hinter Tocht.

Beim Geräusch der Zwergenstimme erschrak sich Tocht beinahe zu Tode. Er zuckte zusammen und stieß sich den Kopf an der Decke des Abflussrohrs, durch das er, Kobner und Sonne kletterten.

»Nichts«, sagte Tocht und rieb sich den Hinterkopf. »Ich habe nur darauf gewartet, dass sich meine Augen an die Finsternis gewöhnen.«

»Und? Sind sie jetzt daran gewöhnt?«, fragte Sonne mit einem Hauch Verärgerung in der Stimme.

Von den Sternen abgesehen, die ich im Augenblick sehe, dachte Tocht. »Ja.«

»Dann beweg dich weiter. Wir haben nicht die ganze Nacht.«

»Lass den kleinen Krieger in Ruhe«, sagte Kobner. »Er weiß, was er tut. Er ist ein erfahrener Veteran.«

»Deine Stimme trägt weit in diesem Tunnel, das weißt du doch«, flüsterte Brant von der Öffnung her, durch die sie am anderen Ende des Spaltflusses eingestiegen waren.

Widerstrebend ging Tocht voran und ließ seine Finger an den Seiten des Abflusstunnels entlanglaufen. Brant und seine Diebe hatten den Tunnel schon früh entdeckt und ihn so weit erforscht, wie sie es gewagt hatten. Natürlich führte er nicht an den Ort, den sie sich gewünscht hätten, aber er brachte sie näher an ihr endgültiges Ziel heran.

Kulik Broghans Festung war errichtet worden, lange bevor der Zauberer seinen Wohnsitz dort einnahm. Während dieser Zeit war die Festung weiter ausgebaut und bei einer Reihe von Gelegenheiten umgestaltet worden. Es wäre zu viel verlangt gewesen zu hoffen, dass der Tunnel sie genau in den Schatzraum führen würde, in dem der Zauberer seine gesammelten Waffen aufbewahrte. Allerdings hatte sich Brant seine Zeit als Baron Lorthord gut zunutze gemacht.

Mit der Behauptung, er wolle Kulik Broghan seine Gastfreundschaft vergelten und den Handel besiegeln, den sie beide über den Austausch von geringeren Gegenständen geschlossen hatten, hatte Brant dem Zauberer ein Mobile mit einer winzigen Elfenstadt aus funkelnden Bäumen geschenkt, die einen großen See überblickte, der in Wirklichkeit ein Spiegel war. Das Mobile war magisch, und Brant hatte dem Zauberer gezeigt, wie es – mit einem ausgesprochenen Satz – zum Leben erweckt werden konnte und in wenigen Augenblicken alle Jahreszeiten durchlief. Winzige, vielfarbige Blätter fielen dann von den Bäumen in den See, stiegen als Schneeflocken wieder auf und wurden zu Knospen und Blättern, um den ganzen Ablauf zu wiederholen. Immer wieder.

Da es schon von sich aus magisch war und die Zauber nahe aneinandergelegt worden waren, konnte nur ein wirklich geübter Zauberer den zusätzlichen Spruch erkennen, der dort versteckt lag und es jemandem gestattete, Zugang zu dem Spiegel durch einen weiteren Spiegel zu erlangen, der mit demselben Zauber versehen war.

»Hier«, sagte Kobner. »Gleich dort vorn.«

Tocht sah das Zeichen an der Wand. Die meisten Leute hätten es niemals bemerkt, aber ihm hatte man gesagt, wonach er Ausschau halten musste. Er hielt bei dem Zeichen an.

Rasch nahm Kobner seine Ledertasche ab und packte den Spiegel darin aus. Er legte ihn auf den unebenen Boden.

»Wir haben schon versucht, auf diese Art hineinzugelangen«, sagte Kobner. »Wir haben sogar Sonne geschickt, aber sie hat auch nicht durchgepasst. Sie ist zu groß.«

»Zu hochgewachsen«, murmelte Sonne. »Ich bin zu hochgewachsen.«

In Wahrheit wusste Tocht, dass die junge Frau einen größeren Umfang als er besaß.

»Kray könnte dir vermutlich erklären, weshalb das so ist«, sagte Kobner, »aber je weiter die beiden Spiegel voneinander entfernt sind, desto kleiner ist die Öffnung zwischen ihnen.«

»Kowts *Magische Theorien der Transportverkleinerung und der Massebewegung*«, sagte Tocht automatisch. Über Magie zu lesen war nicht gerade seine Lieblingsbeschäftigung, aber er hatte sich mit einigen Werken vertraut gemacht, die darüber geschrieben worden waren. »Magie ist nicht grenzenlos, und wenn man einen Spruch durch etwas beschränkt, das nicht von sich aus magisch ist, wachsen diese Grenzen exponentiell an.«

Kobner starrte ihn an. »Ich nehme dich beim Wort, kleiner Krieger. Wenn es nach mir ginge, würde ich es mit irgendeinem Zaubertrank versuchen, der mich durch Wände gehen lässt.«

»Selbst wenn du mit einem Entkörperlichungstrank durch die Wände gehen könntest«, erklärte Tocht, »würdest du trotzdem an Kulik Broghans magischen Schutzvorrichtungen vorbeikommen und den Alarm auslösen. Mit den Spiegeln kann man diesen Raum überwinden, und es ist so, als wäre man nie da gewesen.«

»Da nehme ich dich beim Wort. Du weißt darüber mehr als ich. Leg dein Gepäck ab und schreite flott voran. Es gibt trotzdem hin und wieder Patrouillen auf den Mauern.«

Ein wenig zitternd ließ Tocht sein Gepäck fallen und stand nur noch in Hemd und Hose da.

»Hier.« Sonne hielt ihm ein Messer hin.

»Ich hoffe, dass ich es nicht brauche«, sagte Tocht.

Sie lächelte ihn an. »Ich auch. Aber das weiß man nie.«

Mit einem Nicken nahm er das Messer, dann ging er hinüber und stellte einen Fuß auf den Spiegel. Er schloss die Augen, da er wusste, dass es ihn in den Schatzraum saugen würde wie ein gekochtes Ei in eine Flasche, unter der ein Feuer brannte.

»Äh, Tocht?«

Oh, nein! Sie kennen mich! Es ist eine Falle gewesen! Dann öffnete er ein Auge und sah sich Kobner und Sonne gegenüber. »Bin ich schon wieder zurück?« Vielleicht war es nicht so schlimm.

»Das Wort«, erinnerte ihn Kobner. »Du musst das Wort sagen.«

»Richtig.« Tocht holte tief Luft und sagte das Wort. Sofort sah die Oberfläche des Spiegels aufgewühlt aus, wie ein Teich, über den der Wind strich. Er tauchte eine Zehe ein und stellte fest, dass es kühl war, aber nicht unangenehm. »He, das ist gar nicht so –«

Der Spruch zerrte ihn mit einem lauten Platschen in den Spiegel.

Instinktiv hielt Tocht die Luft an, als er unter etwas gezogen wurde, das sich wie eine Flüssigkeit anfühlte. Kalte Schwärze drückte auf ihn herab. Einen Moment lang fühlte er sich, als würde er sich auflösen. Dann wurde er genauso rasch zusammengepresst und wusste, dass er kurz vor dem Augenblick stand, an dem er nicht mehr umkehren konnte. Die Atemluft brach aus ihm hervor, als der Zauber ihn durch die Öffnung saugte.

Nein!, dachte er. *Ich bin zu groß! Ich werde es nicht schaffen!* Es fühlte sich an, als würde ihm ein Maultier auf der Brust hocken, als würden ein paar Maultiere auf seiner Brust hocken. Er schrie, und er spürte, wie die letzte Luft auf einmal aus seiner Lunge entwich. Dies war der Augenblick, an dem Sonne nach ihrer Aussage festgesteckt hatte, und sie hatte gedacht, sie würde ertrinken, ehe der Zauber aufgab und sie wieder herausspülte.

Er flog mit einem Rauschen durch die Luft und landete auf dem harten Steinboden. Er hustete und sog Luft ein. »Es tut mir leid«, sagte er, als er wieder atmen konnte. »Ich bin zu groß. Ich habe auch nicht durchgepasst.« Er blickte zu Kobner und Sonne auf –

– und entdeckte, dass er nicht mehr im Entwässerungstunnel war. Sanfte Lampen glühten in den Ecken des Raums und warfen goldenes Licht auf die Truhen mit Gold und Edelsteinen, die auf dem Boden standen.

Der Anblick raubte Tocht den Atem. Langsam richtete er sich auf. *Ich habe es geschafft! Ich bin in Kulik Broghans Schatzkammer!*

Mit schnell klopfendem Herzen kam er auf die Beine und blickte sich um. Er war nur einige Fuß von dem Elfenmobile entfernt angekommen, das ihn in die Kammer gebracht hatte. Das Mobile war ein wunderschönes Stück, das vornehm und zerbrechlich wirkte. Es stand neben einem Elfenhelm, der mit den Zügen eines knurrenden Wolfs auf einem gemeißelten Steinkopf saß.

Tocht konnte nicht glauben, dass er allein war. Er hatte halb erwartet, hier Kulik Broghan vorzufinden. Oder ein kleines Heer bewaffneter Wächter. Weder das eine noch das andere wäre eine allzu große Überraschung gewesen. Das Glück war nicht dafür bekannt, dass es ihm einfach so einen Besuch abstattete.

Der Schatzraum war klein, enthielt aber ein Vermögen. Neben den Goldmünzen und den Barren und Edelsteinen gab es eine Anzahl an Waffen. Schwerter, Speere, Bogen, Messer und Äxte belegten all die Waffenständer.

Beweg dich!, sagte sich Tocht. *Sie werden sich Sorgen um dich machen!* Auf seinem Weg zu den Regalen konnte er aber nicht anders, als die Tasche vollzustopfen, die Kobner ihm mit dem Ratschlag gegeben hatte, so viele »Einkäufe« wie möglich mitzubringen, während er nach den Waffen suchte. Ehe er an den Waffenregalen ankam, war die Tasche bis zum Bersten mit Goldmünzen und Juwelen gefüllt, gewiss einem kleinen Vermögen, das bezahlen würde, was immer ihnen Brant für die Hilfe berechnete, die beiden Waffen wiederzubeschaffen.

Er band sich die Tasche an den Gürtel und näherte sich den Waffenregalen, wo er Knochenschnitter sofort erspähte. Er packte die Streitaxt und hob sie aus dem Regal.

In diesem Moment öffnete das mit Edelsteinen überzogene Breitschwert neben der Streitaxt sein Auge. Das Auge war länglich wie das einer Katze, aber es sah vage nach einem Reptil aus. Es blinzelte und richtete sich auf ihn.

Tocht stand da wie gelähmt. Er hatte schon von belebten Waffen gelesen, aber er hatte noch nie eine gesehen. Vorsichtig, so langsam er konnte, beugte er sich nach links.

Das Auge folgte ihm.

Da er dachte, dass es sich vielleicht nur um eine Lichtspielerei handelte, trat Tocht zwei Schritte nach rechts.

Mühelos folgte ihm das Auge abermals und sah ihn genau an.

Metallene Lippen bildeten sich auf der Klinge. »Grüße.«

Grüße? Tocht dachte flink nach und versuchte, sich eine List einfallen zu lassen. Alles, was er zustande brachte, war: »Grüße.«

»Was machst du hier?«

»Nichts.«

»Doch, du machst etwas.«

»Nein, mache ich nicht.« Tocht fühlte sich plötzlich, als wäre er in eine dieser endlosen Unterhaltungen geraten, die er immer mit Großmagister Frollo geführt hatte. Natürlich würden diese Unterhaltungen, wenn er zurückkehrte, ganz neue Richtungen einschlagen. *Bibliothekar zweiten Ranges, du bist der Grund, weshalb ich eine Kröte gewesen bin!*

»Du hast diese Axt genommen.«

Tocht blickte auf Knochenschnitter hinab, als wäre er überrascht, die Waffe zu sehen. »Diese Axt?«

»Ja. Diese Axt.« Die Stimme klang bockig wie die eines Kindes.

»Oh. *Diese* Axt. Ich habe gedacht, du meinst die andere Axt.«

»Welche Axt?«

»Diejenige, die ich nicht zum Glänzen bringen soll.«

»Du wirst diese Axt zum Glänzen bringen?«, fragte das magische Schwert.

»Ja. Ich bin der neue Schatzpolierer.« Tocht zog das Ende seines Hemdes heraus und fing an, am Heft der Streitaxt zu rubbeln. »Kulik Broghan hat mir aufgetragen, diese Axt zum Glänzen zu bringen.«

»Du bist ein Schatzpolierer?«

»Ja.«

»Wir haben noch nie einen Schatzpolierer gehabt.«

»Nun«, sagte Tocht mit einem verschwörerischen Unterton in der Stimme, »wenn du mich fragst, sieht man das auch. Niemand sollte seinen Schatz so staubig werden lassen.« Er polierte Knochenschnitter noch ein wenig mehr, spuckte darauf und rubbelte weiter und summte dabei ein fröhliches Lied. Außerdem trat er einen Schritt zurück.

Das Schwert runzelte die Stirn, wobei sich das Auge halb schloss und die metallenen Lippen sich verärgert schürzten. »Warum bekommt diese Axt all die zusätzliche Aufmerksamkeit?«

»Bekommt sie denn zusätzliche Aufmerksamkeit?«

»Das weißt du doch.«

»Nein«, sagte Tocht. »Das ist mein erster Abend.«

»Ich habe mir doch gedacht, dass ich dich vorher noch nicht gesehen habe.« Das Schwert blickte zur großen Tür hin. »Eigentlich erinnere ich mich gar nicht daran, dass ich gehört habe, wie die Tür aufging.«

»Du musst eingeschlafen sein.«

»Vielleicht. Hier drin wird es langweilig. Als ich mich noch im Besitz meines Meisters befunden habe, haben wir immer gegen Drachen gekämpft, Prinzessinnen gerettet und die Bänder bei Markteinweihungen durchgeschnitten.«

»Wirklich?«

»Ich bin ein sehr berühmtes Schwert. Vielleicht hast du schon einmal von mir gehört.«

»Vielleicht habe ich das. Wie ist dein Name?«

»Frostfeuer.«

»Wirklich?«, fragte Tocht aufgeregt und interessiert. »Ich habe von dir gehört!«

»Siehst du«, erwiderte das Schwert eingebildet. »Ich habe es dir ja gesagt.«

»Du hast den Riesen Konnard erschlagen! Und die Todesfeen von Blauental!«

»Das war ich.« Das Schwert schien irgendwie ein wenig aufrechter im Waffenregal zu stehen. »Daher sage ich dir, wenn irgendjemand hier in der Gegend es verdient, poliert zu werden, dann bin das ich.«

Da erinnerte sich Tocht an etwas sehr Beunruhigendes. Es stimmte, dass Frostfeuer das Schwert des Menschenhelden Murral gewesen war, aber als es verschwunden war, war es dem Spruch eines bösen Zauberers unterworfen worden, der sein Wesen verändert hatte. Da es nicht mehr zufrieden damit gewesen war, seinem Helden zu helfen, hatte sich Frostfeuer gegen ihn gewandt und seinen Aufenthaltsort immer wieder verraten, bis die Eistrolle ihn schließlich getötet hatten.

»Du hast recht«, sagte Tocht, der sich plötzlich wieder bedroht vorkam. »Du musst poliert werden. Lass mich erst diese Axt weglegen.«

»Ich werde mich nicht bewegen.«

In dem Versuch, nicht in Panik auszubrechen, ging Tocht zum Elfenspiegel hinüber, sprach abermals das magische Wort und legte die Axt hinein. Knochenschnitter glitt durch den Spiegel hindurch, als würde er in einem kleinen, aufgewühlten See versinken.

»He«, sagte Frostfeuer.

»Ja?«, antwortete Tocht.

»Hast du gerade diese Axt in den Spiegel geschoben?«

Das Auge wölbte sich auf dem Schwert, als würde es versuchen, über die anderen Waffen hinwegzusehen.

»Nein«, sagte Tocht und versuchte, das Beben aus seiner Stimme fernzuhalten. »Ich habe sie nur dort drüben an der Wand abgelegt.«

»Ich kann sie nicht sehen.«

»Willst du sie sehen?«

»Ja«, erwiderte das Schwert. »Ich soll hier drin alles bewachen.«

»Na gut«, sagte Tocht, »aber wenn ich sie wieder aufhebe, kann ich sie auch gleich zum Glänzen bringen.«

»Vergiss es«, sagte das Schwert. »Ich nehme an, ich muss einmal mein Auge überprüfen lassen. Ich bin sehr lange nicht aus dieser Schatzkammer herausgekommen. Vielleicht bilde ich mir einfach Dinge ein.«

Tocht ging an das Waffenregal zurück, blickte auf das Schwert hinab und hob dann Meeresgischt auf.

»He«, rief Frostfeuer. »Hier drüben.« Das Schwert rüttelte an seinem Platz. »Du hast das falsche Schwert genommen. Ich bin das mit dem Auge. Siehst du?« Es blinzelte mehrmals.

»Ich weiß«, erwiderte Tocht. »Man hat mir nur gesagt, dass ich auch dieses Schwert zum Glänzen bringen soll.« Er trug Meeresgischt zu dem Elfenspiegel hinüber und sah, dass der Zauber noch arbeitete, weil die Oberfläche nach wie vor aufgewühlt war.

»Ich habe gedacht, du würdest mich polieren.«

»Das werde ich. Ich will nur diese Waffen nicht vergessen. Kulik Broghan wird es mir sehr übelnehmen, wenn ich nicht daran denke, diese beiden zu polieren.«

»Weshalb sind sie plötzlich seine Lieblinge geworden?«, fragte Frostfeuer mit quengeliger Stimme.

»Solche Dinge erzählt er mir nicht.«

»Mir hat er es auch nicht erzählt«, sagte das Schwert, »und ich bin es langsam leid, das sage ich dir. Ich meine, wie viele andere Schwerter mit eigenem Bewusstsein hat Kulik Broghan schon?«

Keine, hoffe ich, dachte Tocht. Er ließ Meeresgischt in den Spiegelsee fallen. Es ging hindurch, ohne eine nennenswerte Aufwühlung zu verursachen.

»He«, warf Frostfeuer ein. »Du hast es schon wieder getan!«

»Was getan?«

»Du hast dieses Schwert in den Spiegel gesteckt, genau wie die Axt!«

»Ich bin sicher, das sieht von dort drüben nur so aus.«

»Eigentlich sieht es auch von hier drüben so aus.«

Als ihm die Veränderung im Klang der Stimme auffiel, blickte Tocht über die Schulter und fand Frostfeuer dort schwebend vor, leicht auf und ab hüpfend wie auf der Oberfläche eines unsichtbaren Meeres.

»Diesmal habe ich dir zugesehen«, beschuldigte ihn das Schwert. »Du hast dieses Schwert in den Spiegel fallen lassen.«

»Äh …« Tocht dachte eingehend nach. »Nein, habe ich nicht.«

»Ich habe dich gesehen.«

»Ich habe es nicht fallen lassen«, sagte Tocht. »Es ist mir ausgerutscht.«

»Ausgerutscht?« Frostfeuer blinzelte ihn an, als würde es den Wahrheitsgehalt seiner Aussage abwägen.

»Natürlich. Ich habe Politur an den Händen. Das wird glitschig.«

»Du hast das Schwert fallen lassen?«

»Ja.« Tocht zeigte dem magischen Schwert sein unschuldigstes Lächeln. Vielleicht funktionierte es bei Großmagister Frollo nicht mehr, aber bei dem Schwert würde es gewiss klappen. Immerhin hatte sich Frostfeuer von Anfang an nicht allzu schlau angestellt, und der böse Zauber hatte seinen Geist geschwächt.

»Schwerter fallen nicht durch Spiegel«, sagte Frostfeuer.

»Ich bin nicht für die Spiegel verantwortlich«, erwiderte Tocht und richtete sich auf. »Ich bin nur hier, um Waffen zu polieren.«

Leider suchte sich ein ziemlich großer Rubin gerade diesen Moment aus, um aus der Tasche zu fallen, die er mit Beute vollgestopft hatte. Der Edelstein kullerte über den Boden und schlug gegen die Wand.

Indem es sich nach vorne neigte, untersuchte Frostfeuer die Tasche an Tochts Hüfte. »Diese Tasche ist voller Goldmünzen und Edelsteine.«

»Die muss ich auch polieren«, sagte Tocht und dachte, dass es zumindest einen Versuch wert war.

Frostfeuers Auge wurde vor Argwohn schmal. »Weißt du was, plötzlich glaube ich dir nicht mehr. Weißt du was? Ich denke nicht, dass du überhaupt ein Schatzpolierer bist. Ich denke, du bist ein« – die Stimme des Schwertes erhob sich um mehrere Dezibel – »*DIEB*! Hilfe! Dieb! Ein Dieb in der Schatzkammer! Hilfe!«

Sofort war das Geräusch von rennenden Füßen im Raum vor der Tür zu hören. Kulik Broghan hatte offenbar in der Nähe Wachen aufgestellt.

»Ein Dieb in der Schatzkammer!«, brüllte das Schwert in einem fort. Es wirbelte herum und richtete die Klinge auf Tocht.

Mit einer schnellen Bewegung riss Tocht den elfischen Wolfskopfhelm von dem Steinkopf herunter und benutzte ihn, um den Hieb des Schwertes abzuwehren. Genauso schnell griff er nach vorne und stach dem Schwert mit dem Zeigefinger ins Auge.

»Arrrrrrrrgggggghhhhhh!«, schrie das Schwert. »Er hat mir ins Auge gestochen! Er hat mir ins Auge gestochen! Ich bin blind! Hilfe!«

Die Tür rasselte, als sie nach innen aufschwang.

Da er nicht länger warten konnte, tauchte Tocht in den Spiegel, packte die Tasche mit der Beute und schob sie vor sich her, weil er nicht daran hängen bleiben wollte. Wieder gab es einen Augenblick der eindringlichen Kälte, dann schoss er durch den anderen Spiegel und zurück in den Entwässerungstunnel.

»Kleiner Krieger«, rief Kobner und bewegte sich nach vorn. Er hielt Knochenschnitter in beiden Händen. Seine eigene Kriegsaxt war auf dem Rücken befestigt.

Sonne stand mit Meeresgischt in der Nähe.

Tocht landete schmerzhaft auf dem Kopf und fing sogleich zu krabbeln an, um wieder auf die Beine zu kommen. »Zurück!«, rief er. »Wir wurden entdeckt!« Er drehte sich zum Spiegel herum und packte ihn mit beiden Händen, während Sonne sich nach der Tasche mit der Beute bückte. Nur ein paar Goldmünzen und Edelsteine waren herausgefallen.

»Was machst du da?«, fragte Kobner.

Da er sich nicht die Zeit nehmen wollte, alles zu erklären, hob Tocht den Spiegel und schleuderte ihn gegen die Wand. Kurz bevor der Spiegel auftraf, flog Frostfeuer heraus und wirbelte durch die Luft. Dann krachte der Spiegel an die Wand und zersprang in einem sprühenden, bunten Regenbogen in tausend glitzernde Stücke, die den Abflussgraben füllten.

»Da bist du ja!«, gellte das Schwert. Es wirbelte durch den Raum zwischen ihnen.

»Ducken!«, befahl Kobner.

Tocht tat wie geheißen und legte beide Hände um den Kopf, da er befürchtete, dass er ihm gleich von den Schultern geschlagen werden würde. Metall kreischte. Als er einen Blick nach oben wagte, obwohl er das gar nicht wollte, sah Tocht, wie Knochenschnitter Frostfeuer in die Quere kam.

»Dieb!«, brüllte das Schwert, zog sich zurück und hing in der Luft.

»Ein magisches Schwert?«, fragte Kobner.

»Niemand hat erwähnt, dass dort ein magisches Schwert sein würde«, beschwerte sich Tocht.

»Wir haben es nicht gewusst«, sagte Kobner. Frostfeuer machte eine Finte und tauchte herab, wobei es Flüche ausstieß. Wundersamerweise wehrte der Zwerg jeden Angriff ab, und der Tunnel füllte sich mit dem Lärm klirrenden Metalls.

»Ich werde dich kriegen!«, brüllte das Schwert. »Ich werde dich kriegen!«

»Bei den Alten«, sagte Kobner, »wie ich sprechende Waffen hasse. Die wissen nie, wann sie das Maul halten sollen.«

»Hilfe!«, schrie Frostfeuer. »Hiiiiiillffeeee! Wachen! Diebe! Diebe!«

Sonne reichte Tocht die Beute zurück, dann packte sie sein Hemd und zerrte ihn vorwärts. »Lauf«, befahl sie.

Tocht lief, hielt so schnell er konnte auf das andere Ende des Tunnels zu. Er hegte keinerlei Zweifel, dass der Alarm sich bereits in der Festung ausgebreitet hatte. Kulik Broghans Wachen würden sich in wenigen Sekunden nähern. Das klirrende Duell folgte ihm und kam rasch näher.

Draußen lief Tocht den kurzen, steilen Hang hinab auf das Schilf zu, in dem Kray, Brant und die anderen in einem kleinen Flussboot warteten. Für den Augenblick entschlossen sie sich, die *Einäugige Peggie* draußen im Hafen zurückzulassen und zu versuchen, keine Segel zu setzen, solange ihnen ein Dutzend anderer Schiffe auf den Fersen war.

Außerdem befanden sich Sokadir und Todeshauch den Fluss hinauf im Reißzahn-Schattenwald. Das war der Ort, an den sie gehen mussten. Falls ihnen die Flucht gelang.

Tocht rannte, was das Zeug hielt, aber dann stolperte er über die eigenen Füße und rollte den Hang zum Flussufer hinab. Er hielt die Tasche mit der Beute gut fest und verlor nur eine Handvoll Münzen. Als er endlich auf dem Rücken zum Liegen kam, blickte er zu Kray auf.

»Was geht hier vor?«, fragte der Zauberer.

»Ein magisches Schwert«, antwortete Tocht. »Niemand hat mir etwas von einem magischen Schwert gesagt.«

»Nun«, sagte Brant, der die Tasche mit der Beute aus Tochts Hand nahm und sie an Hamual weiterreichte, »niemand hat erwähnt, dass es in der Schatzkammer ein magisches Schwert gibt, als ich mit Kulik Broghan gesprochen habe.«

Sonne rannte aus dem Tunnel, dicht gefolgt von Kobner, der noch immer mit dem magischen Schwert kämpfte.

Tocht versuchte sich aufzurichten und entdeckte erst da, dass er im Schlamm ausgerutscht und hingefallen war, so dass seine Kleidung gänzlich durchnässt war. Er stöhnte und hoffte dann, dass er lange genug überleben würde, um nasse Kleider als die größte seiner Sorgen zu betrachten.

Ein Pfeil nahm zwischen seinen Beinen Gestalt an. Er starrte ihn an, dann fiel ihm auf, dass er von oben abgeschossen worden war. Er ließ seinen Kopf nach hinten fallen und blickte zur Festungsmauer auf. An der hohen Mauer stand mindestens ein halbes Dutzend Schützen aufgereiht, die so schnell schossen, wie sie konnten.

»Schilde!«, brüllte Zelnar oder vielleicht auch Tyrnen warnend. Er und sein Zwilling, denen sich noch vier weitere Zwerge – Baldarn, Volsk, Rithilin und Charnir – anschlossen, hoben Schilde, um alle zu schützen.

Pfeile schlugen in die Schilde ein.

Lago griff vom Boot aus nach Tocht und packte ihn am Hemd. »Herein mit dir, bevor du mit Federn gespickt wirst!« Der alte Zwerg zerrte ihn in das Flussboot.

Tocht jaulte, als er dagegenprallte, da er sich dabei etliche blaue Flecken holte. Sich das Leben retten zu lassen war nicht immer ein sanfter Vorgang.

»Pah«, knurrte Kray, »das ist unerträglich.« Grüne Funken stoben aus seinen Augen, als er seine Hand nach hinten bog. Ein Ball aus wirbelnden Flammen bildete sich in seiner Hand. Einen Augenblick später warf er den Feuerball, der noch weiter anschwoll, während er auf die Bogenschützen zuflog.

Die Schützen waren sich plötzlich darüber einig, dass sie an anderen Orten gebraucht wurden, und gaben ihre Stellung auf. Der Feuerball traf auf die Mauer und sprühte in alle Richtungen grüne Flammen. Die Steine warfen Blasen und knackten, dann barsten sie in einer plötzlichen Kettenreaktion.

Da kam Sonne am Abhang an und tauchte zwischen die Zwerge hinein. Baldarn verlagerte seinen Schild und fing sie mit einem starken Arm auf, woraufhin er sie sanft auf dem Boden des Bootes aufkommen ließ. »Kobner!«, rief Brant.

»Ich bin beschäftigt«, brüllte Kobner zurück, der immer noch verbissen mit dem magischen Schwert kämpfte.

»Lausige, verflohte Sklaven!«, schrie Frostfeuer. »Ich werde euch kriegen!«

»Ein magisches Schwert«, stellte Brant fest.

»Das sehe ich«, erwiderte Kray. »Ein Ärgernis, das ist es. Ich hasse magische Waffen mit eigenen Persönlichkeiten. Aus demselben Grund halte ich mir auch keinen Tiergefährten.« Er zeigte in Kobners Richtung. Ein grüner Strahl strömte aus seinem Zeigefinger und rammte das Schwert, warf es wirbelnd aus der Bahn, so dass es in die Festungsmauer krachte.

»Komm schon«, drängte er Kobner.

Kobner wandte sich um und rannte, schlitterte und fiel den Hang hinab. Bis dahin hatten Hamual, Sonne und Karick Bogen gespannt und schossen auf die Wachen. Ein Mann taumelte über die Mauer und prallte auf den Boden.

Brant rannte nach hinten zum Steuer und ließ sich dort nieder. Charnir ging mit ihm und hob seinen Schild, um sie beide zu schützen. Ein Pfeil traf auf den Schild und prallte ab.

»Haltet euch fest!«, brüllte Brant.

Alle kauerten sich hin. Tocht glitt dicht an den Rand und hielt sich gut an der Reling fest.

»Fertig, Kray«, sagte Brandt.

Sofort ließ Kray davon ab, einen zweiten Feuerball in die Mitte einer Schar von Wächtern zu werfen, die soeben um die Ecke der Festung kamen. Einige von ihnen brannten inzwischen, schrien und brüllten, während sie zum Flussufer rannten und ins Wasser sprangen.

Kray ließ eine offene Hand auf das einzelne Segel des Flussboots zuschnellen, das ein wenig in der leichten Brise flatterte. Das Segeltuch glühte blassgrün auf, dann blähte sich das Segel, als hätte es gerade einen Wirbelsturm erwischt. Das Flussboot legte vom Ufer ab wie ein Pfeil, der von der Sehne gelassen wird.

Bei einem Blick zurück sah Tocht, wie einige der überlebenden Wachen versuchten, ihnen nachzueilen, aber sie blieben rasch hinter dem magisch angetriebenen Boot zurück. Ein paar letzte Pfeile gingen fehl und fielen in den Fluss oder schlugen am Ufer ein.

Mit einem erleichterten Seufzer versuchte sich Tocht zu entspannen. Sie waren entkommen. Nun war alles, was sie tun mussten, Sokadir zu finden.

Kapitel 12

Die Wisse-nie-Straße

Sie reisten die ganze Nacht auf dem Flussboot mit seinem magisch herbeigerufenen Wind, aber am Ende begann selbst Krays Macht nachzulassen.

»Wir müssen eine Pause einlegen«, sagte der Zauberer. »Ich wage es nicht, all meine Reserven aufzubrauchen. Wir werden eine Weile durch feindliches Gebiet reisen.«

»Ruht Euch aus«, sagte Brant. »Ihr habt für den Augenblick mehr als genug getan.« Er blickte über die Schulter auf den dunklen Fluss hinter ihnen zurück. »Bisher haben wir keine Anzeichen für eine Verfolgung gesehen.«

Nach und nach verblasste das Leuchten des Segels, und schließlich flatterte es und fiel ganz in sich zusammen. Die Diebe nahmen Ruder und legten sie in die Halterungen, dann fingen sie an zu rudern und lösten sich gegenseitig immer wieder ab. Tocht war davon überzeugt, dass ein Mann, der am Flussufer entlangging, schneller sein würde als sie.

Nur ein paar Stunden vor der Morgendämmerung setzte Brant dem Rudern ein Ende. Sie ließen das Boot am Ufer anlegen, kletterten dann heraus und hievten das Gefährt auf das Ufer, in das dichte Gestrüpp, das den Reißzahn-Schattenwald bedeckte.

Tocht tat alles weh, und er sehnte sich nach etwas Schlaf. Er hätte die Schmerzen all den Stürzen zuschreiben können, die er während der Nacht erlitten hatte, aber er glaubte, dass die magische Reise seinem Körper ebenfalls etwas abverlangt hatte. Er wusste nicht, ob er jemals wieder derselbe sein würde.

Sie errichteten ein Lager ohne Feuerstelle tief im Wald. Brant stellte vier Wachen auf und ersann einen Plan für die Ablösungen, indem er sich und Kobner in wechselnden Schichten einsetzte. Mit etwas Glück würden sie vor dem Morgen zwei Stunden Schlaf erhaschen. Tocht hatte vor, alle vier Stunden zu bekommen, und fand, dass er sie verdient hatte.

Lago enthüllte die großen Picknickkörbe, die er auf das Flussboot geladen hatte. Sie enthielten kaltes Hühnchen, Süßkartoffeln und frisch gebackenes Brot. Er hatte sogar Honigbutter und eine Auswahl von drei Einweckgläsern eingepackt, deren Inhalt er frisch zubereitet hatte, während sie sich verkrochen und auf Krays Ankunft gewartet hatten.

»Nichts macht einem Krieger solchen Appetit, als wenn er sein Schicksal den grinsenden Fängen des Todes entreißt«, sagte der alte Zwerg.

Tocht aß ein wenig, schlief aber immer wieder ein. Schließlich gab er der Erschöpfung nach, rollte sich in seinen Reiseumhang, legte den Kopf auf den Arm und schloss die Augen. Er war eingeschlafen, bevor er auch nur einmal richtig einatmen konnte.

»Tocht, wach auf.«

Noch immer im Halbschlaf, schlug Tocht nach dem Arm, der ihn schüttelte.

»Komm schon, kleiner Krieger. Du willst doch kein Nickerchen machen, wenn die Männer von Kulik Broghan den Fluss heraufkommen und denjenigen suchen, der diese

Waffen aus der Schatzkammer gestohlen hat«, sagte Kobner.

Tocht seufzte und löste sich langsam aus dem Griff des Schlummers. Als er blinzelnd die Augen öffnete, sah er, dass sich Nebel über den Wald gesenkt hatte. Graue Schwaden drückten zwischen den Bäumen herab und dämpften das ferne morgendliche Sonnenlicht.

Dies, dachte er, *ist der Grund, weshalb sie ihn den Reißzahn-Schattenwald nennen.*

Niemand wusste, warum der Wald den Nebel so sehr anzog. Manche behaupteten, es hätte damit zu tun, dass die Bruchschmiedenberge einen aktiven Vulkan beherbergten und dass die Sanftwindsee so kalt war. Die ewig mahlenden Massen der warmen und der kalten Luft trugen zu den Nebelschichten bei, die das Gebiet häufig in ihrem Griff hatten.

Lago hatte drei Lagerfeuer entzündet und bewegte sich fröhlich zwischen den verschiedenen Töpfen und Pfannen, rührte, wendete und mischte. Alles roch gut, aber Tocht war überrascht, dass er nach dem Mahl in der letzten Nacht schon wieder hungrig war.

Brant und Kobner waren nicht sonderlich gesprächig. Jeder behielt seine Gedanken für sich, während sie mit wachsamen Augen den Wald beobachteten. Ihre Waffen lagen griffbereit.

»Guten Morgen, kleiner Maler«, begrüßte ihn Brant. »Hast du gut geschlafen?«

»Gut schon«, sagte Tocht, »aber bei weitem nicht lange genug.« Er genehmigte sich gebackene Küchlein, Schinken, Zwiebeln und Kartoffeln, wandte seine Aufmerksamkeit ganz der Mahlzeit zu.

»Iss so viel du kannst«, riet ihm Kray. »Wir haben einen

langen Marsch vor uns, um zur Wisse-nie-Straße zu gelangen.«

»Wird dort nicht Kulik Broghan nach uns suchen?«, fragte Tocht.

»Wenn er oder seine Männer dort sind, werden wir abwarten, bis die Straße frei ist.« Der Zauberer aß langsam. An diesem Morgen sah er ausgezehrt und hohlwangig aus. »Inzwischen wird Hallekk schon herausgefunden haben, dass wir Erfolg hatten, und wird Zank, Alysta, Bulokk und seine Krieger herbringen, um sich mit uns zu treffen.«

Der Plan sah vor, dass Hallekk und die anderen sich ihnen auf der Wisse-nie-Straße anschlossen, während Kray und Tocht sich in das Gebiet des Schnürblattwaldes aufmachten, wo sich Sokadir befand. Wenn sie aufeinandertrafen, würden sie eine stärkere Streitmacht gegen Kulik Broghan und die Diebe vom Kuss der Rasierklinge haben.

Zumindest war das der Plan.

Kray hatte noch immer nicht erwähnt, wie er Sokadir aus seinem Versteck locken wollte.

Sie brauchten den ganzen Tag, um den Reißzahn-Schattenwald zu durchqueren und die Wisse-nie-Straße zu erreichen. Der Nebel löste sich endlich zur Mittagszeit auf, aber selbst dann wurde das Wetter nicht warm, sondern verlor nur ein wenig von seiner Kühle.

Tochts Verstand arbeitete ohne Unterlass, während sie durch den Wald gingen. Er versuchte zu verdrängen, wie viele wilde Ungetüme und Raubtiere in diesem Gebiet umherstreiften, aber er verfiel immer wieder darauf, an Bären, Wölfe, Harpyien, Kobolde, Trolle, Spinnen, Schlangen, wilde Schweine und Drachen zu denken. Das waren keine erfreulichen Gedanken.

Zum Glück spielte Hamual von Zeit zu Zeit auf der Flöte, und die Zwerge tauschten Geschichten aus und sangen. Wann immer sie sich ausruhten, nutzte Tocht die Zeit, um an seinem Tagebuch zu arbeiten. Kray blieb, wie ihm auffiel, für sich. Wenn er nicht gewusst hätte, wie hochmütig der Zauberer war, hätte Tocht gedacht, dass sich auch an Kray etwas von der Anspannung zeigte, die auf ihnen allen lag.

Natürlich war das lächerlich.

Dennoch führte die Möglichkeit, dass Kray glaubte, sie wären auf dem Weg, sich mit etwas anzulegen, das sie nicht ganz beherrschen konnten, dazu, dass Tocht sich ein wenig mulmig fühlte.

Kurz vor der Dämmerung meldete Hamual – der im Augenblick ihr Späher war –, dass sie sich nach Osten wenden sollten, anstatt weiterhin nach Norden zu gehen, weil dort eine Spinnenkolonie überall im Wald große Netze zurückgelassen hatte. Niemand sprach sich dagegen aus.

Als sie an einer Kammlinie ein gutes Stück entfernt entlanggingen, erhaschte Tocht einen Blick auf die Riesenspinnen, die in den Bäumen herumkletterten. Ihre Beine waren acht Fuß lang und ihre Körper größer als Zwerge, beinahe so groß wie ein Mensch.

Ein kleines Stück weiter vorn gingen sie unter verlassenen Nestern dahin. Ausgetrocknete Körper hingen in den seidenen Falten. Sie waren derart zusammengeschrumpft und ihrer Einzelheiten so sehr beraubt, dass Tocht nicht sagen konnte, ob es sich um Menschen, Elfen, Zwerge oder Halblinge handelte.

Etliche von ihnen waren Kobolde. Der Todesgestank, der an einigen der frischeren hing, war unverkennbar. Tote Kobolde rochen sogar noch schlimmer als lebende.

Bei Einbruch der Nacht kamen sie auf der Wisse-nie-Straße an und mussten nur noch drei Meilen weitergehen, um zu einem Wegehalt zu gelangen.

Der Wegehalt war nicht mehr als ein breiter Platz auf der gut bereisten Straße. Im Laufe der Jahre war die Wisse-nie-Straße bis zum Grundgestein abgetragen und ausgewaschen worden. Wagenspuren verkratzen immer noch die Oberfläche, aber sie konnten nicht mehr so tief eindringen, da Hufe und Stiefel und bloße Füße die Erde zur Dichte von Stein gestampft hatten.

Eine Laterne hing an einem Baum an einer Seite der Straße. Der breite, offene Platz und die Asche von alten Lagerfeuern zeigten, dass im Lauf der Zeit eine ganze Reihe von Leuten hier gelagert hatte. Das Unterholz und die jungen Bäume waren ebenfalls bis auf Knöchelhöhe abgehackt worden, so dass sich nichts aus dem Wald anschleichen konnte, ohne gesehen zu werden. Aasfresser und Raubtiere hatten gelernt, entlang der Wisse-nie-Straße auf der Lauer zu liegen, immer bereit für alles, was ihnen das Glück dort darbot.

Die Schar errichtete Lagerfeuer. Tocht setzte sich ganz nah an dasjenige, das er sich mit Hamual, Sonne und Kobner teilte. Die Wärme lastete schwer auf ihm, und dafür war er dankbar. Die heutige Nacht versprach sogar noch kälter zu werden als die vorige. Lago sorgte für ein weiteres Festmahl, und das Gemurre, das einige von ihnen früher am Tag geäußert hatten, als sie die Taschen hatte tragen müssen, war sofort vergessen.

Niemand von ihnen unterhielt sich sonderlich lange, nachdem sie sich die Bäuche vollgeschlagen hatten. Mit so wenig Schlaf in der Nacht zuvor und einem ganzen Tag, den sie damit zugebracht hatten, durch den Wald zu stolpern, legten sie sich alle früh schlafen.

Tocht wachte nur einmal auf, um seine Schicht in der Wache zu übernehmen, für die er sich freiwillig gemeldet hatte. Eine Weile arbeitete er im Mondlicht an seinem Tagebuch, seine Ohren lauschten dabei aber scharf auf jedes Geräusch. Er blickte auch des Öfteren auf, da ihm bewusst war, dass das Leben seiner Freunde von seiner Wachsamkeit abhing.

Seine Schicht ging ohne Zwischenfall vorüber, und er hatte keine Schwierigkeiten damit, wieder einzuschlafen. Aber diesmal wurden seine Träume von den Erinnerungen an die Kämpfe heimgesucht, die er von der Schlacht an der Todesfestung in der Vision gesehen hatte, die durch Krays Zauber hervorgerufen worden war.

Am nächsten Mittag holten sie eine Karawane ein, die nach Osten unterwegs war, um auf den Standhaften Fluss zu stoßen. Dort würde der Karawanenführer ein paar Tage lang mit den Kaufleuten und Händlern feilschen, die den Fluss heraufgekommen waren, um Güter zu verkaufen und andere zu erstehen, die sie unten in Deldalsmühlen oder noch weiter den Fluss hinab in Flautenzipfel wieder losschlagen wollten. All jene Güter, die aus den bewirtschafteten Gebieten kamen, nahmen diesen Weg oder wurden auf den Handelsmärkten verkauft, die von anderen Händlern eingerichtet worden waren, die Handelsgut über die Bruchschmiedenberge brachten.

Kray und Brant handelten aus, dass sie sich um der Sicherheit willen der Karawane anschließen konnten, und so geschah es auch. Sie reihten sich nach dem letzten Wagen ein und brachten Stunden damit zu, im Staub zu gehen, ehe es am Abend zu regnen begann und der Staub schließlich aus der Luft verbannt wurde.

Als die Karawane an diesem Abend anhielt, ließen sie sich abseits der übrigen Wagen und Kaufleute nieder, errichteten ihr eigenes Lager, blieben aber in der Sicherheit, die ihnen die größere Anzahl von Leuten bot. Lago nutzte die Möglichkeit, Nahrungsmittel zu erstehen, und feilschte um weitere Vorräte, wozu er das Gold benutzte, das Tocht aus Kulik Broghans Schatzkammer entwendet hatte.

Tocht dachte daran, sich zu Kray zu gesellen und sich mit ihm zu unterhalten, aber der Zauberer schien in Gedanken vertieft, also blieb er bei Hamual und Kobner, tauschte Geschichten aus und genoss ihre Gesellschaft. Noch immer vermisste Tocht sein Leben im Gewölbe Allen Bekannten Wissens, aber er hatte gelernt, die Zeit mit seinen Freunden zu genießen – zumindest jene Augenblicke, in denen er nicht um sein Leben laufen musste.

»Was meinst du, worüber Kray so angestrengt nachdenkt?«, fragte Kobner.

Tocht betrachtete den Zauberer von der Seite und schüttelte den Kopf. »Ich weiß es nicht.«

»Was immer es ist«, sagte Hamual und legte die Finger auf seine Flöte, »wenn Kray darüber übermäßig nachdenken muss, dann muss es schlimm sein.«

Tocht stimmte im Stillen zu.

Spät am nächsten Tag verloren sie einen halben Tag, als ein Rad an einem der Wagen brach. Da Brant und Kray sich entschieden hatten, um der Sicherheit willen und wegen der Tarnung, die sie bot, bei der Karawane zu bleiben, hielten auch sie an.

Während die unangekündigte Rast stattfand, ließ sich

Tocht im Schatten der Bäume nieder. Seine Hände sehnten sich nach seinem Tagebuch und der Kohle, um den Anblick der Leute festzuhalten, die sich gruppenweise unterhielten und untereinander Handel trieben, und auch des Karawanenführers, der ungeduldig versuchte, dem Wagenlenker beim Austausch des Rades zu helfen.

Schließlich, da er es nicht mehr aushielt, nur herumzusitzen, entschuldigte sich Tocht bei Kobner und Hamual und näherte sich Kray. Der Zauberer blickte träge und nachdenklich zu ihm auf.

»Was?«, knurrte Kray.

»Ich habe mir gedacht, wir unterhalten uns ein wenig«, sagte Tocht.

»Ich weiß nicht, ob das ein so guter Einfall ist.« Kray schob unruhig seinen Stab herum. »Bei der Laune und in dem Zustand, in dem ich mich befinde, freue ich mich nicht gerade darauf, mir zu diesem Zeitpunkt und an diesem Ort meine Befehlsgewalt untergraben zu lassen.«

Tocht stand mit zitternden Beinen da, genauso ängstlich wie vor zwei Tagen, als Frostfeuer, das magische Schwert, unerwartet in Kulik Broghans Schatzkammer zum Leben erwacht war. »Ich bin nicht hier, um Eure Befehlsgewalt oder Urteilskraft in Frage zu stellen, Kray. Ich wollte einfach sichergehen, dass Ihr Euch wohlfühlt.«

Kray blickte ihn immer noch argwöhnisch an. »Mir geht's gut.«

»Das freut mich.« Tocht zögerte, da er nicht wusste, was er sagen sollte, aber spürte, dass er etwas sagen musste. »Ich wollte auch auf der *Einäugigen Peggie* Eure Befehlsgewalt nicht untergraben.«

Kray seufzte.

Einen Moment lang dachte Tocht, nun würde er in eine

Kröte verwandelt werden, nur weil er sich entschuldigt hatte.

Kray raffte sich von seinem Platz neben dem Baum, an dem er gesessen hatte, auf und wandte sich dem Wald zu. »Geh ein Stück mit mir.«

»Äh, seid Ihr sicher, dass Ihr nicht lieber allein sein wollt?« Tocht wollte nicht das Risiko auf sich nehmen, dass der Zauberer ihn in den Wald hinausführte, in eine Kröte verwandelte und ihn den Wölfen und Spinnen überließ.

»Ich will mit dir reden.« Kray wartete und sah mit jedem verstreichenden Augenblick ungeduldiger aus. »Es gibt Dinge, die ich aussprechen muss.«

Mit dem Gefühl, als müsse er sich gleich übergeben, und der sicheren Ahnung, dass er in sein Verderben laufen würde, schloss Tocht sich dem Zauberer an. Sie gingen in den Wald. Zumindest hatten Kobner, Hamual und Sonne bemerkt, dass Kray mit ihm spazieren ging. Wenn er in eine Kröte verwandelt wurde, würden sie vielleicht kommen, ihn einfangen und Kray darum bitten, ihn zurückzuverwandeln. Oder ihn zumindest einsammeln, so dass er in Sicherheit sein und nicht gefressen werden würde. Tocht wollte wirklich nicht allein im Wald sein, ganz besonders nicht als Kröte.

»Ich habe dich angeschrien, ich habe dein Leben bei mehreren Gelegenheiten während dieses kleinen Abenteuers aufs Spiel gesetzt, und ich habe dich angelogen, wann immer ich es für nötig hielt. Im Hinblick auf Dinge, die du dir noch nicht einmal vorstellen kannst.« Kray schüttelte den Kopf. »Und doch kommst du heute Morgen zu mir und erkundigst dich nach meinem Befinden. Es ist wahr, du gleichst niemandem, den ich je gekannt habe.«

Tocht trat einen Schritt zurück, sicher, dass er etwas falsch gemacht hatte, aber sich in keiner Weise bewusst, was es sein könnte. *Vielleicht wenn ich mich ganz schnell entschuldige! Vielleicht wenn ich ihm erzähle, dass ich Fieber habe und nicht gewusst habe, was ich –*

»Deine Sorge um mich rührt mich«, sagte Kray, »auf eine Weise, die ich schon sehr, sehr lange nicht mehr erfahren habe.«

Davon war Tocht vollkommen überrascht.

»Was ich mir auch von dir erbeten habe«, fuhr Kray fort, »du hast es getan. Du hast dich auf der *Einäugigen Peggie* gegen mich gewandt und hast mich dazu gebracht, die eine Sache zu tun, auf die ich auch hätte kommen müssen, ohne dass es mir jemand sagt. Oder der ich sogleich hätte Folge leisten müssen.« Der Zauberer holte tief Luft. »Als wir zurück nach Graudämmermoor gegangen sind, als du einmal mehr hinter den Mauern des Gewölbes Allen Bekannten Wissens in Sicherheit gewesen bist, hättest du darauf bestehen können, dort zu bleiben. Wo du sicher gewesen wärst.«

Nicht, nachdem Ihr Großmagister Frollo in eine Kröte verwandelt und ihn angebrüllt habt, dachte Tocht, aber er sagte es nicht. *Ich wäre dort nicht sicher gewesen. Ich bin vielleicht auch nicht sicher dort, wenn ich zurückkehre.*

»Ich war mit Großmagister Luudan gut befreundet«, fuhr Kray fort. »Gemeinsam ist es mir und ihm gelungen, eine ganze Reihe von Fehlern wiedergutzumachen.«

»Er ist ein guter Bibliothekar gewesen«, pflichtete Tocht bei. »Und ein noch besserer Lehrer.«

»Ich bin ein besserer Mann, weil ich ihn gekannt habe. Ich weiß, dass das stimmt.« Krays grüne Augen richteten sich auf Tocht. »Genauso, wie ich ein besserer Mensch bin, weil ich dich kennengelernt habe.«

In Tochts Kehle bildete sich ein Kloß. Die Stille zwischen ihnen wirkte wie eine bodenlose Leere. »Ich … ich … ich weiß nicht, was ich sagen soll«, flüsterte er.

»Nichts«, erwiderte Kray. »Du musst gar nichts sagen. Diesmal ist es an mir zu reden, und ich habe heute und hier Dinge gesagt, von denen ich gedacht habe, dass ich sie den Rest meines Lebens nicht mehr aussprechen würde.« Er straffte die Schultern. »So. Ich habe gesagt, was ich sagen wollte. Ich will dir für deine Fürsorge und deine Umsicht danken, Bibliothekar zweiten Ranges Lampenzünder. Ich hoffe nur, dass du dich fühlst, als wäre deine Freundschaft eine weise Entscheidung gewesen.«

Tocht stand da. Seine Sinne taumelten. *Das ist nicht geschehen. Ich habe mir alles eingebildet.*

»Es wäre mir lieber, wenn du über diese Unterredung Stillschweigen bewahrst, wenn wir zu den anderen zurückkehren«, sagte Kray.

Das würde mir ohnehin niemand glauben. Tocht nickte, da er sich das Sprechen nicht zutraute und es nicht wagte, ein Wort zu sagen, das den ganzen Tonfall der Unterhaltung ändern könnte.

Kray runzelte die Stirn, aber nur ein wenig. »Mach den Mund zu. Du wirst noch Fliegen anlocken.«

Tocht nickte und schloss den Mund. Er biss sich auf die Zunge, schrie aber nicht vor Schmerz auf, ja, er zuckte noch nicht einmal zusammen.

Indem er zurück auf die Straße spähte, sagte Kray: »Ich denke, wir können zurückgehen. Es sieht so aus, als hätten sie endlich dieses Rad ausgetauscht.« Er blickte abermals Tocht an. »Wohin wir unterwegs sind und was wir wirklich finden werden, weiß ich nicht sicher. Ich will, dass dir bewusst ist, dass du deine Ratschläge offen aussprechen kannst.« Er hielt inne. »Ich kann dir nicht versprechen, dass sie zu allen Zeiten gut aufgenommen werden, aber ich werde zuhören.«

Mit einem weiteren Nicken sah Tocht vom Sprechen ab.

Kray setzte dazu an fortzugehen.

Tocht konnte den Augenblick nicht entgleiten lassen. Sobald der Drang zu sprechen in ihm aufkam und er wusste, dass er ihn nicht im Zaum halten konnte, packte ihn das Entsetzen. Der Name des Zauberers war ihm über die Lippen gekommen, bevor er ihn aufhalten konnte. »Kray.«

Der Zauberer wandte sich zu ihm um und blickte ihn erwartungsvoll an. »Ja?« Nur einen Moment lang schien es dort das Aufblitzen von Verletzlichkeit zu geben, das Tocht noch nie an dem Zauberer bemerkt hatte. Dann war es fort, und Tocht dachte, dass er sich vielleicht getäuscht hatte.

»Ich habe niemals jemanden wie Euch gekannt«, flüsterte Tocht. »Ich hatte nie einen … Freund wie Euch.«

»Du hast viele Freunde.« Kray nickte in Richtung der Diebesschar. »Sie. Die Mannschaft der *Einäugigen Peggie*. Ich weiß, dass Kapitän Farok sehr viel von dir hält. Du scheinst dir überall Freunde zu machen, wo du auch hingehst.«

»Das liegt daran, dass die Leute sich vor mir nicht fürchten«, sagte Tocht und fragte sich, ob er zu ehrlich gewesen war. »Ich meine, der Gedanke, ich könne sie in Kröten verwandeln, kommt ihnen niemals in den Sinn.«

Kray runzelte die Stirn. »Nein, ich nehme an, das tut er nicht.«

»Was ich sagen will, ist, dass ich nicht besser in diese Welt passe als Ihr«, fuhr Tocht fort. »Wir versuchen beide unseren Weg zu gehen, und dieser Weg ist nicht sehr klar. Ich bin ein Halblings-Bibliothekar, der aus irgendeinem

Grund nicht einfach im Gewölbe Allen Bekannten Wissen bleiben und sich um Bücher kümmern zu wollen scheint. Und Ihr …« Er hielt inne. »Nun, Ihr seid ein Zauberer. Aber Ihr könnt nicht einfach ein Zauberer sein und Euren eigennützigen Neigungen nachgehen, Städte erobern und die Leute auf die Art erschrecken, wie es andere Zauberer tun. Es ist genauso wie mit den Nachforschungen darüber, was wirklich in der Schlacht an der Todesfestung geschehen ist. Wir haben beide ein widersprüchliches Wesen.«

»Nun«, sagte Kray, »ich bin viel eigennütziger gewesen, als du dir überhaupt vorstellen kannst.« Er holte tief Luft. »Vielleicht werde ich dir eines Tages etwas darüber erzählen.«

»Ich würde es gerne hören.«

»Sei dir da nicht so sicher. Es gibt viel, was du noch immer nicht weißt.« Kray zögerte, dann griff er nach vorne und legte Tocht eine Hand auf die Schulter. »Du bist ein guter Freund, Tocht. In dir ist eine Unschuld, die ich dir von niemandem nehmen lassen werde, solange ich lebe.«

»Danke«, flüsterte Tocht, da er nicht wusste, was er sonst sagen sollte. Kray ließ ihn dort stehen, ging zurück, um sich wieder der Karawane anzuschließen, und murrte bereits, weil es so lange gedauert hatte. Aber eine lange Zeit konnte Tocht noch die unglaubliche Sanftheit spüren, mit der die Hand des Zauberers auf seiner Schulter gelegen hatte.

Kapitel 13

Der Schnürblattwald

Hallekk und die Leute von der *Einäugigen Peggie* holten sie am Abend ein. Abermals hatten sie ihr Lager für sich aufgeschlagen.

»Käpt'n Farok erwartet von uns, dass wir bei euch bleiben«, erzählte Hallekk Kray. »Hat mir gesagt, dass ich nicht ohne Euch zurückkehren soll.« Er warf einen Blick auf Tocht. »Und auch nicht ohne Tocht.«

»Dafür muss ich Kapitän Farok bei unserer Rückkehr danken«, erwiderte Kray.

Tocht bewunderte die Zuversicht des Zauberers. Hier waren sie, in einer der schlimmsten Ausdehnungen der Wildnis, die es überhaupt gab, und Kray benahm sich, als befänden sie sich auf einer Lustreise. In diesem Augenblick flog eine Eule tief über sie hinweg. Einige der Wagenlenker und Wachen der Karawane machten Schutzzeichen, spuckten und fluchten, da sie im Auftauchen des Vogels ein böses Omen sahen.

Atemlos vor Freude nahmen Bulokk und Zank die Waffen ihrer Ahnen entgegen. Beide hatten sie schon einmal in Händen gehalten, aber Tocht wusste, was es ihnen bedeutete, sie jetzt wiederzuerlangen, auch wenn sie auf allen Seiten von den Gefahren des Reißzahn-Schattenwaldes umgeben waren. Sie dankten Tocht und umarmten ihn heftig, was ihn beinahe vor Verlegenheit umfallen ließ. Noch Stunden danach wurden Geschichten über die Waffen und die Helden erzählt, die sie getragen hatten. Gelächter und Tränen folgten diesen Geschichten. Und Tocht wusste, dass Bulokk und Zank von ihren neuen Pflichten beunruhigt waren. Es war nicht leicht, einer Legende gerecht zu werden.

Lago hatte es trotz seiner Vorräte schwer, die große Gruppe durchzufüttern, aber er handelte noch einige weitere Einkäufe heraus (zu räuberischen Preisen, wie er sich beschwerte!), und bald hatte er brodelnde Töpfe und Pfannen vor sich. Etliche Reisende aus der anderen Karawane schauten neidvoll zu.

»Morgen«, sagte Kray, »werden wir uns von der Karawane trennen. Wir werden uns auf dem elfischen Handelsweg auf die Suche nach dem Schnürblattwald machen.«

»Wenn wir das tun«, erwiderte Brant, »werden die Elfen wissen, dass wir kommen.«

»Wenn man mit Elfen zu tun hat«, sagte Hallekk, »besonders, wenn man sich auf ihrem Heimatboden befindet, ist es besser, wenn sie wissen, dass man kommt. Versucht man, sich an sie anzuschleichen, hat man am Ende mehr Federn als ein Wintertruthahn, sobald sie sich mit ihren Bogen zeigen.«

Tocht saß abseits der Gruppe und lauschte den Geschichten, holte so die Abenteuer nach, die Hallekk und die anderen erlebt hatten (es hatte unterwegs ein Geplänkel mit Kobolden gegeben, das sie ein wenig verlangsamt hatte, aber mit einer Menge Kobolde ein Ende gefunden hatte, die für die Aasfresser liegen geblieben waren), und hörte zu, wie Kobner und Sonne von ihren eigenen Abenteuern berichteten, während sie in der Stadt darauf gewartet hatten, dass Kray ankam oder Kulik Broghan die Waffen fortschaffte.

»Es ist auch ziemlich viel Aufregung in der Stadt«, sagte Hallekk. »Es geht das Gerücht, dass einige von Kulik

Broghans Schönheiten sich selbstständig gemacht haben und gestohlen worden sind. Er hat sich deswegen in einen ordentlichen Anfall hineingesteigert. Stellt die ganze Stadt bei der Suche nach ihnen auf den Kopf.«

»Gut«, sagte Brant, »dann sucht er nicht in dieser Richtung nach ihnen.«

»Aber etwas tut sich«, erklärte Hallekk.

»Warum glaubst du das?«, fragte Kobner.

»Weil ich bei all dem Lärm, den Kulik Broghan wegen seiner verlorenen Waffen veranstaltet, trotzdem nicht genug von seinen Männern gesehen habe, die etwas deswegen unternehmen.«

»Was meinst du?«, fragte Brant.

»Soweit ich es in Torgarlkstetten gehört habe«, sagte Hallekk, »hat sich Kulik Broghan dort vor einer Weile ein stehendes Heer angeschafft. Viele üble Sachen sind passiert, als den Männern langweilig geworden ist.«

»Das stimmt«, sagte Sonne. »Wir haben etliche Krieger gezählt, die von Kulik Broghan bezahlt werden.«

»Nun denn«, sinnierte Brant, und seine schwarzen Augen waren voller Feuer, »wo ist dann der Rest seiner Männer?«

Keiner kannte die Antwort, und keiner schlief in dieser Nacht darüber besser, obwohl sie zusätzliche Wachen aufgestellt hatten.

Kurz vor Mittag lief Brant nach vorne zum Karawanenführer, um ihm mitzuteilen, dass sie ihrer eigenen Wege gehen würden. Kurz danach befanden sie sich auf einem kaum ausgetretenen Trampelpfad, der nach Krays Aussage zum Schnürblattwald führte, wo Sokadir einst als Prinz geherrscht hatte.

»Weshalb gibt es keinen besseren Weg?«, murrte Bulokk,

während er sich durchs Unterholz kämpfte. »Scheint mir, dass die Elfen, sollten sie diesen Pfad als Handelsweg benutzen, ihn besser in Schuss halten sollten.«

»Waldlandelfen gehen nicht auf dem Boden, wenn sie nicht müssen«, sagte Tocht. Er zeigte auf die miteinander verbundenen Zweige der kleinen Bäume. »Sie gehen lieber durch die Bäume.«

»Ich sehe hier die Hufabdrücke von Pferden.« Bulokk deutete darauf.

»Vermutlich von Händlern, die zur Elfensiedlung unterwegs sind«, sagte Tocht. »Wenn du im Wald bist, wirst du nicht oft Elfen auf dem Boden finden. Die Alten haben ihnen die Luft gegeben, die hochgelegenen Orte in den großen Bäumen, genauso wie sie den Zwergen die Erde und den Menschen das Meer gegeben haben.«

»Ich habe niemals Elfen getroffen, als ich auf den Aschwolkeninseln gewesen bin.«

»Elfen sind«, sagte Tocht, »ein sehr eigenes Volk mit einer eigenen Art, die Dinge anzugehen.«

Zwei Tage lang reisten sie durch den Wald. Obwohl ihnen das Frischfleisch ausging, erlaubten Brant und Hallekk ihren Männern nicht, nach Wild zu jagen. Sie befanden sich jetzt in den Ländern der Elfen.

Etliche der Zwergenpiraten fingen an, unruhig zu werden, auch Hallekk, weil keiner von ihnen daran gewöhnt war, so weit vom Meer entfernt zu sein. Aber Kray bestand darauf, dass sie sich dem Schnürblattwald weiterhin näherten, den noch keiner von ihnen zuvor besucht hatte.

Dem Zauber nach zu urteilen, den er auf Knochenschnitter und Meeresgischt gelegt hatte, kamen sie immer näher an Todeshauch heran. Als Erstes erreichten sie den

Schnürblattwald. Eigentlich erreichten die Elfenkrieger vom Schnürblattwald sie als Erstes.

Am Nachmittag des dritten Tages hielt Hamual in seiner Eigenschaft als Späher inne und hob beide Hände. Langsam wandte er sich um und sagte: »Wir sind nicht mehr allein. Steht still.«

Da er wusste, wonach er Ausschau halten musste, spähte Tocht durch die Nebelfetzen, die an diesem Tag immer noch an den Bäumen hingen, und blickte ins Geäst auf. Er wusste nicht, wie viele Elfen dort oben waren, aber es waren eine ganze Menge.

»Wie sind sie so leise dort hinaufgekommen?«, fragte Bulokk. Er griff unruhig nach dem Heft seiner Streitaxt und verlagerte sein Gewicht.

»Sie haben auf uns gewartet«, antwortete Tocht. »Sie haben gesehen, dass wir uns nähern, und wussten, dass wir unter ihnen durchkommen.«

»Macht keine plötzlichen Bewegungen«, riet Hallekk. »Wir sind in ihr Land eingedrungen.«

»Dies ist ein Handelsweg«, entgegnete Bulokk.

»Aye«, stimmte Hallekk zu, »aber sie wissen, dass wir keine Händler sind, wenn wir hier bis an die Zähne bewaffnet heraufkommen. Sie werden annehmen, dass wir eher eine eindringende Streitmacht sind.«

»Gegen eine Elfensiedlung?«, fauchte Alysta.

»Sie könnten auch die Magie in den Waffen gespürt haben, die ihr tragt«, sagte Kray. »Ihre Macht ist nackt und bloß. Die meine ist vor den Sinnen der Elfen verborgen.«

Tocht wusste, dass Elfen Magie viel schneller erkannten als jedes andere Volk und nur den ausgebildeten Zauberern darin nachstanden.

Langsam hob Kray die Hände und entfernte sich von der Gruppe. Er sagte laut: »Ich bin Kray. Ich bin schon früher zu eurem Volk gekommen.«

»Vielleicht seid Ihr das, Graubart«, rief ein Elf herab, »aber das verrät mir nicht, weshalb Ihr jetzt hier seid.«

»Ich bin gekommen, um Sokadir zu suchen.«

»Sokadir ist ohne Wurzeln«, erwiderte der Elf. »Das hat man Euch schon einmal gesagt, Kray.«

»Diesmal kann ich ihn finden.«

Etliche Elfen, die in den Bäumen hingen, schnalzten mit der Zunge. »Wenn ein Elf nicht gefunden werden will, kann ihn niemand finden.«

»Dann schadet es ja nichts, wenn ich nach ihm suche, oder?«

Nach einer kurzen Unterhaltung in einer Elfensprache, die Tocht kannte (das meiste davon war abschätziges Zeug, das sich gegen Kray richtete, und ein wenig fröhliche Schmeichelei, damit der Elfenanführer die Gruppe vorbeiließ und sie nach Sokadir suchen durfte, da ja keiner von ihnen ein Elf war und sie Sokadir unmöglich finden konnten), ließ sich einer von ihnen aus den Baumwipfeln fallen.

Der Elf stürzte einen Augenblick wie ein angeschossener Spatz ab, dann fing er sich an vier oder fünf Ästen auf dem Weg nach unten ab (was alles zu schnell geschah, als dass Tocht es hätte sehen können) und kam schließlich auf einem Ast nur ein paar Fuß von Kray entfernt und ein wenig höher gelegen zum Stillstand.

Gutaussehend und hochmütig, ließ sich der Elf mit gebeugten Knien auf dem Ast nieder und blickte den Zauberer an. »Ich bin Alomas«, erklärte er, »der Befehlshaber von Prinz Larroshs königlicher Garde.« Er war etwas mehr als fünf Fuß groß, hatte ein glattes Gesicht und war schlank.

Seine spitzen Ohren hoben sich vor seinem blauschwarzen Haar ab. In Augen, die so dunkelgrün wie Stechpalmenblätter waren, glitzerte eine Spur von Übermut. Er trug ein Kettenhemd, eine Hose, die eng zulief, so dass sie sich nicht in Büschen und Ästen verfing, wenn er sich durch den Wald bewegte, und ein Bogen hing über der Schulter, ebenso wie ein Kurzschwert auf dem Rücken. Wurfmesser mit Blattklingen hingen über seiner Brust.

»Grüße, Alomas«, sagte Kray.

»Grüße, Graubart. Ihr habt einen langen Weg wegen nichts auf Euch genommen.«

»Vielleicht.« Grüne Funken wirbelten von Krays Stab. »Aber das wird sich noch zeigen.«

»Ich habe Euch schon einmal gesehen.«

»Wie ich dir gesagt habe.«

»Ihr habt schon einmal nach Sokadir gesucht.«

»Das habe ich«, gab Kray zu.

Der Elf lächelte. »Ihr habt Sokadir zuvor nicht gefunden.«

»Diesmal«, sagte Kray mit grimmiger Überzeugung, »soll es anders sein.«

»Wir werden sehen, Graubart.« Alomas hielt seine Hand hoch.

Ein Falke stürzte sich von einem Ast hoch über ihnen und landete auf dem Lederarmschutz, den der Elf um das rechte Handgelenk trug.

»Eine Botschaft, Gutherz«, sagte Alomas. »Rasch.«

Der Vogel neigte flink den Kopf, dann stieß er sich in die Luft ab, flatterte mit den Flügeln und flog pfeilgerade durch den Wald.

»Nun«, sagte Alomas, »warten wir. Macht es euch bequem.«

Tocht saß neben einem Baumstamm und verbarg sein Tagebuch vor fremden Blicken, während er daran arbeitete. Er benutzte Kohle und breite Striche, um die Szene darzustellen, fing die Elfen ein, die mühelos in den Bäumen ruhten, als ob sie Vögel wären. Ihre tierischen Begleiter – Falken, Singvögel, Eichhörnchen, Wölfe und auch zwei Braunbären – ließen sich in der Nähe nieder.

Es war das erste Mal, dass Tocht so viele Elfen in einer Schar außerhalb von Graudämmermoor sah. Dort lebten die Elfen auch in Siedlungen, schönen Baumhäusern, in denen schon seit Generationen gewohnt wurde (was sehr lange war, wenn man die Lebenszeit der Elfen betrachtete), aber dies war etwas anderes. Im Glimmermooswald hatte Tocht noch kein einziges Mal gedacht, dass die Elfen ihn vielleicht töten würden.

Hier, das wusste er, bestand diese Möglichkeit durchaus. Es war beunruhigend, was ihn noch nervöser machte, und die einzige Art, auf die er sich beruhigen konnte, war durch Arbeit, was von seiner Seite aus einen gewissen Grad an Geheimnistuerei erforderte. Zum Glück war er ein Halbling unter beinahe vierzig bewaffneten Menschen und Zwergen, deren Narben vom Blutvergießen während gewaltsamer Auseinandersetzungen deutlich sichtbar waren.

Kray plauderte freundlich mit Alomas, während sie auf eine Botschaft warteten. Nun, sie ließ nicht lange auf sich warten. Nach ein paar Minuten kam Gutherz zurückgeflogen und schrie, um die Aufmerksamkeit des Elfenanführers zu erregen.

Alomas hob den Arm, und Gutherz landete dort. Sie sprachen einen Moment lang, dann wandte sich der Elfenanführer an Kray. Er lächelte. »Ihr habt Glück. Prinz Larrosh muss sich dieser Tage großzügig fühlen.«

Sie kamen zu Beginn der Dämmerung bei der Siedlung an, gingen einen Grat hinauf, der das ganze Tal darunter bis zum letzten Moment verborgen hielt. Der Anblick raubte Tocht den Atem. Selbst all die Bücher, die er über Elfen gelesen hatte, hatten ihn nicht auf das vorbereitet, was vor ihm lag.

Der Schnürblattwald war eine große Elfensiedlung; für gewöhnlich waren solche Gemeinschaften klein. Mehr als hundert Baumhäuser befanden sich auf den großen, geraden Bäumen am Grunde der Schlucht. Strickleitern verbanden etliche davon und bildeten ein Drehkreuz von Hängebrücken, das in beinahe hundert Fuß Höhe für öffentlich begehbare Steige sorgte. Ein kleiner Bach schnitt sich durchs Herz der Siedlung und gewährleistete ausreichend Frischwasser.

Die Elfen wussten, dass sie Besucher erwarteten. Etliche Männer standen in Schlachtrüstung da und besetzten Verteidigungstürme in den Außenbereichen der Siedlung und auch Schlüsselpositionen im Inneren. Äste und Zweige, die um die Baumhäuser gewunden waren, ließen sie mit den Bäumen verschmelzen, aber in allen Behausungen hingen blauweiße Laternen, um die Nacht abzuhalten.

Lumminsaft, stellte Tocht fest, der wusste, dass die Elfen Glimmerwürmer züchten mussten, um über die feuerlose Beleuchtung zu verfügen. Das Gewölbe Allen Bekannten Wissens und ganz Graudämmermoor benutzten Lumminsaft, um ihre Häuser zu erhellen. Mettarin Lampenzünder, Tochts Vater, füllte die Straßenlaternen auf, so dass die Stadt und der Allerortshafen auch des Nachts beleuchtet waren. Es gab nichts, was mit diesem vertrauten Licht zu vergleichen war.

Alomas geleitete sie von dem Felsgrat herab und folgte dabei einem kaum benutzten Pfad, der im Zickzack über das unebene Gelände führte. Die übrigen Wachen des Elfenanführers liefen durch die Bäume und klangen wie eine große Vogelschar, die sich durch Blätter und Äste bewegte.

Tocht spürte die Unruhe, die die Elfen erfasste. Sobald sie einmal das Gebiet ihrer Heimstätten und Ländereien abgesteckt hatten, verabscheuten sie alles Neue und Fremde, das in jene Gebiete eindrang. Wenn sie etwas Fremdes sehen wollten, würden sie aus ihrer Heimat fortreisen, um es zu erleben. Ein leises Summen von Gesprächen folgte den Mitgliedern der Gruppe, während sie zum Mittelpunkt der Siedlung vordrangen.

Darüber lag der Palast der Elfen, der sich von einem Baum im Mittelpunkt auf sieben äußere Bäume erstreckte, um ein festes Bauwerk zu bilden. Da es ihnen nicht möglich war, die Anwesenheit des Palastes zu verschleiern, hatten sich die Elfen stattdessen dazu entschlossen, sie zu betonen. Das Holz leuchtete in einem wunderschönen, tiefen Rotton, als wäre es gerade erst poliert worden. Verschlungene Elfenkunst zierte die Seitenwände. Schöne Laternen aus Muscheln, Blumen und Steinen hingen darum herum.

Ein hübscher Elfenmann mit Silberhaar, das mit juwelenbesetzten Kämmen hochgesteckt war, die im Lampenlicht glänzten, blickte auf die Neuankömmlinge herab. Seine goldene Rüstung sah aus, als würden in ihr Feuer brennen. Das purpurne Abzeichen mit dem Umriss eines Bären zierte die Brustplatte der Rüstung.

»Kray«, rief der Elf. »Ihr seid einmal mehr unter uns.«

»Prinz Larrosh«, grüßte Kray.

»Ich höre, dass Ihr Euer Bestreben, meinen Bruder zu finden, nicht aufgegeben habt.«

»Noch nicht. Ich stelle fest, dass ich auf meine alten Jahre stur geworden bin.«

Larrosh lachte. »›Alten Jahre‹? Ihr seid weit über alles hinaus, was ein Mensch an Jahren haben sollte, wenn er keinen Pakt mit dem Bösen schließt.«

Tocht dachte, dass vielleicht nur er den stechenden Schmerz wahrnahm, der in Krays grünen Augen aufblitzte.

»Vielleicht habe ich den Segen der Alten«, erwiderte Kray.

»Oder ihren Fluch«, sagte der Elfenprinz. »Ich muss mich fragen, welche Sünden Ihr in Eurem langen Leben begangen habt, Kray.«

Diesmal war Krays Lächeln gezwungen. »Und ich dachte, dies würde ein angenehmer Besuch werden.«

»Das wird er auch. Ich liebe es einfach, Euch zu ärgern. Soweit ich mich aus unseren gemeinsamen Kriegsjahren an Euch erinnere, habt Ihr niemals viel Sinn für Humor besessen. Ich nehme an, dass sich manche Dinge niemals ändern.«

»Habt Ihr Euren Bruder gesehen?«, fragte Kray.

»Seit Jahren nicht. Bestimmt nicht, seit ich Euch zum letzten Mal gesehen habe.« Larrosh hielt einen Moment lang inne. »Und seit unserem letzten Abschied haben sich nicht einmal die Jahreszeiten verändert.«

»Nein.«

Neugier zeigte sich da auf dem Gesicht des Elfenprinzen. »Habt Ihr denn etwas Neues erfahren?«

»Vielleicht. Ich denke, ich weiß einen Weg, wie ich Sokadir finden kann.«

»Wie?«

Kray ging zu Zank. »Dies ist Zank, ein Nachkomme von Kapitän Dulaun, dem gefallenen Helden der Schlacht an der Todesfestung.« Er tippt auf ihr Schwert, das sofort in einem kühlen Azurblau zu leuchten begann. »Und dies ist Meeresgischt.«

Vor Überraschung riss Larrosh die Augen auf. »Ihr habt Kapitän Dulauns Schwert gefunden.«

Zank legte ihre Hand um das Heft. »Jetzt ist es mein Schwert«, erklärte sie gelassen.

Larrosh lächelte. »Ich verstehe.«

»Dies«, sagte Kray, während er zu Bulokk ging, »ist Bulokk von den Zwergen der Aschwolkeninseln, der Nachfahre von Meisterschmied Oskarr.« Der Zauberer berührte die Streitaxt in den Händen des Zwergs, woraufhin sie sanft golden erglühte.

»Knochenschnitter«, hauchte Larrosh, aber es war so leise in der Siedlung, dass seine Stimme bis an Tochts Ohren drang und vermutlich auch zu jedem sonst in ihrer Gemeinschaft. »Ihr braucht nur noch Todeshauch, um alle Waffen zusammenzuhaben, die bei der Schlacht an der Todesfestung verbunden worden sind.«

»Ich denke«, sagte Kray mit fester Stimme, »dass ich Sokadir finden kann. Was denkt Ihr?« Obwohl er leise sprach, konnte er die Herausforderung hinter den Worten nicht verbergen.

Einen Augenblick hatte Tocht den Eindruck – obwohl er nicht wusste, woher das kam –, dass Larrosh den Elfen den Befehl geben könnte, in rachsüchtiger Wut über sie herzufallen. Dann lächelte der Elfenprinz. »Ihr habt meine Erlaubnis, den Schnürblattwald auf der Suche nach meinem Bruder zu durchqueren. Wenn Ihr ihn findet, dann lasst ihn wissen, dass er nicht ohne Wurzeln sein muss. Ich – und sein Volk – bin hier, sollte er sich entscheiden, zu uns zurückzukehren.«

Sie lagerten außerhalb der Elfensiedlung. Lago hatte genug Vorräte, um eine gute Mahlzeit zuzubereiten, aber die Krieger losten für den nächsten Morgen Jagdgruppen aus. Larrosh hatte ihnen auch das Vorrecht gewährt zu jagen, solange sie nichts vergeudeten.

Tocht saß am Lagerfeuer und arbeitete an seinem Tagebuch. Obwohl die Nacht bereits vollständig angebrochen war und er die Behausungen der Elfen nicht mehr erkennen konnte, sah er immer noch etwas vom Licht, und er erinnerte sich deutlich an das, was er gesehen hatte. Er arbeitete mit Feder und Tinte, verbesserte auch die Zeichnungen, die er vorher angefertigt hatte. Er saß abseits von den anderen und beobachtete sie bei ihren Unterhaltungen.

Ohne Vorwarnung erklang an seinem Ohr eine leise Stimme. »Also bist du ein Zauberer, Halbling?«

Tocht klappte das Tagebuch zu, obwohl er vorher Löschpapier einlegte, damit er die Linien nicht verschmierte, blickte sich um und erhob sich. »Wer ist da?«

Kobner sprang auf und zog seine Axt. »Wer ist wo, kleiner Krieger? Was siehst du?«

Tocht ging rückwärts. Die Haare hinten an seinem Hals hatten sich aufgerichtet. *Etwas* war dort. Er bildete es sich nicht ein.

Die Stimme lachte, abermals hinter ihm.

Als er sich diesmal umdrehte, dachte Tocht, dass er eine verschwommene Bewegung ausmachte. Instinktiv griff er danach, um sicherzugehen, dass sie wirklich da war. Seine Finger strichen durch glatte Seide.

»Du bist sehr schnell, Halbling«, flüsterte die Stimme. »Aber ich habe noch nie zuvor einen Halbling-Zauberer getroffen.«

»Ich bin kein Zauberer«, sagte Tocht, der sich im Kreis drehte und versuchte, die Stimme zu verfolgen.

»Was bist du dann?«

»Ich höre eine Stimme«, knurrte Kobner. »Jemand ist da.« Er packte die Streitaxt fester. Die meisten anderen waren inzwischen aufgestanden, und sie alle trugen Waffen.

»Prinz Larrosh«, rief Kray, »ich bitte Euch darum, Euch jetzt zu zeigen.«

Unglaublicherweise erschien der Kopf des Elfenprinzen mitten in der Luft, als wäre er ihm von den Schultern geschlagen worden und würde auf irgendeine Weise dort schweben. Er lächelte. »Ein kleiner Kniff. Ich wollte niemandem Schaden zufügen. Es soll nur eine Lehre sein, wie gefährlich diese Wälder sein können.«

Das haben wir bereits gewusst, dachte Tocht verärgert.

Larrosh zupfte an dem Umhang, den er trug. Das Gewand war unsichtbar, aber Tocht erkannte an der Art, wie es nach und nach sichtbar wurde, dass es ein Umhang war. Der Elf drehte den Umhang von innen nach außen und enthüllte das dunkelblaue Innenfutter.

»Ein Geschenk«, sagte er, »von jemandem, den ich vor langer Zeit kannte.«

Aus der Nähe sah Tocht, dass die Augen des Elfenprinzen verschiedenfarbig waren. Eines war von hellem Violett und das andere von dunklem Braun. Da die Elfen die Vollkommenheit bevorzugten, war es ein Wunder, dass er ein Prinz war. Dann erinnerte sich Tocht daran, dass Larrosh die Stellung nur für seinen Bruder hielt, bis Sokadir zurückkehrte.

»Ich habe lange Zeit keinen von Harrags Unsichtbarkeitsumhängen mehr gesehen«, bemerkte Kray. »Das muss ein Sammlerstück sein.« Erst da fiel Tocht das Durcheinander von grünen Funken auf, das um das Ende des Stabs des Zauberers wirbelte. Tocht trat einen Schritt von dem Elfenprinzen zurück.

»Ich habe ihn von einem Sammler erhalten«, bestätigte

Larrosh, »durch einen Handel.« Sein Blick traf wieder auf Tocht. »Ich bin selbst eine Art Zauberer.«

»Wirklich?«, fragte Tocht.

»Nicht so gut wie mein Neffe Qardak«, gab Larrosh zu, »aber ich habe viel gelernt.«

»Qardak ist derjenige gewesen, der die Waffen in der Schlacht an der Todesfestung aneinander gebunden hat«, sagte Tocht.

»Ja.«

»Ihr seid auch dort gewesen, oder?«

»Am Ende«, antwortete Larrosh. Traurigkeit ließ seinen Mund schmal werden. »Ich bin mit Verstärkung eingetroffen, aber zu jener Zeit war es zu wenig und viel zu spät.« Er warf Zank einen raschen Blick zu. »Ich habe deinen Ahnen sterben sehen. Es war sehr traurig, und sehr schön.«

»Und Ihr habt nichts unternommen?«, fragte Zank, deren Gesicht in der Mischung aus Feuer- und Mondlicht blass wirkte.

»Es gab nichts«, sagte Larrosh leise, »was man hätte tun können. Du kannst dir das Chaos nicht vorstellen, in das sich das Schlachtfeld verwandelt hatte. Die Verteidiger der Allianz sind krank geworden, und die Kobolde haben ihre Stellungen überrannt, als wären sie aus Papier gemacht.« Er hielt inne. »Diese Männer sind gefallen, schwach, wie sie waren, aber sie haben ihr Leben dennoch teuer verkauft. Sie waren und sind Helden.«

»Was ist mit meinem Ahnen?«, fragte Bulokk. »Habt Ihr ihn auch gesehen?«

»Das habe ich. Als ich ihn gesehen habe, ging er von der Schlacht fort.«

»Lügner!« Bulokk richtete sich auf und hob Knochenschnitter hoch.

Sogleich traten Hallekk und Kobner vor den Zwerg von den Aschwolkeninseln und versperrten ihm den Weg.

Larrosh schien amüsiert zu sein und sich in keiner Weise bedroht zu fühlen.

»Bulokk«, befahl Kray, »setz dich. Jetzt. Wir sind an diesem Ort Gäste.«

Bulokk funkelte den Elfenprinzen an. Nach einem Moment wandte er den Blick ab und ging davon.

»Heikel«, sagte Larrosh. »Sogar noch nach tausend Jahren.«

Kobner wandte sein Gesicht dem Elfenprinzen zu. In seinen vernarbten Zügen standen keinerlei Gefühle. »Meister Oskarr war nicht der Einzige, der das Schlachtfeld verlassen hat, ohne sein Leben zu verlieren.«

Larrosh lächelte, nahm aber keinen Anstoß daran. »Es war zu jener Zeit das Einzige, was man tun konnte.«

»Die Sache, mit der Bulokk nicht einverstanden ist«, sagte Hallekk, »ist, dass sein Ahne für den Verrat an den Männern an diesem Ort verantwortlich sein soll.«

»Wenn man mich fragt«, sagte Larrosh, »dann hat derjenige, der in dieser Nacht die Krankheit freisetzte, allen einen Gefallen getan. Wenn die Reihen nicht eingebrochen wären, wäre jeder einzelne dieser Männer dort geblieben und gestorben. Wäre das wirklich besser gewesen?«

»In den Augen mancher schon«, sagte Kobner, »ja.«

»Nicht in meinen Augen.« Larrosh blickte in die Finsternis hinaus. »Alles, was wir tun konnten, war, meinen Bruder dazu zu bringen, das Schlachtfeld aufzugeben. Wir mussten ihn schließlich bewusstlos schlagen, damit wir ihn fortbringen konnten.«

»Er hat dort zwei Söhne zurückgelassen«, sagte Tocht.

Larrosh musterte ihn, dann nickte er. »Das hat er.« Er

richtete seine Aufmerksamkeit wieder auf Kray. »Ich habe gedacht, dass ich mir vielleicht heute Nacht hier ein wenig die Zeit vertreiben könnte, den ein oder anderen Zauber austauschen, aber ich fürchte, die Stimmung ist dafür nicht reif.« Er schüttelte den Kopf. »Sogar nach tausend Jahren lebt das, was in jener Schlacht geschehen ist, in uns weiter. Es ist eine Schande.« Er lächelte dünn. »Daher wünsche ich Euch für morgen Glück und verabschiede mich.«

Tocht beobachtete, wie der Elfenprinz ging, sich den magischen Umhang wieder umlegte und in die Nacht verschwand. *Was*, fragte sich der kleine Bibliothekar, *hatte das zu bedeuten?*

Kapitel 14

Sokadir

»Wisst Ihr, wo er ist?«, fragte Tocht, während er auf den Edelstein in Krays Hand blickte.

»Ich weiß es«, antwortete der Zauberer. »Wir sind inzwischen sehr nahe dran.« Er steckte den Edelstein wieder zurück in seine Kleider und richtete den spitzen Hut auf seinem Kopf, um seine Augen vor der Sonne zu schützen.

Tocht stand auf einem kleinen Gebirgsausläufer, der von den Bruchschmiedenbergen hinabführte, und blickte sich im Reißzahn-Schattenwald um. Es war beinahe Mittag, so dass sich die Schatten gewissermaßen auf dem Rückzug befanden, aber die Reißzähne lauerten noch immer im Unterholz, bereit für einen Angriff.

»Bei den Alten«, schimpfte Kobner, der vor ihnen aus dem Gebüsch kam, »es gibt ein paar Dinge, die der Körper in Frieden erledigen muss, und alle Arten von Ungeheuern sollten ihn einfach dabei in Ruhe lassen.« Der Zwerg schnallte seine Hosen fest und war an Kopf und Schultern mit Spinnenfäden bedeckt.

Trotz der Anspannung, die sich in der Gruppe ausgebreitet hatte, lachten die meisten Zwerge und fügten zu Kobners Schaden auch noch Spott hinzu, indem sie ihn gnadenlos aufzogen.

»Vielleicht mögen es diese Spinnen nicht, wenn man sie vergiftet«, brüllte Hallekk und schlug sich aufs Knie. »Immerhin ist es ihr Zuhause, in das du zum –«

»Wie viel hast du noch aus deiner Lektüre über Qardak im Kopf?«, fragte Kray Tocht.

Der kleine Bibliothekar sammelte seine Gedanken und überprüfte die Notizen in seinem Tagebuch. »Qardak war Sokadirs ältester Sohn. Es gab nur diese beiden Jungen, die verhältnismäßig dicht hintereinander geboren wurden, was bei Elfenfamilien ein wahres Ereignis darstellt.«

Kray holte seine Pfeife heraus, stopfte sie mit Pfeifenkraut und rauchte. »Zwei Söhne, ja. Und nur der eine hat die Zauberei erlernt?«

»Ich habe keinen Hinweis darauf gefunden, dass es auch der andere getan hätte«, stimmte Tocht zu.

»Sokadir hat sich nicht viel aus der Zauberei gemacht. Wo also hat Qardak seine Fertigkeiten erlernt?«

»Das weiß ich nicht.«

Kray kratzte sich am Bart, während sie weitergingen. »Dann ist da noch die Sache mit den Stücken, die aus Meister Oskarrs Schmiede abhandengekommen sind. Wie, meinst du, ist das geschehen?«

Tocht dachte darüber nach und kam nur auf zwei mögliche Lösungen. »Entweder hat sie jemand aus Meister Oskarrs Schmiede genommen, oder jemand von außerhalb hat sie geholt.«

»Oskarrs Aufzeichnungen erwähnen nicht, dass irgendjemand von seinen Helfern in der Schmiede zu jener Zeit verschwunden ist?«

»Nein. Nach dem Ausschlussprinzip ist also jemand hingegangen, um sie zu stehlen.«

Kray zog an seiner Pfeife und lächelte. »Das bedeutet, dass derjenige, der sie gestohlen hat, auch wusste, dass die Stücke dort waren.«

»Es gibt noch eine Möglichkeit«, sagte Tocht.

»Und zwar?«

»Jemand ist hingegangen, um nach dem Vidrenium zu suchen.«

»Weshalb sollte man das tun?«

»Weil Dulaun zurück zum Silbermeer gegangen ist und angefangen hat, gegen Lord Khadaver und die Kobolde zu kämpfen. Sein Schwert – es war wie kein anderes. Vielleicht hat Lord Khadaver es erkannt.«

»Aber sie sind nicht zu Lord Khadaver gelangt«, warf Kray ein. »Stattdessen sind die Verstärkungsstücke bei Sokadir gelandet.«

»Diese Stücke waren für eine Elfenwaffe gedacht«, sagte Tocht. »Vielleicht war die Magie nur für Elfen bestimmt.«

»Dann war, wenn man unserer logischen Kette folgt, derjenige, der diese Stücke aus Meister Oskarrs Schmiede gestohlen hat –«

»Ein Elf«, sagte Tocht leise.

»Er war nicht nur ein Elf«, sagte Kray, »sondern ein Elf, der wusste, was Vidrenium ist. Ein interessantes Rätsel, nicht wahr?«

Tocht ließ sich das eine Weile durch den Kopf gehen. »Es wäre gut«, sagte er schließlich, »zu erfahren, wo Qardak seine Zauberkunst erlernt hat.«

Zwei weitere Tage gingen sie durch den Wald, änderten ihre Richtung, wie Kray es ihnen gebot, und er schlug nur einen neuen Kurs ein, wenn sich die Markierungen auf seinem verzauberten Edelstein veränderten.

Schließlich, als sie am Abend des dritten Tages beim Abendessen saßen und versuchten, nicht daran zu denken, wie weit sie von allem weg waren, das sie kannten, blickte Kray in die Bäume hinauf und rief: »Sokadir.«

Überrascht blickte Tocht von seinem Tagebuch auf und starrte ins Geäst hinter ihnen. Dort, kaum sichtbar vor Jhurjan dem Schnellen und Kühnen, sah er die winzigste Spur eines Umrisses vor den Ästen.

Kray erhob sich, hielt aber seine Hände seitwärts von sich gestreckt. »Ihr kennt mich, Sokadir.«

Einen langen Augenblick konnte man nur die Geräusche der Nacht hören. Alle im Lager hielten den Atem an.

»Ihr wisst, dass ich Euch keinen Schaden zufügen will, Sokadir«, sagte Kray.

»Ich weiß, dass Ihr ein Narr seid, Zauberer, da Ihr mich so weit weg von der Heimat sucht.« Die Stimme war tief und melodisch. Es lag kein Unterton der Drohung, Überraschung oder Angst in den Worten.

»Ja, hier bin ich.« Kray grinste in die Nacht hinaus. »Es ist tausend Jahre her. Glaubt Ihr nicht, dass wir diese Sache jetzt bereinigen sollten?«

In der Ferne schnaubte ein Bär. Eine Eule segelte über ihnen auf dem Wind.

»Ich wünsche nicht, mit Euch zu sprechen«, sagte Sokadir. »Eher habe ich im Sinn, Euch einen Pfeil durchs Auge zu jagen.«

Kobner und Hallekk griffen nach ihren Waffen. Zank hatte bereits einen Pfeil an der Sehne.

»Seit mehr als zwei Tagen«, fuhr Sokadir fort, »seid Ihr mir auf den Fersen, folgt jeder Bewegung durch irgendeinen Zauberkniff, den Ihr seit dem letzten Mal dazugelernt habt, da Ihr hierhergekommen seid und nach mir gesucht habt. Ich habe Euch schon einmal gesagt, dass ich Zauberei nicht leiden kann. Ich habe einen guten Grund, sie zu hassen.«

Indem er eine Hand hob, bedeutete Kray ihnen, sich zu entspannen. »Ich will nur sprechen.«

»Dann sprecht.«

»Vor tausend Jahren habt Ihr in der Schlacht an der Todesfestung gekämpft«, sagte Kray.

»Eine uralte Geschichte. Dort ist nichts von Bedeutung geschehen.«

»Wie könnt Ihr es wagen!«, brach es aus Zank hervor. »Mein Ahne hat sein Leben gegeben, um die Leute zu schützen, die vor Lord Khadaver und den Kobolden aus Teldanes Fülle geflohen sind.«

»Wer seid Ihr?«

»Ich heiße Zank, und ich bin der Nachkomme von Kapitän Dulaun.«

»Bei den Alten, ist das sein Schwert? Ist das Meeresgischt?«

»Das ist es«, erklärte sie stolz. »Wir haben es gefunden und wiedererlangt. Genauso, wie Knochenschnitter gefunden wurde.«

»Knochenschnitter ist auch hier?« Ehrfurcht und noch etwas anderes lag in der Stimme des Elfen. Tocht spitzte die Ohren.

Bulokk hielt die große Streitaxt hoch. Sie glühte golden. Über ihnen wurde Sokadir in Licht getaucht, als Todeshauch in seinen Händen silbern aufglühte. Das helle Haar des Elfen schien wie weißes Feuer zu brennen, und die blassvioletten Augen glitzerten wie Juwelen.

»Wisst Ihr, was Ihr getan habt, Kray?«, verlangte Sokadir zu wissen. *»Wisst Ihr, was Ihr getan habt?«*

Angst, entschied Tocht. In Sokadirs Stimme lag Angst. Das ließ den kleinen Bibliothekar sogleich unruhig werden. Warum sollte sich Sokadir hier in dem Wald, der seit über tausend Jahren seine Heimat war, verwundbar fühlen?

»Ich habe die drei Waffen wieder vereint, die die Flucht

bei der Schlacht an der Todesfestung ermöglicht haben«, sagte Kray. »Und ich bin gekommen, um die wahre Geschichte darüber zu erfahren, was dort geschehen ist, Sokadir.«

»Diese Geschichte bleibt am besten vergessen.«

»Das kann sie nicht. Das wird sie niemals sein«, sagte Kray. »Sie ist ein Gespenst, das über dem zerbrechlichen Frieden der Völker spukt. Die Kobolde erheben sich wieder, und ihre Anzahl wird stetig größer. Statt sich gegenseitig zu bekämpfen, sollten Menschen, Elfen und Zwerge sich abermals vereinen, um unsere Länder zu halten und unsere Familien vor den Kobolden zu schützen.«

»Familien! Pah! Was wisst Ihr schon von Familien, Kray? Erinnert Ihr Euch überhaupt an Eure eigene Mutter oder Euren Vater? Brüder und Schwestern? Erinnert Ihr Euch?«

Tocht warf einen Blick auf Kray und fragte sich, wie der Zauberer antworten würde.

»Die Schlacht an der Todesfestung wirkt einen Bann über alle Völker«, sagte Kray. »Ein jedes sucht die Schuld bei den anderen. Es gibt kein Vertrauen. Vielleicht wird es nicht helfen, wenn wir diese Angelegenheit zur Ruhe bringen, aber ich spüre, dass es versucht werden muss.«

»Wir sind verraten worden, Kray. Von einem der unseren!«

»Sagt bloß nicht, dass es Meister Oskarr gewesen ist!«, drohte Bulokk. »Ich werde auf diesen Baum klettern, wenn ich muss, und Euch geradewegs von dort oben heraushacken!«

Einen Moment lang herrschte Schweigen. Dann sprach Sokadir wieder. »Nein, es war nicht Meister Oskarr. Er hat sein Blut in dieser Schlacht vergossen, und er hätte es ganz und gar vergossen – wenn er nicht die Überlebenden dort hätte herausführen und uns alle in Sicherheit hätte bringen müssen.« Er schwieg einen Augenblick. »Ich komme nach unten.«

»Ja, kommt nur«, sagte Kray. »Ihr werdet unter Freunden sein.«

Sokadir ließ sich wie ein fallendes Blatt herab, glitt von Seite zu Seite. Dann war er auf dem Boden, so leise wie die Eule, die über seinen Kopf hinweggeschwebt war. Als er zum großen Lagerfeuer schritt, reihte sich hinter ihm ein riesiger Braunbär ein. Der Elf trug Todeshauch, der immer noch silbern glühte, in der Hand, aber es lag kein Pfeil an der Sehne.

Bulokk und Zank hielten ihre Waffen vor sich, und alle kamen näher und starrten sie an.

»Magische Waffen«, sagte Sokadir voller Abscheu. »Knochenschnitter, die Axt, die jedes Metall mit der Kraft eines Erdbebens durchdringen kann. Meeresgischt, das Schwert, das die Wellen heraufbeschwört. Todeshauch, der Bogen, der mit der Kraft eines Sturms trifft.« Er schüttelte den Kopf. »All diese Macht aus irgendeinem magischen Metall, das Schmiede, Alchemisten und Zauberer in Traum geschmiedet haben.«

»Ich sehe, dass Ihr Euch nicht die Mühe gemacht habt, Eure Waffe bei der erstbesten Gelegenheit wegzuwerfen«, bemerkte Kobner unfreundlich.

»Ich habe es nicht gekonnt«, sagte Sokadir. »Ich habe herausgefunden, wozu sie wirklich geschaffen wurden.«

»Lord Khadaver hat sich selbst unter einem anderen Namen in Traum verborgen«, sagte Sokadir, als er sich ans Lagerfeuer setzte.

»Das haben wir herausbekommen«, sagte Tocht. »Aber woher habt Ihr das erfahren?«

»Von meinem Sohn«, erklärte der Elfenhüter leise. »Von Qardak. Er hatte schon immer ein Interesse an allem, was mit Zauberei zu tun hat. Als er jung gewesen ist, ist er mit meinem Bruder fortgelaufen.«

»Mit Larrosh?«, fragte Tocht, der das interessant, aber nicht völlig unerwartet fand.

»Ja. Auch mein Bruder hat immer die Berufung verspürt, als Zauberer zu arbeiten. Seit der Zeit, da er sehr jung gewesen ist, hat Larrosh versucht, sich seinen Weg unter die Zauberer zu bahnen.«

»Er war der Zweitgeborene«, sagte Kray leise. »Er hat gewusst, dass die Krone Euch gehören würde, wenn Euer Vater von Euch ging.«

Sokadir lächelte ein wenig traurig. »Aber in diesen letzten tausend Jahren ist sie stattdessen sein gewesen. Seltsam sind die Wege, auf denen das Leben uns führt, nicht wahr?«

»Ja«, stimmte Kray zu.

»Wenn das Vidrenium nicht geschaffen wurde, um magische Waffen daraus anzufertigen«, fragte Tocht, »wozu wurde es dann geschaffen?«

»Um eine noch größere Waffe daraus anzufertigen«, sagte Sokadir. »Erinnert Ihr Euch an die Geschichte über einen Drachen namens Thalanildim? Er, den man auch den Verwüster nannte?«

»Ich erinnere mich an ihn«, sagte Kray.

Aus dem Unterton in der Stimme des Zauberers entnahm Tocht, dass Kray den Drachen tatsächlich gekannt hatte. Das wäre allerdings jedem unmöglich gewesen – außer, vielleicht, Kray.

»Vor mehr als sechzehnhundert Jahren, ehe Shengharck die Bruchschmiedenberge als sein Eigen forderte und ein

Bündnis mit Lord Khadaver einging, hatte Thalanildim dort seine Heimat. Er war grausam und böse, noch schlimmer sogar als Shengharck.«

»Das ist schwer vorstellbar«, sagte Kobner. »Ich habe Shengharck gesehen. Habe zusammen mit diesem kleinen Krieger hier mitgeholfen, ihm den Garaus zu machen.« Er nickte Tocht zu.

Sokadirs violette Augen weiteten sich vor Überraschung. »Du? Bist du ein Zauberer?«

Tocht wusste nicht, wie er darauf antworten sollte.

»Er ist ein Bibliothekar«, half ihm Kray aus. »Aus dem Gewölbe Allen Bekannten Wissens.«

Sokadir lächelte darüber ein wenig. »Dann habt Ihr es errichtet, was?«

»Das haben wir«, erwiderte Kray. »Es gibt dort noch immer eine Menge Arbeit zu erledigen, aber wir haben auf diese Weise viel von dem, was wir gewusst haben, gerettet.«

»Dann kann also ein weiterer Versuch gemacht werden, die Welt zu einem späteren Zeitpunkt zu zerstören«, sagte Sokadir voller Bitterkeit. »Lord Khadaver hat den Kobolden die Angst vor Büchern und Wissen eingepflanzt. Wenn sie Eure teure Bibliothek jemals finden, werden sie sie in Stücke reißen und jedes Buch dort verbrennen.«

Diese Vorhersage ließ eine Woge der Angst durch Tocht strömen. Dies war sein schlimmster Albtraum.

»Thalanildim ist getötet worden«, sagt Kray, »vor vierzehnhundert Jahren. Vierhundert Jahre vor dem Kataklysmus.«

»Ich weiß«, erwiderte Sokadir. »Aber Lord Khadaver ist dort in Traum gewesen, hat an dem rätselhaften magischen Metall mitgearbeitet, aus dem diese Waffen entstanden sind. Er wollte es dazu benutzen, Thalanildim wiederzuerwecken. Als Qardak die Magie der drei Waffen verbunden hat, haben wir damit Lord Khadaver in die Hände gespielt, ohne es zu wissen.« Er hielt inne und blickte Kray an. »Auch Ihr habt das getan. Indem Ihr die Waffen hergebracht habt, habt Ihr es gestattet, dass dieser alte Spruch abermals möglich werden kann. Ihr müsst diese Leute so bald wie möglich hier herausbringen und dürft *niemals* hierher zurückkehren.«

Dies führte zu unmittelbarer Aufregung in den versammelten Reihen der Krieger.

»Ein untoter Drache«, sinnierte Brant. »Die Allianz hatte schon Schwierigkeiten mit Beinbrandern und Loheleyen. Könnt ihr euch vorstellen, was geschehen wäre, wenn Lord Khadaver Erfolg gehabt hätte?«

»Es kommt noch besser«, sagte eine höhnische Stimme. »Ich kann es immer noch geschehen lassen.«

Tocht wandte sich um. Dort, gleich jenseits des Lichtkreises der Lagerfeuer, traten schattenhafte Gestalten aus dem Wald hervor. Ein riesiger Troll hielt einen der Zwergenpiraten im Griff. Während Tocht es beobachtete und Tarlis erkannte, der ihm ein liebenswerter und guter Freund an Bord der *Einäugigen Peggie* gewesen war, brach ihm der Troll das Genick. Gleichgültig warf das Ungeheuer Tarlis' Leiche zur Seite.

Kray sprach raue Worte und riss seinen Stab nach vorn. Ein gezackter grüner Blitz sprang aus dem Stab und traf den Troll, zerriss ihn zu Brocken von verbranntem Fleisch, die in alle Richtungen stoben.

Pfeile flogen in das Lager, bohrten sich in Fleisch und streckten Zwerge nieder, ehe sie sich bewegen konnten, um sich zu verteidigen.

»Verteilt euch!«, knurrte Kobner, der seine Streitaxt

packte und auf die Ansammlung von Schatten zustürmte. »Wir sind leichte Ziele, so wie wir uns hier vor dem Licht abzeichnen!«

Die anderen, diejenigen, die noch lebten und nicht zu schwer verwundet waren, bewegten sich in die Finsternis, um es mit ihrem Feind aufzunehmen. Metall klirrte, als Klinge auf Klinge traf.

Ein großer Mann mit einem hageren, hohlen Gesicht und toten grauen Augen stand einen Moment lang deutlich sichtbar da. Er trug schwarze Roben, die mit noch dunkleren schwarzen Siegeln bedeckt waren und das Licht des Lagerfeuers aufsogen.

Ein Pfeil zischte über Tochts Kopf hinweg und verfehlte ihn nur um wenige Zoll. Wenn er sich nicht bei Kobners geschrienem Befehl geduckt hätte, hätte er seinen Schädel durchschlagen. Entsetzen bebte in ihm. Er blickte sich um und erspähte Kray, der einen grünen Feuerball auf den anderen Zauberer warf.

Der Feuerball rauschte über den Raum zwischen ihnen, dann prallte er gegen einen unsichtbaren Wall, der beim Aufschlag rot glühte. Die grünen Flammen breiteten sich über den Zauberer aus, berührten ihn aber nicht. Innerhalb weniger Sekunden brannten die Bäume überall um ihn herum.

Kobner und Hallekk waren mitten im Geschehen. Als sie es mit ihren Feinden aufnahmen, alles Menschen und Kobolde, erkannte Tocht, dass der Kuss der Rasierklinge dabei war. Im nächsten Augenblick sah Tocht, wie Brant und Ryman Bey gewaltige Schwerthiebe austauschten. Wie immer, wenn er sich inmitten eines Kampfes befand, lächelte Brant vor Freude.

Zu Tochts Linker kämpfte Volsk, ein Zwerg aus der Diebesschar, mit zwei Gegnern vom Kuss der Rasierklinge und hielt nur knapp mit seiner wirbelnden Kriegsaxt die Stellung gegen die zwei Schwerter.

Da er nicht wollte, dass sein Freund den Klingen der Feinde zum Opfer fiel, stürmte Tocht hinzu und trat einem der Diebe vom Kuss der Rasierklinge von hinten ins Knie. Es war eine Bewegung, die Kobner ihm immer wieder gezeigt hatte, unter der Betonung, dass er seine Hüften mit einbringen musste. Erstaunlicherweise knickte das Knie des Diebes ein, aber er war sehr gewandt. Während er hinfiel, drehte er sich und zückte mit der linken Hand ein Messer, mit dem er auf Tochts Kehle zielte.

Der kleine Bibliothekar warf sich zurück, aber er wusste sofort, dass er viel zu langsam war. Er erwartete, den kalten Biss des Messers jeden Augenblick über seiner Kehle zu spüren. Sein Atem gefror ihm im Hals.

Dann eilte Hallekk herbei und wehrte den Hieb mit seiner Axt ab. Er trat vor und ließ seinen großen, mit Schuhnägeln versehenen Stiefel auf den Kopf des Diebes herabkrachen, wodurch dieser bewusstlos oder tot auf dem Boden liegen blieb.

»Zuschlagen und zurück«, sagte Hallekk. »Zuschlagen und zurück. Du bist nur ein kleiner Bursche.« Er packte Tochts Arm und zerrte ihn auf die Füße.

»Danke«, sagte Volsk, der durch eine Maske aus Blut grinste, während er seine Kriegsaxt aus dem Kopf seines zweiten Gegners riss. »Sie hatten mich. Es gab keinen Weg, wie ich da herauskommen konnte.«

Wortlos nickte Tocht. Er fing sich wieder und hielt auf den nächstbesten Baum zu. Er konnte nicht draußen im Offenen kämpfen. Es fehlten ihm die nötige Größe und Stärke. *Und die Fertigkeiten*, rief er sich in Erinnerung. *Trotz Kobners großer Anstrengungen.*

Mit rauem Atem, der heiß und trocken in seinem Hals kratzte, drückte sich Tocht eng an den Baum. Als er herumspähte, sah er zwei Gestalten, die miteinander kämpften. Die Feuer, die in den Baumwipfeln brannten, ließen grelle Schatten auf sie fallen.

In Tochts Magen stieg vor Schuldbewusstein und Angst Übelkeit auf. Seine Freunde befanden sich mitten in einer Schlacht, kämpften um ihr Leben und starben vielleicht, und es gab nichts, was er tun konnte.

Dennoch kam in ihm ein Trotz auf, mit dem er nicht gerechnet hatte. Er bückte sich hinab und hob zwei große Steine auf. Er konnte werfen. Nachdem er sich seine Ziele ausgesucht hatte, warf er mit erstaunlicher Treffsicherheit. Beide Kobolde fielen zu Boden.

Als er aus dem Augenwinkel eine Bewegung wahrnahm, ließ Tocht sich flach auf den Rücken fallen. Eine Axt krachte in den Baum, wo er gerade noch gestanden hatte.

»Du bist schnell, Halbling«, höhnte der Kobold. Er stellte einen großen Fuß an den Baum und versuchte, die Axt loszureißen. »Aber du wirst nicht mehr so schnell sein, wenn ich dir die Beine abhacke.«

Tocht wand sich und packte eine Handvoll Dreck. Ohne mehr zu denken als *Ichwillnichtsterbenichwillnichtsterben!*, warf er dem Kobold den Dreck ins Gesicht. Der Dreck ging ihm in die Augen, die Nase und den offenen Mund. Er wusste nicht, ob er sich die Augen reiben, niesen oder spucken sollte.

Tocht packte das Bein des Kobolds und biss seinen Gegner, so fest er konnte, in der Hoffnung, dass er nicht mit einem Brocken Koboldfleisch im Mund enden würde, da ihm davon schlecht geworden wäre.

Der Kobold heulte laut auf und fing an, auf seinem heilen

Fuß auf und ab zu hüpfen, während er versuchte, Tocht von seinem anderen Bein abzuschütteln. Der kleine Bibliothekar nutzte diesen Augenblick, um dem Gegner das andere Bein wegzutreten. Als er nach hinten fiel, stieß der Kobold mit dem Kopf gegen den Baum. Er versuchte, sich wieder aufzurichten, benahm sich aber, als wäre er nicht im vollen Besitz seiner Sinneskräfte.

Tocht kroch dem Kobold auf die Brust. Noch während der Kobold nach ihm griff, packte der kleine Bibliothekar den Gegner an den übergroßen Ohren und benutzte sie als Griffe, um den Kopf des Kobolds noch einmal gegen den Baum zu schlagen und noch einmal und noch einmal und –

»Ich glaube, er ist tot«, sagte eine ruhige Stimme.

Noch immer voller Panik, schaffte Tocht es kaum, damit aufzuhören, den Kopf des Kobolds gegen den Baum zu schlagen. Selbst die Rinde war zerschlagen und abgerissen. Er blickte in Richtung der Stimme und sah Zank dort mit dem Rücken zu einem Baum in der Nähe stehen.

»Man weiß es nie«, sagte Tocht. »Die Dinger können ganz schön listenreich sein.«

Zank warf einen Blick auf den bewegungslosen Kobold. »Bei dem da kannst du es mir glauben.«

Tocht kämpfte sich mit zitternden Beine hoch. Er keuchte und versuchte, wieder zu Atem zu kommen.

»Gewinnen wir?«, fragte Tocht.

Zank schüttelte den Kopf. »Ich weiß es nicht.« Sie zeigte ihm einen langen Schnitt auf ihrem linken Arm. Überall rann Blut herab. »Ich brauche Hilfe, um das zu stoppen.«

Einen Moment lang war Tocht wie gelähmt. Da war zu viel Blut. Der Schnitt war tief. *Ich bin ein Bibliothekar. Kein Arzt.*

»Tocht«, sagte sie. »Bitte.«

Flink verband er ihren verletzten Arm und drückte das Fleisch so gut zusammen, wie es ihm gelingen wollte.

Sie verbiss sich einen Schmerzensschrei und sank am Baum in sich zusammen. Einen Moment lang dachte er, sie wäre ohnmächtig geworden. Er arbeitete, so schnell er konnte, um den behelfsmäßigen Verband an Ort und Stelle zu bekommen.

Dann bemerkte er den Schatten, der über ihn fiel und das Mondlicht aussperrte, das durch eine lichte Stelle im Blätterdach strömte.

»Gib acht!«, sagte Zank und kämpfte darum, ihr Schwert zu heben.

Tocht duckte sich seitlich weg, aber er konnte dem Rückhandschlag des Trolls nicht ausweichen, der seinen Kopf zur Seite fliegen ließ. Seine Sinne taumelten, als er ins Unterholz flog. Das war vermutlich das, was ihm das Leben rettete, denn der Troll schwang einen Dreizack nach ihm und versuchte, ihn aufzuspießen. Verzweifelt rollte sich Tocht ins Gebüsch, um nicht durchbohrt zu werden.

»Vergiss den Halbling«, befahl eine Männerstimme. »Hol das Mädchen.«

»Ja, Meister Broghan.« Der Troll griff nach Zank. Sie versuchte, sich zu verteidigen, aber sie war vom Blutverlust geschwächt und konnte Meeresgischt kaum heben.

Der Troll schlug das Schwert zur Seite und schloss eine Hand um ihren Kopf.

»Töte sie nicht.« Der schwarz gekleidete Zauberer trat aus den Schatten. »Bring sie und das Schwert mit. Wir können immer eine Geisel gebrauchen.«

Tochts Gedanken rasten. Wenn der Zauberer hier war, wo war dann Kray? War ihm etwas zugestoßen? Er wollte das nicht glauben. Der Gedanke machte ihm Angst und schmerzte ihn auf eine Art und Weise, die er nicht erwartet hatte. Er konnte sich eine Welt ohne Kray darin nicht vorstellen.

Der Troll hob Zank auf und warf sie sich über die Schulter. Dann nahm er Meeresgischt an sich.

»Komm schon«, sagte Kulik Broghan. »Mit all den Waffen so nahe an Thalanildim könnte es uns noch immer gelingen, den Bannspruch auszulösen, den Lord Khadaver in das Vidrenium gewirkt hat.«

Nein!

Der Troll blickte sich auf eine Art um, die Tocht wissen ließ, dass er seine Verneinung womöglich laut ausgesprochen hatte. Dann trabte er hinter dem Zauberer her und ging tiefer in den Wald hinein.

Tocht blickte sich verzweifelt um. Schattenhafte Gestalten kämpften noch immer in der Nähe der brennenden Bäume, und er konnte die Geräusche von anderen ganz in der Nähe hören.

»Hilfe!«, rief er. »Kobner!«

»Tocht!«, brüllte Kobner zurück. »Tocht! Halte aus! Ich finde dich!«

Aber als Tocht sah, wie der Troll in den Schatten verschwand, wusste er, dass er nicht zulassen konnte, dass sie Zank mitnahmen, ohne irgendetwas zu tun. Er richtete sich auf und stürzte hinter dem Troll und dem Zauberer her, während sein Kopf sich drehte.

»Tocht!«, rief Kobner. Ein Geräusch von zusammenprallenden Körpern erklang hinter ihm.

»Sie haben Zank«, rief Tocht. »Sie haben ihr Schwert. Sie werden versuchen, Thalanildim zu erwecken!«

»Wo?«

»Ich weiß es nicht. Aber es muss in der Nähe sein.«

Ein Pferd wieherte tiefer im Wald. Plötzlich voller Angst,

dass der Zauberer und der Troll ihm entwischen und verschwinden würden, wurde Tocht schneller, rannte, so schnell und so verstohlen er konnte. Im wabernden Nebel, der durch den Reißzahn-Schattenwald glitt und wirbelte, konnte er den Troll kaum im Auge behalten. Jedes Mal, wenn ihm Äste übers Gesicht strichen, erinnerte er sich wieder an die Spinnennetze.

Nur ein kleines Stück den Hügel hinauf hatten der Kuss der Rasierklinge und die Kobolde einige Pferde stehen lassen. Zu diesem Zeitpunkt hatten sich drei weitere Männer, darunter auch Ryman Bey und Gujhar, Kulik Broghan angeschlossen.

Tocht konnte nicht verhindern, dass er sich fragte, wie viele seiner Freunde inzwischen tot oder schwer verwundet waren. Er wusste nicht einmal, ob Zank noch lebte.

Dies war alles eine Falle, erkannte er verbittert. *In Kulik Broghans Festung einzudringen ist viel zu einfach gewesen. Sie haben damit gerechnet, dass wir das tun*. Er wollte nach Kray, Kobner oder Hallekk rufen, nach jemandem, der größer und stärker war, der Zank retten und Kulik Broghan davon abhalten konnte, Thalanildim wiederzuerwecken.

»Steigt auf«, befahl Kulik Broghan. »Wenn wir Thalanildim zum Teil wiedererwecken können, wird das das Schicksal sehr zu unseren Gunsten verschieben.«

Zu diesem Zeitpunkt war Tocht nahe genug, um die Schatten zu sehen, die sich zwischen den Bäumen bewegten. Die Pferde stapften auf dem Boden, und ihre Hufschläge klangen hohl. Der scharfe Schweißgeruch, der von ihnen heranwehte, kitzelte in Tochts Nase.

Er hielt am Rande der Lichtung an, auf der die Pferde festgebunden waren, und ließ sich fallen, um sich im Gestrüpp zu verstecken. Die Kampfgeräusche kamen langsam näher.

»Sie kämpfen sich hierher durch«, sagte Ryman Bey. »Seid Ihr sicher, dass Ihr den Zauberer getötet habt?«

»Er ist so gut wie tot, wenn er nicht schon gestorben ist«, erklärte Kulik Broghan. »Ich habe unter Lord Khadaver gelernt. Er hat mir viel über Kray beigebracht. Lord Khadaver hat ihn auf besondere Weise gehasst.«

Kray! Tocht schirmte sich vor der Sintflut von Trauer ab, die ihn sogleich erfüllte.

»Gib mir das Schwert.«

Der Troll händigte Kulik Broghan das Schwert aus. Funken sprangen von der Waffe, als der Zauberer sie berührte, und die Klinge erglühte in hellem Blau. Fluchend steckte er die Waffe unter seine Robe, um sie zu verbergen. Er trat mit den Fersen in die Flanken des Pferdes und galoppierte einen Hang in Richtung der Düstersümpfe hinab.

Ryman Bey nahm Zank, warf sie vor sich über den Sattel, dann drängte auch er sein Pferd voran.

Insgesamt ritten zwanzig Reiter von der Lichtung weg. Mehr als doppelt so viele Pferde blieben zurück, bis die Kobolde und die Diebe vom Kuss der Rasierklinge die Tiere forttrieben. Vier Reiter donnerten auf die schmale Lücke zwischen den Bäumen zu.

Da er wusste, dass er Zank womöglich verlieren würde, rannte Tocht – er konnte gar nicht anders. Er flitzte durch den Wald auf die Lücke zu, in der Hoffnung, den Pferden den Weg abzuschneiden. *Du bist nicht Taurak Bleiyz,* rief er sich in Erinnerung. *Sie brauchen dich nicht! Auf dich kann man verzichten!*

Aber er rannte trotzdem.

Selbst so flink zu Fuß, wie er es war, verpasste Tocht die Pferde. Das letzte rannte an ihm vorbei, als er gerade an der Lücke ankam. Aber ehe ihm bewusst wurde, was er tat, sprang er vor und griff nach dem Schwanz des Pferdes und schrie dabei laut auf. Er verknotete seine Finger in dem rauen Haar und hoffte, dass ihm die Arme nicht aus den Gelenken gerissen werden würden.

Er fiel hin, als die Geschwindigkeit des Pferdes ihn nach vorne riss, und wurde auf die blitzenden Hinterhufe des Pferdes zu gezogen. Mit einem gewaltigen Schrammen wurde er gegen die Pferdebeine geschleudert, was das Pferd ins Stolpern brachte und beinahe stürzen ließ.

Der Kobold wurde aus dem Sattel geworfen und traf mit einem fleischigen Krachen auf einen Baum, wo er mit gebrochenen Knochen und zerfetztem Fleisch zurückblieb. Das Pferd warf sich einmal herum, aber Tocht hielt sich fest und wagte es nicht, seinen Griff zu lockern.

Taumelnd, aber erschrocken, richtete sich das Pferd wieder auf. Taumelnd, aber erschrocken, tat Tocht es ihm nach. Er rannte zwei Schritte vor und warf sich in den Sattel, als das Pferd abermals vorwärtsgaloppierte. Im Sattel hielt er sich unten und klammerte sich am Knauf fest. Er wurde gefährlich herumgeschleudert, da er mit keinem seiner Füße die Steigbügel erreichen konnte. Trotzdem war es besser, als auf dem blanken Pferderücken zu reiten. Und mit seinem leichten Gewicht, das anstelle eines viel schwereren Kobolds auf dem Rücken des Tieres lag, lief das Pferd mit voller Geschwindigkeit und deutlich wendiger.

Tatsächlich rannte das Pferd zu schnell. Innerhalb kürzester Zeit holte es einen Dieb vom Kuss der Rasierklinge ein, der tief über seinen eigenen Sattel gebeugt ritt. Als er Tocht sah, füllte Erstaunen das Gesicht des Mannes. Er zog das Schwert, richtete sich auf und fiel einen Moment lang zurück; dann war er mit aller Macht wieder da und drängte sein Reittier zu noch größerer Geschwindigkeit.

Als er einen tief hängenden Ast weiter vorne erblickte, zügelte Tocht sein Pferd und lenkte es nach rechts. Der Dieb folgte ihm sofort, erhob sich sogar in den Steigbügeln, um auszuholen. In diesem Augenblick rannten jedoch beide Pferde unter dem tief hängenden Ast hindurch. Der Ast holte den Dieb mit einem lauten Knacken aus dem Sattel.

Tocht ritt weiter. Nebelschwaden trieben über den schmalen Weg, den die Pferde entlangrasten. Als er den nächsten Reiter, einen Kobold, einholte, zog Tocht das kleine Messer vom Gürtel, das Kobner ihm gegeben hatte.

Der Kobold blickte über die Schulter, verzog das Gesicht und holte mit seiner Keule aus, um zuzuschlagen.

Tocht duckte sich und schlug die Fersen in die Flanken seines Tieres. Der Kobold schwang seine Keule, aber sie pfiff lediglich über Tochts Kopf hinweg. Der kleine Bibliothekar streckte sich und schnitt den Haltegurt des Sattels durch, woraufhin der Kobold sofort abgeworfen wurde.

Als das Pferd um die nächste Biegung galoppierte und den steileren Hang in Angriff nahm, erhaschte Tocht einen Blick auf die Düstersümpfe. Die schwarze Oberfläche lag ruhig und entmutigend vor ihm.

Kapitel 15

Lord Khadavers Grimm

Der Tod lauerte draußen in den Düstersümpfen, das wusste Tocht: Krokodile und Giftschlangen und große Schnappschildkröten. Außerdem gab es dort Dryaden und Todesfeen in den Zypressen, die sich im Mittelpunkt der Sümpfe aneinanderdrängten.

Drei Anleger liefen aufs Wasser hinaus, der Beweis, dass einige – ob es nun Elfen oder Menschen aus Flautenzipfel oder Deldalsmühlen waren – dort fischten oder jagten.

Kulik Broghan und Ryman Bey hielten auf den mittleren Anleger zu.

Tocht wandte sich um und blickte auf den Weg zurück, den er genommen hatte, in der verzweifelten Hoffnung, dass die Rettung gleich hinter ihm kam. Stattdessen war dort keiner. Er versuchte, das Pferd zu zügeln, aber das reine Entsetzen hatte es im Griff, und es wollte sich den anderen Tieren anschließen.

»Seht!«, brüllte einer der Diebe vom Kuss der Rasierklinge. »Da ist der Halbling!«

Zwei von ihnen nahmen Bogen und legten Pfeile an die Sehnen. Zwei andere ritten los, um ihn abzufangen.

Da ihm die Kraft fehlte, den Kopf des furchtsamen Pferdes herumzureißen, ließ Tocht seinen Fuß zum rechten Steigbügel hinübergleiten und ließ sich fallen, als einer der Pfeile über seine Schulter zischte und der andere den Sattelknauf nur einen knappen Zoll von seiner Hand entfernt traf. Er löste die Hand vom Knauf, als er schon beinahe bei den anderen Pferden angekommen war.

So geschickt, wie er nur konnte, traf Tocht auf dem Boden auf und rollte sich ab, in der Hoffnung, einen Teil der Hauptlast seiner Landung abzufangen und außerdem als Ziel in Bewegung zu bleiben. Die Luft rauschte aus seiner Lunge, als er auftraf, und er verlor vollkommen die Kontrolle über sich, rutschte auf dem rauen Boden entlang, büßte dabei Haut ein und holte sich blaue Flecken.

Zum Glück kam er in einem Gestrüpp zum Liegen. Dabei fing er sich zwar auch hunderte von Kratzern ein, aber er konnte sich beinahe sofort verstecken. Er widerstand dem Drang, still liegen zu bleiben, bis er sicher war, dass er noch ganz war, sondern kroch durch das Gestrüpp und versuchte, keine Spur und nichts, was sich bewegte, zu hinterlassen.

»Ich weiß nicht, was du dir hier zu tun erhoffst, Halbling«, sagte Kulik Broghan. »Du hast keine Magie, und du hast keine Fähigkeiten mit dem Schwert, die sich mit den bewaffneten Menschen und Kobolden hier bei mir messen könnten.«

Tocht gab keine Antwort. Er war entsetzt und wusste auch gar nicht, was er tun sollte. Aber es war ihm nicht möglich gewesen, Zank allein ihrem Schicksal zu überlassen. Er fand einen sicheren Platz am Wasser unter einem Dickicht aus kleinen Zypressen und stand bis zu den Knien im Sumpf, in der Hoffnung, dass keine Krokodile oder Schlangen in der Nähe waren.

»Du hast Knochenschnitter und Meeresgischt gefunden, wo wir versagt haben«, höhnte Kulik Broghan, während er vom Pferd stieg und mit dem Schwert in der Hand zum Ende des Anlegers ging. »Also ist es deine Klugheit, der wir dafür danken müssen.«

Erwähne bloß das nicht, dachte Tocht. *Niemals!*

»Wir haben diese Gebiete jahrelang abgesucht. Ich stelle mir gerne vor, dass wir sie früher oder später auch selbst gefunden hätten.«

Tocht ging in Deckung und bereitete sich auf einen Sprung vor. »Weshalb wollt Ihr Lord Khadavers Grimm jetzt freisetzen?« Er bewegte sich rasch sechs Fuß von dem Platz fort, an dem er gestanden hatte, und horchte, als die Pfeile dort durch das Unterholz schlugen, wo er gewesen war.

»Lebst du noch?«, fragte Kulik Broghan.

Tocht antwortete nicht, weil er Besseres zu tun hatte, als den Schützen noch einmal ein leichtes Ziel zu verschaffen.

»Wenn wir ihn erwischt hätten«, meinte einer der Bogenschützen, der außen am Gestrüpp vorbeiging, das den Sumpf umgab, »hätten wir gehört, wie er da drinnen um sich schlägt.«

»Wenn du ihn nicht ins Herz getroffen und auf der Stelle getötet hast«, sagte der zweite Schütze. Er umkreiste die Büsche in der anderen Richtung.

»Wir hatten die beiden Waffen«, sagte Kulik Broghan, während er Meeresgischt in den Sumpf hinaushielt, »aber wir konnten Sokadir nicht aufspüren, wie Kray es geschafft hat. Genauso wenig hätten wir Sokadir zu uns herauslocken können, wie Kray es getan hat. Wir haben gewusst, dass er Kray genug Vertrauen entgegenbringen würde, um hervorzukommen. Alles, was wir tun mussten, war, lange genug versteckt zu bleiben, damit das Treffen auch stattfand. Dann konnten wir unseren Schlag ausführen. Wie wir es auch getan haben.«

Tocht kniete im Wasser und spürte, wie eine Schlange neben seinem Bein durch den Sumpf glitt.

»Und der Grund, weshalb ich es tue«, fuhr der Zauberer fort, »ist folgender: Ich will die Kobolde abermals vereinen. Nachdem er Traum zum ersten Mal auf seiner Suche nach dem Vidrenium zerstört hatte, hat Lord Khadaver erst nach der Schlacht an der Todesfestung erfahren, dass Oskarr in den Besitz des verzauberten Erzes gelangt ist. Als er die Waffen gesehen hat, die dort eingesetzt wurden, wusste er, was sich ereignet hatte. Also hat er einen Verräter eingeschleust, der dort gegen die Verteidiger gearbeitet hat, sie alle krank hat werden lassen, so dass die Hoffnung bestand, die Waffen würden ihm zufallen. Wir haben Meeresgischt bekommen, aber Knochenschnitter und Todeshauch sind uns entgangen.«

Hinter Kulik Broghan versuchte sich Zank aufzurichten. Im bleichen Mondlicht sah Tocht, dass sich der Verband, den er ihr um den Arm gelegt hatte, mit Blut vollgesogen hatte. Er fühlte sich zerrissen, als er sie beobachtete, spürte den Drang, etwas zu tun, sah aber keinen klaren Weg, irgendetwas zu unternehmen.

»Jetzt«, sagte der Zauberer, »haben wir wieder alles in unserer Hand.« Er rief mächtige, schreckliche Worte.

Inmitten des Sumpfes kam es zu einem wilden Geblubber, und die Luft wurde von einem schwefligen Gestank durchdrungen, der über dem gewöhnlichen fauligen Dunst des Moores brodelte. Kulik Broghan sprach monoton weiter, und *etwas* erhob sich aus der Mitte der Düstersümpfe.

Tocht dachte noch einmal über alle Hinweise nach, die er zu Thalanildim gelesen hatte. Als er nach seinem Abenteuer mit Shengharck ins Gewölbe Allen Bekannten Wissens zurückgekehrt war, hatte Tocht eine Menge über Drachen gelesen. Über Thalanildim war viel geschrieben worden, aber er hatte niemals erfahren, wo die letzte Schlacht des großen Drachen stattgefunden hatte. Genauso wenig hatte er herausbekommen, was Thalanildim schließlich vernichtet hatte.

Aber nun zerrten sich die Überreste des großen Drachen selbst aus dem Schlamm und Morast nach oben. Tocht zweifelte nicht daran, dass das, was er sah, ein Drache war – und es war der größte Drache, den er je gesehen hatte. Es war auch der furchterregendste. Shengharck war von der Schnauze bis zum Schwanz mehr als hundert Fuß lang gewesen, aber Thalanildim war doppelt so groß.

Der tote Drache stand auf den Hinterbeinen und ragte über den höchsten Bäumen des Sumpfes auf. Schlamm und abgestorbene Pflanzen hingen an seinem Körper, der missgestaltet und zum Großteil nur noch ein Skelett war. Wasser und Morast tropften durch die Löcher in dem Geschöpf, wo Fleisch und Drachenschuppen fehlten. Lebend war Thalanildim wunderschön gewesen. Seine Schuppen hatten die Farbe eines Hermelinpelzes mit einer bronzenen Unterseite gehabt, seine Klauen waren mit Gold bestückt gewesen. Nun war er schlammbraun und schwarz, als wäre er von einem schrecklichen Feuer versengt worden.

Thalanildim hielt die Fledermausflügel um sich herum geschlossen, aber Tocht sah dennoch etliche Löcher, als hätten ihn Ratten angenagt, während er im Todesschlaf gelegen hatte. Sein Kopf war wie eine Spitzhacke geformt: die Kiefer als das schmale Ende und dann der Kopf, der von abgebrochenen Hörnern gekrönt war.

»Wer bist du, der du Thalanildim rufst?«, verlangte der Drache mit einer kalten, leeren Stimme zu wissen. Das Mondlicht enthüllte leere Höhlen, wo die Augen gewesen waren.

»Ich bin Kulik Broghan, ein Zauberer.« Der Mann stand am Ende des Anlegers und hielt Meeresgischt in seinem funkenschlagenden Griff. Die Funken spiegelten sich auf dem dunklen, aufgewühlten Wasser.

»Du hast nicht das Recht, mich zu stören.« Der Drache beäugte ihn mit seinem hohlen Blick.

Ryman Bey, der Gildenmeister vom Kuss der Rasierklinge, trat zurück.

»Ich komme mit einem Geschenk.« Kulik Broghan hielt das Schwert hoch, von dem immer noch Funken regneten.

»Was für ein Geschenk?«

»Würdest du«, fragte der Zauberer, »wieder leben wollen? Um Vergeltung an den Menschen, Zwergen und Elfen zu üben, wie du es einst getan hast?«

»Meine Zeit ist vorüber. Ich bin getötet worden. Von einem Menschen.« Der Drache legte den Kopf schief. »Auch er ist ein Zauberer gewesen. Sein Name war Kray.«

Vierzehnhundert Jahre alt, dachte Tocht voller Unglauben. *Wie hat ein Mensch, selbst ein Zauberer, so lange leben können?*

»Kray«, erklärte Kulik Broghan, »lebt noch immer. Er ist hier an diesem Ort.«

Der Drache öffnete die Flügel. Er rollte eine Klaue am Ende seines Vorderbeins ein. »Ich will meine Rache haben, Mensch, ganz gleich, was der Preis ist.«

»Dann willige ein, dich von mir binden zu lassen und mir zu dienen«, sagte Kulik Broghan, »und ich kann dir deine Rache geben.«

Mit einer Verbeugung sprach der Drache: »Ich unterwerfe mich, mein Dienstherr, und erkenne deine unumschränkte Herrschaft über mich an.« Dann richtete er sich auf und stand riesig und herrlich da. »Nun gib mir, wonach es mich verlangt.«

Entsetzt beobachtete Tocht, wie Kulik Broghan weitere

Worte sprach und Meeresgischt in seinem Griff – *verformte*. Metall kreischte, als er es aus der Gestalt riss, in die Meister Oskarr es vor tausend Jahre in seiner Schmiede auf den Aschwolkeninseln gehämmert hatte. Der Griff fiel in sich zusammen, faltete sich und verbog sich, und die Klinge wurde länger und wickelte sich um sich selbst.

»Nein!«, schrie Zank auf und schob sich schwach nach vorne. »Nicht! Bitte!«

Aber Kulik Broghan hielt in seiner grausamen Tätigkeit nicht inne. Nur wenig später war Meeresgischt zu einer metallenen Kugel zusammengedrückt worden.

»Hier«, rief er voller Stolz auf das, was er getan hatte. »Dies ist nur ein Teil dessen, was geschaffen wurde, um dir neues Leben zu bringen, aber es wird für den Augenblick reichen. Es gibt zwei weitere Teile. Du wirst sie dir holen müssen.« Er hielt die Metallkugel hoch.

Thalanildim stolperte durch den Sumpf vorwärts, ließ Wellen aus schlammigem Wasser und Morast aufwallen. Der untote Drache beugte sich herab, um die Metallkugel zu nehmen.

»Mein eigenes Drachenherz ist zerstört worden«, sagte das furchterregende Geschöpf. »Kray hat dafür gesorgt, dass es zu Einzelteilen zerschmettert wurde und nie wieder zusammengefügt werden kann.«

»Dann solltest du *ihn* zerschmettern«, erklärte Kulik Broghan lächelnd.

»Ja«, sagte Thalanildim, der die Metallkugel in die Mitte seiner hohlen Brust einfügte. Dunkles, violettes Licht erfüllte plötzlich den Körper des untoten Drachen. Einige der abgestorbenen Schuppen legten sich von neuem an ihren ursprünglichen Platz und sahen beinahe wieder unzerstörbar aus, aber es gab noch immer viele klaffende Löcher.

»*Jaaaaaa!*«, schrie der Drache voller Freude. Er ballte seine vorderen Klauen zu Fäusten. »Dieses Gefühl habe ich vermisst! Jahrelang habe ich auf dem Grund dieses Sumpfes gelegen, konnte mich nicht mehr bewegen, konnte mich nicht mehr an der Wildheit der Jagd erfreuen! Nun … nun bin ich erneuert!«

Die Diebe vom Kuss der Rasierklinge und die Kobolde zogen sich vor dem untoten Ding zurück.

Thalanildim öffnete sein Maul und brüllte, und der Reißzahn-Schattenwald zitterte vor Angst vor dem furchterregenden Geräusch.

»Nein!«, schrie Zank, schob sich an Kulik Broghan vorbei und hielt auf den Drachen zu. »Dieses Schwert wird mir gehören!«

Als er auf den Ball blickte, der mittels Magie in der Brust des Drachen befestigt war, nahm Tocht an, dass nicht einmal Meister Oskarr (wäre er noch am Leben gewesen) dem Schwert seine ursprüngliche Gestalt hätte zurückgeben können. Aber als Zank sich danach ausstreckte, bebte die Metallkugel und versuchte, sich von der rätselhaften Kraft loszureißen, die sie festhielt.

Thalanildim schwang seinen Kopf herum und funkelte Zank an. »Närrischer Mensch«, fauchte er und hob einen seiner klauenbewehrten Füße, um ihn auf das Mädchen herabkrachen zu lassen.

Zank wich zur Seite aus, sprang in den Sumpf, als der riesige Fuß herabfiel. Kulik Broghan trat zurück und entging gerade noch den Klauen, die durch den Anleger krachten und dessen Ende in eine Ansammlung zerbrochener Planken verwandelten.

Dann zerbarst ein leuchtender grüner Lichtblitz an der Brust des Drachen und warf ihn zurück.

Als er nach links blickte, sah Tocht Kray, Brant und Hallekk auf Pferden heranreiten, und die anderen folgten ihnen. Offenbar war es ihnen gelungen, einige der versprengten Pferde einzusammeln und unter ihre Kontrolle zu bringen.

Dann erschuf Kulik Broghan eine Mauer aus unsichtbarer Kraft, die sich über die drei vorderen Pferde stülpte und Kray und die anderen von ihren Reittieren stürzen ließ. Die Pferde weiter hinten setzten über die gefallenen Tiere hinweg und stürmten weiter.

Tocht sah dorthin, wo Zank unter das schwarze Wasser gesunken war, und konnte sie nicht entdecken. Er musste sich die Frage stellen, ob das Aufstampfen des Drachen sie verwundet hatte. Ehe er sich's versah, bewegte er sich schon und rannte flink durch den Sumpf. Zum Glück kam ihm sein halblingseigener Gleichgewichtssinn zugute, als er über den rutschigen, weichen Boden stürmte. Als ein Baumstamm vor ihm seine Augen öffnete und dann sein großes, klaffendes Maul aufmachte, sprang er darüber hinweg und entkam nur knapp den zuschnappenden Krokodilszähnen.

Er landete auf der anderen Seite, bewegte sich, so schnell er konnte, und sein Herz hämmerte in seiner Brust und in seinen Ohren. Er dachte ausschließlich an Zank, da er nicht wusste, wie viele seiner Freunde schon tot waren, wusste aber allzu gut, dass Kobner verdächtigerweise fehlte.

»Kray!«, schrie der Drache.

Tocht war sich nicht sicher, ob das untote Wesen Kray selbst oder die Kräfte des Zauberers erkannte. Er sprang abermals, diesmal über die zersplitterten Überreste des Anlegers. Ein Schatten glitt über seinen Kopf, und er sah auf, um einen riesigen Fuß zu erblicken, der sich auf ihn herabsenkte. Er warf sich wieder nach vorn, versuchte auszuweichen, obwohl er wusste, dass er seine Richtung im rutschigen Schlamm nicht so schnell ändern konnte, wie es nötig gewesen wäre.

Ich werde sterben! Man wird mich noch flacher zusammendrücken als ein Pergamentblatt! Ich hoffe, dass es nicht –

Dann sprang Zank aus dem Wasser, stürzte sich geradewegs auf ihn und schlang ihm den unverletzten Arm um Kopf und Schultern. Zusammen platschten sie ins Wasser, und der Fuß ging nur um wenige Zoll fehl, anstatt sie zu zerschmettern.

Zank packte Tocht an der Vorderseite seines Hemdes und zog ihn aus dem Sumpf. »Steh auf!«, brüllte sie. »Wir müssen mein Schwert holen!«

Wir?, dachte Tocht und beobachtete, wie sie dem Drachen nachjagte, der mit Schritten zum Ufer marschierte, unter denen die Erde erbebte und das Wasser zitterte. *Wir sind keine Drachentöter. Nun ja, da hat es diesen einen gegeben, aber das war –*

Dann schoss ein weiterer Lichtblitz aus Krays Stab hervor und ließ Thalanildim zurückstolpern. Der untote Drache wurde nach hinten geschleudert und fiel auf dem Rücken in den Sumpf.

»Tocht! Komm schon!« Zank konnte sich an der Seite des Drachen festhalten, wo die Knochen freilagen, und fand dort leicht Halt für Hände und Füße, während sie sich an dem Wesen nach oben hangelte.

Nein!, dachte Tocht, der sich zusammenkauerte, wo er stand.

Am Ufer kämpfte Kray gegen Kulik Broghan, der nach dem Drachen rief. Geheimnisvolle grüne und violette Bolzen schossen zwischen den Zauberern hin und her, rissen die Schatten mit sich fort und knisterten auf den Schilden, die sie beide vor sich hielten.

Sokadir und sein Bär wüteten unter den Kobolden. Der Elfenhüter ritt auf dem Bären und schoss mit Todeshauch, zerriss Kobolde und Diebe, wo er sie traf.

»Tocht!« Zank war in der Mitte der Brust des Drachen angelangt und zog heftig an der Metallkugel, die einst Meeresgischt gewesen war und nun dem Drachen sein Unleben verlieh. »Hilf mir! Mein Arm ist zu schwach, ich kann nicht richtig zupacken! Wir können das schaffen!«

Gelähmt, da er ganz gewiss nicht noch näher an den Drachen herangehen wollte, beobachtete Tocht, wie sie an der Metallkugel zerrte.

»Tocht, *bitte*!«

Mit einem Seufzen und dem sicheren Gefühl, dass er wohl auf sein Verhängnis zurannte, lief er an die Seite des Drachen, packte eine Rippe und kletterte hoch. Er schloss sich Zank auf der Brust an, dann packte er zögerlich die Metallkugel. Als Macht durch seine Arme bebte, ließ er sie sofort wieder los.

»Es wird dir nicht wehtun«, versicherte ihm Zank. »Pack mit mir an.« Sie lockerte ihren Griff nicht und machte ihm damit Hoffnung.

Tocht kniete sich hin und klammerte sich an die Metallkugel, zwang sich dieses Mal dazu, sie festzuhalten. Widerwillig bewegte sich die Metallkugel und wurde beinahe herausgelöst.

Dann richtete sich Thalanildim auf und brüllte abermals. Tocht und Zank hielten sich fest.

»In seine Brust hinein«, sagte Zank, duckte sich in die Aushöhlung und stellte sich auf einen Knochen.

»Ich werde euch töten«, drohte der Drache, als er auf die Beine kam. Er versuchte, nach ihnen zu greifen, aber Kray traf ihn abermals mit einem Lichtblitz, brachte ihn erneut zum Stolpern und warf ihn beinahe um. Als er sich erholt hatte, breitete der Drache die Flügel aus und stieß sich in die Luft ab.

Tocht blickte aus dem Brustkorb heraus und sah, wie der Boden unter ihnen wegfiel, während Kray einen weiteren Lichtblitz warf, der danebenging. Kulik Broghan lag auf dem Boden, eine schwelende Masse am Rande des Sumpfes.

»Er f-f-f-fliegt!«, gellte Tocht. Er konnte es nicht glauben. Er wandte sich an Zank. »Er k-k-kann nicht f-f-f-fliegen! Seine F-f-flügel sind v-v-voller L-l-l-löcher!«

»Mir hat man immer erzählt, dass Drachen genauso sehr aufgrund ihrer Magie fliegen, wie wegen der heißen Gase in ihrem Inneren«, sagte Zank, als sie den Metallball noch einmal fester packte. »Ich nehme an, das beweist vielleicht, dass an der Theorie mit der Magie mehr dran ist.«

Obwohl er weit über der Erde hing, fasste Tocht den Entschluss, dass dieses Thema gründlich untersucht werden musste. Falls er überlebte.

»Aber er wird nicht mehr leben, wenn wir Meeresgischt aus ihm herauslösen«, sagte Zank.

»Das stimmt«, murmelte Tocht, »aber dann könnte er auch nicht mehr fliegen. Willst du hinunterfallen?«

Ohne Vorwarnung erblühte ein Feuer im Bauch des Drachen, ein riesiger Schmelzofen, der ins Leben gerufen wurde. Die Hitze war beinahe heiß genug, dass sie Brandblasen bekamen.

Tocht blickte auf den Boden, der sich plötzlich verlagerte, als der Drache krängte und senkrecht segelte. Wenn er nicht so schnell gewesen wäre, hätte er keine Rippe gepackt und könnte sich nun nicht daran festhalten, um nicht nach unten zu fallen.

Zank hielt sich mit ihrem unverletzten Arm an einem Knochen fest. »Hol Meeresgischt«, sagte sie.

Alles, was Tocht tun konnte, war, seine Stellung zu halten. Das Feuer im Bauch des Drachen kochte hoch, brach aus seinem Rachen hervor und regnete auf Kray hinab, der seinen Stab hochhielt und einen unsichtbaren, kuppelartigen Wall errichtete, der die Flammen und den Großteil der Hitze abhielt.

Sokadir schoss mit Todeshauch, und die rubinroten Pfeile trafen den Drachen dreimal in rascher Folge, schlugen in der Brust zweimal nahe bei Tocht ein und zerfetzten einen der Flügel. In den Schuppen des Drachen zischten feurige Löcher. Mit gepeinigtem Brüllen rollte sich Thalanildim auf die Seite.

Kray griff abermals mit einem Lichtblitz an, als der Drache niedriger flog. Offenbar gab dieser nicht darauf acht, wen er traf, denn Thalanildim spie wieder Feuer und kochte dadurch drei Kobolde, die sich im Sumpf versteckt hatten, wobei das Wasser zu Dampfwolken aufquoll.

Weitere magische Geschosse von Todeshauch hämmerten auf den Drachen ein, ließen ihn beben, schienen ihm aber nicht viel Schaden zuzufügen. Als Thalanildim sich wieder um die eigene Achse drehte, erwischte er Zank, die nach der Metallkugel griff. Da sie ihren Halt verlor, taumelte sie aus dem Brustkorb und fiel, ehe Tocht ihr helfen konnte.

»Hol Meeresgischt!«, brüllte sie. Dann stürzte sie in das schwarze Wasser.

Tocht wusste, dass der Fall sie vielleicht beim Aufprall

getötet hatte, und das erhöhte nur noch seine Angst. Aber er wusste, dass er keine Wahl hatte. Entweder würde Thalanildim seine Freunde töten, oder er würde sterben und Tocht dadurch ebenfalls abstürzen lassen. Grimmig packte er die Metallkugel. Er schlang beide Arme darum, stemmte seine Füße gegen eine der Rippen und zog.

Thalanildim brüllte vor Schmerz und flog nur noch schwankend. Er hämmerte gegen seine Brust, als hätte er eine Magenverstimmung.

Dann löste sich die Metallkugel wunderbarerweise aus dem Drachen. Obwohl er versuchen wollte, sie festzuhalten, ließ Tocht sie instinktiv los und schnappte nach der nächsten Rippe. Er verfehlte sie. Dann stürzte er.

Immer weiter hinab taumelte er, nicht ganz sicher, wie hoch oben er gewesen war. Das einzig Gute daran war, dass er es geschafft hatte, vom Drachen zu fallen, während dieser über den Sumpf flog. Die Metallkugel sank vor ihm hinab, schneller als er selbst.

Unter der Metallkugel stieß ein Arm aus dem schwarzen Wasser, ragte bis zur Schulter aus dem Sumpf. Es war ein Frauenarm, geschmeidig und schlank.

Während Tocht zusah, glühte die Metallkugel in einem kühlen Blau auf, und dann – in der Zeit eines Herzschlags – entfaltete sie sich, formte sich neu und wurde wieder ein Schwert. Der Griff traf ganz selbstverständlich auf die wartende Hand, als wäre er dazu geschaffen worden, genau dies zu tun.

Das Bild von Zanks Arm (denn sie war es natürlich gewesen) war etwas, an das Tocht sich gewiss für immer erinnern würde. Dann tauchten Zanks Kopf und Schultern auf, und sie trat Wasser und schnappte nach Luft.

In der nächsten Sekunde schlug auch Tocht auf dem

Wasser auf. Er hielt den Atem an, als er unterging, und drehte sich, so dass er mit den Füßen zuerst aufkam. Sobald er den schlammigen Boden berührte (und ihm Schlangen und Krokodile und andere schreckliche Dinge in den Sinn kamen, die dort in den Tiefen krabbeln, gleiten oder schwimmen mochten), stieß er sich mit beiden Beinen ab und schwamm zur Oberfläche.

Thalanildim hatte bereits gewendet, um sie anzugreifen, spie Feuer und hatte offenbar vor, sich Meeresgischt wiederzuholen. Anscheinend war ein Teil der Kraft, die das Metall in dem Drachen erweckt hatte, noch in ihm verblieben. Das Feuer in seinem Bauch flammte erneut auf, brannte auch außerhalb des verwüsteten Drachenkörpers, bis er wie ein Komet aussah, der aus dem Himmel stürzte. Er krachte in den Sumpf und warf eine Flutwelle von Schlamm in allen Richtungen auf.

»Hinter mich!«, befahl Zank. Trotz ihrer Verletzung hielt sie das Schwert in beiden Händen, als würde sie daraus Kraft beziehen.

Tocht glitt hinter sie, obwohl er wusste, dass sie nicht viel Schutz bieten würde, wenn sie der Feueratem traf. Es war viel zu spät, um zu fliehen.

Dann war Sokadir da, schoss einen leuchtenden Pfeil nach dem anderen in den Drachen und verlangsamte dadurch sein Vorankommen. Thalanildim versuchte, seine Stellung zu halten, grub die Krallen in den Schlamm und brüllte vor Zorn.

Zank hielt Meeresgischt hoch und schlug mit der flachen Seite der Klinge auf den Sumpf. Sogleich erhob sich vor ihr eine dunkle Wasserwand und brach über den Drachen herein, schleuderte ihn zurück auf den Rücken.

Dampf wallte auf, füllte den schwarzen Himmel mit riesigen, heißen Schwaden, die Tocht beinahe vollständig die Sicht raubten. Während er weiter beobachtete, erlosch Thalandilims Feuer bis auf einige wenige, vergängliche Funken.

Bulokk rannte durch das Wasser und hielt Knochenschnitter hoch. Er stand bis zur Hüfte im Wasser, als er die Axt schwang und Thalanildim den Kopf abschlug, während dieser sich vergebens aufrichten wollte. Ein endgültiger Tod ließ den Körper des Drachen erbeben, erschütterte ihn, bis er in Einzelteile zerfiel, die sich über den Sumpf verstreuten.

Er bewegte sich nicht wieder.

Als er zum Ufer zurückblickte, entdeckte Tocht, dass die Kobolde und Diebe vom Kuss der Rasierklinge besiegt waren. Er übergab sich zweimal, bemerkte dann, dass dies Schildkröten, Fische und etwas mit tödlich aussehenden Tentakeln anzog, und floh zum Ufer.

»Kleiner Krieger!« Kobner begrüßte Tocht mit einer großen, bärenhaften Umarmung, sobald er das Ufer erreichte. »Du lebst!«

»Ich lebe«, stimmte Tocht zu, umarmte den großen Zwerg ebenso heftig und machte sich keine Gedanken darum, dass er nicht richtig Luft bekam. »Und du auch.«

Dann hielt Kobner Tocht auf Armeslänge von sich, als wäre er ein Kind und Kobner der stolze Vater. »Du hast es geschafft und deinen zweiten Drachen getötet.«

»Eigentlich«, sagte Tocht, »ist er schon tot gewesen.«

»Nun, er hat für eine Weile recht lebendig gewirkt.« Kobner setzte Tocht auf dem Boden ab und strahlte. »Sieht ganz so aus, als würde ich um einen Drachen hinter dir zurückliegen.«

»Glaub mir«, sagte Tocht, »den nächsten, den wir finden, kannst du ganz für dich allein haben.«

Kobner brüllte vor Lachen.

»Haben wir jemanden verloren?«, fragte Tocht.

Da wurde Kobner wieder ernst. »Tarlis. Den Piraten von der *Einäugigen Peggie*. Aber niemanden sonst, den Alten sei Dank. In dieser Nacht hatten wir ihren Segen, kleiner Krieger.«

»Den hatten wir«, sagte Kray, der herüberkam, um sich zu ihnen zu gesellen. Der Zauberer stand auf schwankenden Beinen, aber er stand. Eine Seite seines Gesichts war zerschrammt und wund und sah aus, als würde sie ein paar Nadelstiche benötigen, aber er schien ansonsten bei guter Gesundheit zu sein. »Du hast uns so weit gebracht, Tocht.« Der Zauberer klopfte dem kleinen Bibliothekar auf die Schulter.

»Und er hat sogar einem untoten Drachen das Herz herausgerissen, um es zu schaffen«, fügte Kobner stolz hinzu. »Ich habe doch gleich gesagt, dass ihm diese Lektionen, die ich ihm übers Kämpfen beigebracht habe, noch zugute kommen würden. Er wird noch ein richtiger Meisterheld.«

Mit einem Nicken zu Bulokk und Zank, die aus dem Sumpf kamen, wobei der Zwerg der Frau half, sagte Tocht: »Dort sind die wahren Helden. Wenn sie ihre Bestimmung aufgegeben hätten, wären diese Waffen niemals gefunden worden. Oder sie hätten nicht die Verbindung untereinander gehabt, die Kray gebraucht hat, um Sokadir aufzuspüren.«

Alysta kam und setzte sich neben ihnen auf den Boden, den Schwanz um ihre Pfoten gelegt. »Wo ist Sokadir?«

Sie blickten sich alle um, aber der Elfenhüter war in der Nacht verschwunden.

Eine Mitteilung von Großmagister Edeltocht Lampenzünder

Wir haben Tage im Reißzahn-Schattenwald verbracht, um nach Sokadir zu suchen, aber wir haben ihn niemals wiedergefunden. Er war wie vom Erdboden verschluckt.

Kray versuchte, die Verbindung zwischen den drei Waffen einzusetzen, aber keine der Visionen wollte sich noch einmal einstellen. Später kam er zu dem Schluss, der Grund dafür läge in der Tatsache, dass der Zauber eigentlich noch eine vierte Komponente besaß: Thalanildim selbst. Immerhin hatte Lord Khadaver bei der Schaffung des Vidreniums in Traum mitgewirkt, und es war mit Hinblick auf den Drachen angefertigt worden.

Wir reisten größtenteils ohne Zwischenfälle durch den Reißzahn-Schattenwald zurück. Wir entschlossen uns, unseren Rückweg nicht durch die Schnürblattsiedlung führen zu lassen, sondern schlugen stattdessen den Weg nach Darbrits Anleger ein.

Leider waren wir, obwohl wir die Bedrohung durch Lord Khadavers Grimm abgewendet hatten, der Lösung der Frage nicht näher gekommen, wer die Verteidiger bei der Schlacht an der Todesfestung verraten hatte. Wir fanden eine der verlassenen Siedlungen (diejenige, in der du vermutlich dieses Tagebuch liest, mein Schüler), und ich schrieb dieses Tagebuch.

Wir verbrachten dort einige Tage, heilten unsere Verletzungen und begruben den armen Tarlis. Wir hofften auch, dass Sokadir zurückkehren würde, aber das tat er nicht. Während ich dort war, ging ich jedoch die Aufzeichnungen über meine Nachforschungen noch einmal durch, et-

was, das ich immer tue, wenn ich keine anständige Lösung für eine Frage finde, die ich noch nicht beantwortet habe – eine Vorgehensweise, die ich hoffentlich auch dir beigebracht habe.

Während ich das tat, konnte ich aufdecken, wer derjenige sein musste, der die Verteidiger bei der Schlacht an der Todesfestung verraten hatte. Letztendlich gab es nur eine Person, die es sein konnte. Ich wusste, dass es sich um jemanden handeln musste, der sich mit Zauberei auskannte. Jemanden, der an der Schlacht an der Todesfestung beteiligt gewesen war. Und jemanden, der, wie sich herausstellte, darüber Bescheid gewusst hatte, was genau in Traum angefertigt wurde. Dies ist auch die Person gewesen, die auf die Aschwolkeninseln gegangen ist und es geschafft hat, die Verstärkungen für den Bogen zu stehlen, die Meister Oskarr angefertigt hatte. Jemand, der unsichtbar sein konnte, wenn es ihm beliebte.

Diese Person ist offenbar ebenfalls unter einem erfundenen Namen in Traum gewesen. Er ist ein Elf gewesen, und er hat sich Banir genannt und behauptet, aus dem Silberblattwald zu stammen. Aber was ihn verraten hat, war die Tatsache, dass einer der Tagebuchschreiber, dessen Arbeiten Traums Vernichtung überdauert haben, ein sehr lebendiger Erzähler war. Er hat einfach alles beschrieben. Darunter auch das äußerst hervorstechende körperliche Merkmal dieses Schwindlers.

Banir der Elf hatte verschiedenfarbige Augen. Eines war violett, aber das andere war dunkelbraun. Ich habe gedacht, dass –

Nachwort

»Großmagister … Kruk, nicht wahr?«

Überrascht blickte Kruk von seiner Lektüre auf. Obwohl er Großmagister Lampenzünders letztes Nachwort noch nicht beendet hatte, wusste er, wohin die Schlüsse seines Mentors geführt hatten. Es gab nur eine einzige Person, auf die alle Einzelheiten passten.

Kruk starrte auf den leeren Raum vor sich und war nicht allzu überrascht herauszufinden, dass die Stimme offenbar aus der Luft kam.

»Prinz Larrosh«, sagte Kruk müde. Er blinzelte wegen des morgendlichen Sonnenlichts, überrascht, dass die Dämmerung angebrochen war, ohne dass er es bemerkt hatte. Aber er war ganz und gar darin aufgegangen, das Buch zu übersetzen.

»Ah, Ihr kennt mich.« Larrosh warf seinen Unsichtbarkeitsumhang ab und berührte Kruks Kinn mit der Spitze seines Langschwerts. »Dies ist Großmagister Lampenzünders Buch?«

Kruk sah keinen Grund, weshalb er lügen sollte. Larrosh wusste bereits, was in dem Buch stand. Er hatte offenbar nur nicht gewusst, wo es sich befand.

»Nachdem Kray vor ein paar Monaten hergekommen ist und vorhatte, Sokadir nach so vielen Jahren wiederzufinden, habe ich mir schon gedacht, dass Großmagister Lampenzünder vielleicht alles zusammengefügt hat«, sagte Larrosh.

»Es gibt nicht viel«, sagte Kruk, »was Großmagister Lampenzünder entgeht.«

Larrosch lachte. »Ich bin ihm entgangen. Einmal.« Er hob den Umhang und machte sich wieder unsichtbar. »So bin ich auch an Euren Männern dort unten vorbeigekommen, habe die Wachen eine nach der anderen ausgeschaltet, bis meine Krieger sie alle gefangen nehmen konnten.« Er enthüllte sich wieder und deutete mit dem Langschwert auf die Tür. »Weshalb schließen wir uns ihnen nicht an?«

Kruk machte sich daran, das Tagebuch zu schließen und einzupacken.

»Das nehme ich«, sagte Larrosh und entriss es ihm.

»Eure Krieger sind bei Euch?« Kruk ging zur Tür und kletterte die Strickleiter hinab.

»Natürlich. Was wäre denn ein Prinz ohne seine Krieger?«

»Wissen sie, dass Ihr Euren Bruder verraten habt und für den Tod Eurer Neffen verantwortlich seid?«

»Geht nur und sagt es ihnen«, forderte ihn Larrosh heraus. »Sie werden Euch nicht glauben. Sokadir ist für sie ein Mythos. Ich bin in den letzten tausend Jahren ihr Prinz gewesen. Was würdet Ihr ihnen als Beweis bieten? Ein Buch, das auf eine Art und Weise verfasst ist, dass sie es nicht lesen können?«

Kruk sagte nichts. Ein Teil seiner Bestürzung verschwand, als er sah, dass Raisho und die anderen noch am Leben waren, obwohl sie gut gefesselt an Ort und Stelle saßen wie Kinder. Zu seiner Überraschung war dort auch Kray.

»Kray«, rief Kruk.

Der Zauberer blickte auf. Seine Hände waren hinter dem Rücken gefesselt, und ein seltsam leuchtendes Halsband hing auf seine Brust hinab. Ein Auge war zugeschwollen, und sein Gesicht war stark von Schlägen gezeichnet. Da einige der blauen Flecken schon gelb und alt waren, erkannte Kruk, dass er bereits seit geraumer Zeit geschlagen wurde. Er konnte kaum glauben, dass er den Zauberer so … hilflos zu sehen bekam.

»Es ist meine Schuld, Kruk«, sagte Kray. »Ich habe den Fehler gemacht, ihn zu unterschätzen.« Er wies mit dem Kopf auf das Halsband. »Er hat mich hilflos gemacht.«

Larrosh grinste. »Ich habe ihn von Eurem Schiff entführt, indem ich einen Spruch benutzt habe, der dem ganz ähnlich war, den Großmagister Lampenzünder gebraucht hat, um die Waffen vor all den Jahren von Kulik Broghan zu stehlen. Spiegel sind wunderbare, trügerische Dinge. Man kann sich einreden, dass das, was man sieht, die Wahrheit ist, oder dass es eine Lüge ist. Es liegt ganz an einem selbst, was man glaubt.« Er zuckte die Achseln. »Wenn ich es gewollt hätte, hätte ich auf Eurem Schiff ein Feuer legen und Euch auf den Meeresgrund schicken können. Meine Sumpfbestien haben Euch in der Haimaulbucht beinahe erwischt.«

»Nächstes Mal werde ich wissen, wie ich mich vor solchen Dingen zu schützen habe«, schwor Kray.

Larrosh wirbelte zu ihm herum. »Es wird kein nächstes Mal geben. Dies findet hier ein Ende. Jetzt. Ich habe das Buch, das an diesem Ort verborgen war, und ich habe die Bücher, die Ihr an den anderen Orten gefunden habt.«

»Was soll dann aus uns werden?«, fragte Kruk.

Larrosh blickte ihn an. »Ihr seid hergekommen, um den Prinzen des Schnürblattwaldes umzubringen. Ihr werdet natürlich getötet.«

»Was Ihr in der Schlacht an der Todesfestung getan habt,

war verabscheuungswürdig«, sagte Raisho. »Ihr verdient es, gehängt zu werden.«

»Und wer wird mich hängen?«, höhnte Larrosh. Er schüttelte den Kopf. »Was ich in der Schlacht an der Todesfestung getan habe, tat ich, um mein Volk zu beschützen. Wenn ich nicht den Bund mit Lord Khadaver eingegangen wäre, wenn ich ihm in Traum nicht geholfen hätte und ein zweites Mal in der Bunten Schlucht, hätte er den Schnürblattwald von seinen Koboldhorden in Fetzen reißen lassen. Ich habe sie geschützt.«

»Indem Ihr jene Helden verraten habt«, sagt Kruk. Zorn loderte in ihm. Er war eine Weile ein Sklave gewesen, und er wusste aus eigener Erfahrung, wie grausam und ungerecht die Welt sein konnte.

»Wenn man nicht jeden retten kann, dann kümmert man sich als Erstes um seine Familie und sein Volk«, sagte Larrosh.

»Ihr habt gedacht, dass Lord Khadaver gewinnen würde.«

»Lord Khadaver hätte gewinnen *sollen*. Was sich ereignet hat, als die Allianz ihn geschlagen hat, war eine Fehlentwicklung. Kray hätte niemals gelingen dürfen, was er getan hat.«

»Ihr habt Eure eigenen Neffen geopfert«, sagte Kruk. »Ihr habt nicht zuerst Eure Familie gerettet. Ihr habt als Erstes daran gedacht, Euch selbst zu retten.«

Larrosh sah in diesem Augenblick ein wenig unruhig aus. »Sie haben nicht auf mich gehört. Sokadir wollte nicht auf mich hören.«

»Es ist noch schlimmer«, sagte Kray rau. »Ihr habt zugelassen, dass Sokadir glaubt, sein eigener Sohn hätte ihn und die Verteidiger in der Schlacht an der Todesfestung verraten.«

»Das habe ich nicht –«

»Doch, das hast du getan!«, beschuldigte ihn eine laute Stimme.

Kruk blickte auf und sah Sokadir hoch im Baum über ihnen knien. Das Gesicht des Elfenhüters wirkte gefühllos, als wäre es aus Stein gemeißelt, aber seine violetten Augen leuchteten feurig.

»Du hast mir erzählt, dass Qardak daran gescheitert ist, die Waffen zu verbinden, um unsere Schutzmaßnahmen zu verstärken«, sagte Sokadir. »Du hast mir erzählt, es wäre so gekommen, weil er von Lord Khadaver verdorben worden war, während er in Traum gelernt hat. Aber du bist es gewesen, der verdorben worden ist, Bruder.«

»Die Kobolde hätten unsere Heimat zerstört«, wandte Larrosh ein. »Was ich getan habe, habe ich getan, um unsere Heimat zu retten.«

Die Elfenhüter fingen an, untereinander mit fast panischen Stimmen zu sprechen. Soweit Kruk verstehen konnte, hatten die meisten von ihnen den abwesenden Prinzen niemals zu Gesicht bekommen.

»Du hast Männer verraten, die Helden waren«, sagte Sokadir. »Du hat einen der mutigsten Zwerge, den ich jemals gekannt habe, als Verräter gebrandmarkt. Du hast meine *Söhne* getötet!«

»Wie«, fragte Kruk, »seid Ihr an Todeshauch gekommen?«

»Durch meinen Sohn. Qardak. Er hat mir gesagt, dass er die Verstärkungsstücke des Bogens für mich hat anfertigen lassen. Ich wusste nicht, dass sie aus Meister Oskarrs Schmiede kamen, bis ich seine Waffe und Meeresgischt gesehen hatte. Dann sah ich sein Zeichen auf den Waffen, die seine Krieger trugen, und ich wusste, dass er die Wahrheit sagte, als er mir erzählte, dass er sie angefertigt hätte.« Sokadirs Stimme brach. »Ich konnte nicht glauben, dass mein Sohn ein Dieb war. Dann hat mir Qardak erzählt, dass diese Bogenteile aus einem mystischen Metall waren, an dem er in Traum gearbeitet hat, und dass Meister Oskarr dieses Metall gestohlen haben musste.«

»Das Metall ging verloren, es wurde nicht gestohlen«, sagte Kruk, »als Traum zerstört wurde. Meister Oskarr hat niemals erfahren, was er da in Händen hielt. Er wusste nur, dass er es vom Meervolk erhalten hatte.«

»Ich habe jetzt von alledem genug«, fauchte Larrosh. »Alles, worüber ihr redet, ist tausend Jahre alt. Es spielt jetzt keine Rolle.«

»Es spielt eine Rolle«, sagte Kruk, »denn die Lügen um die Schlacht an der Todesfestung schaffen es noch immer, die Beziehungen zwischen Zwergen, Menschen und Elfen heimzusuchen. Zu einer Zeit, in der wir uns vereinen und unsere Kräfte bündeln sollten, bleiben wir voneinander getrennt.« Dies war eines der Dinge an Graudämmermoor, die er in diesem Augenblick wahrhaft schätzte. Nirgendwo sonst, obwohl es schon Bedrohungen gegeben hatte, ehe das Gewölbe Allen Bekannten Wissens zerstört worden war, lebten die Völker der Welt in solcher Ausgeglichenheit zusammen. »Wir haben tausend Jahre lang auf die Wahrheit hinter dieser Schlacht gewartet. Das Lügengespinst, das an jenem Tag gesponnen worden ist, schnürt immer noch unsere Zukunft ein und bedroht das Leben eines jeden Menschen, Zwergs, Elfen und Halblings, den es gibt.« Er blickte zu den Elfenkriegern auf, die um sie herumstanden. »Wenn wir uns nicht zusammentun, werdet Ihr alle irgendwann von den Kobolden überrannt werden.«

»Hört nicht auf ihn! Er lügt! Das ist das, was Außenstehende immer tun!« Larrosh wandte sich an die Wachen. »Tötet die Meuchelmörder! Richtet sie alle hin!« Er zog sein eigenes Schwert.

»Haltet ein!«, donnerte Sokadir. »*Ich* bin der Prinz des Schnürblattwaldes, und es sind meine Befehle, denen ihr Folge leisten werdet.«

Einen Moment lang sahen viele der jüngeren Wachen unentschlossen aus. Dann übernahmen die Älteren unter ihnen die Kontrolle und forderten sie auf, sich ruhig zu verhalten.

»Tötet sie, habe ich gesagt!«, schrie Larrosh. Er stürmte auf Kray zu, seine Klinge erhoben, um sie dem alten Zauberer in die Kehle zu stoßen.

Ohne nachzudenken stieß Kruk sich nach vorn und packte die Füße des Elfen. Larrosh stolperte und stürzte, woraufhin er sich sofort herumdrehte, um Kruk die Kehle durchzuschneiden. Kruk wich nach hinten aus, einmal, zweimal, dann rollte er sich auf die Füße und stand bereit, sog die Luft ein oder war entschlossen, eine der kritkovschen Zwergentechniken im Ringen einzusetzen, von denen er gelesen und die er einigen von Varrowyns Kriegern im Gewölbe Allen Bekannten Wissens beigebracht hatte.

Eine Bewegung von oben lenkte seine Aufmerksamkeit ab, und er beobachtete, wie Sokadir sich anmutig durch die Äste fallen ließ und vor Kruk auf dem Boden landete.

»Nein«, sagte Sokadir. »Du wirst niemandem mehr den Tod bringen.«

»Dann fordere ich dich beim Blutrecht um die Herrschaft heraus. Hier und jetzt.«

Ohne ein Worte reichte Sokadir Todeshauch an Kruk weiter, dann zog er sein eigenes Langschwert und sein Kampfmesser. Er stand da und wartete. »Das willst du doch nicht tun, Bruder«, sagte er sanft. »Ich werde dich verbannen, aber ich werde dir dein Leben lassen. Selbst nach allem, was du getan hast.«

Larrosh lachte bitter. »Du wirst mir mein Leben lassen?« Er fluchte und fing an, Sokadir zu umkreisen. »Weißt du, wo ich sein *sollte*? Ein Herrscher an Lord Khadavers Seite, das *sollte* ich sein. Er hätte mich zum König gemacht.«

»Zum König der Kobolde?«, schnaubte Raisho. »Eines Tages hätten sie sich gegen Euch aufgelehnt und Euch verspeist. Hätten Euch vorher vielleicht noch Eure eigenen Eingeweide zum Essen gegeben.«

»Mach das nicht«, flüsterte Sokadir.

»Warum? Hast du Angst?«

»Ich will dich nicht töten.«

»Nun, ich *will* aber dich töten!« Larrosh hob die Hand, und um den Ring, den er trug, sammelten sich violette Funken.

Ohne Vorwarnung segelte das schwere Halsband, das Kray getragen hatte, durch die Luft und landete um Larroshs Hals. Die violetten Funken verblassten langsam.

»Also«, sagte Kray, der aufstand und sich die Hände sauber machte, »für das hatte ich keine Verwendung mehr. Ihr werdet sehen, Larrosh, dass ich nicht so begriffsstutzig bin, wie ich Euch habe glauben lassen.«

Entsetzen und Wut zeigten sich in Larroshs braunem und violettem Auge. Er packte das Halsband und versuchte, es abzuziehen, aber es regte sich nicht. »Wenn ich Prinz bin«, sagte er der Elfenwache, »dann tötet ihr zuerst den Zauberer.« Er wandte sich um und griff Sokadir mit Schwert und Messer an, mit harten und schnellen Hieben.

Obwohl Kruk Bücher über den Schwertkampf gelesen und etliche Kämpfe erlebt hatte, war keiner von ihnen auch nur im Entferntesten dem blitzschnellen Schlagabtausch, der nun folgte, ähnlich gewesen. Später glaubte er, dass es insgesamt sieben Schritte gewesen waren, vielleicht auch neun – Angriff, Abwehr und Gegenschlag. Aber am Ende stieß Sokadir seinem Bruder das Schwert durchs Herz und schnitt ihm mit dem Messer die Kehle durch.

Larrosh stand einen Moment mit vor Schreck geweiteten Augen da, aber er war bereits tot. Dann stürzte er und glitt von Sokadirs Klinge.

Tränen strömten über Sokadirs Wangen, als er sich den Wachen zuwandte. »Ich bin wieder euer Prinz. Befreit diese Männer und fertigt eine Bahre für meinen Bruder.«

Einige Tage später hatte Larrosh ein Himmelsbegräbnis erhalten, und die Geschichten waren endlich alle erzählt und ergaben einen Sinn. Nachdem Kray sich von seinen Verletzungen erholt hatte, brachte Sokadir Kruk, den Zauberer, Raisho und seine Mannschaft zurück nach Darbrits Anleger, wo die *Mondenträumer* sicher vor Anker lag.

Prinz Sokadir hatte zugestimmt, nach Graudämmermoor zu kommen und die Geschichte zu erzählen, was während der Schlacht an der Todesfestung geschehen war, nachdem er einige Zeit bei seinem Volk verbracht hatte. Kruk hatte sich bereits entschlossen, dass er Novizen beauftragen würde, Abschriften von dem Buch anzufertigen, das er auf dem Weg zurück nach Graudämmermoor zu schreiben gedachte und das die ganze Geschichte der Suche nach der Wahrheit und auch ebenjene Wahrheit selbst enthalten würde. Wenn diese Abschriften fertig waren, würden sie in die Bibliotheken gestellt werden, die er errichten ließ. Er hatte auch vor, Leser einzusetzen, die diese Geschichte in der Öffentlichkeit laut vorlasen.

Nach und nach würde die Geschichte erzählt werden, und sie würde zweierlei Zwecken dienen: Die Wahrheit würde bekannt werden, und andere würden vielleicht neugierig darauf werden, das Lesen zu erlernen, damit sie sie auch selbst lesen konnten.

Das, dachte er, würde der schwierigste Teil werden: sicherzustellen, dass das, was er schrieb und zeichnete, so fesselnd war, dass es die Leser dazu anhalten würde, immer wieder umzublättern. Immerhin ging es um Ehre und Verrat, mit Zauberei und Rätseln gepaart, und dies waren schon immer beliebte Stoffe gewesen.

»Glaubt Ihr, dass es einen Unterschied macht?«, fragte Sokadir, als Raisho den Befehl gab, das Schiff zum Ablegen fertig zu machen. Den Standhaften Fluss hinabzufahren würde sich viel einfacher gestalten als der Weg nach oben.

»Wir werden die Wahrheit berichten«, sagte Kruk, »über etwas, das nach wie vor jedermanns Leben betrifft. Es wird einen Unterschied machen. Das macht die Wahrheit immer. Dies ist eines der Dinge, die mich Großmagister Lampenzünder stets gelehrt hat. Die Wahrheit ist stärker als der stärkste Mann. Stärker als der beste Zauberspruch.«

Kray räusperte sich an dieser Stelle, aber Kruk schenkte ihm keine Beachtung. Trotz seines Unwillens, das wusste Kruk, erkannte auch der Zauberer die Wahrheit an.

»Lord Khadaver war das größte Übel, das diese Welt je heimgesucht hat«, fuhr Kruk fort. »Aber Lügen und Vertuschungen stellen ein Übel dar, das genauso groß ist wie das Böse selbst. Tausend Jahre lang hat das Böse im Schatten seiner selbst weitergelebt, in all den Ängsten und geflüsterten Gerüchten darüber, was in der Schlacht an der Todesfestung geschehen ist. Es hat gute Leute davon abgehalten zusammenzustehen, wo es nötig gewesen wäre.« Er blickte Sokadir an. »Es hat Euch tausend Jahre lang von Eurem Volk ferngehalten.«

Sokadir nickte.

»Diese Zeit könnt Ihr nicht ersetzen«, bemerkte Kruk leise.

»Nein«, stimmte der Elfenprinz zu. »Aber die Bemühungen Eures Großmagisters, die Wahrheit herauszufinden, haben mir meinen Sohn auf eine Art und Weise wiedergegeben, die ich für immer verloren glaubte.« Er streckte Kruk die Hand hin, eine seltene Ehre unter den Elfen, weil sie es nicht mochten, Angehörige anderer Völker zu berühren. »Ich gebe Euch mein Wort, Großmagister Kruk, dass diese Wahrheit, die Ihr aufgedeckt habt – selbst, wenn sie schmerzhaft ist –, im Reißzahn-Schattenwald erzählt werden wird. Jeder Handelskarawane, die vorbeikommt, und in allen Städten und Dörfern.«

»Am Ende ist die Wahrheit alles«, sagte Kruk. »Sie ist die größte Kraft, die auf der Welt alle Leute gleichmacht. Wenn jemand die Wahrheit kennt, kann niemand Lügen einsetzen, um diese Leute zu trennen und sie gegeneinander auszuspielen.«

Und er glaubte daran, denn das war das Letzte, was Großmagister Lampenzünder für ihn in das letzte Tagebuch geschrieben hatte, ehe er ihn darum bat, Sokadir zu finden und ihm die Wahrheit zu sagen.

Sokadir verabschiedete sich und verschwand mit seinen Kriegern im Wald.

Als er zur Sonne blickte, die vor ihnen unterging und den Himmel rot und violett färbte, dachte Kruk an Großmagister Lampenzünder und all das, was sein Meister aufs Spiel gesetzt hatte, um so weit zu kommen. Ein Gefühl der Vollkommenheit erfüllte Kruk, da er wusste, dass er in einer von Großmagister Lampenzünders größten Arbeiten eine kleine Rolle gespielt hatte.

Aber trotzdem: Großmagister Lampenzünders Abwesenheit verlieh dem Sieg eine gewisse Leere.

»Ich vermisse ihn auch«, sagte Kray. »Aber ich weiß, dass er irgendwo dort draußen ist und das Abenteuer seines Lebens erlebt.«

»Ich weiß«, erwiderte Kruk. Er blickte den Zauberer an. »Ich hatte allerdings eine Weile Angst, dass ich Euch verloren hätte.«

Kray lachte. »Wegen dieser kleinen Menge Blut, die du auf dem Kajütenboden gefunden hast, und den Worten ›Hütet euch‹, die dort geschrieben standen?«

»Ja.«

»Glaub mir«, sagte Kray, »an dem Tag, an dem ich getötet werde, wirst du dieses Schiff mit Blut streichen können. Und nicht alles davon wird meines sein.«

Kruk runzelte die Stirn. »Das ist nicht gerade ein beruhigender Gedanke.«

»Vielleicht nicht, Großmagister. Aber es ist die Wahrheit.«

»Das nehme ich an. Vielleicht braucht es für beruhigendere Gedanken ein wenig Wein. Ich weiß, dass Raisho einen Vorrat davon an Bord hat.«

Sie gingen zusammen, der Zauberer und der Bibliothekar, während Raisho und seine Männer die *Mondenträumer* einmal mehr auf den Weg brachten. Eine Weile erzählten sich Kruk und Kray Geschichten von Großmagister Lampenzünder, während der Zauberer Wein trank. Allerdings war ihnen von Anfang an klar gewesen, dass früher oder später die Arbeit rufen würde.

Kruk nahm sein Tagebuch heraus, eine Feder und ein Tintenfass und ging still in der Messe des Schiffes mit der Liebe ans Werk, die ihm sein Mentor beigebracht hatte.

Dank

An Brian Thomsen, der immer ein Auge auf die Untiefen und Riffe hat und stets für die eine oder andere Geschichte gut ist.

An Lawrance Bernabo, der für reisende Literaturfiguren ein Licht aufstellt und dessen Meinungen geschätzt werden.

An Janet Adair, die die »Halblinge«-Reihe mit ihrer Schirmherrschaft, ihrem Enthusiasmus und dadurch, dass sie ihre Bücher verleiht, unterstützt.

An Kathleen Doherty, die stets eine perfekte Gastgeberin und eine reizende Gesprächspartnerin gewesen ist.

An Tom Doherty, dessen Vision und Liebe zur Literatur die Geburt unzähliger Welten und Geschichten ermöglicht haben.

An Amy, Joe und Lauren, allesamt treue Leser. Genießt das Abenteuer!